安妮薇 著

台海出版社

图书在版编目（CIP）数据

与卿行 / 安妮薇著. -- 北京 ： 台海出版社,
2022.4

ISBN 978-7-5168-3243-1

Ⅰ. ①与… Ⅱ. ①安… Ⅲ. ①言情小说－中国－当代
Ⅳ. ①I247.5

中国版本图书馆 CIP 数据核字（2022）第 036766 号

与卿行

著　　者：安妮薇

出 版 人：蔡　旭　　　　责任编辑：俞滟荣

出版发行：台海出版社
地　　址：北京市东城区景山东街 20 号　　邮政编码：100009
电　　话：010-64041652（发行，邮购）
传　　真：010-84045799（总编室）
网　　址：www.taimeng.org.cn/thcbs/default.htm
E－mail：thcbs@126.com

经　　销：全国各地新华书店
印　　刷：河北鹏润印刷有限公司
本书如有破损、缺页、装订错误，请与本社联系调换

开　　本：710 毫米 ×1000 毫米　　1/16
字　　数：410 千字　　印　　张：21
版　　次：2022 年 4 月第 1 版　　印　　次：2022 年 4 月第 1 次印刷
书　　号：ISBN 978-7-5168-3243-1

定　　价：49.80 元

目录

目录

第一章　悬案

盛京的早春多雨，淅淅沥沥的，似席卷天幕的一方轻纱，将京兆府正堂的空院笼了个透。正堂前的一处石阶上，京兆府的主簿梁未平来回迈着焦急的碎步，将这润物细无声的春雨都踏得烦躁了几分。

身后传来京兆府小厮的问询："梁主簿，苏大人的马车已经停在府门口了……"

"知道了。"梁未平心头一紧，顺手牵起袖子拭掉额头上的一层细汗。

今日是大理寺奉命要从京兆府接过年前那桩连环奸杀案的日子。梁未平早料知此案重大，却也没想到皇上竟然吩咐自己的亲外甥，大理寺卿苏陌忆亲自前往京兆府交接。

如今这尊大佛业已走到门口，一直负责此案记录的小录事林晚卿，居然还未出现。官大一级压死人。就算是普通案子，也断没有主审等录事的理，更别说今日这屋里坐着的，可是名满盛京，神鬼不惧的南朝第一酷吏苏陌忆……他汗淋淋的掌心在广袖上蹭了蹭，伸长了脖子再往石阶下看了看。

"梁、梁主簿！"

细雨迷蒙之中，远处依稀奔来一个瘦弱的身影。她那一身浅灰色的衙门衣袍，因为沾染了雨水，斑斑驳驳地深一块浅一块。膝盖的地方，有两团泥水印，看起来狼狈且落魄。

"梁主簿！"

"去哪儿了啊？"还没等林晚卿开口解释，梁未平隐忍的怒火就喷了她满头满脸。

而面前的人好似早有预见，熟练地往一旁闪身，随即悄悄掀起眼皮看向梁未平，倒是有点理亏的模样。

"路上，路上遇到点事，耽搁了一下。"

梁未平这时才顾得上看林晚卿。原本就冷白的小脸淋了雨，汗毛上白白地铺着一层小水珠，显得脸色更加苍白了几分。又长又密的睫毛微微上翘，挂着两粒晶莹的雨滴，将落未落。睫毛下那一对黑亮明媚的杏眼微芒跃动，透出点点歉意和俏皮的笑。让人一看就丢了所有脾气。活了快三十岁，这还是他第一次见一个男人长得如此妖孽。若不是林晚卿脖颈前的那块喉结，梁未平还真想亲自验一验。思绪被打断，想发的火也没了踪影。

"擦擦脸！"梁未平没好气地从腰间摸出一条手巾，拍到了林晚卿的脸上。

林晚卿明知理亏，也不恼，笑嘻嘻地接过手巾，从怀里摸出一本湿了一角的小册子，先擦了起来。

梁未平的视线在那本小册子上停留了片刻。那是一本林晚卿自己收集、整理的断案录，里面都是大理寺卿苏陌忆办过的案子。

擦完了小册子，林晚卿这才胡乱擦了两下脸，弯腰去擦膝盖上的泥水。

“被马还是被车撞了啊？”梁未平收回视线，没好气地问。

林晚卿埋着头，声音闷闷的：“不是，看见一只小白狗掉进排水沟爬不上来，拉了它一把。”“你！咳咳咳……”梁未平被这个答案震惊到，急得一口气没上来，堵在嗓子眼儿，憋出一串咳嗽。

两个人身后再次传来小厮的催促：“梁主簿，苏大人快要到议事间了。”

梁未平这才缓和了情绪，拍了拍前胸，顺手抽走那条已经被林晚卿揩得满是泥土的手巾。不重不缓地留下一句冷哼，负手走远了。自知理亏的林晚卿憋住了笑，乖巧地跟上去。

“有没有吃的？”她侧身在梁未平耳边问。

梁未平愣了一下，侧身反问：“昨日让你拎回去的点心呢？”

林晚卿缩了缩脖子，闷声道：“喂那只流浪狗了。”

“我！咳咳咳……”眼看梁未平又要发作，这一次林晚卿倒是手脚麻利，早先一步扶住了他，拍着背给他顺气。

“有道是帮人帮到底，送佛送到西。这狗我都救了，定是不能看着它饿肚子，所以我就……”

“你就多管闲事，不仅弄脏了官服，还差点儿误了正事！”梁未平激动得直发抖，好不容易才将声音压下来道，“你可知今日来的是大理寺卿苏大人。他要是治你个仪容不整，扰乱司法，玩忽职守，有辱官威……”

“好好好！”林晚卿熟练地打着哈哈，一边替梁未平拍背，一边赔笑道，“梁兄消消气，小弟知错了，知错了，下不为例……可是……”

林晚卿停顿了一下，话锋一转，继续问道：“你有吃的吗？”

“……”梁未平递给她一个犀利的眼风，从怀里摸出两颗粽子糖，“这是你昨天给我的，先垫垫肚子。”

“哦！”林晚卿笑笑，接过来，迅速剥开一颗扔进嘴里。

青灰的檐角落着雨珠，像一方晶莹的珠帘。两个人顺着廊道，来到了侧间议事厅。衙役、小厮已经就位，一派森严肃穆的景象。

梁未平不禁膝下一软，下意识地咽了咽口水，伸手拉住林晚卿道：“你就负责记录，大人没有问的，千万别多话。这不比咱们平时讨论案情，可不要卖弄自己的那点小聪明。”

林晚卿点头，毫不迟疑。梁未平这才平复了呼吸，拍拍前襟，深吸一口气迈过门槛，贴着议事厅的墙，走到主位背后的小案边坐下。

交接讨论案情不比堂审，自然没有刑具，也不必传唤嫌疑人和证人。

林晚卿熟练地将桌案上的宣纸一铺，提笔蘸墨。

悠缓却又稳重的脚步声从议事厅后面由远传近，伴随着绸缎摩擦的细响，和偶有相击的环佩。

绣着古松的苏绣屏风之后，走来一紫一绯两个身影。

林晚卿怔忡地看着掩在屏风之后的人影才忆起，大理寺卿苏陌忆的大名，她可是非常熟悉。

自古才俊皆少年。这位苏大人少年成名，写得一手好文章。他的皇帝舅舅本想给他安排一个清闲的官职，却不料他偏偏痴迷刑狱。自十六岁考取状元以来，在大理寺一路从大理寺正做到大理寺卿。因为背景深厚，有皇上撑腰，他在办事、审案上也不必看人脸色，自然也做出了一番成绩。官升此位，他靠的也不全是皇家的荫庇。但许是正因如此，苏陌忆办事之决绝，手段之狠辣，在整个南朝的官场上留下了个“神鬼不惧，第一酷吏”的大名。据说他手下的死刑犯，在被执行死刑之时往往已是受遍酷刑。甚至有人认罪是但求一死，以躲过活罪。

林晚卿兀自思忖着，那两道身影已经绕过了屏风。走在前头的那位，想必就是从三品大理寺卿苏陌忆。林晚卿握笔的手不由自主地晃了晃。林晚卿鬼使神差地心跳加速，悄悄抬了一下眉眼。

入目的，是一张霁月光风、丰神俊朗的面容。或许是那身紫色官袍为他增加的几分官威，十三銙金玉带在腰间一掐，衬得他肩宽窄腰，身姿挺拔。

看得林晚卿的呼吸也漏了一拍。

往上，是一张轮廓刀削剑刻般的面容。深邃的眉骨，高挺的鼻梁，苍白中略带着些凉意的薄唇，一双墨瞳像是深不见底的断崖。稍微不注意跌下去，就是粉身碎骨的下场。这相貌，与他那在外的凶名，似乎格外的不搭……

笔尖的一滴墨汁“啪”的一声落到铺开的宣纸上，留下快速晕染开去的一个墨点。林晚卿低头，恰好避开上首那一抹目光，自然也没注意到那一对剑眉微不可察地蹙了蹙。

“苏大人！”坐在苏陌忆下首的李京兆开口道，“这案情陈述……”

“开始吧。”上首的男人收回目光，声音里是不辨喜怒的漠然。

李京兆谄媚地笑着，接过梁未平递上去的卷宗，开始朗声陈述案情。

那是几桩发生在年前的强奸杀人案。受害者是或官或商养在府外的外室，都是

年龄二十左右的妙龄女子。因为是外室，所以资养她们的金主并不时常过来。南朝虽然民风开放，但外室到底也是身份低微的贱奴，所以身边伺候的人不多，通常只有一两个心腹丫鬟、婆子。这倒是给了作案者可乘之机。受害者的尸体都是被发现在自家卧房，呈仰躺姿势，赤身裸体，双眼被遮，手脚被缚。验伤显示，致命之伤是胸口处留下的利器。然而让所有人都感到毛骨悚然的是，女尸不仅胸乳上有受过凌虐的痕迹，下体之处还有利刃反复插入的伤口。受害人身份相近，作案手法一致，故而京兆府大致推断出，这些案件是同一案犯所为。

林晚卿一直负责此案的记录，李京兆想必也是怕面对苏陌忆的问询出什么岔子，才特地钦点了她到跟前来做事。听着李京兆一板一眼地交代案情，林晚卿手下笔录飞快，直到一阵短暂的沉默。她抬头，却见李京兆油光满面的脸上浮起几条能够夹死苍蝇的笑纹。

李京兆清了清嗓子，刻意放缓了语气，抬头对着苏陌忆拜道："这连环奸杀案的凶手，本官昨日已经抓到了。"

听闻李京兆此言，在场之人皆是一怔。

林晚卿方才抬起的笔锋猛然一顿，一页娟秀的蝇头小楷算是废了。

李京兆似乎满意众人的反应，轻笑一声道："昨日那歹徒再次作案，被本官带人逮了个正着。"

"是……"询问的话还未出口，林晚卿只觉袖口一紧，转头就见梁未平一张五官扭曲的脸。他摇着头，宛如肌肉痉挛。于是到了嘴边的话，又被咽了回去。她只得郁郁地抬眼，去看主位上那位正襟危坐的苏大人。晦暗不明的光线下，苏大人一脸淡然，仿佛事不关己。

李京兆被苏陌忆的反应衬得有些尴尬，兀自清清嗓子化解了一番，复又道："此人是在中书令宋大人的外宅里行凶之时，被本官抓获的。"

若说之前的铺垫都是故弄玄虚，那么这一句，无疑是静水掷石。莫说是林晚卿，就连上座的那位苏大人都不觉前倾了身子："李大人可说的是中书令宋正行宋大人？"

"正是，正是。"李京兆连连点头，继续道，"昨夜下官接到宋大人一处别院里小厮的信报，说是府上在此处养病的一位姨娘遭遇不测。幸而发现及时，姨娘虽然没了，但好歹没让歹人落跑。于是下官将人缉拿归案，连夜审讯。犯人已经于今日辰时招认了其罪行，认罪伏法。"

苏陌忆瞳孔微震，却依旧声音平静地道："那姨娘可是两年前宋大人纳的那位侯府表小姐？"

李京兆闻言双眼一亮，谄笑道："大人神机妙算，明察秋毫，死者正是那位表小姐。”

苏陌忆前倾的身体往后靠了靠，用平淡的声音问：“犯人是何身份？”

“是金吾卫的一名护卫，名唤王虎。”

现场沉默了半晌。

苏陌忆原本略微有些蹙紧的眉头更紧了几分：“那李大人如何肯定他就是凶手。”

李京兆油腻的脸上泛起一丝谦卑的得意，将手里的案卷随意翻开几页。

“那姨娘的死状与前几起命案一致，况且王虎若不是凶手，何以解释他会出现在案发现场？况且他对自己的所为供认不讳，在案发现场也找到了他还没来得及丢弃的凶器。”

说完，李京兆亮出了衙役方才呈上来的凶器。一把长约三寸、宽约一寸、背厚刃薄的常见柴刀。

林晚卿怔了一下，若是没有记错，之前那几桩案子的受害者身上，确实留下了利刃的割伤。只是……受害者身上的伤口并不像是这样一把刀造成的。特别是胸口上的致命伤，呈现出两头一样宽的创面，偶尔一两个伤口还隐隐可见对称之势。

此案久久不破，也是因为这一疑点无法解释。若那凶手的作案工具是这样一把刀，要如何才能造成如此伤势？

肚子里的话又开始躁动，像一锅将要煮开的水，咕嘟咕嘟吹得林晚卿握笔的手也开始抖了起来。她的袖子却再次被梁未平扯住了。

这一次，梁未平几乎是用着哀求的眼神看她，脸上满满写着五个大字——“不要管闲事”。

“……”林晚卿埋头，深吸一口气，将肚子里的水温硬是憋下去几度。

耳边传来李京兆聒噪的声音，带着点让人不适的黏腻。他声如洪钟，义愤填膺地道：“可恶这贼人，见色起意，就连病中妇人也不放过，趁着夜黑蒙面行凶！罔顾他身为金吾卫，吃着朝廷的俸禄！”说完啪啪两掌，将身侧的案几拍得哐啷作响。

苏陌忆一言不发，沉默地往后仰了仰，嘴角噙着一抹让人看不分明的笑意。如同廊外那一抹氤氲雨气，带了丝凉意。

“那李大人的意思是，这案子可以直接交与刑部批复，也就算是结了？”

“这……”李京兆噎了一下，谄媚地道：“这案子犯人已经画押，自然不敢劳烦苏大人再审。本官打算今日就将卷宗送往刑部，让那帮食君之禄的老东西，为君分忧。”

气氛凝滞了一瞬，在苏陌忆没有说话之前，谁也不敢多嘴。

李京兆脸上的笑都已经僵硬，似乎下一刻就会绷不住，直到几声清脆的叩叩声打破了僵局。

苏陌忆略微敛了眼锋，分明的指节敲击在身侧太师椅的扶手上，发出让人有些心惊的闷响。

林晚卿心中隐约含了些说不清道不明的期待。但凡认真看过那几桩案子的人，不会察觉不到这个疑点。李京兆这么拙劣的手段，无疑是将苏陌忆当成朝中那些有名无实的纨绔在打发。苏陌忆要是有些真材实料，也断不会被他蒙蔽过去。

然而下一刻，苏陌忆淡然的声音却打碎了林晚卿的期待。他依然面不改色，只是捻了捻拇指和食指。

“既然如此，那就劳烦李大人向刑部报备了。”

林晚卿差点没呛着自己，不敢置信地抬头去看苏陌忆。却见他一脸淡然地看着李京兆，嘴上噙了一抹若有似无的嘲弄。接着他径直起身，广袖一拂，转身往屏风后走去。

林晚卿彻底懵了，只觉胸口发紧，好似五脏六腑都搅在了一起。那股躁动的气息又回来了，腾腾地往她的嗓子眼儿冲，憋得她快要喘不过气来。手里的笔也不知落到了哪里，她只觉得手脚都不听使唤。

昏昏沉沉之间，她听见一个声音颤抖着，被挤出喉咙：“王虎不是凶手。”

一石激起千层浪。林晚卿打了个惊嗝儿，迅速捂住了自己的嘴。说出去的话，泼出去的水，况且所有人都听到了。她下意识地去看梁未平，只见他一副痛心疾首的样子。一旁的李京兆则是满脸震惊，不可置信中带着点微不可察的忐忑。

“你说什么？”李京兆的眼角抽了抽，表情从不自然，变成了极其不自然。

林晚卿不敢立即回答，眼神越过他去瞟苏陌忆。那人却只是脚步微顿，依旧面无表情。看向她的眼神中带着一丝恰到好处的惊讶，沉默不语。气氛异常凝滞。

骑虎难下的林晚卿低了头，恭恭敬敬地道：“王虎不是凶手。”

“胡言乱语！”话音未落，李京兆惊怒的声音响起。

他广袖一甩，脸上横肉跳动，怒目道：“此案已经人赃俱获，凶手作案动机明确，作案手法清晰。自己都已经认罪，哪容你个小录事多嘴胡说！”

“可是大人不觉得有问题吗？”

“什么问题？”

林晚卿豁出去，反问道：“大人说王虎被擒之时是在作案现场？”

“正是。”

“那他为何要蒙着面？大人可是忘了之前的几桩奸杀案，所有死者的双眼都是被黑布蒙蔽的。既然凶手已经蒙上了死者的双眼，又为何要戴面巾？这不是多此一举吗？”

“这……”李京兆一噎，一时无言以对。

林晚卿继续道：“且不说凶器和之前受害者身上的伤痕是否吻合，单说这王虎既然是金吾卫护卫，又是在夜间巡逻之时作案，他为什么不选择随身携带的长剑作为工具，而是要另外带一把这样不大不小的刀具？”

“啊……这……”李京兆满面难色，已经开始默默拭汗。

“还有，之前的几桩连环案呈现出很明显的一致性。从受害者的身份到伤口，再到被发现之时的姿态，这说明凶手的模式是固定的。那么，一个固定在白天行凶的人，为什么突然转变模式，变成夜间作案？”

“闭嘴！”李京兆被这一串连珠炮似的问题逼得无路可退。他将案上的那轴卷宗甩到林晚卿眼前，气急败坏地道，“犯人都已经认罪了，他还能冤枉了自己不成？”

“那万一……”“你给我住口！你一个小小的录事，莫不成还想抢了判官的活？以下犯上，简直放肆！”

林晚卿的反驳被打断，李京兆抬出了官架子。她只得噤了声，因为再辩下去也只是飞蛾扑火，无济于事，除非……不甘的小心思一起，林晚卿侧了侧身，转头看向苏陌忆。他依然是不动声色地负手而立，一张刀刻的面容猜不出喜怒。一身紫色官服透着浑然天成的贵气和威压，骨子里的那股凌厉就连这淅淅沥沥的雨声都浇不灭。话都说到这份儿上了，就算这人不是主管刑狱的大理寺卿，只要不是个草包贵族公子，便不会让此事就此揭过。林晚卿把苏陌忆当成了她此时唯一的希望。

一阵清朗的低笑传来，面前的男人破天荒地露出了今日唯一肉眼可辨的情绪。他的目光仅仅在林晚卿身上停留了不足一息，便堪堪转向了另一边满头细汗的李京兆。

“李大人破案虽然神速，可这驭下的功夫，显然是不够的啊。”说完，他只是语重心长地拍了拍李京兆的肩。转身走远之时，未再多看林晚卿一眼。

“是……是下官驭下无方……让，让苏大人看笑话了……”被落在身后的李京兆如蒙大赦，牵起袖子揩了揩额间的晶亮，也不知是汗还是油。

眼见苏陌忆走远，他才狠狠剜了林晚卿一眼道：“你既然不想做录事，那也就不用做了。明日你便离开我京兆府，另谋高就吧！”李京兆甩甩袖子，颠颠地追上苏陌忆的脚步。

第二章　疑点

李京兆追着苏陌忆走了。林晚卿看他跑远的身影，只觉得那一身绯红官服加上腰间的金玉带，将他勒得活像两节肥油的香肠。

她突然觉得想吐，转头避开，却直直撞上梁未平那张写满无奈的脸。

“我知道你要说什么，”林晚卿低头给自己顺气，随意晃了晃手，“可我现在不想听。”梁未平面露无奈，从袖子里摸出另一颗粽子糖递给林晚卿道：“这个点也该用午膳了，我请你喝酒吧。”

廊外的雨，依旧没有停下的趋势。梁未平拿来两把油伞，两个人出了京兆府，来到位于繁华西市的一家高档酒楼。今日不是休沐，故而这家专做权贵生意的酒楼并不十分热闹。

因为梁未平曾经在林晚卿的点拨下，帮着酒楼老板解决了一场食物中毒的官司，他的这张脸就成了此处的通行证。无论什么时候来，总是有上好的包间留着，珍藏的佳酿备着。林晚卿也跟着沾了几回光。

两个人收了伞，跟随店小二来到二楼的雅间。

林晚卿依旧是魂不守舍、心不在焉的样子。她兀自倒满了一杯茶，然后推开雕花的红木轩窗，斜倚在窗侧观雨。

梁未平这才恨铁不成钢地嘀咕道：“你呢，什么都好，就是这驴脾气不听劝。你又不是不了解李京兆的为人，今日苏大人在场，你当众下了他的颜面，他罢了你的职都是轻的。要我说，今日判你一个藐视公堂才是他的作风。”

林晚卿的目光被窗外的雨锁住，悠缓地嘬了口茶，什么也没说。

大理寺，她做梦都想去的地方。

原本以为借着这桩案子，能够被大理寺借调。可没承想，半途又出了这样的乱子。

这下可好，她不仅去不了大理寺，还被京兆府停职，连个接近的机会都没了。

烦躁的心绪一起，沉默的呼吸间也染上了焦虑。

林晚卿握杯的手一紧，没头没脑地问出一句：“梁兄可知道大理寺卿苏大人？”

梁未平歪了歪脑袋，手上的茶盏一顿，反问道：“盛京之中，上至皇室贵胄下至乞丐混混，哪有不认识苏大人的？”

“我是说……”林晚卿斟酌片刻，选了一个最委婉的词，“背景。”

“这……”梁未平下意识地一顿，蹙眉道：“只听说他是皇上的外甥，幼时父母双亡，所以是太后亲自抚养长大的。你别看他只是个世子，在朝中地位可不比那些所谓的亲王轻。”“哦？”杯中的茶水一晃，林晚卿也来了兴致，连忙追问道：“那这位苏大人的生母，是哪位公主呀？”

梁未平拧眉“啧”了一声：“这哪是我这个七品小官需要知道的事。我就比你早来盛京两年，每天起早贪黑案卷都写不完，这等大人物的家事，我哪有心力去过问？”

“哦……”林晚卿的语气低沉下来，想要使小聪明的愿望也落了空。真是苍天

无眼，草民的生死荣辱，到底是比不上王侯将相的一念之间。想她十年寒窗，为了去大理寺，放弃了人人艳羡的秘书省校书郎一职，甘愿先去京兆府做了个从九品的小录事。早盼晚盼的就是这么个机会，可是……

林晚卿越想越憋屈，越憋屈越生气。于是，当"苏陌忆狗官"五个字破空而来的时候，梁未平手里的杯盏都被吓得抖了抖。滚烫的茶水泼洒出来，湿了他的广袖。

"你！"梁未平的反应奇快，在林晚卿破口骂出第二句之前，已经抢先一步跃至其身后，一手锁喉，一手捂嘴，以迅雷不及掩耳之势将她后面的话都堵进了喉咙里。

"你不要命啦？"

林晚卿气愤地回瞪他，嘴里发出呜呜咽咽破碎的抗议声。

"你可知道当街辱骂朝廷命官是个什么罪名？你说你平时私下跟我骂骂李京兆那个草包就算了，苏大人你也敢如此大不敬，我看你真的是，嘶……"

梁未平挣扎着推开了林晚卿，不可置信地看看自己手上的一排牙印，再抬头看看面前那个出离愤怒的小白脸，瞪大了一双桃花眼道："你咬我？你敢咬我？你还当我是你结拜的兄长吗？"

林晚卿毫不示弱，绕着桌子躲开梁未平的攻击，一边跑一边回嘴道："那小弟敢问梁兄，当初与小弟结拜之时，是不是说过要不畏权贵，为民申冤的誓言？怎么，没有背景的草包李京兆敢欺负，皇亲国戚的苏陌忆就怕成了王八。你身为文人的骨气呢？你投身刑狱的初衷呢？""你……"梁未平被问得无言以对，只能追着林晚卿围着桌子转圈。两个人的脚步混着惊叫和质问，一时淹没了方才小间里的安静，直到一阵不急不缓的敲门声传来。

"谁啊？"两个人都在气头上，异口同声地怒问。

敲门声适时地停了，门外的人沉默不言。

两个人诧异地停了脚下的追赶。门外这才传来一个沉稳的声音，不疾不徐，带着恰到好处的疏离："大理寺卿苏大人请两位去隔壁雅间一谈。"

林晚卿："……"

梁未平："……"

俗话说，人倒霉了，喝凉水都塞牙。林晚卿深以为然。比如此刻，她无论如何也不会想到身为贵胄的苏大人，竟有如此雅兴，从京兆府出来之后，径直来了这间酒楼。她更想不到的是，酒楼这么空，雅间这么多，苏陌忆还就要了她隔壁那间。虽说隔墙有耳，但自己随便几句叫骂，竟然都能让别间听了去，看来这酒楼的装潢，要不得……要不得……

一室茶香氤氲，几盏油灯晃荡。雅间的门窗都被关上，外面的风和雨，透不进半分。

林晚卿觉得有些窒息。

一半是因为空间的密闭，还有一半是因为这屋里除了梁未平之外的一帮带刀侍卫。

而他们杵在一张红木茶案跟前的时候，这个头戴玉冠、身着官服的男人却凭几而坐，动作悠缓，旁若无人地翻阅着眼前的案卷。两盏茶的工夫里，他连一个余光都未曾给过两人。

苏陌忆翻书的姿势很好看，修长的三指轻轻搭扣在页角，剩余两指向内收起一个轻柔的弧度，恰到好处的优雅又不失威严。

哗哗的纸页脆响，激得林晚卿喉咙发紧，心跳怦怦。这么站下去什么时候是个头，还不如当头一刀来得痛快。她张了张嘴，准备豁出去。可是嘴里那个“苏”字还没出口，手臂就被梁未平掐住了。好吧……这一次，确实是她连累了梁未平，不多嘴就不多嘴。于是张开了的嘴，又怏怏地闭上了。

“你说王虎不是凶手，那凶手又是谁呢？”倚在凭几上的人终于有了反应。他长指一扬，将手里的案卷随意扔在茶案上，“啪”的一声惊响。

梁未平被这突如其来的一问吓得晃了晃，颤抖着声音问：“苏大人说的是奸杀案？还是王虎案的凶手？”

“奸杀案吧。”茶案后的人用食指点了点桌面，一旁的侍卫便上前给两个人各斟了一杯茶。

“你对凶手有什么了解？”苏陌忆的语气平静，茶虽然是斟给两个人的，但他的话却是问林晚卿的。

林晚卿不语，先接过茶盏——今春的第一批黄山毛峰。茶叶要在清明第一场雨之后采摘，晾晒干之后再小心研制，工艺复杂。而黄山离盛京路途遥远，清明才过去几日，应该是有人采制之后快马加鞭专程送到的……再看手中的茶瓯——是和田羊脂白玉，通体莹白半透光亮，如抛光之后的白蜡，不见一丝杂质……林晚卿咽了咽口水。因为她知道，这样品级的毛峰，这样优质的玉盏，除非御赐，官从四品的李京兆都不会有，更别说是这样的一间酒楼。看来这毛峰和杯盏，都是苏陌忆自带的。可是什么样的人，才会自己带着茶叶和茶杯到酒楼来品茗？

林晚卿一时哽住，思绪纷飞。

“这茶和杯，都是本官自带的。”

林晚卿：“……”

“可以回答本官的问题了吗？”

手上的茶水抖了抖，林晚卿强忍住忐忑，低声回道：“那个凶手应该是个身量不算魁梧，甚至可能有些瘦弱的青年男子。他绝不会是行伍出身，应当是做着相对卑微的活计。自卑，生活范围小，性格孤僻。”

“何以见得？”依旧是冷淡的、不辨情绪的声音。

林晚卿放下手中的茶瓯，朝着苏陌忆微微一拜道："敢问大人可还记得受害者的死状？"

"嗯，双眼被遮，手脚被缚，下体和胸口多处被利器刺伤。"

"正是。"林晚卿点头，若有所思地再问，"若大人你是这个强奸杀人犯，作案之前已经做好了杀人灭口的准备，为什么还要把受害人的眼睛遮起来？"

"大，大人……怎么会是强奸杀人犯？"身侧传来梁未平心惊胆战的声音。

苏陌忆并未在意，摆摆手示意林晚卿继续。

"性犯罪的犯人在作案的过程中，所有的快感都来自受害者的反抗、挣扎和绝望。眼睛，是传递这些情绪最好的渠道，他为什么反而要把它们遮起来？"

苏陌忆不语，脸上也看不出情绪。一旁的梁未平很害怕这样的沉默，于是慌忙打圆场道："许，许是……特殊性癖好……"

林晚卿没有急着反驳梁未平，继续提问道："那手脚被缚又是怎么回事？"

"也许，也许……还是性癖好……""那死者下体被利刃插入的刺伤呢？"

"还，还是……性癖好……"

"……"林晚卿看着梁未平，一副无语凝噎的模样。

梁未平被这目光看得背心一凉，猛地想起了什么似的从圆凳上一跃而起，梗着脖子道："我，我只是猜测……我可没有这么些嗜好……"林晚卿眼角抽了抽，语气里夹杂着一丝无奈："要我说，这些都是有原因的呢？"

苏陌忆："这话怎么说？"

林晚卿一笑，带着笃定："首先，凶手缚住受害人手脚，是因为他并没有那么强壮，可以在整个犯案过程中压制住受害者。所以，他才会宁愿浪费时间，冒着在现场被发现的风险，将死者都绑起来。这也说明了凶手是害怕自己会不敌受害者的。"

"那么，一个什么样的男人才会对自己这么不自信呢？"林晚卿掀起一侧唇角，自问自答。

"是极度自卑。一个极度自卑的男子，会害怕受害者看见自己。她们的注视，让他毛骨悚然，无法从杀戮中获得快感，所以，他会蒙住死者的双眼。"

梁未平闻言张了张嘴，想说话。

林晚卿没给他机会，继续道："最后，死者下体遭受的刺伤，给出了凶手自卑的原因。"苏陌忆微眯了眼，神色一如既往地难以琢磨。若不是他不自觉地向林晚卿倾去的身体，林晚卿几乎都要以为他不感兴趣了。

"他不举。"

在场之人皆是一怔。

"一个不举的男人，无法与女子正常交合，所以扭曲了他的心态，只能想象那

把冰冷的刀具是自己身体的一部分，以此反复刺伤死者，来获得快感。因为不举，所以自卑。串联到一起，案子的细节，便也就说得通了。”

外面的雨还在下着，因为关着窗的缘故，街面上行人踩过、车轮碾过路面的声音都闷闷地罩上了一层雾气，与这屋内诡异的氛围一比，反倒让心跳更快了几分。

苏陌忆仿佛听进去了，又仿佛没听进去。整个人从一开始到现在，宛若玉雕，藏在茶香氤氲之中，不辨情绪。许是他那股久为官者的威压，又或许是他出身贵胄的气质，林晚卿没来由地收起了方才的鲁莽，只抬眼看他。

白玉般的手指搭在杯沿，轻叩三下，苏陌忆似笑非笑地道：“林录事分析得有理。”

林晚卿一时怔住了，这句听起来不像褒奖的褒奖让她不知该如何接话，只小声问道：“那这案子，苏大人可是要带走？”

苏陌忆没有回答她，只挑了嘴角，起身将袍裾一撩作势要走。

林晚卿更懵了，跟着他转了个身：“苏大人？”

眼前的人脚步一顿，声音里既有赞赏，亦有惋惜：“这案子是京兆府的，虽然大理寺有权提案，但既然李京兆称这案子已经告破，那便是刑部复核的事了。”

“所以大人就算知道王虎被冤枉，真凶逍遥法外，也不打算插手了？”

苏陌忆转头看她，因为两个人身量的差距，他微微将身体前倾，注视着林晚卿带着鄙夷的眼睛道：“本官不知道王虎无不无辜，但本官知道，你只知奸杀案，不知王虎案。你只了解李京兆，不了解本官。”

苏陌忆一笑，带着笃定反问道：“不是吗？”

林晚卿无话可说。

苏陌忆这才直身走出小间，吩咐侍卫备车。

直到苏陌忆一行人出了酒楼，上了马车，林晚卿才堪堪回神，看向一边比她还懵的梁未平，问道：“他刚刚那句话是什么意思？”

被雨洗过的街道有些积水，车轮碾过会溅起点点水渍。

叶青驾着马，偶尔转头看向身后那个今日有些异常的人。他跟随苏陌忆近十年，这还是他第一次见自家主子做出如此匪夷所思的事情。先是派他跟着方才那两个小官，然后让他将辱骂自己的两个人给请了过去，最后，就这么嘴角带笑心满意足地出了酒楼……

叶青越想越觉得稀奇，手上的缰绳一个没注意拉急了，惊了马儿，连带出车厢里的一阵乱响。

“再东张西望心中腹诽，你也别跟着我了，明日起就去大理寺洒扫吧。”

身后传来不急不缓的声音，不怒自威。叶青觉得背脊发冷，忙服软似的转过了身，却听身后的人再次开口道："那个小录事确是难得一见的刑狱人才，只做个录事倒也是屈才了。"

叶青心中一惊，只觉得自家主子怕是有读心术，任何人任何时候的任何心思，都逃不过他的眼睛。

"那大人为何不……"没等叶青问完，苏陌忆笑着哼了一声，什么东西被他随手扔在了车里的小案上，发出一声闷响。

"可惜他只知破案，不通官场。这个张扬的性子放在大理寺，不是什么好事。"

叶青倒是没想到这些，又问："那大人准备如何？"

苏陌忆沉默了片刻，目光落在小案上的那一卷案宗上，眼里的神色亮了几分。他将食指和拇指叠在膝上捻了捻，轻声道："等着吧，吃些苦头就明白了。"

"可那两件案子，大人真的不管？"或许是害怕，叶青问得小心翼翼。

苏陌忆懒得跟叶青多说，阴阳怪气地道："你是第一天认识我？皇上前脚才要整肃朝纲，这后脚安插在宋中书院子里的人就没了。王虎的案子水有多深，她一个小录事不清楚，你还不知道？"

叶青无端被苏陌忆一顿批评，有些不甘心地道："那大人这放着不管，去了刑部，哪还有回转的余地？"

苏陌忆冷笑，分明的食指骨节敲打在车内的矮案上，发出一声一声的闷响。宋正行升任中书令之前是刑部尚书。这案子到了刑部，往下，他正好挖一挖宋正行留在刑部的余党。往上，也看看此人身后站着的，是什么妖魔鬼怪、魑魅魍魉。要知道皇上盯着的那几件案子，可不是一个区区中书令就可以包揽操作的。

但这些弯弯绕绕，朝堂权谋，苏陌忆实在懒得跟叶青讲，便只冷冰冰地丢下一句："你是我的贴身侍卫，不是大理寺丞。"

"……"叶青被怼得无言以对，心道这祖宗的毒舌症怕是又犯了，便只得耷拉着脑袋，默默闭嘴驾车。

走过几个街口，马车停在了大理寺门口。苏陌忆理了官袍下车，正命人将车里的案卷都搬到他处理公文的书房里去，一阵车轮的辘辘声从远处传来。

"世子。"来人是苏陌忆府院里的老管事，他将一块玉牌递给苏陌忆道："世子可是忘了今儿是什么日子了？"

苏陌忆看着玉牌一怔，恍然忆起，今日是太后的生辰。看来最近真是太忙了，连这样的日子都能给忘了。太后将他一手带大，如父如母，若是知道他连太后的生辰都记不得，怕是会真的伤心了。他不禁有些懊悔，接过管事手里的玉牌，抬眼看了看他的身后。果然是贴心的老人，就连进宫要用的穿戴都一并带来了。

苏陌忆这才放了心，跟着老管事进去更衣，随后吩咐了叶青将他书房里搜罗的

那套孤本寻来。

太后爱书，早年未出阁的时候也是小女儿脾性，最爱各种坊间小话本。后来入宫得了圣宠，要端庄大方，要母仪天下，看话本子这样上不得台面的爱好，就撇下了。当然，洞悉秋毫的苏大人可是看得一清二楚。

待苏陌忆打理好一切，堂而皇之地用史书封皮裹了话本，便赶在宫宴开始之前入了皇宫。

太后寿宴，本是大事。可太后向来节俭，这一次也不是什么逢十的大寿，便没有大肆操办。只是在宫中御花园设宴，皇亲国戚和朝廷三品以上官员可携家眷参加。苏陌忆到的时候还算早，跟到场的同僚宗亲打过照面之后，他的眼风就转到了宋中书的位置——空的。虽然是情理之中，可苏陌忆的心里却泛起了一阵意料之外的躁郁……“景澈。”

苏陌忆脚步微顿，回身却撞到身侧之人。他正欲行礼道歉之时，却被人扶住了手，举动很是亲昵。他一怔，随即开口道了声：“梁王。”

梁王见他拘礼，兀自笑起来，将扶着的手松开了，道：“论辈分，我是你的叔外祖父，这开口就唤封号的习惯，可是在官场上被逼的？”

苏陌忆颔首，没有回答。论辈分，梁王确是他母亲的叔叔，可鉴于梁王与太子母族的姻亲关系，在朝堂上是满朝皆知的“太子党”。苏陌忆只为皇上办事，不想与朝堂中任何一方势力产生纠葛，故而在这样的场合，也秉承着公事公办的态度。

“那件事情你也知道了？”苏陌忆抬头，见梁王正看着宋中书的空位。

“嗯，今日奉命去了京兆府才知道的。”

“听说凶手当场被捕？”梁王拂拂袖子，随口一问。

两个人沿着御花园中的小径，往皇室宗亲的座席走去。本是花香满径的氛围，苏陌忆闻言却微蹙了眉头，不冷不热地回道：“被捕之人还未经过刑部的审核，恐怕还不能算是凶手。”

几声爽朗的笑声传来，走在前面的人停住步子回头看他，语气里带着戏谑道：“苏大人这一板一眼、按章办事的作风，我今日可算是领教了。”

见苏陌忆依旧没有什么表情，梁王话锋一转，又道：“那金吾卫的王虎，我倒是耳闻过一些的。”

“哦？”苏陌忆有些意外。

“之前他在金吾卫之中便有些声名狼藉。据他的同僚说，王虎本就是个沉迷酒色之徒，秦楼楚馆也是常客。没承想竟然放纵至此……”梁王叹气，语气里颇有几分惋惜地道，“他如今被捕，以死谢罪，也算是罪有应得吧。”

苏陌忆没有接话，跟着梁王沿小径沉默前行。

月上宫墙柳，夜风拂晚楼。瓜形宫灯在苏陌忆身上投下昏黄的光晕，整个人显得亲近又冷漠。不得不说，如今只是弱冠之年的苏陌忆，饶是面对着比自己年长许多的亲王，那一身由严苛律法浸润出来的锋利，也带着一股天然的威严。他不说话的时候，便能给人一种无形的压力。

梁王也跟着沉默下来。他本想再开口说些什么，大黄门扯着嗓子的声音就从远处传来，在场众人闻声都哗啦啦跪了一片。

宴会开始，百官朝拜之后就是一派歌舞升平。

苏陌忆的位置被安排在一众皇子之中，只比太子低了一个台阶。他在下首，抬眼去瞧不远处的太后。老人家今日穿了一身喜气的绛紫礼服，她正侧着身子跟旁边的嬷嬷说话，眼睛却盯着下座的人群，似乎在找谁。

这还能是在找谁？苏陌忆低头轻笑，指腹摩挲得那套话本子沙沙作响。

“皇外祖母。”他缓步走了过去，“今日是您的寿辰，外孙儿一定会到。”

太后这才将眼神聚焦，看着他的脸本能地舒展开，可到了一半她又不知想到什么，便故作愠怒地收住，便憋出一个不上不下、又笑又怒的怪异模样。

苏陌忆被太后抬手就揪到了跟前：“敢情你还知道你皇外祖母的生辰？”这语气，他不用看都知道太后现在是什么表情。

苏陌忆立刻将手里的小话本奉上，带着笑道：“这是专程给皇外祖母准备的礼物。”

太后看见他手里拿的一套史书，怒气更甚。她正要发火之时，苏陌忆往她身边一侧，挡住了宫女、嬷嬷们的视线，将书本掀开一角轻声道：“孤本。”

喷薄欲出的火气霎时烟消云散，太后喜笑颜开地命人将书收好。她转而对着苏陌忆念叨：“你的这份心用在我一个老太婆身上也不嫌可惜，拿来哄哄小姑娘多好。”

苏陌忆背脊一凛，有种不祥的预感。

这太后盯着他的婚事，也不是一天两天了。之前还好，总归是由着他的，可自打他做了大理寺卿，渐渐忙起来，太后每一次见他，谈话的主题就变成了“逼婚”……

“这……咳咳……不是公务繁忙，抽不开身去关注别人了嘛……”他以手握拳轻咳两声，一边找着理由，一边转了个身，准备逃走，却再次被太后扯了回去。

“你说你，一天到晚不是跟死人，就是跟罪犯打交道。原本光风霁月、玉树临风的一个儿郎，现在总是板着张脸。外祖母看见你都得多加一件外袍，不然总觉得瘆得慌。”太后说完话，还真的随手披了件薄衣。

“……”苏陌忆安分地站着，不敢吭声。

“外祖母觉得，你也是早到了成家立业的年纪了，找个人管管你也好，照顾你也罢，也好让外祖母放些心。”

"外孙儿谨遵外祖母教诲。"苏陌忆不敢再听下去，赶紧乖巧地一拜，准备开溜。

"所以呢，哎，你别跑！"太后说着话，又将苏陌忆扯了回去，"你可知道你姝表妹前几日回宫了？多年未见，人家可惦念你得紧。你好不容易才进宫一次，待会儿见见人家？"

第三章　危机

太后的话虽然是个问句，但苏陌忆知道，她根本就没有询问自己的意思。老人家生辰，这满朝文武、皇室宗亲看着，他又不能真的拔腿就跑。于是，他只能挺着后背，弱弱地应了声是。

太后这边刚得了他的点头，那边就向坐在一旁的皇后使了眼色。

这所谓的姝表妹，就是陈皇后的小女儿，太后嫡亲的孙女嘉定公主，与苏陌忆也算得上是青梅竹马。由于她幼时体弱，时常风寒伴身，太医便建议将她送去比盛京温暖一些的江南养着。时间一晃儿过去十多年，小姑娘也出落成了亭亭玉立的美人。上个月太医诊脉之后觉得她的身子已经养好，大抵是可以回京了。陈皇后便派人将她接了回来。

这边恰逢太后听说皇上又给苏陌忆派了个棘手的案子，正唉声叹气地数落皇上只想着自己的江山社稷，对这个外甥一点都不关心的时候，嘉定公主或许是为了给自己的父皇解围，便对她这位苏表哥的情况略问了一二。

太后和皇后都是久居深宫的妇人，对这些小儿女心思一向敏锐，三言两语就问出了她的想法。两个人见她低头敛目，一张俏脸绯红的模样，只觉得若是能亲上加亲，这样的安排真是再好不过了。于是，便有了刚才的那一出。

太后紧紧地抓着苏陌忆的广袖，生怕他落跑，生生将他那身上的月白织云纹缎子都揪出一团皱。苏陌忆不自在地扯了扯袖子，觉得自己像是被押送的犯人。

苏陌忆正在思忖之间，一阵轻缓的脚步声伴着悦耳清脆的玉石击响，他耳边响起一个娇软的女声。

卫姝对着苏陌忆伏了伏身，低着头羞怯地道："见过表哥。"

苏陌忆面前的女子穿了一身藕粉色宫装。这本是再平常不过的打扮，但她白皙的皮肤和发髻上恰到好处的几支粉玉步摇，一步三晃，将她整个人都衬得像极了四月枝头上的一朵桃花，灼灼夭夭，随风轻摇，倒算是得体又顺眼的。可是这过于娇柔的音色和身段，与记忆中的那个骄纵任性的小表妹，倒是有了些差距。

苏陌忆不禁蹙了蹙眉，可有可无地“哦”了一声。那只被太后扯住的袖子，好像更歪了些，苏陌忆稳住心绪，憋出一个笑。

“见过嘉定公主。”苏陌忆的声音生硬得就像是在审问疑犯。

“哎！”太后牵过卫姝的手，打趣道，“你们打小相识，如今见了怎么这般生分？祖母可记得你小时候可是成天跟在你苏表哥身后，像个小尾巴。”

小姑娘低着头，羞红了一张脸，嗫嚅着：“祖母可别笑话姝儿了。”

软绵绵、娇滴滴的声音，任哪个男人听了都会丢心丢魂，可苏陌忆的眉头却偏偏越蹙越紧，都快成了个“川”字……但这也怪不得他。自他入大理寺以来，见过的几乎所有谋杀亲夫、通奸夺产的女犯人，都是这般美艳惑人、娇软无害的样子。因为这样的女子，才懂得利用自身的优势，获得男人的钱财、情爱、怜悯，以及性命……

袖子又歪了一截，苏陌忆回过神，发现太后沉着一张脸，一副“你要敢不接话，就给我等着”的表情。他无奈，抚额回了一个礼貌的笑。

太后这才松了手，将苏陌忆往卫姝那处一推，道：“别看你姝儿表妹温柔可人，她去江南的这些年，私底下也是钻研了一些刑狱奇案，前几日还找了本验伤集要与我讨论呢。”

苏陌忆十分疏离地点了点头，没有开口。

卫姝顺着太后的话见缝插针地道：“是的，那书中说可用滴骨法验亲，这可是见所未见，闻所未闻……”

“因为那是假的。”苏陌忆冷着一张脸，打断了卫姝的话，丝毫不给面子。

卫姝一时语塞，只能强笑着道：“可……我看书上说……”

“液体会浸入骨骼，是因为骨骼之中的细微缝隙，跟有没有血缘无关。”苏陌忆双眼平视前方，随手抚着被太后揪皱的袖子，沉声道，“若是喜欢刑狱验伤，不妨多看看医书，也比轻信这些坊间流传的无稽之谈要强。”

众人皆是哑口无言。饶是卫姝再宽心，此刻她已经僵硬的一张脸也绷不住了。小姑娘才回宫不久，就是对着亲生母亲都还带着些胆怯。被苏陌忆这么一说，她直接从两颊红到脖子根，十只莹白的手指无助地搅着手里的丝帕，下唇都快被咬出一片血色来。

“你给我过来！”太后再也看不下去了，再次拽住苏陌忆的袖子，将他拉得一个踉跄。一边的皇后也不好掺和什么，她领着被羞辱得眼泛泪光的卫姝避远了些。

“你这张嘴到底怎么回事？”太后气得一直喘气，又害怕被人听到，再让卫姝难堪，她便压着声音厉问道，“你就不会顺着人家的话往下接吗？”

苏陌忆还是一本正经的表情，严肃地道：“我是刑狱之官，错了就是错了，这

错的事情要如何顺着接？”

“你……咳咳……”太后被问得无语，一时又不知道该说什么，只能抚着胸口咳嗽，看着苏陌忆一脸痛心疾首地道，“之前替你相看的月安县主，你嫌人家虎牙不整齐。找个牙齿齐整的吧，你又嫌人家泪痣生得不对称。现在这姝表妹你又嫌弃人家什么？”

苏陌忆想了想，平淡地道：“走路太晃，还有些高低眉。”

太后闻言差点吐出一口血来。一旁的宫女、嬷嬷手忙脚乱地端茶递水，苏陌忆借机稍微退远了些。

太后缓了一会儿，接着埋怨道：“要我说，我就不该管你这事，早知道来来去去就是这么个结果，我还不如省点时间多看几页书。”

“外祖母说的是。”

“你……”太后又是一噎，逮着宫女递来的茶水再灌了一口。她烦躁地摆着手道：“走走走！我短期内不想再见你。”

看来又有一段时间不会被逼婚了，苏陌忆遂了意，心里松泛了些。便又恢复了方才乖巧的模样，他转身准备对着太后拜别。

余光不经意间瞥到台阶下那个空着的位置——宋正行。或许是因为宴会场里的灯被风吹得晃了一下，苏陌忆也跟着有一瞬间的晃神。对啊。若是早知道会有什么结果，为什么有的人还是会不惜铤而走险呢？太后是因为子孙大事不甘心，那他们呢？

思绪一旦撩起，就再也控制不住了。宋正行为官几十年，为什么会傻到要王虎去顶替一个严重，但却很容易不攻自破的罪名？就算王虎被判了死罪，那也得走过漫长的流程，刑部复核后，是要呈交皇上批阅的。在这个过程中，奸杀案的真凶随时都会再次犯案。那么，王虎的冤案便会不攻自破。宋正行做过刑部尚书，这件事他不会想不到。那么，就只有一种可能……呼吸一滞，苏陌忆被自己脑海中一闪而过的念头惊得背脊一凉。

那个还没拜完的揖礼就这么僵在了原处。

“皇外祖母，外孙儿还有要事在身，恐不能陪您用膳了。”话音刚落，苏陌忆甚至没有等太后的回复，便从后殿一路小跑着出了御花园。

到了宫门口，苏陌忆袍裾一扬，翻身上马，沉声吩咐叶青道：“快！去大理寺叫人！跟我去一趟京兆府死牢！”

春夜的风虽凉，但不刺骨，带着一些白日里潮湿的水汽，闷沉沉地压得人喘不过气。

梁未平看着面前那个小白脸，重重地吸了一口气才让自己不至于晕厥，连问话的声音都止不住颤抖："你……你说什么？"林晚卿藏在广袖下的拳头，拽得死紧，跟谁斗气似的回了一句："我说我要去审一审王虎。"

话音甫落，他的袖子就被梁未平攥紧了。

"祖宗……算为兄的求你，别再作死了……"

林晚卿看了眼梁未平声泪俱下的样子，却好似没有听到他的话，只抽回自己的袖子，朝着京兆府的方向快步走去。

"林、林晚卿！林晚卿你给我站住！"梁未平在后面追，气急败坏的。可是她根本没回头，连脚步都没有一丝迟疑。

梁未平觉得额角青筋突突地跳："你可知这擅闯京兆府死牢是个什么罪名？"

"我本就是京兆府的人，算什么擅闯？"林晚卿倒是反问得理直气壮。

"可你被停职了。"

"李京兆让我明天停职，那也就是说，今夜子时之前，我都还是京兆府的人。"

"……"梁未平一噎，好像在说理这件事上，他永远都扯不过林晚卿。

"你就一定得去吗？"梁未平气息微弱，问得近乎绝望。

"嗯。"坚定的一个字，落入黑夜，显得分外铿锵有力。

夜沉如水，周遭的事物影影绰绰。在一片不甚明亮的晦暗街灯下，梁未平看着林晚卿过于清瘦的侧脸，眼里映着的微光流转，他突然觉得什么东西变得清晰起来。算了吧，这个人的犟驴脾气一上来，真是十匹马都拉不回来。她这人，就这一点不惹人爱，可也就这么一点，最惹人爱。

梁未平兀自停了脚下杂乱的步子，看着那个浅灰色的身影越走越远，渐渐沉入夜。他无可奈何地叹了口气："我在清雅居。"他不想跟着她去送死，但若是出了事，林晚卿得知道去哪里找他来收尸。

前面的林晚卿一路小跑，耳边都是水渍飞溅的声音。青石板路上积攒的雨水混着泥，很快就沾染了她的袍角，留下深一块浅一块的印记。

苏陌忆说她不懂王虎的案子，她还真的不懂了。什么案子是要以冤枉人为代价才能查下去的？况且这被冤枉的人除了王虎，还有她。搭上了十年的努力和光阴，若是要她放弃这一切，那一定得走得清清楚楚，明明白白。总归不能被一句"你不懂"就打发掉的。谁都不能甘心。

林晚卿思绪纷飞，脚下生风，转眼已经到了京兆府门口。脚步一转，她便从侧门走了进去。

京兆府衙役小厮众多，狱卒虽然跟他们文官平日里并无过多交集，但林晚卿经常帮着录口供，往牢里跑的次数也多，故而与一些狱卒也有一些同僚之谊。如今她还穿着京兆府的官服，身上也有显示身份的木牌，再说早上也是她跟着李京兆去见

了苏陌忆。就说之前有些卷宗不齐，现在要进去再补录一份口供，应该也不算太困难。况且，赶在夜里的一次换班时间去，人若是少一些，会更好糊弄。

果然，不出所料，大牢门口的狱卒看了木牌，见她一身狼狈，便觉得必定是上头安排的急事，所以也不敢耽误，就放了她进去。

幽暗逼仄的死牢内，油灯燃出絮絮黑烟，在墙上留下斑驳的痕迹，一圈一圈地如同鬼魅。稍显空荡的空间里空气凝滞，呼吸间都是干草的霉臭和淡淡的腥气。空阔的脚步声响在耳边，一声一声，让她没来由地紧张起来。

死牢尽头的一盏半暗的油灯下，颓然地坐着一个衣衫褴褛的人。鬓发凌乱地遮挡住他的面容，与周围污浊一片的情形形成对比的是他衣服上半干涸的血迹。血迹太过显眼，将素白的囚衣染成红褐色。

“王虎？”林晚卿试着唤了一声。

首先回应她的却是一串铁链的惊响。那人像一只受惊的兽，惊慌失措之间只顾得抱头躲蹿。林晚卿没料到他会是这样的反应，踌躇着往后退了几步才见他在墙角处安静下来，低低地拿眼觑她。他的嘴角不停地蠕动着，窸窸窣窣地发出些声音。

走近一些，林晚卿才听到，他絮絮叨叨地念着的是：我招了，我全都招了……

林晚卿怔了一下，半晌才轻声问了句：“你都招什么了？”

眼前的人一愣，声音大了几分，里头带着不安的惶恐和满腔的怒怨：“是我杀的，赵姨娘就是我杀的，就是我杀的……”

听到这里，她总算是明白过来为什么王虎会承认这莫须有的罪名。天下所有的冤案，无外乎两种情况，有口难言，或是屈打成招。眼前这位，想必就是后者。他自知被擒获在现场，死者又是朝中三品大员颇为宠爱的姨娘。他想要全身而退，已经十分困难。想必李京兆一定跟他说了什么，应该是断了他所有的希望和念想。再加上严刑拷打和施压，暗无天日的这么一关，原本就惊慌失措的人很容易心理失防，变得人云亦云、予取予求。

林晚卿只得顺着问下去：“你说你杀了赵姨娘，那你可还记得自己用的是什么凶器？”

对面的人恍惚了一阵，像是努力在脑海中搜寻着什么，然后才道：“刀，一把……一把短刀。”

林晚卿微蹙了眉，冷着脸反问道：“你夜巡时分明带着剑。”带着剑，却要用刀，这不符合情理。

王虎果然被问住了，支吾着没了声音，一双沾满血污的手死死地抠住铁链，泛起冷白。

“王虎，你听我说。皇上已经把这个案子交给大理寺卿苏大人处理了。苏大人知道你被冤枉，可苦于你自己认了罪，他无法再插手。”林晚卿向前走了几步，声音越发轻柔，“只要你实话实说，苏大人一定能为你翻案。”话音甫落，面前的人终于抬起头来。一双充满惊恐和无措的眼睛，透过凌乱的头发，将信将疑地看着她。那干涸的嘴唇张开了又合上，嗫嚅着。

林晚卿走上前去，蹲在地上与他平视：“王虎，你可知道你这罪一认，必定是一死，甚至都不用等到秋后就会被处以极刑……”

“什么？”王虎的身子微微颤抖了一下，一双晦暗的眼睛瞪着林晚卿，不可置信地回道，“可是……可是李大人说，只要我认了此案，他会保我不死。甚至还可以将我送出盛京，宋大人也断不会寻我麻烦……”

林晚卿再凑近了些，浸着冷汗的手攀上围栏：“王虎，苏大人是你现在唯一的希望了。”眼前的人没了声音，像是落入了一场看不见的天人交战。头上的油灯明明灭灭，偶尔炸出呲啦轻响，火星溅出来，很快又灭下去。周围很安静，却也喧杂。林晚卿听见自己胸腔里那咚咚的乱撞，将目光锁死了王虎，仿佛要把他盯出两个窟窿来。

良久，王虎终于开口道：“我没有杀人。我去的时候，赵姨娘就已经死了。”

林晚卿心下一凛，追问道：“你半夜去女子闺房做什么？”

王虎苦笑道：“她是我青梅竹马的远亲，在她嫁入宋府之前，曾许给我为妻。可惜天意弄人……”

“你是去与她幽会的？”

王虎摇头，无奈地道：“自她嫁入宋府，我们便再也没见过。直到几日前的一天，我在街上偶遇了宋府的马车。她借机向我递来一张字条，求我带她出城。我只当是她回心转意，想要与我重修旧好，便允了。可那晚我在宅外无论如何都等不到人，担心她的安危，我这才想去探一探……”

“没承想，你一去便发现了她的尸体。”

“正是……”王虎似是自嘲，苦笑道，“她幼年丧母，接着又是丧父，好不容易认了侯府的表亲，转眼却被嫁到那样的地方。早知如此……”他的语气中带着难以掩饰的自责和惋惜，最终还是吞下了后面的话。

林晚卿知道现下不是触景伤情的时候，便继续问道：“那你可有在附近发现什么可疑之人？”

王虎埋头想了想，犹豫着道：“似乎，在我进门之前，见到一个女子。”

“哦？”林晚卿来了兴趣，“什么样的女子？”

“隔得有些远，瞧不真切。她大致身量不高，穿着看来像是宋府的丫鬟，似乎患有腿疾，走路的时候有些跛脚。可她只是在周围逗留了一会儿，并没有进去就离

开了。”

林晚卿蹙眉，一双灵动的眼也失了几分光泽。看来，王虎并不能提供什么有用的信息，但好歹证实了他真的是被冤枉的。至于那个女子，不管有没有干系，总归是不能放过的一个线索。

林晚卿思忖了片刻，对着王虎道：“我去取纸笔来，给你录一份口供。你得再签字画押，这份口供我会想办法递到苏大人手上。”

见王虎沉默了片刻，又点头应允，林晚卿转身跑着出了大牢。月亮不知什么时候探出个头，在寂静、清冷的春夜投下点点银辉，仿佛将林晚卿的心情都照得敞亮起来。风中飘着点点暗香，林晚卿动了动鼻子，是京兆府里的那棵春桃。月华流光，那棵桃树俨然月下一捧粉霞，微风一吹，清淡的甜味，带了点暖意。

林晚卿愉快地抬眼去瞧，余光里，一抹胭脂色极快地流转，伴着点点冷冽的白。林晚卿下意识地愣了一下，再转身去寻之时，却只见漫天粉雨飘然而下。哪有什么胭脂色，想必是空中纷飞的花瓣迷了她的眼而已。

她安了心，继续往最近的卷宗室跑。半路上她遇见两个结伴巡逻的京兆府衙役，正在月下嬉笑着比画手中的长剑。或许是月色太好，那抹银辉被剑上的锋刃一转，晃到眼中，就成了点点寒芒。等等……快要触到木门的那双手，就这么悬在了半空。

林晚卿眼前全是方才烟霞下的那抹冷白的光。那不是月，而是……而是……一把冷剑！

她呼吸一滞，背脊处腾地升起一股战栗。她顾不得拿上笔墨，只撩起袍脚，就朝着死牢一路奔去。

第四章　鞭刑

月色冷凝，风吹树影，无声地流转。

林晚卿从未觉得周围如此安静过，仿佛整个京兆府都被沉进了一方暗湖，深不见底。耳边是自己急促的呼吸和凌乱的脚步，一颗心被拽住往下，越来越沉。

大牢外本应该看守的一队衙役不见了。本应紧闭的牢门微敞，被夜风撩动，发出诡异的吱呀声。

林晚卿的脚步似乎一瞬间被什么攫住，怔怔地钉在了地上。空气里，是清淡的甜味，带着些暖意，像六月的水蜜桃……微风吹来，甜香散尽，清冽的月光里，却漫起一丝不易察觉的血腥味，还是热的。

“王……王虎……”林晚卿怔忡间，方才脊背上的那股凉意直蹿而上，变成脑子里的嗡鸣，突然炸开。她的眼前白了一瞬，连出口的声音都变了调，听得出明显的嘶哑。

她完全忘了自己是怎么进的那间血洗过的牢房。地上四处横陈着当值衙役的尸体，俨然一个屠宰场。他们个个都是一剑封喉，干净利落。空洞的眼睛无神地注视着前方，脸上的表情只停留在惊讶的那一刻。

林晚卿推开半掩着的牢门，看见王虎躺在地上。他无措地捂着自己快断成两截的脖子，全身抽搐，唇舌嚅动。他看着林晚卿的眼神带着哀求和急切，却说不出一句话来。

“王虎……王虎！”林晚卿失语，除了反复重复这个名字，其他的话都像长了刺，卡在喉咙里，转眼就变成了破碎的音调。

浸满冷汗的手摁住了王虎脖子上的伤口，黏腻温热的血就顺着指缝流下，湿了袖口，湿了前襟……

“别、别死……没、没事的……”林晚卿手忙脚乱地安慰着，说着毫无意义的话。

方才的那股甜味又来了，悄无声息地萦绕着。林晚卿怔住，察觉到手下摁着的那双手不知什么时候已经松开了，垂落到干草垛上，发出嚓嚓的轻响。不对，这响声分明更像是从身后传来的……

“铿——”眼前是一道冷白的光，耳边是金属相击的脆响。林晚卿只觉得脸侧一凉，像冬天里被突然贴上一块冰凌。紧接着便是“咚”的一声。那道冷光射入她眼前的墙缝，在跃动的火光下晃着森冷的白。她下意识地去摸自己的脸，才发现鬓边发丝凌乱，指尖上，是殷红的颜色和温热的腥湿。

身后适时地响起纷乱的脚步，林晚卿怔忡着转身，只见大牢从入口到尽头次第亮起火光，像一条火龙在眼前展开身体，原本火光幽暗的空间霎时灯火通明。牢房的门被谁重重地推开，拍击在木栏上哐当作响。周围霎时变得很安静，只剩下火把和油灯的哔剥声。

火光的背后，远远走来一个人影，他不疾不徐，月白的衣袍如霁月清风。待走到她跟前，看清她的相貌后，他一对剑眉肉眼可见地蹙了起来。

苏陌忆薄唇微动，神色复杂地看着她道：“林录事，怎么又是你？”

“咚——咚——咚——”子夜的更锣拖着绵长的尾音，散落在寂静的街道，随风漫入京兆府灯火通明的大堂。

晃动的烛火下，林晚卿失魂落魄地跪坐在地上，一双沾满干涸血迹的手相互拽着，指尖一遍遍地摩挲，像是要蹭掉一层皮。不知是冻的还是受了刺激，她沾了血的下颌一直在发抖。王虎的血迹干掉之后变成红褐色的一块，衬得她本就苍白的脸色，

愈发显得没了血色。

苏陌忆跟着李京兆进来的时候，就看到了这样一幅景象。他端的是一派云淡风轻，撩袍坐在了李京兆身旁的位置上。

林晚卿一直没什么反应，就算被薄毯兜头罩下，她也只是晃了晃身子，缓缓抬头觑向端坐正堂的李京兆。灯火下，她的半张脸都藏匿在薄毯的阴影里，看不清表情。

而半夜被人从被窝里拖起来的李京兆，此刻正一脸的疲倦和愠怒，看向林晚卿的眼神自然就带着点不善。他沉声一哼，将手里的案卷往桌上一砸，便指着林晚卿道："你可知道自己惹了什么事？"

堂下的人恍若未闻，只悠悠地抬起头，与他的目光对视。那双早时还澄澈灵动的眸子此刻竟是从未见过的晦暗、坚定。她就这么看着李京兆，不言不语，李京兆却没来由地脚下一软，偷偷咽了咽口水。

李京兆扯了扯身上有些紧束的官服道："你……你越权审问罪犯，导致王虎被杀，还平白无故搭上狱卒的几条人命，你……"

"你想说什么，说便是。"堂下的人突然张了口，漠然的声音响起，让在场的人都怔了一下。

林晚卿回了神，那双原本还有些迷茫的眼睛霎时澄澈起来，映着莹动的火光，格外熠熠生辉。

李京兆一惊，噎住了，一时也忘了回话。他颤抖着一只手，指向林晚卿道："你，你……越权在先，失职在后……干涉案件不说，还害死了疑犯！你竟然……"

"重要的根本不是我害死了王虎，而是他死了。被谁杀的？为什么要杀他？你不去过问这些事情，却抓住这点细枝末节，是妄想从这里揪出凶手吗？"

"大胆！"李京兆瞪着一双睡意惺忪的绿豆眼，声音洪亮，身子却不自觉地往后靠了靠，"凶手分明就是跟着你找到死牢的！你利用职权之便，让守卫的狱卒放松了警惕，这才酿成大祸。你竟然还敢理直气壮地歪曲事实辱骂本官……""你难道看不出来吗？"林晚卿拽着鲜血浸透的广袖，掀了身上的薄毯豁然起身道，"王虎无论如何都会死的！杀他的人显然是有备而来，就算不跟着我，他自己也会找过去。凶犯手法凌厉，下手利落！除了刺客和豢养的死士，有谁能做到在短短半盏茶的工夫里潜入大牢，并且接连杀掉几个手持利刃的狱卒？无论我去不去，王虎都活不过今晚！"

林晚卿质问着，三两步就到了李京兆跟前。她一身的血渍，有干涸的，有未干的。混着灯油的气味，腥闷得让人头晕。也不知是被血腥味冲的，还是被林晚卿吓得，李京兆一时慌张，连连后仰，险些从椅子上摔下去。他赶紧揪住桌角，慌忙吩咐衙役将林晚卿拦住。

李京兆这才松了口气，强打精神坐正了，还虚虚地用手扶了扶头上的乌纱帽：“重点是王虎死了，因为你……”

“重点根本是你错了！”林晚卿瞪着李京兆，分毫不惧，白皙的额角隐约可见冒起的青筋。

“王虎不是奸杀案的凶手，甚至赵姨娘都不是他杀的！然而你从头到尾除了屈打成招，贪功冒进之外还做了什么？要是早日查明王虎的冤屈，那是不是他就不用被关在大牢？是不是就不会死了？”

“你……你……”李京兆辩不过，被林晚卿这么一顿吼，就连气势都被压得弱了几分。他只能无能地狂怒道，“你藐视公堂，辱骂朝廷命官，按律笞刑三十！来人！给我……”

一声令下，然而还没等李京兆的那个“打”字出口，一句清冷的“等等”适时地打断了他。

李京兆这才想起静坐一旁，看了半天戏的苏陌忆。只见他月白的广袖一扬，骨节分明的长指挥了挥，方才还听令要蠢蠢欲动的衙役，霎时都跟蔫了的白菜一样，退了回去。

“苏大人……”李京兆还想说些什么，却被苏陌忆制止了。堂上就这么安静了一刹，火光跃动下，他蹙眉看向那个浑身是血的小录事。

林晚卿的发髻散了一边，乌发凌乱地搭在肩上。一边脸颊有明显的利刃擦伤，血珠已经凝固，挂在面前像一串红珊瑚。浅灰的官服上满是污渍、血迹……真是要多狼狈有多狼狈。可是……

心里的某一块地方忽然不可抑制地动了动，苏陌忆也说不清为了什么。为了她这副不知天高地厚的鲁莽？为了她洞察事实的敏锐？抑或只是为她这撞了南墙也不回头的执拗。

苏陌忆忽然笑了，仅仅是嘴角一丝弧线的挑动。这一刻，他觉得这个小录事有意思，很有意思。

“苏大人？”这一回，李京兆换了询问的语气，大约是他也察觉到了苏陌忆的反常，一时不敢妄动。

苏陌忆没有搭理李京兆，依旧看着林晚卿。他不疾不徐地问道：“你方才说，王虎没有杀赵姨娘？”堂下的人愣了一下，仿佛是没想到苏陌忆会问这个问题。她反应了片刻之后才坚定地道：“没有。”李京兆闻言嗤笑着，一脸的不屑：“你怎么知道他没有？”

“因为他没有杀人的理由。”李京兆又想说话，刚要开口，却被苏陌忆一个眼风给扫回去了。

苏陌忆继续问道：“那他半夜潜入女子闺房做什么？”

林晚卿沉默着，用牙齿轻咬着嘴唇里的嫩肉，虚弱地道：“若我说王虎告诉我，是他青梅竹马的赵姨娘给他递了纸条，要王虎带她私奔，大人信吗？”

心里悬着的疑问被证实了。苏陌忆不语，晃动的火光下，他的影子落在脚下的一尺二方地，右手的食指和拇指反复捻弄，发出细碎的沙沙声，眼神也遥远地不知落在了何处。

“苏大人？”李京兆揣着颗心，弱弱地问，“苏大人可是有什么指示？”

苏陌忆怔忡了一瞬，牵起一丝疏离的笑：“没了。”“那……这小录事……”为官多年，李京兆自然是惯会看人脸色。既然苏陌忆已经出面阻止，那下一步要怎么做，自然还是先问过他的意思。

苏陌忆似乎才反应过来，顺着李京兆的目光看向堂下的林晚卿。几乎没有任何的迟疑，他收回反复摩挲的手，轻缓地置于膝上，道：“她是京兆府的人，怎么责罚，自然轮不到我大理寺来做主，李京兆决定就好。”

李京兆脸上原本谄媚的笑容一冷，半晌才回过神来。身边的这位苏大人可是出了名的冷性冷情。别说这么一个名不见经传的小录事，就算是盛京正儿八经的皇亲国戚，但凡犯事，他都一视同仁，绝不护短包庇。他方才那么一问，倒是有点徇私枉法的意思。

弄巧成拙了，李京兆觉得懊恼，油腻腻的脸上又慌忙堆起点点笑意。他将苏陌忆恭维了一番，才对着堂下冷声道：“还愣着干什么？给我拖下去，打！”

林晚卿闻言一怔，原本直视着李京兆的双眸一闪，眼睛里流露出难得的忧色。仅仅一瞬，这抹神情却很快被苏陌忆捕捉到了。她……似乎是在害怕？呵呵！看样子靠一口气就能怼天怼地的林录事，居然也有害怕的时候？

苏陌忆压住上翘的嘴角，心里的惊诧很快就被细微的喜悦所取代了。知道害怕就好。知道害怕，就可以被掌控，能被掌控，就可以为他所用。

心思飞转之间，旁边的两名衙役已经上前将林晚卿架起，作势就要拖走。苏陌忆冷冷的声音打断了两个人的动作：“苏某方才想了一下，这三十板子的笞刑，是不是太重了些？”

“嗯？”李京兆一愣，一头雾水地看着苏陌忆。

或许是对自己疑似徇私行为的掩饰，一向秉公执法的苏大人有些不自在地以拳抵唇，轻咳道：“林录事藐视公堂是真，可半夜去调查王虎也算是分内之事，况且，王虎一案确有蹊跷。”末了，一个眼风不重不轻地扫过李京兆，苏陌忆又补上一句，“倒是比李大人上心，也比李大人敏锐。”

杀人诛心，就算是颠倒黑白，苏陌忆也是一贯的理直气壮，一句话就让李京兆的那口气憋到了嗓子眼儿，两股战战。

“是是是……”李京兆一边揩汗，一边附和道，“苏大人说得对，说得对。那……”“就笞刑十杖以示惩戒吧。”苏大人下了令，在场之人自然不敢忤逆。他们纷纷低眉顺眼地点头，就连拉人的力道都轻了许多。

然而林晚卿却依旧是一副担忧的神色。踌躇良久，林晚卿才看着苏陌忆弱弱地开口道：“可……不可以不打板子？”

“什么？”苏陌忆几乎给林晚卿问笑了，看她的眼神染上了点轻蔑。难得这人才智过人，虽然难驯，但良驹更是难寻。他不介意为了驯服林晚卿，先屈尊替他求个恩情。却不想，这人竟然蹬鼻子上脸，看样子不过也只是个贪生怕死的货色。

堂下的人似乎也猜到了他的婉转心思，像是在澄清什么，急着摆手道：“大人别误会。属下并非贪生怕死之辈，只是幼时家贫，双腿在冬日里留下了隐疾，害怕不能承受笞刑，这才有了这么个请求。”

“哦？”苏陌忆不屑，毕竟这些借口，他审犯人的时候已经听滥了。食指和拇指又藏在月白的广袖之下摩擦了起来，发出沙沙的响动。

“可是根据《南律》，这刑法之中除了笞刑，就只剩下鞭刑了。”说完苏陌忆故意停顿了一下，抬眼观察林晚卿的神色。

南朝鞭刑，一般是用来责罚犯了大过错的奴籍贱民。刑如其名，要将人吊起来，用牛皮扎成的鞭子在背上抽打。但那鞭子却不是普通的鞭子，上面布满倒刺，每一鞭下去，都是皮开肉绽、血肉模糊。作为京兆府的录事，林晚卿不可能不知道，苏陌忆这是在给她下马威。

然而出乎他意料的，林晚卿只是平静地笑笑，仿佛还在心里默默地松了口气一般，对着他一拜道：“谢大人恩典。”说完，就跟着两位衙役走了。

这倒是把震惊又抛给了苏陌忆。她害怕挨板子，却愿领受人人闻之丧胆的鞭刑。林晚卿这个人，真是越来越有趣了。

月上中天，春夜的空气里漫着一层薄雾，将眉眼都染上水渍。

苏陌忆从京兆府出来的时候，已经过了丑时。叶青跟着他从京兆府沉寂的正门走出，将手上的一件大氅搭到了他的肩上。

苏陌忆一面系着带子，一面抬头看了看天色。他忽然没头没脑地吩咐叶青道：“你现在去太医令白大人府上走一遭。”

“什么？”叶青几乎以为自己听岔了，也不知所措地抬头看了看天。这丑时三刻，正是万户梦沉的时分，就这么跑去人家府上……为了什么？

苏陌忆却对叶青的疑惑浑然不觉，俯身钻入马车，将身子往车厢上懒懒地一靠，驾车走远了。

叶青："……"这位祖宗能把话说完再走吗？

林晚卿已经很久没有做梦了。

梦里，她回到了四岁那一年，盛京大雪纷飞。她看见自己站在人群拥挤的街口，奋力地攀住身侧的一个石碑，怔怔地看向远处的父母。

记忆中的那场雪大得惊人，小小的她只看得见眼前一片白茫茫的。吸进去的每一口空气，都是扎心扎肺地疼。像一把利刃，从喉咙一路滑下，最后跌进胃里，变成沉甸甸的一块。

那是一个半人高的木台，上面不仅有她的父母，还有萧家上下二十一口人。是的，她不姓林，她姓萧。

这是她为数不多的关于童年，关于父母的记忆。她记得那天身着铠甲的官兵冲进萧府的时候，母亲将她藏在了厨房里荒置的旧灶下，告诉她，等下她看到的一切只是一场游戏。如果她能不被发现，就赢了。之后她可以从后门出去，父亲的挚友林伯父会奖励她，带她去从未去过的地方，吃从未吃过的东西。小孩子一旦起了玩心，是很好骗的，哪怕是一个漏洞百出的解释。

林晚卿是在离开盛京的路上发现不对劲的。一向守诺的父母没能跟她一同去那个他们口中好玩的地方。

也许是直觉，也许是小孩与生俱来的天不怕地不怕的孤勇。她找借口偷偷又逃回了盛京，才从街头巷尾的议论中知道，她的父亲被三司会审，判了满门抄斩。她并不知道这是什么意思，只是从百姓们的语气中直觉这不是什么好事。然后她便浑浑噩噩地跟着人群去了西市的路口。

仅仅一眼，她吓得几乎失声。高高的木台上，萧家二十一口人一字排跪。他们身后，都是手持大刀的刽子手。不辨周遭的大雪中，她看见森凉的刀锋，晃得她眼睛生疼。

一个身着华服的男子从刀光之后走出来，拿出一张明黄色的锦卷，朗声读了些什么东西，可惜她听不懂。那是她第一次觉得后悔，早知道应该听母亲的话，好好地跟着先生念书。

群众哗然。他们纷纷前向推挤，差点将她攀着的石碑也推下来。林晚卿只能死死地抠住那块冰冷的石头，浑然不觉指甲断了，戳进肉里，幼嫩的指尖涔涔地流下血来。

高高的木台上，那个华服男子做了个手势，刽子手上前一步，将所有人都按在了石板上，露出脖子。屠刀被高高举起，锋利的刀口上寒芒跃动。她终于知道了什么，可是，她什么也不能做。眼泪顺着被冻到麻木的两颊流下，连依稀的视线都被遮蔽了。

"爹，爹爹……"她嗫嚅着，声音干涸而嘶哑。

一只手从人群中飞快地伸出，将她紧紧拽住，力道之大，她整个人都被拉离了石碑。一个带着风雪湿意的怀抱贴了上来，将她紧紧抱住。

“别看！”她记得林伯父对她说。林晚卿说不出话，只是哭。大雪窸窸窣窣地飘落，沾上她的睫毛，又匆匆地化成水，湿淋淋的一片。

“闭上眼睛！”仿佛被抽离了最后一丝的力气，林晚卿照做，看向林伯父的身后，一双大手抚上她的小耳朵。隐隐约约，从很远很远的地方，她似乎听见一声闷响，万籁俱寂……“从今往后，你是我林向矣的女儿，叫林晚卿。”林晚卿……

林晚卿。

梦里的那一声声林晚卿，渐渐虚幻，又慢慢叠加，变成耳边一声夹着热气的林晚卿。她昏沉沉地睁开了眼。入目的是梁未平那张半是恼怒、半是担忧的脸。昏暗的烛火从他背后映过来，将他本就不怎么出众的五官，再度模糊了几分。

林晚卿这才想起来，昨日受完刑，被人扶进了京兆府留给他们临时暂住的小间。因为白日的劳累奔波，再加上几道新伤，她一沾床就晕了过去。

梁未平应该是听说了什么，自己找来的。她动了动手，才发现自己还趴在床上。昨日穿的那件灰袍沾满血迹，现在干了，粘在背上，一动就拉得疼。被子虚虚地掩在她的身上，一点也不顶用。有伤就有寒。

这伤口昨日没来得及处理，又这么将就地睡了一晚，林晚卿现在只觉得头晕发冷，四肢乏力。应该是发热了。

她看向梁未平，嘴角牵起一个虚弱的笑，喉咙里挤出一句干哑的话：“梁兄。”梁未平一愣，赶快取了杯水来。

十二年了。她的执念带她走到这里，却也终结在这里。林晚卿以为，自己早已不是那个无助的小姑娘。可如今才发现，一切又都回到了原点。就连这不轻不重的伤口，都找不到一个能帮自己清理的人。她看着梁未平苦涩地笑，伸手轻轻挥开了他递来的水。

林晚卿唤他，依然是哑着嗓子：“梁兄，若我告诉你一个秘密，你能替我保守住吗？”

梁未平手上的水抖了抖，挣扎了一会儿才试探着问道：“什、什么……”

林晚卿知道他是个胆小的人，也无意将他拉入任何危险的境地。可如今除了梁未平，她找不到第二个可以信任的人。她将身子从床榻上半撑起来，那一头乌黑如瀑的长发带着淡淡的光，从肩背垂落。将她原本就秀气的面容衬得更柔了几分。就这么短短的一个瞬间，梁未平便有些慌了。一个萦绕在他心头千百遍的荒唐念头突然蹿起，像关不住的流星蛱蝶。

林晚卿从容地扯下脖颈处那块粘上去的假喉结，将遮住视线的头发往后拢了拢，仰头看着梁未平道：“梁兄可曾怀疑过我的身份？”

手里的水再也端不住了，手一软，就洒了一地，湿淋淋地到处淌。

“你，你是……你是……”

林晚卿沉声接过他的话：“我是女子。”

第五章　刺客

梁未平脚下一软，只觉得站也站不住了。是呀，他曾经也不止一次地怀疑过林晚卿的身份——秋水眼、芙蓉面、凝脂皮、杨柳腰……眼前的这个人，怎么看都应该是一个女子。可是百年以来，南朝不许女子参加科举，更别说为官。梁未平之所以无数次怀疑，却次次都轻巧揭过，就是因为他不相信竟然会有女子甘愿冒着欺君的罪名，如此想不开。说到欺君，梁未平咽了咽口水……如今他也知晓了此事，是不是也算包庇、欺君了？

或许是从梁未平时青时白的脸色里猜到了什么，林晚卿补充道：“梁兄不必担忧。此事只有你一人知晓，若是真有东窗事发之日，你只需假装不知，我定然不会供出梁兄。”

“嗯。”梁未平点头。反正不想知道也知道了，他还能真的给忘了不成？只是这接下来……梁未平低头，目光落在林晚卿破碎的衣袍上，一时有些无措。顺着他的目光，林晚卿也转头，看了看自己的后背。浅灰色的衣袍渗血，还有些裂口。好在最近天气不热，中衣也穿得不算单薄，倒是没露出里面的裹胸来。

林晚卿便对着梁未平道：“如今我也没有可信之人，还烦请梁兄帮忙清理一下伤口。”

梁未平一怔，两只手都快搅在一起。可纠结半晌之后，他还是走到了墙侧的矮柜前，摸来一把剪刀。

咔嚓咔嚓的清脆声音响起，林晚卿觉得自己背上凉了一片。衣服倒还好说，只是里面用于裹胸的布条沾了血污，干涸之后早已和翻出的皮肉混在了一起，只要稍微扯一下就是眼冒金星地疼。梁未平动了两下，见林晚卿咬牙喘气的模样，又不敢再下手了。

或许是伤口拉扯得太疼，林晚卿趴在床上喘气的时候，鼻子一酸，几滴泪水就顺着鼻尖落了下来。一股说不清是委屈，还是不甘的情绪突然翻涌起来，她干脆起身，发狠地将背后的布条乱扯一通。伤口才止血，被她这么一扯，又涔涔地冒出血来。

梁未平在一边看得心惊肉跳，想上前阻止，却碍于男女大防，不知该如何下手。

正在这时，门外响起了笃笃的敲门声。两个人一惊，林晚卿赶快用棉被将自己裹住，退到了床榻里侧。

“谁啊？”梁未平并不健壮的身躯挡在床榻前，张开微微颤抖的双臂，他对着外面强打精神地问了一句。

“是我，大理寺卿苏大人的侍卫，叶青。”

屋里的两个人呼吸都快停止了。梁未平惊恐地瞪着眼睛，转头看林晚卿，却见林晚卿正一样惊恐地望向他。

“笃笃笃……”单薄的木门又晃了起来，连带着床榻都抖了几抖。

林晚卿觉得，若是叶青拍门的力道再大几分，那扇小破门就能被拍飞了。所以现在他们在这里纠结开不开门，似乎意义不大……于是，当房门被打开的时候，叶青看到的就是梁未平满头大汗，脚步虚浮地守在林晚卿床榻前。而床榻上的林晚卿，用棉被将自己裹成了个粽子，不留一丝缝隙。两个人看他的眼神都有些闪躲。林晚卿的眼中，甚至还带上了一点防备。

叶青是个粗人，一向搞不明白人心里的这些弯弯绕绕，也就懒得去细问。他将背上的两大包草药放在小间的矮桌上，道：“这是苏大人让我送来的。”

林晚卿愣了一下，不敢相信自己的耳朵。

叶青又伸手去怀里摸了一通，拿出一个小瓷瓶放在桌上，道:“他让我给你带句话，治好伤，去大理寺报到。”

这些日子以来，林晚卿一直恍恍惚惚，不敢相信这是真的。直到她端端正正地站在了苏陌忆的书房之外，抬头看向那块御赐烫金牌匾之时，才觉得好像真是那么回事。

门口的衙役听她报了姓名，便将她一路领到了这里，甚至毫不见外地替她开了门，让她进去里面等。

这是一间古雅质朴的书房。

窗边有一张黄花梨木桌，一把太师椅，旁边是一架山水青鸾的大屏风，把房间里另一侧的高木架都隔开来。

林晚卿来到一个木架前，只见上面整整齐齐地排列着一些标着名字和编号的卷宗，一眼望不到头，宛如城墙上的砖块，细密而整洁。

洪武六年扬州王氏灭门案，青州无头女尸案，荆州知府受贿案，冀州……

林晚卿沿着书架走了一圈，着实被卷宗的数量吓了一跳。

这些都是苏陌忆在大理寺的四年间办下的案子，其案之多之重，令人瞠目。只是……她脚步一顿，似乎察觉出什么不对劲，于是退回到最开头，又把这些卷宗理了一遍。这人，是按照年份、州县、凶犯姓名给这些卷宗都编了号吗？心头一跳，

林晚卿的手停在了案卷底部的一行小字上——“天地玄黄，宇宙洪荒……甲乙丙丁，戊己庚辛……”“……”这得多别扭才会干出这么拧巴的事情来？林晚卿的嘴角抽了抽，突然对自己的这个新上司有点害怕。

身后的门在这个时候被推开了。松木夹杂着青草的味道，带了点四月里的绿樱香，是干净清爽的味道。

林晚卿后背一凛，转身正欲拜见，却见苏陌忆沉着个脸径直向她走来，二话不说地几乎快将她抵到身后的木架上。饶是设想过千百次的见面场景，林晚卿当下也只剩手足无措。

方才入门时的清幽味道此刻将她全然包围，霎时浓烈了数倍，甚至隐隐带上了杀气。书页的潮气混杂着新鲜的墨香——这人应当是从审讯堂直接过来的。

她强压住要跳出喉咙的心脏，抬头想看看苏陌忆的表情。无奈两个人身量差距太大，林晚卿哪怕踮起脚也只能看见苏陌忆的喉结。

“我……小人……只是……”

眼前的人根本没听她解释，往旁边一侧，长臂拂过她的耳边，冷声道：“往旁边去。”

林晚卿一怔，顺着木架挪了挪脚步。

苏陌忆微蹙剑眉，长指落在她方才碰过的一卷卷宗上，侧身平视半晌，将它往外抽动了一毫的距离。所有卷宗又恢复了一条直线的完美状态，苏陌忆满足地叹出一口气，这才起身看向林晚卿。

“……”林晚卿眼皮狂跳，无言以对。

“品茗，一道？”“哈？”

阳光正盛，斑驳陆离。

林晚卿没有想到，这个看起来冷情冷性的大理寺卿，竟然在自己书房后面的绿樱林里弄了个颇具情调的小凉台。凉台不高，除了轻轻摆拂的素白纱幔，四周都没有遮蔽，正是欣赏落樱暖阳的好去处。

林晚卿怀着忐忑的心情，跟随苏陌忆坐下。

苏陌忆一直沉默不语，低头整理袍裾，似乎在思忖什么。

旁边一个小厮搬了些卷宗过来，正要退下，却被林晚卿唤住了。

“一壶西湖龙井，谢谢。”

小厮一愣，看着林晚卿不屑地道：“这里是大理寺，不是酒楼茶馆。”

林晚卿一噎，刚要说话，却听见对面的人缓声道：“一壶西湖龙井，两盏茶瓯。”

“是。”小厮颔首，放下卷宗走了。

林晚卿：“……”“你对王虎的死怎么看？”

一卷案宗被递到了眼前，林晚卿回神接过来，缓缓展开。案宗是王虎身涉的奸杀案不错，但已经和前年的那桩案子撇清了关系。这卷案宗也是新写的，上面还落下了大理寺卿的官印。

“大人……”林晚卿心中一凛，诧异地抬头看向苏陌忆。她记得苏陌忆之前说过，不想管这个案子的。

茶香氤氲，面前的人不疾不徐地为她斟茶，缓声道：“现在这两桩案子都是大理寺的。”两桩案子？意思就是，他不仅接管了王虎的案子，就连那桩连环奸杀案也一并接管了。

林晚卿握着卷宗的手抖了抖，又听苏陌忆问道：“你觉得王虎之死是谁做的？”

“当然是真凶。”

“哦？”苏陌忆波澜不惊，只将一盏热茶推到她的跟前。

“大约在王虎入狱之时，真凶就已经想到了这一步。”

苏陌忆闻言神情微舒，嘴角浮起一丝微不可察的笑意：“可若是真凶做的，那不应当做成畏罪自杀的模样吗？”

林晚卿低头啜了一口茶，思忖道：“照如此一说，那为何真凶不在一开始就直接杀了王虎，要让他来这狱里走一遭？在外面杀人不是比在狱里杀人容易许多吗？”

苏陌忆沉默不语，默默添茶。

“所以王虎是真凶一开始就没有考虑到的变数。”林晚卿看着苏陌忆，继续道，“真凶想杀的人原本只有赵姨娘，他是想把此案推给奸杀案的凶手。对于那样一个穷凶极恶的人，受害者多一个少一个，没有人会深究，是最好的嫁祸对象。”

“可是京兆尹去的时候，却碰巧在案发现场遇见了王虎。”

林晚卿点头：“对，一定是这样。所以，是李京兆自己错把王虎当成了凶手，然后贪功冒进、屈打成招。凶手害怕事情败露，才想要杀人灭口。”

苏陌忆不置可否，骨节分明的食指在白玉杯沿上有一搭没一搭地轻叩着：“那便又回到那个问题，为何不做成畏罪自杀？”

林晚卿沉默了。是的，若是要杀人灭口，真凶断不会做出这样的事，摆明了要引起各方关注，道理上着实说不通。从现场的死者来看，动手的人显然是受过专业训练的。若是要神不知鬼不觉地潜入大牢，也不会做不到。陷入了僵局，两个人间只剩下和风落英。

苏陌忆掸了掸袍裾上的飞絮道：“也不急这一时，待你熟悉了大理寺，一切可以从长计议。”说到大理寺，林晚卿起了其他心思，追着苏陌忆撩袍起身的动作站了起来，双眸晶亮地试探道：“听说大理寺存有建朝以来，所有重案要案的卷宗？”苏陌忆一顿，转身回问：“所以呢？”

林晚卿倒是不客气，直言道："那我休沐的时候可以去看看吗？"

"休沐？"苏陌忆状似不解，"你又不是大理寺编制，何来的休沐？"

"……"林晚卿愣了一下，张了张嘴，没发出一个音节。也就是说，苏陌忆让她来大理寺，却不打算给她名分？这真的是掌管天下刑狱的大理寺，而不是什么街边的黑心作坊吗？

而眼前的人却一脸正气、理直气壮地道："你是本官单独邀来的，自然是跟随本官的行程。"

"那……"林晚卿稳住快要崩坏的表情，"那我若要查询一些资料文献该怎么办？"

苏大人依旧是一派凛然地道："你负责的案子就只有连环奸杀案这一桩，要查资料也应当去京兆府。"

"……"林晚卿已经感觉受了内伤，却仍不死心地道："我天资愚钝，有时需要前人的经验来打开思路，故而……"

没等林晚卿说完，苏陌忆仿佛失去了耐心，他转身时留下一句："天资愚钝，刚好用这桩奸杀案来正一正名，反正我大理寺也不养闲人。"

林晚卿："……"

大理寺，亥时。夜色沉酽，偏院小间的轩窗中散落着忽明忽暗的烛火。一场大雨过后，空气中流淌着青草落英的香气。

林晚卿揉了揉酸疼的脖子，从桌上的一堆案卷中抬起头来。春夜乏沉，人本就极易困倦。她忍不住打了个哈欠，拾起一截竹签拨了拨灯芯。

苏陌忆只给了她七日的时间。若是能找到新的线索，她便可以正式进入大理寺，那间卷宗室她就可以去了。故而三日以来，她几乎日夜都泡在这里，研读苦思。

反正没地方去，林晚卿干脆把所有家当都搬过来了。到底是新环境，一切都还不适应，特别是身边还少了一个聒噪的人。之前在京兆府办案的时候，她和梁未平经常几宿几宿地辩论。虽然次次都是她全方位压倒式地获胜，但跟别人讨论和独自冥思苦想，林晚卿觉得，还是有着不小的差距。她叹了口气，有点想念梁未平。

眼神随着飘忽的思绪飞出窗外，一轮明月高悬夜空。院中的几株春梅已经长叶，叶尖儿在月色下泛着点点银光。

月色流转之间，一株矮木无风无雨地摇了摇。一股熟悉的，清甜的香味袭来，静谧得如同这沉月。

林晚卿愣了一下，想起王虎被杀那夜的一抹胭脂色……脊背处的一股阴凉蹿起，她无意识地咬了咬牙。可与此同时，心中的那股不甘也出现了，甚至还带上了一点窃喜。她立即摸出一把袖箭，出了小间。

那道黑影稍微一顿，沿着小院的廊庑脚尖一点，翩然跃出围墙。身形轻盈到……不像是一个男子。

林晚卿紧跟着追出小院，深夜的月下，只见他沿着九曲回廊，向着不远处的小池纵身跳下。月下波光间，那个黑影如惊鸿一般飞过，脚尖只在池上留下浅浅印迹。回眸看她之时，她甚至觉得黑影的动作宛如翩跹而舞……林晚卿思忖着，快速搜索着脑海里的一切记忆。晃神之间，她离那个黑影越来越远。眼睛一眨，他已经融入一片开阔的夜色再也不见。

林晚卿停下来，才发现自己跟着来到了一片开阔地带。这里无花无树，就连一间屋子都没有。若是要藏身，必定不会在此处。她步履轻移，顺着黑暗寻过去，耳边却是一阵哗啦的水响。回廊的尽头，一间偌大的书房还亮着灯，在黑夜里微光明灭。

远远地，林晚卿看见屋内亮着灯的窗棂上，悠悠映出一个一闪而过的纤瘦身影。是他！她心中感到惊喜，步下生风，向着亮着灯的屋子猛然一跃！

咔嚓！木质的轩窗碎成残渣四散，林晚卿从窗口纵身而入。落地的一瞬间，她只觉得脚下一滑，似乎踩到了一摊水渍，重心霎时不稳，整个人便朝后仰去。

一声闷响之后，尘埃落定。她躺在地上，全身酸痛，挣扎着爬不起来。头顶上一束阴阴的冷光，向她穿刺而来……

浴池里的人挑眉看着眼前这一切，手上拿着的书，抖了抖："这一次，你又想做什么？"

清冷的男声，愣是让热气氤氲的浴室都降了几度。不会吧……这人除了给自己布置凉台，在书房后面还给自己开辟了一间净室？

林晚卿语塞，嗫嚅地道："我……我好像看见了杀掉王虎的刺客……"

"哦？"苏陌忆悠然地放下手中的书，往前趴靠在浴池边看着她，接着问，"那抓到了吗？"

"没……就是……还在追呢……"林晚卿说着话，默默地在地上躺着换了个方向，颤颤巍巍地站了起来。

"大人……您慢慢洗……我……再到别处去看看……"她起身捡了袖箭，连身上的水都来不及擦，拔腿就逃。

可是抬头之间却看到靠在屏风上的一面铜镜，在悠悠的反光中，苏陌忆的身后是……

那个黑衣人！她双眸一紧，顾不得多想，便转身向着那个黑影扣动了手中的机关！

哗哗的水声漫溢，林晚卿只见万千水浪惊现眼前，在微晃的烛火下全然映成晶亮的一片。然而在水浪之后……某人紧实无瑕的肌肤、匀称健硕的线条，映着水光和烛火历历在目！她霎时屏住了呼吸，一支袖箭也失了准头，射进了那面铜镜。

屋内的烛火被苏陌忆泼出的水浪熄灭了，瞬间的黑暗，让林晚卿眼前的一切都没了着落。一片黑暗之中，她看不见苏陌忆，当然也看不见那个黑衣人，一时间只能手足无措地站着，不知如何是好。

“在这里别动。”熟悉的男声在耳边响起，热气混杂着他独有的松木青草香在鼻尖晕染开。

林晚卿心头一抖，觉得脚下更麻了。

微风吹来，眼前一线白光闪过，触感是柔软的丝绸。苏陌忆快速取了一侧屏风上的白色内袍，将自己的全身裹住。

月光翻涌之间，耳边已经是你来我往的簌簌响动。那人拿着武器，周遭空气嗖嗖作响，想是已经将一把剑舞得密不透风。

也不知是谁不敌谁，几招之内，已经有人被打得步伐微乱，连招式都不甚连贯。

“唔……”一声闷哼，随后便是室内屏风碎裂的脆响。房间里安静下来。

站在原地半天的林晚卿，借着月光好不容易才缓过来，眼前清明了几分，此刻却又听到一声巨响，又不知是谁被击中了。想是文官出身的苏陌忆手无寸铁，又没穿什么衣服，活动不太方便，在打斗中处于下风。

她只觉心中一凛，也顾不得什么，向着站立的那个黑影一掌拍去。黑影果然反应够快，侧身一躲，灵巧得像一尾滑溜溜的鱼。

林晚卿幼时跟着父亲习过一些简单拳脚，当下也是凭着一股孤勇，朝着那黑影又是一招。这一次她向着黑影的臂间击去，那人抬手一挥，反手将她缚住，顺势一拧，她整个人便到了他身下。可是他似乎没打算放开她，而是抓住她愣了片刻。

林晚卿抓住空当，对着他两腿之间就是猛烈一踢！他惊了一瞬，一个前倾跃起，躲开了。手上将她整个人像拎着布偶一样腾空一甩，又固定在了身前。

但这一次到底是地上太滑，那人没有站稳，往下一坐，整个人作势就要倒下去。他将林晚卿往胸前一裹，双腿夹住她整个人，腰腹再一个用力，抱着她就倒了下去。

果然是训练有素的刺客！林晚卿自知不是他的对手，如今只想快速脱身。她趁着刺客夹住她不能动弹，向着他的腰间就是一拳。然而，她终究是敌不过他。那一拳方才触及他的股腹，就被他即时一掌劈开。

林晚卿手上一软，拳不成拳，变成软绵绵的掌，下落的地方还比原先的矮了几寸。

林晚卿：“……”两个人都僵住了。林晚卿的头枕在他的胸口，这才惊觉这人的身形比自己高大了好几分。自然也比方才看见的黑影，高大了好几分。

“大人！”耳边响起窸窸窣窣的脚步声，全黑的屋子内刹那间火光通明。

叶青不早不晚地带着一帮衙役赶到，正巧看到了苏陌忆没穿什么衣服，抱着浑身湿透的林晚卿，躺在一片狼藉的浴池边……而林晚卿的手……还放在了他的某处……叶青觉得，世界坍塌了。是了，大人一向冷静自持，不管闲事，但对这个林录事却一直例外——跟踪，送药，将他安插到自己身边，再加上年过弱冠还未娶妻……是了，一定是这样了。

“有……刺客……”林晚卿僵硬着身子，舌头打结，试图解释。

在场众人似乎没有听懂，依旧愣着。

叶青随即转过身去，将苏陌忆和林晚卿挡住，严肃地吩咐道：“快去找刺客！不要在这里愣着！”众人这才看懂他的暗示，非常识趣地三两散开，假意找刺客的样子走远了。

“唉……”叶青颇有些悲伤地叹了口气，向苏陌忆递来一个“虽然我很震惊，但我依然选择理解”的眼神，十分沉重地走了。最后，他还不忘带上净室的门。

“还不起来？”

“起！”

苏陌忆缓缓地起身，镇定自若地整理了衣袍，他才对着林晚卿道：“你怎知他是杀害王虎的凶手？”此刻林晚卿的眼神和心思，依旧停留在苏陌忆身上，一时也无言以对。

苏陌忆被林晚卿瞧得发冷。他本就只穿了一件不厚的素白睡袍，如今还浸透了水。那袍子就这么湿漉漉、薄透透地贴在身上。胸肌，腹肌，手臂的线条，其实完全遮不住。

“咳咳……”苏陌忆以拳抵唇干咳了两声，侧身又去取来一件厚一点的外袍。

林晚卿发现了苏陌忆的不自在，也察觉到自己失态。都是男人，没什么好大惊小怪地盯着看的。她也清了清嗓子，故作镇定地道：“我曾经在京兆府的大牢外与他有过一面之缘。”

“你见过他？”苏陌忆问。

林晚卿摇头：“闻过。”苏陌忆一怔，等林晚卿解释。

“刺客身上的味道很特别，我能闻出来。况且……”林晚卿又补充道，“方才我跟着他一路过来，发现身上的味道倒是有几分熟悉，但具体我也说不上来。”

“嗯。”苏陌忆随意地附和一声，追问道，“关于王虎案你还有什么要补充的？”

林晚卿吃过一次亏，这次多了个心眼，只问：“那要多管一件案子的话，大人是不是会有奖赏？”说完向苏陌忆投去一个期待的眼神。

“奸杀案是你的，王虎案是本官的，没有奖赏。”

林晚卿：“……”这人为什么泼皮耍赖都这么理直气壮啊？

“那我也没什么好说的了……”林晚卿瘪嘴。既然如此，那个跛足婢女的线索她得留一留，哪天心情好了再说。

苏陌忆见她这样，不知为何，起了一点好笑的心思。他若无其事地道：“那本官先卖你个人情吧，给你提供一条奸杀案的线索。”

林晚卿一噎。难道奸杀案不是大理寺的案子？为什么叫卖她人情？这个狗官真的……可惜抱怨归抱怨，本能却驱使她快速地点了头。

“按照你分析的凶手性格，十之有八的情况会是熟人作案。三个受害者一个共同点，就是在成为达官显贵的外室和姨娘之前，都曾是盛京平康坊的头牌花魁。”他修长的手指系好松垮的外袍，随意道，“明日随本官去看一看。”

第六章　醉酒

平康坊位于盛京城靠北的地方，故也称北里。这里跟大理寺所在的区域仅隔一个十字路口，两相对望，倒是方便达官贵人们下职后就来歇息放松。

林晚卿跟着苏陌忆，走得有些忐忑。毕竟，这是她第一次上青楼。虽说扮男装十多年，在书院跟同窗们瞎混的时候，也听过些荤话，知道些男女之事，可如今要她亲自去体验，心中难免没底。这狗官不是真的要带她公款玩乐吧……林晚卿心事重重，低头思忖着，直到听见一声闷响。她的胸口在苏陌忆的背心上，重重地撞了一下。

“唔……”从喉咙间溢出一声闷哼，带了一些女儿家本能的娇嗔。她正要揉胸，抬眼只见苏陌忆神色怪异地对她上下打量着。

那双凤眸带着一股天然的凛冽之气，几乎要将她穿透。今早才缠的裹胸布，应当不会松的。林晚卿只觉得一颗心霎时提了起来，却见苏陌忆目光幽暗，盯着她道：“你那些花拳绣腿倒是辜负了这身段。”“……”林晚卿一怔，反应过来——苏陌忆不会以为方才碰到的，是她的胸肌吧？虽然想着今日要出门办事，胸是裹得紧了些，但……她一时不知该喜还是该忧，憋出一个苦笑，对着苏陌忆抬手道：“大人先请。”

苏陌忆很快收回打量的目光，进了一间南曲最大的青楼。

两个人今日穿的都是便服。南朝虽然民风开放，但常常混迹秦楼楚馆也不是什么长脸的事。故而当朝为官者，都不会穿着官服去这里摆官威。

老鸨很快迎了出来。她笑嘻嘻地将两个人打量了一番，目光落在林晚卿身上，将她从头到脚看了好几遍。林晚卿当即有些怕，往苏陌忆身后躲了躲。

苏陌忆倒没有察觉，抬头打量着这里，神色自若地开口道："一个雅间。"

老鸨的注意力很快就被眼前这个玉树临风的俏郎君吸引了。在风月场上混迹了几十年，老鸨的眼光毕竟毒辣。她一眼便看出，这个高个男子虽着便服，但衣袍布料和刺绣暗纹却不是寻常小吏用得起的。这人的身份定然非同一般，不是朝中三品大员，就是皇亲国戚。至于他身边这个嘛……唉！大权大贵之人，哪儿能没点特殊癖好？看破不说破，没人会跟钱过不去。她颔首一笑，亲自领着两个人上了二楼。

"郎君喜欢什么样的姑娘？"老鸨殷勤地介绍，一边将座席铺好，熏香和茶水都备上。

"楚儿姑娘是平康坊头牌，很多郎君一掷千金，就是为了一亲芳泽。平日里，她都不见新客。但我见两位郎君面善，觉得有缘，故而……""谁是在这里待得最久的姑娘？"死者都是年近四十的妇人，故而两个人异口同声地问了同一个问题。

老鸨的笑容一僵，脸色霎时变得很精彩："有是有……"她有些踌躇，"就是年龄可能……"可能都可以当你娘了。

苏陌忆视若无睹，摸出一锭金子递给她："那劳烦嬷嬷了。"

老鸨眼前一亮，应承得飞快。

"多来几个，酒水钱和打赏另算。"末了林晚卿还不忘补充一句。

老鸨兴高采烈地走了。

门一关上，林晚卿很快就进入状态。她从怀中掏出一个小本和毛笔，用唾沫润开，随即俯身到处检查起来。

然而苏陌忆却先用茶水将熏香灭了，然后从怀里摸出另一包东西倒了进去。

"这是什么？"林晚卿问。

"香。"苏陌忆平淡地答道。

林晚卿眨了眨眼睛，顿时觉得苏陌忆很厉害："里面放了吐真剂吗？"

"无。"苏陌忆毫无感情地答道。

"青楼的熏香通常会放一些助兴的东西。"说完苏陌忆低头睨了一眼林晚卿，道，"况且我也不喜欢那个味道。"林晚卿当即明了。看来这狗官是青楼的常客啊。

门外很快响起一阵窸窣的脚步声和女子的窃窃低语。有人轻敲门扉，软着嗓子请安，姑娘们笑意盈盈地入了雅间。

来的是四个年过三十的女子。虽然这样的年纪在青楼算不得优势，但应是平日里保养得当，比起年方二八的小姑娘，她们容貌不减，反而还多出几分成熟妇人的雅致风韵。

几人巧笑着分别坐到了两个人身边，轻声细语地投怀送抱，添酒满茶。女子独

有的香粉味弥漫鼻尖，带着一些温软的感觉。

有人有意无意地去摩擦林晚卿的手臂。她从未见过这样的场面，一时有些无措，便偷偷拿眼去瞧一旁的苏陌忆，却听见“啪啪”两声沉甸甸的闷响。

苏陌忆冷着一张脸，往桌上摆了两块碎银子，道：“去对面坐着。”姑娘们拿着钱，果然满脸疑问地坐了过去。

林晚卿心下一凛，只觉得方才那个蹭她的人，仿佛蹭得更卖力了。她默默地往苏陌忆身边靠了靠，扯着他的袖子低声唤了句大人，说完比了个银子的手势。她到底比不得苏陌忆家大业大、月俸高，来一趟青楼可是要命的。

苏陌忆也没说什么，从腰间解下一个钱袋，阔绰地扔给了她。林晚卿拿了钱，回头开心地往姑娘们手里塞，一人两块，反正花的是苏陌忆的钱。

“四两银子，”苏陌忆低头吹了一口茶瓯上的热气，淡定地道，“从你的月俸里扣。”

林晚卿手一抖，几乎要怀疑人生了。她一个月的俸禄到手才一千五百文，这么短短一息的工夫，等于说，她就要再替苏陌忆白干三个月？林晚卿忽然觉得不出意外的话，她今天是找不到任何新线索的。因为旁边这个狗官会自己寻到所有的线索，然后再顺便找机会压榨她白干活。

那她要何年何月才能进去那间卷宗室？可她并不是一个甘于认输的女人。

林晚卿压下心中的怒气，拿起身侧的一盏空杯，笑着提议道：“我们来玩飞花令吧！输者要回答赢者一个问题，须说实话。否则就罚酒一杯，或是罚银一两，如何？”

听到说有银子拿，在座的姑娘莫不跃跃欲试。可有人也担忧地道：“那郎君如何知晓回答问题之人，说的是不是实话？”林晚卿眨了眨眼睛，冲她狡黠地一笑：“我当然知道。”身为刑狱之官，若是连识别谎言的能力都没有，她这十年的钻研算是白费了。

游戏很快开始了，林晚卿往空杯里掷出一个骰子，然后道：“既然是飞花令，那我们就从飞‘花’开始吧。”众人附和，叮叮咚咚的声音响起，句子随着韵律浮现。

第一人起：“花底相看无一语，绿窗春与天俱莫。”

第二人跟：“林花谢了春红，太匆匆。”第三人道：“劝君莫作独醒人，烂醉花间应有数。”

这一轮的规则是每个人不仅要答出“花”的相关句子，还要在相应的位置给出这个字。

之前林晚卿去过苏陌忆的书房，只见他的书架上满满都是各朝律法和卷宗，想必他在闲暇之余是不会读诗词这种附庸风雅的东西。银子和奸杀案的线索，她都要靠自己得到！

终于轮到苏陌忆了，众人盯着他手中的银子，现场安静了片刻。苏陌忆却依旧是一副云淡风轻的模样，敛目品茗。氤氲的热气幽幽，在他英挺的眉眼上留下淡淡的白气。他修长的食指往矮案上一敲，薄唇轻启道："肉色即干白，更无血花也。"

众人："……"林晚卿一愣，只觉得现场之人，大约只有她听懂了。苏陌忆说的哪是什么诗词？那是前朝名臣所著刑狱验伤名著《洗冤录》里的句子！这个狗官居然不讲武德，钻空子？她懊恼于自己的失策，没有将规则讲清楚，正想再补充点什么的时候，却见苏陌忆盯着她的目光眸色幽深，仿若她再多说一句，今晚流落街头就是她的下场。

林晚卿心中恼怒，可又碍于苏大人的淫威不敢反驳。顿时发愁这以后的漫漫长路，她又将会被苏陌忆剥削成什么样子？打不过骂不得，她往后还要仰仗着他，才能在大理寺继续混呢……真是！都说人在气急的时候往往会灵光乍现。

林晚卿忽然想起，从认识这人以来，便只见过他喝茶，就连方才，他也是一直低头品茶，不曾碰酒。这可跟那些常年混迹风月场的男人们太不同了。

林晚卿眼珠一转，计上心来。她一边笑着称赞苏陌忆随机应变，学识广博，一边假意伸手去取茶壶。只是手快碰到茶壶的时候陡然一顿，她转而抓起一壶果酒，捏住他高挺的鼻子将手一抬。

苏陌忆突然被人断了呼吸，下意识地张嘴。林晚卿趁着这个空当，将那壶果酒全都灌了进去。线索的事，她自有办法。目前最重要的是这人不要再来捣乱就好。成败就在此一举，故而她的动作极快。

苏陌忆冷不防地被这个女人灌酒，只觉得什么热辣甜爽的液体下了肚，差点呛得他把晚饭都吐出来，然后便是眼前的一阵白光，胸中渐渐烧起了暖意……众人只见方才一身倨傲的英俊郎君，如今浑身的气场温柔了几分。他眼中波光粼粼，玉白的脸颊酡红一片。他容貌清俊，眉眼流转，仿若酒醉谪仙，令在场女子，无不都生出除了银钱之外的向往。

可林晚卿向来不是醉心男色之人。她如释重负地拍拍手，转头对着众人道："没事了，我们继续吧。"

大明宫，承欢殿。

一轮满月垂挂夜空，三更天的时候，高高的宫楼沉浸在夜色里，红墙金瓦也笼上了一层荫翳。

嘉定公主从陈皇后的寝宫出来，满腹心事地低头默默前行。四下里十分安静，唯有身边一个老嬷嬷掌灯随行的声音。

"啪嗒——"一个小石头不偏不倚地落在她面前，她抬头，只见一个黑影一闪而过。卫姝下意识地愣了一下，随后她快步回了自己的寝殿，将所有人都遣走了。

百鸟朝凤的屏风之后，缓缓走出来一个黑影，步态悠缓。

那个黑衣人道："士别三日当刮目相看，公主有礼了。"

卫姝看清来人的面目，立刻凛了神色。人前的温柔、端庄荡然无存，只剩下眉宇间的一股戾气："你来做什么？"

黑衣人神色微动，笑道："臣来看看公主呀，顺便求公主一件事。"

卫姝没有接话，只是看着他，一双水眸之中充满了防备。

黑衣人从怀中摸出一个白色瓷瓶，往桌上一放，在黑夜里发出一点清晰的脆响："公主已经见过苏世子了吧？"

卫姝心中一凛，并不回答。

黑衣人轻笑，将手里的瓷瓶在桌上捻了捻道："公主不是急于想替自己寻个靠山吗？"他停顿了一下，语气轻佻，"苏世子倒是一个不错的人选。"

卫姝闻言冷笑道："苏陌忆是太后养大的，又在替皇上办事。他若不愿，我又岂能强迫他？"

黑衣人似乎早料到她会有如此托词，便也不疾不徐地道："他不愿，公主不会想想办法？"

他将手中的瓷瓶晃了晃："若是为了皇室的颜面，皇上、皇后乃至于太后会怎么做？"

卫姝一怔，当即明了。他是要自己给苏陌忆下药。若是两个人已有夫妻之实，无论处于何种考量，苏陌忆都只有娶她这一条路。

"皇后娘娘不也想笼络苏世子吗？此计，一举两得。"

"呵呵！"卫姝冷笑，"你们会如此好心？怕不是自己另有企图，拿我做诱饵吧？"

黑衣人一愣，笑道："公主言重了。"卫姝并不相信他的话，盯着他道："前几日宋中书府上出了件命案，凶手在大牢中被杀。如今这个案子已经被苏世子接了过去。"她语气一滞，带着一点嘲讽地道："这事怕是和你们主上脱不了关系。"

黑衣人一怔，不再说话，漆黑的夜色中两个人相对沉默，气氛一时沉寂下来，仿若深潭碧湖。月色冷光间，耳边响起嗖嗖风动。一时天旋地转，卫姝只觉一只手掐上了她的脖子，力道之大，将她逼得生生退后几步。腰撞到了身后的博古架，上面的古玩瓷器"哗啦"碎了一地。

"公主？"门外的侍女听到动静，问了一句。

黑衣人对她笑："你让她进来试试？今夜我就能将你送入大理寺死牢，罪名是假冒公主，欺君犯上。"卫姝心下一沉，脸色白了几分，随即对着门外道："无碍，我不小心撞的，明早再来收拾就好。”门外果然再也没了响动。卫姝这才摸着被他掐红的脖子，缓了一口气道：“我要怎么做？”黑衣人将手中的瓷瓶递给她，道：“很简单，找机会将这药下到苏世子的茶里，然后去指定的地方等着，到时候会有人接应你。”

“苏世子只有皇上召见的时候才会入宫，平日里也只有太后能见到他几面。你莫不是要我当着皇上和太后的面下手？”

黑衣人轻笑，语气中带着笃定地道：“公主忘了再过几日，就是皇家春猎？”

卫姝道：“苏陌忆不会去的，他一向不喜这些应酬的场合。”

一阵风将寝殿的窗吹得吱吱作响，在沉静的月色中显得森然诡异。黑衣人将手上的药物捻去，笑道：“他会去的，只要我们放出一些他无法拒绝的诱饵。”

还泡在平康坊南曲的林晚卿终于知道了，什么叫搬起石头砸自己的脚。她算准了苏陌忆不胜酒力，可没承想，一壶果酒也能让他醉得不省人事。

酒品见人品，不得不说，苏陌忆的人品是真的好。酒醉之后的撒泼犯浑，他一样没有，因为苏大人的喜好，是扯着人听他背《南律》和《洗冤录》。于是，他扯着每个姑娘从《名例律》背到《断狱律》，从验尸背到验骨。最后姑娘们都受不了了，纷纷找借口离席。苏大人便兀自冲入了大堂，给在场的恩客们讲了《洗冤录》中二十九种死法的验伤流程……做出了如此尴尬的事情，最后他们当然是被请出了青楼。

不过老鸨知道眼前的人得罪不起，所以也只是客客气气地将人送走了。

夜深人静，皓月当空，街上只有三两个醉鬼，耳边偶尔传来谁家婴孩的哭啼。

林晚卿驮着高出她一个头的苏陌忆，一步三喘，走得颇为艰难。然而背上的人却浑然不知，整个人软绵绵地趴在她的身上，不时继续着他的呓语。湿热的呼吸，混着水果的香甜，一阵阵地摩擦着她的耳朵。

林晚卿倏地想起净室里的那一夜，呼吸都乱了。她一恍惚，手上力道一轻，背上的人作势就要往后滑去，她赶忙用手去捞。

“啪！”林晚卿扭头一看——她一只手，不偏不倚地扶在了苏陌忆的屁股上。她下意识地觉得烫手，想松手。而背上的人却好似醒了三分，自己往她身上蹭了蹭，将她的脖子搂紧了一些。

林晚卿松了口气，幽幽地收回手，去扶他搭在自己肩上的手臂，却发现有一种更奇怪的感觉从后脊背蹿起。她怔怔地低头，只见苏陌忆的一只大掌，正大光明地放在了她的胸口处。

“……”林晚卿一惊，将他整个人都掀了下去。

苏陌忆到底是练过武功的，就算是意识不清的时候还是保留着该有的肌肉记忆。

他踉跄了两步，自己扶着一棵小树站稳了。

如果可以，林晚卿真的很想把他扔在这里，一走了之。可是这个狗官这么讨厌，扔在路上会不会遇到仇家把他一刀了结了？毕竟现在，她还不是大理寺的人，得靠着苏陌忆才能留在这里查案。她吸了吸鼻子，认命地叹口气。因为拖着一个醉鬼，原本一刻钟的路程，林晚卿生生走了两刻钟。当她看见月色清辉下的大理寺牌匾时，差点激动得哭出声来。

开门的人是叶青。他知道苏陌忆跟林晚卿去查案，可是苏陌忆久久不归，他也不敢自行先休息。林晚卿如释重负地想将背上的人扔给叶青，却见对方往后退了两步，好似她要给的是什么妖魔鬼怪。

叶青看向林晚卿的眼中夹杂着几分说不出的落寞和伤心："大人不喜生人靠近，从不让别人近身，还请林录事扶大人回房休息。"

林晚卿："……"大理寺里的那间寝室干净典雅，叶青点上了苏陌忆最喜欢的檀香。纱帐轻晃，香气缭绕。

林晚卿这才知道，苏陌忆虽然有独自的府邸，但几乎从不去住。因为他一年到头大多的时间，都泡在了大理寺。这里除了是他办公的地方之外，也是他长住的居所。

苏陌忆的寝室简洁清爽，但也透着一股说不出的怪异。所有的家具物件都被排列得整整齐齐——书册摆件，就连几案上的毛笔，也按照大小顺序，从左往右一线排开。

林晚卿的嘴角抽了抽，心想这人怕是真的有强迫症……心思翻转之间，手边的一个小册吸引了她的注意力。那是一本边角翻卷、页面泛黄的册子。封面上写着歪歪扭扭的字，像是出自孩童之手。她随意拿起来看了看。

"那是大人八岁时写的东西。"叶青从屋内出来，见状说了一句。

林晚卿翻开两页，不可置信地问道："这是《南律疏议》？"

叶青没有否认，只道："世子从八岁开始，就立志要投身刑狱。他总说天网恢恢疏而不漏，刑律不是要报仇雪恨，而是要让犯了错的人知道他们错了。"林晚卿不言，低头抚了抚书页上的一行小字——

愿投身刑狱，惩恶扬善，使恶人伏法，同医者除去顽疾。

——苏景澈

原来他的字是景澈——吾生愿景，世道澄澈。或许是被小景澈不知天高地厚的宏愿所感动，林晚卿头一次对着苏陌忆的东西微不可察地翘了翘嘴角。

"水……"床上的人翻了个身，喉间滑出一声低吟。

林晚卿抬头看叶青，却见叶青对她指了指案上的茶，然后转身关上了门。

“……”林晚卿只好送佛送上天。苏陌忆喝了她递来的水，倒头又躺了下去。

床上那个人睡得安稳，穿梭于轻纱之间的跃动光线飘落在他的眉宇，俊朗之中带着一些秀美的书卷气。他的额头、鼻子、下颌，甚至是唇线的起伏都像是经过了天演推算，多一分少一分皆会破坏这浑然一体的和谐。然而那沉稳的呼吸，又带着指点天下的肃杀之气和不可侵犯的威严之感。

第七章　证人

次日是休沐，苏陌忆醒来的时候，已接近晌午。宿醉的后果，就是口干舌燥，记忆断片。苏陌忆起身给自己倒了杯茶，依稀记得最后一个画面，是林晚卿捏着他的鼻子灌酒。

“叶青。”苏陌忆开口唤人，声音还有些嘶哑，“林录事呢？”

叶青一噎，原本就有些一言难尽的脸色更是无奈了几分。明明昨晚一起回来，如今一醒了就要找人……叶青叹了一口气，回道：“林录事说大人今日没有给她安排工作，于是一早就出门了。”

苏陌忆闻言冷笑，倒还知道闯了祸要先躲一躲。

“没有说去哪里？”

叶青尽力维持着越发崩坏的表情，低声道了句“没有”。

苏陌忆黑瞳一缩，一脸的不满。这种不满被叶青看在眼里，他不想触苏陌忆的霉头，出门默默地替苏陌忆叫了香草汤浴。

热气缭绕的净室里弥漫着清新的气味，这对于抚慰宿醉后的头疼，很是有效。苏陌忆闭目靠在浴桶边，线条完美的手臂随意搭靠在桶沿，发出一声长长的叹慰。氤氲的水汽蒸得他微醺，意识也就松弛了起来。在一板一眼的大理寺和朝廷，他倒是从未遇到过像林晚卿这样的角色。她倔起来像头驴，疯起来又像只猫。他不禁哑然失笑，觉得跟她几次三番博弈较量，倒还挺有趣的。

苏陌忆当然看得出，林晚卿挖空心思想去那间卷宗室，至于原因，不过是满足自身好奇心的同时，得到先贤的经验，日后好一展身手。既然如此，这个筹码，他觉得还可以再握久一些。

苏陌忆想得入神，手臂垂落，不小心拍到了浮在水面上的澡巾。他愣了一下，这软软绵绵的触感，好似昨夜在哪里感受过。可是，昨夜……他好像没有碰过谁，

唯一能与他有肢体接触的就是背他回来的林晚卿。

“大人。”门外传来叶青的声音，思绪被打断了。

苏陌忆将桶里的浴巾往自己肩上一搭，让叶青进来说话。

“宋中书还是以病相辞，不肯接受大理寺的盘问。”叶青道。

苏陌忆语带嘲讽：“哦，这个老狐狸。”他缓缓地靠回到浴桶边，神色冷冽地沉思了起来。

宋正行的案子，还得牵连到两年前的一次黄河赈灾。赈灾款项出问题，历朝历代屡见不鲜，本也不是什么值得惊讶的大事。不过是过了这一朝，该杀的杀，该贬的贬。如若下面的人知趣，不痛不痒地拿一些又办事得力，皇上指不定也睁只眼闭只眼地放过去。可那次的赈灾却特殊在，朝廷向各州府收取的赈灾款中竟然出现了以次充好的“假银”。征收上来的五十万两官银之中，就有超过二十万两是掺杂了其他金属的“假银”。

二十万两，是一个州府整年的赋税收入。若是流入市场，将会导致物价飞涨，民生凋敝。更让人胆寒的是，那些银子是从各州府官库里来的。这无疑是踩在了帝王的底线上。皇上雷霆震怒，当即要严查。可是灾情已经发展到不可收拾的地步，若是腾出精力严查，势必以民生作为内斗的砝码。最后，刑部将铸币司和下属几个官矿上下五十余人治罪，主犯畏罪自杀。这件事就再也查不下去了。说到底，那些人是占了洪灾的便宜，才得以脱身。虽说这天灾人祸从来不是人可以控制的，可苏陌忆偏不相信巧合。

灾祸不可控，但上报朝廷的时间是可控的。那场洪灾的消息若是早到半月，皇上都不会陷入如此被动的局面。

此事得成，须具备三个条件：第一，皇上得知灾情的时机；第二，清理掉所有可深究的线索；第三，与下属某个官矿的关系。

苏陌忆梳理线索之后发现，朝中的高官只有宋正行具备这样的能力。他为官数十年，侍奉了两代君主。前朝时期，他曾在矿业发达的洪州任刺史一职，然后被先帝调任刑部侍郎，升任刑部尚书不久后，被皇上任命为中书令。可怀疑归怀疑，没有证据，甚至没有动机。一个朝中重臣，大理寺当然不能随意盘问，最后，也只能往他府中安插一个线人，静观其变。

而王虎的案子，宋正行是受害者。案发现场不在他的府上，无法搜查。之前的几次问询他只应了一次，做出悲痛欲绝、无所适从的模样，来来回回只交代了一些没用的东西。如今，只要他一直以痛失所爱，避免触景伤情为借口推托不见，苏陌忆也找不到理由来强行审问他。故而，这些日子以来，宋正行这边一直毫无突破。

总不能一直这样坐以待毙。

苏陌忆敛了情绪，抬头看着叶青道：“今夜天黑之后，与我去探一探宋府。”

叶青瞪大了眼睛，只觉这项提议太过冒险：“大、大人要亲自去？”

苏陌忆看着叶青，翻了一个白眼：“大理寺中，我完全信任的人只有你一个。”

叶青很感动，红着眼眶正要多谢苏大人的抬爱，却听苏陌忆清冷的声音再次响起。

他说：“但你脑子不好使，故而我只能亲力亲为了。”叶青：“……”

夜幕低垂，天边一轮新月如钩。

林晚卿今日一整天都泡在了平康坊，将昨日里没来得及问的事情向那些花娘问了个透。已过饭点，她还没来得及用膳，便在街边的一处小摊上叫了一碗馄饨。她一边吃，一边翻阅着手里的小册子，将那几位受害者共同认识的男子一一圈画出来。

耳边响起笃笃的马蹄声。林晚卿抬头望去，只见一辆马车缓缓停在了不远处一座府宅的门口，周围还跟了好些人。

宋府？

林晚卿心头一凛，放下筷子问道：“前面那个，可是朝中大官中书令宋大人的府邸？”

小贩头也没抬地应了声是。

林晚卿不由得多看了两眼。

马车停稳之后，旁边的人七手八脚地搬东西，看样子应是为了之前赵姨娘的事，要到宋府来扫扫晦气。

林晚卿笑笑，觉得自己是职业病深重，正要将视线移开之时，忽然见府内迎出一个身着碧裙的侍女。因为距离太远，看不清楚面貌，但她身上一个特征林晚卿看清楚了。她走路摇摆比常人厉害，看样子，应当是个跛脚。

脑袋里的一根弦霎时紧绷起来。林晚卿赶忙放下筷子，顺着街边一路摸去宋府侧门边的一棵大树下面。

那个侍女没有发现林晚卿，指挥着一帮人搬这搬那地就入了府。天色越来越暗，戏班少说有十来个人，嘈杂地挤在一起。

林晚卿浑水摸鱼，在一众帮工里搬着车上的乐器就跟着入了宋府。他们走过正院，顺着堂边的廊庑一路来到了府邸后宅，将手上的东西堆放在一间小屋里，跟着管事去布置舞台。

林晚卿赶紧悄悄绕到了屋子的另一边，远远地跟着那个跛脚婢女。她方才一路走来，大致记下了院落的布置，避过院子门口的几个守卫，一路跟着跛脚婢女到了别院的一间正厅外。侍女推门走了进去。

林晚卿原本打算继续在这里藏着，等到戏班子搭好舞台离开的时候再混出去，直到一个奶声奶气的质问从身后响起：“你是谁？”

是一个半大的小娃娃，一手拿着一个糖人，正抬头皱着眉头瞅她。林晚卿语塞，不知如何作答。可就这么一踌躇的工夫，小娃娃忽然大喊大叫起来。童声高亢尖锐，穿透力很强。林晚卿想去捂他的嘴，可他已经哭着跑了，追上去不是等于送死？

林晚卿左右权衡了一下，决定先找个没人的地方藏起来。前面十步的地方有一个小间，夜黑不点灯，一定没有人。她找准了地方，来到一扇半开的窗下，撑臂跃入其中。

门外很快响起家丁们追赶的脚步声和嘈杂的人声。林晚卿担心他们会破门而入，借着朦胧的月光，摸到一扇木质的门板。她的手在上面摩挲了几下，发现那是一个高大的衣橱，暗中比量了一下，要把她装进去根本不是问题。脚步声已经到了门外，有人摸出钥匙开锁，铜锁发出令人心惊胆战的咔嗒声。

林晚卿不再多想，将衣橱扯开之时，里面忽然伸出一只手臂，拉着她的手往橱柜里一拽！

木门“吱哟”一声被推开，房间却寂静如初。家丁们举着火把四处溜达，手上的刀剑拍得家具嘭嘭作响。

衣柜里的林晚卿都要吓傻了。方才那人将她拽进来之后便摁住了她的手腕，而他的另一只手，此刻正死死捂住她的嘴。这到底是什么情况？难道除了她以外，还有哪个吃饱了撑的，没事跑来三品大官府邸上找死吗？林晚卿心中腹诽，身上却僵直着一动不敢动。既害怕被找到，又害怕被杀了。心思转动之间，她的背上很快便沁出一层汗来。

“别出声。”耳畔一热，一个清冷、低沉的声音响起，颇有几分熟悉。

林晚卿一怔，想扭头去看，却被那人一把又摁了回去。

“别动！”他有些不耐烦，按住她手腕的手又用力了几分。

此时家丁已经完成了一轮搜查，一无所获，准备离开。

一个声音到衣柜附近的时候忽然停住了，下一刻，林晚卿看到衣橱缝隙间透来的一束火光。不好！他要打开衣柜！身后的人似乎也察觉到了，微微松开了她的手，将她往前推了推。不是？难道背后这位，是准备待会儿有人开门的时候先把她扔出去，然后自己伺机逃跑吗？

“你们在做什么？”门外响起一个尖锐的女人的声音，随后是一阵纷乱的脚步声。

在场之人纷纷停下了搜查，对着她毕恭毕敬地道了声：“王姨娘。”

林晚卿只觉一颗快要蹦出喉咙的心霎时松了几分，看来暂时不会被推出去了。

“我的寝屋，是你们这些下人能随便进的吗？”“不是，姨娘。”衣柜缝隙前的光一闪，一个男人解释道，“方才小少爷说看见了可怕的人，李姨娘才说让小的们来看看。”

王姨娘冷笑道："李姨娘算个什么东西？今夜府上本就有戏班来搭台，看见一两个生人很正常。小少爷大惊小怪，你们也跟着发疯吗？"众人一噎，不再作声。

"滚！"随着王姨娘的尖声叫骂，瓷器碎裂的声音响起。随后火光一暗，便是众人退出寝室的动静。

林晚卿终于松了口气。她紧绷的神经一软，轻轻地呼出一口气。她觉得身后的人浑身一抖，然后不可置信地轻声问了句："林晚卿？"唉……早就该想到，除了大理寺卿苏大人，还有谁能这么不知天高地厚地夜探宋府？

此时屋内已经亮起烛火，林晚卿回身点头，借着微弱的光，看见苏陌忆一双目露无奈的眼睛。确认过眼神，两个人都稍微安心了几分。

正要合计如今该怎么脱身，却听王姨娘软着声音，对着屋内的某处娇滴滴地唤了声："三郎。"

"……"两个人同时一怔，这是什么情况？

得到苏大人的首肯，林晚卿将面前的木门微微打开一条缝。仅仅一眼，两个人都不同程度地再次绷直了身子。

王姨娘的罗帐床榻后，竟然出来一个衣冠楚楚的男子！怪不得，怪不得她方才反应如此之大，原来是自己心里也有鬼！

"三郎……"眼前的女子声音娇软，她款款地走向侧坐在床沿的男人。

"你不去正堂跟老爷看戏，来这里做什么？险些就被发现了。"她语气嗔怪，但声音里却是明晃晃的勾引。

而床上的人看着她，浮起一丝轻佻的笑，手上一使劲，就将人揽入了自己怀里。他伸手抚过女人莹白的脸颊，若无其事地笑道："我爹那个老东西如今是自身难保，成天整些没用的，我理他做什么？"

男人说着话，将王姨娘打横抱了起来，往床上一扔。玉钩丁零作响，红帐乱晃间漫出几声隐忍的低吟。

而此时衣橱里的林晚卿和苏陌忆早已呆愣得如同两座石像……

呼吸倏地紧张起来，衣柜虽然宽敞，但零零碎碎也装了好些衣物，如今又塞了两个人。苏陌忆体形虽不魁梧，但身形颀长，也颇为精壮。再加上两个人都本能地往后靠，想远离这样一场荒诞的表演，一时间柜子里的空间就更显狭小。

林晚卿的后背此时贴着苏陌忆的前胸，有细微的温热透过轻薄的衣衫传过来。外面的声音在静谧的衣柜里霎时显得突兀而心惊。

林晚卿尴尬得不行，哆哆嗦嗦想将门合上，结果手上一软，柜子里襦裙上的流苏小饰便滚了出去。那流苏镶嵌着玉髓，落到地上会发出响动。她吓得赶紧用手去拉，流苏便卡在了柜门底处。门关不上了。

林晚卿傻眼，转头去看苏陌忆，想让他给些指示。然而身后的苏大人也不比她镇定几分。

哪怕是屋内烛光幽暗，林晚卿都能看到他牢牢将自己贴在柜壁上的样子——双目紧闭、长睫颤动，那张冰冷的脸从头顶烧到了脖子根……林晚卿随即打消了向他请教的心思。

算了，反正以前在书院的时候，避火图什么的也不是没看过，来来去去就那么几个样子，有什么好大惊小怪的？

可半盏茶的时间还没过，林晚卿便意识到了自己的浅薄。饶是她努力平复自己，也很难做到心如止水。眼前的景色活色生香，一张床榻哗啦哗啦，就连上头的帐子都一副摇摇欲坠的模样。实在忍不了的林晚卿闭上眼，往苏陌忆的方向再靠了靠。

林晚卿越想越觉得燥热，衣柜里本就闷热的气氛便再度升了温。鼻尖弥漫着苏陌忆的气息，松木、香草，还有一点陈年书卷和新添水墨的香气，清冷却撩人。他呼出的热气洒在后颈和耳背，令她的呼吸也跟着急促了两分。

苏陌忆的眼前开始萦绕着林晚卿的脸。

其实，倘若她是个女子，应当是很好看的。那双杏眸总是带着几分笑意和几分热烈。特别是在她倔驴脾气犯了的时候，那个宁死不屈、咬牙切齿的模样，更是有几分美人嗔怒的娇媚。她的鼻子精巧而秀挺，看不见一点毛孔。生气的时候，鼻翼会因为呼吸急促而微微翕动。一张少了一些血色的嘴唇，恰到好处的弧线……脑中闪过一线轰鸣。苏陌忆猛然回神。

他……他方才都想了些什么……一股心虚和内疚倏地袭来，他整个人再往后退了退。

狭小晃动的空间内，一股他从未闻过的清香味袭来，萦萦绕满鼻息。这不是女子的脂粉气，不是那些他惯用的熏香，是一种特别的，肌肤渗汗夹杂新洗绸缎的味道，像春雨之后的青草地，干净纯粹。这股香味冲入鼻腔，使他的思绪终于清明起来。这是……苏陌忆依旧撑着柜壁，往前微不可察地俯了俯身。

这是，林晚卿的味道。

两人苦撑了一个时辰才得以脱身。

屋外忽然而至的一阵喧哗打断了屋内的两个人。王姨娘和宋三郎慌忙自顾穿衣，一番梳理之后又清理了屋内残留的证据。宋三郎跳窗走了。

不多时，家丁便来传话，将王姨娘也请去了正堂。

苏陌忆心下明了，定是叶青见他没有在约定的时间、地点与他会面，按照事先的计划，扮演刺客去搅乱宋府的巡逻了。

两个人偷偷翻出宋府的时候，夜已深，苏陌忆一路十分沉默。林晚卿以为是自己临时起意夜探宋府惹他生气，心虚之下刚一进大理寺的门，就灰溜溜地往自己屋里窜。

看着林晚卿走远，苏陌忆才问叶青道："你在赵姨娘的房间里可有什么收获？"

叶青摇头，垂头丧气地道："什么都没有。"看来所有东西都再次被清理掉了，手法与当年的假银案如出一辙，杀人灭口，毁尸灭迹。

苏陌忆不再问什么，兀自回了书房。烛火渐亮，他从袖子里摸出一张纸条，上面都是一些采矿和冶炼的书名。宋正行不任洪州刺史多年，但书房里的这些书却是崭新的。他觉得奇怪，就都抄了一份下来。

苏陌忆转身从身后的木架上找出王虎案的卷宗，将所有细节都过了一遍。按照林晚卿所说，短刀不是凶器，既然不是凶器，为何会出现在案发现场？况且，王虎确实是凶手一开始没有考虑到的，所以那柄短刀，也断然不会是凶手故意要嫁祸王虎的证据。这说不通……"汪汪！"远处传来几声洪亮的狗吠，那是他养在大理寺中的猎犬"司狱"。

苏陌忆烦躁地起身，豁然推开窗户，却见林晚卿正被司狱追得满院子乱窜。她一顿毫无方向感的蛇蹿鼠跳，样子颇为狼狈。

苏陌忆一怔，随即掀了唇角。今日在那衣柜里，可能是关太久缺氧，脑子不清醒了。林晚卿怎么可能是女人？他心里不禁觉得可笑，转身要带上窗户之时却听林晚卿一声惊呼。她不知踩到了什么东西，脚下一软就向前扑了下去，摔倒在地上。

然而这时，那只平常和苏陌忆一样高冷的猎犬，竟然向前一跨，抱着林晚卿的腿。

"色狗！"林晚卿大叫，蹬着腿想将它甩开，无奈司狱抱得太紧，几次踢腿它都纹丝不动。

"……"苏陌忆心跳一滞，脸色越发难看，突然生出一种想要添张狗皮毯子的冲动。

"司狱！"苏陌忆冷冷地开口。

方才还狂躁的狗子闻声一怔。

"回去！"苏陌忆随手一指，司狱赶忙夹着尾巴逃了。

月下的人朝着他的方向看来，似乎还没回过神。苏陌忆低下头，避开林晚卿的目光。喉结微动间，他决绝地转身扣上了窗户。

"红颜祸水。"他低声嗫嚅着，直到耳边响起叶青的声音。

叶青从怀里摸出一张帖子，递给苏陌忆道："大人，宫中来的。"

苏陌忆本就心烦，蹙眉问了句："做什么的？"

叶青答道："是皇家春猎的邀请函。"

苏陌忆的语气有些不耐烦："哦！不去。"

叶青的眼皮跳了跳，对自家主子的狂妄无可奈何："可……这邀请是太后发的。"苏陌忆敷衍道："嗯，上次太后说短期内不想见我，就说公务繁忙，抽不开身。"

"可……"叶青语塞，不知该如何劝下去。要知道这个祖宗肆意妄为的后果，就是太后看他的眼神会持续很久地不友善。他只能抱着最后一丝微弱的希望，把这份邀请函从头到尾看个遍，看看能不能找到什么投其所好的借口。忽然，他的眼睛一亮，"大人！宋中书也在邀请之列。"原本神游天外的人霎时站直了身子，转身望着叶青道："宋正行会去？"

叶青点头道："是的，这场春猎也是皇上关怀臣子的一个借口，宋正行不敢不去。"

苏陌忆闻言，眼神突然清明几分，回答了一句："那就回帖吧。"

第八章　雷雨

苏陌忆要参加春猎的消息，林晚卿是两日后才知道的。她起了个大早，本想找苏陌忆说一下自己在平康坊的发现，来到他的书房外才被告知苏大人早就骑马离开，要明日才能归来。她有些失落。

平康坊里跟受害者有关系的男子她都一一排查过了，不是没有作案条件，就是不符合凶犯的特征。案子再次走进了死胡同，而她连个讨论的人都找不到。

林晚卿幽怨地盯着苏大人那扇紧闭的门，叹出一口气。转身之时，她脚步突然一顿，只觉得今日这大理寺好似有些不同寻常。要是放在平时，她若要站到这里，可是要经过两道排查和苏大人的首肯。如今再环顾周遭，林晚卿发现，苏陌忆的院子里竟然一个守卫都没有。

山中无老虎，猴子称大王。这大理寺里没了苏陌忆，是不是就意味着平日里被他压榨的守卫和小厮们会稍稍放松一些，偷个懒什么的？

抱着这样的心思，林晚卿假意散步，围着大理寺转了一圈，直到确定了自己推断正确，才微不可察地掀了掀嘴角。看来那间卷宗室，她今夜就可以去了。

夜，无星无月，天幕沉沉地压下来，像是要暴雨如注的样子。春末夏初的时节，这是盛京常见的天气。

林晚卿一边整理着自己许久未穿的劲装短打，一边打量着这场即将倾盆的大雨，甚至带上了几分期待。

夜巡本就辛苦，若是遇到这样一场暴雨，衙役们大概率是不太会尽职尽责的。何况今夜，苏陌忆还不在。

房间里的烛火闪烁愈烈，素白的床帐被风吹得四下翻动。灯火“噗”的一声灭了，天边响起第一道惊雷。大雨乍落，风啸渐起，屋檐下挂着的灯笼将飞洒的雨幕照得如幽灵之舞。

林晚卿随意找了一根头绳将长发束起，关门离开。

巡逻的人不知聚在哪个屋檐下喝酒避雨，林晚卿沿着灯火照不到的角落前行，很快就来到大门紧闭的卷宗室。衣衫已经被雨水浸透，滴滴答答地滴水。她摸出两根铁线，插入锁孔。

“啪嗒！”锁开了。

做着亏心事，林晚卿到底还是有点忐忑。她将手上的东西扔到一旁的矮树丛里，小心地掩好，才推门走了进去。四下尽暗，唯有被风吹得乱颤的灯笼的微光。屋外的雨越下越大，隐去了一切声响。

林晚卿摸索着找到烛火和火石，“嚓”的一声，火光点燃。这里就是大理寺卷宗室，藏着十二年前的萧家冤案。这一瞬间，她想哭，又想笑，只觉得有风从窗缝漏进来，吹得她鼻头发酸。但她明白，现在不是触景伤情的时候。

林晚卿用手抹了抹湿淋淋的脸，将鬓边的乱发理开，掌灯开始穿梭在林立的书架之间。或许是怕她不能放下，林伯父对于父母的事一向讳莫如深，不肯多谈。故而到了如今，林晚卿对萧家一案的了解仅仅停留在天启三十七年，中郎将萧景岩一族满门抄斩。

但按照苏陌忆的排序习惯，照着时间线查过去，应当不难找。天启三十五，天启三十六，天启三十七……

嘈杂的雨声中，林晚卿手中光亮一晃，在一排木架的右上方，她看见中郎将萧氏的卷名。她心中一凛，随即放下手中的烛台，踮脚要去取那卷案宗。

猛然一阵惊雷响起，风声一大，“噗”的一声，灯光全灭了。屋外几个原本就飘摇的灯笼也被打翻在地，滚出几声响动后，整个卷宗室暗了下来。

林晚卿怔忡了一下，俯身想再去点火。然而远处，一片雨声中，她听到一声几不可闻的落锁响动。

“啪嗒！”像一只手，猛然扼住了她的呼吸。她也不再去找烛火，黑暗之中摸着那排林立的书架，靠着墙根站稳。心跳混着暴雨，此起彼伏，林晚卿屏住了呼吸。

出乎意料地，那人没有点灯。若是大理寺的人，无论是巡逻还是翻阅资料，进门落锁却不点灯，着实太奇怪了。

来者什么都没做，进门之后除了落锁，再也没有发出任何声响。疑虑更甚几分，林晚卿试着往门口的方向走了几步。

雷鸣夹杂着暴雨如注。如此的环境之中，她听到那人粗重的喘息，难耐中夹杂着痛楚，而他却在忍耐着。

有淡淡的熟悉气息逼近，越是离得近，那股气味越是清晰。轰然雷动，天边炸开一线光亮，卷宗室内的情景霎时分明。借着光，林晚卿终于看清了眼前的这个不速之客。他背靠书架屈腿而坐，撑在曲起的腿上的手攥成了拳头，青筋暴起。湿透的衣袍紧紧地贴在身上，散乱的鬓发贴上潮红的脸颊，他下颌微仰，随着喉结的上下滑动，微张的薄唇间透着沉重的呼吸，像一条脱水的鱼。

“苏……苏大人？”林晚卿不敢置信。眼见如此狼狈的苏陌忆，她心里一堵，随即又突突乱跳起来，像是暴雨汇成的溪流被巨石堵住，转而激起更大的水花。她往苏陌忆的额间探了探，冰冰凉凉的，然而他的双颊却绯红，身上透着热气，浸透的衣袍几乎氤氲起水雾。

“苏大人？”林晚卿又伸手去把他的脉，不像是中毒的样子。她松了口气，呼吸之间，一股甜冷华艳的味道蹿入鼻息，让她躲无可躲地有一息的晕眩感。

是桃花醉？苏陌忆被人下药了。黑暗中，林晚卿心跳一滞。她早年研读一些边塞奇闻之时了解过。桃花醉，是边塞的一种蛊药，是药亦是蛊。它的玄妙之处就在于，既能做催情之用，亦有操控之效。若是服药之后，三个时辰内不与人交合，效力一过，这药便成了让人沉沦肉欲、滥交伤身的蛊……看来下药之人，是抱着得不到就要毁灭的心态。

从苏陌忆现在的状态来看，药力应当是已经过了大半，剩下的时间不多了。耳边雷声又起，林晚卿感到有些心悸，吓得微阖了眼睛。怎么办？她该怎么办？余光落到方才还没来得及碰的那卷案宗，它就静静地躺在书架上，十步之内，伸手可得的距离。

林晚卿知道，她大可带上卷宗一走了之，再用一辈子的时间蛰伏，寻求下一次机会。可是苏陌忆呢？过了这个时机，他也许再没有机会。他会深陷丑闻，身不由己。从此南朝官场上，将会少一个严苛执法不近人情的狗官，多一个沉迷女色、醉生梦死的纨绔子弟。

不知为何，那日在平康坊，苏陌忆醉酒之后朗声背诵《洗冤录》的情景又浮现眼前。他言之朗朗，声如洪钟，眼含日月，目露星光。在一片声色犬马里，林晚卿静静地站着，默默地听他背完了全部内容。她甚至有过一瞬间的晃神，倘若当年，当年萧家的案子是苏陌忆主审呢？结局会不会不一样？

一闪而过的念头，林晚卿被自己的想法吓到了，然后那点说不清的情绪，就变成了无奈和自嘲。时间仿佛被屋外的大雨冲刷，飞快地流逝，林晚卿陷入了从未有过的天人交战。

眼前的人，依旧苦苦忍耐，转而低低一叹，像终究会归于寂静的大江奔流，留下一个虚虚的影，被身后的大雨吞没。

“离我……远一点……”苏陌忆断断续续地呓语，让林晚卿清醒了几分。王虎案也好，奸杀案也罢，苏陌忆是唯一一个相信她的人。今日的事，就算是她投桃报李，报了他的知遇之恩吧。

思绪倏然变得清明，林晚卿俯下身来，在一片黑暗和雨声中静静地捧住了苏陌忆的脸。她放缓呼吸，朝着面前那个已经快要坚持不住的人靠了过去。林晚卿觉得有一瞬间的窒息。淡淡的男子气息逼来，松木、青草、桃花、酒香……

“你……是谁？”苏陌忆问，热气拂在耳畔，带着甜冷的气息。她吻住了他，也堵住了这个她无法回答的问题。

雨还在下，嘈嘈切切，与木架后窸窸窣窣的声音交相呼应，密密麻麻地连成一片。

湿漉漉的长发，无声地纠缠在一起，像此时的雨和风，缱绻缠绵，不分彼此。

雨声隐匿了周遭的一切，遥远的一声闷雷传来。他的脸颊擦过她的鬓发，她看见了低沉夜幕中的一线天光。寅时三刻，天色微晞。解了药力之后，苏陌忆很快便昏睡过去。林晚卿赶紧穿戴整齐，然后用他的中衣和外袍为他简单地遮挡一下。

大理寺的人还未上职，断枝落英，灯笼被吹到墙角，地上全是昨夜暴雨留下的痕迹。

林晚卿回屋打来一桶凉水，将身上残留的痕迹都擦拭了一遍，就匆匆去了西市。昨夜苏陌忆没有做任何保护措施，若是不赶快服下避子汤，只怕要耽误事。

眼看着一间药铺开了门，林晚卿上前的脚步一顿，忽然想到，以苏陌忆的脾气，定不会将这件事轻巧揭过，他一定会查。那么今日一早上药铺买过避子药的人，这条线索他不会想不到。为了躲开苏陌忆的追查，这药得买得不留痕迹。于是她一咬牙，干脆调转脚步，去京兆府找了梁未平。

多日不见林晚卿，这一重逢，就是林晚卿把他从床上扯起来。梁未平不悦地惺忪着睡眼，只见她神色着急，一副火烧屁股的样子，也就不太敢抱怨了。他耷拉着脑袋，跟着林晚卿东市、西市分头跑了十数家药铺，才拼齐了三包药。

两个人回到梁未平的住处。氤氲的热气中混杂着浓浓的药味，小屋的火炉上，一罐黑乎乎的汤汁被倒入了瓷碗。

梁未平走过来，递给林晚卿一盆水：“用水凉一下，冷得快。”林晚卿一顿，接过那盆水，一时也不知道该说什么。

“苏陌忆？”

听到梁未平的问题，林晚卿手里的水差点端不住了。她震惊地抬头，一张嘴张了又闭上，什么也没说出口。

梁未平却一副看穿一切的样子，袍裾一撩坐到她身边：“火急火燎地买药，除了要死的病，怕就只有避子汤了。”林晚卿咬了咬唇，无力地辩解道：“那我不小心误食毒物，也不是没有可能……”梁未平叹气，拉着林晚卿来到一面铜镜前指着她的脖子道：“你告诉我中什么毒会在脖子上留下这种印迹？”林晚卿这才发现自己的侧颈和耳后，都还留着昨夜的痕迹。淡粉微红，在她雪白的皮肤上尤为显眼。这个……狗畜生……怎么还咬上人了……林晚卿理亏，却还是愤愤地道：“那也不一定是苏陌忆呀……”

梁未平闻言又叹了一口气：“若是个寻常人，你也犯不着一包避子汤都要跑十个药铺。”“……”林晚卿一噎，无法反驳。如果可以选的话，她真不想跟刑狱有关之人交朋友。

梁未平见她闷声不再说话，一副心虚、理亏的样子，也不再纠缠。他出门将那碗晾好的避子汤递给她道：“想不到你能为了留在大理寺牺牲到这种程度……”“咳咳……”林晚卿冷不丁被呛了一口，赶忙道：“苏……他还不知道是我。”

梁未平的脸色霎时变得一言难尽，他看着林晚卿不解道：“你，和他，那个……然后，他不知道那个人，是你？”怎么听起来这么像那些半夜混入女子闺房，夺人清白的采花贼才会做的事？

林晚卿知道梁未平一定又想到了什么奇奇怪怪的事情，也懒得解释，匆匆放下喝空了的碗道：“你就当我是贪图他的美色，又不想负责吧。”她从梁未平的衣架上拿起一个围脖，往脖子上一围，“所以这件事不能让任何人知道，不然你就成了玷污大理寺卿苏大人清白的共犯。”梁未平嘴角一抽，正要反驳，却听那个已经快跑到门口的人道：“这药一日一次，连服三天，还得劳烦梁兄下职之后往大理寺送一送。”

梁未平：“……”

第九章　风寒

暴雨过后的早晨，阳光灿烂，无遮无拦。天光云影透过卷宗室的菱花窗，在地板上留下一室的斑驳。

苏陌忆醒过来的时候，眼前虽亮，却依旧模糊，像站在水底往上看。思绪也拥堵着，仿佛河沙淤积的小渠。他撑坐起来，蜷起一条腿，长指抚着额头不停地揉。

昨日，他在围场外被人下了药。最近风头紧，宋府的一切消息往来都会被查。宋正行若要递消息出去，春猎当是最好的机会，所以他派人一直跟着。前两日，或许是为了避人耳目，宋正行一直安分守己。直到昨日，暗探突然来报，说他换了便装，出了围场，往北边角落处一个破落的佛寺去了。

苏陌忆安排好人手以防万一，带着叶青跟了过去。那是一间坐落在山脚下的佛寺。三面环山，只有来处一个通路。苏陌忆感觉不对，老奸巨猾的宋正行若要找人交换消息，怎么可能选择这样一个地方？一旦被围，他逃无可逃。

苏陌忆心下一凛，当即折返，可是才跑出几步就发觉了身体的异样。耳边响起嗖嗖箭鸣，他们已经落入圈套，来者看样子是要把他逼入那间古寺。

围场怕是回不去了，来人若是在返途上留了后手，以他现在的状态难以应对。于是叶青带着事先安排的人拖住来者，他骑上马，直接回了大理寺。

后面的事情……后面的事情都是一些模糊不清的画面，他记得雷声、雨声、呼吸声。手上是绵软的触感，身下是灼热的温度。身上本就虚虚掩着的中衣应声而落。一声闷响，然后他愣了一下，这才顾得上低头看自己。

呼吸停滞了一瞬，昨夜的记忆像洪水决堤一般涌入脑海。他记得，一个女子。脑中一阵轰鸣闪过，苏陌忆霍地起身。眼角余光落到素白的中衣上，上面有一些可疑的印记。一抹淡淡的红，落在他月白的外衣上，犹如雪地里的几朵红梅，触目惊心。

看过无数案发现场的苏大人当然知道这是什么，懊恼变成了震惊。他默不作声地咬了咬后槽牙，瞳孔巨震。他失控了……哪怕骑了快三个时辰的马，千里迢迢地赶回大理寺，他还是失控了……一股难以言喻的屈辱感，像成群结队的蚂蚁，从尾椎一路攀上太阳穴。

脑子一片空白，苏陌忆火速披上外袍，然后一路小跑着，扎进了自己的净室。初夏的时节，早晨虽然不冷，但也绝不适合冷水浴。然而苏陌忆等不及烧水，他取来一块澡巾，抹了厚厚一层澡豆，用几桶凉水冲洗之后，就开始疯狂地擦身。净室里的水声和簌簌的擦洗声像水入滚油一般，沸腾起来，仿佛恨不得擦下一层皮来才好。

但很快，他的那股别扭就被随之而来的恼怒所取代了。饶是现下这般的青天白日，大理寺里也鲜少见到女人，更遑论夜里。看来那个女子，果然很可疑。莫非，这也是宋正行设计的圈套？擦洗的声音渐缓，苏陌忆又舀了一瓢水，兜头淋下。激冷中，思绪清明了几分。

若宋正行要诬蔑他奸污良女，那个女人不会等在大理寺，毕竟回大理寺只是临时起意。而且这种罪名，捉奸见双才有说服力。哪有人默默与他欢好一场，然后又

悄然离开的？这摆明了是不想让人知道。

苏陌忆心烦意乱地再浇了自己一瓢水，一抬头，就见到叶青一身血和泥地向他扑来。苏陌忆反手抄起干净的袍子往自己身上一披，一个敏捷地侧身，叶青摔了个脸朝地。

“大人……”叶青从地上爬起来，吐出嘴里的澡豆屑，喃喃地道：“属下还以为，再也见不到大人了……”苏陌忆这才想起来，他是自己一个人先离开的。看叶青的样子，想必是击退山匪之后，在暴雨中沿路找过他。心灰意冷之际，叶青才回了这澄苑等候。

苏陌忆敷衍地道：“哦，我没事。”

叶青一噎，见苏陌忆转身要走，慌忙拖住他道：“皇上招你进宫问话。”“什么？”苏陌忆脚步一顿，没有说话。

叶青见他神色冷肃，担心他没听清楚，又把方才的话重复了一遍，末了还小心地打探道：“大人去不去？”苏陌忆拿眼剜他，轻声嘲讽道：“皇上召见，我敢不去？”

叶青被问得不敢吭声，心道你之前也不是没回绝过……眼前的人忽然停住了脚步，背对着叶青微微有些颤抖。

只见苏陌忆踯躅半晌，才低声问道：“大理寺里……可有什么女子？”叶青没想到苏陌忆会问这个问题，翻着白眼想了一会儿，道：“食苑那边有几个厨娘。”苏陌忆的心跳漏了一拍，却依旧镇定地吩咐道：“你等会儿去找她们录一份口供，看看她们昨夜都在哪里，做过什么。”

叶青一头雾水，挠着后脑勺道：“都是些年过五十的妇人，晚上不在家抱孙子，难不成还在宗案室分析案子？”“……”苏陌忆的一张脸黑成了锅底，向着叶青投去一个眼神。

叶青的笑逐渐变得僵硬，闭上嘴飞快地逃走，却听身后的人沉声道：“将东市和西市的所有药铺都查一查，看看可有人于今晨去买过避子药。”“避、避子药？”叶青还没来得及问个明白，雷厉风行的苏大人便又只留给他一个背影。

叶青：“……”

苏陌忆的马车很快进了宫。后宫一般不许朝臣入内，但苏陌忆有太后的特殊照顾，故而隔三岔五进个后宫请安也没人阻拦。他甫一进宫，就有内侍来领，带着他直接去了皇后的承欢殿。

成昭帝和太后也在，两个人表情沉重，皇后红着一双眼睛，看样子是刚哭过。

未待苏陌忆请安，太后先开口了。她颇为谨慎地屏退左右，待殿里只剩下他们四人的时候才道：“昨日姝儿出事了。”

苏陌忆瞳孔微震，当即明白太后口中的“事”，当是有损皇家体面的大事。

“昨日她的几位侍女来报，说姝儿在围场北郊走失。金吾卫带人去寻，在一处古寺中发现了昏迷不醒的她。”

苏陌忆这才把整件事情串了起来。宋正行算计的是他和嘉定公主。若不是他昨日走得及时，只怕一进那间古寺就会有人来上锁，当金吾卫赶来的时候，看到的便是他和嘉定公主苟合的画面。饶是皇上和太后再疼他，也断然不可能放下皇室的颜面。到时候，迎娶嘉定公主就成了他唯一的选择。南朝祖制，驸马不得担任朝廷官职，到时候，他手上的案子就会被皆数交出去。接手的人，估计他们也已经安排妥当了。而且嫡公主清誉被夺，无论苏陌忆是不是被人陷害，很难说皇上对他会不会生出什么微妙的隔阂。

不费一兵一卒，一箭双雕的事，宋正行的算盘打得可真好。

苏陌忆轻笑两声，凉薄的声音带着森然的寒意：“那公主可有碍？”

陈皇后闻言，抽泣道：“姝儿倒还好，但是这被绑走的事要是传出去，恐怕会有一些风言风语，毁了姝儿的清誉。她本就不在本宫身边长大，如今又遇到这么一遭……”

一旁的太后也跟着叹气，她盯着苏陌忆纠结了一会儿，最终还是把话说出了口：“姝儿说她收到了你的信，要她前往北郊一聚，这才……”

“我的信？”本是意料之中的事，所以苏陌忆的语气十分冷静。

“外孙儿若是要见嘉定公主，何必去北郊那种惹人非议的地方？况且，倘若外孙儿对嘉定公主有意，皇外祖母和皇后娘娘本就有意撮合，外孙儿也犯不上做这样的蠢事。”

陈皇后还想说点什么，但被太后压下。她点头，看着苏陌忆道：“祖母听闻昨日你的部下在北郊遇到一伙山匪，此事可是与那伙山匪有关？”苏陌忆停顿了一下：“山匪还没有那个能耐算计到嘉定公主和外孙儿的头上。”

“这么说……”太后与苏陌忆对视的眼中闪过一丝精光，随后心领神会地道：“那就是前朝的事了。”

太后亲昵地拉了一下一旁欲言又止的皇后，宽慰道：“前朝的事，后宫不宜过问。景澈是哀家一手带大的，人品和能力，哀家都信得过。他一定会查明真相，为姝儿讨回公道。”说完起身就走。

陈皇后见太后已经做了担保，而且有意回避接下来的谈话，自己当然不敢再说什么，便也慌忙辞过永徽帝，退下了。

殿中只剩下君臣二人。

沉默了许久的永徽帝这才问道：“此事莫不是与宋正行有关？”

苏陌忆目光一敛，不置可否。

永徽帝的脸色当即又沉了三分："看来他们知道你在查宋正行，是真的慌了。"永徽帝没有说宋正行自己慌了，而是他们慌了。君臣二人都很清楚，无论是假银案，还是如今这个已经算计到皇家的案子，宋正行都只是一个顶在前端的棋子，若是要强力拔出，指不定还会引起更大的风波。故而在没有完全摸清楚对方情况的时候，宋正行这颗棋子还不能丢掉。

苏陌忆道："能在公主身边动手脚，若说他与皇家没有半点关系，怕是难以做到。"

永徽帝闻言一凛："你是说，他们在宫里也有人？"

苏陌忆道："臣不肯定，但小心总是好的。"

从宫里回来之后，苏陌忆又洗了三次澡，直到已经擦得快要破皮了才停下。叶青见他一副埋头自残的样子也感到有点害怕，一早就躲得远远的。

夜已深，书房里很安静。

苏陌忆将叶青报上来的厨娘口供和盛京所有药铺的记录都反复看了无数遍，直到灯油都快烧干了才停下来。什么都没有……真是太奇怪了……他烦躁地揉了揉额角，起身熄灭烛火。大理寺一向很安静，空气中浮着阵阵雨后青草的幽香，地上能看见一脉流云泼墨的影子。

苏陌忆忽然想起来，自己好像已经有好几日没见过林晚卿了。虽说两个人不像他和叶青的关系，可自从林晚卿入大理寺以来，这还是她第一次一整天都没有来他眼前晃悠。以林晚卿的脾性，在他眼皮子底下都能隔三差五地闹出事情。加上春猎，已经四日，她竟然能安分这么久？

苏陌忆思忖着，原本一张无甚表情的脸上多了几分不耐烦。再抬头的时候，他才发现自己竟然鬼使神差地踱到了林晚卿的屋外。可是……两个人的院子，明明是两个方向……苏陌忆闭眼揉了揉眉心，只觉得自己最近真的是太累了。可是想归想，他的脚像是被钉在了地上，没有挪动半分。

月光下，檐下那扇紧闭的小窗里还亮着灯。火光明灭，如流水泼洒，悠悠淌了满地。窗内的那个人伏在案前，埋头翻书。她握笔的姿势很好看，不似男子的挺拔大气，隐隐带着女子的秀美，却不娇柔。她看书的时候，头会偏向左侧，露出一截修长纤细的脖子。耳后那些散乱的头发，会贴在她雪白的脖颈上，像雪地里新长出的柔软的藤蔓。

脖子……苏陌忆背心一凛，一种熟悉的酥麻感从脊背直蹿耳尖。他突然想起那一夜，在宗案室里那个同样纤细的身影。他的心跳乱了节拍，就连呼吸也重了几分。

他到底在干什么？大半夜不睡觉，跑到别人窗前来发呆？苏陌忆倏然感到懊恼起来，眼光匆匆避开茜纱上的那一抹缥缈的烛火，转身却看到月色下与他一般伫立而望的熟悉身影。

司狱……苏陌忆的嘴角抽了抽，觉得头更痛了几分。

这傻狗半夜不睡觉，跑到林晚卿门口守着干什么？司狱抬头看到他后，一双水汪汪的眼睛闪着愁绪。它默默地走上前来，用湿漉漉的鼻子蹭了蹭苏陌忆的手心。

方才还模糊的感觉，被这突如其来的一蹭彻底荡平了。这傻狗……是在可怜他？不然为什么摆出一副“同是天涯沦落人”的样子？被一只狗安慰了的苏大人并没有觉得好一点，反倒气得拖着自家的狗子，头也不回地走了。

“色迷心窍！”苏陌忆自言自语地说。

“啊呜……”司狱也同意。

月色清明，几盏宫灯摇曳。

卫姝站在窗前，望着远处一行幽然闪烁的火光，向着承欢殿而来。那是皇后和太后的步辇。

一刻钟之前，她才被人从屋梁上抱下来，哭着闹着要自尽以证清白。这件事终于惊动了太后。

上次的计谋失败，那群人当然不会就这么放过她。他们要她想办法介入苏陌忆对这件案子的调查，以提供情报。她要接近苏陌忆，除了通过皇上，就是通过太后。可是无论皇后怎么劝说，太后始终不愿意对苏陌忆的事情松口。下下之策，她只得自导自演了这么一出。

幢幢的人影已经走到殿前，她听见门口守夜的太监下跪请安的声音，便立刻躺回了床上。

门被打开，屋内火光明灭，映出陈皇后一双哭肿的眼睛。太后的神情虽然有些不悦，但更多的还是疼惜。

“皇祖母……”卫姝颤抖着声音唤了一句，眼眶立即红了。

到底是嫡孙女，而且还是个小姑娘，遭了些罪做点傻事，也是可以理解的。太后当即有些心软，她走到卫姝床边坐下，摸了摸卫姝苍白的脸颊。

“怎么能做这等傻事？”太后握着她纤弱的手，痛心地道，“要是让你父皇知道了，又得说你不懂事了。”

卫姝没有答话，一双美眸水汽氤氲，看得让人心疼。

太后只好宽慰她道：“你的事情，皇上和景澈都会为你做主，你说你有什么好闹的？”

卫姝闻言，眼睛里的泪水再也忍不住，一滴一滴地砸下来，像断了线的珠子。

“是姝儿任性了，姝儿不该惹母后和皇祖母担心。可是姝儿好害怕……”她抽泣了一声，像是极力压抑着情绪。比起肆无忌惮的号啕大哭，她如今这般既惧怕又

委屈的小模样，更是让人看得心肝生疼。

“姝儿每晚一闭上眼，就看见平日里的那些小姐妹，在背后嘲笑姝儿，说姝儿失了清白，丢了皇家颜面……姝儿是因为喜欢表哥才会赴约的……”小姑娘说着又开始泪如雨下，很快就抽泣得说不出话来。

“可是，你表哥的事情，祖母能做什么？”太后摸出一张手帕，温柔地替她拭泪。

卫姝随即委屈地抱住了太后，满是泪痕的小脸埋在她的心窝里，浑身抖得厉害。

“姝儿，姝儿只是想要一个机会，若是能跟表哥多多相处，兴许表哥会喜欢姝儿的……”小姑娘越哭越伤心，一旁的陈皇后见女儿这般样子，也止不住地抹眼泪。母女俩都在抽抽噎噎，一时间太后也没了法子安慰，只得拍着卫姝的肩膀，问道：“所以你想要怎么样？”卫姝伏在太后胸口，只是哭。

太后无奈地叹气，看来小姑娘喜欢那个小混蛋是真的。可是以景澈的性子，除非是他自己认定的，否则只怕会将人伤得更深。手心手背都是肉，再说她本来也是打算撮合两个人的，既然小姑娘这么决绝，说不定是件好事。

既然如此，太后扶起卫姝道：“皇祖母兴许能帮帮你。”

大理寺别院。

林晚卿写了一早上的文书，午饭过后才躺了一会儿，就听到外面传来鬼鬼祟祟的敲门声。

五短两长，随后，是一声尖细的猫叫。

“……”林晚卿扶住额角，不明白为什么有人就是可以把理直气壮做的事情，偏偏做得令人怀疑。

她起身开门，果然看见猫着腰，手里还挎着一个食盒的梁未平。

他二话不说，低着头就往林晚卿的屋里蹿。

“你干什么呀？”林晚卿蹙眉跟上去。

梁未平偷偷地环顾四周，将手捂在嘴上低声道：“我给你送药。”

林晚卿觉得胸口一闷，抢过他手里的食盒，扯了张凳子将他摁着坐上去道：“所以你是翻墙进来的？”

梁未平一愣，得意地道：“哪能啊？我说我找林晚卿林录事，人家就把我带到这里了。”他说着话起身，打量了一下林晚卿的住处，不禁赞叹，“哎！我说这掌管天下刑狱的大理寺就是不错。你看！房梁都比京兆府的粗。”林晚卿一边喝药，一边拿眼睛剜他：“你方才在外面贼眉鼠眼的样子，恐怕会让人误会你是来大理寺劫狱的。”

梁未平噎了一下，受了委屈似的辩解道：“这不是男女有别嘛。我一个大男人，光天化日之下进你一个女子的闺房，还闭门独处，让别人看见了我要怎么解释？”

“……”林晚卿无言以对，只想快点喝完手中的药，打发梁未平走人。

年久失修的小木门忽然被人推开，“吱哟”一声，像指甲划过光滑的石壁。

从门外透进室内的光被遮了大半，林晚卿闻声抬头。手一抖，她端着的药泼出来，烫得她险些摔了碗。

“你，你们……”林晚卿心虚地将手里的药往身后藏，看着来者问，“你们进来不敲门的吗？”

叶青回头看了看，摸着后脑勺回答道：“你又没关门……”林晚卿不敢抬头，目光随即落在旁边那个紫色官袍的十三銙金玉带上。这是他们自那夜暴雨之后的第一次见面。林晚卿微不可察地红了脸，她一愣，赶紧晃了晃脑袋，把那些羞耻的想法都甩出去。

一旁的苏陌忆对林晚卿的小心思没有觉察。他的一双黑眸死死地盯着梁未平，表情透着一股说不出的怪异。

梁未平是个胆小的，见着苏陌忆的冷脸，自己又揣着满腹心事，吓得腿一软，踉踉跄跄地后退了几步。

“你来这里做什么？”苏陌忆虽然面上依旧是一派云淡风轻，但语气却带着明晃晃的不善。

“我……我……”梁未平吓得有些结巴。

林晚卿见状挡在了梁未平的身前：“他是来给我送药的。”

苏陌忆的眼神果然移到了林晚卿端着的药上，沉声问道：“林录事病了？”说着就向她伸出手。

林晚卿打了一个激灵，也顾不得药是刚煨好的，立即仰头喝了个精光。她喝得太急太快，液体漫过鼻腔，烫得她喉咙发辣，又是一顿猛咳。

然而苏陌忆的手却停在了她脖颈上的围脖处，看向她的眼神带着不解：“这天也暖了许久了，林录事怎么还戴着围脖？”

林晚卿的脸色霎时白了两分，她慌忙扔下碗去捂自己的脖子：“我……我受了风寒，郎中说要戴个围脖保暖。”苏陌忆看着她，一双狭长的凤眼微微眯起。毕竟为官多年，他历经了朝堂的风云诡谲，身上的那种上位者的威压本就挡不住。如今再加上不善的眼神，饶是遇事淡定的林晚卿，当下也微不可察地移开了目光，低头看着自己脚下的三尺二方地。

苏陌忆从叶青手里拿过纸笔，往林晚卿怀里一塞：“拿上东西跟上来。”言罢转身就走。

林晚卿冷不丁被塞了个满怀，手上的笔还没拿稳，便听苏陌忆道：“城南白苑，又出了一起奸杀案。”

叶青颠颠地跟着，走到苏陌忆身边却被他拉住了。

“那位京兆府的梁主簿与林录事关系很要好？”苏陌忆问，声音里听不出情绪变化。

叶青想了想，犹豫地道：“应该还不错吧……上次林录事受了鞭刑，属下去送药的时候，就看到他在林录事屋里照顾林录事。”苏陌忆倏地停下脚步，转身回望。她受伤和生病都是梁未平照顾，看来，两个人的关系确实非同一般。不知怎的，他觉得更加不悦，胸口像压了一块巨石，令人感到呼吸不畅，便只能冷着脸对叶青道：“让她快点，若是耽误了，就自己骑马去。”

叶青应下来，忽然想起这大理寺里哪有马备给林晚卿，不禁又多嘴问了一句。

走在前面的苏大人，广袖一甩，冷冷地斜睨了他一眼，道：“林录事骑你的马。”

叶青问道：“那我呢？”“腿长来做什么的？”

叶青：“……”

车轮辘辘地摩擦着地面，碾过青石板上的凹凸。

林晚卿放下手里拽着的车幔，目光从熙熙攘攘的街市回到一旁坐着的那人身上。苏陌忆好像不想搭理她，一上车就摆出一副拒人于千里之外的神情。他从头到尾黑着一张脸，靠在车壁上闭目养神。本就狭小的密闭空间里，气压低得吓人。

林晚卿本来也揣着心事，更不想在这个时候去招惹他。两个人就一路无言地乘着车，从盛京城北的大理寺到了城南的白苑。

甫一下车，苏陌忆也没有等她，兀自领着人走入了院门。这是一处私人宅院，前几年被一个富商买下成了外宅，平时没有人住，只有两个丫鬟和一个富商的外室。而富商也只有来盛京做生意的时候才会留宿。

死者，就是富商养在宅子里的那名外室。她的尸体是在早饭过后丫鬟洒扫的时候发现的。据伺候的丫鬟说，这位云黛姑娘没有做人外室之前是平康坊的一名歌妓，所以每日下午必定会奏琴练嗓，到了午膳时间便会去大堂用膳。可是今日丫鬟却发现她反常地没有在饭点去大堂。两个人最后是在她的卧房里将人找到的，那个时候，她就已经死了。

林晚卿一边记录着两名丫鬟的陈述，一边跟着苏陌忆，往摆放死者的床榻边走去。只一眼，林晚卿看见死者的尸体一愣，当即干呕了一声。之前在京兆府她只是负责案卷的抄录和整理，从未亲自去过案发现场。当然也就体会不到字面上的“凌虐”二字和现实有什么区别。

然而一向讲究的苏陌忆却好似见惯了这些场面，他气定神闲地戴上面纱和手套，焚艾净身之后就开始对尸体进行仔细检查，丝毫不见平日里的那股别扭劲儿。

林晚卿不敢看尸体，别过脸问叶青：“苏大人一直都是自己验尸吗？”

叶青点头："大人从入大理寺以来，所有经手的案子，能够接触案发现场的，他一定是亲自验尸。"

林晚卿感到有些意外。她想不到一个书卷和笔都要排成直线，去个茶楼还要自己带茶和茶具的人，验尸竟然能做到亲力亲为。她看着苏陌忆发了一会儿呆，直到身边那个同样战战兢兢，不敢看尸体的丫鬟往她手里递来一杯热茶，道："姑娘，喝点水，压压惊。"本想接过茶瓯的林晚卿手一抖，一时间白了脸色。是呀，在场的男人见了尸体，没一个人有反应，只有她和两个丫鬟哆哆嗦嗦的，不敢抬眼。况且今日她戴了围脖出门，贴的喉结也不明显，难怪那丫鬟要叫她姑娘了……她突然心虚得不行，第一反应不是反驳，而是悄悄去看苏陌忆。

第十章　糖水

好在苏大人一进入案发现场，就像闻到肉味的狼，全副心思都放在了死者身上，并没有注意到这边两个人发生的一幕。

林晚卿松了一口气，接过茶瓯，小声对着丫鬟道："我是大理寺的录事，不……不是个姑娘……"

丫鬟闻言愣了一下，又细细地将林晚卿打量了一番，才笑着致了歉。

林晚卿将茶瓯放到身边的案几上，小声问那个丫鬟道："你家云黛姑娘平常都跟什么样的男子来往？"

丫鬟慌忙摇头道："我家小夫人虽然是青楼出身，但既然已嫁为人妇，便懂得分寸，断不会做些淫乱之事。"她停顿了一下，有些难为情，"再说我家老爷是个脾气很大的人，派我们过来，一是伺候小夫人，二来也是监视她。她每日见的人、做的事都要事无巨细地汇报。"

林晚卿一听，立即向丫鬟讨来云黛姑娘的日程记录查阅起来。她确实没有见过什么男子。虽说花娘做人外室之前，接触到的男人多得数不过来。可那些男人不来府上，便没有作案条件。再说，死者都是白日被杀。光天化日之下，有男子堂而皇之地进入女子闺房，下人们不可能不知道。若说一个不知道是巧合，但这死者的四个丫鬟、婆子都说没有在白日见过什么男子，便不会是巧合了。一定有什么地方错了……

林晚卿暂时理不出头绪，便向那个丫鬟讨要了云黛姑娘的日程记录。

看完现场出来，已经是午后。初夏的阳光被暖风吹动，连着地上的树影斑驳一道摇晃着。新蝉在枝头聒噪地叫着，马车上的林晚卿扯了扯围脖。实在是太热了。

对面的人还是阴着一张脸，一副生人勿近的样子。

林晚卿默默地掀起车幔，想透口气。

“很热？”清冷低沉的男声，带着一些倦意的沙哑。

林晚卿回头勉强地笑，依依不舍地放下手里的车幔，道：“不热。”说完用袖子擦了擦额头的细汗。

苏陌忆看得眉心一紧。她对着梁未平就能笑成一朵花，怎么对着他就是这般比哭还难看的样子？苏陌忆的脸色更沉了两分，阴郁得像是仲夏傍晚的积雨云。他干脆将身子转向一边，随手拿起方才验尸的记录低头看起来。

又是一路无言。

没过多久，苏陌忆一行人便回到了大理寺。

林晚卿甫一进门，就从正堂大敞着的门里看见一个身着浅绯色襦裙，肩戴披帛的女子，看样子是宫女。

那个小宫女看见他们，一瞬间神色凛然，恭敬地迎了过来。

林晚卿没见过她，刚要开口问，便听到身边那个熟悉的、冰冷的声音响起。

苏陌忆剑眉一蹙，有些不耐烦地道：“不是跟皇祖母说了，大理寺是商议公事之地。”

小宫女感到有些尴尬，却还是端着一副笑意盈盈的样子，转身揭开手里的食盒，道：“这不是太后送的，是嘉定公主的一片心意。”

“嘉定公主？”苏陌忆眉间的细纹更深了两分，“那就更不能收了。”他看都没看那碗羹汤，径直越过宫女向书房走去。

跟在后面的小宫女有些着急了。她小跑着追上去，颤抖着声音解释道：“公主是体恤大人查案子辛苦，她心里过意不去，故而特地亲手准备了大人喜欢的冰镇合欢汤，想感谢大人。”

“我破我的案子，不需要旁人来感谢。”苏陌忆冷笑，步子却没停下。他头也不回地扎进书房，让衙役将人拦在了外面。

没想到苏大人如此不近人情，小宫女急得快哭了。

一路跟在后面又插不上嘴的林晚卿，见状也觉得有些尴尬。她站在外面，看着小姑娘的眼睛红红的，既委屈又害怕的样子，那股爱管闲事的心又悄悄地冒头了。

林晚卿接过小宫女手里的食盒，让她在外面等着，自己便跟着进了书房。

苏陌忆正埋头整理文书，听见林晚卿进来没说话，也没抬头。

书房没点灯，虽说是白日，但阳光照不到的地方还是透着暗。再加上苏陌忆不知为何一整日情绪阴郁，林晚卿有些紧张，也不敢贸然开口打断他手上的事情。她只得走过去，故意弄出沉重的脚步声，就等苏大人抬头训斥的时候能搭上话。出乎意料的，苏陌忆像是失聪了一般，不管林晚卿怎么发出噪音，他也没给林晚卿一个眼色。

林晚卿干脆张口唤他。然而那个“苏”字都还没出口，面前的人就沉声道：“本官没有找你，出去。”简短，决绝，不留情面，很符合苏大人一向的风格。

但林晚卿是个吃软不吃硬的人。她干脆走到苏陌忆的书案边，伸手一挥。案子上排列得整整齐齐的毛笔顿时歪的歪，落地的落地。

“你！”苏陌忆的脸色肉眼可见地变了。他霍地起身，蹙起眉头对着林晚卿正要训斥，却见眼前的人将手里的食盒捧到他面前，笑着叫了一声“大人”。

苏陌忆的心跳漏了一拍。那声大人似乎化作绕指柔，从耳朵钻进去，沿着背脊来到尾椎。沿途有酥麻的感觉荡漾开，苏陌忆微不可察地扶住了案角。胸口那块沉甸甸的冰融化了，萦绕他一上午的郁气和烦躁，就这么被她的一个笑容，一句话轻巧揭过去。

林晚卿见苏陌忆没有再发火，赶紧趁热打铁地将食盒放到他的书案上，取出里面的冰镇合欢汤道：“大人若是不喜欢吃，可以偷偷倒掉，不必让一个小姑娘回去交不了差。”苏陌忆找回一点清明，强作镇定地又坐了回去，一边看公文一边别扭地道：“林录事倒是爱管别人的事。”

林晚卿顺着他的话往下接：“可不是吗？我若不是爱管闲事，大人也不会让我来这大理寺了。”

苏陌忆没有再反驳，却依旧仰着高傲的下巴，眼神落在公文上，半晌没有移动一分。

林晚卿干脆将羹汤递到他眼前，满眼惋惜地道：“大人，你看，新鲜荔枝做的呢！岭南的第一批鲜荔枝，这个时节有市无价，最是降温解暑，就这么倒掉也可惜。”听她这么一说，苏陌忆忽然想起了方才林晚卿在马车里，明明一张小脸热得通红，却要逞强说自己不热的样子。他带了几分嘲弄的语气道：“你要喜欢就自己喝。”林晚卿一怔，拿起瓷勺就坐到了书案旁的一个黄花梨矮榻上，当着苏陌忆的面吃起来。荔枝莹白滑嫩，冰块清爽，甜度适当，真不知道这狗官在别扭什么？羹汤入口，哧溜哧溜的响声微动，混着荔枝的甜腻，像一只撩人的手，将苏陌忆的下巴勾得转了个方向。她吃东西的样子很可爱。水润的嘴唇轻轻搭上瓷勺边缘，神情专注又陶醉。她吃到开心的时候会微微闭一下眼睛，鼻息间发出一声绵长的赞叹。一双脚也会不由自主地左右摆动，然后伸出粉嫩嫩的小舌头，在嘴唇上不急不缓地舔一圈。

苏陌忆视线一滞，忽然想起那一夜，自己身下的那个人也是这样一条丁香小舌。

“……”饶是历经过无数场面的苏大人也顿感无措，恨不得给自己一个巴掌。他一定是被那晚的妖女勾去了魂魄，不然怎么会对林晚卿生出这些莫名其妙的念头？……不行，不能再想下去了。

苏陌忆粗暴地制止了自己纷乱的念头，一言不发霍地起身，径直朝书房门口冲去。

正在专心喝冰镇合欢汤的林晚卿，被这突如其来的响动弄得差点呛着。她抬头，只见脸色黑如锅底的苏大人，从自己身后绕去了门口，近乎狼狈地逃窜出去。林晚卿怕是出了什么大事，手里的碗都来不及放下，就跟着追了出去。然而她却看见，一向泰山崩于前都不形于色的苏大人，火急火燎地出了书房就是为了……去净室沐浴？

“哗啦”一声，那水泼的响亮程度，听起来就像是某人直接从头淋了自己一桶……林晚卿愣住了。

另一边，一直等在外面的小宫女也是一脸的不解，走过来小心翼翼地询问，生怕是因为自己的那碗羹汤惹了苏大人不悦。

林晚卿这才想起来，她方才是去劝苏陌忆的。结果被他言语一激，竟然将那碗汤喝光了。她看着小宫女，一时不知说什么好，只能对着小宫女尴尬地笑，将手里的空碗和食盒递过去，遁了。

傍晚时分，小宫女捧着食盒，开心地回了承欢殿复命。

卫姝看着喝空的碗，一时也感到十分诧异。因为太后说过，苏陌忆是外冷内热。开头一定会碰壁，但关键是要坚持碰下去，碰出他的怜惜。故而这第一次的接触，卫姝是完全不抱希望的。但如今，却得了个出乎意料的结果。

“这羹汤……你确定是苏大人收下的？”卫姝问，脸上还带着茫然的神色。

小宫女点头如捣蒜：“本来开始苏大人不收的，可是他身旁的那个录事人很好，帮奴婢将这碗汤带进去了。”“录事？”卫姝抬起头，眼神中尽是疑惑，“叫什么？”

“不知道叫什么，但奴婢听大家都叫她林录事。”

“林录事……”卫姝无意识地嗫嚅着这几个字，霍地开朗。

连太后都说不动的苏陌忆，这个林录事竟然能劝。这么说来，她一定很得苏陌忆的信任。苏陌忆不爱财、不爱权、不爱色，可这不代表他身边的人就不爱。说不定，此人可以被她笼络，往后要再去接近苏陌忆，或许会容易一些。

卫姝的脸上展开一抹明媚的笑。看来可以让人去吏部查一查这个林录事，若是能投其所好，先接触一下，倒也是不错的。

灯红酒绿、声色犬马的平康坊，向来不是苏陌忆爱去的地方，所以他在平康坊

南曲的入口站了快半个时辰，愣是没有挪动一步。

早上的那件事，对他的震撼实在太大，大到让一贯冷静的他都觉得匪夷所思。故而今日一下职，他就支开叶青，独自来到这个寻欢作乐之地。既然是寻欢作乐，种类必定繁多。这里除了有卖身卖艺的花娘，当然还有各式各样的小倌。

屋内弥漫着清甜的味道，桌上氤氲着茶的热气。那盏热茶的对面，四个瓷碗整整齐齐地一字排开。后面，是八目相对，四脸茫然的头牌小倌。在平康坊待了这么久，这大约是他们头一回遇到一个这样的恩客。来逛青楼，不听曲儿，不喝酒，不摸美人，不过夜，而是……让他们喝冰镇合欢汤……喝一碗，给十两银子。

几个人面面相觑，虽然搞不懂这位衣冠楚楚、丰神俊朗的郎君有什么不可告人的特殊癖好。但有十两银子呢，他们还是挨个端起碗，埋头细细地吃起来。

然而坐在对面，全程面无表情的苏大人却更加疑惑了。不对，没有感觉。尽管这些男人用尽全力在自己面前搔首弄姿，把手里的合欢汤都吃出朵花儿来，他还是找不到白日里看林晚卿的那股冲动。那股理智全然被磨灭，身体和思绪都不受控制地冲动起来。

“够了！”苏陌忆冷声喝止了面前的小倌，扔下四十两银子后扬长而去。

次日早上，是苏陌忆规定的每月一次，统一清理手头案宗的日子。

那些积压在手上，悬而未决的疑案、难案，都会在这一天由负责的主事向苏陌忆统一汇报，然后由他裁决案子的去留。

林晚卿夹在几个大理寺丞和大理寺正中间，显得尴尬且突兀。按照品阶，她是最后一个进去的。

檀香袅袅的书房内，一身紫袍的苏大人正襟危坐。他手里持着那卷奸杀案的案宗沉默地看着，英挺的剑眉不时微蹙。他听见林晚卿的脚步声，原本绷直的肩背略微一起，转而又埋了下去，像是故意不去搭理她。

林晚卿知道这人的狗脾气八成又犯了，便撇撇嘴，乖巧地走到一边坐好，只等苏大人问话。两个人之间一时无言，只剩下清风沉烟。

“林录事来大理寺多久了？”书案后的人问，声音肃然而冷冽，不掺杂一丝情绪。

林晚卿知道，每当这个人正儿八经地唤自己“林录事”的时候，就是他准备为难人的时候，于是她低声回道：“半、半个月……”

对面的人嗤笑一声，将手里的案宗合起来，眼光低低地觑着她道：“我怎么记得林录事是四月底来的，如今五月中可都过了。”

“哦……”林晚卿应道，“那就是，大半月……”

苏陌忆闻言，将手上的案宗放下，骨节分明的手指在上面轻叩两下，又问道：“那

林录事负责的奸杀案可有什么进展？”

就知道他要说这个！林晚卿一时间感觉一个头两个大。这大半个月以来，她在大理寺先后经历了刺客、宋府春宫，接着又是暴雨夜跟苏陌忆的那件事，真正能用在查案上面的时间少之又少。她又进不去案宗室，要想查阅记录，还得经过苏陌忆的首肯。况且这个狗官还三天两头的不见人！他现在居然有脸来责问她？

林晚卿气得耳鸣，深吸了两口气才勉强平静下来。她轻声道：“这案件原先在京兆府，就是疑案、重案，侦破起来困难重重，一直都是一个组在负责……”她偷偷看了一眼苏陌忆，见他的脸色还不算太难看，复又补充，“不如大人给卑职再增派点人手吧？”

苏陌忆冷笑：“还想要人？”林晚卿点头道：“也不用多了，一个就行，把京兆府的梁未平调过……”话音未落，苏陌忆的脸就肉眼可见地沉了下去。林晚卿识趣地闭了嘴，心道这狗官的脾气真是越来越奇怪了。

然而，此刻这位被称作狗官的苏大人，却满心满脑都是“梁未平”三个字。他无意识地握紧了拳头，手底下的那卷案宗在手心拧成一团废纸。

“呀！你干什么呀？”眼见自己的心血被蹂躏，林晚卿急得直接从椅子上跳了起来，两步冲到苏陌忆面前，隔着一张书案就去抢他手里的东西。

苏陌忆当然不给，见林晚卿如此珍视这卷东西，心里忽然起了报复的心思。

他便拽着那卷案宗霍地起身道：“既然查不出，这案子林录事还是别管了。”说完手一扬就要将它扔出去。

林晚卿咬牙切齿地扑过去，一个猛跳。她的手抓住了苏陌忆的手。温软的掌，微凉的指尖，甫一碰到，就像是触动了什么开关。他微微愣神。胸中的那股怒气霎时暖了起来，变成湿热的温泉流遍全身。

苏陌忆的脚下踉跄，但手上还是本能地抓着那份案宗不放。冷不防被林晚卿整个重量压上来，再向着前面一拽！

“吱哟——”书案发出刺耳的响动，在地上拖出一道浅浅的痕迹。

当一切都平静下来，苏陌忆才发现自己眼疾手快地撑住了书案，手里还拽着那卷被他揉皱了的案宗。

“大人。”

书房外响起叶青的声音，苏陌忆慌忙松手，做贼心虚地将林晚卿推出老远。

叶青手里拿着一份帖子，没有注意到跌坐在一旁的林晚卿。他将帖子递给苏陌忆，眼睛里满是期待。

“皇上……皇上体恤大人办案辛苦，要专程请大理寺中大人的几位得力助手，在太液池乘船游湖。”苏陌忆剑眉一蹙，表情凛然：“皇外祖母这又是要闹哪出？”

他说的是皇外祖母，不是皇舅舅。因为苏陌忆知道，永徽帝不会无聊到拉着一帮判官和衙役去游湖赏花，既不能吟诗助兴，又不能探讨治国之道。总不能是要看他们表演现场破案吧？那么除了太后在一边煽风点火，也没有其他人能请来这道古怪的邀帖了。

叶青不吱声，将手里的东西呈到苏陌忆面前。

苏陌忆懒得看，转了个身坐下，又开始忙自己的事情。

“大人……”叶青虚着嗓子喊他。

苏陌忆头也没抬地说：“就说大理寺的人都没空。”“可皇上准了一天额外休沐。”苏陌忆一噎，看着一旁的林晚卿道：“本官得跟她去查案。”

“可是皇上也请了林录事。”苏陌忆抬头：“林录事在吏部又不是大理寺的编制，怎么可能请到她的头上？”

叶青不作声，默默地将手里的庚帖展开，指向林晚卿的名字。

苏陌忆扶住额角，不甘心地道：“那天本官正好要带司狱去看兽医。”

叶青弱弱地嗫嚅着，指着庚帖上最后一个名字：“司、司狱……”苏陌忆：“……”

第十一章　真相

翌日，林晚卿起了个大早。入盛京为官快半年，皇上亲自下庚帖邀约，这还是她从未见过的排场，故而也不敢怠慢。

太液池位于盛京城内庭中心，是南朝皇室最重要的池苑。整个大明宫依湖而建，御花园也坐落在其边。如今正是五月夏初，湖畔青山绿水，点映苍翠。湖边开满了娇艳的蜀葵和百日红，湖中水芙蓉含苞待放，碧波荡漾间风景自是美不胜收。

林晚卿跟着一众同僚，被一行婢女领着，往湖边走去。只是走着走着林晚卿发现，其他同僚都被婢女引去了湖边停靠的一艘画舫上，唯独她被带到了一座临水的亭榭里。

朱色碧瓦的屋檐下摆着一张圆桌，正对着她的方向坐了两个人。一个年轻女子正在低头剥荔枝。她身着浅绯色宫装，乌黑云鬓半绾，其间点缀着两支红玉髓步摇，一双玉手纤巧柔软，看向她的眉眼里也尽是笑意。而另一个身着深蓝色曳地长裙，头戴青晶石簪饰的老太太，应该就是当朝太后了。

林晚卿心中忐忑，但好歹是稳住了，走到两个人跟前行了个得体大方的礼。

卫姝巧然一笑，将荔枝放到太后面前的小碟里：“皇祖母，这就是姝儿跟你说

的那位林录事。”

太后闻言爽朗地笑了两声，让侍女给林晚卿搬来凳子。

“哀家听姝儿说，那日的合欢汤是你劝景澈收下的？”

林晚卿一愣，心中百转千回，脸上露出一个略显尴尬的笑。

太后当她是太紧张，笑着让人给她看茶。

“林录事是不知道哀家这个外孙的脾气，既拧巴又别扭。很多时候很多事，哀家软硬兼施，怎么说都不顶用。”太后叹了口气，眼含赞许地看着林晚卿道：“能劝得住他的人，你还是第一个。”

正伸手接过茶瓯的林晚卿手一抖，险些被烫着。苏陌忆这人的拧巴和别扭她是知道的，但太后那双满含期待的眼神又是怎么回事？难不成还想将自己培养成她的心腹，偷偷摸摸地打上司的小报告？

林晚卿感到心中一凛，霎时悲从中来。苏陌忆她得罪不起，太后她更得罪不起。

太后见林晚卿只是闷头喝茶不接话，以为她没有明白自己话里的意思，故而又俯身向前，对着她轻声道：“景澈的事情……”

“皇祖母！”亭外传来一声略带愠怒的喝止。

太后的话锋一转，当即正色道：“还是让他自己做主吧。”

林晚卿：“……”这厢心中腹诽之间，一抹天青色袍裾已经晃过眼前。苏陌忆径直走进小亭，走到林晚卿身边，身后还跟着威风凛凛的司狱。狗子对她谄媚地摇了摇尾巴，要去蹭她的手，被苏陌忆给拖了回去。也许是衣袍的颜色，林晚卿只觉得今日的苏陌忆好似分外憔悴。一张俊脸还是一贯的阴沉，只是往日那双凌厉的黑眸好似蒙上了一层雾气，失了神采。最要命的是，苏大人眼底的两团青黑，都快掉到下巴去了。

卫姝见到苏陌忆心中欢喜，想拉他坐下。然而手还未碰到苏陌忆的袖子，就被他躲开了。

他礼貌又疏离，声音冰冷：“公主见谅，臣有洁癖。”

司狱也对着卫姝龇了龇牙。

气氛一时又尴尬起来，林晚卿只好出来解围。她将面前碟子里的荔枝一一看过，拈起一颗荔枝道：“刑狱之人都有些不寻常的怪癖，职务所迫而已，公主不要放在心上。”说完她双手把一颗荔枝递到苏陌忆眼前，笑，“大人吃一个，这颗荔枝是这盘荔枝里面最整齐的一颗。”“噗……”太后听到这话率先憋不住，笑了。有谁劝人吃荔枝不说最甜、最鲜，而是最整齐的？也不怪小混蛋喜欢这个有趣的林录事。

黑着脸的苏大人，虽然没有去接她手中的荔枝，但那股拒人于千里之外的凉气还是往回收了收。

林晚卿早知他不会接，眼见目的达到，便顺水推舟地低头剥起荔枝来。反正她是真的馋这口儿，但当着太后和公主的面她又不好意思去拿。

“听说林录事之前是在京兆府任职？”太后问。

林晚卿点头道：“在京兆府待了半年。”

太后若有所思，又问道：“那后来是如何去的大理寺？”

“承蒙苏大人不弃，愿意让卑职在他身边效力。”

太后愣了一下，递给苏陌忆一个缓慢又怪异的眼神：“哀家从不知道，还有人能入了苏大人的眼？”苏陌忆冷着脸喝茶，不接话。

林晚卿喜欢甜食，水果里面最爱荔枝，加上荔枝产于岭南，不容易保鲜，寻常人家能吃得上的时候本就不多，如今趁着这个机会，她便多吃了几颗。

三人有一搭没一搭地说话，苏陌忆牵着一只狗坐在一边当背景。

见林晚卿吃得差不多了，太后忽然对苏陌忆提议道：“如今正是仲夏时节，太液池里的水芙蓉开得正好，景澈难得休息，可想去船上游湖赏花？”苏陌忆低头看着自己手里的茶瓯，轻飘飘地道：“不去。”

太后知道他的脾气，被直接拒绝也不恼，她转而看着林晚卿道：“林录事可有兴趣陪哀家一道？”

画舫悠缓地在湖面行驶，荷叶荷花将其围住，擦得船身嗤嗤作响。

苏陌忆觉得，自己被宋正行下的药可能是没有解的。他牵着司狱站在船侧，看着眼前接天的莲叶和半开的嫩荷，不住地懊恼。他明明已经拒绝了，可为什么看着林晚卿上了船，这两条腿，就不听使唤了呢……

身后是太后被林晚卿逗得呵呵直乐的声音，明晃晃，真切切。

苏陌忆觉得心中很是不快。趴在一边的司狱也心不在焉地看着湖里的花，几次想转身都被苏陌忆硬拖了回去。他把手上的绳子紧了紧，生怕连司狱都背叛了他。

“哇！好可爱呀！”这是林晚卿的声音。好像她只要兴奋一些，开心一点，说话的声音就与往常不太一样，多出了几分女儿家的娇嗔。

“你摸摸。”太后笑得合不拢嘴，说话的声音里也带着几分温和。

“哼！”苏陌忆冷笑，心想林晚卿这人脾气顺的时候，倒是知道怎么哄人开心。

“我可以抱一抱吗？”林晚卿问。

听到那个抱字，苏陌忆心中一凛，一种不太好的预感悄然蔓延。手下的绳子突然动起来，接着是一声响彻天际的狂吠。司狱似乎闻到了什么让它兴奋的味道，一条健硕的尾巴狂扫，烦躁地扯着苏陌忆转身。与此同时，身后传来一声刺耳的猫叫，凄厉又充满攻击性。再然后，苏陌忆觉得自己手上的绳子松了，滑过他手心的时候根本抓不住，像一条滑溜溜的蛇。

“啊！”某人尖叫。接着是重物落水的声音，哗啦两声，一前一后。

苏陌忆只看见两朵巨大的浪花。

一旁的卫姝吓得面色苍白，嘴唇颤抖着快要说不出话来。太后也被吓到了，抱着怀里的波斯猫一时手足无措。

“来、来人！来人啊！”卫姝率先反应过来，她跌跌撞撞地奔向船尾，要去喊侍卫。然而才跑出几步，耳边又是一阵哗啦水响。一片天青色袍脚擦过船上的凭栏，直直落入水中。

“苏……苏表哥……”卫姝突然停下了脚步，不可置信地看着纵身跳入湖中的苏陌忆。

苏陌忆是跟着林晚卿跳下水的。他知道她落水的那一刻，身体的反应快过了思维。

林晚卿落水之后被司狱狠狠地砸了一下，心胆俱裂，差点呕出一口血来。她没来得及吸气就生生地呛进好大一口水，四肢顿时没了着落，只剩下本能的惊慌。她越慌，越往下沉。

头顶上的太阳热辣辣、金晃晃的。照在苏陌忆脸上，像蜜蜂的嗡鸣，心里痒刺刺地急。一片清水荡出洌洌水波，苏陌忆深吸一口气潜到水下，手臂环住了她的腰。

快要失去意识的人，是没有什么力气的。林晚卿双目微阖，已经呼吸微弱。苏陌忆在她背上重重拍了两下，她“哇”的一声吐出一口水来。梳好的发髻因为方才的挣扎散了，青丝垂顺下来，贴着脸颊和脖子，衬得她原本就雪白的肌肤更少了几分血色。

苏陌忆拨开她覆在面上的发，拍了拍她的脸。没有反应。卷翘的睫毛被湖水打湿，沾着几滴水珠，将落未落。睫毛随着他的拍打轻轻颤动，像两只被雨水浇透了的小蝶。衣袍浸了水很重，苏陌忆伸手去解。衣襟被拉开了一点，露出白皙的背脊。

苏陌忆愣了一下，眼睫毛上的水珠落到指尖，那里有他触摸过的温度，还有……还有皮肤上一些细微的凹凸。他忽然想起那一晚他抱着那个人的时候，指尖的触感。原来，那一夜他摸到的印记是鞭伤。

苏陌忆忽然想起一个月前，王虎被杀的那个晚上，林晚卿在京兆府反常的表现，是不是，有另一种解释？她并不是害怕笞刑，而是害怕受笞刑的时候，要脱下裤子？

那日在书房里的念头在此刻破土，他忍不住将遇到林晚卿前前后后的事情都想了一遍。她身上那股熟悉的味道，大理寺里凭空消失的那个女人，几日前梁未平送去的那碗药，还有明明很热却不愿意摘下来的围脖……这些事情单看是巧合，可若是放在一起呢？

思绪霎时纷乱起来，苏陌忆低头看了看怀里的人，暂时顾不得多想，先朝着她的嘴里渡去一口气。她蹙眉“哼”了一声，恢复了一些意识。

“放松！”苏陌忆俯在她耳边轻声叮嘱，接着就将她翻了个身，仰躺着，就这么揽着林晚卿上了岸。也不知出于什么心理，抱着林晚卿上岸的时候，苏陌忆特地将她调了个方向。把她的脸和胸口对向自己，出水的时候也将她搂紧了几分。

岸边已经有闻讯而来的侍女拿着遮挡和擦拭的东西在等候。他抱着处于混沌之中的林晚卿，接过侍女手中的薄毯，将她里里外外裹了个严实。

不远处有一个皇家专做赏景之用的小阁楼，临水而建，四周也有竹帘和茜纱窗，以做避雨之用。没有别的地方可去，苏陌忆便跟着侍女去了那间阁楼。

林晚卿也在这时缓了过来，裹着薄毯挣扎着下了地，脸红得不像样子。

干爽的衣服被递到两个人手上，侍女打开阁楼的门，要进去伺候他们更衣。身份摆在这里，尊卑有别，更衣当然是苏陌忆先去。

林晚卿便寻了块石头坐上去，由得侍女帮她绞着湿漉漉的头发。

然而苏陌忆接过侍女递来的衣物却没有走，不远不近地看着她，眸光深邃：“林录事前些日子才受了风寒，如今等在外面怕是又会受凉。”他复又减缓了语速，看着林晚卿一字一句地道，“不如一起吧。”

眼前的人神态自若，仿佛并不是刻意要试探什么，可那双漆黑的眸子此时定定地看着她，目光深幽，像一只嗅到猎物的狼，声音里透着一股逼人的威压。

林晚卿心中一惊，险些抓不住身上的毯子。她只能强装镇定地笑着推辞道：“卑职身份卑微，怎能跟大人一同更衣？后面还有一间阁楼，卑职去那边就好。”

“可是林录事的鞋都丢了，这么赤脚走过去，恐怕会受凉。”苏陌忆目光如炬，视线停留在她的脚上，眼眸微眯。

她这才注意到，自己方才在湖里挣扎得太激烈，不知什么时候丢了一双鞋。露出薄毯的双足白嫩小巧，怎么看都不像是一双男子的脚。她像是被苏陌忆的眼神烫到，赶紧将脚收回，藏在薄毯之中抱膝而坐。

“这……这怕是会冲撞了大人……”

“本官不在乎。”苏陌忆打断了她的话，声音里带着笑，眼睛里却看不到笑意。

他见林晚卿依旧坐着不动，便干脆走近几步，用只有两个人能够听到的声音问：“莫非林录事的衣服底下，藏着什么不能让别人知道的秘密？”

话都说到这分上了，林晚卿心里自然也明白。苏陌忆一定已经怀疑她的身份，如今正好借着落湖更衣这茬，要亲自确认。看来今天没那么容易糊弄过去了。她只得默不作声地咬了咬牙，起身跟着他走进了那间临水阁楼。

苏陌忆没让人跟着。为了方便观景，那间阁楼的窗户很多，紧挨着围了一圈。

侍女们关上了窗户，竹帘被一扇一扇地挨着放下来，随着不断响起的簌簌声，房间里的光线一息一息地暗下去。众人退去，带上了临水阁的门。

林晚卿站着没动。苏陌忆却好似浑不在意地开始脱下湿了的衣袍。沾了水的锦袍很重，落到地上发出闷闷的响声，一件接着一件。在光亮幽暗的空间里，好似一把逡巡在身体上的利刃，不会一击致命，但这种心理上的折磨，近乎凌迟。苏大人不愧是刑讯好手。这是在无声地告诉她，接下来任何的谎言，都只不过是困兽犹斗。林晚卿紧张得握紧了拳头。

身后响起苏陌忆的声音，还是一如既往的平静："林录事，怎么不换？"

"大、大人……"林晚卿低声嗫嚅着，不敢抬头。她纤细的手指紧紧拽着自己的衣襟，指节发白。这一刻，无数种可能在她的脑中出现，再快速交叠，一时间她也混乱得不知要怎么把话说下去。

苏陌忆脾气古怪，又一向自视甚高。若是被他知道，那一夜在卷宗室里的人是她，会不会气得当场剁了她喂鱼？再加上他那样冷酷又刻板的性子，要是知道她是个女人，会不会将这件事捅到朝廷上去？那么朝廷彻查下来，极有可能会挖出她是当年萧家一案的漏网之鱼。她死了无所谓，可是不能连累了林伯父一家。要不……跪下来求他吧。可是有用吗？若是有用的话，他手下的死刑犯也不会那么多了。

林晚卿陷入了从未有过的绝境。她觉得自己像是砧板上的鱼，无论往哪一边躺，结局都是被宰。

而面前的男人此刻却不急不忙，游刃有余。他缓步走过来，脸色阴沉，身上那股由刑狱浸染出来的威严和冷肃，在这方幽暗的空间里，将她逼得无处可逃。颀长的身形将她笼在阴影里，林晚卿甚至闻到了他身上的那股冷香。

她深吸一口气，咬了咬牙，再闭眼叹出一口气，像是在给自己打气道："我……"话音方起，门外就响起一阵急切的敲门声。

"表哥？表哥！"是卫姝的声音。这突如其来的打扰，此刻听在林晚卿的耳朵里，犹如天籁。

苏陌忆冷不防被打断，脸上的表情肉眼可见地暴躁起来。然而还未等他喝退来人，便听卫姝继续拍着门道："太后受了惊吓，在船上晕了过去。"

木门"哗啦"一声被猛然拉开，苏陌忆问过情况后，对着一旁的宫女简单地吩咐了几句。他回身留给林晚卿一个意味深长的眼神，便跟着卫姝走了。

屋内，躲过一劫的林晚卿大大地舒了一口气，赶紧脱下湿透的衣袍，用布巾将自己擦干。裹胸布也湿了，没办法再用。不过，好在她才过及笄，胸部发育得也不太丰满。只要她稍微注意一下，应该是看不出来的。她快速换好衣服，推门准备撩袍子走人。她才迈出大门一步，就被叶青给拦住了。

叶青看着林晚卿道："林录事，大人命我将林录事送回大理寺。"

林晚卿："……"

这厢苏陌忆探望完太后，已经是戌时三刻。太后受了惊吓，不过好在身体硬朗，喝了一副安神的汤药之后就醒了过来。

苏陌忆心里惦记着林晚卿的事，便也没有久留。他送太后回宫之后，便快马加鞭地往大理寺赶去。他在大明宫门口遇到了在此等候的叶青。林晚卿的事目前只有他一个人知道。为了避免生出其他事端，苏陌忆没有将此事告诉任何人。

今夜和风明月，烟树迷离，地上落下一撇月影。苏陌忆踏着清明的月色前行，心中却是纷乱异常。那件事发生以来，他原是一直置身事外的。从头到尾，他都只是担心有人故意设计，想要防患于未然。但如若真的是他失控犯错，他也不介意补偿，甚至可以给对方一个无关痛痒的名分。

可那个人是林晚卿。知道答案的那一刻，这件事，好像又变得复杂了起来。苏陌忆不确定自己对林晚卿到底抱着什么样的感情，也不确定那几次冲动，到底只是身体上残留的记忆，还是他心里的某个位置已经被她占据。清誉于一个女子而言是何等重要，林晚卿为什么要救他？况且她一个女子，女扮男装进入官场的目的又是什么？

苏陌忆越想越烦，最后只能化作幽幽一叹。他停下脚步，抬头看向那间烛火摇曳的小窗。好在这人一时半会儿跑不了，他有的是时间慢慢问。思忖之间，他快速平复了心绪，伸手推开那扇半掩着的门。

昏灯罗帐下，屋内一个身穿淡粉色齐胸襦裙的女子应声而起，看着他笑吟吟地叫了声"大人"。

苏陌忆眉峰一凛，顿时感觉肺都要气炸了。这间屋子不大，一眼就能望到全部空间。然而目之所及处，除了这个打扮得花枝招展的歌姬，他再也没有看到其他人。

"林晚卿……""咔嚓！"苏陌忆冷笑，手里抓着的一方桌角，应声而裂。

亥时一刻，清雅居。梁未平的院门，第二次被暴力踹开了。梁未平嘴里叼着的那个烧饼才咬了一口，还没来得及嚼，那扇年久失修的门就被人一脚踢飞了。

笔尖上的墨点"啪嗒"一声，沾上他好不容易才誊写完的卷宗。

一抹颀长的青灰身影走了进来。然后整个院子，就被大理寺的衙役包围了。

嘴里的烧饼因为下颌止不住的抖动落地，梁未平木讷地喊出一声："苏、苏大人……"苏陌忆的脸色沉得能滴出水来。叶青搬来一张太师椅，苏陌忆袍裾一撩，面对梁未平坐了下去。他的身量本来就比梁未平高，饶是坐着看他，眼神也带着俯视的效果，像毫无怜悯地看着一块即将被剁碎的肉。苏陌忆什么也没说，他的一双

黑如深湖的眸子直直盯着梁未平，虽然面无表情，但眸中已经是惊涛骇浪。

“大、大人半夜到访，这是要……”梁未平话还没说完，一个半人高的黑影忽然从一旁蹿出来，力量之大，拉得叶青手中的铁链哐啷乱响。脚下传来几声狂妄的犬吠，獠牙森白，舌头猩红，一旦被咬上，不扯下一块肉是不会松口的。

梁未平已经被吓得快要跪下了。他刚想逃跑，便觉双肩一紧，又被人一左一右地摁回了椅子上。

“你有事瞒着本官。”明明是问讯，苏陌忆却把这话说成了陈述句。

梁未平浑身一抖，当即明白了苏陌忆的意思。

一个时辰以前，林晚卿才来过，跟他说了一些没头没脑的话，还说自己要回老家一趟。梁未平以为她只是回家看看，但眼下这情景，想必是她女扮男装的事情已经东窗事发。可单就那一件事，苏陌忆不至于这么丧心病狂。梁未平一噎，一个猜测让他两股战战。

脚下再次响起猎犬的低吠，梁未平“哇”的一声哭了出来。他抽泣着道：“她走了，她方才来与卑职道别之后就走了。”

苏陌忆当然知道梁未平口中的人是谁，忍不住前倾了身体，压住胸中的怒火问道：“走了多久？”“已经、已经一个时辰了……”

意料之中。苏陌忆冷笑，嘴角挂着危险的弧度。他起身走向梁未平的书案，云靴踩住地上那个只啃了一口的烧饼，一碾烧饼就粉碎了。他双臂撑着书案两角，放低了身体，也放缓了声音，俯视着梁未平问道，“去哪里了？”

梁未平颤巍巍地抹着眼泪道：“卑、卑职不知道啊……”话音方落，苏陌忆危险地眯起了眼。他依旧直视着梁未平，身上那股威压几乎将梁未平溺毙。

叶青从身后搬上来一套刑具，黥斩刖刺笞，应有尽有。

苏陌忆看着梁未平，面无表情地道：“本官不问第二遍。”

语毕，身后的人便将刑具落地，在梁未平面前一字排开。只一眼，他就差点被吓得晕过去。

“大人！”有人从梁未平的书房里出来，递给苏陌忆一封还未拆封的信。

信中是林晚卿的字迹。

苏陌忆借着眼前的烛火，快速将那封信从头扫到尾，然后从喉咙里发出一声冷哼：“你是何时知道的？”梁未平愣了一下，半晌才反应过来苏陌忆问的是“知道林晚卿是个女子”的事，便哆哆嗦嗦地道：“一、一个月前……她受了刑之后……”

苏陌忆一怔，原本缓和了一些的面色霎时又低沉了几分。他想起叶青说过，林晚卿受了鞭刑之后，是梁未平给她上的药。一股说不清是什么滋味的思绪从胸口蔓延，搅得他五脏六腑都跟着燃烧起来。这个女人竟然告诉梁未平她的秘密，还不介意一个男子替她做这样的事情。然而面对与她真正有着肌肤之亲的自己，居然防备心这么重。

苏陌忆咬了咬后槽牙，强忍住想要施刑的冲动，继续问道：“她可有告诉过你，当日为何要救本官？”

梁未平泪眼迷蒙，眼神闪了闪，嗫嚅着道：“她说……她说她贪图大人的美色，又不想负责。”

苏陌忆：“……”

第十二章　对峙

月上中天的时候，苏陌忆带着大理寺的人，浩浩荡荡地从清雅居离开了。他手里依旧攥着林晚卿写给梁未平的那封信。可那封信哪是写给梁未平的，分明是写给他的。林晚卿知道自己走后，他一定会去审问梁未平，所以干脆在书房最显眼的地方留下这封信。里面不仅交代了那一夜为何与他有肌肤之亲，还提到了自己此番的去处。

虽然苏陌忆没有强问，但他敢肯定，林晚卿一定还亲口告诉了梁未平。这样就算梁未平忍不住交代了，与信上的信息一致，苏陌忆也没有了再为难梁未平的理由。真是细枝末节都替梁未平考虑到了。

不知为何，苏陌忆胸口闷着的那团火，好似又烧了起来。

叶青凑过来，看着那张被他捏在手里皱成一团的信，用只有他们两个人能听到的声音道：“大人，可要去林录事的家乡找她？”

苏陌忆冷笑，扬手将信撕了个粉碎：“她若是真的要回家，便不会写在信上了。”

叶青急了，追问道：“从时辰来看，这么久的时间足够逃出盛京。一旦出了城，这人就如鱼入大海，林录事若是不回家，要找她可就不容易了。”苏陌忆回头，目光如炬：“从城门到盛京唯一的一个驿站，步行需要至少两个时辰。她一个女子，又是在夜里，若是贸然从城里出去，我们只消快马加鞭，不会追不上。”“所以……”“所以，她这是调虎离山。”苏陌忆捻弄着广袖之下的食指，摩擦出沙沙的响动。他停顿了一下，抬眸看向不远处的城门，目光幽暗地道，“既然她想让我们追，那我们也别辜负了这番心意。”

同样一抹冷月，照着城门下那个怒火中烧的人，也照着破庙里那个彻夜难眠的人。她俯身将手里的一个热包子放在地上，修长的手指敲了敲门框。一只小白狗摇着尾巴从远处跑了过来，嘴里含着一张小纸条。

“吃吧。”林晚卿拿过它嘴里的纸条，揉了揉它的头。

小白狗乖巧地叼着肉包子，趴在一边吃起来。

林晚卿是一个时辰前从大理寺出来的。叶青送她回去的路上，她几番试探，知道苏陌忆没有告诉叶青自己的身份。故而她猜想，如果连苏陌忆最信任的叶青都不知道，大理寺中应该没有人知道。加上方才苏陌忆走得匆忙，大约也只交代了叶青看住她。不让她走，可没说不让别人来。她借口买药，托人找了个扮成她相好的花娘，带着女子的衣衫前来探望。

叶青又是个老实人，看见姑娘的衣着暴露一点，眼神都不知道该往哪儿放，所以林晚卿其实是穿着花娘的衣服，大摇大摆地走出来的。

林晚卿买通了街头的小乞丐，让他去大理寺门口蹲着，如果看到有人带着衙役出城门，就来向她汇报。如今看来，苏陌忆已经吩咐人出城去拦她了。她抬头看了看今夜的月色，说不清是喜是悲。父亲的案子，看来一时半会儿又得被搁置了。不过，她还有一辈子的时间可以努力。这么一想，好像也没什么好惋惜的。

林晚卿拍拍小白狗的背，笑道：“小白，早点睡，明天一早还得赶路。”

翌日，林晚卿算好时辰，起了个大早。她离开大理寺的时候，只简单收拾了些细软，带了两套路上换洗的衣裳。为了躲开城里可能的眼线，她没有换下昨日的一身女儿装扮。她一手拎着个布包，一手抱着小白，跟着第一批出城的人离开了盛京。

算算时间，从昨晚到现在，大理寺的人应该已经追出几十里地了。

盛京城是南朝的首都，地处要塞，易守难攻，故而出城和进城都必须经过一个狭窄的山谷，那里有这段路上唯一一个休息的驿站。林晚卿盘算着时间，想着或许能赶在午膳前去那边歇一歇，顺道吃个午饭。

大道笔直，树木成荫，身边不时有赶路的车马经过，卷起飞扬的沙尘。一路很顺利，走到午时，她已经可以看见不远处那个两层楼高的小驿站。灰砖黑瓦，外面用防水布支起一个阴凉的区域供旅客歇息。

林晚卿觉得她今日运气不错，若是放在以往，这个时候驿站早就人满为患。如今看起来，这里仿佛还空得很。她加快脚下的步子，小白跟在她身后一路小跑。

门帘上的铃铛被撩动，发出清脆的响声。林晚卿低头走进去，在大堂找了张桌子坐下。她刚放下手里的包，一个跑堂的小厮就走了过来。他笑吟吟地唤她，轻声道：“姑娘，今日驿站在整修，客人都往二楼请。”

林晚卿一怔，目光落在墙角处穿着木工衣裳的少年身上，随后跟着小厮上了二楼。她被带到最里面的一个雅间。雅间干净幽雅，窗户不临街，不会被来来往往的行人干扰。林晚卿走进去，想打开窗户透口气，却发现推不动。

一旁的小厮见状忙道："修整是内外一起的，为避免突然开窗引发事故，故而窗户都开不了。"赶了一早上的路，林晚卿已经走得腿脚酸软，只想快些歇息用膳，便也没当一回事。她坐下给自己倒了一杯热水，点了一份豆腐白菜汤和酱腌鸡。

小厮笑着走了，临走还不忘关上房间的门。

然而趴在脚下的小白发现了不对。它忽然支棱起耳朵，眼睛紧盯大门。喉咙里滚过几声低吠后，小白猛地站了起来，在原地焦躁地转圈圈。

门外响起沉稳的脚步声。林晚卿抬头，只见茜纱窗上映出一个颀长挺拔的身影。一种不祥的预感浮现，她还来不及细想，便听到门外传来熟悉的声音。

"林录事怎么才来就走？"声音清冷，低沉，隐隐还带着怒意。

林晚卿的心霎时冻住，往下沉了沉。午后时分，烈日艳阳，一切好像静止了。窗外传来夏蝉聒噪的嘶鸣，像鞭子在抽着耳朵。

房门被打开，穿着一袭月白色暗绣纹襕袍的人从那扇半开的菱花纹木门后走了进来，不疾不徐地来到她面前，眼神是一如既往的冷若冰霜。他头戴玉冠，长袖曳地，腰间一条青白玉带，显得高雅清贵，芝兰玉树。如此仙人之姿，此时看在林晚卿的眼里，却好似地狱修罗。

讶异、惊慌、心虚，种种情绪一瞬间堵在林晚卿喉头，让她唇齿翕合，却发不出声音。

苏陌忆强势地盯着她，目光幽暗地道："林录事，这是又打算去哪儿？"

昏黄的油灯之下，大理寺潮湿霉臭的监狱里，林晚卿看着墙上挂满的刑具，安分地跪坐在一堆烂草里。对面那个衣冠楚楚的男人坐在太师椅上，正不动声色地看着她。两个人的视线在幽暗的空间里交汇了一霎。

这是苏陌忆第一次见到林晚卿穿着女装。面前的女子明眸皓齿、朱唇粉面。一双澄澈的眼水汽氤氲，饶是在当下这样污浊的环境里，也透着一股清明，让人过目难忘。他目光一闪，随即将眼神落到了她的发顶。

"你到底是谁？"他沉声问道。

"京兆府录事，林晚卿。"

苏陌忆拧着眉，冷冷地看她："你女扮男装参加科举，仿造文书骗过吏部，欺上瞒下在朝为官。这桩桩件件都是要命的大事，你最好想清楚再答。"

林晚卿不以为意，在草堆上换了个姿势才慢吞吞地道："卑职从小热爱刑狱，可无奈是个女儿身，出此下策不过是想要谋取一个机会，一展抱负。为何要被大人说得如此不堪？"

"你以为本官会信？"苏陌忆冷笑。

“信与不信，全在大人一念之间。”林晚卿抬头看他，卷翘的睫毛一抬，像两只振翅欲飞的小蝶。

苏陌忆心中又是一颤。一双大掌藏在月白色的广袖之下，攥紧，又松开；松开，又攥紧，最终落在椅子扶手上，不轻不重地一拍。

“那好，既然不想说，我们就换个话题。”他停顿了一下，目光逼视着她道，“这些事的知情人，除了梁未平，还有你的父母吧？你说，他们包庇犯罪知情不报，这笔账要怎么算？”林晚卿被问得几乎要跳起来。这个狗官到底怎么回事？他知不知道他面前跪着的这个人，除了是犯人，更是他的救命恩人？他不念及救命之恩也就算了，竟然还用她父母和至交的命威胁她！早知道当初救他做什么？让他跟着那些盛京纨绔，流连花丛，声色犬马、醉生梦死好了！

一股怒火倏然蹿起，林晚卿霍地起身，居高临下地俯视着苏陌忆道：“大人从头到尾只说卑职欺瞒身份一事。那敢问大人，卑职为救大人毁了清誉，这笔账又要怎么算？”

“不许提那件事！”突如其来的怒喝打断了林晚卿的提问。苏陌忆脸上那层努力维持着的淡然，被这个问题瓦解。他的整张脸不受控制地红起来，就连脖子根都隐隐泛着血色。他这是……被戳到痛处的恼羞成怒？

林晚卿愣了一下，一个一直被忽视的想法浮现脑中。女扮男装混入官场，这件事说到底，是吏部的审查失职。苏陌忆并没有证据怀疑她进入大理寺是图谋不轨。故而如今他紧咬不放，真正的理由应当是接受不了被一个女子乘虚而入，之后潜伏在侧，甚至一走了之。这对于一向清高，又自诩断案如神的苏陌忆来说，无疑是最大限度地挑衅和蔑视。况且今日他来寻她，身边只带了叶青，摆明了是不想让别人知道他们之前的纠葛。所以，当下要瓦解他的愤怒，必须要让他意识到，这件事并不是她一个人的问题。

林晚卿思忖着，又默默地跪了回去。若是换作之前的情形，她必然不敢尝试。可如今这狗官都将刀架到她脖子上了，除了铤而走险、破釜沉舟，她好像也没有别的选择。

短暂思考之后，林晚卿干脆换上一副被恶人先告状的愤怒，既委屈又诚恳地对着苏陌忆道：“桃花醉的药效欢好一次便可解……”

“呵……”苏陌忆怒极反笑，暗暗捏紧了身侧的扶手。

林晚卿继续说道，仿佛没有察觉到他的脸色已经十分难看，“所以这件事，怎么能全怪……”

耳边“哐啷”一震，后背重重地磕上身后的墙，引出一串刑具的惊响。一瞬之间，他的味道将她包围。

苏陌忆用手抵着她的脖子，林晚卿发不出声来。火光烧出的絮絮黑烟下，他近距离地逼视着她。漆黑的眸子映着火光，倒映出她的样子——苍白、羸弱，像一只被狼叼进嘴里的幼鹿。

林晚卿感觉到脖子上的那只手有些抖，摁紧，松开，复又摁紧。

苏陌忆悄然收住了力气，否则就是这么短暂的一瞬，他可以要了她的命。

细枝末节的事，但林晚卿知道，她有了胜算。可脖子被抵得喘不上气，一张脸憋得通红。

林晚卿心下一凛，踮起脚尖，双手揪住苏陌忆的衣襟，对着他的嘴唇毫不犹豫地就压了上去。

与此同时，林晚卿立即察觉到了苏陌忆情绪的变化。苏大人……果真是经不起撩拨。原本还放不下的矜持和脸面，如今全然不见。反正面对着苏陌忆，她再怎么纯情，也会有摧残了一朵小娇花的错觉。事关生死，她倒不如放手一搏。

轻缓的女声，带着些许沙哑，在耳边带来酥痒的气息。面前的那个人，正无辜又委屈地对他道："大人，我说过了，那一晚的事，并不是我一个人的错。"林晚卿扮男装的时候害怕露馅，故而声音也是特地学过的，常常被刻意压低。如今不必再装了，那道清脆、婉转的嗓子娇滴滴的能掐出水来，苏陌忆只觉一瞬便酥了骨头。他的喉结往下滑了滑，眸子里染上几分暴戾。他突然很想好好教训一下这个胆大妄为，不知天高地厚的女人。然而那只眼见目的达成，丝毫没有风险意识的小鹿，此刻正收了力道，要从他的怀中挣脱。

她的腰却被苏陌忆摁住了。林晚卿有些不知所措地抬头看他，却只看到苏陌忆根根分明的睫毛。他以极重的力道回应了她。

苏陌忆这是要……要做什么？

林晚卿抬头看了看监狱里昏暗的环境和墙上沾着血腥黏腻的刑具，难以置信。她无论如何都想不到，像苏陌忆这样一个爱洁如命的人……"啊！"疑虑断在此处，因为那人狠狠掐住了她的腰。

"大、大人……"林晚卿试着唤醒他。然而此刻的苏大人，哪里还有平日里清冷自持的模样。

"大人……"林晚卿唤他，听得出强装镇定的颤抖。怀里的人手脚都规矩起来，那被他掐在手里的腰也不敢乱动了。她赶紧换回刻意模仿过的男子声线，生硬地提醒道，"大人，这是在大理寺监狱。"姿势没有变，苏陌忆的手却松了力道。一颗心稍稍落了回去，林晚卿继续道："叶青还在外面。"片刻之后，男人眼中的狂躁，眼尾的猩红退去一点。苏陌忆总算是松开她，眸色却深沉了几分。林晚卿从他的禁锢中挣脱出来。

“我想起来了。”身后传来苏陌忆的声音，清冷中依然带着尚未退去的沙哑，“那一晚的事，与你无关。”正在腰上系着绳结的手停顿了一下，林晚卿不敢转身。身后再次响起苏陌忆有些抖的声音：“第一次，是桃花醉的药效……”苏陌忆兀自说完这些话，沉着一张脸打开了监狱的门。

“苏大人？”林晚卿不明白他的意思，跟着他转了个身。

身着月白色襕袍的苏陌忆在门口站住了，他背着身并不看她道：“你救本官一次，如今本官还你一次。”他停顿了一下，手掌在广袖下握紧，“你不愿意讲的事，本官会自己查，你可以留在大理寺，但……”林晚卿的眼中闪过微芒，追问道：“大人，什么意思？”苏陌忆转身看林晚卿，昏暗的火光下看不清表情：“今日和之前的事，你我都忘了，往后自己小心。若是惹出什么事端，一概与大理寺无关。”林晚卿点头：“嗯，谢过大人。”苏陌忆沉默着看了她片刻，走出了监狱。

密闭的空间又暗下来。监狱里只剩下周遭火把燃出的黑絮，裹了油的木柴毕毕剥剥地往外溅着火星。

林晚卿揉了揉酸痛的背，一股酸涩的感觉袭向大脑，她赶紧抬头看了看头顶那个小窗。她不怎么哭，就算是在京兆府被鞭子抽得血肉模糊的时候。

窗户外是另一个世界。天虽然已经黑了，但今夜月朗星稀。她忽然觉得这么多年以来，自己好像一直被困在这样一方暗室，苦苦挣扎，踽踽独行。实在是累了，委屈了，她也只是抬头看看天。因为，她所有的亲人都在那里看着她。只要看看他们，她就能找到勇气继续。

林晚卿抹抹脸，看着星空笑道：“我没事。”

夏日炎炎，几场暴雨过后的空气都是湿热黏腻的。

长安殿外雨一停，宫人就开始擦拭廊道的石板，笤帚划过地面带起响动，愈发衬得周围静谧。

苏陌忆魂不守舍地跟在太后身侧，沿着内宫的廊道往御花园行去。

太后刚病愈，由卫姝扶着，走得小心又缓慢。

苏陌忆今日是专程来探望太后的。既然是陪病人，照理说他应该小心伺候，体贴周到。然而苏大人只是黑着一张脸，默不作声地跟在两个人身后，像个押解犯人的狱官。原本就窒闷的氛围，更难受了几分。

太后实在忍不住，贴在卫姝耳边问道：“景澈今日是怎么了？”一旁的卫姝偷偷往身后觑了一眼，摇头道：“看样子情绪很低落。”太后点头，正想回头去叫苏陌忆过来，便听卫姝小声道：“大约是那日只顾着去救林录事，没顾上太后，所以觉得内疚吧。”“你说什么？”太后一怔，倏地停下脚步。

卫姝一头雾水，水灵清澈的眼睛眨了眨：“姝儿说，表哥兴许是内疚。”

“不！前一句。”太后道，“你说他去救林录事？”卫姝停顿了一下，思忖着道：“是的呀，当时林录事落水，情况紧急，姝儿看见表哥立刻就跳下湖了。”“坏了，坏了，坏了……”太后闻言脚下一软，扶着额头险些瘫软下去。

卫姝赶紧将太后扶到廊庑边的栏坎上坐下，不解地问道：“什么坏了？”

太后痛心疾首地看着梦游到远处的苏陌忆，欲哭无泪地道：“哀家之前一直替景澈相看女子，他没有一个看上眼的。原来……原来是这样……”卫姝见太后的反应，愣怔片刻道：“皇祖母是说……表哥他……”“唉……”太后拍拍卫姝的手，“哀家这个外孙，哀家最了解。平日里谁的死活都不放在眼里，他能跳湖救人，除了被鬼附身，那就只有一个原因了。”卫姝瞪大了眼睛，神情委屈，眉宇间渐染愁绪。

太后拍了拍她的手道：“要不哀家去问问吧，是或不是，也得给你一个交代。”卫姝拉住了她：“皇祖母这么去问，表哥哪肯承认。说不定还让他与我们生出嫌隙，以后就更难办了。”“那怎么办才好？”太后问。

卫姝咬了咬嘴唇道：“不如皇祖母先派人跟着表哥，如果他和林录事真的有什么，找到了证据才好说话不是？”

“或者……”卫姝停顿了一下，“也找人暗中查一查林录事。好男风的人，总归是与旁人不同的。”

第十三章　受伤

苏陌忆被留在宫里吃了晚膳。

傍晚时分，他辞别太后，在宫门口上了叶青的马车，准备回大理寺。两个人出了丹凤门，经过永兴坊的时候，叶青忽然将车靠在一个小摊旁，撩开车幔道：“大人，后面有辆车，从我们出宫门开始就跟上了。”苏陌忆捏了捏眉心，淡淡地道：“早就发现了。”叶青提了提手中的剑：“要不要将人捉来，问个清楚？”苏陌忆掀起一半车幔，看见后面不远不近的地方跟着一辆两轮车。里面的人也正撩开帘子往外看，是一个白面无须的男子，拨开车幔的时候，兰花指格外瞩目。

苏陌忆叹出一口气，无奈地道：“是太后的人。”

“那……”叶青迟疑地道，“要不卑职去引开他们？”苏陌忆沉着脸往车厢壁上一靠：“不用了，直接去平康坊吧。”“啊、啊？”叶青以为自己听错了。

“你回趟大理寺，把我最近要办的那些案子的卷宗都搬来。”他的神色有些不耐烦，长指敲击着膝盖，补充道：“我最近几日就宿在那里。”

苏陌忆要宿在别处的事，其实是早有预谋的。自从那日对林晚卿有过短暂的失控之后，他连续几日都刻意回避她。包括今日去长安殿，名义上是看望太后，但实际上只是想减少留在大理寺的时间。但是无端端地搬到别处去住，难免让人觉得奇怪。特别是林晚卿心眼儿又多，不能被她误会自己是心虚，在躲她。现在太后派人跟踪，想必是听说了太液池里他跳水救人那件事。苏陌忆懒得解释，不如用行动证明他不好男风，又正好不用回大理寺，一举两得。他让叶青把车停在南曲，自己走了下去。

另一边，东市的一家馄饨店里，跟梁未平几日不见如隔三秋的林晚卿，根本没有注意到最近大理寺里少了一个人。她将勺子里的一个馄饨猛地塞进了梁未平的嘴里，道："我和那狗官就是什么都没有发生！"梁未平囫囵着嘴里烫人的馄饨，口齿不清地道："我信你个鬼！他那日来我的清雅居，险些将我的房顶都掀了。你若是没有使出什么狐媚的招数，他会这么容易放了你？"

林晚卿的脸色霎时有些不自然，辩解道："他那种不近人情的性子，我怕是就算使出了什么手段，也无济于事吧。""唉！这你就不懂了。"梁未平咽下馄饨，用勺子指着林晚卿道，"这男人耳根子最软的时候，就是咳咳……那时候，保管你说什么他都答应！""呸！"林晚卿懒得跟梁未平多说，她从怀里掏出两文钱放在桌上，便回了大理寺。

最近苏陌忆又不知道在忙什么，他不给林晚卿派事，她也就无事可做。为避免自己胡思乱想，她干脆把所有奸杀案受害者生前的日程都拿了出来，重新整理一遍。四位死者曾经都是平康坊南曲的歌姬，年龄在三十五以上，死前都没有见过男子。

前两位死者死于十月，一位死于二月，最后一位死于五月。依照她之前对凶手的判断，他是一个心理扭曲又自卑的人，这样的人一般只会对熟悉的人下手。而且奸杀案的凶手几乎都会有强奸的前科，之所以会转变为奸杀，一般是因为生活中遭受的突然变故和创伤，让他们难以接受，故而才将一腔愤怒发泄到受害者身上。也许，从强奸案下手会是个突破口。因为这一类犯罪中，通常受害者能提供关于凶手的有用信息。

看来，平康坊还是突破的关键，林晚卿几乎可以肯定凶手一定潜伏在里面。可是，他又是用什么方法让人找不到的呢？

林晚卿烦躁地揉了揉头发，决定今夜再去平康坊看看。然而她没想到的是，南曲的老鸨告诉她，上次她见过的那几个花娘，已经被那次一同前来的郎君点了去。看他俩认识，老鸨带着林晚卿去了三楼雅间，花娘们刚好从里面出来。

当房门被敲开，隔着满室沉香和清茶氤氲，林晚卿和苏陌忆多日不见，两相对

望，都愣了片刻。

苏陌忆率先反应过来，迎着林晚卿诧异的目光解释道："我是来问话的。"好似生怕她误会自己不务正业，寻欢作乐。可是解释完的苏大人又很后悔，怎么有种偷偷摸摸上青楼却被夫人抓包的错觉？他以拳抵唇咳了两声，无缝转换回以往不苟言笑的模样，兀自撩袍坐回了榻上。

林晚卿倒没想那么多，她谢过老鸨，走过去坐到了苏陌忆旁边。

紫檀木书案上整整齐齐地摆放着两摞卷宗，前面一个笔架，上面的笔依旧是按长短粗细的顺序挂好。纸和笔都是苏陌忆自带的，茶和茶瓯也是。

林晚卿一时也不知是该笑还是该叹，她捡了一本苏陌忆翻开的卷宗——奸杀案。原来这人是到这里来帮她查案的。她对着苏陌忆道："大人，我还有几个问题想问。"

花娘们又战战兢兢地坐了回来。

林晚卿从怀里掏出之前整理好的疑点，又取来一支笔，开始问话："各位可曾听说过这南曲的青楼里出过什么强奸案？"

问题一出，众人都沉默了。

林晚卿见状安慰道："各位可以不用告知受害者姓名。"一位花娘忍不住小声嘀咕："有倒是有，只是没有人会去报案罢了。"

"这是为何？"

那位花娘轻哂道："之前不是没有姐妹去报过官。只是青楼女子本就是卖身作活，因为这样的事情去报官，官府除了奚落讽刺，谁当真会立案去查？"

林晚卿觉得心口有点堵，又道："那姐姐可曾听人说起过那位强奸案的犯人？"

另一位花娘开口："我倒是听说过，据说那人喜欢从后面袭击，行那事的时候要将人的眼睛捂起来。哦！据说还咬掉几个姑娘的……"

"还有吗？"苏陌忆忍不住插话，阴冷的语气让方才说话的花娘一抖，险些咬到自己的舌头。

她支支吾吾地道："奴、奴家也是听说……"

林晚卿当即飞了个眼刀子给他："大人公务繁忙，这问讯的事就交给卑职来吧。"

"……"苏陌忆只好埋头做起自己的事来。

后面的问话都是林晚卿来问的，林晚卿的语气轻柔而和缓。她的声音像房间里淡红的纱幕，混着沉香的味道，有些醉人。一旁复审案卷的苏陌忆忍了几次，最终还是忍不住抬眼看她。

室内的光线明亮，将人的微表情照得纤毫毕现。与大多数刑狱之人不同，林晚卿问问题的时候眼神是温柔的，没有盛气凌人，没有颐指气使，仿佛只是朋友间的

问候，没有一丝审讯的架子。她还会笑着说“无妨”，听得入神了会啃一啃手指甲。

烛光渐渐地暗下去，当林晚卿问完最后一个人，夜已深。

苏陌忆看看自己手里从开始到现在，只添了两行字的呈文，懊恼地扶住了额角……

林晚卿整理好手头的东西：“大人，卑职问完了。”

苏陌忆提起笔，余光却虚虚地落在她撩动的袍角上：“嗯，可有什么收获？”

林晚卿看着手里的笔录道：“几位死者和受害者分别在不同南曲的青楼，故而卑职问了问这些青楼可有什么地方用人是共通的。”“有吗？”苏陌忆问。

林晚卿用笔头指着卷宗上面几行字道：“有的，青楼里的姑娘需要学琴、学诗，故而教得好的师傅，各家都会争相聘请。”她停顿了一下，“还有姑娘们的衣裳头面，也会聘请盛京最有名的裁缝来做。另外就是教习姑娘们闺房之事的嬷嬷，还得慢慢排查下去。”

说者无心听者有意，林晚卿没有觉察到苏大人那张脸，已经悄无声息地从发梢红到了脖子根……她说完兀自收好东西，起身道：“时候不早了，卑职就先告辞了。”那抹青灰色的人影站起来，俯身去拿写好的笔录。

“等等。”苏陌忆唤住了她。他忽然想起今日一直跟着他的那辆车，方才也是跟着他停在了南曲外面，若是被他们看到林晚卿这么晚大摇大摆地从这里走出去，不知道太后又会做出什么奇奇怪怪的事情。

他起身走到窗边，轻轻推开轻掩住的轩窗道：“你看到下面那两个男人没有？”

林晚卿走过去，探着脑袋往外看了半晌，疑惑地问道：“哪里有男人？”苏陌忆指着街对面的那家青楼前，两个身形稍显高大的女子道：“那两个。”“这……不是女人吗？”

苏陌忆忍不住冷笑：“就许你女扮男装，不许别人男扮女装？”

林晚卿一噎，不说话了。

他放下窗前的避雨帘，继续道：“这两个人跟着我到了平康坊，想必是觉得男子身份站在外面晃悠太扎眼，就换了女子装扮。这样跟那些招揽顾客的花娘就分不出来了。”苏陌忆坐回榻上，端起茶瓯，道：“这是太后派来监视我的，上次在太液池，你落水一事让太后起了怀疑。你若不想多生事端，下去的时候注意些，别被发现了。”“哦……”林晚卿应了一声，收起东西走人。

走到门口，还没来得及去推门，她便听到身后传来茶瓯被打翻的声音，哐啷一声，水花四溅。苏陌忆像是中了邪，眼神空洞又清明地看着林晚卿，手里好好的茶瓯碎了满地，茶水湿了袍裾。

“大人？”林晚卿被他这副样子吓了一跳，疑惑地走过去。刚要去拍他的肩，

手却被苏陌忆一把抓住了。

“我知道了！”他突然变得激动起来。

“大人知道什么了？”林晚卿问，手腕被他掐得生疼。

苏陌忆全然不管，拽着林晚卿霍地起身：“那个凶手，我知道我们为什么一直查不到他了！”“啊？”林晚卿没想到他说的是这件事，追问道：“为什么？”

“因为我们一直查的都是男人！”林晚卿眨眨眼：“奸杀案……难道，还要查女人吗……”“糊涂！”苏陌忆恨铁不成钢地甩开林晚卿的手，推开窗户指着那两个跟踪他的人道：“我们要找的，是这种男人。”

“遇到奸杀案，官府首要怀疑对象都是男子，没有人会从女人身上查起。”苏陌忆夺过林晚卿手里的笔录，展开浏览起来。

“但是男子想要进入女子闺房，在夜里都是难事，更何况是白日？这些案子的时间都发生在白天，这就说明，凶手根本就是不会被怀疑的对象。”眼前烛火一闪，脑中断掉的那一环终于接上了。林晚卿急忙凑到火光下，将整个案子的所有细节都理了一遍。作案时间，白日；作案方式，捆缚；发案季节都是秋末冬初，或者春末夏初的换季时节；死者伤口呈现不同的形式，有宽厚的钝器刺伤，有利刃划伤，乳头又是被什么东西整整齐齐切掉的……两个人的目光同时停留在笔录上记载的制衣那一栏。凶手是个裁缝！作案时间在换季，是因为那时正是缝制新衣的时候；裁缝都会带上软尺和剪刀，软尺用于捆缚，剪刀是作案凶器！一个男扮女装的裁缝要与女子单独相处，替她制衣，没有人会觉得不妥。这样，凶手就有了作案条件。

“是！”林晚卿因为激动而双唇颤抖，“我记得有一位花娘说过，南曲有一个手艺一流的女裁缝，大家都会重金求取她的定制。”

“她是个哑巴？”苏陌忆问。

林晚卿一怔，用见了鬼的表情看向苏陌忆，最终还是缓慢地点点头，难以置信地道：“你怎么知道他是……”

苏陌忆已经迫不及待地要冲出去。他从一旁的衣架上随手抄起一件披风，兜头往林晚卿身上一罩。

“他身边可不是衙门里的粗人，这些歌姬、乐师对声音何其敏感，他若是不装哑巴，这男子身份能瞒这么久？”

苏陌忆推开门，对着另一间屋里的叶青道：“去大理寺带人，跟本官去一趟绣坊。”

三更，子时，正是万家沉浸入梦的时刻。

林晚卿跟着苏陌忆，带人围了绣坊。两个人事先已经打听过那个“哑巴裁缝”的居所，故而也没有惊扰旁人。

“笃笃”的敲门声回荡在寂静的街巷，只有偶尔传来的狗吠和火把燃烧的哔

剥声。

“踹门。”苏陌忆一声令下，大门被叶青和几个衙役踹开了。跳跃的火把冲入院中，像一条火龙舒展开身体，黑暗的小院霎时灯火通明。

“大人！”衙役快速扫视后急急回报，“没有人。”

苏陌忆的脸色沉了几分。

这只是一间普通的小院，里里外外就三间屋子，陈设简单，一目了然。凶手不可能这么快接到消息，在他们到来之前就逃走，那么……“查一查地板和壁橱，或许有密道。”林晚卿道。

“大人！”话音方落，偏屋里传来叶青的声音。

林晚卿和苏陌忆跟了过去。这是一间储藏室，里面放着些布匹和配件装饰。衙役们推开一口装满碎布的箱子，露出下面的一个入口。

苏陌忆拿过身边人的火把，撩袍走了下去。密道并不大，只能容纳一个人通行。众人举着火把走了一段路，只见前方出现微弱的光亮，像是有人点上的油灯。

而那盏昏黄的油灯下，是一个背对着他们的妇人身影。

林晚卿要冲过去，被苏陌忆拦住了。

叶青握紧佩戴的长剑，对着那人影喝道：“大理寺缉捕凶犯，何人在此？”

油灯颤了颤，却没有人回应。那个妇人只是这么坐着，一动不动。

“呲啦”嚓响，叶青抽出了手里的剑，“本官问话，速速答来！”

又是一阵沉寂，人影依旧背对来人而坐，不曾回身。

昏暗的油灯下，依稀可见妇人花白的头发。她梳的是妇人髻，从微微佝偻的身形推断，应该是个年逾四十的女子。

身形？

林晚卿一惊，眼神停在了她平整的双肩上。她忽然想起来，从他们冲入密室到现在，那妇人似乎从未动过，连呼吸的微弱动静都没有。她推开苏陌忆的手，走到妇人身边一看。这是一具干尸！从皮肤风化的程度来看，她至少已经死了一年，而凶手也正是从八个月前开始犯案的。

“大人！”一旁的叶青似乎也发现了什么，一向波澜不惊的声音里也染上几分惊恐。

林晚卿瞧过去，看见墙上挂着的一幅美人刺绣——巧笑婉转、娇俏可人。绣作上十数个美人都是赤身裸体，或躺或卧，神情猥狎，仿佛正被人玩弄身体。然而最令人毛骨悚然的是，那些美人的乳房绣得格外逼真。

林晚卿差点当场吐出来。这个凶手是个严重的恋母癖和收集癖。大约是因为母亲过于冷酷或严厉，他从不曾得到母亲的关爱，故而形成了自卑又扭曲的性格。极度的自卑，又造成了他无法正常与女子欢好，所以犯案的时候需要将人的眼睛蒙起来。一年前母亲的死，是他无法掌控和化解的外部压力。

林晚卿猜想，这人终其一生都想要获得母亲的认可，可是到死，他也没能得到自己想要的东西。这种遗憾转化成愤怒，他开始不举，所以才进一步变成了现在的模样。不知道真相的时候，总会觉得凶手可恶。可一旦触及他们的内心，林晚卿又难免感到悲凉。

“这里还有个密道！”

叶青的声音将她拉回现实，林晚卿看见绣作背后还有一条小道，通向外面。她打起精神跟上。

这条密道是通往绣坊外的一条小巷。小巷幽长，一面延伸到河边，一面通往大路。几人都不约而同地往河边追去。

今夜无风无月，流云厚重。几个人追过去时只听得远处潺潺水流，眼前都是漆黑一片。苏陌忆让人灭了火把，不许出声。所有人都放缓了呼吸。遥远的地方传来一阵阵水响，不同于流水击石，是有人拔足涉水的响动，那声音急切而慌乱。

“那边！”众人往河对面追去。

“哗啦”一声，凶手发现有人紧追不舍，一头扎进了黑漆漆的河中。眼看他就要淹没在夜色中，林晚卿反应最快，在辨认出方向的时候，已经纵身跳入河里。

六月的天气，河水并不冷。林晚卿猛吸一口气，很快就顺流潜到那人下方。她抱住他的腿，倏地起身将人掀翻在河里。河水不深，没过那人的胸口。但这么冷不防地被一掀，他还是立刻慌了阵脚。一阵扑腾中，林晚卿看到一道森冷的白光。他带着匕首！

凶手已经被围，走投无路。在愤怒与惊慌之下，那把刀被他一阵乱舞，残影像雨点一般落下，朝着林晚卿就是一阵乱刺。凶手身量不高，但毕竟是男子，在体力上必然好过身为女子的林晚卿。她在一次次躲闪中很快便落了下风。脚下一滑，再加上来不及换气，林晚卿被凶手一把揪住了发髻，直往水里摁去。她一边与凶手的力量对抗，一边还要躲开他手上一道又一道的匕首狠刺。

原本平静的河面响起哗啦哗啦的水声。意识渐渐模糊起来，林晚卿几乎是靠着本能在挣扎。一道白光兜头劈下，林晚卿眼见在劫难逃，双眼一闭，然而等来的却是一只有力的大掌。衣领一紧，她被人一把拎出了水面。

“你死在追捕中可不算因公殉职！”

方才浸过水，耳朵听到的声音都是模模糊糊的，她听不清苏陌忆的声音，只能依稀看见他那张因为愤怒而青筋暴起的脸。

林晚卿抹了把湿漉漉的脸，喘了好几口气才缓过来。

苏陌忆见她一脸狼狈，到底是不好再发火，只得不轻不重地道了句“跟上”。说完他便背过身，将自己的手递给了她。

林晚卿下意识地去抓他的袖子。

“抓袖子容易滑。”苏陌忆蹙眉，一脸严肃地将她的手握住了。男人火热的大掌一转，将她的手牢牢地拽在掌心。胳膊一挽，让她的小臂紧紧地缠上了他的。她就这么被苏陌忆拉着上了岸。

凶手已经被捕。或许是因为挣扎激烈，几个衙役抓捕之时出于自卫将他刺伤。凶手失去意识之后，滑入河中，灌了好几口水，被拉上来的时候已经呼吸微弱。

“快去找大夫！”林晚卿见状，立即要冲上前去。

苏陌忆把她扯了回来：“你这是要做什么？”

所有人都看向她，眼神中带着不解。林晚卿不管那么多，甩开苏陌忆的手，将方才扔在河边的披风找来，帮凶手摁住血流如注的伤口。

“我的任务是将嫌犯绳之以法。”她把手里的披风扯开，在凶手中刀的腹间缠绕几圈，又道，“他是死是活自有律法评断。”

苏陌忆拗不过她，只好吩咐叶青去城里寻个大夫。

眼见伤口包扎完成，林晚卿让衙役为凶手戴上枷锁。变故只发生在一瞬间，倒地的凶手忽然醒了过来，他抢过身侧衙役腰间的佩刀，对着林晚卿的后心就是一刺！

“嘶——”耳边响起剑锋入肉的声音。

林晚卿来不及反应，只觉得自己被一股强大的力量生生拉离，然后落入一个带着松木气息的怀抱。

“哐啷”两声，长刀被人踢落在地。那个怀抱带着她转了个身，她看见凶手面目狰狞的脸。凶手当即喷出一口血来，带着身上的数把尖刀，颓然倒地。他至死也瞪着那双浑浊的眼睛，盯着林晚卿。

林晚卿怔忡，下意识地伸手去搂那个抱着她的人，却只摸到一片温热的濡湿，带着血液的腥气。

“苏、苏大人……”她愣了片刻，喉间呜咽，几乎发不出声音。鼻息间全是他的味道，血腥味渐渐掩盖了好闻的松木香。

“苏陌忆……”林晚卿嗫嚅着，渐渐觉得抱着她的那双手缓缓地失了力道。

“苏陌忆！”力气陡然松懈，林晚卿根本抱不住他倏然下落的身体。一片火光迷离下，她只看见苏陌忆腰侧上，触目惊心的那一片殷红。

马车一路驰骋，苏陌忆被送回了大理寺。

衙役们有的帮着太医掌灯，有的帮着烧水。叶青站在苏陌忆的床边，急得手足无措。

屋内点着数十盏油灯，所有人都忙前忙后，来来往往。只有林晚卿抓着自己湿答答的袖子，呆呆地站在门口，面无表情地看着床上那个衣袍被鲜血渗透的男人。他的发髻和衣袍都还没有干，狼狈地贴在身上。平日里总是蹙起的眉心间，再也不见了细纹。他只是躺在那儿，苍白而虚弱。

众人小心地将他的湿衣服换下，太医往苏陌忆的腰侧上撒了些凝血粉。由于伤口实在太深，凝血粉三两下就被冲淡，太医只好用干净的厚纱布去摁压止血。可是一摁，就是汩汩鲜血翻涌，太医只得再换一块。短短一盏茶的时间，已经染湿三块。太医要开始缝针，为了避免干扰，在场的所有人都被清理了出去，只有叶青在一旁举着灯，神色凝重。

太医一边穿针一边吩咐："我缝针的时候你得跟他说话，千万别让他睡过去。"

腹部翻搅的感觉袭来，林晚卿有些想吐，捂着嘴退到墙边，虚虚地喘气。他会死吗？这个念头冒出来，她倏地震惊了一下。心里说不清是什么滋味，只觉得手下扶着的墙都抖个不停。外面不知何时下起了骤雨，那种下法近乎挑衅，非要将夜都撕碎了不可。

叶青手里的油灯暗了又明，不知过了多久，太医终于剪断手中的线。

伤口不再渗血，可是苏陌忆没有醒过来。叶青唤他的声音没有停过，但每一句都落入夜风中，转眼就消匿入雨。固气补血的药喂不进去，所有人都只能干着急。

只有林晚卿木讷地看着昏睡过去的苏陌忆，宛若一尊石像。在她的印象里，苏大人似乎永远都是正襟危坐、不苟言笑的样子。苏陌忆带着一股天然的威压，让人望而生畏，好似任何妖魔鬼怪、魑魅魍魉皆不可近。她忽然想起第一次见苏陌忆的时候，是在京兆府公堂。因为对刑狱的向往，幼时的她会偷偷看着坊间的话本子，去幻想那些历代名臣断案如神的青天是什么样子。可是当她看到苏陌忆，她便再也不想了。因为她觉得，掌管天下刑狱的大理寺卿，就该是这个样子，也只能是这个样子。

"大人……"晚风冷雨中，林晚卿走过去，握住了苏陌忆的手。他的手冰凉的，没有一丝暖意。

她唤苏陌忆，声音哽咽道："大人，你别睡……""你不是想知道我的事吗？我给你讲我小时候好不好？"听者沉默，回答她的只有风吹动的纱帘。

"他们都说你是名满盛京的奇才，三岁开蒙，四岁成诗。可是大人你知道吗，我幼时读书开蒙晚，到了六岁还不怎么识字。那本你倒背如流的《洗冤录》，我背了十次，可每次都是背完就忘……"手背上传来濡湿的温热，林晚卿才发现，眼泪已经不受控制。

“后来，我下定决心，不背下来一天只能吃一顿饭。结果，我险些把自己饿死……”眼泪夹杂着自嘲的笑，她的声音越发悲恸。

“大人，我不像你……我不是天才……我的身边没有贵人，我花了多于旁人百倍千倍的努力才走到这里，我一直只有我自己，我从不欠人情……所以你……你别让我欠你……”

风吹帘动，火光轻跃。林晚卿感到手上微微一紧。那盏高举的油灯下，男人悠悠转醒。苍白的眉宇间染了几分倦弱的凌厉，而眸子却映着跃动的烛火。他就这么静躺着睥睨她，眼神里的高傲和不屑藏都藏不住。

“本官救你……是不想你的事……连累了我。”苏陌忆声音嘶哑，却不减刻薄，他缓了缓，又止不住地嫌弃道，“十遍都背不下……呵……还有脸说？”

第十四章 补药

盛京六月的天气，像深门大宅里被宠坏了的贵女。娇滴滴地冒几天阳光，又发脾气地闹几场大雨。连续下了几日的暴雨终收，空气澄净如洗。

阳光下，白瓷碗上热气氤氲，林晚卿捧着药碗，惆怅地看着正发着脾气的苏陌忆。

“大人……”她虚虚地扯着嗓子，把手里的碗往苏陌忆面前递了递，“该喝药了……”床上的人盯着手里的案宗，面无表情地侧了个身，留给她一个冷酷的后脑勺。林晚卿抽了抽嘴角。若不念及这人是因救她而受伤，她大概会将这个大瓷碗扣到他的脑袋上去。

为了不让太后担心，受伤的事情被苏陌忆控制了消息。故而贴身照顾的人，就只剩下她和叶青。

刚好，叶青今日有公务要忙。叶青临走前把一副药材塞给林晚卿，嘱咐她一定要照顾苏陌忆吃下去。她答应得爽快，可没人告诉她，伺候这狗官吃药是会要人命的。她看着手里那碗已经温过三次的汤药，欲哭无泪地叹出一口气。

“大人……你好歹是位列九卿的大理寺卿，害怕吃药是……”

“谁说本官害怕？”床上的人声音沉稳，将手里的一册卷宗一抖，反问得颇有些理直气壮，“本官只是不想喝。”

林晚卿：“……”死要面子不承认什么的，苏大人好像一直很擅长。站了半天，也劝了半天，再好的脾气也给磨光了。她一腔抱负没处施展，竟然要像个丫鬟一样，鞍前马后地伺候人。

林晚卿不满，干脆将手里的碗往桌上一搁道："那大人之前承诺，若是我破获了这桩奸杀案，会让我进大理寺。"

"可奸杀案是本官破的。"声音混着书页的翻动，毫无波澜。

林晚卿被苏陌忆的无赖震惊了，半张着嘴不可置信地道："破案思路分明是我提供的！""可最关键的临门一脚，是本官踢的。"

"……"林晚卿此刻很想打人，但殴打病患和上司，到底不是她能做出来的事。

于是她闭眼吸了几口气，努力保持平静地道："追捕的时候，要不是我不顾危险纵身跳入河中，还不一定能抓到凶犯。"

床上的人埋头看书，脖子没动，轻飘飘地给了她一个白眼道："还好意思说追捕？自己差点没命不说，还害了本官受伤。"

说完他好像又突然想到什么，停顿了一下说道："本官因你而受伤，按理说医药费该你出。"

林晚卿炸毛，拍桌子怒道："我也没让你来救我啊！你自己要逞英雄，怎么还怪上别人了？"

"呵……"苏陌忆冷笑，"那背后一下刺是刺不死你的，可你若是受伤，身份难免遮不住。把你从京兆府借调到大理寺这件事，盛京官场又无人不晓，到时候有什么难听的风言风语，你在监狱里听不到，可本官要怎么办？"

林晚卿无言以对，鼓着腮帮子不说话。

苏陌忆半天没听到声音，将头从书本里探出来，看着林晚卿停顿了一下："那日你为何要去救那凶手？"林晚卿一怔，没想到苏陌忆会问这个问题，随口答道："你见一个人要死了，不救吗？"苏陌忆的眼神中染上了几分严肃，他放下手里的书，绷直了身子道："有同情心是好事，可是要留给值得的人。"

林晚卿懒得跟他说话，低头闷闷地说："我救他不是因为同情。"

"哦？"苏陌忆挑眉，"那还能是因为感激不成？"林晚卿闻言也坐直了身子，看着苏陌忆神色凛然地道："在凶手没有被证明有罪之前，他就只是嫌犯，是同我们一样的普通人。"苏陌忆轻哂，低头继续翻动手里的书册："可南朝的律法规定，若是疑犯不能自证清白，那便不可被洗去嫌疑。"

"那大人觉得这样对吗？"林晚卿一脸认真，说话的声音霍地大了几分，"冤枉一个好人，与错放一个坏人，大人觉得哪一个是更严重的错误？"

"当然是放过坏人。"苏陌忆答。

林晚卿不服地道："大人这么选，是因为大人是上位者，在你的眼里大局的稳定重于百姓个人。那如若大人就是那个疑犯呢？大人的家人是那个疑犯呢？大人还会这么想吗？"

床上的男人倏地放下手中书卷，看着她神色凌厉地道：“你的假设根本就不会发生在本官身上。况且对于本官来说，冤枉好人和错放坏人，这两种情况都不会存在。”林晚卿气得想过去掐死他。她撑着桌案起身，“哐啷”一声，上面的碗一晃，险些洒了里面的药。床上的人倒是不会被她的暴躁所恐吓，依旧是一派云淡风轻地看书。

眼珠转了两圈，林晚卿单手端起桌上的药，悄悄藏在了身后。她缓步踱到苏陌忆床边，居高临下地看着他。然而早已见惯各类场面的苏大人根本不为所动，翻书的姿势还优雅了几分。

“大人。”林晚卿唤他，声音恭敬、乖顺。

“嗯。”苏大人不苟言笑，眼风都没给她一个。

“卑职有一条王虎生前只透露给卑职一人的线索，大人要不要听？”

“哈？”方才还在埋头工作的苏大人，闻言果然抬头，没有什么血色的薄唇半张，一脸惊愕的表情。

下一刻，林晚卿一伸手就揪住了他的下巴。

苏陌忆预感不对的时候，已经晚了。苦中带麻的药汁溢满口腔，顺着喉咙滑入胃腹，散发出淡淡的铁腥气。若不是药汁吞得急，苏陌忆当场就能吐出来。

林晚卿故伎重施，将那碗左劝不喝，右劝不要的药汤，一股脑儿地给他灌了进去。一碗下肚，偏偏因为伤口拉着会痛，苏陌忆还不敢咳嗽，不敢呕吐。他那张名满盛京的俊脸，被憋得一片惨绿……

灌完了，舒服了，趁着苏陌忆现在不能有大动作，不能下地，林晚卿还偏不走。她退远了一些，笑眯眯地观察苏大人气得想杀人、可又拿她无可奈何的样子，别说，还挺解气的。

“水！”苏陌忆一副要晕过去的表情，指了指桌案上的茶瓯。

林晚卿懒洋洋地走过去，给他斟了一杯漱口。

“你给本官喝的是什么？”苏陌忆一边漱口，一边抓着自己的喉咙，好像喝进去的是什么毒药。

林晚卿笑道：“就是大人最近一直喝的药啊，叶侍卫走之前给我的，还是卑职亲自熬的呢。”苏陌忆愣了一下，表情从愤怒变成了难以置信，甚至还掺杂着一丝害怕：“那他有没有告诉你，那个药，一副是三次的量。你不会一次都给我灌下去了吧？”“……”林晚卿觉得有点头晕耳鸣……不是，叶青也没说一副是三次的量啊！这能怪她吗？

苏陌忆的脸已经烧了起来，像一块红彤彤的烤红薯。他似乎有些发热，扯开一些衣襟，认命地抬头望天。

这狗官……不会被她给灌药灌死了吧……林晚卿觉得自己这次怕是做得有点过。是药三分毒，这剂量用多了，怎么说都会有点副作用的。她放下手中的空碗，忐忑地走过去，伸手想去探苏陌忆的额温，被他一个偏头躲开了。

苏陌忆侧头不看林晚卿，咬着后槽牙，蹙着眉心，一言不发，脸色也是越来越红。

林晚卿赶紧从屋内的一堆方子里翻出了这服药的药方——当归、鹿茸、红枣、阿胶、海马……都是些补血益气的药，乍一看没有什么问题，应该不会吃出人命的。

林晚卿放下手中的药方，再看看双目紧闭的苏大人。他斜坐在床榻上，一身中衣单薄。锦被搭在他的胸腰处，两条腿规规矩矩地并拢搁在榻上。可是顺着她下移的视线，林晚卿便在这样一幅如仙如画的谪仙病弱图中，看到了一点不一样的风景。

“……”林晚卿再看了一眼自己手上的药单……都是补血益气的药材没错，可里面有几味药除了补气益血，还补肾壮阳……刚才她给苏陌忆用了三倍的量，如今苏大人估计已经快要爆体而亡了……

“大、大人……”知道自己做了错事的某卿，声势跌落谷底只需一瞬。她耷拉着脑袋，蔫儿巴巴地走到苏陌忆床边，试探着问道，“怎、怎么办啊……”

苏陌忆此刻也是难受，浑身燥热。他闭着眼，一边稳定气息，一边抓着床单道：“去净室打点冷水来。”林晚卿哪敢不听，她颠颠地跑去净室，拿了一块布巾，一盆冷水，放到苏陌忆床榻前。

苏陌忆看了看她，说不清是害羞还是生气，他神色古怪地道：“你出去。”

林晚卿愣愣地转身，忍不住回头看了他几眼。

苏陌忆腰上的伤还没好，不能下床，不能俯身。他侧身去够布巾的时候会拉到侧腰的伤口，他便蹙眉冷嘶一声。

林晚卿到底还是于心不忍。一人做事一人当。她咬咬牙，走过去拿走苏陌忆手上的布巾道：“我来帮你吧。”苏陌忆闻言果然抖了抖，要去抢她手上的东西。林晚卿不让。她将门窗都关上，侧身坐上床榻上，还放下了四周的床帐。屋内的光线和苏陌忆的脸色一起暗了。他黑着脸又要去拿她手里的布巾，扯到伤口又是一声嘶痛。

林晚卿将他摁回床头斜靠，无奈地道：“早都看过了，你要是放不下脸面，就闭上眼睛。”

“你……”苏陌忆一时语塞，不知说什么好。

林晚卿不管他的反应，闭眼开始做事。苏陌忆也不敢看她，两个人以一种极不自然的姿势抬头望天，变成两块烤红薯。

床帐是厚实的绒布，几乎可以避光。只要一放下来，里面便犹如黑夜。看来苏陌忆这个人，就连睡觉都挑剔到不能有一丝光线。漆黑的环境容易惹人遐想，特别是两相沉默，只有呼吸的时候。

林晚卿想起之前在苏陌忆的净室，她无意中撞见他的样子。她心口一跳，也不知道那一晚在卷宗室，他们又是怎样的一个光景？毕竟，那是林晚卿唯一一次看见他失控。在那之前，她从来不知道清高矜贵的苏大人，竟然也有这样沉沦的一面。

而此刻规规矩矩躺在床上的苏大人，心里却不像表现出来的这么云淡风轻。自从那一晚和林晚卿有了男女之事开始，他其实常常梦见她。那时，他只当自己是鬼迷心窍，白日里见到她的时候，还会有一丝不可言说的负罪感。可是后来，在监狱的再一次失控让他知道了，也许是那一晚的感觉太好，他对这女人根本就是欲求不满。人都会有欲望，这本身并不可耻。

空气中的味道忽然变得异常，咸咸的、带着海洋的气息。林晚卿悄悄掀开一线眼皮，只见苏陌忆微蹙剑眉，薄唇轻启，半敞的素白色衣襟下，是起伏着的精壮胸膛。弧度明晰的喉结处，一颗汗珠缓缓滑动，将落未落。这种表情，是她在苏大人脸上从不曾见到过的。高岭之花堕入凡尘的一幕，实在是太具冲击力。

一盏茶的工夫过去，苏陌忆只觉眼前一白，恍惚了一会儿，直到耳边传来女子的惊叫。视觉尚未恢复，双目还有些发胀，可林晚卿的脸，他还是看清楚了。美人面色绯红，倒是一点都不显狼狈，反而格外娇艳。

林晚卿不知所措地看着他。半晌，她柔声唤了句“大人”。她甩了甩膀子，不知所措变成了委屈。

“大人你怎么……”后半句话没说下去，林晚卿的耳朵已经烧起来。苏陌忆被问得无话可说，那句“大人”也叫得他格外难堪。林晚卿咬了咬唇，却不急着掀开床帐去取巾布。

“大人欠我一次……”她嗫嚅。

声音不大，苏陌忆却听到了。

“大人要怎么还？”林晚卿也不将手蹭干，扭头看向尚未回神的苏陌忆。

听她这么问，恍惚的情绪全然不见了，苏陌忆难以置信地看着眼前的人，才明白她方才哪是在帮他，分明就是挖好了坑等着他往下跳！

可是恼怒归恼怒，林晚卿的眼神却莫名地让他心虚。于是苏陌忆清了清嗓子，僵硬地道：“你先擦手。”说完要去给她拿巾布。

林晚卿扣住了苏陌忆的手。她打量着他，一双水灵清澈的眼眸闪了几下。然而苏陌忆根本顾不得看她的眼睛，目光都在她那两瓣微微开合的樱唇上。

“大人去吏部，把我的编制划归大理寺吧。”

“……”苏陌忆一噎，有一种被人胁迫的错觉。仿佛只要他不答应，她就能一直这样在他面前晃悠。不过，这招虽然粗暴，但顶用。

苏大人看着那只还未洗净的红酥手，终究是少了几分底气。先前他不答应，也是存了几分要刻意为难林晚卿的心思。谁让她胆大包天，女扮男装，还妄想睡了朝廷命官就跑路。说到底，去吏部要个人，这件事对于苏陌忆来说，委实轻而易举。再说这人目前真实身份不明，又狡猾得很，心眼儿多得像筛子，把她放在身边监视，有他亲自盯着，她就算图谋不轨，想必也难以实施。

思及此，苏陌忆以拳抵唇，轻咳两声道："去找叶青拿块腰牌，往后与他一样，跟在本官身边做事。"

"身边？"林晚卿诧异。

苏陌忆沉脸，绷着声音继续道："本官亲自盯着你，别再想要什么花招。"其实林晚卿不是故意算计苏陌忆的。她让他给腰牌的想法，也是这件事进行到最后一个步骤的时候才想到的。她看着苏陌忆脸上那种陌生的表情，忽然想起梁未平说过的"男人耳根子最软的时候"……反正已经被狗官拒绝，林晚卿盘算，还不如试一试。结果没承想，梁未平这个人做什么事都不靠谱，说什么都没道理，唯独只有这件事——诚不欺她。

林晚卿拿着属于自己的那块腰牌站在案宗室前，手心微汗。傍晚的夕阳射过来，在上面留下点点余晖。她抬头看了看面前那扇菱花纹木门，她知道，她与她的过去，终于仅有一门之隔。

第十五章　旧事

天启三十七年，春。

如同每一个盛京的春季，近郊山头染雪，杜鹃与瘦樱争艳。

春色融融下，当时还是先帝皇后的韦太后带着后宫一众女眷，前往骊山祭坛举行亲蚕礼。

这一次蚕礼的目的，与以往有所不同。先帝操劳国事，身体一日不如一日。时逢太子弱冠，勤政爱民颇得人心。东宫两位太子良娣又接连传出喜讯，皇室嫡系有继，成昭帝有意放权休养，将朝政大事都交与太子处理。

太子妃从缺，下一任皇后当会出于两位良娣之中。故而此次蚕礼，韦皇后有意安排她们随行，亲自教导皇后职责礼仪。

陈良娣出生盛京贵门世家，母亲是武安侯嫡女，姨母更是嫁给成昭帝的弟弟梁王，成了他的续弦王妃。

而另一位萧良娣出身平微，是朝中一个五品都护府司马的女儿。她有一个哥哥，叫萧景岩。父亲早年战死之后，朝廷为了体恤功臣，便将萧司马的一双儿女接入盛京，萧景岩从此在金吾卫中任职。后来，萧氏女选入东宫为良娣，深得太子喜爱，很快便有了身孕。从身份地位上来说，陈良娣为后应是众望所归，名正言顺。

可许是因为对梁王和陈良娣世家背景的忌惮，年轻的太子有意让后宫远离先前的朝堂势力，从底层培养自己的心腹。短短几年时间里，萧景岩的官职已经从最开始的从六品长史，一跃成为正四品中郎将。且此次的亲蚕礼保卫工作，太子全权交与其负责。萧氏风头，一时无两。前朝后宫，多少人羡慕不已。

但是在亲蚕礼回程的途中，却发生了一件意想不到的事。皇后仪仗经过骊山官道的时候，忽然遭到一队武装人马的袭击。他们意有所指，朝着皇后车驾逼去。一片惊慌中，随行金吾卫当即跟上，几番缠斗，很快稳住了形势。

正当众人以为场面得到控制，一切化险为夷的时候，仪仗后端却传来了更大的骚动。金吾卫奉命去查，发现后宫女眷们的车驾都不同程度地受到了箭袭。其中陈良娣的车驾受袭最重，已经被箭头之上的火油点燃。为了保障安全，官道离河道很远，众人面对这场火束手无策。熊熊大火，滚滚黑烟。

陈良娣此时却从安阳公主的车辇里走了出来，看见眼前场景，吓得晕死过去。那一场火阴差阳错，没有烧死陈良娣，而是烧死了顾念她怀孕辛苦，中途与她偷偷换了车辇的安阳公主。

皇后悲痛欲绝，先帝雷霆震怒，彻查令当即下达，一时间盛京人心惶惶。

在一连串密集的盘查之下，萧景岩原本的渎职之罪，变成了权欲熏心，蓄意谋害皇家后嗣的灭门之罪。当时被捕的犯人之中，就有萧景岩最为信任的部下。他招供了萧景岩密谋布置，先袭击皇后引开守卫注意，再计划刺杀陈良娣的事实。目的，自然是帮助自己的妹妹萧氏除去对手，从而当上太子妃，以觊觎将来的皇后之位。

金吾卫装备精良，亲蚕礼保卫部署严密，若不是内部之人策划，此事难以成行。然而最让人感到反常的是，那一天的亲蚕礼中，本应该出席的萧良娣，却因为前一晚动了胎气辞行，被允许留在宫中养胎。接着，刑部的人又在萧府后院的地下，挖出了一箱铠甲和兵器，与当日那队流匪所用一致。一切的巧合，都让萧景岩百口莫辩。

至此，安阳公主被害一案尘埃落定。萧景岩被判抄家斩首，萧良娣因怀有皇家子嗣免于死罪，打入冷宫。可最后，她还是在一个凄风苦雨的夜里，因难产死在了那个无人问津的地方。薄情最是帝王家，再多的宠爱，再盛的重用，都会在谋反这个罪名扣下来的时候烟消云散。

几年后，新帝登基，太子妃陈氏为后。太平盛世，河清海晏。

萧氏兄妹和全族二十余口人，就变成了林晚卿手里这卷案宗上，寥寥的几句话。

纤白的手指抚过泛黄的纸页，停在了当时主办此案的刑部尚书官印上——宋正行。这是宋正行从洪州刺史调任刑部尚书之后，主办的第一个案子，也是让他一战成名，从此飞黄腾达，盛宠不断的案子。

幼时的记忆太过模糊，林晚卿依稀记得，自己似乎是有这么一个倾国容貌的姑母。至于后来嫁去何处，萧家破败之后又去向何方，当时只有四岁的她，根本无心过问。

这么看来，这件案子的知情人现今只剩下宋正行、陈皇后和太后了。但林晚卿不可能去问皇后和太后，那么突破口，就只剩下宋正行。刚好，她可以借由王虎的案子顺便查一查他，只要苏陌忆点头。

林晚卿将手里的案宗复原，搁回架上，她转身便去了苏陌忆的书房。

一室清幽的书房内，苏陌忆正写着奸杀案要上报朝廷的结案呈文。又一桩大案破获，朝廷嘉奖大理寺，苏大人面上有光，今日的心情也就格外好。

“大人！”叶青进来禀报，“林录事求见。”

正行云流水地写着字的手一顿，苏陌忆愣了一下，片刻后淡定地应了句：“哦……”漫不经心，满不在乎的声音。但他却放下了手中的笔，将自己有些散乱的官服整理了一下，然后挺直了脊背，才点头示意叶青放她进来。

林晚卿看起来还是毛毛躁躁的样子，一点也不稳重。别说女子应有的礼仪，她的行事风格怕也就比叶青这种武夫好一点。

苏陌忆盯着林晚卿发呆，嘴角不受控制地牵起一丝弧度，直到耳边传来一声清脆的“大人”。他看见林晚卿一双眸子闪动，里面全是疑惑。

“咳咳……”苏陌忆当即绷下脸，恢复了以往冷若寒霜的神情。

“没看到本官在忙？”他手忙脚乱地拿起纸笔，又低头写起呈文，留给林晚卿一个冷漠的头顶。

好在林晚卿早已习惯苏陌忆的狗脾气，让她进来又要给她甩脸色的事，这狗官干得太多。所以她也懒得客气，直入主题地道：“之前卑职提到，王虎生前告诉过卑职一条消息，或许能查查看。”“真有线索？”苏陌忆神色一凛，当即放下了手中的笔。

林晚卿点头：“嗯，王虎曾经告诉过卑职，赵姨娘被杀那晚，在她的闺房外见到过一个跛足婢女。”

“那跛足婢女是嫌犯？”

林晚卿摇头：“那倒不是。王虎说那个婢女只是在闺房外逗留了片刻，并没有进去过，随后便离开了。王虎在那之后去了赵姨娘闺房，就发现她已经死了。”

苏陌忆听完之后神色忽然变得严肃起来，看着她道：“所以那一次你偷偷跑去宋府，就是想去查这个人？”

林晚卿面上一红，没有接话。苏大人明察秋毫，真是什么都躲不过他的眼。两个人沉默了片刻。

头顶上传来一声冷呲，苏陌忆的声音低沉得能滴出水来："所以，你早在数月之前就得到了这个线索，但是你居然现在才说。"

林晚卿乖巧地低头，不敢吭声。耳边响起苏陌忆袍裾擦动的声音，他来到了她的身边。

苏陌忆的声音低沉，隐隐听出得出咬牙的怒气："林晚卿，你真有本事。"

"千方百计地要来大理寺查案，但就连这么一个线索都能捏上几个月，甚至不惜亲自去往宋府犯险。"

苏陌忆冷笑，半晌，又语气森凉地道："本官在你的眼中，就这么不值得信任？"

林晚卿哑然，一时只觉如鲠在喉。这都哪儿跟哪儿啊！她当时只是不满苏陌忆让她来大理寺办案，又不给身份，反正王虎案苏陌忆不让她碰，她也就憋了一口气暂时没告诉他而已。可是后来又发生那么多事，这么一个无足轻重可有可无的线索，谁会天天惦记着？

林晚卿抬头正要反驳，却直直地对上苏陌忆那张黑如锅底的俊脸。呃……苏大人看样子好像很生气……要不还是服软安慰一下吧……在没有触及原则和底线的时候，面对绝对的权势，林晚卿从来都不会为难自己。

"大人……"她缩着脖子埋着头，嗫嚅着道，"卑职是体谅大人公事繁忙，在不确定这些琐事是否真的有价值之前，也不敢来叨扰大人。"苏陌忆几乎给她气笑了，俯身反问道："你叨扰本官还嫌叨扰少了？自从你入了大理寺，本官处理的哪一件事不是跟你有关？""……"林晚卿理亏，蔫儿巴巴地不说话。

苏陌忆白了她一眼，指了指门外，没好气地道："明天上职之前，本官都不想再见到你。"

"哦……"触了霉头的某卿溜得飞快，"那赵姨娘……"

剩下的话被苏陌忆吃人的眼神斩断。好汉不吃眼前亏，林晚卿袍裾一撩，跑得飞快。候在外面的叶青听到里面的动静，又见到林晚卿灰溜溜地被撵出来，他好奇地伸了个头在门口打探。

"叶青。"苏大人冰冷的声音把他叫住了。

"什么？"叶青一头雾水地走进去，看着书案后面那个呈文都拿反了的男人。

男人不轻不重地哼了一声：

"你可听过大理寺里，别人对本官的评价？"

叶青一抖，当即顺溜地说道："那是当然！大家都称赞大人断案如神、执法如山、公正严明、铁面无私、无偏无党、明镜高悬、直道而行、不畏权势！"

苏陌忆看着他，不说话。

叶青被苏陌忆瞧得发冷，哆哆嗦嗦地补充道："真、真的……"

苏陌忆霍地站起来，走近了逼视着叶青道："本官再给你一次机会，你给我说实话。"

"哦……"叶青咽了咽口水，一脸无辜地道，"他们说大人脾气古怪、阴晴不定、喜怒无常、不近人情、不通情理……"苏陌忆的脸已经黑得不能再黑，仿佛暴风雨之前最后的宁静。

然而叶青没有看苏陌忆，还在低头掰着手指头数落："哦！他们还说，要不是大人长得还不错，家世背景也好，这辈子都休想讨到媳妇……"

"嘭！"一声闷响，叶青觉得自己屁股上被人重重地踹了一脚。然后他就飞出了苏大人的书房，裤子上还带着一个清晰的脚印。

"唉……"叶青叹气，起身拍了拍，幽怨地道，"还真是脾气古怪、喜怒无常、阴晴不定……"

盛京西市，行人摩肩接踵，店铺鳞次栉比，正是一天当中最热闹的时候。

一只白皙修长的手，从二楼雅间的轩窗里伸出，将避雨的竹帘往上撩了撩。

"怎么还没出来……"林晚卿蹙眉嘀咕着，雪白的脖子伸得老长，露出侧颈上优美的曲线。

苏陌忆的眼神呆滞了一瞬，赶忙低头喝茶。

为了掩人耳目，林晚卿今日特地扮成了郎君身边的俏丫鬟，和便装的苏陌忆去宋府盯梢。

两个人一早就尾随那个跛足婢女来了西市。本想将人请来一问，可是碍于路上行人众多，苏陌忆怕打草惊蛇，便决定先跟着她，找到时机再抓人盘问。

林晚卿见得不到回应，转身看着苏陌忆抱怨道："大人，这人都进去快半个时辰了，该不会是知道我们跟着她，已经跑了吧？"

苏陌忆顺着林晚卿手指的方向往外瞟了一眼，平淡地道："不会的。西市只有一个出入口，进出都需要经过此地，除非她挖地道或者翻墙。"林晚卿点头，讪讪地道："哦，也是。"

苏陌忆见她一副心神不宁的样子，便拿来一个茶瓯，满上茶水，又沾了一点在桌上比画道："王虎案的疑点现在还有哪些？"

林晚卿的注意力果然被转移，凑过去掰着手指道："其一，案发现场的那柄短刀，我们之前分析过，它不可能是王虎自己带去的，那就只会是凶手忘在现场的。但是作为一个职业刺客，会犯这种错误委实奇怪。"

"嗯。"苏陌忆应声，在桌上写下一个"刀"字。

“其二，王虎被杀的时候，凶手为什么不做成畏罪自杀，而是屠了整个京兆府监狱？这摆明是告诉别人，王虎不是杀死赵姨娘的凶手。”

“嗯。”苏陌忆点头，一顿，转而又问道：“那有没有可能，是凶手闯入监狱的时候暴露了身份，所以不得不杀人灭口？”

林晚卿摇头：“可现在的嫌犯是宋正行。他要杀掉王虎，何至于做得这么明显？等王虎被送到刑部，他只需派人在饭菜里动手脚，就能让这件案子永远不见天日。”

苏陌忆沉思：“嗯，确实，他不是一个做事张扬的人。”

讨论陷入了僵局，两个人沉默了一会儿。

林晚卿忽然想到什么，坐直了身体问道：“大人可还记得那把刀的检验记录？”

“刀面无血槽，右侧及刀柄染血。”话音甫一落，耳边就响起一阵茶盏的“哐啷”声。

林晚卿像一只被踩了尾巴的猫，突然激动地道：“那把刀会不会是死者留给我们的线索？”

“怎么说？”苏陌忆不解。

“大人，你想啊！”林晚卿倾身过去，沾了点他手边的茶水，一边写着，“那把刀没有血槽，那么当它被刺入人体内的时候，会因为压力被紧紧吸住，很难拔出来，杀人太费力。所以，凶手一定不会用这样一把刀来作案。”“嗯，的确。”苏陌忆点头，微不可察地往后挪了挪身子，让她那张娇艳欲滴的芙蓉面离自己远一点。

然而专注于分析案情的林晚卿完全没有发现，还继续凑过去道：“其次，就算凶手想不通，随手就选了这么一个凶器，可是这把刀……”林晚卿说着话，将自己的手比画成一把刀，对着苏陌忆的胸口就是一戳，“刀刃刺入体内，一定会双面染血，而这把刀只有一侧染血，这说明什么？”

“……”被戳了小心脏的苏大人脑袋空白了片刻，来不及回答问题，他慌忙地捂着胸口站了起来，然而袖子一紧，他又被投入的某人给扯回去了……“这说明那把刀是凶手走了之后，受害人自己取来放在身边的！只有这样才会出现刀柄和一侧刀面染血的情况！而且在案发现场，出现什么都奇怪，除了凶器。受害人也许担心有人会返回现场查看，所以没有选择写字或者留下其他东西。那么，她一定是想通过这把刀告诉我们什么！”一番分析慷慨激昂的林晚卿双手一拍，抬头看向苏陌忆，一双眸子晶亮晶亮的。

气氛又凝结了一瞬。因为这时候林晚卿才发现，生无可恋的苏大人被扯得离她只有不足一掌的距离，两个人对望的时候，近到呼吸可闻。而且，苏大人看她的眼神有点怪怪的，羞恼中夹杂着一丝淡淡的笑意。看起来怪变态的……林晚卿背脊发凉，赶紧松开了苏陌忆被扯着的袖子，还顺手将自己扯皱的地方理平。

对面的铺子倏地响起开门送客的声音，苏陌忆推开林晚卿，一个箭步来到了窗边。

一撩袍裾，苏陌忆转身就冲出了雅间："她出来了，跟上。"

两个人一前一后地出了茶楼，静静地跟在那女子身后。她一路上行色匆匆，并不像出门采买的样子。出了那间钱庄，她便一路疾行，也不像是要回宋府的样子。忽然，她走到一个卖簪花的小摊前停了下来，拿起几个珠钗看了好一会儿，然后掏钱买了一个。

不远不近地跟在后面的两个人也只能停在附近的一个小食摊旁，假意挑选。

"她可能发现我们了，别往那边看。"苏陌忆低声提醒。

林晚卿闻言手有点抖，将脑壳埋得低低的，再转头一看，方才的小摊前，那名婢女已经没了踪迹。

"大人！"她扯了扯苏陌忆，指着街尾处小巷口的一抹淡黄裙摆道，"她跑了！"

两个人紧跟着追了出去。那个婢女因为腿脚不便跑不快，很快就被逼到一个死胡同。

林晚卿心急，冲过去就要拉她的胳膊。

"嘶！"眼前白光一晃，一阵凉意从手臂上传来。林晚卿低头，只见手臂处烟粉色的外袍上添了一道血红的伤口。林晚卿来不及去处理，伸手又要去抓那个婢女，却觉腰间一紧，她被苏陌忆揽到了身后。电光石火之间，她完全没有看清楚，那个婢女手中的刀就到了苏陌忆手里。他反手一转就把刀抵在了那个婢女的脖颈根处，刀尖没入皮肤，点点血迹沁出，淌入衣襟。

"哎！"林晚卿见苏陌忆一副要杀人的样子，慌忙去拉，"这是证人，不是嫌犯！"

苏陌忆并不理睬，抵住那个婢女脖子的手丝毫未松。

林晚卿见劝他不住，只得转头对着那个婢女解释道："我们是大理寺的，奉旨查案，你配合一点。"

婢女闻言愣了一下，用一双充满戒备的目光打量着她。

"你们府上赵姨娘的死，想必你也听说了。"林晚卿见她有些松动，继续劝道，"之前的嫌犯在被杀之前告诉我，他曾在赵姨娘的闺房外见过你。"

那个婢女愣了一下，咬了咬下唇，并不解释什么。

林晚卿道："你现在的处境很危险，如果真凶知道你曾出现在赵姨娘房外，一定会动杀了你的心思。所以，你最好跟我们说实话。"

"那……我怎么知道你不是凶手的眼线？"

林晚卿一愣，怪不得她方才拼死抵抗，原来是错把他们当成了坏人。思及此，她解下腰间的名牌，在那个婢女眼前晃了晃："这是我的名牌。"

婢女看清楚上面大理寺几个字，却还是疑心不死。

林晚卿没有办法，走过去捧起苏陌忆的脸道：“你看，长得这么好看的郎君，在盛京除了大理寺卿苏大人，还能有谁？”冷不防又被调戏了的苏大人：“……”婢女好似终于被说动，她将面前的两个人从头到尾打量了一番，才缓缓地开口道：“奴虽然没有证据，但奴知道，赵姨娘一定是宋正行杀的。”“哦？”林晚卿拍拍苏陌忆的手，示意他收刀，“为什么？”那个婢女的表情悲愤，她看着林晚卿道：“因为赵姨娘一定知道了他什么不可告人的事情，他要杀人灭口。”“你不知道是什么事？”林晚卿追问。

婢女摇头：“奴和赵姨娘是在入府之后才认识的。奴也是无意中知道，赵姨娘的家人与奴婢一样，死于前年的‘假银案’栽赃陷害，而她做了朝廷的线人，入府来寻找罪证的。”

“那证据呢？”林晚卿问。

“证据？”婢女苦笑，“赵姨娘为了保护我，并没有让我知晓太多。她死之后，我也偷偷去过她的闺房，但发现所有她用过的东西，都被换了新的，什么都找不到了。”“哦……”林晚卿不免失望。

在一旁杵了半天的苏陌忆忽然想起什么，插话道：“赵姨娘可能留下了一把刀，你可随本官回大理寺辨认一番。”婢女有些为难地道：“奴此次就是偷跑出来的。赵姨娘留了些银子给奴，让奴做路费逃跑。奴好不容易才等到今日的机会，若是去了大理寺会不会……”苏陌忆道：“你放心，本官目前也不想打草惊蛇，大理寺既然有本事寻你问话，自然也有本事助你逃走。”思忖片刻后，婢女终于点头。

林晚卿将自己的帷帽给婢女戴上，又寻了个人去大理寺报信，让叶青驾着马车前来接应。

回程的路上，林晚卿和苏陌忆共乘一车。

车轮辘辘地响，车幔摇摇晃晃。林晚卿想事情想得出神，并没有注意到身边的人已经垂眼看了她很久。

“你好像对宋正行的案子特别上心？”

林晚卿一怔，转头看向苏陌忆，故作轻松地笑道：“没……怎么会？我对所有案子都一样关心。”苏陌忆的目光落在那片血染的衣袖上，神色幽暗地道：“你上一次是抓犯人，这一次是找证人。抓犯人的时候看见凶器都会躲，这一次明明已经被刺伤却还要去硬碰。宋正行的案子，比你自己的命都重要吗？”

苏陌忆一针见血的分析，让林晚卿心如擂鼓。她停顿了一下，强装镇定地道：“没、没有啊……卑职都说了，就是热爱刑狱，空有一腔抱负无处施展。如今来了

大理寺，承蒙大人不弃，自然是想好好回报大人的……”

林晚卿的话被打断，苏陌忆逼视着林晚卿，眼神锋利得像刀子：“那林录事不如说说，自己为何对刑狱如此热爱，总不会是天生的吧？”

“我……”林晚卿语塞，突然转移话锋反问道：“那大人对刑狱的痴迷难道不是天生的吗？”

苏陌忆闻言敛目，表情淡定地说：“当然不是。”他一边说话，一边从袖中摸出一张干净的手巾，替林晚卿将还在渗血的伤口裹住，“没有人会天生对世间的这些阴暗感兴趣。”他说话的时候还是一如既往的平静，可是那双打结时微微颤抖的手，出卖了他的心绪。

林晚卿从他的语气中听出一丝久被压抑的悲伤，马车辚辚而动，两个人各自沉默，一路无语。

到了大理寺，林晚卿刚下马车就被苏陌忆拦住了。

苏陌忆看着她，神色肃然地道：“你可知道这件案子不同于奸杀案？”

林晚卿怔忡，没有回答。

“宋正行位高权重，背后党派林立。前朝的波谲云诡，明枪暗箭，往往牵一发而动全身。你若太过心急，很有可能会将自己置于万劫不复的境地。”

“所以……”苏陌忆停顿了一下，继续道，“你若不能给本官一个明白，于公而言，本官没有任何理由让你继续插手此案。”

第十六章　撑腰

林晚卿一怔，脸上还是一贯谦和的笑：“大人怎么总是不信卑职呢？”

苏陌忆沉默地看着她，神色复杂。艳阳清风，两个人之间却像隔着一条结了冰的路，只能同时停住脚步。

半晌，苏陌忆沉声道：“林录事让本官信你，可你什么时候又信过本官？”

林晚卿噎住，无言以对。

苏陌忆冷笑道：“既然如此，宋正行的案子，今后就不劳林录事费心了。”

雷厉风行的苏大人说到做到，行动力惊人。在做出这个决定的同时，就将她支去了一个大理寺丞那里，负责公堂笔录。

公堂不同于苏陌忆身边，大多数案子到这里的时候已经人证物证确凿，只剩下判官裁定的份儿。突然变身写字工具的林晚卿，每天都埋在成堆的口供里，内心愤

濆。更让人生气的是，期间有好几次，林晚卿看着苏陌忆前脚进了书房，她后脚想求见，却被一脸无奈的叶青告知："大人说他不在。"好吧……苏大人的狗脾气一上来，谁也没办法。她不可能告诉苏陌忆实情，苏陌忆也不肯松口。又是好一段时间里见不到苏陌忆，她想认错服软使个计都没有办法……想到这里，林晚卿幽怨地叹气，只觉得手里的糖葫芦也不甜了。

"怎么了？"旁边吃着糖葫芦的梁未平一脸诧异。

"没什么……"林晚卿随口应付，拽着梁未平的袖子，"梁兄可有什么甲库的关系吗？"正在专心啃糖葫芦的梁未平被她这么一拉，伸进嘴里的那根竹签冷不防被往里一送，直接捅到了他的嗓子眼儿，捅得他一阵干呕。

林晚卿吓了一跳，正要给他拍背，却见他顺势咬下三颗糖葫芦，在舌头都抡不转的情况下，梗着脖子把它们吃完了。

"……"林晚卿抽了抽嘴角，将自己手里的那串糖葫芦也给了他，"梁兄你喜欢就多吃一根吧，我、我吃够了……"

"哦。"梁未平一点都不客气地接过来，一手一串地啃起来。

"有肯定是有的，但我得知道你又要干什么。"

"我……"林晚卿欲哭无泪，"我的甲历不是从京兆府改到大理寺去了吗？但最近我好像又把那狗官得罪了，你知道吏部做事一向趋炎附势，你说他要是不过问，或者故意使点绊子，吏部指不定把我的事拖到何年何月去了。"

梁未平继续啃糖葫芦，附和道："嗯，所以你想怎么样？"

林晚卿赶紧道："梁兄找个人帮我问一问也好，看看我在大理寺那边的名额占稳了没，我心里也好有个底。""那要是没有怎么办？"

"……"林晚卿觉得自己瞬间被这个问题扼住了咽喉。

梁未平见她一脸凄怆，默默地收住话题，领着她径直就去了甲库。

甲库是朝廷设置专管各级官员档案的地方。梁未平被调任去京兆府之前，就是这里的一个录事。故而他认识的人多，也能说上几句话。

两个人到的时候正是午时饭点，管理甲历的人换班用膳。

梁未平去外面兜了一圈，带着林晚卿直接去了存放甲历的案馆。末了他去找老熟人打听消息，嘱咐林晚卿在这里等候。

夏日的午后，树上蝉鸣阵阵，将日光叫成了辣人的蜂刺，像千万只蜜蜂围在身上嗡嗡乱叫。林晚卿心烦，走到一间半开的案馆檐下避暑。

一个小录事样的人叫住了她。

"你是大理寺的吧？"他问，公事公办的语气，目光落在她腰间的令牌上。

林晚卿讷讷地点头，不明所以。

那小录事便从屋子里取来一卷册籍，递给她道：“这是你们苏大人要的。”

不等林晚卿摆手解释，那小录事已经将东西递到她手中，脸色颇有些不济，道：“历年洪州刺史的任命名单都在这里。我知道你家大人公务繁忙要紧，可我们也要睡觉、吃饭的不是？”说完他发脾气似的将东西一甩，一副终于脱手的样子，转身就走，留给林晚卿一个不满的背影。

“……”莫名其妙给不干人事的苏大人背锅的林晚卿，捧着那卷册籍，杵在原地怔忡了片刻才反应过来。

洪州刺史？这不是宋正行调入盛京之前的官职吗？心思一起，好奇心就再也摁不住了。反正是那人自己递给她的，她一没偷二没抢，而且她本就是大理寺的人，看一眼，应当也不算偷窥机密。

林晚卿一边安慰自己，一边屏住呼吸，将手里的册籍掀开一角。目光飞快地流转，扫过名单最后一页，林晚卿倏然眼前一白，险些站立不住。那一堆杂乱的蝇头小楷里竟然有她父亲萧景岩的名字！

林晚卿以为自己看错了，走到阳光处，将最后那页“曾任命刺史名单”又过了一遍——天启三十七年，金吾卫中郎将萧景岩奉命，于当年接任洪州刺史一职。

白纸黑字，清楚明白。

她心跳一滞，像被人当头敲了一棍，一时竟然连呼吸都忘了。耳边嘶鸣的蝉声，阵阵拉扯耳膜。她的指腹摩挲着那个熟悉的名字，半天才从浑浑噩噩中清醒过来。原来，父亲曾被任命洪州刺史，接任宋正行。但是他没有活到上任，就死于莫须有的罪名。之后朝廷因为赈灾，发现官银造假。而洪州是历代官矿要地。

无数事实碎片在脑中盘旋，林晚卿隐隐觉得他们之间有着什么不可言说的关联，却又怎么都拼接不上。她心中烦郁，只想回大理寺再将父亲的案宗找来一阅，便顾不得等梁未平，拿着册籍就往回去。

然而才出甲库，她就听到身后响起匆忙的脚步声。林晚卿回头，发现刚才那个硬塞给她册籍的小录事追了出来。两个人目光相触的那一刻，小录事向着身后大手一挥，两个小厮就气势汹汹地扑了上来。他们根本不听解释，一来就咬定林晚卿假扮官府的人，意图窃听大理寺的办案机密，要将她扭送到京兆府。几个人开始争执。

另一边，打听完消息出来寻林晚卿的梁未平见状，热心地想拉架。

“啪！”一记响亮的巴掌。

梁未平捂着脸，一副难以置信的模样。

“嗷！”

怒吼之中，争执变成了扭打。

紧接着，一旁前来拿册籍的大理寺同僚追过来，认出林晚卿，想劝架。

“啪！”不知是谁又挨了谁一巴掌。

于是，简单的扭打变成了聚众围殴。然后，数日未见的林晚卿和苏陌忆，终于再一次见面了。只不过这一次，两个人之间隔着一扇厚厚的木栏。他在外头，林晚卿在里头。

幽暗霉臭的京兆府大狱里，苏大人看着眼前那个衣衫不整、发髻凌乱、背对着他蹲在墙角默默抠地的女人，气得额角突突直跳。他今日本来要进宫面圣，刚走到永兴坊，就见叶青着急忙慌地来报，说大理寺跟甲库聚众围殴，京兆府已经将涉事人员统一缉拿。

苏陌忆开始只是惊讶，他觉得面圣要紧，便准备晚些再来处理。可叶青告诉他，带头的人是林晚卿，苏陌忆当即便去了京兆府。身为大理寺卿，到大狱不为审案，而为捞人，活这么久，这还是他的头一遭。他怕自己会因为盛怒，直接把林晚卿掐死，便在外面站了好一会儿，待情绪平复才让身边的狱卒打开了牢门。

墙角的人听到声音一怔，没有回身，只埋头将自己往旮旯里再挪了挪。

“林晚卿。”平静的、凉薄的、不带一丝感情的声音，是苏大人一贯的风格。可是他将每个字都咬得极重，如果仔细听，能听到那波澜不惊之下裹挟的怒意，那种要将人生吞活剥的力道。

“嗯、嗯……”凌乱的后脑勺里冒出两个颤音。面前的人随口答应着，没有回头。

饶是再善于忍耐，面对着林晚卿这副无所谓的样子，苏陌忆也觉得自己的胸口快要炸了。他懒得跟她卖关子，大跨步地走上前去，扯着她的衣襟，一把就将人拉了起来。

林晚卿冷不防被这么用力一拽，脚上根本站不稳，自暴自弃地要往后倒，被苏陌忆一把揽住。两个人的姿势变成近距离地面对着面。

苏陌忆一怔，这才看见她眼角的瘀青和嘴角的血丝，脖子也被人抓了一把，白皙的肌肤上留下几道明晃晃的血痕。他心里一揪，方才那股怒气一息之间便被另一种怒气取代了。

林晚卿赶紧用手捂脸，却被苏陌忆擒住了腕子。

“怎么伤成这个样子？”他问，声音低沉。

林晚卿自觉丢脸丢到了姥姥家，也不敢看苏陌忆，耷拉着脸逞强道：“其实、其实也还好……当时的情形是敌强我弱。他们有十个人，我们加上梁未平都才三……个……人……”苏陌忆的脸阴沉下来。

林晚卿见他这样，心里愈发没底，只能继续低声解释道：“可是我们一点也没有畏敌，奋不顾身，屡败屡战，誓死捍卫了大理寺的尊……严……”呃……怎么苏大人的脸好像更黑了……林晚卿被他盯得浑身发冷，默默地将辩解的话都吞回了肚子里。

苏陌忆被她气得冷笑。他直接将人提溜到了自己面前，擒着她的下巴迫使她看着自己，用一种极其严肃且认真的语气道："大理寺的尊严自有本官捍卫，什么时候需要你来操这份闲心？"

"哦……"心虚的某人放弃抵抗，乖巧低头。

苏陌忆没再说什么，将手里的一件披风扔到了林晚卿身上，安排叶青带她先走。

"嘿嘿……苏、苏大人……"一旁满脸谄媚的李京兆凑过来，准备听从指示。

苏陌忆负着手，冷声道："光天化日之下聚众围殴，李大人觉得此案是何性质？"

李京兆瞬间明白了苏陌忆的意思，板起脸严肃地道："恶劣！实在是太恶劣了！同袍相残，不仁不义！长此以往，必将导致世风日下，人心不古！"

苏陌忆点头："嗯，那这件案子李京兆认为该怎么办？"

李京兆点头哈腰，脸上浮起一贯的油腻笑容："此等要案，当然只有大理寺才能处理得了。"苏陌忆没说话，转身看了眼空旷大牢的另一侧，状似无意地道："京兆府大狱人满为患，这几个甲库的人……"

"谢大人体谅下官难处。"李京兆拱手一拜，开始安排转监事项。

"哦，劳烦李京兆通报甲库的员外郎，"苏陌忆停顿了一下，语气平淡地道，"为免徇私舞弊，此案本官不好独自评断，故而邀他同审，让他亲自往大理寺走一趟。"

从京兆府出来，苏陌忆去了紫宸殿面圣，回到大理寺时已过戌时。

夜风和煦，摇曳着书案上的烛火，映得他手里那份公文的影子也跟着晃了晃。这是永徽帝给他的假身份，好助他前往洪州查案。

宋正行府上的那名婢女，在看过赵姨娘留下的短刀后告诉苏陌忆，锻造这把刀所用到的矿石是产自洪州的。与别处的官矿不同，洪州的官矿除了出产金银铜铁，还出产一种叫作乌矿的矿料。这种矿料硬度极高，削铁如泥，用来制造战场上的兵器再合适不过。但是由于这种矿产的稀有，每一年采出的乌矿都由朝廷统一收集、锻造，除非御赐，不会出现在民间。故而宋正行的府上出现这样的一把短刀，无疑再一次证明了他与洪州官矿的那些说不清道不明的关系。

银子和兵器，向来是朝廷的命脉。控制二者之一，便可动摇国之根本。更何况，如今这两样宋正行都有涉及。

苏陌忆和永徽帝都怀疑，宋正行背后之人的真正目的，恐怕并不是贪污银子和倒卖私矿这样简单。

二十万两银子如果换成粮食，不算马匹，足够一支四万人的军队维持一年。若不是那场洪灾引出的"假银案"让这场阴谋提前曝光，他们这样的勾当不知还会持续到什么时候。可是从官矿到朝廷，从铸币司到兵器所，若没有长达十年以上的浸淫、

培养，很难做到这样神不知鬼不觉。故而苏陌忆怀疑，有人很早便在悄然谋划布局，真正的目的应该是起兵造反。

永徽帝惊出一身冷汗，当即任命苏陌忆为钦差大臣，尽快前往洪州，将幕后之人的身份和意图都摸个透彻。

月色照野，夜晚沁凉。

苏陌忆将手里的公文叠好，寻出一个小木匣锁了起来。

启程的日子就定在明天，虽然已经交代了两个大理寺少卿各项事务，可苏陌忆总觉得心里不怎么踏实。他之前就那么几天没盯着林晚卿，她就能把自己给作到监狱里去。这次若是离开十天半个月，等他回来，林晚卿会不会就已经把自己给作死了？

他想得出神，并没有注意身边靠近的叶青。直到一片阴影遮住烛光，苏陌忆才看着他，起身不痛不痒地叮嘱他不要灭掉烛火。

叶青看着一脸魂不守舍的苏大人，提议道：“大人，不如属下把东西都送去你的寝室吧，等会儿你从林录事那儿出来就不用回这里了。”被说中心事的苏大人有点慌，却故作镇定地绷着一张脸道：“谁说本官要去林录事那儿？”

叶青一愣，看着他朝向林晚卿住所方向的鞋尖道：“大人的寝室不在那个方向……”苏陌忆牵了牵嘴角，脸上浮起一丝恼怒：“本官这是要……要去遛狗。”说完，他走到院子里的那个小木屋外，伸腿踢了踢懒洋洋地趴在地上的司狱。

叶青抬头看了看天，不解地看着眼前这个愈发不正常的男人道：“三更半夜的……大人你确定要遛狗？”

苏陌忆没好气地将司狱扯起来，拴上链子，拉着就往外走。苏陌忆走过叶青身边的时候对他翻了个白眼道：“谁规定三更半夜就不许遛狗的？”

叶青无言以对。

“啊呜——”突然被迫营业的司狱泪眼汪汪的，被苏大人连拖带拽地扯走了。

苏陌忆牵着司狱从自己寝室的方向绕了一圈，跋山涉水地来到了林晚卿的小院外。

轩窗明暗的灯火下，是女子对镜梳妆的倩影。朦胧的影子映在窗纱上，邈远得像一个梦。她应该是才洗了头发，院子里还残留着皂角和花油的清香，混着她身上的味道，像夏日暴雨过后，空气里弥漫的水汽。

苏陌忆忽然有点胆怯，将迈不迈的腿顿住，就那么静静地站在月下看着她。

“汪汪！”原本无精打采的司狱突然兴奋起来，狂躁地叫了两声，然后倏地站起身子，拖着身后的苏陌忆就往林晚卿的院子里奔去。苏陌忆被扯得一个趔趄。

里面的人听到动静，打开小舍的门，正好撞上快要扑到门板上的苏陌忆，赶紧伸手扶住了他。

林晚卿今日只穿了一件单薄的中衣，外面随意披了件外袍，长发未束，青丝如瀑，自有一番慵懒的美。而且，她应该是方才沐浴过，还没有裹上束胸。饶是有外袍和中衣的遮挡，两个人毫不设防地这么一撞，苏大人到底还是感受到了怀里的那一抹软玉温香。他一时间竟然舍不得松开手。

“大人……”林晚卿先推开了他，有些窘迫地拿起一根发簪，“大人，等等，我、我先收拾一下……”“行了，在我面前不必。”苏陌忆制止了她。

“哦，好。”林晚卿听话地放下手里的簪子，转而看着苏陌忆，“这么晚了，大人来做什么？”

“咳咳……”苏陌忆被问住，以拳抵唇干咳两声，扯着狂躁的司狱道：“这傻狗半夜不睡觉要出来散步。”

“哦……”两个人都没有再说话，气氛一时又尴尬起来。

苏陌忆先开了口。他将怀里的一瓶金创药递给林晚卿，浑不在意地道：“这是叶青让我带给你的。”

“叶青？”林晚卿愣愣地看着苏陌忆，“可是他刚才来过啊。”

“……”身经百战的苏大人并不慌张，“哦，就是他忘了，不想再倒回来一次，看我遛狗，让我顺道带给你的。”觉得好像哪里不太对的林晚卿弱弱地点头，准备从他手里接过那瓶药。

苏陌忆却没有给她，而是自己往榻上一坐，看着林晚卿冷漠地道：“擦药。”“现在？”林晚卿诧异道。

苏陌忆不理她，已经自顾自地拧开了瓶口。

“有纱布吗？”他问。

“有，有的。”听惯了这人差遣的林晚卿赶紧应和，从一个小木盒里寻来一些纱布递给他。

苏陌忆接过纱布，顺势拉过林晚卿的袖子，将她牵到一边坐下，开始给她上药。

司狱在一边继续狂躁，林晚卿伸手拍了拍它的头，漫不经心地道：“听叶青说大人要出远门了？”

苏陌忆没有点头，目光专注地落在她眼角的那块瘀青上，回应道：“皇上派我出去查案。”林晚卿眨眼睛：“哦，去哪里啊？”

“洪州。”

“洪州？啊！嘶——”冷不防激动起来的林晚卿一跳，苏陌忆手上的纱布重重地摁上了她嘴角的伤口，疼得她泪眼婆娑。

然而她完全顾不得痛，赶忙盯着苏陌忆道：“大人……大人要跟叶青去吗？”苏陌忆掰过她的脸，将手里沾了药的纱布往上面轻点道：“别动，嗯，我跟叶青去。”

“那、那大人不考虑带个丫鬟什么的吗？一路上衣食住行，总得有人照看。”

苏陌忆擦药的动作不停，漠然地道：“嗯，皇上给本官安排了一个丫鬟。”

“但皇上的丫鬟不会查案啊！”林晚卿红着脸，急得坐不住。

苏陌忆只得又将人一把摁回榻上。这么明显的意图，他要是再装听不懂，未免太过刻意。苏陌忆停了手上的动作，神色晦暗地看着林晚卿。

“想去？”他问。

“想。”面前的人点头如捣蒜，烛火映照下，一双眸子晶亮亮的。

苏陌忆的心跳漏了一拍。他暗暗移开视线，低头换纱布。

“大人？”久未得到回应的林晚卿试探着唤他，歪着头凑近了点。

“为什么想去？”苏陌忆面无表情，将她突然靠近的下巴擒住，推远一点，继续抹药。

“因、因为……”

“我不想听假话。”话头方起，苏陌忆的声音再次打断了她。他还是一样坚决的态度，丝毫不肯退让。看样子，苏陌忆今晚是特地来找她的。他故意放出洪州查案这个条件，给她机会说出实情。可是萧家的案子，相信这是冤案的，全天下除了她，大约就只有林伯父了。苏陌忆不会信。

“大人是在害怕吗？”林晚卿偏头，反手握住了苏陌忆的手。

“害怕？”苏陌忆一怔，反问，“本官怕什么？”

“大人既然不怕，为何如此在意我查案的目的？无论我有什么私人的考量，我和大人一样想要对付宋正行，这样还不够吗？”

面前的男人沉默了片刻，昏黄的火光跃动，将他本就锋利的线条映衬得更加冷峻了几分。他轻哂一声，道：“宋正行迟早都会伏法，本官根本不关心他。”“我只是想知道你。”他语气平淡，眼神里的光却犀利得像刀子。

苏陌忆就着被她抓住的手，微微俯身过来，垂眼之处，深眸游走，似是将她里里外外都看了个透。林晚卿觉得呼吸都滞住了。她回看他，没有说话。周围太空了，只有靠烛火来填满。

林晚卿缓了片刻，将自己的手交到了那只火热的大掌里。

苏陌忆定定地看她，半晌才道：“你可知道自己在做什么？”

林晚卿点头，丝毫不掩饰：“我在勾引大人。”苏陌忆闻言，神色并未变化，依旧是冷冷地俯视她，声音喑哑地道：“有用？”林晚卿撇嘴：“不试试怎么知道……”

第十七章　纠缠

苏陌忆没有再说话，不主动，也不拒绝。

月夜静谧，烛火哔剥，两个人之间只有呼吸的杂乱。

可林晚卿从来不是甘于放弃的人，这种古怪的对垒只会唤醒她心里的那头兽。

“大人……”昏灯烛火下，美人声线轻柔，眉眼娇俏。

无声旖旎的氛围里，耳边响起女人轻柔的呼吸，头顶上的那盏油灯轻微地晃了晃。后槽牙被咬得发酸，本能让他恨不得就此鬼迷心窍。但每一根理智的神经又在拉扯，在告诉他，不能放任。雨夜那一晚的事，他和她，绝对不能再来一次。

苏陌忆不是害怕。他一向是铜墙铁壁，浑身铠甲，就算有了软肋，也一样可以护她无虞。他此刻忍耐，反复给她机会，只是因为他觉得他们之间的关系，不该由谎言和交易来开启。握着她双手的掌攥紧又松开，苏陌忆一咬牙，沉声道了句：“起来。”被钳制住的手倏地轻了，林晚卿未动。

“大人？”她开口，声音里是惊讶、疑惑和淡淡的失落。

苏陌忆没有回应她，下榻解了司狱的链子就走。他兀自走在前头，也不去牵自家的傻狗。

耳边忽然响起木头摩擦地板的声音，两个人方才躺卧的坐榻往前一耸，被拴在榻角的司狱立刻狂躁地挣脱了链条的束缚。

“汪汪！”它兴奋地叫了两声，几步就蹿到了墙角处的一堆软垫旁边。

那里的一只小白狗闻声睁开了惺忪的睡眼。它冷不防看见这么一只大黑狗杵在面前，顿时被吓得夹起尾巴龇牙。

门口处，苏大人脸色黑如锅底。他几乎是怀着杀狗的决心，过去扯住司狱的后腿，连拉带拽地将狗拖走了。

夜归于寂，流云寂寥，素月流辉。同一轮满月，照着落入沉潭的大理寺。两个满怀心事的人，一样的彻夜难眠。

翌日，苏陌忆天还未亮就踏上了前往洪州的马车，像是刻意要躲避某个麻烦的人。

马车辘辘，行路颠簸，苏陌忆靠在车壁上小憩了一会儿，再睁眼时已经日上三竿。他叫停了叶青。

夏日的清晨，露收鸟鸣，苏陌忆回身往来路望了望，盛京已经举目不见。他怔忡，忽然反应过来自己在做什么，又不禁为这样的期待懊恼。真是中了她的蛊不成？他冷笑一声，撩袍上了马车，继续赶路。

苏陌忆受不得尘土，故而一路上特地嘱咐了不用紧赶，每走一段时间都要停车清理休整一番。就这么走走停停，他和叶青在余日将落之时才走到洛州地界。今夜若是不想宿在荒郊野岭，两个人还得再赶一个时辰的路。

苏陌忆嘱咐叶青加快步伐。马车方起，还没跑出几里，就听到一阵嘶鸣，叶青一个急停，车里的苏陌忆险些被扔出去。他还没来得及质问，就听见外面叶青哆哆嗦嗦的声音。

“大、大人……我看见鬼了……”苏陌忆猛地扯开了车幔。夕阳余晖下，幽窄的官道前，一个一身青衣的清丽小郎君，满身尘垢地站在两个人面前，在火红的晚霞中向他投来一抹炽烈的笑。心跳倏地不受控制了。苏陌忆也不知道这算是惊喜还是惊吓，一时也只能杵在那里。

倒是叶青先疑惑地开口询问道：“这真的是林录事吗？她是怎么赶到我们前头的？”

苏陌忆白了他一眼：“我们走的是大路慢车。她只需要快马小径，赶在我们前面很奇怪吗？”

“哦……”叶青恍然大悟，“所以大人今日特地嘱咐不用紧赶，是为了等林录事吗？”

苏陌忆缓缓地偏头，眼神冷冽地强调道：“本官只是怕尘。”

被身边突然腾起的杀气吓到，叶青默默地闭嘴。

苏陌忆面无表情地转身撩袍，又要一头扎进车里去。

叶青拽住了他：“那……现在怎么办？”

苏陌忆回头再看了不远处那个狼狈的泥人一眼，冷淡地道：“她爱去哪儿去哪儿，跟我们有什么关系？”

“哦……”叶青点头。

马车又开始上路了。重新坐回去的苏陌忆翻了一本打发时间的书来看，也许是因为太晃，他盯了一盏茶的时间，却一个字也没看进去。

叶青驾车走得不算快，坐着车尚还觉得可以，但若是走路跟着，少不得要一路小跑。林晚卿不会骑马，所以并不是快马小路地追赶，而是在他动身之前就已经出门了，跟着离开盛京的第一批商贩出的城。她大约是给了商贩一些银子，顺路搭车走了一段，然后其余的路程全靠自己翻山越岭走过来的。满身的泥垢说明了这一点。心上某块说不出的地方好像被揪了一下，苏陌忆放下了手中的书。她就那么想去洪州吗？

昨晚折腾了一番，她被拒绝后依然不死心，干脆跟来了。她一个女子，虽说常扮男装，但也不是天衣无缝。她身边的文人、书生看不出来，那些经商跑江湖的人却不一定。她若是在途中遇到什么危险，他又不在大理寺，到时候要怎么办……胸口一股无名的怒火倏地蹿起来，苏陌忆“啪”的一声扔掉了手中的书。

“停车！”苏陌忆吩咐道，兀自捞开车幔走了出去。

那个青色的小尾巴果然还跟着，见他下车慌忙停住了脚步，胆怯又欣喜地看着他。

“林录事这是不想在大理寺待了吗？”苏陌忆沉声责问，毫无怜悯。

“啊？”林晚卿张了张嘴，连忙摇头，“卑职只是放心不下大人，想跟大人去洪州……”

“呵……不放心本官？”苏陌忆蹙眉看她，脸色阴沉。

林晚卿嗫嚅道：“我、我也想去……”

“可是你的上级现在是大理寺丞魏大人，不是本官。你擅自离岗的事，魏大人知道吗？”

“大人……”林晚卿看着苏陌忆，一双眼睛水汽迷蒙，快要哭出来。

苏陌忆却不为所动，冷声吩咐叶青道：“送她回去。”

“大人！”这次是两个人的声音。

叶青和林晚卿对望一愣，叶青先开了口：“我们已经出了盛京，山路凶险，荒无人烟，卑职若是去送林录事，一来一回要整整一日，大人要自己露宿荒野吗？”

“我不会自己驾马车进城？”苏陌忆不服。

“大人，你会驾马车？”林晚卿问。

“……”苏陌忆被问得一怔，他还真不会驾马车。

“那你驾马车送她回去，本官自己骑马进城。”

叶青急得一把抓住了那只要来夺他马鞭的手，第一次态度强硬地道：“卑职不走！大人独自行动太危险了，您若有个什么闪失，皇上和太后都会剐了卑职。”

三人各自为营，陷入了僵局。林晚卿要跟着他们，叶青不走，苏陌忆又不放心林晚卿独自回去。最后，一个人犟不过两个人，苏陌忆不得不妥协了。

“身上这么脏，不许上本官的马车。”他瞪了那个一身狼狈的女子一眼，憋着一肚子气重新坐回了马车上。

马车终于重新开始移动。赶了一天的路，晚霞渐暗，夜风渐起，苏陌忆却没有了闭目养神的心思。手里重新拿起的那本书，他翻来覆去都只看了一页，还一个字都没看明白。眼前的车幔被晃开，车头并肩而坐有说有笑的两个人映入眼帘，苏陌忆觉得眼睛痛了一下。

“叶青，”苏大人撩开车幔，冷着脸道，“这么走下去何时才能找到住宿的地方？”

他停顿了一下，看看一边那匹备用的高马道：“你先进城，探个安全舒适的落脚处，本官和林录事随后就到。”

“哦。”叶青会意，停车拍拍衣裳，转身拿起马鞭就要去牵马。

苏陌忆叫住了他：“谁让你骑马去？”

他下巴点了点身下的这辆马车道：“你驾马车去探，本官和林录事骑马。”

“可是这儿只有一匹马呀……”叶青疑惑道。

“可是我不会骑马呀……”林晚卿诧异道。

苏陌忆兀自拿起马鞭，翻身上马，然后对林晚卿伸手道：“上来。”

林晚卿被苏陌忆拉上了马。天边一轮新月，像美人不小心留在唇脂上的指甲印。她今日天不亮就出发，又走了半天的山路。遇到苏陌忆的时候，腿都已经累得没知觉了。林晚卿坐在马背上晃悠，背后是苏陌忆温暖的胸膛，一双手臂将她圈在怀中，带着独属于他的清新气味。她一时间只觉得无比安心，浑浑噩噩地就睡了过去。

等再醒来的时候，苏陌忆已经将马停在了一间三层楼的小客栈外。屋檐下的红灯笼在夜晚的薄雾中摇曳，落下一圈淡红色的光晕。

“下来。”苏陌忆伸手拉她。

林晚卿打起精神，翻身下了马。

几人来到客栈的大堂，苏陌忆将手里的户籍证明递过去，换来掌柜手上的两把钥匙。

林晚卿一怔，看着苏陌忆手上的文书不敢置信。他拿了三份户籍证明，其中一份是她的。林晚卿这才想起昨日夜里苏陌忆说的那句话，皇上给他安排了丫鬟。原来，这狗官一早就打算要带上她的！但是昨日和方才，他都一副不情不愿、威逼利诱的模样，就是想对她试探了再试探。这个狗男人，真是！林晚卿霎时气得瞌睡都跑了一半。

待进了房间，小厮将他们的行李都放好就退出去，林晚卿迫不及待地夺过那几份文书。她翻开一看，果然有一份叫作林卿卿的，年龄与她一致。

“这是什么？”她将手里的文书甩了甩，看着苏陌忆问。

苏大人低头整理行李，眼皮都没抬地道：“户籍证明。”林晚卿愤愤地问道：“我当然知道这是户籍证明，我问的是为什么你明明已经打算带上我了，却还要处处为难、针对我？”

苏陌忆整理行李的手一顿，抬头看着她反问：“为难？针对？”

林晚卿气得不想理他。

苏陌忆也不恼，拿过她手里的户籍证明，冷静地道：“我想带你是真，可我不敢带你也是真的。”他将证明收好，“你性子太急太烈，做事不留余地。故而无论是出于对你的保护，还是对案件的把控，我都不敢冒这个险。”林晚卿听得一噎，心里倏地漫起一股内疚，却还是梗着脖子不肯服软地说：“既然如此，那大人为何现在又松口了呢？”这个问题一出口，倒把苏陌忆难住了。他整个人都愣住了，思忖半晌才轻哂一声：“是呀，我怎么就松口了呢？”语气是自嘲的反问。两个人都没有再说话，气氛一时有些尴尬起来。

林晚卿不自在地将眼神从苏陌忆身上移开，扭头打量起这间寝室。这是一间简洁舒适的房间，入门处一面屏风，一个衣架，里面是一张坐榻和几个用来搁东西的木架，四角各有一盏落地瓜形灯，靠墙的地方是一张巨大的红木架子床。等等！扫过那张床的眼神又辗转回去，林晚卿将屋内的陈设再看了一遍。在确定了只有一张床之后，她的表情一时变得一言难尽。这狗官不会有什么特殊癖好吧？送上门的不爱吃，莫非巧取豪夺才是他的菜？

“别乱想。”苏大人正直的声音适时地掐断了某人的歪想，“户籍证明上你是我的小妾，分房睡容易引起怀疑。”

“哦……”被看穿龌龊心思的林晚卿点头，可是转念一想，又觉得更加不对劲，“为什么是小妾？不能是丫鬟吗？”苏陌忆垂眸白了她一眼：“这次我的身份是朝廷兵器库的周逸朴，皇上查到这人背后不干净，暗中与宋正行之间有往来，留着他没有立即动，就是要利用一下他的身份，好去洪州官矿办事。”“那这跟丫鬟有什么关系？”苏陌忆伸手拍了拍她的脑门儿，没好气地道：“这人沉迷酒色的名声在外，出门就算带丫鬟，也是要睡在一起的那种，还不如名正言顺。”“哦……”林晚卿揉着被拍红的脑门，不满地道，“那为什么不能是正妻？非要弄个小妾……”

苏陌忆差点被她这斤斤计较的样子给逗笑了，他轻咳了两声道：“去了洪州，官矿上的人一定会给我送女人。一来安插自己的眼线，二来也摸摸我的底，我若是带个正妻，怎么一哭二闹三上吊地帮我挡桃花？”

好的……这狗官的算盘打得这么好，怎么不去户部任职打理国库？被安排得明明白白的某卿恍然大悟，只剩下点头佩服的份儿。

赶了一天的路，苏陌忆也不休息一下，洗了把脸换了身衣裳，就要推门离开，临走时被林晚卿叫住了。

“大人这么晚了还要去哪里？”苏陌忆以为她害怕一个人待着，安慰道：“我就在隔壁叶青的房间，今日约了几个朝廷安插在洪州的线人，先了解了解情况，你若是累了就先睡。”林晚卿怔怔地转身，看了看房间里仅有的那一张床。

苏陌忆倒是不以为意，轻哂道：“昨夜你自己贴上来我都没有怎样，现在你在这儿跟我假惺惺？”林晚卿：“……”说得好有道理，她根本无法反驳。

“哦，对了！”苏陌忆迈出门口的脚步又收回来，“我让店小二给你备了水沐浴，不用给我留，我在叶青的房间洗。”

“哦……”被当成采花贼一样防着的林晚卿有些郁闷。

苏陌忆关上门，去了别间。

店小二为林晚卿提来了热水，又贴心地备好了澡巾和澡豆。林晚卿今日走得匆忙，又是独自上路，故而没有带什么换洗的衣物。她不得已只有去苏陌忆的行李中翻了翻。出乎她意料之外的，他竟然在行李中备了三件女装。从里衣到中衣，从襦裙到外袍。甚至连睡袍都贴心地准备了两套，方便换洗，还有一些女子能用的精巧首饰和胭脂水粉。

林晚卿觉得手心一烫，赶紧扣上了苏陌忆的行李盖，双手按在狂跳不止的心口上。没想到，这狗官心细起来，倒是有几分可爱。她兀自呆站了一会儿，伸手拍拍有些发烫的脸颊，这才随手拿起一件胭脂色的里衣和睡袍，搭在了浴桶前的屏风上，宽衣后，抬腿跨进了浴桶。水声四溢，忽然漫出浴桶的水溅到地板上，开出一朵朵水花。

林晚卿赶紧稳住了身形，竖起耳朵听了听隔壁的响动。也不知道这间客栈隔不隔音。她主动勾引苏陌忆是一回事，至于这种无心的撩拨，林晚卿觉得还是少些为妙，省得一板一眼的苏大人总觉得她不正经。

林晚卿双手撑着桶沿缓了好一会儿，确定自己不会再发出什么暧昧的声响之后，才轻轻叹出一口气，舒服地靠在了桶壁上。氤氲的热气腾腾上升，熏得本就疲倦的她，眼皮更沉了两分。思绪开始不受控制地飞远，落到了隔壁那个此刻正在议事的男人身上。

苏陌忆能妥协，着实是林晚卿没有料到的。她这么孤注一掷地跟过来，其实是抱着死缠烂打、破釜沉舟的打算。倘若苏陌忆真的翻脸要送她回去，她也没有任何办法。她倏地想起苏陌忆方才说的，不让她去，是为了保护她，同时也好把控整个案子。可是，一贯冷情冷性铁石心肠的苏大人，在看到她跟车跑了一小段路之后，好像就变得心软了起来。

刚才想不明白，现在平静下来，林晚卿才隐隐觉得，苏大人昨夜的气恼，会不会还有一部分原因，是她的不坦白和不信任？她心中感到烦郁，睁开眼睛，目光忍不住落在屏风上的那件睡袍上。长度、尺寸、颜色……都是她喜欢的样子。

苏陌忆不追究她的过往，准她跟着查案，甚至连身份和行李都一早就备好了。这一切，应当不只是为了报她的救命之恩，也许，还夹杂着他自己都不曾意识到的私心。就像今天这突如其来的妥协。说到底，他只是不想看她失望罢了。

林晚卿呼吸一滞，觉得心里的一块软肉被捻起，揪了揪。方才的那股躁郁变成了内疚。她惆怅地叹出一口气，将自己全部埋进了水里。

“哗啦——”漫出去的水声，落进了隔壁那个蹙眉凝神的男人耳朵里。他以拳抵唇轻咳两声，扯了扯紧紧交叠的衣襟。

叶青察觉苏陌忆的不对劲，伸手递去一杯凉茶：“大人，热的话就开窗透透气吧，这么晚了，外面不会有人的。”

“不热。”苏陌忆接过茶盏，不动声色地拒绝了他要开窗的请求。

这间客栈的隔音其实不好，很不好。在林晚卿第一次踏水而入的时候，苏陌忆就听到了。只是在场的人中，只有他知道这意味着什么。故而，在别人都一脸严肃地谈论正事的时候，苏大人却觉得自己胸闷气短，耳根红红的。为了避免自己当着几个下属的面闹出什么不该有的插曲，苏陌忆以天色太晚改日再议为由，提前结束了议事。

苏陌忆在叶青房里沐浴过，又特地将此次出行的事宜反复交代了几遍，直到确定隔壁房间没有再传出声响，他才整理了一下衣袍，往林晚卿的房间走去。

屋内寂静无声，淡淡的光线从门缝里流出，苏陌忆轻轻叩响了门扉。里面一阵凌乱的响声。片刻之后，面前的门被打开了。

林晚卿穿上了他提前备好的睡袍和内衫，大小合适，粉嫩的颜色，娇俏可人，衬她冷白如玉的皮肤刚好。她的头发还没有干，此刻被揽到颈侧，正拿着一张布巾绞着。因为要托着长发，她的头微微歪向一边，看向苏陌忆的时候，就带着一种自然而然的无心之惑。

苏陌忆胸口一热，移开了目光，闪身一避，抬脚进屋。

“啪嗒！”是苏陌忆落锁的声音。

林晚卿的心跟着屋内的烛火一道颤了颤。她拎着头发坐在窗前，有些不好意思地看着苏陌忆：“大人，我头发还没干，大人若是想睡了，就先熄灯吧，不用管我。”苏陌忆“嗯”了一声，却没有熄灯，而是随手解了外袍，从行李中翻出一本书，坐到床上兀自翻阅起来。静谧无声的房间里，只有烛火的哔剥声和纸张有一下没一下擦动的声音。

书页翻得勤，苏陌忆却没怎么看进去。夜风吹送，撩动床头的纱帐，从林晚卿所在的那个窗口带来一阵阵清新的皂角香气。

苏陌忆忍不住从书页间窥视她。他很少见到这样的林晚卿。慵懒、惬意、安静得像一只无所事事的猫儿。美人就是举手投足间都自成风景。比如此刻，她就是这么随意地斜坐在美人榻上，往窗棂边一靠，身体便形成一个优雅的弧度，像一盏上好的凤尾瓶。她侧头看着窗外，一条腿跷起，一条腿足尖点地。绣鞋从脚上滑落一半，露出莹润光滑的足跟，她整个人就变成了凤尾瓶里的一枝白栀子，让人忍不住想多看几遍。从来都自诩坐怀不乱的苏大人倏地想起，晚间自己要与她同乘一马，其实也不过是想找个理由，用双手去丈量一下这件难得的工艺品罢了。

“大人。”林晚卿回头，四目相对，苏陌忆又拿起自己手边的书。

“嗯？”苏陌忆应了一句，没有抬头。

“我的头发干了，要熄灯了吗？”她问。

苏陌忆怔了半晌，才将书往旁边一放，道：“好。”烛火应声而灭。

第十八章　洪州

林晚卿趿着绣鞋，轻声走了过去。苏陌忆不动声色地往里面挪了挪，给她留出外面的一溜空间。床上的玉钩晃动，发出轻微的声响，林晚卿躺在了苏陌忆身边。

房间的门窗都关上了，还放下了床帐，林晚卿知道苏陌忆睡觉不喜光，故而也没有留下一盏夜灯。客栈有些年份，地板是木质的，有人走过的时候会发出咯吱咯吱的响声，把本该有的睡意也踩没了。

身边的男人呼吸平稳，轻得仿若没有。但林晚卿知道，他没有睡。也不知是哪里来的勇气，她张了张嘴，从喉咙里擦出一声几欲不闻的气音，唤了句“大人”。没有人应她。

林晚卿等了半晌，将声音提高了两分，又是一声“大人”，像门外骤然响起的木板吱哟声，让人心头一悸。

身边的人叹出一口气，他轻声呵斥道：“不睡觉就出去守门。”

林晚卿撇嘴，好在她早已经习惯这人的狗脾气，当下倒也不觉得恼，只是大睁着眼睛，看着虚空的黑夜道：“大人不是想知道我为什么对宋正行的案子如此在意吗？”

没有人回答她，那个问题变成自问自答。林晚卿的手在锦衾下攥紧又松开，缓缓地道：“因为他害死了我的家人。”她听见自己故作平静的声音，是发抖的。

“你的家人过世了？”苏陌忆问。

“嗯。”林晚卿点头。

苏陌忆没有再问什么。气氛沉寂下去，夜如墨，晕开水波，将人卷入漩涡。

黑暗似乎给了她勇气，林晚卿打开了话匣子。她微微侧身面向苏陌忆，兀自又起了个话头，小心地探问道：“大人你不怕黑吗？”苏陌忆似乎轻哂了一声，片刻才缓缓地道：“小时候挺怕的，总要留灯。所以我阿娘每次都会等我睡了，才熄灯离开。”“哦……”林晚卿羡慕地道，“那挺好的。”

“可是后来，我学会了自己熄灯。”平淡的语气，跟苏陌忆以往说的每一句话一样波澜不惊，但林晚卿听出了苦涩。

身边的人停顿了一下，才继续道：“我现在不怕黑了。”

隐隐约约的，林晚卿觉得自己好像触到了苏陌忆的伤处，她一时感到有些窘迫，慌忙顺着道：“我小时候也挺怕黑的，因为我总觉得人睡着了，灵魂会到处跑，如果没有光，会找不到回来的路。”

“所以睡觉的时候，我娘亲会拉着我的手，她说这样，我就可以找到回家的路。呵呵……”黑夜中绽出两声尴尬的笑，她好似在嘲讽自己的傻气。

“那你现在不怕了吗？”他问，声音还是严肃的。

林晚卿想了想，摇头道：“不怕了。自从我的家人都离开以后，我觉得回不回来这个世界，好像没有什么区别。每次睡过去，我反而希望自己的灵魂可以飘到他们在的地方。但是我一次都没有找到过他们。”她吸吸鼻子，伸手揩了揩有些湿润的眼角，不好意思地笑，“后来我就知道了，人睡着了，灵魂是不会跑的。”话音散落，逝匿于风，找不到一丝痕迹。

很久很久，没有人应她，林晚卿以为苏陌忆睡着了。她轻巧地翻了个身躺平，双手无声地摁住已经湿润的眼睛，瞪大了眼睛，盯着什么都看不到的床顶。

一只温热的手寻了过来。那是一只光滑又干燥的手，大得足以将她的拳头包裹在掌心。细细密密的温度化作一股热流，酸了她的鼻子。

还是那个平淡的、不近人情的声音，僵硬而没有起伏，一点也不像在安慰人。黑暗中，苏陌忆牵起了她的手，说：“睡吧，我会带你回来。”

马车辘辘驶过人潮汹涌的长街，艳阳高照，从车幔间投下一厢斑驳。林晚卿放下手中的小铜镜，颇为惆怅地看了一眼正闭目养神的苏大人，幽幽地叹出一口气。

“大人……”她问，“兵器库的周大人是个瞎子吗？”

“什么？”苏陌忆冷不防被这个问题一惊，倏地醒了过来。

林晚卿将手里的铜镜晃了晃，蹙眉道：“他若不是瞎子，这种容貌的女子，怎么可能成为他的爱妾？”

“……”苏陌忆看着林晚卿那五颜六色、俗不可耐的妆面，顿时也无话可说。这些胭脂水粉、唇脂眉黛都是苏陌忆为她准备的。

一开始，林晚卿还觉得苏大人心思细腻，考虑周到。可是在他替她描眉上妆之后，林晚卿恨不得把这些东西全都扔到阴沟里去。苏陌忆本就与女子接触甚少，再加上又不解风情，不近温柔，所以他对于女子妆物的审美品位，实在是一言难尽。唇脂是油腻俗气的艳粉色，眉黛是最黑的炭色，胭脂更是最红的那一款，不管怎么抹淡，林晚卿的两颊都像是红彤彤的猴屁股。

“我把它擦了吧？”林晚卿小心地询问，生怕惹得白忙活了一阵的苏大人不悦。

“可是……”苏陌忆犹豫，“不用脂粉会不会太素了，不太像？”“怎么会？”林晚卿赶紧加把火，拍着胸脯保证道，“宠妾在魂不在妆。真的，精髓我已经把握到了。”

苏陌忆还有些迟疑，林晚卿干脆凑近了一点，眨巴着一双水盈盈的眼睛，可怜兮兮地看着他。被瞧得心虚的苏大人终于妥协，让叶青打了一盆水来。

林晚卿倚在一边专心洗脸，没发现苏陌忆靠在另一边，余光全落到了她的身上。原来不染铅华，不施粉黛，是真的可以用来形容美人的。他虚虚地闭上眼，假寐，但一颗心早已落入了她面前的那盆清水里，波漪四起。

马车穿街过巷，摇摇晃晃，终于停在了一座高门大宅之外。

苏陌忆拍拍睡过去的林晚卿，轻声道：“到了，小心行事，别出纰漏。”说完，他先撩袍下了车。

外面安静了一瞬，接着响起一阵笑语寒暄。

林晚卿拍拍脸，让自己清醒过来。她掀起一角车帘，看了看外面。抱鼓石之后，是一扇朱漆广梁的大门。大门前，乌泱泱地站了一堆人。为首的是一个穿着深绿色官服的中年男子，眉眼锋利，带着一股肃杀之气。这应该就是苏陌忆此行要见的人，主管洪州官矿的章司马章大人。林晚卿赶紧放下帘子。

马车外，有人略带调笑地问道：“听说大人此次前来，是带着新纳的宠妾，可是怎么没看见人呐？”苏陌忆轻咳一声，带着几分轻佻的笑意。

“大人……”一声娇滴滴的呼唤倏地从人群之后传来，清脆婉转，似三月黄莺，嫩得能掐出水来。

在场的男人，无一例外地都被这声娇啼唤得酥了骨头。周遭的声音顿时弱了下去，众人都伸长了脖子，往苏陌忆身后看去。

一只白皙纤细的手，从马车的帷幔里探了出来。皓腕如雪，肌肤莹透，指尖一点淡淡的粉，像开出的山桃，媚而不俗。接着，是绯红色的石榴裙，质地清薄。甫一探出马车，就被一阵恰如其分的风吹得纷纷扬扬，裙上坠饰的金色小铃丁零作响，撩人心扉。足尖轻点，裙底下的那只绣金纹缎鞋，将小巧的莲足装点得恰到好处。

鸦雀无声之中，苏陌忆一声轻笑，转身拉住了美人的手。

林晚卿将头埋得低低的，胭脂色的披帛从纤薄的肩头滑落，勾勒出天成的媚态。帷帽遮住了她的明眸皓齿，美目顾盼。但耳珠上的那对绞金红玉髓耳珰却晃个不停，无声地搅乱了在场所有人的呼吸。她借着苏陌忆的力，顺势往他怀里一靠，如愿以偿地听到了此起彼伏的抽气声。

林晚卿对这个开场略感得意，抬头去找寻苏陌忆的目光。他也正垂眸看她，眉眼含笑，其中是藏不住的风流欲念。

林晚卿心中一悸，暗想这狗官换上纨绔的作派，乍一看起来，似乎也还不错……怪撩人的。也不知是不是被苏陌忆看出了她的心不在焉，林晚卿觉得自己腰间被人轻轻拧了一把，带出一声无意识的嘤咛。

在场的男人，看苏陌忆的眼神中除了客气，如今已经染上几分艳羡了。

好在还有一个见多识广的章司马稳住了局面。他看着面前如胶似漆的两个人，笑道："难怪周大人比原先安排的时间晚来了两日，我道是行路疲惫，如今看来，怕不是夜里疲惫，故而耽误了白日赶路吧？"

苏陌忆笑而不答，一副你知我知，无需赘述的样子。

章司马大笑，带着两个人往府内去了。

这一次的洪州之行，章司马特地安排两个人在章府落脚。名义上，是尽到地主之谊，好生款待，但苏陌忆知道，洪州官场凶险，仅仅有一张出自宋正行的手书，是远远不够打消这帮人的疑虑的。章仁这么做，也是想要将人留在身边，方便试探。

几人顺着府院廊庑，水榭花木，来到一处海棠疏疏，花出高墙的后院。

林晚卿隐隐听闻流水潺潺，正要询问，便听章仁笑着道："洪州除了矿产多样以外，地热亦是丰富。故而高门大户之中，几乎家家都会在后院的上房备上一汪活水温泉池。"说话间，侍女们已经引着两个人进到厢房里。林晚卿看见房间后面的一个露天小花园里，正腾腾地冒着白气。花石翠木点映其中，宛如仙境。她这个没有见过世面的土包子，当即惊讶得下巴都险些落下来，还好有帷帽挡住了。

苏陌忆倒是一贯的不动声色，只是颔首致谢。

"那章某就不打扰周兄了。"章仁的目光扫过苏陌忆，堪堪落在林晚卿身上，看得她有些不自然。

"周兄路上辛苦，这温泉又是最适合洗尘放松。"他说着话，随手点了几个候在一旁的婢女，"这些都是章某安排给周兄的侍女，不如让她们先伺候周兄沐浴更衣，好生歇息。"

苏陌忆低低地笑起来，那声音里带着一半欲念一半不羁。他的眼神在那些面容姣好、身段诱人的女子身上逡巡片刻，最后将目光落在了其中一个姑娘傲人的雪峰上，笑容风流。

下一刻，林晚卿觉得苏陌忆揽着自己腰的指尖忽然用了力，掐得她当即闷哼出声。冷不防的一叫，是喉咙和鼻息里擦出来的气音。娇嗔中带着一些不满，委屈得恰到好处。

章仁一怔，转头看林晚卿。

林晚卿转头去看苏陌忆，却见他也正面容冷肃地看着自己。眼神中满是被扫了兴致的不悦。哦……她此行的主要任务，是帮苏大人挡桃花。都怪这里的温泉和厢房太过豪华，震撼得她把正事都抛到了九霄云外。一抹幽怨霎时漫上林晚卿眉间，那只被男人握着把玩的红酥手一指，对着苏陌忆的心口就戳了下去。

小娘子噘着嘴，娇滴滴地道："大人洗浴从来都是卿卿作陪，怎么如今就要换了旁人？"

苏陌忆闻言，面上挂起明显的不悦，冷着脸就要训斥，林晚卿见势跟上，吵闹娇泣的情绪已经就位。

一旁的章仁见状颇有些尴尬。他只知道周大人好女色，却不承想，他带着的这个小妾竟然是个醋缸子。这头一次见面，就得罪了能刮枕边风的人，怎么都不是个最优的打算。

于是他慌忙拦住苏陌忆，话锋一转，赔笑道："小夫人误会了。章某的意思，是让这些侍女伺候周兄与小夫人共浴。"

林晚卿浑浑噩噩地跟着苏陌忆步入厢房的时候，若没有他在一边揽着，几乎都快走得顺拐了。连她自己都弄不明白，主动勾引苏陌忆的时候可以没脸没皮，如今被迫在众人面前跟他假扮夫妻秀恩爱，倒觉得紧张且别扭。

水汽弥漫的温泉池边，花木交映成趣。七月的时节，小院中几株流苏花开得正好，粉白的花瓣清雅，偶尔落入水中，看着别有一番情趣。

这样的良辰美景中，苏陌忆就在一边宽衣。两个人共用一个屏风和衣架，中间没有阻挡。衣袍上细碎的飞尘在阳光下起舞，变成金色的沙粒，和苏陌忆身上的松木香一起呛进呼吸，微微有些痒意。

林晚卿假意低头绾发，余光寻到苏陌忆的同时，她听见某人踏水而入的声音。池边放着两件叠得整整齐齐的白袍。林晚卿赶紧将视线移开，两颊已经烧得不成样子。

"小夫人？"一旁的侍女见她久久不动，唤她。

"哦、哦……"林晚卿回神，脱下最后一件衣裳。

温泉中的人悠闲地躺着，双臂展开搭在池沿，只露出半截光裸的背部。墨缎般的秀发束起，精壮而修长的手臂在她眼前延展开一个弧度，好像随时准备揽她入怀。

林晚卿走过去，站在池边将披在身上的一件宽袍递给了侍女。苏陌忆依旧背对着她。固然羞赧，但林晚卿更知道事情的严重。这些侍女都是章仁的人，若是他们露出一丝一毫的纰漏，别说查案，就算苏陌忆背后有皇上、有太后，他们在洪州也是插翅难逃。

既然死皮赖脸地要跟着来，自然掉链子的人就不能是她。思及此，她也放下了万千心绪，抬腿轻点水面，用足尖试了试温度。美人的腿白皙修长，线条堪称完美，饶是这么一个简单的动作，也是勾魂摄魄的。更何况，那条试探水温的腿，是擦过苏陌忆的侧颈，点在了他胸前的水波里。

林晚卿觉得自己真是把这妖精的身份演绎到了极致。她这边还在为自己方才的创意感到满意，那边只觉腿上一紧，什么都还没有反应过来，耳边就哗啦水响，落身虚空。下一刻，她就落入温热的水中。突如其来的变化，让她的脑子有点懵。

直到看见苏陌忆似笑非笑的双眸时，林晚卿才反应过来。现在这个人，已经不是平日里那个可以任她调戏依旧坐怀不乱的苏大人了。然而她只愣了一息，就察觉到自己的腰被男人的双手擒住了。他一个转身，往前一压。

“哗啦——”又是一阵水声激响，池面上的流苏花瓣重重地拍击到岸上，被退了潮的小石挂住，动弹不得，犹如当下的林晚卿。

苏陌忆毫不犹豫地吻了下来。自然，流畅，熟练得好似两个人已经做过这个动作千百遍。

林晚卿大睁着眼睛看他，她被他这一连串的动作弄晕了。恍惚中，腰上的那只手动了动，食指轻点三下。林晚卿反应过来，这是苏大人在提醒她入戏。好吧……林晚卿顺从地闭上眼，双手顺势环住了男人的脖子。气氛陡然火热起来。

身后的侍女们收拾完两个人换下的衣袍，低头垂目地往外退。也不知是因为章仁交代了什么，还是现在的处境太难熬，林晚卿总觉得那些人走得出奇的慢。直到呼吸都被苏陌忆吻得不畅，最后一个侍女才悠悠地合上了两个人的房门。

屋外的艳阳被门扉挤窄，最后变成从茜纱窗里筛过的柔色。或许是太投入，苏陌忆并没有立即放开她。空旷的地方，只余下簌簌摇曳的流苏花。

“大人……”林晚卿觉得头晕，以至于喊出这句话的时候，声音哑到几不可闻。

苏陌忆似乎没有听到。

“大、大人……”她的声音大了几分。

她看见眼前的男人闭着眼，已经没有了方才故作的风流之态，只剩下虔诚和认真，好似在品鉴一本佶屈聱牙的法典。她忽然被苏陌忆这样的表情刺了一下。

“大人！”意识归位，她将他往外推了推。

“她们都走了……”她嗫嚅着说出这句话，不敢看他的表情。

“嗯。”苏陌忆应了一声，声音是喑哑的。他放开林晚卿，转身抄起岸上的一块白色布巾递给她，“你遮一下。”

说完他顺势靠在了她一旁的池壁上，不再看她。水汽清风穿梭于两个人之间，换来的是空白的沉默。

林晚卿将白巾搭在了自己身上，整个人再往水里浸入一点。

“章仁安插人没有成功，接下来他可能会有其他的试探。”苏陌忆平静地道，声音很是镇定，“故而一定要小心谨慎。”

“嗯。”林晚卿点头，依旧不敢看他。

苏陌忆坐了一会儿，伸手够到岸上的一件袍子，往身上一披，系好腰带披水而出。

苏陌忆走到屏风后，快速换上衣袍，又对林晚卿叮嘱道：“我找叶青吩咐些事，温泉别泡久了，会晕。你下午睡一会儿，晚膳有章仁安排，别等我。”

林晚卿一一应下。水波荡漾，一池春水归于寂静。她怔忡地看着，然后用水拍了拍自己好像已经缺氧的脑子。

水色潋滟的另一边，金笼里的一只八哥在树荫里蹦跶，抖落一片落英。

章仁拿着一只小镊子，夹着一条肥虫往八哥嘴边送。

一名侍女走过来，对着他福了福：“大人，看来那传言是真的，周大人果真是个沉迷女色、流连花丛的主儿。”

章仁没有答话，干笑两声道：“那你让府上的那些女人都机灵些，飞上枝头，为主上办事的机会可不多见。”

“可是……”侍女面露难色，“奴瞧见那周大人的爱妾，可不是一般的姿色。这府上怕是难以找到一个姑娘，能与她姝色相当。”

“呵！”章仁轻哂，继续用虫子逗弄八哥，“这男人睡女人，一图颜色，二图新鲜。再好的美人也会睡腻，腻了，就得找新鲜的。机会只会留给有心的人。”

侍女点头领会，转身退了下去。

一个侍卫与她擦肩而过，走过来对着章仁双手一拜道：“宋大人的信已经鉴定过了，是真的。”

“嗯。”章仁随口应承，漫不经心地转了转鸟笼子，“但宋正行府上出了那件事，案子已经交到大理寺了，他的消息有多可靠，也未可知。”侍卫点点头，看着方才那名侍女离去的方向道：“那周逸朴身边的女人倒是个碍手的，有她在，大人安插线人的打算恐怕会经历一些波折。”章仁闻言，不以为意地道：“人都在瓮里了，还怕他跑了不成？”

侍卫停顿了一下，面露难色地道：“跑倒不怕，只是主上担心宋大人已经被盯上了，想加快计划。故而兵器库这条线，得再抓紧一点。”

章仁依旧是面带笑意，心不在焉地逗弄着笼子里的鸟，道：“要试探一个人，除了安插线人，本官倒是有一个更为简单的方法。”他说着话，把手里的镊子往树下的一张木桌上一置，就撩袍躺在了一边的竹摇椅上。

“等周大人休息够了，就说本官请他喝酒。”

侍卫懂了他的打算：“大人要让他酒后吐真言？”

章仁不置可否。

“那万一周逸朴早有防备，不愿意喝怎么办？”

章仁停顿了一下，看着侍卫的眼神中浮起一抹暗色：“那不就正好说明他心中有异了吗？本官连美人都省了。”

侍卫点点头，没有再说什么。

章仁看着头顶上树荫筛落的光，伸手准备挥退侍卫，但那手却一顿，转而揉了揉眼睑。他叫住了侍卫，揉着眼睛道：“最近本官这眼皮儿，总是乱跳，弄得本官老觉得心里不踏实，爱疑神疑鬼的。”

章仁说着话又坐起了身，吩咐侍卫道：“你等会儿写封信给主上，让他安排宫里的线人探一探，看看宫里和朝中近来可有什么不对劲的地方。”

“是！”侍卫揖礼退下。

笼子里的鸟儿上上下下跳得欢畅，一副无知无觉、岁月静好的模样。章仁看了它半晌，冷笑一声，闭上了眼睛。

第十九章　危机

大明宫，太液池。

时值盛夏，正是芙蕖花开的时节，湖面澄净如镜，莲叶接天连碧。上下经由湖面一倒映，那色泽便清晰而明艳。在这样的一片碧绿之中，一抹胭色更显俏丽。

今日，卫姝是专程来此陪伴太后的。太后是为了赏花，卫姝自然不是。她昨日接到密报，说兵器库的周逸朴已经到了洪州。与此同时，大理寺卿苏陌忆却称病告假，一连几日的朝会都没有参与。宋正行的案子是苏陌忆负责的，苏陌忆又是皇上最为信任的左膀右臂。如此巧合，实属奇怪。再加上洪州的人没有见过周逸朴，也没有见过苏陌忆。虽然宋正行的手书中夹带了周逸朴的画像，但是若皇上有心算计，难免不会一早就动了手脚。故而，卫姝今日一早便去了长安殿。

如画风景中，一老一少相依而行。太后虽然身体硬朗，但毕竟年事已高，腿脚不便，没走几步就要歇息。卫姝扶着太后来到湖边的一个小亭子中坐下，借着给她剥橘子时，状似无意地问道：“最近怎么一直都不见表哥来请安？听说是病了？”

太后一听卫姝这么问，就气不打一处来，沉着脸道：“还说呢。上次的案子他

去抓逃犯，被那歹人刺了一刀。事后他还瞒着哀家，不让哀家知道，这个小混蛋可真是越来越有本事了！”

卫姝笑笑，将手里剥好的橘子给太后递过去，被太后气呼呼地给推开了。

“表哥的伤很严重吗？”她问，“听母后说，表哥已经有些时日没有上早朝了。”

“那自然是严重的！”太后痛心疾首地捶着胸口叹息道，“听白太医说，那伤口可深了，还缝了好几针，可不得在床上休养个把月的吗？”

“哦，原来是这样。”卫姝低头，眸中闪过一道狡黠的光，“那皇祖母方便让姝儿去探望探望吗？”

“这……”太后有些为难地道，“你也知道你表哥的脾气，就因为哀家过问了这件事，他都与哀家置气，不肯收哀家派人送过去的补药。你现在若是去了，说不定会弄巧成拙，反而让你表哥厌烦。”

卫姝一时找不到话反驳，勉强地笑了笑。

太后疼惜地拍了拍她的手道：“你的事情来日方长，有哀家在，自然替你做主。现在你还是不要去招惹他，那个小混蛋若是混起来，哀家也没辙。”

“嗯。”卫姝乖巧地点点头，扶起了太后。

“走吧！”太后牵起卫姝的手，起身道，“陪哀家再沿着这廊庑走一圈，看看这些芙蕖，难道不比看景澈那个小混蛋强吗？”

卫姝被太后拖着，又走了几圈，待她回到承欢殿的时候已经申时两刻。她总觉得今日与太后谈论苏陌忆的事情时，太后都不像以往那般热络，总是有意地敷衍或者是假装无意地转开话题。

卫姝心中隐隐觉得不安，便安排了一个丫鬟，以出宫采买为名，去大理寺探了探情况。

日落时分，那个小宫女总算是回来了。她手里拿着卫姝临走时交给她的食盒，里面那碗参汤纹丝不动地被退了回来。

反正她真正的目的也不是去给苏陌忆送参汤，卫姝面无表情地合上食盒的盖子，看着小宫女问道：“怎么样？见到苏大人了吗？”

小宫女怯怯地摇头，为难地道：“大理寺的人说苏大人之前办案受伤了，在休养，谁也不见。”

卫姝早就料到她会碰壁，所以也不意外。她继续追问道：“那有见到叶侍卫，或者林录事吗？”

小宫女继续摇头：“据说叶侍卫被苏大人派出去查案了，林录事的话……”

“怎么？”卫姝倏地转过身来，双眸紧逼。

“据说也被苏大人派去查案了……”小宫女吞吞吐吐地说，“说是几日前有人见他一大早就出了大理寺，然后就再也没回来过。”卫姝愣了一下，她也说不上来为什么，就是觉得不对劲。苏陌忆受伤不上朝也就罢了，他在大理寺中最信任的叶青和林晚卿也都不在，那可就太反常了。

“你下去吧。”卫姝打发走小宫女，走到寝宫一侧的书案边，她从小匣里拿出一张纸，提笔写了起来。

另一边，洪州章府。

火光跃动的室内，侍女们卸下了玉钩，床帐如流水般铺落。

“噗——”有人吹灭了最后一盏烛火，闭门而出。房间里暗下来，只有清幽的月色透过茜纱窗的柔光。

林晚卿等了一会儿，确定侍女们都走远了，才翻身扯了扯苏陌忆的袖子。

“大人。”她将声音压得低低的，“你觉不觉得，这章仁的疑心病似乎太重了些？咱们来这府上都两日了，官矿的事他只字不提，倒是安排了好些人前前后后地跟着。”

身边的人没有动，语气讽刺地道：“谁说过这次洪州之行会很容易？”

无端被怼的林晚卿感觉很憋屈，悻悻地翻了个白眼，将头扭向一边，嗫嚅着道：“那你也不想想办法，我看你演那色胚倒是投入得很……”

“你在骂我。”身后传来男人平淡的声音。

“……”林晚卿一噎，只觉得这狗官怕是真的长了双狗耳朵。但她担心夜深无人的时候，苏陌忆把她踹下床去，便赶紧道：“哪能啊！卑职是在自言自语地想办法，想办法……”

苏陌忆哂了一声，道：“在章仁的疑虑打消之前，最好的办法就是按兵不动，我们不能先自乱阵脚，其他的事自有皇上安排。”

嗯，是是是。差点忘了你皇亲国戚的身份，人脉广，实力尤其深厚。林晚卿也只是心中腹诽，面上还是挂起了恭敬的笑。

苏陌忆看着她的侧脸眯了眯眼，不冷不热地道：“你又在骂我。”

不是！这狗官莫非学了读心术不成？林晚卿瞳孔微震，正想解释，一只温热干燥的大掌就搭上了她的唇。

那是苏陌忆的手。他给林晚卿使了一个眼色，暗示她噤声。然后，他指了指床边那扇菱花纹茜纱窗。

林晚卿屏息看过去，只见窗户下的一角，一支兰花簪格外显眼。这是章仁安排在两个人身边伺候的侍女。原来，章仁不仅白日里安插了眼线跟着，连夜里也安排了人来听墙角！

林晚卿霎时紧张了起来。要知道，白日里的两个人，在众人面前是要多腻歪有多腻歪。可是到了夜里，从来都是规规矩矩地躺在一张床上，什么都没干过。怪不得章仁近日来一直按兵不动，原来是两个人的夫妻生活露出了破绽。可是怎么办呢？

清冷月色中，林晚卿转头看向苏陌忆，递去一个询问的眼神。

苏陌忆意会，思忖片刻给了她一个无声的口型：“你跟我做。”

什么？林晚卿如遭雷击。做？怎么做？真的要做？在外面还有个人在听墙角的时候做？林晚卿觉得这狗官怕是入戏太深，陷在色胚的表皮下出不来，还滋长出了色胚的灵魂……可是思忖间，苏大人已经起身，面对着她就压了下去。林晚卿自暴自弃地闭上了眼睛，犹如壮士断腕，颤颤巍巍地扯开身上睡袍的系带，躺平不动。

“你在干什么？”耳边传来苏陌忆诧异的气音，摩擦着耳郭痒痒的。

“……”林晚卿睁眼，看着身边那个半跪在床上，双手推着床头的男人。原来苏大人的“做”，是“做戏”啊！她的脸顿时热得不成样子。不过幸好月色昏暗，苏大人看不见。否则，她真的想找个地洞钻下去。林晚卿快速翻身而起，顺手系上腰间的缎带。

“呵！”耳边响起苏陌忆略带嘲讽的声音，他语气微哂，略带讽刺地问道：“你一天到晚脑子里都在想些什么？”

好的……真是什么都瞒不过苏大人的眼睛。林晚卿有点想死，但她决定还是等一等再说。她学着苏陌忆的样子，起身半跪在床上，双手撑住床头，递去了一个羞赧的笑意。一切就位，就等苏大人安排。

林晚卿看见苏陌忆停顿了一下，仿佛做了个艰难的决定，然后咬着牙从枕头底下摸出了一本小册子，借着月光翻开。

沙哑迷醉的男低音响起，他说：“卿卿是不是想要了……”

林晚卿觉得自己的世界观崩塌了，原本还对接台词自信满满的她，当下也只剩目瞪口呆……“这、这书……”她看着苏陌忆，咽了口唾沫，实在是问不出下面的问题。苏大人怎么会有这种书？

她身边的男人也没好到哪里去，极力克制着已经颤抖的声音，冷声训斥道：“管好你自己。”好吧……林晚卿收起了探究的眼神。可是苏大人不会知道，自己说这话的时候虽然淡定，可是那张脸已经红得像是被人煮过了一样。

两个人的眼神于黑夜中无声地交流，然后，苏陌忆瞪眼，递给她一个“你行不行”的表情。被刺激到的林晚卿也管不了那么多了。

她梗着脖子，用娇媚撩人的声音道：“大人真坏，那日在温泉池中可是羞死人了。”自由发挥，融入当下背景。不仅合理地解释了为何两个人这段时间没有同房，而且还给出了让人遐想的孟浪。听到这句话的苏陌忆僵如磐石，连扶着床头的手都开始发抖。

"吱哟——"床榻响动，林晚卿当即领会。苏大人这是让她摇床。她扯过苏陌忆手里的书，自信满满地对他使了个眼色，然后一边卖力地摇动，一边纵声朗诵。

"大人……"声音娇媚地叫道。

苏陌忆还是僵在一旁，除了上下滑动的喉结，他只能一动不动地看着手里抓了一半的话本子。他觉得，让林晚卿跟来洪州，真的是自找苦吃，挖坑自埋。再这样下去，他真的……真的会控制不住。

"大人？"思绪纷乱中，林晚卿用手肘抵了抵他的手臂，指着他手里那一半快要被他捏成腌菜的话本子，给他使了个眼色。他低头，看见上面的一行字。

苏陌忆看着书上的某个字差点心脏病发作，已经是他可以接受的极限了……一边的林晚卿看见他这副不知所措、脸红得能滴血的样子，竟然觉得十分好笑。尴尬和局促都被她抛到九霄云外，故而摇床和说话便愈发地肆无忌惮起来。

不知过了多久，苏陌忆拍了拍林晚卿还晃得起劲的手，哑着嗓子道了句："人走了。"

然后他一阵风似的下了床，直接冲进院子里的温泉池。

"哗啦！"黑夜里炸出一声惊响，是某人纵身跳入水池的声音。

片刻后，苏陌忆才幽幽地从水里探出个半个脑袋，无奈地吹着泡泡——今晚看来是不用睡了。

月色清冷，花草点映的假山旁，章仁正拿着一把剪刀站在一盆月季旁，修剪花枝。屋内烛火飘摇，映上他瘦削的轮廓，眉宇间显得格外阴戾。

"大人！"一名侍卫手上拿着一份信报，小跑至他面前，双手呈上。

"咔嚓——"几枝粉艳的花苞应声而落，拍掉几片殷红。他擦擦手，将剪刀递给身边的侍女。

"什么东西？"他问，声音里是不急不缓的悠闲。

"盛京来的密报。"

章仁愣了一下，转身接过侍女递来的白巾将手擦净。密报展开，他的目光扫寻其上。片刻，原本闲适的深眸中浮起两片暗色，眉峰蹙起，面色阴沉。

侍卫见状心生疑虑，支走了身边伺候的侍女才悄声询问道："可是有什么不对劲？"

章仁将信收好，思忖道："周逸朴这次在身边带了几个人？"

"两个。"侍卫想了想，肯定地道，"一个侍卫和一个姨娘。"

章仁沉默下来，眼神落在那丛方才被修剪过的月季断枝上，心绪不宁地道："没有其他人了？"侍卫不解，回道："没有了。"

“这就奇怪了。”章仁随意拨弄着花枝，自言自语地道，“信上说大理寺卿苏陌忆和手下两个亲信近日都不曾在盛京露面。”

“可是……”章仁停顿了一下又道，“就算府上的周逸朴不是真的周逸朴，可他带的那个姨娘，总不能是男子假扮的吧？”

侍卫闻言愣住了，表情凝固了：“这不可能。月娘每日都贴身伺候，那姨娘若是男子假扮，不可能分不出来。况且前日里，月娘有向卑职汇报，周逸朴和他那姨娘私下里确实十分孟浪。若是对着一个男人……”

“嗯。”章仁颔首，转眼又陷入沉思，“不过小心一些总是好的。”

他停顿了一下，倏地瞳孔一缩，问道：“上次本官说的酒宴准备得如何了？”

“已经备妥。”

“嗯。”章仁应了一声，复又道：“密报上说苏陌忆前些时日受了伤。”

言及此，章仁故意收了声，向那侍卫递去一个晦暗的眼色。他捻弄着月季花上的利刺，沉声道：“那本官得在酒宴上再添些东西。”

晨起东方，宿雾退去。早间的太阳从茜纱窗角映出一个轮廓，淡淡的，像一枚还未褪去的吻痕。

苏陌忆翻了个身，顶着两个快要掉到下巴的黑眼圈，无语地望天。自从前日夜里，两个人发现有人偷听墙角之后，睡觉前的摇床和朗诵，就变成了林晚卿的执念。不管有没人在，秉着小心为上的宗旨，她都会拉着苏陌忆声情并茂地演一遍。

没心的人演完就睡，有心的人憋出内伤……他幽幽地叹出一口气，暗自盘算着洪州的事情得尽快了结才行。

门外响起簌簌的脚步声，由远及近，门扉适时被敲响，发出两声清脆的“叩叩”。

“周大人、小夫人。”月娘娇嫩的声音响起，“今日章大人约周大人去官矿，奴婢来伺候两位洗漱更衣。”

苏陌忆闻声，正要去拍身侧的林晚卿，却见她浑浑噩噩地翻了个身，然后以一种极其熟练的方式手脚并用地缠上了自己，宛如一朵开在他身上的菟丝花。

“……”苏陌忆原本就僵硬的身体更僵了几分，一时也忘了答外面人的话。

“进来……”缠在他身上的“林丝花”先开了口，说完还不忘再往他怀里拱了拱，脸颊摩擦着他微敞的胸膛，玉腿搭上他精壮的腰腹。

侍女们鱼贯而入，茜纱窗被推开一线，清晨轻薄的雾气带着花香飘入，林晚卿撩开床帐，懒洋洋地起身。月娘拿来一件素白暗纹的里衣给林晚卿，然后安排手下的几个丫鬟替她换上，又转身去伺候苏陌忆。

林晚卿留了个心眼儿，目光追随着月娘。只见她从侍女手上接过一件同样款式的里衣，神色自若地抽开了苏陌忆的腰带。

“你要做什么？”突如其来的一声质问打断了月娘的动作。林晚卿沉着脸，也顾不得自己脱了一半的睡袍，两步跨过来，一把就推开了月娘。

“周大人的里衣向来都是我亲自换的。”她一边责备，一边从月娘手里夺过那件衣袍，美目怒瞪、樱唇微噘，既委委屈屈的，又蛮不讲理。

苏陌忆看见她这股信手拈来的醋意，差点没忍住笑出声。他花了些工夫，才把上扬的嘴角给压了下去。侍女们都被林晚卿冷着脸轰了出去。人声渐远，房间里再次安静下来。林晚卿这才往后退了两步，松开被她紧紧捂在怀里的身体。

“怎么？”苏陌忆清了清嗓子，面色却一如既往的淡定，“别人连更衣都不可以？”

林晚卿倒是没把苏陌忆的调笑当回事，伸着脖子望了望屋外，神色凝重地道：“我总觉得那个月娘不对劲，可哪里有问题又说不上来。”

苏陌忆没有接话，从林晚卿手里拿过那件里衣，转身去了屏风后面。

林晚卿在外面，背靠着屏风，若有所思地道：“大人，你说章仁突然邀你去官矿，会不会有诈？”

“会。”里面的人几乎没有思考，当即给出答案。

“那你去不去？”林晚卿霎时紧张起来，一转身，就看见苏陌忆线条结实的背部曲线，一个趔趄，赶紧又背过身去。

苏陌忆没有发现，依旧低头穿衣，片刻后才轻声回道：“去。要取得章仁的信任，必定要经过他多番的试探。我既然已经来了，这些事情都早该料到。”

说话间苏陌忆已经穿好里衣，他走出屏风，将手里的脏衣服递给了林晚卿。林晚卿自然而然地接了过去。

“可是……”她依旧不放心，踌躇着道，“我总觉得章仁这个人不简单。他能在洪州这么些年，官矿、假银、私兵……哪一项不是踩在皇上的底线上？这些人提着脑袋做事，一定阴险至极，不可小觑。”

苏陌忆整理了一下衣襟，看着林晚卿道：“你说的这些我都知道，可是当下之计，唯有见招拆招。”

“嗯……”林晚卿追着苏陌忆走到门口，手伸出去想拉他的袖子，却被苏陌忆一个驻足收住了。

“你在章府等我消息，若是有什么异常，我会让叶青来接你。”他回身看着林晚卿，声音沉而淡，是他一贯的样子。

不够明亮的室内看不清他背光的脸，但林晚卿却觉得脸上发烫，是被他的视线灼的。

“好。”她认真地点点头，目送他离开。那只还没来得及摸到他袖子的手在半空，林晚卿下意识地握了握，另一只手攥紧他方才脱下还留有体温的里衣，觉得心里一阵发空。

官矿的考察很顺利。章仁带着苏陌忆将其管辖之下的大小矿场都走了一遍，一路上两个人聊了很多锻造兵器和各类矿物的话题，苏陌忆对答如流。可是除了这些冠冕堂皇的内容，对于此次周逸朴被邀请的目的，章仁却只字不提。苏陌忆也不好逼得太急。

七月的盛夏，日头毒辣。两个人从早考察到晚，尽管有人撑伞打扇，可还是难免筋疲力尽，汗湿衣襟。直到傍晚时分，两个人终于结束了最后一个矿场的查看，坐上了回程的马车。

马车微微摇晃，辘辘轻响。苏陌忆靠在车壁上，假意闭目。而另一侧的章仁亦气定神闲地坐着，偶尔掀起帘子看看外面经过的街市。

随着帘外车夫一声吁停，马车停了下来。

有人掀起车幔，对着章仁道："大人，到了。"

苏陌忆依旧没有睁眼，但从车行距离和速度来看，他知道两个人并没有回章府。

"周大人。"一旁的章仁轻轻拍了拍他的肩，"我们到了。"

苏陌忆这才睁开惺忪的睡眼，往车外打量了一番："这里是……"

章仁笑道："这里是洪州最为出名的秦楼楚馆，今日刚好小夫人不在，大人可以好好地乐一乐。"

苏陌忆但笑不语，跟着章仁的指引下了车。这是一座高墙围绕的小院，院内除了琴声铮铮，再不见其他声响。红墙碧瓦之上，偶有盛开的九里香和紫茉莉探身而出。若不是章仁指引，苏陌忆倒是想不到一般的秦楼楚馆会雅致如此。

"请。"章仁走到苏陌忆前面，延手一邀，两个人先后进了小院的大门。

"周兄可用过府上的温泉池？"章仁问。

苏陌忆闻言，脸上漫起风流不羁的笑，回应道："试过了。"

"哦？"章仁意会，凑近他身边道，"那周兄等一会儿定要试试这里的汤泉，看看那滋味是不是比章某府上的好出许多。"

"呵呵……"苏陌忆点头，笑而不答。

说来奇怪，这小院虽然别致清幽，但今日着实过于冷清。仿佛这里除了苏陌忆和章仁两个人，就没有其他客人了。苏陌忆的余光扫过院里那些来往的人，发现除了姑娘们神态还算自然之外，好些个小厮模样的男子都格外戒备，目光紧随他们两个人，不曾离开。他想，章仁真正的试探，应当是现在才开始。

花木深深的后院里，一间偌大的浴房门被推开。一瞬间热气氤氲，水雾弥漫，白腾腾的犹如仙境。而白雾之下，四面玉柱的房间中央，一个碧色浴池出现在苏陌忆眼前。但比这池水更加显眼的，是周围站了一列的纱衣女子。她们个个身形玲珑，神态媚人，穿着轻薄的长袍，手里是各色小食与酒水，低眉垂目，等待临幸。

苏陌忆的脸色不可抑制地沉了沉。

“周兄。”章仁在一旁笑问，“可喜欢？”

“嗯。”苏陌忆应了一声，目光扫过面前那些女子，面色不变，但心中却漫起一丝厌恶。原来，并不是只要女子穿得少，他就会情不自禁。

“那便让她们伺候周兄宽衣吧。”章仁说着话，顺手指了一个花娘。

花娘走近苏陌忆身边，正要举手，被他挡住了。

“你身上用了香？”苏陌忆问，神情严肃。

花娘不知所措地点点头。

“怎么了？”一旁的章仁见状，好奇地问道。

“哦。”苏陌忆轻笑一声，那神情既无奈又不舍，“章兄也知道我家里那个醋缸子，今早上连丫鬟替我更衣都不许，要是被她闻出周某身上有其他女人的味道，还不得跟我闹个没完没了。”

章仁神色一冷，却仍旧状似无意地道：“也是，小夫人的醋劲儿我可是见识过的。”

说完，他轻笑两声，看着苏陌忆道：“那周兄就自行宽衣吧。”

苏陌忆应下，他转身走到屏风后，慢条斯理地开始脱衣裳。外袍、中衣、里衣……衣袍一件件被递到花娘手中，随后苏陌忆取来一件长袍，将自己裹起来，从屏风后面走出来。

章仁已经坐到了池中。

苏陌忆方要踏水而入，却被章仁叫住了。

“周兄，你穿着长袍泡温泉是个什么习惯？”他的唇角微扬，眼中却极度地冷。池中的水色倒映上来，在他的暗眸中留下明晃晃的光，森凉如剑。

苏陌忆抬眼看他，没有动作。

章仁轻哂道：“周兄还是把外袍脱了吧。”

第二十章　救美

水雾缭绕中，苏陌忆轻笑，缓缓解开了腰间的系带。灯火之下，男人精壮流畅的线条一路延展，终结在腰腹间的粼粼水波上。

“这伤……”章仁见状愣了一下。

因为苏陌忆的身上除了腰间一块刀伤之外，胸上、背上乃至于手臂上，都有大大小小的伤痕。

苏陌忆一脸的无知无觉，漫不经心地往自己身上浇了瓢水：“章兄不知道吧，周某是行伍出身，调任兵器库之前，在安西都护府任职。上过战场，自然身上有疤。方才不愿意宽衣，也是怕这一身的伤有碍观瞻，惹章兄不悦。”

“哦！呵呵……无妨……”章仁面露尴尬地道，“男子汉大丈夫为国捐躯，战场上的伤都是荣誉，不存在什么有碍观瞻一说。”

苏陌忆沉默地笑着。众人只知道他身为文官，却鲜有人知道他常年习武，故而有这一身的伤也不足为奇。刚好，周逸朴又确实是行伍出身，上过战场。这两厢的巧合，倒让他躲过了这一关。但是章仁此番如此明确的试探意味着什么，他很明白。

苏陌忆靠在浴池上，手一挥，将叶青唤到跟前：“你回去跟小夫人说一声，本官今日与章大人在外谈事，回去得晚些，让她别闹脾气。”

虽是平淡无波的语气，但叶青却听得心中一紧。因为这是他们两个人在出发之前就约定好的暗号。若是苏陌忆觉得此行凶多吉少，便会安排他回去将林晚卿带走。

叶青咬了咬牙，愣怔片刻之后，他握紧手中长剑，转身直奔章府。

屋里灭了灯，林晚卿却没有睡。她于黑夜中静坐窗下，透过窗扉上的缝隙，呆呆地看着天上的月亮。小小白白的一个，像锦缎上被香灰不小心烧焦了的一块。

“咚咚——咚！”黑暗的空间里响起窗棂的敲击声，两长一短。

林晚卿赶紧从坐榻上跳了下来，她来不及穿鞋，径直跑到后屋，推开了窗户。不出所料，叶青撑臂跃入。

叶青面色凝重，将一把匕首递给林晚卿道：“拿着防身，跟我走！”

“等等！”林晚卿冷不防被他这么没头没脑地一拽，踉跄两步，拨开他的手道，“怎么回事？”

叶青面露难色，一副火烧眉毛的样子道：“大人的身份有可能暴露了。”

“什么……”林晚卿瞳孔巨震，闻言止不住地抖了抖。

“怎么会？怎么可能？”她扯住叶青的袖子，焦急地道，“他到底怎么了？”

叶青蹙眉，语气沉重地说：“章仁带大人去了温泉池，想借机查看大人身上的伤口。如此一来，说明有人已经怀疑来洪州的不是别人，而是苏大人了。”

林晚卿觉得眼前一黑，差点顺着墙根倒下去。若是对方已经怀疑他就是苏陌忆，那么他们必定知道更多苏陌忆的弱点，或许会一一试过。如此看来，确实凶多吉少。

“快走吧！”叶青看着呆愣的林晚卿，忍不住再次扯住她的衣袖。

“可是我们走了，苏大人怎么办？”林晚卿拽住叶青的手，急声探问。

“不用担心！”叶青从怀里拿出一个小盒，“这是出发前皇上给我的虎符，若是洪州之行身份败露，我可以凭借此符前往任一临近州府调兵。”

叶青扯住林晚卿，说：“你快跟我走吧！晚了可就来不及了！”

林晚卿却拖住了他的脚步。

叶青愣了一下，听见她沉声道：“向益州调兵，最快也要两日。若是大人身份真的暴露，到时候他早已沦为人质，我们要怎么救？”

叶青道：“可是，难道还有别的办法吗？”

气氛一时焦灼起来，两个人各自沉默了一会儿。林晚卿抱臂而行，眉头紧锁。片刻后，她道：“有！”

叶青惊讶地看着面前那个神色认真的女人，仿佛自己听到了什么醉话。

林晚卿将虎符塞到叶青手里，把他推得转了个身：“你现在就拿着虎符去益州调兵，一刻都别耽搁。”

“那你呢？”叶青问。

“我去找大人。”

“什么？”叶青以为自己听岔了，赶紧拉住林晚卿的手，不敢置信地道，“你现在去找他，无异于自投罗网！”

“那可不一定。”林晚卿推开叶青，目光坚定地说，“章仁还在试探，那就说明他并不肯定大人的身份。而且，他也不想放弃兵器库周逸朴这一条线。既然如此，那我们就还有希望。”

“可是……”叶青依旧在犹豫，“明知前方艰险，胜算渺茫，你若是去了……”

“无论我去不去，事情都已经这样了不是吗？”黑夜之中，林晚卿逼视着叶青，分毫不让，“试一试总好过坐以待毙吧？”

叶青依然没有回应。

林晚卿看着他，声音里染上一分不常见的恳切：“大人今早与我辞别的时候，亦是知晓前路凶险，可是他并没有因此而退却。故而虎穴也好，狼巢也罢，就算失败了，我也想陪着他。”

“这……”千言万语，叶青只觉如鲠在喉。他挣扎片刻，拽着林晚卿的手还是松开了。

林晚卿立即将他往外一推，催促道：“快走吧！我们若是失败了，你是最后的希望，不许拖后腿！”

窗扉应声而闭，清冷的月色下，叶青紧紧攥着手里的虎符，沿着廊庑一跃而去。

林晚卿看着朦胧中那个远去的身影。洪州这个牢笼里，如今只剩下她和苏陌忆了。

另一边，热气氤氲的汤泉馆里。

沐浴结束之后，两个人身上只披着一件松泛的长袍。章仁叫来了歌姬和乐师，在雅间内摆上了酒宴。琴声铮鸣，嘈嘈切切。伶人低吟浅唱，花娘媚态横生。

章仁与苏陌忆对坐，手握酒盏，随意靠在曲起的右腿上。他悠闲地闭目听曲，另一只手轻叩着面前的案几，发出有一搭没一搭的“笃笃”轻响，生出一种与琴曲并不相融的诡异。

苏陌忆凝神端坐，脸上还是一副玩世不恭、风流不羁的神情。

章仁听了一会儿曲，忽然看着苏陌忆轻轻一笑，道：“周兄今日可是累着了？”

苏陌忆对着他轻笑：“客随主便，章兄兴致高昂，周某自然作陪。”

“哦？”不轻不淡的一声鼻音，像暗光下的毒舌吐信。章仁的目光，落在苏陌忆面前那杯从未动过的酒盏上。

澄黄清亮的液体，在灯火下轻晃，散发出一股淡淡的幽香。对于深谙审讯之道的苏陌忆来说，他只一眼就知道章仁在这酒里放了什么东西。那是一种叫作“惑心”的迷药，对那些无论如何都撬不开嘴的犯人用上一点，在他们意志力最薄弱，或是没有戒心的情况下，可谓是能求仁得仁。

苏陌忆早就料到章仁或许会有此招，故而他也提前做了一些防备。可是方才沐浴更衣，为了防止暴露，藏在衣服里的暗袋被他偷偷取了下来，如今是不能用了。而腰间的香囊虽然可以醒酒，但也抵不住太长时间。再加上酒中含有的“惑心”，苏陌忆暗自推测，他能够经受住的酒量，顶多不超过十杯。可是箭在弦上，又不得不发。

思及此，苏陌忆只能会意地一笑，对着章仁端起酒杯，一饮而尽。

章仁什么都没说，看着他笑笑，抬手让一旁的花娘接着给他倒酒。

酒水叮咚，很快一杯又被满上。章仁也不劝，只是探问道：“周兄可听说过大理寺卿苏陌忆，苏大人的名号？”

苏陌忆怔忡了一下，好在反应够快，神色上并未露出什么异样。他嗤笑一声道：“盛京官场怕是没有人不知道他的吧。”

“周兄对那苏大人有几分了解？”章仁问。

苏陌忆剑眉一蹙，看向章仁的眼中带着不解：“周某对那苏大人的了解自然也仅限于传言，我与他并无来往和结交的需要。”章仁笑着点头，随即抬了抬手中的酒杯，苏陌忆跟上，又是一杯酒下肚。

他放下酒盏，眼神紧盯苏陌忆道：“章某听说，近来苏大人称病告假了？”

苏陌忆神色无异，思忖道：“是吗？什么时候的事？”

章仁依旧笑着，烛火下他的目光令人发寒。片刻后，他才缓声道：“算算时间，大约是在周大人出发之后的事，故而周大人定然是不知晓的。”

“哦？”苏陌忆问，“那章大人问这话是什么意思？”

章仁一边说，一边将目光落在苏陌忆手中的酒杯上，抬手一延道：“没什么意思，喝酒。”

思忖之间，又一杯酒被满上。苏陌忆扯了扯衣襟，他觉得身上有些发热。看来这章仁为了确保万无一失，“惑心”的剂量下得比正常更重。如此一来，他很有可能连五杯都熬不过。

三杯下肚，章仁依旧在劝，苏陌忆抬手阻止了一旁的花娘道：“不知是今日这酒厉害，还是周某长期不饮酒，怎么觉得才三杯，就好像已经喝了三壶呢？”

章仁闻言大笑，却不理会他，而是向一旁的花娘使眼色，让她继续。

眼看再一杯酒被斟满，琴乐之声逐渐模糊，苏陌忆整个人仿若沉入湖底，一双手已经微微有些发凉。他暗暗攥紧了拳头，用力咬了咬后槽牙。看来他若是再不想出办法脱身，这趟洪州之行，只怕是有来无回。

“周大人？”章仁略带冷意的声音响起，依旧催促着他，紧咬不放。

苏陌忆沉默，并未应声。不能再喝了。确实是不能再喝了。

“周大人？”章仁唤他，烛光下一双眸子幽暗，像静待捕猎的鹰隼。

“周……”

“周逸朴！”屋外一阵不合时宜的吵闹打破了两个人之间的僵局。

“周逸朴，你给我出来！”听见女子的声音，章仁和苏陌忆都愣了一下。娇嫩哀婉的女声哭闹着跑近，被外面的侍卫拦下之后更是撒泼打滚，音量之大，感情之凄切。一时间，就连屋内的奏乐都被打断了。

不待里面的人反应，雅间的门就被霍地拉开了。林晚卿红着眼抽泣着，一对羽睫沾湿，泪珠将落未落，一副惨遭负心汉抛弃的模样。她看了苏陌忆片刻，随后一个箭步冲进来，抄起案几上的碗碟杯盏就是一顿乱砸。

林晚卿一边砸，一边哭闹：“男人都是不要脸的东西！甜言蜜语说过就忘！”

碗碟惊响，碎瓷乱飞。歌姬和乐师见状，吓得抱头逃窜。在场的侍卫大约也没见过此等醋坛子被打翻的排场，一时不知该怎么办才好，相互使着眼色也不敢上前，任章仁怎么催促也没用。

章仁干脆自己去拉她。

“啪！”惊天一响，在场的人皆被这一掌扇得一愣。

下一刻，苏陌忆揽住了林晚卿的腰，将她拉到自己怀里。

两个人面对面，章大人一脸错愕。他的脸上，一个绯红的五指印正肉眼可见地浮起……章仁直接被这一巴掌扇懵了。可是，在众人面前，他一个州府司马，怎么

好跟一个撒泼哭闹的女人较劲？这要是传出去，毁的也是他的名声。故而章仁只是捂住自己火辣辣的侧脸，哑巴吃黄连，有苦说不出。

然而打人的女子却丝毫不觉得自己方才的行为有什么不妥。她美目怒瞪，提起裙子便朝着章仁冲过来："你说说你究竟安的什么心思？"她不依不饶，手脚并用，"我和我家郎君恩爱碍着你什么事了？你怎么就这么绞尽脑汁地往他身边送人？你说！你是不是居心叵测？"

"我……我……"章仁被林晚卿的抓挠踢踹弄得晕头转向，只能抱着头往苏陌忆身后躲去。

苏陌忆看着是在劝架，可每次他的手甫一触及林晚卿，就被猛然推开，整个人还趔趄着往后倒去，完全是一派弱不禁风、弱不胜衣的模样。然而更奇葩的是，苏陌忆眼见抱不住林晚卿，竟然转身抱住了章仁，美其名曰——替他挡挡。

这一抱的结果当然是——失去反抗能力的章大人，被挠得更惨了。最后，还是侍卫们将他救了出来。因为他们觉着自己要是再不插手，章大人可能就会被这悍妇给挠死了。

一顿鸡飞狗跳之后，雅间里又恢复了平静。

章仁顶着半张脸的抓痕和满嘴的鼻血重新坐到了苏陌忆对面，还分外憋屈地安排下人在苏陌忆旁边，给林晚卿添了个座位。

林晚卿面上依然是一副怒气未消的模样。然而她甫一坐下，就在广袖下偷偷去寻苏陌忆的手——又湿又冷，想必方才，他一定经历了十分难挨的场面。她不动声色地摊开他的掌心，用力握了握。

苏陌忆当即抓住她的手，在她的掌心快速写下一个"走"字。林晚卿没有理他。既然已经来了，她就没有想过要自己一个人走。

而对面的章仁被这么一打断，倒是先卸下了方才那股咄咄逼人的劲。他眉眼含笑地朝伺候的人使了个眼色，让那些面面相觑的乐师和歌姬都回到了原先的位置。

第二十一章　惑心

歌乐再起，又是一派声色犬马的光景。章仁自然不会就这么放弃。他重新安排人装了一壶酒，放到苏陌忆的案几上。

林晚卿目光随之而动，落到案几上那只还残留着酒液的空杯，再看看身边已经面色泛白的苏大人，她当即明白，章仁这是想灌醉他。一角薄纱擦过她的鬓边，身后的花娘托起酒壶，要再给苏陌忆斟酒。

“等等。”一只皓腕搭上了花娘拿着酒壶的手，林晚卿一脸的不悦。

她看向章仁，语气嗔怪道：“让她们都出去，不许在我家郎君面前晃。”

对面的人闻言虽然抖了一下，但并没有动作，而是端着酒杯，笑着问道：“她们都走了，谁来给周大人斟酒呀？”

林晚卿的眼神落到花娘手里那壶酒上。纤指一拎，酒壶就到了她的手里。她随即起身，裙纱轻摆，在众人眼前划出一个张扬的弧度。她就这样骑坐在了苏陌忆腿上。

苏陌忆当即明白她要做什么，赶紧一手扶着她的腰，一手藏在案几后，快速地在她腿上写下“惑心”二字。

林晚卿好似没有感觉到。她往后仰了仰头，下一刻，叮咚酒响，美人朱唇微启，玉手微扬，橙黄的酒液便潺潺地流入檀口。然后，她俯身朝着苏陌忆吻了下去。朱唇轻启的那一瞬，苏陌忆往她口中探去。女人的幽香夹杂着微甜的酒液，在唇齿间辗转。如瀑青丝洒落，搔得他脸颊和脖子酥痒。然而他只探到一点点酒液的味道，因为在两个人相触的一刹那，酒液就已经被她吞入了腹中。

可这是“惑心”。他用了香囊都只能硬撑五杯，林晚卿酒量再好，也撑不过几杯。

苏陌忆觉得心里有一把火烧起来，又气又急。他不懂这个女人为什么总是这样不分场合，不知轻重，什么事情都凭着一股莽劲横冲直撞，完全不顾及可能会给自己招致的危险。他泄愤似的紧紧摁住林晚卿的腰，想要从她口中找寻到惑心残留的影子。

林晚卿没有推拒。她完完全全地把这个带着怒意的争夺，当成一个抵死缠绵的热吻。长发遮挡了所有人的视线，她将手抵在苏陌忆的胸口，食指轻移，悄悄写下“无碍”二字。然后她抬了抬苏陌忆的下颌，唇齿分离。她看见苏陌忆的喉结往下落了落，假装吞咽。

在场之人果然被她的放荡行为震惊，就连一旁的歌姬和花娘都看得面红耳赤。章仁见到如此场景，也忘了方才她那副河东狮吼的凶相，看得出了神。

林晚卿趁机换了个姿势，侧坐在苏陌忆的腿上。

苏陌忆揽着她的腰，张嘴咬了咬她的耳珠，柔声问道：“就这么想我？”

林晚卿依旧是一副醋意未消的样子，将头埋进他的肩窝，软软地撒娇道：“郎君答应过妾身不会再碰其他女人，说到就要做到。”神志清醒，做戏张口就来。她看起来除了面染驼红，有微醺之态以外，好像完全没有受到惑心的影响。

苏陌忆总算是安了一点心，想去牵她的手，却被林晚卿躲开了。她凑过去，双手攀住他的脖子，俯在他耳边轻声道：“我知道怎么应付惑心，你只管装醉。”苏

陌忆不放心地打量她，可是事到如今也没别的办法，他只能妥协。两个人又这样嘴对嘴地喂了几杯酒下去。

月上中天的时候，烛火渐暗，乐声渐歇。

苏陌忆双目微阖，靠着案几昏睡过去。

章仁见状以遣派大夫为他醒酒为借口，命人将苏陌忆架到了另一间屋子。

林晚卿想跟进去，却被人拦在了门外。

夜风沁凉，月色清冷。院子的树影花木被月光投射到地上，留下一片张牙舞爪的黑影，如同鬼魅。周遭黑洞洞的，只有她身后的那扇窗户中有火光溢出。她扶着墙站了一会儿，终于听到身后有人开门的声音。

“小夫人。”唤她的是章仁的手下，他侧身一让，林晚卿看见他身后被两个小厮架着的苏陌忆。

“周大人喝醉了，大夫看过并无大碍，还请小夫人将大人带回府上好生照顾。”

林晚卿扶着苏陌忆上了马。随着车夫一声鞭响，马车辘辘而动。车幔摇晃之间，那个方才靠坐在车壁上，醉得不省人事的男人清醒过来。

林晚卿凑近了一点，眼神中带着焦急道：“大人，怎么样？没事吧？”

苏陌忆沉默地看着她，目光深邃。林晚卿被他这一言不发的样子吓到，伸出左手在他眼前晃了晃。

“啪！”黑暗狭小的空间里发出一声响动，手腕一紧，她的手被苏陌忆握住了。他静静地看着她，高挺的鼻尖几乎要触到她的。腕子上的力气很大，像是要把她掰揉捏碎。

“大、大人？”林晚卿怔忡着，一时哽住了。

苏陌忆只是看着她。月色下，他眉宇冷肃，而目光却是说不出的柔和。半晌，他才缓缓地开口道：“下一次，你再这么自作主张，我就送你回盛京。”

林晚卿闻言长长地舒了一口气：“这么说，章仁打消疑虑了？”

苏陌忆放开她的手，坐得远了些。他剑眉微蹙，一脸不悦地道：“算是吧。”

紧绷的神经一旦松懈下来，林晚卿只觉得眼前发黑，头脑发晕。她嘴上无意识地嗫嚅了一句，身上的劲一松，整个人就像被抽走架子的衣裳，轰然往苏陌忆身上靠去。

苏陌忆赶紧伸手搂住了她。然而他的手指却触到一片湿腻，用指尖抚开的时候，能闻到一股淡淡的血腥味。愣神片刻之后，他才借着月光看清楚。

林晚卿右手的广袖中，已经被血浸湿一片。他牵起她的手，林晚卿想躲，但敌不过他的力气。一枚亮闪闪的琉璃耳钉，月色之下泛着七彩疏华。然而那光却像千万根冷刺，一针一针都扎得他心口颤痛。怪不得方才他想去牵她的手，却被她躲开了。她说的应对惑心的方法，原来是这样。因为惑心是要在无意识的状态下才能发挥作用，故而她为了让自己保持清醒，竟然不知什么时候取下了耳铛，用银针的那一端直直扎进自己的指甲盖下。从伤口的严重程度来看，她应该是在自己快要支持不住的时候，又生生地搅动过几次。十指连心。

苏陌忆光是看着，都觉得心口一阵抽痛，更别说她这么生生地受了将近一个时辰。

“林晚卿……”他眼眶发热，圈住她的手不自觉地再紧了紧。

马车停在章府门口，距离两个人的厢房还有一段路程。

幸而夜已深，下人们已经歇下，苏陌忆没有唤人来伺候。虽然一路上他还是踉跄着装醉，但也只是虚虚地靠在林晚卿身上，反倒是一直将人揽在怀里。

“吱哟”一声，门扉轻合。

苏陌忆将人放在榻上，转身点燃烛火。因为害怕过多的响动将下人引来，故而他只取来了一盏孤灯。

林晚卿并没有晕过去，只是昏昏沉沉地斜靠在坐榻的软垫上，眉眼间皆是醉酒后的微醺和驼红。她自始至终都只远远地看着苏陌忆忙碌的背影，也不知想到了什么，轻轻地叹息一声，靠着榻上的案几就趴了下去。

正在行李中寻找伤药的苏陌忆听到她这一声状似解脱的轻叹，吓得赶紧回来看她。仅有的一盏烛台光线昏暗，放在案几上，投下一个飘摇的黑影。

案几边女人向着苏陌忆伸出手去，哼哼唧唧地道了声：“疼。”软绵绵的哭腔，是他从未听过的声音。火光下，美人眸中含泪，头枕在臂上，抬眼低低地觑他，自然就带上了一股怯意。

苏陌忆觉得心口一软，意外之余又想起来，这是“惑心”的功劳。平日里的那些防备、铠甲和伪装，大约都会在这一刻被卸下。故而她会这么委屈地哭着叫疼，倒真的是一点都不奇怪。想不到平日里怼天怼地的林晚卿也会有今天。

苏陌忆这么想着，忽然觉得她这哭唧唧的样子很好笑，忍不住多看了几眼。

“嘶——”烛火一晃，林晚卿的一声惨叫吓得他手一哆嗦，苏陌忆险些将案几上的灯盏打翻了。

他强势地将她的手腕再钳紧了一些，神色严肃地道：“不想这只手废掉的话就别乱动。”冷硬威胁的语气，像是在审问犯人。握在手里的那只纤细的腕子抖了抖，继而不再乱动。

林晚卿头一次没有反抗，而是吸着鼻子看他，不满地道：“那你要轻点。”

“嗯。”苏陌忆应她，没有抬头。

他本想再威胁点什么，可是刚张了嘴，就听到女人胆怯又委屈的声音。

林晚卿抽抽搭搭地抱怨道："你这人看起来温润如玉，私下里却最不懂得怜香惜玉，每次都把我弄得很疼。方才擒着我手的时候是，之前在案宗室的时候也是。"

苏陌忆："……"

正在给林晚卿取药的手，忍不住抖了一下，引来一道声泪俱下的痛呼。林晚卿又气又委屈地推开苏陌忆，美目圆瞪，露出个龇牙咧嘴的凶相，像一只被踩了尾巴的猫儿。

"苏陌忆！你是故意的对不对？"苏陌忆的心脏猛然往下沉了沉。他想去拉人，然而林晚卿却像怕了他似的，踉跄着要爬起来往后躲。他只得一个箭步冲上去，先准确无误地去捞某人的腰，然后一个旋身，将人带到坐榻上，再双腿一夹，将她紧紧地制在了身上。

下一刻，林晚卿的嘴就被他捂住了。已经心力交瘁的苏大人面色灰白，再也经不起任何的意外和刺激了。他缓慢地环顾四周，确定门窗都有锁好，并且真的没有人偷听之后，才看着林晚卿道："别忘了这里是章府！"

林晚卿睁着一双泪眼迷蒙的眸子看他，配合地点点头。泪湿的睫毛扇动，像两只被雨淋湿的小蝶。

苏陌忆看得心软，立即将目光移开，颤抖着声音保证道："我会小心的。"

"唔唔唔！"林晚卿点头。

"但是你别再动了。"

"唔唔！"某人既乖巧又配合。

"也不准说话。""唔！"苏陌忆叹气，缓缓地放开了她。可是这一放，苏陌忆才发现，当下两个人是以一种怎样亲密的姿势搂抱在一起的。温香软玉在怀，他的手搂着她的肩，他的腿夹着她的腿……她热气氤氲的呼吸就在耳边，湿答答的睫毛像两把小刷子，有一下没一下地搔动着他颈侧的皮肤。

"你、你先下来……"苏陌忆喉结滑动，说话的时候险些磕到自己的舌头。

他先松开了钳制林晚卿的腿，扶着她的腰就要把人往下掀。

"我不要……"娇滴滴的女声，带了些鼻音，身上的女人翻了个身，直接抬手环住了他的脖子。

"就这样擦药。"她气鼓鼓地命令，奶凶奶凶的，"你要是再弄疼我，我就咬你！"说完，她张嘴就在他的脖子上留下一排小小的牙印。

苏陌忆已经僵硬得像是一具挺尸，连哪里不对劲都感觉不到了。因为他觉得，现在最不对劲的是他的脑子和他身上这个人。平日里，他就知道自己惹不起林晚卿，没承想，这喝了"惑心"的林晚卿，他更惹不起……

而怀里的那个人还无知无觉地将手伸到他面前晃悠，哭唧唧地求安慰道："你看，为了救你我流了好多血，所以你要对我好一点。”

好好好，对你好。苏陌忆觉得她现在这个样子，给他十个胆子也不敢对她不好。

“擦药吧。”林晚卿放开他的脖子，整个人往他怀里靠了靠，舒服地窝在他的臂弯里，将手递给他。

苏陌忆抱着她，往烛火的方向近了一些。方才月光幽暗，他没看清楚。如今借着烛火，苏陌忆才发现，她的手伤得比他想象得还要严重。半个指甲已经浸血，仿佛只要轻轻一掀，整个指甲都会脱落。原本水葱一样的手指，如今血肉模糊。他的心口疼了一下，只觉得五脏六腑都空落落的。

孤灯下，他只能看到她的发心，林晚卿靠在他的怀里，有淡淡的温度和香味透过衣衫传来。她明明还只是个小姑娘，可是他们认识这么久以来，她这样娇软又可爱的一面，却只有在喝下“惑心”之后，他才得以窥见。他想起林晚卿曾经告诉过他，在她很小的时候，她的父母和家人都离她而去了。这些年里，她女扮男装，孤身一人，没有同伙不曾结伴。这些听起来不过一闪而过的一句交代，可对于她来说，却是实实在在、踽踽独行的几千个日夜。

苏陌忆不敢想象，在她难过的时候，觉得孤独无依的时候，是怎么挺过去的。案几上的孤灯明灭，微光像刺一般灼痛他的眼睛。他忽然很想抱抱她。为了那些独自承受和背负的日子里，她从来都不可言说的孤独。圈住她的手臂再紧了一些，怀里的人哼唧一声，好似十分满意。

林晚卿抬头，发心蹭到他的下巴，笑盈盈地道：“大人，你知不知道，我的酒量其实很好。”苏陌忆专心上药，没有应她。

林晚卿浑然不觉，自顾自地得意道：“我一个人可以喝一缸酒。”说着她还不忘得意地比画了一下，“这么大一缸！以前在书院的时候，他们都叫我千杯不醉。”

“嗯，你能耐。”苏陌忆声音平稳，可是语气中已经包含了不悦。

“嘿嘿……”怀里的人没心没肺地笑，继续说道，“可是我一开始也不会喝酒。但是同窗们时常邀约，不去也不好，所以我就自己在家里练习。”

火光迷离，她的声音也逐渐缥缈起来。她怔怔地看着烛火，嗫嚅着道：“因为我害怕喝醉，喝醉了，会暴露身份，会想起不开心的事，会一直哭。所以，我要比他们都能喝。”

“林晚卿。”火光哔剥，炸出一朵火花。

苏陌忆打断了她的话。他低着头往她手上缠纱布，没有看她。片刻之后他才沉声道：“在我面前你不用伪装，做你自己就好。”

清风徐徐，烛火明灭。怀里的人低低地笑了一声，沉默半晌才叹息着道：“是吗……”

苏陌忆从中听出了无奈。两个人都不再说话，直到最后一圈纱布被裹紧。苏陌忆将它固定住，打了个结。他想将林晚卿带下来，却发现她收回自己的手后，自然而然地就圈上了他的腰。

林晚卿把脸埋在他的胸口，闷闷地道：“大人，你真好闻。”说完直起身，凑到他的耳后，使劲吸了吸鼻子。酥酥麻麻的痒意，从他耳边流开，苏陌忆一时愣怔起来，不知如何回应。

怀里的女子也没有期待他的回应，她将额头抵在他的耳边，嗫嚅着道：“你身上有书墨香味，有松木香味，还有阳光的味道。”

“什么？”苏陌忆挑眉，侧了侧头。

“阳光。”她重复着，笑着道，“就是暖暖的。”

她眼含星光地看着他，一只手点了点他冷肃的脸：“这里，是冷的。”

说完，那只手又来到他的胸口，摁了摁，继续说道：“这里，是暖的。”

她抬头看他，笑意盈盈地道：“所以，我好像还有一点喜欢你这别扭的样子。”

烛火下，苏陌忆的胸膛起伏，却依旧冷着一张脸，摆出不近人情的样子。他追问道：“有多喜欢？”

林晚卿见状思忖片刻，很认真地伸出手，将拇指和食指分出一条肉眼几乎看不见的缝隙道：“大概，就这么多。”

“……”苏陌忆要被她气死了。他几乎可以肯定，这女人就算是喝了“惑心”也一定保持着一份清醒，存心就是要来气他的。

可是怀里的罪魁祸首却还是一脸的无知无觉，她开始掰着指头数落，表情认真且严肃地说：“你看你，脾气不好，喜怒无常，嘴硬心软。明明喜欢得要命，却又要假装不在乎。对人对狗都不友善，还总是拿身份威胁下属。哦！不仅威胁，还压榨！”

苏陌忆听得哑口无言，只觉得方才堵在胸口的那口气变成了血，恨不得现在就能喷她一脸。可是下一刻，他就怎么都气不起来了。因为怀里的人攀着他的肩挪了挪身子，转头看来，四目相对。

林晚卿伸手抚上他紧蹙的眉头，喃喃地道：“不气不气，生气就不好看了。”不等他反应，林晚卿跪坐起来，双腿夹住他的腰身，两只手粗鲁地将他的头往后一摁，两片柔软的唇就这么贴了上来。

苏陌忆被她一连串的动作弄懵了。孤灯飘摇下，她浓密的睫毛垂下来，在下眼睑处投下两片阴影，像两只合在一起的小掌，轻轻地托着。她的唇又湿又软，让人不禁想到天边那片水汽氤氲的积雨云。

林晚卿又像想起什么，忽然抬起头来，捧着苏陌忆的脸道：“你若是不好看了，那就连唯一的优点都没了。”

“……”冰火两重天，苏陌忆再次尝到了心塞的味道。

林晚卿却依然自言自语地道：“所以我觉得，我对你的喜欢，很可能就是馋你的身子。”

“呀！”案几上的烛火晃了晃，林晚卿一个眼花，转身已经到了苏陌忆身下。林晚卿下意识地想挣脱，却被他钳住了双手。

苏陌忆看着她，眯了眯眼睛，神色危险地道：“你再胡说八道，本官明日就把你送回盛京。”林晚卿不以为意地撇了撇嘴。苏大人的套路，她可是太懂了。他嘴上说一套，背地里做一套。反正就是，他的威胁，从来都没有对她实现过，故而她也并不是很怕他。林晚卿仰头，衣襟微敞，白皙纤细的脖子下，一双精致的锁骨线条流畅，像两尾滑溜溜的鱼。烛火映着她的眼睛，眸子里就带了一些星星点点的亮光。她看向他的时候，有几分羞赧，有几分醉意。

她依旧在挣扎，苏陌忆却没有放开她的手。

苏陌忆保持着钳制她的姿势，回应她的目光，沉着声音问道：“你馋我身子？”

林晚卿想了想，点头。

“有多馋？”他问，声音里染上明显的暗哑。

林晚卿继续想，转而道：“你在床上和在床下，两副样子。床下的样子看得多了，自然想再看看床上的。”

“哦。”苏陌忆不屑地哼了一声，语气是波澜不惊，但脸已经红了起来。

下一刻，林晚卿向着他再靠近了一寸，几乎鼻尖相触。幽暗的光线下，美人明眸皓齿，呵气如兰。她说：“今日我救了你，作为回报，你让我解解馋？”

第二十二章　姝颜

苏陌忆不动声色地看着她，烛光晃上他的脸，将他刀刻的容颜变得柔和下来。

林晚卿忽然伸手去抚。微凉的指尖触及他的眉眼，她感到身上的人不可抑制地抖了抖，像冬日里后脖颈里倏地落入雪花的一颤。那种感觉很奇妙，好像百千万亿年里，百千万亿人中，这个人在这一刻与她灵犀相通了。

林晚卿浅笑，起身吻上了他的唇。她觉得自己怕是真的喝多了，不然怎么会做出现下这种荒唐又危险的举动？不过还好有“惑心”，让她可以作为借口，卸下伪装，放纵一回。幽幽烛火中，她看见他黑如沉夜的眸子里映出她的样子，未施粉黛，

却勾魂夺魄。

苏陌忆并没有推开她。唇瓣相触之时，他尚有些抗拒。苏大人还是她认识的那个苏大人——不苟言笑，一板一眼。面对这样轻柔而炽烈的一个吻，他也能呆愣得像一块石头，无动于衷。

林晚卿见他又是不回应、不拒绝的态度，想起上一次自己的主动勾引受挫，一时间只觉得这人怕是还别扭得不行。心里的一点小傲娇滋生出来，她害怕再次被他喝止，干脆自己先觉得没劲了起来。可是就在这一刻，一股强大的力量紧紧扣住了她的腰。她觉得有一瞬的窒息，往后仰了仰头，却被强势地摁住了。手指扣入长发，她被紧紧地桎梏。

衣袍前方那个结一松，身体就漫起一丝凉意。绸衣顺着她光滑的肩，落至腰际。

“大人……”她带着醋意地问道，“大人莫不是以前时常做这些事？”

苏陌忆霎时红了脸，垂眸道：“没有……”

林晚卿不信，略有不满地道：“那你怎么这么会？”

“我……”苏陌忆的脸更红了。

他在她耳畔柔声道：“我没有别的女人。”

林晚卿愣了一下，抬头看他。

火光跃动，映上他的黑眸：“只有你一个。”

“哦……”这下换林晚卿附和，随即一张小脸通红。

苏陌忆停顿了一下，复又补充道：“这些都是在你我共读的那本书里学的，你每晚演得倒是开心，也不知道学学……”

林晚卿红着脸不敢看他，只能嗫嚅着道：“我学了……”

“哦……”男人应了一声。

一切终于平静下来，林晚卿平复了一下呼吸，只觉得头脑昏沉。一片幽光中，苏陌忆似乎侧身过来吻住了她。他好像在耳边唤她“卿卿”，语气缠绵，温柔缱绻。月色昏灯下，他紧紧地抱着她。

“卿卿……”

“卿卿……”卿卿。那是只有她最亲近的家人才会唤的名字。时隔多年，再次听见，她忽然有些想哭。林晚卿觉得，自己好像终于不再是一个人了。身后的男人胸膛火热，圈住她的手臂暖如艳阳。此刻的温暖，让她留恋。可是她也明白，有些东西，喝了“惑心”的林晚卿可以想，她不可以。

今夜，确实是放肆了。但人总是会在得到之后，变得贪心起来。如果，她向苏陌忆坦白自己的身世，有没有可能，苏陌忆会选择相信她？如果苏陌忆相信她，那么有没有一点点的可能，在一切归位，萧家的冤情被洗清之后，她能以萧家女的身份，正大光明地和他在一起呢……

思绪纷扰，林晚卿抬头。今夜月色清冷静谧，某人的心却再也静不下来。

清晨，茜纱窗的一角飘落一线幽光，晨风微微，撩动床帐。

日光晃了晃眼，林晚卿醒了过来。意识还未归位，但浑身的酸软已经在昭示昨夜的荒唐。她怔忡片刻，揪住身上的锦衾翻了个身——身侧那个位置是空的。有一瞬间的恍惚，她伸手过去，探到的也只是褶皱下的一片冰凉。林晚卿起身揉了揉昏昏沉沉的脑袋，怀疑自己昨夜只是做了个光怪陆离的梦。

“醒了？”低沉的，磁性的男声，略染上一些沙哑。

触到那片锦衾的指尖一颤，林晚卿垂眸，从鼻息间擦出一句：“嗯……”

两个人就这么一站一坐，陷入沉默。不用看，林晚卿也知道苏大人现下是什么状态。一定又是顶着一张红到能滴血的脸，强装镇定地攥紧拳头，说不定眼神都不敢往她身上落。说来也无奈，床下的苏大人总是这样一副既正经又羞涩的模样。林晚卿对着他，总是忍不住生出一种罪恶感。

而那个呆立在床前的男人，确实是紧张得手心冒汗。见她低着头半天不说话，他以为是自己昨夜惹了她不高兴。于是他只得装模作样地以拳抵唇，清了清嗓子，转身从桌案上端来一碗温热的红枣桂圆羹。

“你……”苏陌忆从来没跟谁这么紧张地说过话，现下只觉得自己的舌头都要打结了。

林晚卿略一抬头，就看见一碗羹汤出现在自己面前。而端着它的那只手，青筋暴起，抖个不停。她低头，嘴角不自觉地牵起一抹笑意，心里也漫起一丝悠长的甜味。

“我还没洗漱呢……”她喃喃地道，“你把柜子里的衣裳给我拿一件过来。”

“哦……”苏大人头一次这么听话，乖乖地放下手中的羹汤，转身去给林晚卿取衣裳。

一顿收拾之后，林晚卿总算觉得自己规整了，趿着绣鞋摸到桌案边开始喝汤。

苏陌忆不知从哪里寻了本书，装模作样地靠在她身侧埋头看着。

勺子碰撞瓷碗，发出叮咚脆响。林晚卿捧着瓷碗，忽然开口道：“大人……你，嗯……你知不知道三司会审？”

“刷啦——”

苏陌忆翻书的手停顿了一下，从书页背后露出一双诧异的眸子。他蹙眉沉声道：“林晚卿，本官是如假包换的大理寺卿，不是盛京纨绔一草包，本官要是连三司会审都不知道，岂不是一个天大的笑话？”

“哦……”林晚卿敷衍地应了一声，埋头喝汤。

片刻，她又问道："那大人觉得，三司会审的案子，会不会有冤案？"

"冤案？"苏陌忆愣了一下，放下手中的书道："是不是冤案这跟怎么审的有什么关系？"

"哦……"

"怎么？"苏陌忆缓慢地转向她，柔声问。

林晚卿一滞，目光避开他，看向手里的那碗羹汤。她继续问道："那……大人知道安阳公主吗？"

出乎意料的，半晌没了回应。她忽然有种不好的预感，瓷勺碰到碗口，发出刺耳的击响。林晚卿愣愣地看过去，却见他也垂眸看着她，目光黯淡。

半晌，苏陌忆轻而沉的声音传来："她是我阿娘。"

"哐啷——"她端着汤碗的手一空，白瓷落地，应声而碎。

苏陌忆愣了一下，慌忙去拉她的手。然而手上陡然一空，林晚卿在触到他的那一刻就抽开了。

苏陌忆问道："你没事吧？"被晾在半空的那只手有些尴尬，却也没有收回来。

林晚卿摇头，避开他的目光。她俯身就要去拾地上的碎瓷，正好月娘带着侍女在这个时候进了屋。

"我、我去换件衣裳……"林晚卿嗫嚅着，几乎是落荒而逃。衣柜在寝室的另一头，与床榻和桌案隔着一扇偌大的织锦云缎绣金鸟屏风。室内燃着安神的檀香，昨夜的旖旎还没有散去。

短短一段路，林晚卿却觉得好似走了很久。她好不容易才绕到屏风后，侧身扶住了衣柜。苏陌忆的阿娘是安阳公主，是那个被她爹害死的安阳公主。林晚卿这才想起很久以前，在他的书架上发现的那本手抄《南律疏议》。原来他立志投身刑狱的原因是这个。那一年他八岁，推指算算，也正好是天启三十七年。她心脏猛然一跌，像下楼梯时踏空了一级。这种失重的感觉让一向遇事冷静的林晚卿，第一次有些六神无主。

林晚卿呆愣着站在屏风后好久，直到身后传来苏陌忆略带疑惑的声音。

"怎么了？"他问，语气里是不常见到的温柔。他走过来，牵起她的手察看，末了又去看她裙子上沾湿的那一块。

"你、你……是不是不舒服？"苏陌忆问这个问题的时候有些紧张，连带着声音都有些颤抖。

苏陌忆强装镇定，兀自打开衣柜，从里面挑出一件绯色襦裙递给林晚卿，道："快换上吧……虽说如今是盛夏，但穿着湿衣总是不好，小心染了湿气。"

林晚卿应了一声，接过襦裙。

“嗯……若是……若是你不舒服，待会儿我让月娘送些药膏来。”

林晚卿没有回应，只是转身背对着他脱下外裳。

“我……下次会温柔的……”

“大人。”一道略带冷意的声音传来，面前的女人没有回头。她摩挲着手里那件绯色襦裙，隐约可以看见因为呼吸而浮动的两扇蝴蝶骨。她停顿了一下，低声道：“可否请大人帮我找一些……避子药……”

“什么？”苏陌忆心口一沉，转念一想又恍然大悟，“那些吃多了伤身，无论你有没有……嗯……我都会负责的。”

又是一声突如其来的打断，林晚卿攥紧手里的襦裙，用只有他们两个人能听到的声音道：“大人，昨夜……因为惑心，是我放肆了。可如今家仇未报，恶人也还没有伏法。我……我还不想谈这些儿女私情。”

身后的人安静了片刻，她一直没有回头，抓着那条襦裙的指节泛出青白的颜色。忽然之间，她的手臂被一双温热的大掌擒住了，林晚卿被他拉着转了个身。他进一步，用眼神和身体将她禁锢。

“你什么意思？”苏陌忆问，一向古井无波的眸子里染上厉色。

“我……”林晚卿害怕看他的眼睛，想偏头将目光移开，却觉下颌一紧。苏陌忆不准她转头，强势地将人掰回去，目光紧逼。

林晚卿被他这骤然蹿升的威压给震慑住了。这人变身苏大人的时候，总是带着一股寒意，不近人情得仿佛在审问囚犯。故而下巴还在对方手里的林晚卿，顿时在气势上就落了下风，她只能咬着嘴唇嗫嚅着道：“大局为重……我们的事，缓一缓也不急。”

面前的男人这才收敛了浑身的戾气，松开她的下巴，眼神柔缓下来道：“那你昨夜应当先交代我一句，以后我都小心点……”说完这话，苏大人又不自在地红了脸。

“以后都小心点”，看来苏大人还想着以后呢……林晚卿忐忑地垂着眸，正想请他出去，手上的襦裙就被苏陌忆拿走了。

“快换上。”苏大人命令，伸手就来扯她的裙子。

林晚卿方才受了刺激，这下是真的没有力气跟他犟了。于是她只得变成一个牵线木偶，由得苏大人亲自服侍她更衣。

窗外细碎的阳光洒进来，映出地上的一双人影。林晚卿想起，上一次有人替她穿裙子，是好多年前，她还是一个四岁小姑娘的时候。她的心里漫起一丝熟悉的温暖，她想，只要她的身份不暴露，等宋正行伏法，真相总会有大白的一天。

大明宫，长安殿。

午后时分，毒辣的日头将长安殿外的青石板晒得发烫，热气蒸腾，将巍峨的大殿都熏得缥缈了起来。

太后刚午睡起来，正坐在榻上喝茶。屋里暑气重，坐榻的周围放了四盆冰，两个侍女一左一右地打着扇。太后却还是拧紧眉头，一脸不开心地抱怨天热。

门外忽地响起一阵脚步声，急促得很。有人在门口停下来，悄声问了句："太后醒了吗？"

太后打了一个激灵，伸长脖子向门外探了探，道："是富贵吗？进来。"她将手里的茶盏递给身旁的宫女，稍微端正了坐姿。

皇上身边的大黄门，富贵公公走了进来。

太后远远便看见他额头上的一层细汗，想是有什么急事，不然他也不会在这么个大热天里一路跑过来。

他对着太后一拜，伸手从袖子里摸出一份密报，神色紧张地左右环顾了一下。

太后当即明白是什么事情，立即屏退了屋里所有的人。

"是景澈的密报？"她问，迫不及待地伸手，让富贵将手里的东西呈上来。

富贵点头道："是皇上让奴才拿给太后的。"

太后接过来，拆开之后连看都等不及，下意识地问道："可是洪州那边出了什么事？"

富贵点点头，又摇摇头，道："险些出事……"

太后听他这么说，魂都吓飞一半，更没心思自己看了，赶紧追问道："怎么回事？"

富贵长话短说："应该是有人走漏了风声，洪州司马怀疑世子的身份，借机试探过了。"

"什么？"太后惊诧得身子一软，险些瘫倒下去，好在富贵眼疾手快地扶住了她。

之前听说苏陌忆要去洪州办事，为了保险起见，这件事宫里只有她、皇上和皇上身边的大黄门富贵知晓。如今竟然莫名其妙地走漏风声，也委实奇怪了些。

不过太后如今也顾不得奇怪，她紧抓住富贵，忧心地问道："那景澈会不会有危险？"

富贵连忙宽慰她："那倒没有，好在世子聪慧，化险为夷不说，还打消了章仁的疑虑。"

太后这才松了一口气，又是一副气不打一处来的样子，咬着牙道："早就跟他说不要做这个劳什子大理寺卿。一天到晚不是抓犯人就是当细作，他倒是不在乎，可哀家一把老骨头，成天提心吊胆、惶惶不安。你看，哀家又瘦了好几斤。"

"……"富贵看着太后被气出来的双下巴，默不作声。

太后兀自发了一会儿牢骚后，不忘继续打探道："那景澈可有说走漏了什么消息？"

富贵想了想，低声道："世子说章仁好像知道了他前段时间受过伤。"

"这……"太后一听不由得凛了神色。苏陌忆受伤这件事情，莫说是旁人，就连她都是多番打探、追问，皇上才勉为其难地告诉她的。她仔细推想一下，除了白太医和苏陌忆此次带去洪州的叶青和林晚卿，知道这事的怕就只有她了。白太医身为太医令，口风一向严实。从先帝到如今，一直都是她最为信赖的太医，故而不太可能是他那边出问题。既然如此，章仁又是如何知晓的呢……莫非，在她或者皇上身边，混入了宋正行一党的奸细？

太后越想越是后怕，只觉得背心一股股的寒凉。她问道："景澈受伤一事，你确定没有其他人知晓吗？"

富贵被问得一愣，赶紧跪下来澄清道："这是太后和皇上吩咐了要保密的事情，奴才就是有一百个胆子也不敢乱说啊！"

太后一只手把人拎起来，正色道："我没说你，你替哀家想想，除了之前的那些人，还有什么人有可能知道这件事的？"

富贵用袖子揩了揩头上细密的汗，蹙眉沉思了片刻道："太后想想，最近身边可有接触过什么人，也许是无心之失，一句口误就将这事说出去了也不一定。"

太后沉默着思忖片刻，点头道："最近这天这么热，除了每日宫妃来跟哀家请安，哀家连门都没出过，一张嘴时时闭着，都要馊了，能跟谁说去？"

"是是……"富贵弯腰答应着，又无意间问了一句："太后没有出去哪里走走吗？"

"走？"太后反问，只道，"除了前几日姝儿来找过哀家，陪哀家在太液池散……"说到这里，太后的话倏地停了。她愣怔地看向富贵，一脸的不可置信。

富贵见太后忽然沉默下来，脸色也青白得吓人，他吓得又要跪下来，却被太后拎着衣襟后领子，一把给拽了起来。

"景澈是什么时候被章仁试探的？"太后问，面色肃然。

富贵想了想，道："信上说是两日前。"

两日前？从盛京到洪州，传书最快需要两日。若是苏陌忆在怀疑有内鬼之后第一时间就传信回来，那么消息一定是在四日之前就从盛京传过去的。算算时间，那日卫姝来长安殿请安，大约就是五六日的事情。而且在太液池散步时，她也不止一次地探听过苏陌忆的消息。起初她只当是卫姝关心他的病情，但是为了掩盖洪州之行，她才随口用了他追捕逃犯受伤一事作为搪塞的借口。

思及此，太后只觉得胸口被什么东西堵住了，憋闷得慌。这件事过于反常。毕竟卫姝一个堂堂嫡公主，得了什么失心疯要去跟前朝的宋正行狼狈为奸？况且，她不是一心想要嫁给景澈吗？除非……

太后一惊，被自己荒唐的念头吓住了。可她随即眸色一沉，还拎着富贵后襟的那只手骤然收紧，道：“陪哀家去承欢殿走一趟。”

第二十三章　往来

太后到承欢殿的时候，皇后正在看账本。

富贵在外面简单通报了一声，太后便径直走了进去。

皇后当然知道，平日里只有宫妃去拜见太后的，若是她老人家亲自上门，除了兴师问罪，想必也不会有什么别的缘由。故而皇后一听是太后来了，难免心中忐忑，赶快放下手中的账本下榻，亲自恭迎。

太后走进来的时候面色如常，倒是看不出要兴师问罪的样子。

皇后亲自给太后斟了一杯茶。

太后侧身坐在榻上，若无其事地接过来，低头轻嘬了一口，问道：“皇后近来都在忙些什么？”

“回太后的话，臣妾近来正在整理后宫的夏账。”她说着话，将手里的账本呈给太后。

太后轻轻挥开了，笑道：“后宫的事有皇后打理，哀家自然是放心的。”她说道，眼睛却状似无意地四处瞟了瞟，“近来姝儿又在忙些什么？哀家可是有好几日没见过她了。”

皇后笑了笑道：“她嫌天气热，故而每日都躲在宫中纳凉。这丫头也真是的，再热也不能忘了礼数，怎得不去向太后尽尽孝道。”她说着，便向一边的嬷嬷招手，“去将姝儿唤来，她皇祖母都亲自驾到了，她怎么还不出来拜见？”

太后制止了她，道：“无碍。她怕热的话，就让她在屋里待着，哀家这一趟也不是来找她的。”语毕，手中热茶氤氲，太后将其放在一边，看向皇后，“哀家记得姝儿幼时身体不好，甚是畏寒，就算是炎炎夏日，也常常手足冰凉。怎么送去江南调养还养得怕热了？”

皇后接话，神色无异：“太后不知，姝儿这番也确实是调养得不错了，否则从江南到盛京的这一段路，她那孱弱的身子都能给折腾没了。”

太后点头轻笑：“说来也是，哀家只记得当初将姝儿送去你江南母家的时候，她才两岁，样子哀家都记得不甚清楚。这些年过去，倒是从身子骨到相貌都大变了。”

“女孩子长大了，总是会变的。”皇后笑着答道，眼里是遮不住的为母者的喜悦和慈爱。

“嗯。”太后没再说什么，勾了勾唇角又道：“太子近来的学业皇后可有关心过？”

皇后愣了一下，没想到太后会话锋一转又问及太子，她道：“臣妾有听皇上提起过，说是太傅对他大有称赞。”

“那就好。”太后依旧是没有什么表情地品茶，水雾之中神色更是模糊了几分。

片刻后，太后看向皇后，以一种告诫的姿态，放低声音道：“太子是国之储君，这天下总有一日是会交到他的手中的。”

皇后闻言愣怔了半晌，似懂非懂地点头，低低地应了声：“是。”

太后默不作声地打量她，又道：“景澈替皇上办事，就是替天下苍生办事，也是替太子办事。”

皇后一愣，大惊，赶紧跪了下去：“太后这话可是折煞臣妾和太子了。世子是国之栋梁，太子自当以他为榜样……”

“皇后，你这是做什么？哀家本就是这个意思。”太后故作惊讶，上前扶起她道，“他们表兄弟俩虽相差八岁，可毕竟也是从小生活在一处，之后就算是为君为臣，景澈也定然会如替皇上效力一般，支持他的。”

太后搀着她的手，感觉到她手心明显的凉意和战栗。她看样子是真的被吓坏了，而且对于卫姝或前朝的事情，似乎也是真的毫不知情。太后先前确实有一瞬间的怀疑，毕竟卫姝不是从小养在皇宫中，又自小体弱，若是中途被歹人调了包，现在安插在宫中的便是一枚最好用，也是最不会被怀疑的棋子。毕竟作为嫡公主，母亲是皇后，哥哥是太子，谁也不会铤而走险，去跟那些乱臣贼子沆瀣一气。

太后并不怕查卫姝，她怕的是这一查若是将皇后和太子牵扯进来，少不得朝堂之中又是一场巨震。方才的话，她既试探了皇后的态度，又不轻不重地给了她警告，断了皇后跟前朝粘连的心思。毕竟这天下，迟早有一日会是太子的。动作太多反而得不偿失，她应该清楚其中的利害关系，故而也实在没有必要去跟前朝牵扯不清。

太后终于觉得心里松泛了许多。两个人又随意地聊了些后宫琐事，一直到晚膳时间太后才起驾回宫。

皇后毕恭毕敬地将太后送至承欢殿门前，看着那一驾车辇消失在夕阳的余晖斑斓中。

贴身伺候的嬷嬷前来扶她。

“啪！”一个巴掌却狠狠地落在了嬷嬷的脸上。皇后看着嬷嬷，方才眼中的纯良、恭敬都不见了，取而代之的是冷意和狠戾。

“不是让你盯紧她？怎么幺蛾子都闹到太后那里去了？”嬷嬷被打得一愣，慌忙跪地求饶。

皇后冷笑着，径直从她身上跨过去。她接过宫女递来的手巾，擦了擦手上的血迹，缓缓开口道：“来人，拖到后院，杖毙。”

嬷嬷凄厉的哭声刚起，就被人堵住嘴拖走了。

“娘娘。”一个年迈的妇人凑近，在皇后耳边轻声道，“听太后的意思，莫不是已经怀疑卫姝了？”

皇后半晌没有应声，头上的珠翠反射出夕阳的余晖，浓烈而且刺眼。她斜睨了妇人一眼道：“奶娘，你说呢？”

奶娘默默地闭了嘴。

皇后沉声道：“太后这是在告诉我，她不仅怀疑卫姝，还让我好自为之，不要拿太子的未来做赌。”

“那娘娘准备怎么做？”奶娘问。

“怎么做？”皇后轻哂，“我和他们早就上了同一条船，一荣俱荣，一损俱损，我有什么资格反悔？”

“那……难道就这样由他们拖下水吗？”

皇后闻言沉默良久，道：“我江南娘家，别留下任何线索。太后没那么容易查到她的身份，只会派人盯着卫姝，最近就让她在承欢殿，老老实实地哪儿也别去。”

皇后缓了缓，又道：“自从宋府出了那件案子，我总觉得不对。得告诉他们，宋正行这颗棋，能舍就得舍掉了。”

皇后停顿了一下，眼神狠戾：“还有，这么多年了，他要什么也都该敛够了。见好就收，别自掘坟墓。”

月色朦胧，从窗棂的一条缝隙处透进来，落到寝室里的那扇铜镜前。

苏陌忆将身侧的一盏烛台取来，在铜镜前晃了晃。镜中的男子风姿绰约，剑眉、星目、英挺的鼻子、弧度刚好的下颌线。俊逸，却又不女气；英武，亦带着些温润。他将镜子里的自己仔仔细细、上上下下打量了个遍，手来到腰腹的那条系带处，微不可察地将它拉开了一些。素白的睡袍往下滑落半寸，恰好露出他胸口紧实而流畅的线条，若隐若现。他本还想将披散的长发再不着痕迹地打理一番，耳边传来一阵轻盈的脚步声。

苏陌忆只得慌忙吹灭烛火，一个箭步冲上了床榻，将一早就备在枕边的古籍拿了出来。

林晚卿托着终于绞干的头发，从净室出来的时候，一抬眼，看到的就是苏大人斜倚在床头，垂眸翻书的姿势。

烛火温暖的光映上他的脸，为他原本过于冷肃的气质添上了几分柔和。十指修长，骨节分明，神情专注，衣襟半敞，实在是养眼得不得了。

林晚卿只看了一眼，便赶紧移开视线。她走到灯盏旁："大人，可是要睡了？"

苏陌忆并不看她，冷冷地沉声"嗯"了一句。

烛火被吹灭，林晚卿踏着月色而来。

周围暗下来，一室清冷。

苏陌忆不由得想起两日前，他借着"惑心"打消了章仁的疑虑。之后，章府内的监视就撤去了。与此同时，林晚卿也不必再跟他演戏和腻歪，只有白日里有人在的时候，会卿卿我我一阵。

可一到了晚上，他就觉得两个人好像又回到了来洪州之前，夜宿客栈的状态。不仅没有什么实实在在的事要做，就连之前每夜一读的"话本时间"都省了。不仅如此，昨夜两个人共眠的时候，他只是不小心碰了碰她的手。下一刻，林晚卿整个人就滚到了床下去。后来那一夜，两个人中间都隔着一头牛的距离，林晚卿几乎是贴在床沿上睡着的。

从来都不怎么了解女人的苏大人，自然是百思不得其解。但他又不肯拉下脸去问个清楚。故而今晚，他只得换了件宽松的睡袍，看看还能不能用自己的身子，让美人再馋一次。

思忖间，林晚卿趿着绣鞋的声音近了。她在床前站定，抬手放下床帐，侧身上了榻。

苏陌忆怕她今晚继续滚下床，故而让她睡到里面。

林晚卿只得从他身上爬过去。刚洗的头发，干净清爽，还残留着淡淡的皂角香气，是她身上一贯的味道。

苏陌忆平躺着，她从他身上过去的时候长发垂落，扫到他的胸口和脖子，有些痒。

林晚卿似乎也察觉了，手脚一个用力，整个人一骨碌就滚进了床榻内侧，面朝墙，侧身躺下了。

"咚咚——咚——"正在这时，床榻边的窗棂被人敲响了。苏陌忆先是一怔，继而起身拢了拢半敞的睡袍，轻手轻脚地从床榻上摸去了窗边。

窗户袭开一条缝——果然是叶青。

叶青看见苏陌忆的第一反应几乎是热泪盈眶，眼看就要翻窗进来，可是他的手刚一触到窗沿，就被苏陌忆摁住了。

"有事就在这里说。"苏陌忆道，看样子心情不是很好。

叶青伸着脖子往里面看了看，却被苏陌忆一个闪身挡住了。

"林录事呢？"叶青问。

苏陌忆原本就不怎么开心的脸更沉了几分，冷声道：“睡了。”

“哦。”叶青点头，依旧难掩激动地道，“属下去了益州调兵，但是一路上并未听说洪州有异动传出，故而也不敢妄动，所以特地回来看看。”

叶青停顿了一下又道：“看见大人没事真是太好了。”

“嗯。”苏陌忆依旧是一脸不高兴的样子，随意应了一声就要把窗户合上。可是他一转身，就看见床榻上，那个呼吸均匀，酣睡正甜的女人。他的心里又止不住地烦躁。

他推开窗，叫住了叶青：“叶青，你是不是有两个姐姐？”

叶青不明所以地点点头。

苏陌忆清了清嗓子，又问：“那……你可知道女子有什么缘由会不愿意与一个男子亲近吗？”

“亲近？”叶青有点懵，“哪种亲近？”

“咳咳……”苏大人的脸有点红，好在没有点灯，夜色够暗。他以拳抵唇，若无其事地道：“大约就是，有了夫妻之实以后，又忽然不愿意跟男子亲近了。”

叶青闻言一怔，下意识地探头要往苏陌忆屋里看去。

“别乱想！”苏陌忆见状严肃地道，“本官是在与你讨论案子。”

“哦……”叶青恍然大悟，摸了摸后脑勺，“这……大约就和男子与女子有了夫妻之实以后一样吧，新鲜感过了，就不想要了。”

苏陌忆放在窗台上的手，抖了抖，脸色更黑了。

叶青明显感觉到了苏大人的低气压，害怕是自己的分析不够严谨，惹了苏大人不悦，正要解释，却听见他低声道：“他们之前有过两次……嗯……夫妻之实。若是没有新鲜感了，为什么还要做第二次？”

叶青点点头，觉得有理，思忖道：“那恐怕就只有一个原因了。”

“什么？”苏陌忆追问，暗自攥紧了窗台上的手。

叶青想了想，认真地道：“那想必第一次的时候，两个人都是初尝情爱。”

苏陌忆瞳孔微震，但还是端着一贯的沉稳，不动声色地等他说下去。

“所以第二次，应该是她想再试试，结果发现……”

“发现什么？”

叶青停顿了一下，摸着下巴道：“发现那个男子咳咳……就是那啥……实在是无可救药……”

“嘭！”一脸阴沉的苏大人猛然合上了窗户。

又是一夜无眠。

翌日，章仁让月娘传话，将苏陌忆请去了他的书房。

花木掩映，青瓦红墙。豆形琉璃香炉里沉香袅袅，菱花纹纱窗下光影疏疏。

苏陌忆顶着一张疲倦的脸，站在章仁书案的一侧。上面，全是些矿场的记录和各类矿石的特性及炼造方法。

章仁看着他明显睡眠不足的样子，吩咐侍女抬了张椅子给他，道："这……美人虽好，毕竟伤身啊。"

苏陌忆本就心情不佳，听他这么一揶揄，脸色顿时又沉了几分。要知道平日里苏大人不苟言笑的样子，就连朝中那些侍奉了两代帝王的老东西们见了，都会脊背生凉，更别说是一个小小的州司马。

章仁顿时也明白自己管了不该管的东西，尴尬地赶紧将手里的冶炼册递了出去。

"咳咳……"章仁装模作样地咳了两声，"章某此次请求宋中书派周大人前来洪州，原因想必周大人也猜到了一二。"

说完，他将那本册子翻开，呈给苏陌忆道："大人应该听过一种叫作'乌矿'的矿产吧？"

苏陌忆瞬间凛了神色。他将手里的册子过了一遍，若无其事地道："当然知道，这是朝廷把控的官矿，炼制成兵器尤佳。"

章仁轻笑着，又问道："那大人可知，这乌矿的锻造手法？"

苏陌忆一怔，转头看向他道："章大人这可是要私造兵器？"

章仁轻哂一声，并未否认。

"私造兵器可是视同谋反的重罪，章大人这是要做什么？"

"呵……"章仁缓了缓，面上依旧挂着恭敬的笑，"周大人放心，大人只需要将锻造手法交给章某，接下来的任何事情，都不会与大人有关。"

握着书册的手紧了紧，苏陌忆思忖道："这锻造之法颇为困难，温度、湿度以及时长，都不是一个新手可以掌握的。而且锻造所需的熔炉需要特殊材质打造……"

"这个周大人就不用费心了。"章仁眸色一紧，打断了他的话，"此事自然有专门的锻造师经手，只是之前他们自己摸索的方式不仅费时费力，出产量也低，这才请宋中书拜托大人来指教一二。"

"这……"苏陌忆故作为难。看样子，章仁的戒心依旧很重，想从他这里挖到幕后主使，希望不大。

片刻之后，苏陌忆思忖道："那周某还是得看看这一批的矿样才能决定。"

"哦？"章仁挑了挑眉，"这怎么说？"

苏陌忆轻松地笑答："因为每一批乌矿的纯度不同，那么锻造时需要的条件也不尽相同。周某之前负责的是其他官矿，故而对洪州的乌矿并不了解。保险起见，

还是得看看。”

章仁露出一副恍然大悟的表情：“那……”他停顿了一下，暗自盘算了一下，“刚好三日后，章某要去官矿一趟，到时候周大人方便的话，可以同行。”

苏陌忆点头：“但凭章大人做主。”

事情谈妥，章仁心情甚佳。他吩咐侍女收拾那些书册，亲自送苏陌忆回了后院。

一路上苏陌忆都在想着矿场的事，难免有些少言寡语、心事重重的样子。

两个人走到寝室外，大老远地就看见林晚卿斜倚在回廊处。一身艳桃色长裙，配上腰间玲珑的流苏缀饰，风吹来，美人就像是枝头一朵被风吹动的粉玉兰，格外娇艳。

苏陌忆的脚步忽然停顿了一下。

这一切都被章仁看在眼里，久经情场与官场，他瞬间便明白了。周大人这满脸的疲惫和方才他提及夫妻之事时，那股骤然攀升的低压，应当是夫妻感情出了什么问题。这才导致周大人辗转反侧、彻夜难眠。呵……章仁暗笑，这周大人还真是如传闻所言，一个醉心花丛的情种。既然自己如今有求于周大人，送个顺水人情，促成小夫妻的和解，倒也不失为美事一桩。

思及此，章仁拽了拽苏陌忆的广袖，悄声道：“周兄可知今日这镇上是一年一度的中秋节开芳宴？”

“哦……”苏陌忆想着事情，完全没有兴趣。

“周兄可以带着小夫人去逛逛，买点什么首饰玩意儿的，女人不都吃那一套吗？”

说完，章仁又靠近了他一些，猥琐地笑道：“今晚的醉花楼有胡姬的表演，专给夫妻助兴用，是我们这里的一大特色，周兄不带小夫人去看看？”

第二十四章　争执

开芳宴，是洪州独有的传统，常在中秋月圆之夜举行，原是丈夫为妻子举办以示恩爱。后来逐渐演变成官府主办，只要是已婚夫妇皆可参加，以祈求婚姻美满，生活和乐。

而章仁提到的那种，是当地风月场所的玩法。

苏陌忆当然不可能带着林晚卿去。

两个人出门的时候天色已经微暗，月光泼地如水，比肩继踵的人影落于其中，濯濯似新出浴。微风里有一些沁人心脾的甜香——是桂花的味道。夜风晃动花灯，人影随之摇曳。

然而与周围夫妻恩爱场面格格不入的，是两个人的沉默。苏陌忆是略带雀跃的紧张，林晚卿是心不在焉的忐忑。

“哎哟，这位夫人。”

正在两个人不知所措的时候，林晚卿身边的一个小摊上传来一声招呼，出声的是个年过半百的老妇。她和她的丈夫在一起，身前的摊位上，是各式各色的绢花。这些绢花虽说材质不甚名贵，但好在巧夺天工。林晚卿就多看了一眼。

那老妇人见他们驻足，笑着迎上来，打量着两个人道：“两位可是要去参加开芳宴的？”

林晚卿摇头，苏陌忆点头。两个人对视，又尴尬了片刻。

老妇人看着他俩笑了笑，将手里的一朵绢花递给苏陌忆道：“你家娘子生得这般好看，去了开芳宴定是要艳压群芳的，只是可惜了，做这么素净的打扮。”

天气太热，林晚卿将帷帽摘下拿在了手里。她愣了一下，想解释，却被老妇人打断了。

“郎君这是怕自家娘子过于耀眼，被人觊觎吧？”她继续说道，“女孩子家都爱漂亮，成了婚也不例外，郎君这般小气，也难怪你家娘子与你置气。”

“我们……我们不……”林晚卿要解释的话哽在喉咙里，看向苏陌忆的眼中带了点求救的意思。

苏陌忆此刻也是红着一张俊脸，不知所措地摸了摸钱袋子，要把那绢花给买下来。

远处忽然传来一阵马蹄声和呼喊声，林晚卿反应过来的时候马车已经近身，苏陌忆慌忙拉她，一个旋身，堪堪躲过了那匹高马。

路上响起阵阵叫骂。因为这个突如其来的意外，两个人倒是躲开了老妇人的逼售。

苏陌忆要再回去，被林晚卿拉着袖子拖走了。

“买一朵也不碍事。”苏陌忆眼神躲闪，手抓着钱袋子不放，“你戴上会好看的。”

林晚卿的呼吸停滞了一瞬，她推托道：“这些小贩惯会看人脸色的，若是你掏钱了，她定会狠狠地敲你一笔。”

说着话，她的目光扫向周围，停在一侧的糖水摊位上道：“还不如买点好吃的。”

“哦。”苏陌忆点头，走过去找了张凳子坐下。

小贩笑嘻嘻地张罗着，苏陌忆点了两碗冰镇合欢汤。天气虽已入秋，但热意未退。再加上开芳宴的热闹和人流，林晚卿早已出了一身的细汗。合欢汤一上来，她便专心致志地吃了起来。

苏陌忆在一边静静地看着她。她吃东西还是那么专注，眼睛会因为愉悦而微微眯起来，长长的睫毛就会在这个时候抖一抖，像两把小刷子，刷在他的心口上。

“大人？”林晚卿吃了一会儿，发现身边的人从头到尾都没什么动静。

苏陌忆的手一松，勺子“哐啷”一声落到碗里，险些溅自己一身。

“你怎么不吃？”她问，澄澈的眸子在华灯下晶亮亮的。

“我……”苏陌忆故作镇定地将自己那碗合欢汤推给她，“我不喜欢吃甜食。”

“哦。”林晚卿点头，“那我就不客气了。”她是真的热坏了，一碗合欢汤吃下去觉得清爽了很多。再说合欢汤真的不便宜，她也不想好端端地浪费吃食。

苏陌忆又坐了一会儿，忽然道：“我方才看着有个地方卖话本子，正好可以给皇祖母带一点。你先吃着，我去去就来。”

“哦。”林晚卿点头，见他袍裾一撩，往方才两个人的来处去了。

林晚卿顺带打量了一下周围的街市。这里大约是最热闹繁华的地方，各类小店鳞次栉比，商品货物种类繁多。最引人注目的还是街对面的一栋三层联排红楼。青石的屋檐下挂着一排瓜形红灯笼，亮得热闹非凡。

她不禁有些好奇，随口寻着那小二问道：“那里是什么地方？”小二顺着她指的方向看去，回答道：“那是我们这里最有名的醉花楼，今晚有胡姬的表演。”

林晚卿一听来了兴趣，她笑着向小二道了谢，戴上帷帽，就往红楼方向走了过去。待到走近，她才发现这楼外零零散散地围了些人，正对着里面小声议论着什么。

林晚卿顺着几人的目光看去，便见几个身形壮硕的男子从二楼走了下来，身后还拖着一个什么东西。

片刻后，林晚卿才发现那是一个衣衫不整的女子。她身形苗条，不算特别高，但看着也不是柔若无骨的中原女子。而那些男子手里拽着一条长绳，女人是被五花大绑起来的。

由于受到惊吓，她颤抖着想用手去遮挡自己的身体。白肤、碧眼、高鼻——是个胡姬。那些男子就这么拽着她走，丝毫不顾及她的窘迫。

“官差大哥……”林晚卿忍不住走进去，出手拦住其中一个男子，问道，“这是出了什么事啊？”

男子看了看林晚卿，颇有些不屑地解释道：“这个女人是个杀人犯，我们现在要拉她去见官。”说完头也不回地一把推开她。

林晚卿被推得趔趄几步，却反手抓住了推她的人：“杀人可不是小罪。”

那人终于停下来，将林晚卿从头到脚打量了一番。当差之人，都惯会识相的。他见林晚卿虽然穿得素净，但衣着都是上好的料子。再看看她这副趾高气扬的样子，在洪州这块地儿，跟官差说话能做到此番不卑不亢的，怎么都得是个官夫人的身份。

思及此，那人瞬间便收敛了气势，对着她客客气气地道："这是楼里的小厮亲眼所见，怎么还能有假？"

"是吗？"林晚卿挑眉，还要再问，只见二楼上有人屈身跑了过来。

那官差指着他道："就是他看到的。"

小厮还是一脸惊魂未定的模样，脸色煞白，也不敢直视林晚卿的双眼。他躬身一拜，继而颤颤巍巍地道："方才小人去三楼雅间送酒，看见这个女子从香云阁出来。之后没过多久，就听见去香云阁唱曲的姑娘尖叫，小的跟其他人赶过去的时候，里面的王员外已经死了。"

"那王员外的尸体呢？"林晚卿问。

那个官差道："官府验过之后已经先行带走了，我们只是奉命来抓人。"

林晚卿追问："那你如何证明她就是凶手？"

那个官差一怔，面露不解地道："不是说了有人看见她从死者的房间里出来吗？"

林晚卿看了那个官差一眼，转而走到那胡姬的身侧，轻声问道："你叫什么名字？"

胡姬显然是恐惧至极，她见林晚卿走过来，便颤抖着将脸别开，不敢看她。

林晚卿只得兀自打量起她来。她的衣着就是青楼里常见的舞姬服饰，上身一件短马甲，酥胸半露；下身一件云纱裙，纤腿微现。全身上下几乎一眼能看透。

林晚卿道："敢问官爷，那王员外是如何致死的？"

"颈部致命伤，左右两侧耳根横向贯穿，一刀毙命。""嗯。"林晚卿点头，默默地牵起那胡姬的手。

方一触到她，那胡姬就像是被火烫着了似的，惊恐地将手往回缩。林晚卿一把抓住了她，柔声安抚道："别怕，我就看看。"

胡姬这才渐渐放松下来，将颤巍巍的手放到林晚卿的手中。林晚卿看了一会儿，又问那位官差道："那王员外年岁几何，身高几尺？"

官差想了想，道："今年三十有六，身长八尺。"

"呵……"林晚卿不轻不重地冷笑了一声，放开了胡姬的手，"根据官爷的叙述，王员外是一名正值壮年的高大男子，对吧？"

"是。"官差点头。

林晚卿不说话，笑着围绕那名官差转了一圈，又问道："死法是颈部利刃伤，一刀毙命，对吧？"

"对。"官差继续点头。

"嗯，那就好说了。"林晚卿拍拍手，走到官差身后站定，忽然脚下一个跃起，向着那官差的后背一抱，然后以手为刀，朝他脖子上比画过去。

"你做什么？"官差大惊，抓住林晚卿的手一个闪身，转眼就将人提溜到了身前。

林晚卿却不以为意地笑道：“我是在告诉你，凶手或许另有其人。”

“什么？”官差不解。

林晚卿走过去，将胡姬拉到自己身侧：“我与她的身量相差不大，而官爷身高大约七尺。虽说官爷是公差会些拳脚，但我也会些花拳绣腿。方才我只是试了一下官爷所说的杀人方式，发现由于身量、体型和力量的差异，我根本无法近身。”

林晚卿说着话，走到胡姬身边，牵起她的手道：“这位姑娘身上的衣裙没有半点血迹，若是割喉杀人，血液会喷溅而出，就算躲在受害人身后，凶手的指甲缝里也应该留下血迹。可是你们看看她的手，什么也没有。”

那几名官差一惊，凑近查看，果然不见半点血渍。

“可是……”那名小厮嗫嚅着道，“我真的看见她从王员外的屋里出来……之后，歌姬就进去了……”

“哦？”林晚卿挑眉，目光落在胡姬脸侧一道半退的压痕上，“敢问贵楼的舞姬是否需要佩戴面纱？”

小厮一怔，点头道：“确实要戴，可是这又有什么关系？”

林晚卿道：“当然有关系，从她脸上还残留的面纱压痕来看，你看见她的时候，她是不是戴着面纱？”

“这……”小厮有些迟疑，但捺不住众人逼视的目光，只得承认道：“确实戴着面纱，可是我真的看见了，就是她。”

林晚卿闻言笑了笑：“那就好办了，我们只需要让所有舞姬都戴上面纱，在你面前走一圈，若你能认出人来就算了。若是认不出人来……”

林晚卿故意停顿了一下，帷帽下看不清她的表情，但语气却是严厉的：“那你就是诬陷良民，罪当笞刑。”

那小厮听得一愣，当即腿一软跪了下来，哭道：“啊？不不不！我没看到！我什么都没看到！官爷饶命！官爷饶命！”

突如其来的反转，让在场之人都变了脸色。林晚卿顺势找小厮要来纸笔，写下一封信递给胡姬道：“我看你不怎么会说汉话，怕去了官衙他们为难你。到时候有人问话，你可以将这封信给他，里面是你作为嫌犯的几个疑点。”

胡姬拿了信，也没说谢谢，她只是低头抿着唇，跟着几个官差走了。

功成身退的林晚卿吐吐舌头，趁着围观的人不多，正要离开。她抬头却见门口站着一身月白长衫的苏陌忆。他手里拎了一个布包，里面装了些书。

林晚卿心情很好，蹦跶过去，正要开口告诉他自己方才为民申冤的“战绩”，却见苏陌忆面色冷肃，什么也没说兀自朝街边走去。

“你等等我。”林晚卿小跑着追上去。

林晚卿正要伸手去拉他，却见他霍地转身。

苏陌忆蹙眉盯着她，沉声道："你方才的推论，只能证明目前的证据不足以说明她是凶手，却不能证明她无罪。你这不是为民申冤，只是感情用事。"苏陌忆继续道："因为你方才的所有推论，都是建立在一个假设之上。"

"什么？"林晚卿问。

苏陌忆微眯起眼，看着那个胡姬离去的背影，问道："你如何肯定她真的是个手无缚鸡之力的弱女子？"

林晚卿愣怔了一下，轻哂一声，反问："难道她不是吗？"

苏陌忆没有立即回答，而是定定地看向林晚卿。他眼神理智、声音平稳地道："我不知道，但我也不会让自己轻易被同情心迷惑。你今日的作为，有可能救了一个善民，也有可能放走了一个罪犯。"

倏然之间，林晚卿觉得自己的胸口被他的这句话猛然压上了一块巨石，憋闷得她说不出话来。她低低地笑了一声，道："所以……大人会见死不救吗？如果为了那点可能，错杀了好人，大人会觉得自己做对了吗？"

苏陌忆思忖片刻，无奈地道："我会去衡量错杀和放过的代价，两害相较取其轻。"

林晚卿低下头，努力地想把心里翻涌的那点酸涩吞下去。月色清冷，泼洒下来，给面前的人镀了一层白光，看起来陌生又疏离。她险些忘了，眼前的这个人，不是跟她花前月下、琴瑟和鸣的"周逸朴"，而是永徽帝的亲外甥，是官从三品的大理寺卿。他们本就是两个不同世界的人，不过是偶然的一些交集，让她走得近了一些。可是镜花水月，终究是不能当真的。他放了一把火，却不知道她也在草丛里。

回程的路上，辘辘轻响伴随着明月清风，两个人各怀心事。

苏陌忆当然知道自己因为什么惹了她不快，但说到底这并不是什么不得了的大事，再说要在刑狱这条路上走下去，这些都是她必经的。故而他也没有要服软、安慰的意思。

两个人一前一后地进了屋。时辰已晚，下人们都睡了。林晚卿觉得不必再惊动他们，便自己侧身点燃了烛火。

苏陌忆将手里的那包书放好，脱下外袍的时候，把那朵他折回去偷偷买来的绢花捏在了掌心。

林晚卿卸了头上的玉簪，转身去了床榻边。

苏陌忆跟过去，手里的绢花被他握得死紧，手心也细细地出了一层汗。红木雕花的架子床边，他看见林晚卿正在收拾被衾和枕头。

苏陌忆拉住她正忙碌着的手，不解地道："你在做什么？"

林晚卿没有抬头，似乎是在刻意回避他的目光。她只是挣脱他的束缚，继续收拾床铺："方才是卑职的错，不该顶撞大人。都怪这些时日以来与大人同床共枕，卑职忘了自己的身份。卑职这就打地铺去。"

林晚卿突如其来的做法，让苏陌忆完全愣住了。他站着看了半晌，才蹙眉问了一句："你什么意思？"

"卑职的意思，就是字面的意思。"林晚卿埋着头，语气平静。

然而苏陌忆却听出了滔天的委屈。可是，她有什么好委屈的？难道方才的那番话，他还说错了不成？攥着绢花的那只手紧了紧，尾端的那根簪子扎得他生疼。他另一只手一个用力，直接将人扯了过来。

林晚卿闷哼一声，苏陌忆惊讶地松手，却看见她手腕上留下一道红痕。这下可好，她看样子更生气了，拿着手里的软枕就朝苏陌忆砸了过去。

苏大人被砸得一懵。他本身习武，方才一时心急，抓人的时候力气没控制住，故而弄疼了她。可他不是故意的，但林晚卿拿枕头砸他的那一下，却是实打实地照着他胸口来的。虽然说杀伤力不大，可是这"谋杀亲夫"的行径，当真是其心可诛。

苏陌忆顿时也来了脾气，沉着一张脸，将她手里的东西一把抢过来，一股脑儿地都给扔回了榻上。

"我不想跟你吵，你自己先冷静一下。"然后，苏大人抱着自己的枕头和被衾，推开寝室的门，长腿一迈，头也不回地走了。

后院的另一边，刚刚沐浴完的叶青从净室里出来，还没来得及系好睡袍的腰带，便看见自己的屋里坐了一个身着白袍的男人。吓得他以为遇到了采花贼，赶紧利索地将自己捂了起来。

"大人？"叶青愣了一下，不知道这大晚上的苏大人不请自来是什么意思。

苏陌忆依旧是一副喜怒不显的模样，轻轻"嗯"了一声，表示他听到了。

叶青走过去，百般不解地道："您半夜来属下这里是做什么？"

苏陌忆掸了掸袖子，面不改色地道："今夜在这里借宿一晚，你没意见吧？"

叶青愣住了，想遵从内心，告诉他自己其实有意见得很，但是迫于苏大人常年的淫威，又只能弱弱地应了声："没、没意见。"他一头雾水地整理自己，看着苏大人眉宇间的怒容，转念一想仿佛明白了什么。他壮起胆子问道："大人该不会是跟林录事吵架了吧？"

哪壶不开提哪壶。苏大人闻言，脸色明显黑了下去，却强装淡定地道："没有的事。"

"哦……"叶青点头，并不相信，又道："女人就是很气人的，我小时候经常被我两个姐姐欺负……"

苏陌忆瞪了他一眼，但没有阻止他说下去。

叶青给自己壮了壮胆子，继续道：“但她们也是很好哄的，你买点她们爱吃的、爱玩的东西，哄一哄，也就好了。”

“呵！”房间里的安静被一声拍案惊响打破。苏大人顿时像换了一个人，倏地站起来，背着手，脚步细碎地在叶青面前晃悠。

“本官可是堂堂从三品大理寺卿！两朝重臣，六部尚书，谁不给本官三分薄面？她呢？她就是个九品小录事，难道本官连说都不能说？”苏陌忆很是投入，但又怕隔墙有耳，故而满腔的怒火被生生压抑成了气音，这通火自然是发得憋屈又怪异。

叶青一时不知该说些什么，片刻后才缓过来。他战战兢兢地走过去，想安慰苏陌忆两句，刚要开口，就听见桌上“哐啷”一响，苏大人气得只能砸桌子。

“真是岂有此理！”若是没有记错的话，从他跟在苏陌忆身边起，这还是他第一次见苏陌忆发这么大的火。因为苏大人的脾气一向内敛，喜怒不形于色。大多数人在还没有来得及激怒他的时候，就已经被他收拾服帖，或者直接被推上刑场了。故而，什么怒发冲冠的体验，苏大人实在是从未一尝。

“其实林录事……”叶青刚开口，就被苏陌忆暴怒着喝止了。

“不许提她的名字！”

叶青吓得咽了咽口水，不知所措地试探道：“那……大人想怎么办？”

“怎么办？”苏陌忆猛地拍了一下桌子，茶盏哐啷乱撞，“当然是要罚她！”

叶青闻言腿下一软，之前那些让苏大人稍有动怒的人，现在的坟头草大概已经有三丈高了。如今这不知死活的林录事将他气成这样，叶青很害怕苏大人心下一狠，直接让她全家都整整齐齐地去了。

叶青刚要开口求情，就听苏陌忆沉着声音道：“本官要扣光她的俸禄！让她去卷宗室誊写案卷！”

叶青：“……”这个惩罚真的好重哦，他替林录事瑟瑟发抖。

“大人……”叶青轻声唤他，稍微靠近了一点，抬手给他斟了杯茶。

林晚卿和苏陌忆的事情，他多多少少知道一点。虽说一开始误会了他们是断袖关系，可是随着后来林晚卿身份的暴露，苏陌忆依旧对她多有照拂来看，叶青就算再迟钝，也能看出些弯弯绕绕的。因为他记得，去年春天，司狱发情的时候，也是这么持续暴躁了一段时间。

于是叶青试着安慰苏陌忆道：“没事的，聊一聊就好了。”

“呵……”苏陌忆冷笑，“本官堂堂大理寺卿，哪有给她一个小录事低头认错的道理？”

叶青道：“这不是低头认错，就是哄一哄，服个软，这事儿就过去了。”我也可以不用大晚上陪您谈心，受您的惊吓了……

“笑话！”苏陌忆满不在乎地道，“本官还从未对谁服过软，就连皇舅舅和皇祖母，只要他们做错了，本官也都一样地对待。”

“哦……”叶青实在无奈，点头道，“那好吧，全凭大人自己的意思办。”说完靴子一蹬，转身就要爬上床去。

“你做什么？”苏陌忆扯住他，不解地道。

“我？”叶青也纳闷儿，他看着苏陌忆道，“属下睡觉啊，这都快子时了。”“我说你上床做什么？”苏陌忆问，侧头用下巴指了指身后的床榻。

叶青看见上面的枕头和被衾，都不是自己的。

“我的枕头呢？”叶青疑惑，俯身往床底下看，却被苏陌忆扯住后领子给提溜了起来。

“在那儿。”苏陌忆面无表情地指了指外间的坐榻。

“……”叶青觉得自己不太好了。原来苏大人今晚过来，除了发脾气，还打算鸠占鹊巢的啊……

“大人……”叶青很为难，可怜巴巴地道，“你看这床这么大，你和林录事可以同睡一张床，我们可以不可以……”

“不可以。”

冷静、干脆、果断、不留余地，苏陌忆宽下外袍，搭在架子上。

他去净室之前只留下一句话：“你忘了？本官有洁癖，不喜欢别人靠我太近。”

叶青：“……”那你跟林录事同床共枕那么久，她不是个人吗？

又是一夜两处，两个人各自难眠。

翌日，叶青醒来的时候，苏陌忆已经不知去向。他看着空空的床榻和上面摆放整齐的枕头被衾，深深地叹了口气。看来苏大人今晚还打算让他睡坐榻呢。

而另一边，苏陌忆已经从早市上逛了一圈并回到了章府。清晨的天色还有些灰蒙蒙的，两盏深红的瓜形灯笼在风中摇曳，淡淡地投下两片光影交辉，如同一双讪笑的眼睛，眨巴眨巴地看着在寝室前站了快半个时辰的苏陌忆。他今日确实是起了个大早，一来是怕章府的下人看见生出事端；二来嘛……他看了看手里拎着的一盒合欢汤，觉得自己莫不是真的被林晚卿昨晚的枕头砸懵了？香甜的气息从竹制食盒的缝隙冒出来，渐渐地氤氲开去。老是站在这也不是办法……

苏陌忆暗暗宽慰自己，出来办事，私事是小，若是因为个人恩怨耽误了皇上的案子，那才是要命的大事。再说买早食也不是认错，只是他大度，不愿跟小女子斤斤计较。于是他闭眼吸了口气，抬腿就要推门而入。

“大人？”身后传来一声充满疑惑的呼唤，苏陌忆正要抬起的腿，霎时就像长

了根，再也迈不动了。

叶青走过来，打量了一下苏陌忆，再转身看了看还没亮灯的寝室，一脸了悟的表情道："大人是来……"

"我是来找你的。"苏陌忆接过话茬，将叶青带到自己跟前，认真地说。

"找……找我？"叶青难以置信，一时也忘了两个人还站在林晚卿的屋前，"大人你找我做什么？"

"嗯……"苏陌忆被问得一愣，手上一抖，食盒里的合欢汤磕碰出一声脆响。

"这是……"叶青被声响吸引，好奇地看过去。

"这是给你的。"苏陌忆将自己披星戴月才买来的合欢汤，递给叶青。

"给我的？"叶青难以置信，苏陌忆竟然还给他买了早食？

"嗯、嗯……"苏陌忆点头，"这是感谢你昨晚收留我……"

突如其来的幸福，让叶青觉得不甚真实，直到接过那盒合欢汤，手里沉甸甸的分量才提醒了他，这不是梦境。

"既然如此，我们就一起用早膳吧！"

苏陌忆怔忡着，骑虎难下，只得硬着头皮道了句："好……"广袖一紧，他便被叶青拽着，朝叶青的院子方向走去。苏陌忆回头再看一眼灯影下的那间屋子，他发誓，下次再也不带林晚卿出来办案了。

第二十五章　夜探

晨间薄雾初散，空气中还有夜雨留下的味道。湿漉漉，黏糊糊，像林晚卿此刻的心情。她将身子微微后仰，靠在了不停摇晃的马车壁上。眼光扫了一圈，她状似无意地掠过与她面对面坐着的那个人。

跟一路沉默又黑着脸的苏大人共乘一车，还真是闷得慌。他似乎还没有消气。从上次两个人吵架到现在已经三日了，苏陌忆不仅每每见了她都是冷脸，还一连几日都宿在了别处。也不知道他跟章仁说了什么，现在就连章仁都知道了两个人的别扭，还几次三番讨好似的为他们创造和好的条件。

比如这次去矿场，苏陌忆本来不打算带她的。章仁却特地安排了一日的游山玩水，为的就是让苏陌忆带她出去走走。这种敌人都在想方设法撮合他们的感觉，着实让林晚卿觉得怪异。

车帘晃动，初露的阳光飘进来，落到苏陌忆阖着的眼睑上，给他浓密的睫毛镀

上一层淡金色。也不知道为什么，林晚卿总觉得今日的苏大人愈发的养眼，莫不是自己不在身边的几日里，他吃好睡好，故而滋养了这副皮囊？

思及此，林晚卿撇了撇嘴。她转身撩开自己这一侧的帘子，将下巴搁在窗沿，无聊地看风景。

对面的苏陌忆见她转身，只感到胸口一闷，窒息得一口气就要接不上来。她不会知道，为了今早的共乘，他可是卯时刚过就起床梳洗。玉冠是新换的，衣袍也是她最喜欢的月白色暗云文锦缎，他甚至故意将腰封系紧了一些，好显得他更加英姿挺拔、身长玉立。但是……她竟然宁愿扭头看什么劳什子风景。

苏陌忆心中感到既酸涩又无奈，他暗暗伸手将勒得死紧的腰封松了一节，这才觉得呼吸顺畅了一些。

马车辘辘而行，两个人各怀心事。

用过午饭之后又赶了一段路，几人先是在离矿场不远的一处别院里落了脚。简单休憩、整理之后，林晚卿死皮赖脸地跟着苏陌忆去了山脚下的一处矿场。这里便是他们此行的目的地。

山路不如平地好走，故而马车行进缓慢。林晚卿被晃得想吐，她刚掀开车帘想透透气，便被眼前的景象怔住了。这里除了有干活的劳力，督工的官役之外，还驻扎着重兵。可是看那些士兵的装备和铠甲，又不太像朝中统一的样式。林晚卿撩住帘子的手抖了抖，一个让她胆战心惊的念头，在脑中一闪而过。这些驻扎在这里的人，应该是私兵。章仁负责的这片矿场一定是朝廷严厉禁止的“私矿”，而里面开采出来的乌矿，恐怕是专门用来锻造兵器，供给这些私兵用的。养兵不是一朝一夕的事情，除了装备，还得用钱。故而之前被揭发的“假银案”，那些银子应当也是流入了这些军队的粮草和军饷之中。这一切都说明，有人要造反。

想到这里，林晚卿赶紧回身去寻找苏陌忆的目光，然而她看到的却是苏大人面无表情、闭目养神的样子。好吧，苏大人老练世故，绝顶聪明，这些应该早就知道了，只是没有告诉她。

林晚卿沉默下来，觉得心里的酸涩翻涌着。她再抬头看见那张脸，便不觉得好看了。她干脆对着他挥了挥拳头。

又不知道晃了多久，在林晚卿觉得自己快要散架的前一刻，马车终于停下了。她正纠结着要不要去叫苏陌忆，却见苏大人双眼倏地一睁，神色复杂地看了她片刻，然后才精神抖擞地撩了撩袍裾，径直下了马车。

林晚卿心里一凉，赶紧尴尬地跟着他下了车。

一路上，苏陌忆和章仁谈话，她不能插嘴。她也不能硬凑过去，只得在后面跟着。

昨夜下过雨，山路泥泞难行，随行的除了她以外又没有其他女子，故而在场之人谁也不好去搀扶她。林晚卿就这么一瘸一拐地跟着两个人，来到了矿场中的一处库房外。

章仁伸手请他们入内。这里是存放矿石的地方。

甫一进去，林晚卿便看见库房里分门别类摆放着的箱子。里面有的箱子已经装满了，有的箱子还是空的。她走近一看，发现这里除了有乌矿外，也出产铜、铁一类的金属。林晚卿暗自估算了一番，这片矿场虽小，但矿石产量却不算低，以现有库房的存量来看，要养一支四万人的军队或是为其提供兵器，应当不算太困难。况且，这里或许只是对方众多私矿中的一个。这么算算，林晚卿当真觉得脊背生寒。

苏陌忆和章仁还在说话，她便又在大大小小的箱子间转悠了一会儿。忽然，一个红木箱子上面沾着的一点白白亮亮的东西，吸引了她的注意力。她用手摸上去滑滑的，指甲稍微用力一抠，便能从上面抠下来一小块。

林晚卿思忖片刻，转身飞快地挡住了那块白斑。趁着章仁和苏陌忆谈话的间隙，她已经悄悄地从上面抠下了一些，偷偷地用手巾包起来，藏在了广袖之中。

回程的路上又是两相沉默，不言不语——林晚卿看了一路的风景，苏陌忆闭了一路的眼睛。下车之后他们各回各屋，谁也不理谁。

苏陌忆面无表情地看了林晚卿一眼，转身进了叶青的屋子。叶青已经等在里面了。

两个人确定周围没有人偷听之后取来纸笔，苏陌忆将今日在矿场的见闻都回忆了一遍。

章仁太狡猾了，就算到了现在，他对苏陌忆还是有所保留，不肯交代幕后之人。今日苏陌忆试了几次，都没能从他的嘴里套出半点消息。可是他们隐忍了这么久，若是线索断在这里，很难说背后的人不会加紧谋反之事。虽说以南朝的国力来看，平叛不一定会输，可是敌暗我明，这场仗若是真的打起来，对于朝廷和民生，都会是一场劫难。

思路陷入了僵局，叶青叹了口气，替苏陌忆斟上一杯茶水。

“你，”苏陌忆端着他递来的茶盏闷闷地道，“去隔壁房间。”

“啊？”叶青一头雾水，“去隔壁房间做什么？”

苏陌忆从茶盏后翻出一个白眼，对叶青道：“去问问林晚卿，看看她怎么说。”

叶青：“……”原来是要他去当个传声筒。可是苏大人的命令又不能违抗，就算他对苏大人这样的行为不满，也只能默默地起身，抠着后脖颈，一脸不情愿地打开了门。

“林、小夫人……”叶青惊讶，险些说漏嘴，好在并没有人在附近。

林晚卿就站在门外，还穿着去矿场的那件衣裳，裙角和鞋面上都是今日踩的泥，

现在已经干了，原本鲜艳的裙子变得灰一块、黑一块，真是要多脏有多脏。

但苏陌忆看到她的时候，一张冷着的脸飞快地红了。他赶紧转过身去，假装不在意地喝茶。

“小夫人，你来得刚好，”叶青喜出望外，“大人方才正让我……”

“叶青。”苏大人不紧不慢的声音传过来，虽然低低的，却很有杀伤力，让叶青把剩下的话一瞬间都咽回了肚子里。

林晚卿懒得管这主仆两个人打的是什么哑谜。她进屋后就关上了门，径直走到苏陌忆跟前，将手里那包东西摊开，放在了桌子上。

“我下午去矿场的时候，发现了这个。”她说着，侧身取来一盏烛火，将那包白色块状物照得更清楚了一些。

“这是……”叶青凑过去，伸手取来一片捏了捏，不解地道：“这是什么？”

林晚卿没有回答，而是随手取来一个空盏，倒了一些白色块状物进去，然后就拿到烛火上烤了起来。

杯子里的块状物遇热之后很快就融化了，变成一摊水样的物质。

“这是石蜡。”林晚卿将手里的杯子晃了晃，递给两个人道。

“石蜡？”叶青不信，伸手在杯子里蘸了一点，果然，那些液体在他的手上冷却之后又再次凝固成了方才的模样。

“这是在哪里发现的？”苏陌忆问，神情冷肃。

林晚卿道：“就在今日我们去的那片矿场，那些装矿石的箱子，好像都用这样的油封了一遍。”

苏陌忆闻言不再说话，蹙着一对剑眉坐了回去。

苏陌忆嗫嚅道：“原来是这样，原来他们是这样把这些矿石，在朝廷的眼皮子底下运出洪州的。”

“怎么说？”林晚卿听到有发现，一激动，随即猛咳了两声。

苏陌忆愣了一下，向叶青递去一个眼神。叶青没懂。他瞪了叶青一眼，只好自己拿起茶壶，给林晚卿斟了一杯茶递给她。

林晚卿今日是真的累着了，穿着裙子和绣鞋走山路，回来又捣鼓这一包东西，连凳子都没有沾过一刻，更别说喝水了。于是，她也很自然地就接过了苏陌忆递来的茶盏，抬头一口气都给喝光了。

苏陌忆微微蹙眉，不动声色地又给她倒了一杯。待她喝完，他才将手里的茶壶放下，缓缓地说道：“矿石因为自身特点，运输通常是集中而且大量的。所以无论是陆路抑或水路，都只能走官道、大路。而官道的沿途，都会有朝廷设置的站点，每到一处，官府都会对矿石进行盘点和记录。这么一来，想要私运几乎是不可能的事情。”

“那章仁他们是如何做到的？”叶青问。

“水运。”林晚卿接话，恍然大悟地道，“石蜡。”

“嗯。”苏陌忆点头，看向林晚卿。两个人的目光在空中交汇了片刻。

苏陌忆忽然觉得耳边炸出一声火花，他心跳一滞，当即眼神上瞟，虚虚地避开了林晚卿的对视。他转身去随身的行囊里翻出了一个白色的小瓷瓶，对着叶青道：“今晚子时之后，你与我去一趟矿场。”

叶青看着面前这眉来眼去，又互不搭话的人一头雾水：“你们说的都是什么跟什么？”

苏陌忆不耐烦地将瓶子里的液体分作两份，给了叶青一份道：“跟你说了你也不懂，今晚把这瓶东西洒到装乌矿的木箱里就行了。”“可是……”叶青不死心。

“没有可是。”苏大人铁石心肠地说。

“我也去。”

苏陌忆袖子一紧，被林晚卿拉住了。烛火下，她看向苏陌忆的眸子晶亮亮的，像是镀上了一层水雾。夜探矿场，可不是闹着玩儿的。她武功一般，还是个女子，跟着去危险得很。苏陌忆张了张嘴，想拒绝，但那颗高贵的头颅却忍不住地点了下去。

子时，天边一轮冷月。

光晕清幽，映出墙角处三个鬼魅的人影。初秋时节，夜间山中起雾，恰好隐住了三人伏在矿场矮树中穿梭的身影。这里的巡逻主要在入口处和矿石库房周围，方才苏陌忆算了算时间，大约是两刻钟一个来回。早前他跟着章仁来访之时，便留意过这里的巡逻和守卫，大致记下了几处薄弱位置。如今循着他先前的记忆，几人倒是颇为顺利地就到了存放乌矿的库房外。

他们攀上屋顶，挪开身下的灰瓦，从房顶跃了下去。库房很大，窗户又都落了锁。清冷的月色从窗户的缝隙间一线铺开，银白如霜。他们借着那微光，才勉强找到了下午林晚卿见到的几只木箱。她伸手，在木箱上摸到一个冷冰冰的东西，像是一把锁。

苏陌忆从怀里摸出一个火折子和一截蜡烛。

“嚓——”火光映照出他凝眉屏息的样子，一点橙光闪耀，像静谧之中诡秘的眼。

借着火光，方才那一抹冷硬终于显出了形状。那确是一把锁，被装在红木箱的开口处。

“就是这些箱子。”林晚卿接过苏陌忆手里的蜡烛凑近了一点。火光下，他们看见排成几列的红木箱，上面都是白蒙蒙的一层石蜡。

苏陌忆摸了摸木箱上的锁，神情晦暗。这帮人也真是细致入微，也难怪能经营私矿多年而不被朝廷察觉。

然而林晚卿却从容不迫地从发髻上取下一支小银簪，抽出上面一朵绞丝簪花，露出了簪花下的一截银针。

“你做什么？”苏陌忆拉住她，压低了声音问道。

林晚卿不以为意地晃开他的手：“开锁啊。”

苏陌忆愣了一下，没想到她还会这些偷鸡摸狗的伎俩。林晚卿此时全身心都在那把锁上，顾不得跟一本正经的苏大人解释。银针入孔，细细的一声叩动，顶部的锁环轻巧地弹开了。

林晚卿笑了笑，正要舒一口气，却听到一个与锁环一起响动的细微声音——是森冷的铁器滑过空气带来的轻响。

“扑——”手中的烛火只在一瞬就熄灭了。常年勘查案发现场的警觉，让她不安起来。她很快抬头环顾四周，发现这里门窗紧闭，若是屋外的夜风灌入，也断没有能吹灭蜡烛的力道。

林晚卿的手抖了抖，再次伸手去摸那截蜡烛的时候，她发现蜡烛似乎短了一截——切口平整。

“有机关！”她颤抖着声音对身后两个人道。几人的心再次提了起来，他们不敢再贸然行动。

苏陌忆接过她手里的簪子，示意他们伏身贴在木箱一侧。银簪入孔，发出一声脆响，紧接着又是铁器滑过空气的微动，啪嗒啪嗒，有什么东西被切成了两段。看来这些人不仅给箱子上了锁，在锁上还设置了什么精妙的机关。只要有人想强行开锁，暗处的刀剑就能把他切个稀烂。这下又要怎么办？

叶青道：“大人，或者我们刮去石蜡，将标记液从箱子的缝隙浸进去？”

苏陌忆赶紧阻止了他：“不可，这些石蜡除了在水运的过程中防护这些货物不会进水，也有密封标记的作用。若是章仁发现石蜡被刮去一块，这些东西根本就出不了这个矿场。”

“那要怎么办……”叶青愁眉不展。

林晚卿忽然开口：“大人，若我没有猜错，这些标记液怕是油性的，既不溶于水也不溶于酒。”

“嗯。”苏陌忆点头，不咸不淡地应了一声。

林晚卿继续道：“石蜡的主要成分是蜡油，也是一种不溶于水和酒的成分。况且油和油通常是可相溶的，所以要不要……”

苏陌忆当即明白过来。他接过林晚卿手中的蜡烛，凑近木箱上的石蜡，火光熏烤之间，石蜡有变软融化的迹象。他随即摸出怀里的小瓶，滴了几滴标记液上去。果然相融了。不仅如此，石蜡再次凝固之后，对于标记液的气味还有一种遮盖作用。

“这东西到底是靠什么来标记呀？”林晚卿看着苏陌忆埋头捣鼓手里的东西，忍不住好奇地问。

林晚卿俯身的时候，头发落下来，搔到苏陌忆的侧脸，引得他忍不住靠近，却又假装不在意地道：“靠气味。”

林晚卿又凑过去，嗅了嗅苏陌忆的手：“可是我没闻到气味啊。”

苏陌忆被她撩拨得手一抖，险些拿不住手里的瓶子。可是他没有躲，看向林晚卿的眼中带着迷恋，开口却是可以气死人的话：“你又不是狗，当然闻不到。”

“……”这狗官怎么回事？办着公事还夹带私人情绪！但是卑微的某卿只能送去一个白眼，在心里把苏陌忆骂了千百遍。

苏陌忆当然不知道，他递给叶青一根短烛：“你去标记那些，越多越好。”林晚卿看着双手空空的自己，心里憋屈，这苏大人明显对人不对事啊。若不是为了这桩案子，谁要跟他说话！她咬了咬牙，转身离得苏陌忆远了一点，无聊地靠在木箱上抠着手指。

月影西斜，清辉渐弱。林晚卿看着两个人依旧忙碌的身影提醒道：“这里的巡逻可是两刻钟一次，你们最好搞快一点，不然……”

话音方落，屋外便传来一些窸窣的脚步声。窗棂上有火光逐渐靠近，像是一条火龙在眼前延展开身躯，方才还是黑沉一片的库房里逐渐亮起橙红的光晕。

“……”林晚卿抽了抽嘴角，真是说什么来什么……

苏陌忆和叶青也注意到了身后的火光，两个人赶紧吹灭手里的蜡烛。林晚卿这时才觉得一阵慌乱，方才因为太过于关心这些木箱的锁，根本没来得及观察周围的环境，现下只觉得两眼一黑，完全不知道该往哪里躲。

“卿卿！”耳边响起苏陌忆压抑着的声音，听得出来他很着急。下一刻，林晚卿只觉腰间一紧，便被一股蛮横的力量拉得一个踉跄，侧身砸到了一个稍微有些硬的身体上。

“唔……”两个人同时闷哼一声。林晚卿是被苏大人的肌肉硌得，苏陌忆是被林晚卿整个人压得。

远处传来一声推门的轻响，火光扑入库房，眼前亮了起来。林晚卿这才发现，方才情急之下苏陌忆拉着她躲进了身边的一个空箱子里。箱子虽大，但要装进她和苏陌忆两个人，也着实有些困难。故而现下，他们便是以一种极其亲密的姿势，面贴面地挤在一起。苏陌忆双手搂着她，双腿夹着她，这才勉强能够将自己塞进去。

林晚卿被他抱得快要断气了，但她却忍住了挣扎，不敢吭声。而苏陌忆只好悄悄往后挪了挪下身，与林晚卿拉开一点距离。

“咚！”静谧的夜里忽然发出一声轻响，苏陌忆赶紧绷直了身子。他没想到，就是方才那么稍稍一动，怀里的火折子居然滑了出去，落到木箱里，发出一声极细的闷响。

巡逻的人当然也听到了，原本要离开的脚步停住，有人将手里的火把往声音的方向晃了晃。

“我好像听见了什么声音。”一个人道。

库房里安静了一瞬，林晚卿听到另一个人的声音道：“哪有什么声音，你不要疑神疑鬼的。”

听见声音的人似乎不死心，举着火把往两个人的方向走近了一些。

呼吸都要停滞了，林晚卿趴在苏陌忆的胸膛上，听见苏大人急如鼓擂的心跳。要知道，这里的私矿可是驻扎着私兵的。若是他们被发现，章仁完全可以杀人毁尸。死在这么一个荒郊野岭的地方，就算苏大人身后有皇上、有太后，只怕也会落到连尸首都找不回来的境地。思及此，她也不禁跟着紧张起来。

“跟你说了没有声音。”另一个人喊道，“你快点，这里巡完了还要去别处。这么慢，晚上还睡不睡？”

听见同伴的不耐烦，那个人终于放松了警惕，转身要走。然而火把又在这一刻停住了。

“不对！”他忽然大声道，“有打火石的味道。”

林晚卿闻言一怔，她都险些忘了。火折子打火，确实是会留下一些烧焦的气味的……

“有人来过！”那人抓着火把一挥，循着味道而来，“这个味道还没有散去，应该是刚来不久的！”听见同伴如此笃定，随行的几人也提高了警惕，跟着走了过来。

“嘭！”木箱被翻开的声音，听得林晚卿一阵发冷。若是她猜得没错，这些守卫大约是在检查库房里所有的空箱，以确定里面无人。她暗暗抓紧了腰间的匕首，盘算着若是从这里冲出去，能突围的胜算有多少。然而没有……胜算为零。且不说光是在库房里，就有好几个守卫，就算他们冲出了库房，外面还驻扎着将近一千人的军队。他们几乎没有装备，山路难行，又是在夜里。冲出去，无异于送死。

“嘭！”又是一声木箱被踢开的重响，林晚卿忍不住抖了一下。眼看着几个人就要逼近，她抬头看了看苏陌忆。苏大人紧抿着嘴唇，面色煞白，一只手挪了挪，将腰间的匕首紧紧握住。看来方才她思考过的那些，苏陌忆肯定也想到了。看他的样子，似乎是真的陷入了绝境。

“嘭！”旁边的木箱被踢开，声音已经近在咫尺。林晚卿闭上眼睛深吸一口气，做好了硬拼的准备。

“那边！”忽然，一个守卫大叫起来，“人在外面！”

林晚卿怔忡了一下，微微抬头，视线透过木箱的缝隙看向窗户的时候，她看到一个黑影腾空而起，一闪而过。那人身形纤巧、姿态翩然，惊鸿一瞥之下让她有一瞬间的失神。那是个女子，她飞檐走壁的样子不似轻功，更像是一种……舞蹈。心跳漏了一拍，林晚卿只觉背脊一凉。她忽然有一种熟悉的感觉，这个背影她似乎在哪里见过。可是，在哪里呢？

“快走！”思绪被苏陌忆打断，林晚卿回过神，被他拉出了木箱。他们趁乱逃离了矿场。

待他们回到小院的时候，正是寅时三刻。月已西沉，天还未亮。矿场里的动静就算再快，传到章仁的耳朵里，最快也得等到天亮。

三人各自回房换下夜行衣，叶青拿去找了处僻静的地方一把火烧了。

林晚卿躺在榻上，感到心烦意乱。章仁那么谨小慎微的一个人，若是发现有人夜闯矿场，说不定这批矿石会被全部排查一遍，到时候这趟洪州之行，还是会功亏一篑。但折腾了整整一天，又是走山路又是逃命的，她实在是太累了，想着这些问题也慢慢睡了过去。

第二十六章　温泉

待到她再醒过来的时候，已经是巳时两刻。日头高悬，明晃晃地摇着床幔，林晚卿怔忡片刻，才猛然从榻上跳了起来。她来不及穿鞋，赤着脚走到轩窗处，一把推开了窗子。花木掩映，岁月静好。小院还是一片风平浪静，好似什么事都没有发生。

林晚卿不禁觉得奇怪，干脆趿上绣鞋披了件外袍，就跑去敲苏陌忆的门。屋里没有人响应。她心下一凛，不由得想起上一次苏陌忆被章仁设计试探，险些暴露的险境，当即又有些害怕。

“大人？”她轻轻扣着门，“你在吗？”

“周大人去了温泉池。”身后响起侍女的声音，林晚卿一怔，问道：“周大人去温泉做什么？”

侍女立即脸颊绯红，面露难色地道：“章大人今日办了‘洗尘宴’，邀请别院中的各位大人前往。”

林晚卿这才想起来，他们下榻的这个小院是章仁的私产，距离矿场不远，专门用于招待盛京前来的权贵。这里依山傍水，花木掩映，院里有活水流经，精致别样。院中更是有好几处温泉池，据说章仁时常在这里举办各类宴席。可是，矿场昨夜才出了事，章仁今天还有心思办宴席？

林晚卿疑惑，看着小侍女道："什么样的'洗尘宴'？"

小侍女脸上红晕更甚，低头嗫嚅着道："就、就是泡温泉……小夫人若是感兴趣，可以去周大人那处一看。"

林晚卿当即就明白了。章仁还有心思弄这样的宴会，看来矿场的事情似乎并没有影响什么。她越想越觉得奇怪，便吩咐侍女道："你领我去看看。"

林晚卿简单洗漱之后，跟着小侍女去了小院中的温泉池。这里的温泉与章府的不同，不是连在房间里的，而是一个露天院子里好几个小池子。可以共浴，也可以分开。

林晚卿想了想问道："周大人还在与我置气，我不便直接前往，所以有没有跟他离得比较近的池子？"

不了解情况的时候直接冲入陷阱可不是什么明智之举，林晚卿觉得，还是先静观其变为妙。侍女当即明白了她的意思，引着她去了更衣的小间。

林晚卿换下衣裙，寻了件最普通的素白长袍披上，又将长发绾在脑后，便赤脚走了出去。然而眼见这一切，她还是傻眼了。

章仁这个既坏又猥琐的贪官为了讨好权贵，竟然能想出这么个下流的玩法。那些小池从外面看是独立分割的，但是一旦入内，就会发现池与池之间距离并不远，而且只隔着一面云绣薄纱的屏风。这样的屏风不仅不隔音，甚至连视线都遮挡不住。温泉池中热气氤氲，远处几个小池的动静大概能看个影影绰绰。同行前来接应的几个矿场官员已经玩开，屏风和水雾之后依稀可辨交叠的身影……

林晚卿抽了抽嘴角，但还是硬着头皮下了池子。

侍女拿来一些水果和果酒，伺候她规整好一切之后，才退了下去。

日头渐升，树影投下一池斑驳，林晚卿从长袍的衣角上撕下来两块布，将耳朵堵起来，也没脱下袍子。她的目光到处逡巡，急切地寻找着苏陌忆的身影。很快，她便发现这个池子应该是别院里最大的一个，因为它似乎是从中间被一扇屏风一分为二了。杂乱的春色之中，屏风的另一端，一个同她一样穿着白袍的身影倏地映入她的眼帘。

苏陌忆。此时的他慵懒地靠在池壁上，素白的袍子沾了水，紧紧贴着，透出一点肉色，衬得胸膛和手臂的线条愈发流畅，暗藏着独属于男性的力量。而清润的白玉冠下，那张刀刻的容颜因为染上水雾，又多了几分不常见的缱绻。披下的一半长发滑过侧颈，在水中散开，像晕开的墨滴。

这个时候，林晚卿才将矿场的事情全都抛到了脑后，开始不安起来。章仁会不会又要拿女人试探他？要知道，他之前可是几次三番地想要往苏陌忆身边塞人的。虽说她对苏大人的自制力一向有信心，可思及那一夜的苏陌忆……所以会不会之前的隐忍是因为他不知个中滋味，而如今食髓知味，再加上现下四周环境……

林晚卿忽然觉得心里有些不爽利。她猛地吸了口气，一头闷进水里，朝着那面屏风游了过去。她一路没有换气，在水中潜得悄无声息。待到游近了，她才偷偷将鼻子以下都埋在水里，找了一处树荫隐在里面，开始悄悄打量另一边的那个男人。不得不说，若是论皮囊，林晚卿这么十几年的人生里，确实还没见过谁能比得过苏陌忆的。方才隔得远看不真切，如今凑近了更是觉得眼前的男人俊美非凡，天人之姿。

林晚卿觉得心跳停了一瞬，很快便忘了自己此番的目的，并不是欣赏“美人”。

苏大人还是那么闲适。他若无其事地往自己后面看了一眼，好似要起身去拿布巾。

林晚卿吓得赶紧转了身。可意料之外的，身后并没有传来披水而出的声音。她愣了一下，觉得奇怪，再往回看时，却发现他不知何时已经消失在她的视野之内。她只好又冒出水一点，将耳朵里塞着的碎布取了出来。

“哗啦”一声，惊天水响。林晚卿还没反应过来出了什么事，便觉得腰下一紧，然后整个人被一股强大而蛮横的力量拉入了水底。她没有准备，故而根本来不及吸一口气，入水之后又本能地慌乱起来，脑子里一片空白。她只觉得自己被人带着游了一段，下一刻就是后背传来的一记惊痛。再睁眼的时候，她的脖子就到了别人手里。只是出水的那一刻，那只卡在她脖子上的手抖了抖。

“卿……卿卿？”耳边传来一声几不可闻的嗫嚅，喊她名字的声音是颤抖的。

“咳咳……咳咳……”差点交代在苏大人手里的某卿抚着自己的胸口，咳得上气不接下气。

苏陌忆也是一脸的不知所措。刚才他发现有人透过屏风窥视之后，便下意识地觉得这又是章仁的安排。反正周逸朴也会武功，拉过来借机收拾一顿，给这群哑巴再喂两口黄连也未尝不可。可是没想到，窥视他的人竟然是林晚卿。

苏陌忆的心里顿时出现了一丝丝异样，同时还有一点点欣喜。

“你……”苏陌忆也跟着咳了两声，上去帮着她拍背，“你在那里……看什么？”

咳嗽声骤然停止，林晚卿被这个问题问得无言以对。她思忖片刻，缓了缓才道：“我、我的发簪不小心掉水里了，我刚才是蹲在水里找簪子。”

“哦。”苏陌忆应了一声，语气里带着笑。

林晚卿心头一跳，这才颤巍巍地伸出手往后脑勺摸去——簪子没有掉……她顿时想死的心都有了。偷窥就算了，还被抓了个现场……于是，仅剩的自尊驱使她陷入了一种自欺欺人的模式。

林晚卿面不改色、心不跳地看着苏陌忆道：“哎！你瞧我，簪子这不是在头上吗？我真是……”林晚卿尴尬地说着话，看着苏陌忆越发得意的样子，陡然话锋一转，语气严肃起来，“其实，我是想问问昨晚的事。”苏陌忆愣了片刻，继而脸上又显出一点点失望：“章仁应当是没有发现。今日叶青打探到，昨夜有山民去矿场偷矿，被章仁抓住了，他们对偷盗供认不讳。”

“这……”林晚卿一时语塞，喃喃地道，“这也太巧了，章仁不会又要什么奸计吧？”

“那倒不会，”苏陌忆肯定地说，“因为今早他已经将那批乌矿从水路运出去了。”

林晚卿怔怔地，还是有些不敢相信。再联想到昨晚那个突然出现救了他们的女子，她的心里更是有一种说不出的怪异。

然而，任她思绪纷乱，所有的一切，都被苏大人一声带着热气的呢喃打断了：“卿卿。”

背上一热，她落入了一个温柔的怀抱。苏陌忆忽然捞过她，一把搂入怀里，力量大得几乎将她箍到窒息。

“公事说完了，说说私事。”苏陌忆的声音就在耳边，氤氲得她耳朵直痒痒，“前几日你到底因为什么生气？”

心跳漏了一拍，林晚卿没有再动。他问的是“你为什么生气”，而不是“你还在不在生气”。

苏陌忆的这个问题当真是问得一针见血。其实这几天里，不想案子的时候，她也不止一次地想过他说的那番话。林晚卿甚至想过，若是这句话换作梁未平，或是李京兆来说，她未必会心凉。之所以委屈，是因为说这话的人是苏陌忆。人都是贪心的。有了微笑想要牵手，有了牵手又想要拥抱。而对于苏陌忆，她更是贪心地希望他能懂得那些她所有的“不可言说”。

水流潺潺，波光粼粼。两个人就这么静静地在水里站着，林晚卿扶着他交叠在她胸前的手，好一会儿，她才开口道：“大人那日说的其实没错，只是……”她顿住了，身体微颤，却不是因为冷。

苏陌忆耐心地等着，将她又搂紧了一些。

“只是我想知道，倘若有朝一日，大人发现那个被人诬陷和冤枉的人是我，那大人又当如何？”那双还扶住她的手臂停顿了一下，松开了。

林晚卿的呼吸一滞，觉得那颗方才还提到嗓子眼的心，一瞬间就坠入了谷底。他果然还是会选择大局的。没有责怪，她释然地笑了笑，一半是解脱，一半是自嘲。不过，酸涩的鼻子却有些反常，她记得自己是不爱哭的。

然而下一刻，她被身后的人转了个圈。苏陌忆低头看着她，眼里满满的认真：“我会抓到真凶，查明真相。”

“那要是永远都找不到呢？”她问，像一个难缠的孩子。

“但凡做过的事，总会留下痕迹的。”他看着她说道，“若是找不到，我便一直找下去。”

掌心一紧，她的手被他抓着，贴到了胸口。皮肤热热的，下面，是他怦然跳动的心脏。林晚卿怔忡着，却听见他轻声道：“信我。”

铿锵两字，如金石掷地。方才的那股酸涩又来了，她以为自己能把它咽回去的。那条她独自走了十二年的路，一直大雾弥漫，可是在此刻，她却仿佛看到了不远处，那条路上有一株瑟缩的桃花。好像只要走下去，她就能知道它究竟开了几分。林晚卿点了点头，没有说话。粼粼水光映上她的眼，化作一池碎金。

苏陌忆笑起来，抬起她的下巴，轻轻晃了晃，满眼星光地问道：“洪州的事情到此就告一段落了，回程之前，想向卿卿讨个公道。”

“公道？什么公道？”林晚卿被他那样的眼神瞧得发冷，腿肚子忽然有些酸。

苏陌忆定定地看着她，脸上倒是没有什么异样，可是一偏头，她却看到他烧起来的耳朵。

林晚卿：“……”

苏大人好像一直都是这样，表面上再怎么云淡风轻，只要一想那事儿，就哪儿哪儿都红，装得再淡定都没有用。然而全然无知的苏陌忆还沉浸在角色里，十分强势地贴过去，低声道：“你方才究竟是在干什么？”

说完他伸手揽住她纤细的腰。

林晚卿往后退了一步，没退开，故而她也只能心虚地道：“就……随便看看呀……这里风景不错。”说完她故作镇定地将头往右转，视线落到一边两个姿势怪异的人身上——差点忘了，这周围都是些什么场景。林晚卿心下一凛，又若无其事地将头偏向了左边。

她终于还是选择把头转回来，用那双无处安放的眸子心虚地回看苏陌忆。

苏陌忆被她这副怂样逗笑了，又凑近一点道：“你在偷看我。”他说的不是问句，而是陈述句。语气笃定，不容置疑，就像是公堂上最后的宣判。

林晚卿瞬间便没了再争辩的勇气，眼神乱飘，一副俯首认罪的模样。

苏陌忆看得心口一软，凑到她耳边轻声道：“那你都看过我了，我要讨的公道，自然是看回来。”

温热的气息夹带着水汽，酥酥麻麻地往林晚卿耳朵里钻。她当即瞳孔微震，以为自己听错了。果然是士别三日刮目相看，什么时候闷得像块木头的苏大人，竟然

也学会“耍流氓”了？可是苏陌忆也并没有要等她应允的意思，他将她拉开了一些距离，那双墨黑的眸子便在她的身体上逡巡起来，带着几分迷恋。不知是温泉的热气，抑或是午后的日头，林晚卿觉得他眼神的着落之处都像是被点燃了细小的火星，噼里啪啦地就要烧起来。

苏陌忆的眼神忽地一顿，在她身前堪堪停了下来。她这才想起来，两个人现下虽然都穿着长袍，可身上都只是薄薄的一层，再加上袍子素白的颜色，入水之后更是薄透无比。

林晚卿霎时觉得身上像是落上了一簇柴薪，慢慢地熏着，皮肤被灼得刺痒。真是败给他了！林晚卿感到一阵心慌，只能抱臂于胸前，企图遮挡苏陌忆的目光，却是欲盖弥彰。

气场全开的苏大人当即捉住她的手，下一刻，他微凉的唇就轻轻落了下来。当真是轻轻地落。不是第一次意识不清时的发泄，也不是第二次难以自抑时的狠啾。林晚卿本能地往后退，却被他温柔地扶着后脑，给带了回来。那枚方才未能在关键时刻落水，让林晚卿难堪了一阵的发簪一松，“咚”的一声沉入池底。湿漉漉的墨发披散，尾端晕开在水里，柔美宛如水藻，更衬得她白皙的肌肤吹弹可破。

“大人……”她低声嗫嚅，语气中带着嗔怪。苏陌忆仿佛没听到。林晚卿真的要疯了。她觉得两个人冷战的这段时间里，苏陌忆一定是偷偷学了什么东西，这突然精进的技术，着实怪异得很。

她将身子直起一点，看着苏陌忆质问道：“你是不是又看了什么奇奇怪怪的书了？”

胸有成竹的苏大人眼中倏地闪过一丝慌乱，脸上也不自觉地爬上了红晕。他轻咳两声，很快又恢复了方才那副既强势又淡定的样子，俯身在她耳边轻声问道：“卿卿不是也很喜欢吗？”天呐……苏大人主动撩起来，当真是要人命的。

林晚卿咽了咽口水，对上那双漆黑的眸子，唇齿翕合道：“还行吧……”

苏陌忆笑起来，虽然一张脸红得不像样子，但到底是多了几分见过世面的淡然。

“那就好。”他语气柔柔的，像暖风拂过耳畔。

林晚卿觉得自己好不了了，从今往后，怕是只有她被苏大人撩拨的份儿了。

苏陌忆看见她一副被说中心事的样子，笑得眉眼弯弯，眸子晶亮。阳光洒下来，将两个人的身影投到池面。

苏陌忆看着怀里半睡着的女人，在她鬓边轻轻落下一吻。他其实还远未餍足，但顾及林晚卿昨日的奔波和一脸的倦容，他也就没有再缠着她，光是这样抱着她就很满足了。

苏陌忆伸手将她脸侧的碎发别到耳后。阳光洒下来，她凝白的脸庞被镀上一层淡光。修长的手指一滞，他忍不住在她的眉眼和耳郭上抚了抚。

“嗯，别动……”怀里的人无意识地呢喃一句，不满地朝他肩窝里拱一下。然后她气呼呼地在他耳边念了一句“苏陌忆”，不是撒娇，是找茬的语气。他顿时笑得眉眼弯弯。这就是他喜欢的人，他想。是他要结发为夫妻，一生一世，恩爱不疑的人。

第二十七章　求娶

矿场上的事，章仁果真没有起疑。那夜抓了几个偷盗的山民之后，这件事就这么过去了。

苏陌忆将私矿被标记的消息偷偷递给了朝廷，永徽帝也命人在官道、水路上严密监察，不动声色地追踪这批乌矿的去处。

虽然顺藤摸瓜还需些时日，但事情办完了，苏陌忆也不用再在洪州这片狼窝里久留，几人很快便启程回京。

回京一路与来时并没有太多不同，若硬要说有什么，林晚卿觉得大约就是她对苏大人的认知了。

去的时候，她可以衣着单薄地躺在苏陌忆身边，安安稳稳地睡觉；然而回的时候，她却连吃饭更衣都要防着他……什么光风霁月高岭之花，盛京官场最超脱风月之人，林晚卿觉得，说这些话的人怕都是见识太浅，被他平日那副生人勿近、冷若冰霜的假象给蒙过去了。

“叮！”瓷勺落到碗里，磕碰出一声清脆的惊响。她看着面前的乌鸡人参汤发呆，觉得自己似乎已经被苏陌忆折腾到连拿勺子的力气都没有了。

“卿卿？”偏生那个罪魁祸首此刻还一脸无辜地瞧她，不解地唤着她的名字。林晚卿看着他，很想把手里的鸡汤泼到他那张“红颜祸水”的脸上去。

“怎么了？”“苏祸水”无知无觉地坐过来，伸手在她的额头上摸了摸。

“没生病吧？”苏陌忆问。

林晚卿有气无力地嗔怪道：“没病，就是快要死了。”

苏陌忆不知道她在说什么，愣了一下。

林晚卿看不得他这副懵懂的样子，当即伸出两根手指，在他眼前晃了晃，道：“我要是死了，都怪你。”

床下的苏大人脸皮薄，被她数落得一阵脸红。他干脆自欺欺人地埋头吃饭，将她放下的鸡汤不动声色地往她面前推了推。

“这不是想着给你补身体嘛……”苏陌忆理亏，说话都是一副底气不足的样子。

“近日赶路辛苦，你不吃东西可不成。”他好言劝道，说话间将碗里的瓷勺掉了个头，朝向林晚卿，“来，快点吃。”

“你喂我！”林晚卿真是见不得他在床下这样一副正人君子、柳下惠的模样。

苏大人却还是云淡风轻地吃饭，喝汤夹肉，动作分外优雅。

林晚卿恼怒，隔着一张桌子瞪他：“那回盛京之后你都不许碰我。”

苏陌忆愣了一下，随即反应过来，自己这是要被断粮了，霎时又觉得不甘心。

“卿卿当真要我喂？”苏陌忆问，面色淡然，耳根绯红。

林晚卿见他这副不动如山的样子，当真是觉得心塞。

苏陌忆却依旧没有抬头，垂眸吹开鸡汤上的油花，小口地嘬了一点，慢慢地道：“只是这时辰已经不早了，只怕之后赶路要来不及了。”他停顿了一下，抬头看一眼林晚卿，目光灼灼，落在她身上像烫人的火花：“不过也不急，下一站就是盛京了，耽搁一天也无妨。”

林晚卿听得一头雾水。她依旧不依不饶，要拉下苏大人那“一本正经”的伪装。

苏陌忆终于放下了碗，转头看她，眸光幽暗，眼底有暗色涌动。清早时分，两个人刚起，打扫的小厮还没有来过。故而门窗还是紧闭的，只有朦胧的天光从茜纱窗筛进来。

虽然耽搁了些时候，但好在回程都是大路官道，马车赶在入夜之前便进了盛京。

时值深秋，京地气候转凉。林晚卿跟出来的时候没想到会耽搁这么久，故而只带了一些单薄的衣裳。所以现下也只能窝在苏陌忆的怀里，被他用大氅罩个严严实实。

“我们进京了吗？”林晚卿问，伸手就要去掀车帘。

可是手还没触到帘子，就被苏陌忆拉了回来，暖在自己胸口道：“到了，又不是没见过盛京，有什么好奇的，你再睡一会儿。”

林晚卿觉得也是，便又沉沉睡了过去。

她再醒来的时候马车已经停了。

苏陌忆本来不打算吵醒她，可抱她的时候，林晚卿还是醒了。她揉揉眼睛，掀开车幔却发现苏陌忆没有将马车停在大理寺。

眼前是一座朱门映柳的大宅院。抱鼓石之后，是一扇朱漆广梁大门。

“这是……”林晚卿惊讶地说，那只脚悬在空中，将迈不迈。

“我的世子府。”苏陌忆答，随手将她身上的披风拢紧了一些，给她戴上帷帽。

林晚卿这才想起来，苏陌忆虽官至从三品大理寺卿，但爵位却是世子。看来这座宅院便是叶青口中，那个他不怎么回的府邸。

苏陌忆倒是不避嫌，钳住她腕子的手没有松，一路沿着前厅廊庑，水榭花木，来到一处海棠疏疏、花出高墙的后院，兀自领着林晚卿去了屋后的净室。水汽弥漫，冷香氤氲。艾草的清爽和香炉里的沉香缭绕交织，空气里有种江南夜雨的清香。

林晚卿本以为苏陌忆又要玩什么新花样，可出乎意料的，他只是耐心地替她沐浴、洗发，之后便寻来一身桃色渐变的襦裙和外裳，替她穿戴。期间林晚卿问了几次，他都只是垂眸含笑，颇为神秘地告诉她：“一会儿就知道了。”

之后他又取来一张矮凳，对着她坐了下去。林晚卿正诧异，却见他侧身拿起妆台上的一支软笔，在一盒眉黛上轻轻晕开。

“大……”话音方起，那支软笔便落上了她的眉骨。柔软的触觉，一下一下，搔得她有些痒。铜镜前烛火颤动，映出他微微前倾的身形和专注的神情。那笔头上的一支金色流苏坠，左右地晃着——扑通，扑通，扑通……和颤动的烛火一道，让她的心跳慌乱起来。林晚卿赶紧低头躲避，却被苏陌忆轻轻扶住了下巴。

“别动。”温柔的语气，带着淡淡的宠溺。他将广袖撩起，对着她又近了几分。手腕处的温热，混着那股若有似无的水墨松木香，悄然漫溢过她的鼻尖。她忍不住偷偷抬眼觑他，正对上那双深若古井的眸子。与以往任何一个时候都不一样，他低头看她的时候，眸子总是亮的，像满天星辰。

他是真的很喜欢自己啊！林晚卿想。心中漫起一点点欣喜。

“好了。”笔锋一顿，苏陌忆停了下来，转身取来一朵绢花，对着铜镜小心地替她别了上去。

林晚卿这才发现，那是之前在洪州街头被那名老妇缠着要卖的那朵。

“你……”她感到意外，从镜子里去寻他，眼睛瞪得圆圆的，“你什么时候买的？”

苏陌忆不说话，只是笑。

“你买这个做什么，”林晚卿问，“回了盛京我又用不上。”

苏陌忆俯下身，将下巴轻轻地靠在她的肩头道：“因为我想你戴着它去见一个人。”

“人？”林晚卿好奇，“什么人？”

“见了就知道了。”苏陌忆握着她的手，一路走在夜灯寂寂的九曲回廊。

不远处一间屋舍正灯火通明，从房屋的构造和位置来看，这里仿佛是世子府的正堂。一般来说，若不是接待贵客，正堂是用不上的。

林晚卿心里不禁更加疑惑，手心里也密密地出了一层汗。

“别怕。”苏陌忆在她耳边好生安慰，“这个人你见过的。”

“哈？”林晚卿张了张嘴，正想问个明白，却听耳边“吱哟”一声，正堂的门被打开了。

霎时的光亮扑涌而出，晃得她眼前白了一瞬。随之而来的，是一阵带着嗔怪的笑。

“景澈，小混蛋！今日你让哀家在这里等了这么久，最好是真的有惊喜。”

林晚卿：“……”

林晚卿觉得自己仿佛被扼住了呼吸，膝盖软了一瞬，涌入脑中的第一个念头就是“逃”。她这么想，也就这么做了。

可是苏陌忆像是早有预料，握着她腕子的手已经暗中扣得死紧，在林晚卿还没来得及蓄力之前就把她拉了回来。

太后似乎也没有想到，那笑声在见到林晚卿的一刻便停了。

正堂里烛火明亮，气氛却阴沉异常。

苏陌忆甩了甩广袖，牵着林晚卿正要给太后行礼，却听首位上的人呼吸越来越重，是被气得狠的那种喘息。下一刻，一个白色的东西朝着两个人的面门，劈头盖脸地砸了过来。苏陌忆眼疾手快地接住了——是一个空的茶瓯。他完全没有料到太后会有这等激烈的反应，一时拿着茶瓯，有些不知所措。

“你、你、你……”太后面色煞白，但一双眼睛却像是着了火，死盯着苏陌忆，气得一句话“你”了半天，愣是没有说得完整。

在场之人都傻了，包括林晚卿。大家默契地沉默着，看太后指着苏陌忆，下颌抖得像是要落下来。她随即又抄起另一盏茶瓯，这次是朝着林晚卿的脑门扔过去的。苏陌忆一个侧身，将人紧紧护在了怀里。

太后更气了。于是，她干脆直接跳下来，追着苏陌忆和林晚卿就是一顿抽。苏陌忆懵得很，一边不敢反抗，一边还要护着比他更懵的林晚卿。

太后无端盛怒，在场伺候的人也只能嘴上劝说，没有人敢真的上前拉架。正堂里顿时一片人声喧闹、鸡飞狗跳。上好的白瓷被砸个稀烂，蜡烛东倒西歪，就连堂下的红木椅都“哐啷”一声飞了出去。

一片混乱中，苏陌忆总算是听到了太后口中念念叨叨的话：“你去青楼就算了，现在还敢把人给我带回世子府？”

苏陌忆和林晚卿同时停住了脚步。

“你去青楼？”林晚卿转头看向苏陌忆。

“我去青楼？”苏陌忆转头看向太后。

“嚓！”那是茶瓯敲在某人脑壳上的碎裂声。

太后看着苏陌忆额头上那个被自己敲出来的青凸，终于冷静下来了。她扶着快要散乱的发髻道：“之前哀家派人跟着你，发现你夜宿平康坊，你认不认？”“我……”

苏陌忆无话可说，默默盘算着若是告诉太后，当时是为了糊弄她才干的事，下场会不会好一点？

太后见他不说话，气得将手里的茶瓯“啪”的一声拍在桌案上，继续道：“后来你办案受伤，哀家心疼。想着你年逾弱冠身边连个通房都没有，去青楼就去吧，再怎么也好过跟你身边那个林录事鬼混。结果你倒是蹬鼻子上脸了是不是？”

“我……”林晚卿有口难言，在假装自己是青楼女子，还是坦白自己就是那个跟苏陌忆鬼混的林录事之间纠结。

太后见两个人都不说话，只当他们是默认了。她越想越气，上去就要提溜苏陌忆的耳朵。

“啪！”苏陌忆侧身一闪，飞快地抓住了太后的手。开什么玩笑，在心爱的女人面前被长辈揪耳朵，他下半辈子还怎么振夫纲？

随着周围的一声抽吸，苏陌忆终于缓缓开口，他说这话的时候将怀里的林晚卿牵到了自己身后：“皇外祖母误会了，卿卿不是青楼女子，她是……”

苏陌忆停顿了一下，放开太后，取来一盏烛灯，好让她能看清楚林晚卿的脸：“她是林晚卿，是孙儿想娶的人。”

太后的喘气只在一瞬间就停了。她怔忡片刻，将信将疑地凑近林晚卿那张脸。苏陌忆因为害怕她会再次突然动手，赶紧挡在她前面，用身体将两个人隔出一段安全距离。

“这是……”太后难以置信地问道，“那个林录事？”

“嗯、嗯……”苏陌忆点头，将人护得死紧。

“那……她、她……”

“是个女子。”苏陌忆接话。

春风化雪，柳暗花明。太后的脸色肉眼可见地缓和下来，方才雷霆之怒的阴霾，转而被满室柔暖的火光所取代。

苏陌忆这才敢将林晚卿从身后牵出来。经历了先前的刺激，林晚卿觉得，就算苏陌忆现在牵出来的是个大婶，只要是女人，太后都不会再怒不可遏了。果然不出所料，太后的情绪明显平静了很多。她默默地瞧着林晚卿，虽不说多么惊喜，但到底是没有再发火了。可林晚卿还是被她的眼神看得背脊发凉。

太后吩咐身边的人道：“季嬷嬷，你们都先带着林录事退下，哀家有些话要与景澈谈谈。”

满屋子的人都退了下去，偌大的世子府正堂，只余下祖孙二人。太后重新坐回上座，整了整自己的衣襟，看着苏陌忆平淡地问道：“什么时候的事？”苏陌忆走过去，目光落在夜风中摇曳不息的烛火上，半晌才道：“大约是在洪州被章仁试探，

她舍命相救的那一次。”

太后闻言倒吸了一口凉气。她先前便知苏陌忆在洪州身陷险境，可她万万没有想到，那竟然是命悬一线的程度。故而她当下听了便是一惊，可是这一惊之后，心中又冒出一点点劫后余生的欣喜。她看向门外那道纤弱身影的眼神，到底是柔软了几分。

“可是她女扮男装参加科举，还能混入官场。”太后停顿了一下，语气中尽是担忧，“哀家倒也不知她这是凭着自己的本事，还是背后有什么人要借她来故意接近你？”

苏陌忆淡定地一笑，将落于烛火上的目光收回，道了句：“皇外祖母多虑了。”他转头，目光亦落在门外的那一抹倩影上，眼中含了一些难得一见的温柔和认真，“刑狱的本事，她倒是有一些，可是能到我身边来做事，却还是凭借了几分运气。”

苏陌忆低头抿唇，像是想到了什么好笑的事一般：“若不是遇到了我，她怕是早便在盛京官场混不下去，被免职回家了。”

太后微微蹙眉，默不作声地审视着苏陌忆。什么洪州舍命相救，怕那只是他意识到自己心意的时候。她这个外孙对风月一事又一向迟钝，若要说心动，那估计得从他跳湖救人的那一刻算起了。想他之前去平康坊什么的，估计也是为了护着这个林晚卿。不然，她能到现在才知道林晚卿的女子身份?

思及此，太后越发地觉得心中不快。倒不是因为苏陌忆忽然带个人回来说要娶她，而是真的难得见到他对谁这么上心的。她干脆冷哼一声，扭过头，不想瞧见他这一脸“怀春”的傻样。

“那你现在打算怎么办？”太后故意激他，声音挑得高高的。

苏陌忆再近了几步，伸手为她斟了杯茶水，还贴心地试了试温度。他递到她手边，低眉顺眼地道：“皇外祖母明知故问。”

太后差点惊得下巴都掉了。要知道，平日里苏陌忆可总是一副事不关己，满不在乎的态度，就连皇上都休想要他服个软。如今这副乖巧求人的模样，真的是太阳打西边出来才能见到的。

太后顿时被哄得开心了几分，接过茶杯轻轻抿了一口，道：“你不就是想让哀家替她找个合适的母家，给个封号，抬一抬身份，好让她名正言顺地坐上你世子妃的位置吗？”

苏陌忆垂眸，点点头，耳根已经悄无声息地红了。

太后真是被他这情窦初开的样子逗得好气又好笑，她忍不住打趣道：“走走走，离远些，别带着这副样子在哀家跟前晃，看着就膈应。”“那这件事……”没得到明确答案的苏陌忆不依不饶。

太后见他这火急火燎的样子，真是恨不得一脚把他踹出去：“你这从来都不求人的苏大人开口，那可是连皇上都没享受过的待遇，哀家能拒绝？”

苏陌忆愣了一下，片刻才反应过来，太后这是准了。

太后看着他愣怔的样子在心底发笑：“下月初一，宫中举办家宴，你届时可带着她来，先给皇室宗亲混个脸熟，透点风声造点势，到时候要选母家也方便。”

苏陌忆一听，开心得连谢恩都忘了，撩起袍裾就朝门外走。而上座的太后看着他这猴急的样子，不由得心中悲凉。

“景澈！”她忽然想到了什么，唤住了苏陌忆，“你还得让户部和吏部一起将她的户籍证明找一找，这抬身份也得抬得有模有样的，省得她嫁你以后，要结交的那些高门贵女背地里说闲话。”

苏陌忆头也没回，只匆匆留下一个“哦”。

正堂外的一片空地上，月色清辉，淡淡地在打磨光亮的白玉雕栏上投下一个纤弱的倩影。林晚卿一直在焦躁地踱步，来来回回，偶尔与身旁同样等在外头候命的侍女、嬷嬷目光相触，也只能尴尬地笑笑。

苏陌忆在里面那么久，也不知道太后跟他说了什么。她越想越心烦，干脆伸长了脖子往屋里探望。

“咳咳……”一旁的季嬷嬷轻咳两声，以示提醒，林晚卿怯怯地收回了脖子。

“嗯……那个……”四下过于沉默，她只能找些话来缓和心情，“我今日的打扮，很像青楼里的花娘吗？”

季嬷嬷被问得一愣，却还是保持着太后身边掌事嬷嬷的风度，站远些，将林晚卿细细打量了一番才道：“女郎生得貌美，若是京中贵女，怕早已是名声在外。太后是不认识女郎，才会有方才那样一番推论，女郎莫要放在心上。”

也是，依照苏陌忆的脾气，一天到晚都泡在大理寺，身边从来没有过什么女人。如今他冷不防地带了她回府，以太后前段时间对他行踪的掌握来看，也怪不得要错把她当花娘。

林晚卿松了一口气，这才觉得方才那块堵在心里的石头动了动。她又忍不住踮着脚往身后的正堂瞧了瞧。远远地，那正门开了一扇，火光明灭中，从里面急步走过来一个颀长的人影，直直到了她的跟前。

苏陌忆的神情有些复杂，看向她的眼神晦暗不明。林晚卿忽然觉得心里空了一下，仿佛五脏六腑都没了着落。

“太后……”她停顿了一下，声音细弱蚊蚋，“太后是不是……”

“皇外祖母同意了。”话被打断，同样被打断的，还有那一抹不断跌向阴郁的情绪。

“什么？”林晚卿看向苏陌忆，一脸的不敢置信。

苏陌忆没有再回答她，而是直接上前牵起她的手。林晚卿顾及着周围一圈的侍女，吓得赶紧将手抽了回来，恼怒地瞪了他一眼。

“咳咳……”苏陌忆以拳抵唇轻咳两声，挺着身板，端着架子一本正经地往旁边的一处回廊里走去。

林晚卿低头跟了过去。苏陌忆说要娶她，而太后也同意了。她只觉得脚步虚浮，不甚清醒。可是心底那一点点的甜还没来得及漫出来，她便听到苏陌忆轻声道：“皇外祖母说可以替你安排一个显赫的母家，让你名正言顺地嫁入世子府。”

“什么……”她听见自己的声音，是颤抖的。

苏陌忆却浑然不觉，依旧笑着道：“皇祖母会让吏部和户部将你的户籍转到……”

“不！”突如其来的一声，林晚卿喝止了苏陌忆，“不行！现在、现在还不行。”

第二十八章　家仇

“为何？”苏陌忆似乎没有料到她会有这样的反应，顿时露出不解的表情。

月色清幽，回廊上飘摇的烛火映出她微蹙的眉头。

“因为……”林晚卿踌躇着，半晌才低低地道，“因为我家的事……”

苏陌忆松了一口气，笑道：“你要嫁进世子府，事情可多着呢。三书六礼，一样都不能少。光是这一套走下来，都得大半年去了，更何况在这之前还得给你寻个名正言顺的身份。”

林晚卿依然为难。四岁之后，她的身份是林伯父贿赂了县里负责采集手实的官员，以家中无子为由瞒报的。因为当时乡里为了少交赋税，都会瞒报男丁，像她这样多报男丁的是少数，办事的人想着能拿银子，还能多收税，便也就随他去了。再后来，他们辗转好几个地方，知情的人也都失去了联系。故而她一直以男子身份求学，入仕之后又因为官职低微，身份审查也就给点好处打点打点，便又给蒙混过去了。

可这次不一样。有太后和大理寺督办，下面的人怕是会提着脑袋小心谨慎，那她的真实身份，很有可能会瞒不住。可这一查出来，无异于一石激起千层浪。倘若苏陌忆她可以信，那太后呢？永徽帝呢？

当年萧家以“谋反”之名被问罪，多少人落井下石、置身之外，他们会愿意看到萧家翻案吗？就算苏陌忆愿意帮她，可在这样的围追堵截、前途无望之中，他又能坚持多久？思绪纷乱，林晚卿与苏陌忆站在廊下，相顾无言。

最后还是苏陌忆先开了口：“我从未过问你家的事。”他的语气淡定，方才眼中的星光暗了一点，看向她的神情之中竟然难辨喜怒，仿佛又变成了那个公堂之上不苟言笑的苏大人。

他停顿了一下，继续道：“因为我想，你若是想说，总有一天会向我坦白。故而你不说，我也不问。”他停了下来，等着她的回复。然而穿梭于两个人之间的，只有沉寂的夜色和满院的清风银辉。他何尝不是冰晶透亮，眼里容不得半点沙子的人。可是为了她，他愿意用灰把自己抹一遍。

“你根本不了解我，不是吗？”林晚卿问，“你甚至不知道我的身份。”

“是呀……”苏陌忆垂眸看着面前的人，轻轻哂笑。两个人离得近，她身上清新的艾草味道像温柔的夜，无处不在，静静地张扬。他确实不了解她。不知道她从哪儿来，叫什么名字，有什么用心。甚至在这一刻以前，他还以为她同他一样期待着十里红妆、一身嫁衣。

可他也知道很多关于她的事。他知道大理寺一百多间屋舍里，她最喜欢的是案宗室。他知道她在看卷宗的时候会蹙眉抿唇，神情专注。他还知道每每当她沉默的时候，并不是在思考，而是在想如何把不想说的事都瞒下去。比如现在。可是这些，他都没有同林晚卿说，万千思绪在此刻统统化作一句平淡无奇的话。

苏陌忆说：“林晚卿，这是我最后一次等你。我们之间的事，不应只是我一人主动。能给的，我都会给。但倘若你再让我多走一步……”他靠近了一些，寂夜廊灯下，幽暗的眸子说不出的落寞。

灼然的目光逡巡在她脸上，像一把星火，焚得她出了一层细细的汗。她忽然有一种怅然若失的感觉，仿佛眼前之人已化作流萤。

“我会转身离开。”苏陌忆说，语气是从未有过的认真。

夜不够厚，是破的。清冷的光从破漏的云层中涌出，林晚卿看见石板上那两个纠缠拉锯的影子。下一刻，苏陌忆的唇落在她的额头。苏陌忆搂住她，将她裹在怀里，悄然在她耳边唤了一句：“卿卿。”充满眷恋。

大明宫，承欢殿。

有人推开了寝殿的门，侧身将一室的烛火挨个燃起。卫姝本就心事重重，此刻正抱膝坐于榻上。她见有人来，一惊，望过来的眼神中满是防备。

“是本宫。”一道清丽的女声从屏风之后传来，端庄大气。陈皇后由奶娘扶着，从满室灯火中走了出来。

卫姝要起身行礼，被她免了。其余的人都埋头退了下去，陈皇后在她的床榻边坐了下来。

“本宫说的事，你想明白了吗？”她问，手里的那把团扇被她轻轻晃了晃。

卫姝霎时觉得背心漫起一股凉意。她靠近了一点，声音里带着哀求：“奴、奴的阿娘还在他们手里，奴若是不替他们做事……”“可你若是替他们做事，本宫有一万种法子了结你。”皇后的声音淡淡的，毫无波澜。

“你若是死了，你阿娘会怎样？”皇后问，语气里竟然还带着笑，“终究都是要死的人，何必枉费心思。”

“娘娘！”卫姝闻言“扑通”一声跪到了地上。她是从床上滚下去的，故而那一跪，声音格外的响，仿佛膝盖骨都碎了。

陈皇后往后退了退，不是被吓得，而是被她这突然的举动冒犯到。她皱起眉，用团扇捂了捂口鼻，一脸的厌恶。

“哼……”皇后冷冷地笑，手里的团扇被她两根指头溜溜地转起来，光影在她的脸上投下一些浮动的条纹，像翕动的老虎胡须。

“你我都是，太后、皇上才是我们的倚靠。苏世子是太后的心头肉，你说你针对谁不好，怎么偏生要跟他过不去？”

卫姝紧紧抓着自己的裙摆，没有吭声。她只不过是这场宫闱阴谋里，最不起眼的一颗棋。她甚至连幕后那个操纵着她的人，都不知道是谁。她有什么选择的权利？不过唯命是从罢了。

皇后见她这副模样，当下不快，冷笑一声道：“你若不愿与本宫一条心，那尽管去试试，看看自己那点能耐翻不翻得出这承欢殿。”

皇后靠近了一点，一双好看的杏眼染上明亮的火光，在暗夜里透出一点鬼魅：“到时候，光是假冒嫡公主这一条罪名，就够你死上一万遍了。”说完陈皇后起身，留给卫姝一个蔑视的眼神，仿佛垂看一只可怜的蝼蚁。奶娘跟着皇后离开了卫姝的寝殿。

奶娘担忧地回头看了看，道：“娘娘，既然她不肯为娘娘所用，何不借太后之手除掉她。这样一劳永逸，还摘去了他们安排在这里的一条眼线。”

皇后闻言神色一凛，倏地挺住脚步，看着奶娘道：“你以为本宫不想？可现在还不是时候。太后一向精明，断不是什么好对付的深宫妇人。你能肯定她就没怀疑过本宫？”

奶娘垂头，不再说话。

皇后又道：“若是卫姝向太后透露什么对本宫不利的消息，太后保不定会去深究。如今苏陌忆和皇上又盯着前朝的种种，多事之秋，多一事不如少一事。”

“是。”奶娘应声，“可是，老奴实在担心得很。若是卫姝所言为实，去往洪州的真是苏世子，万一那头被整个揪出来，当年萧良娣的事……”

皇后的神情肉眼可见地冷了下去，她紧紧地握住扇柄，手腕微抖，指节发白，像是要将它折断了去。她怕的也是这个。若说不处置卫姝，一半是因为太后，那另一半，就是因为这件事了。她有把柄在他们手上，若是有心不依，当年的事情被捅出来，她活不成不说，还会连累母家和太子的前程。皇后心烦意乱，毫无头绪。

奶娘见状知道自己说错了话，慌忙圆场道：“不过章仁做事一向谨慎，不是说他已经确认那人不是苏世子了吗？就算是，他也没有透露半分消息，洪州当是没有出问题的。况且，老奴听说皇上那边，也一直没有对宋正行有什么怀疑，就连让刑部和大理寺去问话都没有过。”

皇后依旧不说话，半晌，才低低地叹了句：“但愿吧。”

西市的一家包子铺，生意红火。之前还在京兆府的时候，每逢下职，林晚卿总会和梁未平到这里来吃个夜宵。

从洪州回来之后，也不知是不是因为定亲的事，林晚卿总觉得苏陌忆忽然又忙了起来。两个人虽然仍住在大理寺，可见面的机会实在是少之又少。苏陌忆一连几日都在朝会之后被永徽帝留下来议事，就算是休沐日，他也经常被一道口谕就给召进了宫去。

不过，好在苏大人忙归忙，每次只要回来，必定会趁着她睡熟，偷偷在她的掌心或者枕下放上他从宫里抑或是从街坊早市上寻来的小玩意儿。从书签到话本子，从她用得上的笔架到她用不上的脂粉，每次都不带重样的。于是她心里的那一点忐忑，又被这些小物件抚平了。

“呼呼——”眼前的梁未平埋头吃着包子，投入得满头大汗。

最近晚上苏陌忆都不在，林晚卿一个人老是乱想，故而拉着梁未平半夜摸出来到处闲逛散心。林晚卿看着梁未平，百无聊赖地用手扯着包子皮，兴致缺缺。

梁未平用舌头抡着嘴里的东西，口齿不清地道：“我说，你这段时间都去哪里了？我好几次去大理寺找你，他们都告诉我你不在，问你去哪儿了也不说，我还以为你被派去哪里当细作了呢，唔！”

林晚卿听到梁未平的话，赶紧伸手捂住他的嘴：“人多口杂，莫议公事！”

梁未平嘴里还含着滚烫的包子馅儿，被林晚卿这么一捂，顿时烫得涕泪横流。他挣扎着点点头，林晚卿才放开了他。

“我……唉……”林晚卿欲言又止，不知从何说起，“苏陌忆说要娶我。”

“噗——”梁未平闻言，吓得嘴里的包子都整个喷了出去。

“咳咳咳咳……”梁未平狂咳不止，一张脸憋得通红。

“你、你……”梁未平结巴道，“你说什么？”

林晚卿叹口气："我说，苏陌忆说他要娶我。"

梁未平终于冷静了，呆愣地看了林晚卿半晌，然后招手唤来了店小二。

"包子多少钱？"梁未平问。

"两屉六文钱。"

"拿着。"梁未平豪气地将六文钱放到店小二手里，挥手让他退了下去。

片刻，梁未平才转过头来，看着林晚卿笑得双眼放光："承蒙世子妃赏脸，这一顿包子，梁某不成敬意，呵呵……"

"……"林晚卿看着梁未平嘴角抽了抽，翻了个白眼，起身就走。

梁未平懵了一会儿，追出去。半道上想起那两屉包子还没吃完，他又折返回来让店小二打了包，这才拎着两个油纸包，匆匆跟了出来。

"你、你走什么？"梁未平追得气喘吁吁。

林晚卿忽地停步，看着梁未平道："有没有什么方法，可以……"她停顿了一下，仿佛在寻找一个最合适的词，"可以拖延一下婚期？"

"你不想嫁他？"梁未平瞪大了眼睛，不敢置信，"你可知道在这盛京尚未婚配的儿郎之中，论家世、长相、才学、前途，苏大人若是排第二，排第一的人就会被太后连夜派人暗杀。嫁了他，可谓是要身份有身份，要清静有清静，比当太子妃还一劳永逸，你不会真的这么想不开吧？"

"……"这是什么比喻？林晚卿看着梁未平青筋暴起的额头，梗了梗脖子，"也不是不想嫁，就是……不能这么快……"

"哦……"梁未平恍然大悟地点头，"那还不简单，就说你有个指腹为婚的青梅竹马，现在要先退亲才能再与他定亲。"

林晚卿的眼皮跳了跳，道："算了，我还是自己想办法吧……"

月色稀松，亥时两刻，万家皆已入梦。街上除了偶尔几个醉鬼，已经看不见什么人。

梁未平要送林晚卿回大理寺，两个人沿着街边走了一阵，直到不远处传来几声嬉笑。

林晚卿抬头，看见三个人影于街灯昏暗中走来。为首的那人一边与身后两个人说笑，一边吃着手里打包的什么东西。

"啪！"三人经过他们身边的时候，林晚卿忽然觉得自己的耳鬓被什么砸了一下。定睛一看，是方才看到的那人手里的打包油纸。油纸落在地上弹了几下，骨碌碌地滚到了墙角，留下一路的油腻汤汁。

林晚卿愣了一下，抬手去摸自己的头，只摸到一手的油……他吃的是灌汤包。

"站住！"林晚卿气急，喝住了已经走出一段距离的男子。那人闻声停住脚步，浑不在意地转身，与她视线撞个正着。

林晚卿这才看清楚，砸她的人是一个锦衣玉袍的公子。他生得倒是眉清目秀、一表人才，可满眼的不屑和看人趾高气扬的态度，一看便是京中哪位大人家的草包纨绔。

“你随街乱扔杂物，若是伤到了人，可是会被官府问罪的。”林晚卿道，隐忍着怒火。

面前的人冷嗤一声，没有说话。他身边的两个跟班先开了口：“乱叫什么，一只野狗也敢挡了陈二公子的道！”两个人说完作势就要抡袖子上前，被二公子拦了下来。

他侧头斜斜地瞄了林晚卿一眼，目光落在她一身官服上，眉宇间尽是嫌恶与鄙夷地道：“我当是什么人，原来就是个九品小官，京兆府？还是大理寺的？”说话间他朝着林晚卿又近了两步，张口就是一股酒气，熏得林晚卿侧头捂住了口鼻。

在盛京待了一年，林晚卿还是听说过一些有名的纨绔，这陈二公子便是其中之一。身为南衙禁军统领陈衍的独子、陈皇后的亲侄子，这人平日里就为非作歹、恶贯满盈。曾经她还在京兆府的时候，李京兆没少帮他擦屁股善后。

“咚咚。”脚边传来两声碎响，像什么小而硬的石块落到地上，弹了两下。她低头一看，发现是两块碎银子。

“拿去洗洗毛，大半夜的就别出来，野狗会被人打来吃的。”

忍无可忍的林晚卿默默地攥紧了拳头。按照她原先的脾气，今日铁定是咽不下这口气的。可是如今苏陌忆忙成那样，林晚卿实在不想再给他添麻烦。故而那口快要崩裂的脾气，还是被她生生吞下去了。

然而下一刻，她便被陈二公子的两声惨叫惊住了。一向很㞞的梁未平不知哪根筋不对，在林晚卿兀自纠结的时候，他一鼓作气地将手里包着包子的油纸扯开，然后整个摁到了陈二公子的脸上去：“你才该躲起来，做了那么多伤天害理的事，也不怕半夜出门遇仇家直接给你了结了！”说完他对着那三个人撸起袖子，准备开打。

“你干什么？”林晚卿懵了。

“我早就看他不顺眼，如今有你给我撑腰，我要教训教训这个恶迹昭著的纨绔！”梁未平的声音方落，只听耳边“簌簌”几声响，街道四周便不知从哪里冒出了数十个身带刀剑的暗卫。

林晚卿：“……”

梁未平：“……”

怪不得陈二公子树敌颇多，还能大半夜在街上大摇大摆地逛，原来是他爹早有算计，暗地里安排了暗卫保护他。

“这……”梁未平白了脸，用胳膊肘捅了捅林晚卿，“怎么办……”

林晚卿咽了咽口水，脚下微不可察地往后挪了挪：“我们打不过的，你知道吧？”

“嗯、嗯……”梁未平点头。

“这里离大理寺不远了你知道吧？”

“嗯、嗯……”梁未平腿脚哆嗦着。

“那还愣着干吗？跑呀！”林晚卿一吼，脚底抹油。

梁未平一怔，随即反应过来，袍裾一撩，跑得飞快。

两个人眼前一抹黑、抱头乱窜，暗卫围追堵截、飞檐走壁。打也打不过，跑也跑不过，林晚卿心中感到愤懑。耳边传来一阵轻微的细响，是森冷的铁器擦过夜风的声音，极细而不可辨认。她回头一看，只见一个暗卫已追到近前，手中长剑泛着冷光，直朝她的手臂刺来。这么刺激？朝廷九品官员说杀就杀？

然而下一刻，林晚卿只见余光处飞来一道白光，如月色浮动。

“铿——”金属擦挂发出刺耳的响声，随着“嚓”的一声脆响，暗卫手中的剑断成了两截。

领头的暗卫忽然顿住了脚步，他抬手示意后面的人，所有人都放慢了追击的脚步。

只顾着逃命的林晚卿并没有看到这一幕，她跟着梁未平拐进了街尾的一处小巷，实在是跑不动了。本来她想着逃回大理寺，可那些人追得太猛，她只能慌不择路。

林晚卿一手撑着腿，一手拍着胸口，抬头看了看星位，好辨认当前位置是在盛京城的哪个街坊。一只冰凉的手忽然捂住了她的嘴。林晚卿大惊，正要挣扎，却听耳边传来一个女子胆怯的声音。

“别怕，跟我走。”她说，转而来到了林晚卿眼前，“是我，你救过我的。”街灯下，身着粗布破衣、戴着头巾蒙面的女子出现在林晚卿眼前。

林晚卿愣了一下，没认出她是谁。直到她取下头巾，摘下面纱。金发、碧眼、高鼻——这是她在洪州救过的那个胡姬。

紫宸殿的灯火彻夜不熄，十二连枝青铜灯下，永徽帝将一封密函递给了苏陌忆。

“洪州那批乌矿的去处已经有消息了。”

苏陌忆一愣，接过密函一目十行地读了起来。信上说，那批做了标记的乌矿被章仁吊在船底，从水路运出。办事的人遵命并未声张，一路跟着那批货从洪州到了淮南。拿着密函的手一紧，苏陌忆瞳孔微震。淮南，那是先帝时期，梁王曾经的封地。

永徽帝见他神情微变，沉声道：“众人只知先帝曾经‘杯酒释权’，从各地藩王手中收回封地和兵权，却不知，当年此事得成，他却是暗地里与梁王达成过一个协议。”

苏陌忆抬头，看向永徽帝，等他说完。

“当年先帝子嗣困难，继位七年，宫中都不曾传出喜讯。又恰逢前朝征战三载，平复了吴王之乱，先帝便有了拉拢当时实力最强的梁王的打算。”

至于如何拉拢，苏陌忆当即猜到了一二。当年吴王造反，朝廷派兵镇压，强强相争，两败俱伤。先帝有意削藩永除后患，加上自己子嗣单薄。为了不让皇权旁落，便许以亲弟梁王皇位，让他带头，对朝廷表忠心。梁王时值弱冠，又不如何过问朝事，在权力和亲情的诱惑感染之下，便答应了先帝的提议，带头将手里的封地和兵权都交了出去。可几年之后，待到皇权稳固，随着安阳公主的出生，后宫喜讯频传，先帝的子嗣也逐渐兴盛起来。

梁王这才反应过来，自己怕是受了先帝的诓骗，兔死狗烹、过河拆桥。但当时的他已经是一个失了实权的亲王，要想再与先帝抗衡，无异于痴人说梦。这么想来，他有意暗中豢养私兵、敛财夺位，也实属动机充分。失权容易养权难，当年一朝一夕扔去的东西，如今却要经过长达十余年的谋划，才能重新拿起来。梁王也当真是隐忍蛰伏、处心积虑。

“那如今，皇上打算怎么办？”苏陌忆问。

永徽帝沉默，一时无语。光是凭借几箱被运送到淮南的乌矿，根本不足以证明梁王的谋反之心。以此对他发难，反而会落下残害皇室宗亲，不敬尊长的恶名。况且梁王能小心谨慎地隐藏这么久，前朝党羽怕是早已盘根错节，再加上他与皇后母家的姻亲关系，若是再扯上太子，只怕梁王更会借机发难，反打一耙。

确实难办。想要不动声色地在这场博弈中取得胜利，除了从长计议，实在是没有别的办法。可是梁王却不一定会给他们这么多时间。既然他已经开始打兵器的主意，再拖下去，只怕会夜长梦多。思路陷入了僵局，大殿一时寂静得落针可闻。

大黄门富贵远远地走了过来，手里拿着一个食盒。他看了看永徽帝，又看了看苏陌忆道：“皇上，这是太后让奴才送来的汤，说是朝政辛苦，别累坏了身子。”

“嗯。”永徽帝随意应了一声，挥手示意他将东西放下。

富贵经过苏陌忆身边的时候看了他一眼，意味深长地道：“太后还让奴才给皇上带了一句话。”

永徽帝停顿了一下，抬头示意他讲下去。

富贵将手里的食盒打开，道：“太后说，这只鹅是她去年养在行宫的，见它聪明伶俐就选了它做头鹅。可它不识好歹，几次三番地逃出圈养的围栏，还带领其他鹅公然追咬饲养的宫人，太后一气之下就趁着它逃出围栏之时，命人把它宰了。”

富贵停顿了一下，去观察苏陌忆和永徽帝的表情，又道：“自那以后，其他的鹅都安分了许多。故而太后特地让奴才将它送来，让皇上和世子尝一尝。”

苏陌忆听懂了，心下一凛，转头看了看永徽帝，他也是一副茅塞顿开的神情。

擒贼先擒王，没有证据，那就挖坑让他自己跳。心怀不轨、另有所图的人是梁王，有欲则有乱，该慌的人应当是他们。

富贵说完了，便俯首退了下去。

灯火通明的紫宸殿内，君臣二人相视一笑。

苏陌忆将御案上有关宋正行的调查翻开，问道："皇上可知这个宋正行，从任洪州刺史开始就是梁王的门生？"

永徽帝点头，不置可否。

"那之前的假银案，加上如今大理寺介入的宋府杀人案、京兆府屠狱案，桩桩件件都影射宋正行，梁王难道真的没有觉察？"苏陌忆问。

永徽帝若有所思，并不言语。

苏陌忆道："依臣看，梁王一党心思缜密，行事谨慎，皇上知道的事，就算掩饰得再好，他们也断然不会一无所知。否则臣在洪州时，章仁也不会几番试探。"

"爱卿的意思是……"永徽帝看着苏陌忆，眉宇微蹙。

苏陌忆点头："嗯，梁王之所以把宋正行留到现在而不动他，并不是因为他没有察觉，而是因为他不敢。"他停顿了一下，烛火下眉眼间尽是疏朗之色，"因为宋正行的手上，有他的把柄。若是臣没有猜错……"

苏陌忆单手摁下卷宗，笃定地道："宋正行一旦遇害，这些证据将会被人呈到皇上跟前。所以，只要朝廷找个借口将宋正行缉拿，梁王必定大乱。"

"但倘若他兴兵造反怎么办？"永徽帝问。

"以何种理由？"苏陌忆反问，"只要我们缉拿宋正行的理由正当，他敢兴兵就是被天下唾骂的反贼。故而他不敢来明的，只敢暗中动作。可我们要等的，就是他的暗中动作。"

永徽帝了然，笑道："宋府的三公子将于三日后娶妻，届时，朕定当亲临宋府祝贺。"

第二十九章　家宴

苏陌忆回到大理寺的时候已近子时。

明日就是皇宫家宴的日子，他要带着林晚卿进宫，想是没有多余的时间去处理其他事情。他便先去了自己的院子，将永徽帝交代的事情都安排好。

外面静悄悄的，院中竹叶沙沙，像缠绵的雨声。自从洪州回来，司狱也不知怎么了，成日没精打采，不是趴在院门口，就是趴在自己的小屋子里。只有散步的时候亢奋异常，而且每次必定都会拖着他往林晚卿院子的方向走。

“司狱。”苏陌忆放下手里的东西，走到院中，看了看它碗里的食物和水。

都没怎么动。这傻狗怕不是生病了？司狱趴在地上，只掀了掀眼皮，连头没有抬。苏陌忆有些担心，蹲下来揉了揉它的头，又检查了一下它的鼻子和牙齿。没发现什么问题。

他不解地道：“要去散步吗？”

“嗷呜……”司狱一听散步，整个狗都精神了，直接从地上弹了起来，亢奋得一点都不像得了病。

苏陌忆蹙了蹙眉，牵着司狱出了自己的院子，思忖着明日从家宴回来之后，得找个兽医来看看。

静夜无声，大理寺下职之后只有少数几个衙役轮班巡逻，故而一路上也没见着什么人。

司狱果然还是拖着苏陌忆往林晚卿住的方向走，一人一狗在爬满紫藤的木架边停了下来，不约而同地打望着院里的动静。

屋里的灯火还没有熄，苏陌忆觉得奇怪，因为这还是这么多日以来，头一回他子时过来，林晚卿都还没歇下的。莫不是因为明日的家宴，她睡不着？思及此，他的心中漫起一丝甜意。于是他便随手整理了一下头上的玉冠，又将衣襟和腰封仔仔细细地理了一遍。抬脚要走的时候，苏陌忆发现司狱也正低着头，打量自己一番之后站起身，将浑身的毛都抖得松了一点，看起来更加威风凛凛。

“……”他抽了抽嘴角，怀着复杂的心情推开了林晚卿的门。

眼前的情景是他始料未及的。屋内昏灯下，四颗脑袋齐齐回头，八只眼睛目不斜视——林晚卿、梁未平、小白，还有一个从未见过的胡女……林晚卿应当是才沐浴过，长发随意地披散在肩上，发尾还有些湿漉漉的水汽。样子慵懒又迷人，带着一点猫儿的惬意。

司狱低眉顺眼地走到林晚卿脚下，趴着，用头蹭了蹭她的膝盖，一双晶亮亮的狗眼睛盯着小白骨碌碌转。

苏陌忆被司狱的舔狗状态吓了一跳，随即将眼神从林晚卿身上移开。

胡姬也就算了，梁未平大半夜的不睡觉，跑到她这里来做什么？

“大人……”林晚卿看见脸黑如墨的苏大人，一双凤眸微眯，仿佛化作两把利刃，要把梁未平剥皮削骨。

然而解释的话还没出口，就被苏陌忆略带怒意的质问打断了：“他们在这里做

什么？”

“卑职……”

梁未平才起了个头，就被苏陌忆狠瞪了一眼。

“本官没问你。”

说罢他转身看向林晚卿。林晚卿赶忙把今日在街上的事情跟苏陌忆说了一遍，又补充道，“带他们回大理寺，是害怕现在出去再被那些暗卫盯上。”

苏陌忆的脸色这才好了一点。他从腰间扯下一块玉珏，递给那两个人道：“拿着这个去找门口守职的衙役，让他们送你们回去。”

梁未平兴高采烈地接了过去，然而胡姬却一动不动。

林晚卿立刻拽住苏陌忆的袖子，轻声道：“莱落是被人卖到南地来的，之前身陷青楼，如今好不容易逃出来，也没个去处。若是将她送回街上，难保那个陈二公子不会去找她麻烦。今日我们也算是得她相帮……”

苏陌忆低头看她，语气森冷：“林晚卿，你随意带些闲杂人等入大理寺就算了，如今莫不是还把这里当收容所了不成？”

林晚卿撇了撇嘴。她知道，每次苏陌忆喊她全名的时候，就是真的生气了。可是……她抬头瞧了瞧面前衣衫单薄的女子。如今已是十月初，盛京偏北，气候寒冷。几场秋雨下来，已经有入冬的迹象，她却还穿着一身单衣，方才坐在屋里都冻得直哆嗦。要赶她走，林晚卿实在是于心不忍。于是，她有些为难地示意梁未平和莱落先出去，转身将苏陌忆拉到一侧的坐榻上。

苏陌忆还是很生气，冷着脸兀自斟茶，也不看她。

有求于人的时候，林晚卿也是学得会乖巧的。她眼疾手快地从苏大人手里夺过茶盏，又拿起一旁的茶壶。淅沥沥的清茶，淡淡的颜色，烛光之下美人白指纤纤，宛如玉琢，于一片水汽氤氲之中探出来，双手奉茶递到了苏陌忆的面前。心跳倏地有点乱，但一向沉稳的苏大人还是绷住了。他默不作声地接过茶盏，闷声嘬了一口。

一旁的林晚卿小心地观察着他的脸色，故意凑近了一些。

“大人……”她放缓了语气，软软的，像是求饶示好。

苏陌忆觉得胸口上仿佛多了一只猫儿，用毛茸茸的爪子，在他心尖上挠了挠。

“大理寺不能收，世子府总能找些事给她做吧？”

苏陌忆不理她，埋头喝茶。

“大人……”她见苏陌忆的神色缓和了一些，侧身贴着他，下一刻便在广袖之下拉上了他的手。

苏大人早就一手心的汗了。

嗅到希望的林晚卿咬了咬嘴唇，伸出食指，在他宽阔的掌心轻轻挠了挠：“那

二公子当真是嚣张至极，今日若不是莱落，他的那些暗卫恐怕真的会伤了我和梁兄唔……梁未平……”

说罢，林晚卿将小腿放到了苏陌忆腿上，然后拉开裤脚，露出摔得一片红肿的膝盖：“你看，都摔破皮了。”

“他弄的？”苏陌忆语气陡然寒凉起来。

“嗯嗯！”林晚卿点头，委屈巴巴地说，“他们还动刀了。”

苏陌忆闻言呼吸变得沉重起来，脸上不动声色地又沉了三分。

林晚卿怕他跑偏，赶紧转身搂上了他的腰身，往他颈窝处拱了拱道：“你知道我从不愿欠人情的。如今能力有限，报答不了莱落，我只有大人，故而也只能请大人帮忙了。”也不知道是哪句话触到了苏陌忆，林晚卿觉得他的气息似乎灼热了一点，室内微光下，甚至能看到他起伏不定的胸膛。

“只能请我帮忙了？”苏陌忆问，垂眸看她。

林晚卿愣了一下，从苏陌忆的眼里看出一丝欣喜，随即懵懂地点了点头。

苏陌忆看着她一副谄媚讨好的样子，忽然笑出了声。上一次见她这样，还是喝了“惑心”的时候，如今她倒是敢在他面前放肆了。

林晚卿见他笑，也没说话。只当他是默认了，又担心他反悔，干脆直接朝着外面喊：“莱落，苏大人同意了，快进来谢谢大人。”

“……”被先斩后奏的苏大人，霎时觉得有些心塞。

可是这话都由她说了，自己若是现在反悔，对着一个女人，难免失了气度。总归世子府家大业大，要庇护谁也只是一句话的事，苏陌忆也就没有再跟她计较，点头应承下来。

翌日便是太后之前提过的宫中家宴。因为林晚卿的身份不宜公开，故而太后此次只宴请了皇室中她最为器重的少数宗亲，就连后宫嫔妃也只有皇后和四妃可以参加。

苏陌忆还是一早就要去上朝，不过他走之前吩咐了林晚卿早些去世子府等他。待他从宣政殿回世子府接她的时候，莱落正在替她梳妆打扮。

林晚卿今日选了一件萱草色齐胸襦裙，配以淡雅的月白暗纹大袖衫，浓淡适宜、若轻云出岫。胭脂和唇脂也是清淡的珊瑚色，配着她白皙如玉的肌肤，端庄大气，亦不失明媚娇俏。

苏陌忆看得愣住了。

“大人。”林晚卿从镜中看见苏陌忆，软着嗓子唤了一句。

苏陌忆装模作样地移开视线，耳根一如既往地偷偷红了。

“可以走了。”他走过去，牵起她的手暖了暖，将手里的一件狐皮大氅罩在她身上，又往她怀里塞了一个温度恰好的手炉。

马车在玄武门外停了下来，苏陌忆牵着林晚卿，由一众宫人带着，步行往麟德殿去。

初冬时节，夜风寒凉。然而眼前巍峨的大殿灯火辉煌，无数瓜形宫灯映照着太液池的碧波，宛如繁星点点。行走在其中，倒有一种星空下漫步的感觉。林晚卿忽然有一种不真实的感觉，跟着苏陌忆的脚步骤然慢了下来。

“怎么了？”苏陌忆停下问她。

林晚卿摇头，笑道：“没什么，就是走得有些腿软。”说罢她焐着手炉，埋头又要往前走。

“等等。”苏陌忆叫住了她，眉头微蹙，目光落在她的发髻上。

“怎么了？”林晚卿看不到，只能不知所措地去摸，却被苏陌忆拉住了手。

“后面的珠钗有些松了。”苏陌忆道，“我替你重新插，你转过去。”

“哦。”林晚卿听话地背过身，低下头。一片凉意之中，林晚卿能感到苏陌忆靠近了，他灼热的呼吸一下一下地轻抚在她的后脖颈，有点痒。

苏陌忆将她捂着脖子的手拽下来，道：“好了，有我在，别怕。”

“哦……”林晚卿垂着头，觉得心里的忐忑好了一点。

两个人跟着小黄门，进了麟德殿。殿内灯火通明，宛如白日。宫灯之下，对清风、临碧波，珍馐佳肴、玉液琼浆，满座宾客面色酡红，醉意醺然。

林晚卿不敢到处张望，进去之后只悄悄往上首的座位上看了一眼。皇室宗亲里，她只见过太后和卫姝。两个人好像都还没有来，倒是一旁那个一身华服的妇人跟一帮宫妃坐在一起，有说有笑。这时，一个黄门内侍躬着身，凑到她耳边说了句什么。她随即往林晚卿和苏陌忆的方向看了过来。

“给皇后娘娘请安。”苏陌忆走近了，对着皇后行礼。

林晚卿跟着福了福身。

“快起来！”皇后笑着，伸手示意他们免礼，又兀自道：“太后马上就到，你们先坐。”皇后说完招来奶娘，让她把自己面前的一碟奶酥糕送过去。

“世子、姑娘。”奶娘将奶酥糕放在桌案上道，“娘娘知道世子喜欢奶酥糕，这是她亲自让承欢殿的小厨房做的，世子看看喜……”没说完的话断在了喉咙里，奶娘的手一软，那碟奶酥糕便骨碌碌地滚了一地。

两个人都愣了一下，抬头却见奶娘看着林晚卿，一脸惊讶的神情。

“呀！瞧老奴这笨手笨脚的。”奶娘回过神来，手忙脚乱地解释，“老奴这就

再去取一碟来。”

这时殿外响起大黄门的唱报，太后来了。众人齐齐下跪行礼。

太后走进来随意寒暄了两句，便让众人平了身，转而她的目光便开始在人群中搜寻。

“皇外祖母。”苏陌忆领着林晚卿走过去，乖巧地唤了太后一声。

太后一听，破天荒地没有去关注苏陌忆，一双似笑非笑的眼睛落到林晚卿身上，似乎要将她看出一朵花儿来。第一次见面，她只顾着发火，对林晚卿也只是匆匆看了一眼。如今再见她才发现，眼前的女子果真是难得一见的姝色，站在苏陌忆身边，谁都得赞一句郎才女貌。

太后看了片刻才移开目光，睥着苏陌忆，没好气地叹了句：“算你眼睛毒。”

苏陌忆假装没听到，红着耳朵要去扶太后回座。

太后却没让他扶：“你难得进宫一趟，这些宗亲你都有好些时候没见过了吧？”

苏陌忆愣了一下，不动，却被太后反手一推。

“你去跟你的叔叔、伯伯、婶婶、表亲们问个好，哀家有林姑娘扶。”

“又不是多熟，有什么好问的。”苏陌忆不走，眼睛止不住地瞟林晚卿。

太后斜眼睨他，威胁道：“去不去？”一副“你要是敢拒绝，就别想娶媳妇”的语气。

苏陌忆一脸不情愿地踌躇着。

林晚卿出来解围，给了他一个轻松的笑：“大人，太后说得对，正是因为不熟才需要多热络。”言下之意就是让他快去。

苏陌忆看了林晚卿半晌，确定她自己真的可以之后才冷着一张脸，极不情愿地走了。

太后将林晚卿的手拉起来，放到自己的臂弯处道：“扶着我，先去面前的观景台走走。”

麟德殿建于太液池一侧的小坡上，三面皆未设墙，前面一个空旷的高台正对碧波，风和日丽的时候，是赏景的好去处。

两个人沉默着走了一段路，太后没有说话，林晚卿也不敢开口，有些忐忑。

直到离人群远了，太后才轻声问道：“我听景澈说，你不愿意婚期太快？”

林晚卿心头一凛，扶着太后的手微微颤抖了一下，“嗯，是，是因为民女……”

“这是你跟景澈的事。”太后打断了她的话，“你不用与我解释。”

太后倏地停下脚步，回望身后那片灯火通明，目光里染上一点幽深。她像是陷入了什么回忆：“景澈虽然时常冷着个脸，对人也不怎么讲情面，但他却是个极重感情的孩子。”

林晚卿愣了一下，没有接话。

太后叹气，继续道："他还未满三周岁的时候，父亲便在边关战死了。小时候，他常常在梦里哭醒，闹着要爹爹。可是后来，安阳死的时候，他八岁。哀家将他接到身边，他却一次都没有哭过。哀家问他，想娘亲为什么不哭？他说因为他若是哭，哀家会担心。娘亲已经回不来了，他不想让哀家触景伤情，更不愿让哀家担心。"

太后的声音哽咽着，随即便握住了林晚卿的手："哀家这个外孙，真的很像他娘亲。懂事、重情，一旦他想要对谁好，那必定是一生一世。他会把所有的苦都自己咽下，将在意的人都护在心上。所以当他说要娶你的时候，哀家什么都没有问，因为哀家知道，问什么都没有用。可是……"

太后转过来，看着林晚卿，夜色之中，那双久观世事、洞察秋毫的眼似乎化作两把凿子，要将她刨开来看个清楚："哀家知道你并没有交付全部的真心，你还有事瞒着他。"

"太后……"林晚卿瞳孔巨震，从背脊到发心蹿起一股凉意，她听见自己的声音是颤抖的。

太后并没有要逼她说出实情的意思，对她摆摆手，安抚道："哀家没有什么别的意思，说这些话也只是想让你明白两件事。景澈如今是真的对你没有任何防备，把心交了出来，你此刻要风得风，要雨得雨。但是，哀家也想让你知道，他是哀家看着长大，倾注了心血的孩子。你若是敢对他有任何不利……"太后停顿了一下，语气中染上了几分冷冽与霸气，"哀家也有的是办法，让你生不如死。"饶是初冬的天气，太后的一席话也足以让林晚卿背心处一片汗淋淋的。

林晚卿平复了一下纷乱的心绪，试着打探道："安阳公主薨逝，对他打击很大吗？"

太后没有否认，只道："八岁的孩子，一夕之间便成了大人模样。之前的骄纵和贪玩都不见了，每日从早到晚只做一件事，就是把南朝所有刑狱断律的书籍统统背了好几遍。"

"哦……"林晚卿觉得心中凉了一点，又问道："那……他应该很恨害死他娘亲的人吧？"太后停顿了一下，似乎觉得林晚卿问了一个奇怪的问题，但她也只是应声道："杀母之仇，说不恨是假的。这么多年了，哀家都没有全然放下，更何况是他？"

更何况是他？一句反问，几乎断了林晚卿仅存的侥幸。冬日的夜风袭来，高台上的宫灯倏地灭了几盏，周遭暗下去。黑夜形成牢笼，将她困住。

太后要她别对苏陌忆不利，可是如今来看，她实在是不知，究竟瞒着他这一切算是不利；抑或是对他坦白，却眼看他在爱情和仇恨之间纠结才算是？

麟德殿里，那个一身月白锦袍的身影立于灯下，也在朝她们这边眺望。风吹起他的袍角，衣摆浮动、恍若流动的月光。他似乎看到了她，停顿了一下，朝她微微

点头，露出一个清淡的笑。又一次，林晚卿觉得苏陌忆离她好远。他一直都是行于云端的仙人，而她却只是一个落于世俗的凡夫俗子。

“走吧。”太后拍了拍她的手，笑道，“别让景澈等急了。”

月上中天，宫灯渐灭。

一场家宴，到底是其乐融融地吃完了。

夜里清冷，林晚卿的手炉也不怎么顶用。马车上，苏陌忆把自己的外氅拉开，将林晚卿拢在了里面，只露出一个脑袋。

林晚卿心事满满，被他这么冷不防地一抱，下意识地心虚想躲，却被苏陌忆摁住了腰。

“还冷不冷？”他问，贴在耳边的气息热热的。

林晚卿摇摇头，情绪依旧不怎么高。

“今天皇祖母都跟你说了些什么？”他继续追问，语气是严肃和不安参半。

林晚卿愣了一下，半开玩笑半认真地道：“她说你面冷心热，现在对我已经死心塌地，让我对你好一点。”

苏陌忆一听果然有炸毛的倾向，没好气地道：“她人老了脑子不清醒，你别信她的！”

“哪一部分别信？”林晚卿问，努力维持着声音的平稳，“别信你死心塌地，还是别对你好一点？”

苏陌忆被这个问题问得一噎，想了半晌才道：“对我好一点……还是可以的。”

林晚卿被他死鸭子嘴硬的样子给逗笑了，反问道：“那要怎么样才算对你好？”抱着她的手臂倏地颤抖了一下，林晚卿觉得靠着的那个胸膛热了一些，起伏加快。

苏陌忆沉默了片刻，似乎在组织语言。然后他贴到她的耳边，低声说了句话。

“你！”林晚卿不敢置信，一张莹白的脸只在一瞬便烧了起来。她扭头看着苏陌忆，一双美目瞪得溜圆，嗔怪地道：“堂堂从三品大理寺卿怎么可以说出那番……那番……”她越说脸越红，最后干脆扭头不再看这个披着朝廷命官之皮的“登徒子”。真不知道，以前那个正经又木讷的苏大人去了哪里。眼前这个人莫非是被什么脏东西附身了不成？

苏陌忆看着她笑：“卿卿不爱听这个，那我说点别的。”说完他又凑了过去。

“呀！你走开！”林晚卿无奈，可是双手被人擒着，想捂耳朵都不成。

“你不要脸！苏陌忆！苏陌忆你瞎说什么？闭嘴！闭！呀！”

苏陌忆见她终于露出了一点笑意，便收起了逗弄她的心思，附在她耳边轻声道：“皇上准备对宋正行动手了。”

林晚卿听了一愣，抬头看向苏陌忆的眼神有些不敢置信。

“是不是宋正行一归案，让你烦心的那些事情就没有了？”他问，带着一些试探的小心。

林晚卿心跳滞了片刻。原来，他早就猜到了太后跟她谈话的内容，方才的明知故问也只是为了让她开心。她一时不知道说什么，看着苏陌忆半晌没有吭声。

苏陌忆也不在意，兀自又凑到她耳边问道：“是不是到那个时候，你就可以嫁给我了？”

林晚卿忍着笑意，没理他。

“然后，我便可以……”苏陌忆又凑去了她耳边。

“呀！苏陌忆你这个色胚！不正经！我不要听！你给我闭嘴！苏陌忆！呀！唔……唔……”

马车在寂静无人的街道晃晃悠悠，留下某人一路的脸红心跳。方才那些郁郁终于烟消云散。

林晚卿无意间瞥到今晚的月亮，清淡如水。皇上要对宋正行动手了。只要宋正行倒下，萧家的案子虽不说平反昭雪，但好歹也不再是毫无头绪了。那个时候，只要等到那个时候，她一定会向苏陌忆坦白一切。她会像苏陌忆对她那样，交付身心，不再保留一丝一毫。

家宴散场之后，皇后回了承欢殿。

时辰已经不早，她准备就寝，便安排了几个宫女为她宽衣洗漱。奶娘引她到铜镜前，为她卸去发髻上的珠钗步摇。

“嘶——”皇后捂着被扯到的头皮“哼”了一声。

“你今日这是怎么了？”她看着镜中垂目的奶娘，蹙眉埋怨道，“心不在焉的，难不成是见了鬼？”

奶娘一听，欲言又止地递给她一个眼神。

陈皇后懂了，挥退了左右。

奶娘见人都走了，仔细关上门窗，神色凝重地道：“老奴觉得、觉得苏世子今日带在身边的那个姑娘不太对劲。”

皇后面色微凛，转身问道：“哪里不对？”

奶娘迟疑着，一双手搅着袖角，显得十分不安：“娘娘还记得、还记得十二年前的萧良娣吗？”

皇后闻言，果然变了脸色，叱道：“没事提她做什么？”

奶娘却拉住她，说道：“她难产死的时候，老奴就在现场，看着她断的气。之后好多年里，只要下雨，她那张脸便会出现在老奴的梦里……故而今日一见那姑娘，老奴总觉着，她的眉宇间，与萧良娣有那么几分相似……”

皇后闻言愣了一下。十多年过去了，对于一个不常想起的人，她其实是没有什么印象的。可是被奶娘这么一提点，她仔细想了想，似乎真的觉察出什么来，倏地变了脸色。

“你……你还记得不记得……”皇后颤巍巍地握住奶娘的手，下颌抖得快要合不上，“之前萧家被满门抄斩的时候，萧良娣有个四岁的侄女，下落不明。”

奶娘倒吸一口凉气。当时先帝和太后对此事大为震怒，想着既然处理了萧家，一个四岁的孩子就算逃走，也成不了气候。故而简单寻过一阵之后，也就没了下文。

“娘娘的意思是……”奶娘问了一半，又兀自道，“是呀，老奴若是没记错，那姑娘今年刚满十七不久，时间确实也对得上。而且据说，她跟苏世子，是在大理寺遇见的。莫不是……”

一声脆响，皇后手上的玉簪落地，碎成三截。

“不行……”她喃喃道，像是丢了魂，“爹爹在户部和吏部，是不是有几个门生？”

奶娘应了一声，点头。

“那你派人传个消息出去，让他托人查一查。要、要……”

“越快越好！”

第三十章　替嫁

淡色稀疏的阳光从茜纱窗外洒落，打在林晚卿微阖的眼睛上。她翻了个身，看见织金云缎屏风后那些从未见过的金丝楠木家具，愣住了。

“姑娘。”一旁的莱落唤她，替她捞起纱帐。

林晚卿这才想起来，前日宫中家宴之后，两个人并没有回大理寺，而是宿在了世子府。

苏陌忆次日又是天不亮就去了紫宸殿，昨日整整一夜都没有回来。反正最近大理寺里也闲得慌，林晚卿想看看莱落在世子府过得怎么样，于是便决定留下来多住一日再走。不过她还不太习惯这里的起居，故而晨间醒来的时候，每每都要恍惚一阵。

一边的莱落见林晚卿醒了，利落地替她打水净面，又端来漱口的茶水，要伺候她更衣。

林晚卿不习惯身旁有人，推托了一阵，莱落不依。林晚卿只得让她去取些早食过来，这才趁机快速收拾了一番。

这间院子是苏陌忆的，平日里除了洒扫，他不让旁人进来。如今林晚卿住在这里，他便只安排了莱落伺候。屏风外面，莱落已经开始布置她的早膳——单笼金乳酥、曼陀样夹饼、贵妃红、水晶龙凤糕……当然还有好些她根本叫不出名字的早点，光是粥就有好几种，各色各样，林林总总地摆满了一桌。

“……”林晚卿叹气，苏大人也不知什么时候变得这么铺张浪费了。她走过去，拣了张圆凳坐下，打了一碗桃花粥正要下口，却见一旁的莱落正望着她出神。

“你吃了吗？”林晚卿问，眼神扫了扫面前的食物。

莱落下意识地摇摇头，随即又点点头。

林晚卿猜她怕是馋这些吃的。毕竟这世子府里的好些小食，做得实在是可人，就连她都从未在盛京街头见过。莱落来自胡地，到这里之后又被卖去了青楼，看样子应当更没见过什么好吃的。于是她对着莱落招招手，说道：“我一个人吃不完，你来陪我吃。”

莱落有些犹豫，抿了抿唇小声道：“之前进府的时候，嬷嬷说了，不能和主子一同用膳。”

“可我不是你主子呀。”林晚卿说道，兀自给她盛了碗粥，“我只是这府上的客人。”

莱落似乎没太听懂，可她本身也搞不明白南地这些冗杂繁琐的礼数。想到林晚卿仿佛真的只是个借宿的客人，便也就没有再坚持，侧身坐到了她身边。

林晚卿将方才那碗粥推给她，说道：“吃吧。”

莱落这才露出了一些笑意，开心地吃起来。

林晚卿又给莱落夹了一个乳酥，问道：“我看你年纪也不大，应该还没满十八吧？”

莱落摇摇头，嘴里含着乳酥含混不清地道：“快满了。”

“哦。”林晚卿点头，又问道，“那你今后打算怎么办？你还有家人在胡地吗？”

莱落摇摇头：“我三岁的时候就被卖到这里来，家在哪里已经记不起了。”

“哦……”林晚卿有点惋惜，思忖着她若是没地方可去，要待在世子府也未尝不可，左右不过是她再服软扮乖，求求苏陌忆。

“那姑娘你呢？”莱落问，一双碧蓝色的大眼睛好奇地盯着她眨了眨。

“我？”林晚卿被她问得语塞，一时也不知该怎么回答。

“你要嫁给那个很凶的大人吗？”

“很凶的大人？”林晚卿思忖片刻才反应过来，她说的应该是苏陌忆。她一时又觉得好笑，那人看谁都没有好脸色，故而给莱落留下的印象也只有一个“凶”字。

林晚卿笑了笑，没说什么，只往她的碗里再添了一块龙凤糕。

莱落见林晚卿和善，也愿意听她讲话，便打开了话匣子，又兀自道："我觉得你们不怎么相配。"

"哦？"林晚卿只当她心直口快，"怎么不配了？""我听嬷嬷说，他是世子，是好大的官。"莱落咽下嘴里的糕，看着林晚卿认真地道，"以前我在青楼的时候，常有些富商或者官家夫人，带着家仆闹上门，要打死狐狸精的。这些男人都可以纳好几个女人，姑娘要跟别人抢男人，成天打狐狸精吗？"

林晚卿看着她严肃又天真的样子，开玩笑地道："你不是说他凶吗？既然他那么凶，有姑娘愿意跟他？"

"可就算没有姑娘，他也是世子，身后是天家和朝廷。都说皇家薄情，如今的浓情蜜意，姑娘怎知不会在之后的相处中被消磨掉？"

林晚卿听着这话愣了一下。倒不是因为担心苏陌忆身边会有别的女人，而是那句"皇家薄情"，让她想起了自己那个死在冷宫的姑姑。她忽然觉得心里有些烦，故而也不再接莱落的话，兀自埋头喝粥。忽然的沉默，让莱落也安静了下来，两个人不再说话，吃完了碗里的东西。

早膳过后，林晚卿换上男装，要往大理寺去。她临出门的时候，却被莱落唤住了。

"姑娘。"她看着林晚卿，神色有些为难，"我独自在这世子府，谁也不认识。大家看我是胡人，也不怎么跟我亲近。所以，日后这府上要是没什么事，我可以去大理寺找你吗？""这……"林晚卿有些为难。

莱落小心翼翼地看着林晚卿，眼神中带着说不出的期盼和紧张。林晚卿被这样的眼神刺了一下。

她吃过那种无依无靠的苦，故而对着这个年纪跟自己差不多的姑娘，也就生出了一些同病相怜的怜悯。半晌，她点点头道："苏大人不在的时候你可以来找我，但也只能在我的院子里，不可以往别处走，知道吗？"

"好！"莱落点头，笑得灿烂。

林晚卿从世子府出来，就径直往大理寺去了。

她起得晚了些，到了大理寺便已近午时。

林晚卿总觉得今日的大理寺怪怪的。苏陌忆不在不说，就连叶青也找不到人。往日该上职的时候，衙役不说很多，但好歹也是随处可见的。但如今，这里好似都被掏空了一般。林晚卿莫名地察觉到一股紧张的气氛。

"林录事！"一阵急切的喘息，伴着脚步声由远及近。

林晚卿转头，看见满头大汗的叶青。

"我、我刚从世子府过来，府上的人说你回大理寺了，我就赶了过来……"

林晚卿看着上气不接下气的叶青，不解地问道："找我什么事？"

叶青站远了一些，眉眼微蹙，将她上上下下打量了一遍才道："今日是宋府三公子娶妻的日子。"

林晚卿愣了一下，一头雾水。

叶青却是难得一见的严肃："苏大人定是与你说过，皇上要对宋正行动手的事。我们实在没法子了，只有请你帮个忙。"

"帮忙？"林晚卿一听宋正行的名字，心下一凛，神色也变得严肃起来。

叶青点头："之前顾府安排了一个与顾家姑娘身形差不多的丫鬟，假扮宋三公子的新娘子。可是，方才顾府将人送来，那丫鬟见着这样的阵仗，顿时吓得腿软，连路都走不利索，我担心用她会误了大事。"

"苏大人怎么说？"林晚卿问。

叶青急道："苏大人从昨日起就一直跟皇上在一起，谋划今日宋府婚宴的事。我见不到他人不说，大人交给我的事，我哪敢在这个当口去烦他？"

"也是。"林晚卿点头，苏陌忆和皇上的谋划定然事关全局，不该被这样的小事所累，"所以你要我怎么帮你？"

叶青面露难色："顾家二姑娘的身形纤弱，却比寻常姑娘家高出一些。似她身形的人本就难找，若是再要顾及胆识和身手，我所知晓的女子之中，大约也只有林录事你一个人了。"

"你要我假扮新娘？"林晚卿问。

叶青点点头，道："嫁过去只是幌子，咱们手里有几份洪州'假银'案的证据，到时候还需要林录事想办法，放到宋府书房里什么不太起眼的地方。"

"你们要栽赃？"

叶青被林晚卿的"直言不讳"噎了一下，解释道："这……这都是他曾经栽赃给别人的证据，我们只是以其人之道还治其人之身。况且，应对这种老奸巨猾的人，就要用些特殊办法……"

林晚卿愣了一下，接过他手里的证据看了起来："可是，我把证据放进去，你们总得搜出来吧？宋府又没犯什么事，皇上要以什么借口搜府？"

叶青摸摸后脑勺，为难地道："此等秘密，哪是大人会告诉我的。我们做好手里的事就成了，大人那边自会接应的。"

林晚卿握着文书的手紧了紧，看了叶青半晌，说道："那好吧，可具体怎么做，你还得与我细说一遍。"

"可是……"叶青踌躇，支吾着道，"这事儿你可千万别告诉苏大人。"

林晚卿当即听明白了他的意思，却不甚在意，只道："你我都有公职在身，此刻定然要以大局为重。”

“那你别告诉苏大人。”叶青不依不饶，仿佛不得到林晚卿的保证就绝不罢休。

“好好好……”林晚卿拗不过他，“知道了。”

华灯初上，宋府早已是高朋满座、热闹非凡。大红绸子从大门沿着回廊，一路挂到正堂。屋檐下坠满了写着喜字的大红灯笼，朱红的光透照出来，映得青石的路面都喜庆了几分。

喜宴上，喜幛高悬、贺联四壁，在跃动的烛火下交相辉映。

宴席还未开，宾客们大都是同在盛京官场共事的官员，彼此熟识，早已聊开。宋府的仆从们忙着上菜备酒，动作麻利地穿梭在酒席之间。

宋正行和夫人在正堂迎客，将陆续到来的宾客安排入座。门外忽然一阵喧哗，不似寻常动静。

宋正行抬头打望，只见小厮一脸的惊讶与无措，径直向正堂奔来。

“老爷……”小厮满脸惶恐，一句话断成三截。

“怎么了？”宋正行问。

小厮缓过气，侧身指着大门口道：“御、御驾来了，现正在门口等着。”

“什么……”宋正行惊讶地问，“皇上来了？”

还没等小厮回答，宋正行便听远处传来永徽帝半开玩笑的声音：“怎么？爱卿听闻是朕，倒是显得不怎么欢喜的样子。”

在场之人无不意外，见永徽帝亲临，纷纷下跪请安。

永徽帝倒是随和，免了众人的礼，又命人将他准备的大礼送到宋正行跟前。这才笑着上前亲昵地扶了扶宋正行的胳膊肘，道：“朕这是有多久没来爱卿府上了？正好近来得空，趁着三公子娶妻，朕也来凑个热闹。”他说完笑了笑，抬脚就往正堂去。

宋正行赶快跟上，亲自为永徽帝安排了上首最为尊贵的座位。

苏陌忆是跟着永徽帝一道来的，因为他一向得永徽帝器重，又有世子的身份，宋正行便安排他坐到了永徽帝下首。

随行的禁军便在宋府外候命。

圣上亲临宋府，贺三公子新婚，这在外人看来是何等荣耀，然而苏陌忆注意到，宋正行在见到两个人的一刻，眼中流露的却是惊慌。

宋正行兀自愣怔片刻，抬眸却见苏陌忆对他举了举杯。好戏上演，当然要举杯相贺。

这时门外传来一阵哒哒的马蹄声，喜乐起、鞭炮鸣，宾客纷纷侧目，只听喜婆一声高喊：“新娘子来了！”

苏陌忆不饮酒，只是把玩着手里的杯盏，漫不经心地抬头往宋府门口看去。

院中的百子炮霎时齐鸣，放得嫣红满地。新郎骑着高头大马，一顿，在正门前歇下。傧相从众簇拥着，侍娘挑开车帘，从里面牵出一个项佩璎珞、头戴花钗簪笄的女子。她甫一下车，便用团扇遮住了脸，由侍娘引着往堂前走去。

因为团扇遮得紧，倒是看不见什么。就连走过苏陌忆身边，与他仅有三步之遥的时候，他也只是看到那新娘子一截修长白皙的侧颈。端着酒盏的手一顿，心里忽地升起一种说不出的滋味。

冬日的夜里起了雾，宋府的灯笼华烛罩在一层雾气之下，显出几分旖旎，印在苏陌忆的眼中却带了淡淡的酸涩。他摇摇头，笑自己莫不是魔怔了？当下这样的关头，竟然还能得空去想林晚卿穿上嫁衣的样子。他叹了一口气，转头便听见一声极细极轻的闷哼。手里的杯盏抖了抖，他险些从座位上跳起来。那声音，他可是太熟悉了。因为寻常女子吃痛会喊，声音尖而细，但林晚卿却是例外，她因为常年的女扮男装，已经养成遇痛先忍，故而声音会格外沉低一些。

苏陌忆的一颗心随即便提了起来。在火光摇曳，傧相唱词之中，苏陌忆开始不动声色地四下寻找。林晚卿不会破案心切，自己混进来了吧？今夜虽然一切都已经安排妥当，但难保宋正行不会狗急跳墙、鱼死网破。她一向莽撞，还真不能来这么危险的地方。

“新娘子当心。”耳边传来侍娘的提醒。

苏陌忆这才察觉到，方才那声响动是新娘子提脚跨过火盆的时候，不小心碰到铜盆后发出来的。他松了一口气，心里的疑虑这才压下去了些。他转头揉了揉眉心，只当方才是自己连日劳累，精神不济才产生的幻觉。思忖之间，新娘子已经被侍娘引到了正堂上座之前。堂中乐队吹起梅花调，像是晴日溪山里的水流花开。

傧相站在一旁，和着乐声开始唱道：“作揖，拜——”

新郎、新娘并肩而立，对着天地躬身一拜。郎才女貌，明明是一对璧人，可看在苏陌忆眼中，只觉心头不快得紧。他皱紧了眉头，目光停在新娘子的身上，片刻不移。红烛和喜乐之间的一点红，吸引了他的注意力。

苏陌忆定睛往新娘子没有被团扇遮住的耳侧看去，上面正打着秋千的坠子有几分眼熟——那是一枚红玉髓嵌金丝的耳珰，做工精巧，材质上乘。他依稀记得，上月他去长安殿探望太后的时候，恰巧有人将西域进贡的首饰拿给太后挑选，其中便有这样的耳珰。它们材质相同，款式有牡丹样金丝纹，还有芙蓉、金雀、蝙蝠各种。他当时选了一对牡丹纹样的送给林晚卿。如今因为隔得远，这新娘戴的是什么样式，他倒是看不太清楚。不过，转念一想，顾侍郎乃户部老臣，他家二姑娘出嫁，太后随意打赏些首饰也实不为过。新娘子虽然是假的，可嫁妆倒是真的。

“啧！”苏陌忆察觉思绪又飘到了林晚卿那里，恨不得给自己一个巴掌。之前他饶是再喜欢她，也分得清事情轻重缓急，断不会在办着正事的时候，精神飘忽成这样。他烦躁地扶住了额角，开始默背《洗冤录》。

“礼成——”随着傧相的一声唱报，堂上新人从对拜的姿势起身。

乐队再次奏起喜乐，新郎对着宾客笑着拜过，俯身将新娘子打横抱起，在一众喧哗中往新房方向去了。

苏陌忆看得心头一紧，扭头默默地攥紧了拳头。

林晚卿被抱进了新房，宋三郎便被一众狐朋狗友拉着拽着，拖去前厅喝酒，应付宾客了。侍娘和婢女们都下去了，她这才放下一直举着的团扇，先揉了揉酸痛的胳膊。

林晚卿来的时候刻意记了下路。因为她上次潜入过宋府，再加上叶青的调查和交代，现在大致知道书房该往哪个方向走。于是她快速脱下一身繁重的喜服和珠钗，动了动快要直不起来的脖子和腰，摸出叶青塞给她的那些证据，沿着后院的墙角荫蔽之处，往书房摸去了。

一路上很顺利，就连小厮也只是看到零星几个。其实也不怪宋府守卫不严。今日永徽帝亲临，府上所有人都被宋正行调去了婚宴现场保护圣驾。

眼前出现一间黑暗的屋子。月色皎皎下，“青竹斋”三个字在牌匾上若隐若现。这里就是宋正行的书房。林晚卿绕着外面走了一圈，从一扇半开着的窗户外撑臂跃了进去。

书房不大，倒是林林总总地放了好多书架、博古架。林晚卿在里面逛了一会儿，思忖着手里的东西放在哪里才会既不太显眼，又能让叶青他们搜到。

“嘭”的一声惊响，书房的门忽然被踹开了。林晚卿心下一凛，手里的东西根本来不及放下，便侧身往书架尽头跑去。

“点灯！”来人一声令下，漆黑的周遭亮了起来。

林晚卿这才遥遥地看清楚，来人正是身着喜服的宋三郎。他眉眼冷冽，神色肃然，甫一进门，就让小厮们在书房里四处查找起来。

“三少爷，没有人。”小厮禀报，对着他一揖。

“不对，一定在这里。”宋三郎道，目光阴鸷，“除了父亲的寝室，她也只能来这里了。”

林晚卿当即明了，想是有人中途进过他们的新房，发现新娘子不见了。所以，现下她的身份应该是已经暴露了。

思及此，她不由忐忑起来，暗暗握紧了手里的东西，屏住呼吸。

“你们再去我爹的寝室找一遍。”宋三郎吩咐道，“剩下的跟我来。”说完，

他带着几个小厮，往书架尽头缓步走来。

也不知是不是故意的，宋三郎的每一步都踩得极重，在烛火飘摇里发出慑人的声响，好似一记一记凿在太阳穴上的利器，让人突突心跳。直到那片火红的袍角，在她眼前停了下来。她呼吸骤然一滞，手里的公文几乎被汗浸湿。

宋三郎似乎停在了她方才动过的那个书架前，沉默良久。

“刷——”一声冷器呼啸而至。

宋三郎猛然抽出手里的剑，书房里随即响起裂帛之声，伴随着厚绒落地的闷响。

书架的尽头，有两扇用于遮光的厚绒窗帘，垂及地面，或可藏人。方才，宋三郎就是用剑劈下了其中的一扇。

没有人。

宋三郎未有片刻迟疑，提起手中的剑，往另一扇窗帘处走去。

“刷——”又是一阵刺耳的裂帛之声，厚绒落地，将书房内的烛火都震得晃了晃。

依旧没有人。

“三少爷。”小厮凑过来道，“看来她不在这儿。”

“难道已经走了？”宋三郎喃喃地道，“可是这书架分明有被动过的痕迹。”

“兴许是走了。”小厮道。

“走了？”宋三郎说话间微眯了眯眼，目光落在那两匹落在地上的绒布上。

正如他爹所言，今日这事实在是太蹊跷了。自从上次赵姨娘的命案之后，皇上虽说明面上对宋家还是一如既往，甚至还给予了一些赏赐以示安慰。可是暗地里，宋正行知道，他手上的权力，正在被永徽帝一点一点地架空。在这个节骨眼上，永徽帝竟然亲临他的婚礼，这么做实在让人摸不着头脑。

直到宋正行提醒他回屋去看看的时候，他才反应过来，永徽帝或许是要了一招声东击西，借着皇帝亲临，要增加守卫，让宋府内部空虚，趁机派人去他父亲的寝室或者书房寻找证据。可是，存放重要文件的地方他都知道，里面并没有什么缺失。现在这人来了又走，莫不是没找到，已经放弃了不成？

思忖之间，门外响起一阵慌乱。一个小厮冲了进来，颤颤巍巍地道：“三少爷，不、不好了。方才有人行刺皇上，现在，皇上已经让禁卫军围了宋府，要搜人！”

“什么？”宋三郎踉跄了两步，这才回过神来。

宋府颇大，证据存放之地只有他父亲、他大哥和他知道。贸然派人来找，怕是找到天亮也不会有头绪。可是这么一来，搜查倒是变得名正言顺起来。窝藏刺客，等同谋反，苏陌忆不借机将宋府查个底朝天，是不会罢休的。

宋三郎神色微凛，走到书房侧边的一张梨花木书架前，从一众的书籍里取出一本，打开来——竟然是个暗盒。他将里面的文书都交给几名小厮，说道：“这些，全部都烧了，什么都别留下。”吩咐完，几人锁上书房的门，往正堂去了。

林晚卿从书架下面的一个木箱子里爬了出来，捻了捻挂住头发的耳珰。方才发现有人之后，她就将箱子里的书都取了出来，放在周围，然后躲了进去。这里本身就是书房，木箱旁边多了几本书，没有人会怀疑。好在苏陌忆那边起事及时，她才能躲过一劫。

林晚卿寻着宋三郎方才的位置，找到那个暗盒，打开暗盒将手里的文书放了进去。一切都做好了，林晚卿拍了拍手，又从书房的窗户跃了出去。

宋府前厅，苏陌忆依旧坐在宾客席上。手里的清茶温度刚好，是他喜欢的黄山毛峰。茶香氤氲，冲散了方才那股刺鼻的放鞭炮时留下的火药味。他端起茶瓯嘬了一口，眉眼之间一派闲适。

永徽帝把这里全权交给他，先回了宫。如今宋府已被禁卫军团团围住，苏陌忆也下令将宋府的大小主仆、家丁都留在了正堂，由大理寺衙役看管。

苏陌忆看看屋里的更漏，搜查才进行了一刻钟，然而一边的宋正行却早已冷汗涔涔。

一个大理寺衙役走了过来，对着苏陌忆道：“大人，属下们在宋中书的书房里搜到了这个。”

“哦？”苏陌忆假意惊讶，将一个书籍样的暗盒接过来。里面，正是他和皇上交给叶青的那份证据。

“收起来，明日呈给皇上过目。”他随意应了一声，漫不经心地扫了一眼空掉的盒子，“这个盒子也留着，大理寺取证要用。”

衙役领命要走。

“回来！”苏陌忆厉声唤住了他。

手中的茶盏磕到桌案，发出“哐啷”一声惊响，让在场的人都愣了一下。他快步上前，抢过衙役手中的耳珰拿在手里反复看了数遍，最后一张脸黑成了锅底。红烛喜幛下，一枚红玉髓嵌金丝牡丹样耳珰静静地躺在暗盒里，格外扎眼。

苏陌忆不敢置信地将它取出来，骨节分明的手十指修长，只是紧紧握住那枚耳珰的时候，让人觉得仿佛要将它捏碎了去。

苏陌忆语气森凉地问：“这个，是什么？”

衙役早就被苏陌忆这副样子吓破了胆，赶忙跪下回复道：“卑职一发现这个暗盒就送来给大人了，卑职不知道这盒子里的耳珰是谁的呀……”

“耳珰……”苏陌忆冷笑，将那枚耳珰又递还给了他，冷冷地道：“这里暂且交给大理寺少卿朱大人和叶侍卫负责，查出什么直接向他们汇报。”

说完他袍裾一撩，跳上一辆马车，沉声道：“去大理寺。”

第三十一章　星火

冬夜寒凉，呼吸间都是白雾。

林晚卿回到大理寺的时候，叶青和苏陌忆都还在宋府忙着“找刺客”。

今日办事的时候，林晚卿是脱了喜服的。夜行衣单薄得很，方才她因为紧张不觉得冷，可是现在一平静下来，她才惊觉手脚都已经冻僵了。时辰已经不早，林晚卿没再换上常服，只寻了一件厚一些的袍子罩在外面。小白在院子里闷了一天，见她回来，兴高采烈地摇着尾巴凑到跟前，拿头蹭她的腿肚子。

林晚卿这才想起来，它还没吃饭，于是去取它的小碗。可是这一看，她愣住了。

院子的木栏外，不知道什么时候多了好几根骨头，而且都是连着筋的上好牛骨。一般人家都会拿来炖汤，几乎不会舍得拿来喂狗。当然，大理寺里苏大人养的那只“皇犬”司狱除外。所以……司狱这是动用“公粮”，来讨好“姑娘”了？

一边的小白见林晚卿要拿碗却又没动，似乎反应过来了，走到那堆牛骨旁边，用后腿刷刷地刨了两把土。意思就是，这东西它不喜欢。

“……”林晚卿忽然有点心疼司狱。她只得先将司狱苦心积攒下来的牛骨收好，又在门口给小白擦了脚。引它进去后，她从桌上的油纸包里摸出两个肉包子给它。小白吃得欢畅。

炭盆烧了起来，屋里终于暖和了一点。林晚卿这才顾得上坐下来，把快要冻僵的手脚暖一暖。

“嘭！”小院的门不知被谁猛然推开。声音之大，震得榻上的烛火都跟着颤了颤。

林晚卿愣了一下，正要起身，却听门外传来一阵沉重的敲门声。那声音不疾不徐，可每每砸下来，都是重重的一记，让人心跳蓦地一滞。这么晚了，除了苏陌忆，怕是没有别人会来了吧？思忖间，林晚卿拢了拢身上的袍子，趿着绣鞋去开了门。

“大、大人？”林晚卿往他身后瞧了瞧，问道，“宋府的事情已经办完了吗？”

苏陌忆沉着脸，也不答话，默不作声地入了室内。也不知怎么了，他今日一身锦缎紫裳华服，明明是带着几分艳色的装扮，可浑身那股威压却掩都掩不住。

林晚卿忽然想起那一次，在出逃的驿馆中遇到他的场景。这人莫不是又被谁踩了尾巴？

苏陌忆进屋之后不动，也不说话，只垂眸看着她。半晌，他才伸手去解他厚绒大氅的系带。

林晚卿赶快乖巧地接过来，转身替他挂好。

“你今晚在哪里？”身后的人忽然开口，没头没脑地问。

拿着外氅的手僵了片刻，林晚卿很快就反应过来，苏陌忆已经怀疑到是她混去宋府婚礼了。但左右这事是为了大理寺办的，她又不是真的去嫁人，若要一口认了，也未尝不可。可问题在于她答应过叶青，出尔反尔，可是要遭报应的。

思及此，她回身对着苏陌忆笑了笑，轻松地道：“我就在大理寺，哪儿也没去啊。”

苏陌忆的脸再沉了三分。他不说话，侧身坐到榻上。昏暗的烛火之中，林晚卿看见他幽暗的眸色。

林晚卿被这样的苏大人瞧得头皮发紧，只能一边去解他的腰封，一边转移话题道：“大人这是案子办完了吗？”一双手才环上苏陌忆的腰身，便被他握住了。

苏陌忆既生气又别扭，摁着林晚卿让她保持着贴靠的姿势，低头看着她问道：“上个月我送你的耳珰呢？”

“耳珰？什么耳珰？”林晚卿是真的没明白。她知道苏陌忆每次晚归，总要从宫里或街市上带些乱七八糟的东西给她。可现下这么突兀地问起来，她哪知道什么耳珰不耳珰的。

苏陌忆的脸色此刻已经黑得能滴出墨来了。她觉得握着她双手的那只大掌紧了紧，力气陡然增加，变成了掐。十分熟悉苏大人狗脾气的林晚卿，终于察觉到了危险。可是她还来不及解释，只见一枚红玉髓嵌金纹的耳珰出现在她眼前。

苏陌忆没有说话，眼神里却是明晃晃的威胁。

林晚卿下意识地摸了一把自己还来不及卸下的耳珰——右手抓空了。

终于如梦初醒的她咽了咽口水，心虚地道：“这个我……我可以解释……”

苏陌忆依旧没动，手里捻着那枚红玉髓耳珰，不动声色地垂眸看她。

“我今天，是去宋府了。”林晚卿嗫嚅着。她比苏陌忆矮了快一个头，从她的角度觑过去，入眼的只是下颌线和两扇浓密如蝶翼的睫毛。这一柔一硬，更是衬得眼前的男人冷肃异常。心跳又快了一分，林晚卿把头贴在苏陌忆胸膛上，做出做小伏低的姿势。

“可我又不是真的嫁人去了，我只是……处理公事。”

“你跟别人拜堂了。”低沉的男声在耳边响起，清冷异常。

“那个不算的！”林晚卿道，“我是办公事。”

“但你确实跟别人拜堂了。”苏陌忆不依不饶地说。

“……”林晚卿拗不过他，干脆破罐子破摔道：“对啊，我是跟别人拜堂了，可这不是为了公事吗？你堂堂大理寺卿，不会公私不分到这个程度吧？”

烧旺的炭盆里忽然爆出一声轻响，昏暗的屋室内炸出火花。苏陌忆怔忡了一下，

沉默下去。他确实是不该这么公私不分的。如今心里的那股酸涩，若要细究起来，或许并没有多少是因为她与别人拜堂有关。他在意的不是这个。星花开在室内，像十丈烟火迷离。他从来都是一个清醒的人，可如今却越发迷惑，看不明白眼前的这个女子。他总觉得两个人之间，隔着一条看不见摸不着的河。如今的繁花似锦，皆是河面倒影。那河面之下的波涛汹涌，他仿佛永远都参不透。

正如她的心里装着很多东西，案子、家仇、身世……桩桩件件都排在他前头。故而今日看见她穿着喜服与别人拜堂，他心里更多的并不是醋意，而是怕——怕她有朝一日真的化作流萤，变成别人的新妇。

可这些，多说无益，逼得紧了，只会将她越推越远。心中的那片阴郁像是一块巨石，此刻压在喉咙里，像是被热炭灼伤一般隐隐作痛。他忽然想一个人静一静，转身要走，直到一双纤白的手臂从后面环住了他的腰。

林晚卿似乎察觉了什么，讨好地将他圈紧了，轻声道："拜堂的时候我都在心里默念了，这是公事公办不是真的。我要嫁的人，是那个全盛京脸最臭的苏陌忆。"末了还补上一句，"作证的天地都听到了。"

苏陌忆没说话，转过身来。下一刻，两片温软的唇瓣贴上他的脸，林晚卿踮起脚，在他的唇边轻轻嘬了一口。

"这个补偿给你，"她道，"够不够？"

苏陌忆一时间没回过神，愣住了。

夜渐渐沉下去，不知什么时候屋外下起了雨，缠缠绵绵地打在窗棂上，发出飒飒的轻响。

打更的铜锣敲过三次，子时，正是冬夜里最冷的时候。屋内是寂静无声的，唯有火盆里哔哔剥剥的火星和更漏窸窸窣窣的响动。

小白转了个身，对那两人毫无兴趣，它叹口气，在坐榻上趴了下去。

林晚卿这才松开紧咬着的下唇，从鼻息间发出一声闷闷的声响。

"你今天是怎么了？"林晚卿偏了偏头，看着他潋滟的深眸道，"还在因为替嫁的事情生气呀？"

"没有。"苏陌忆俯下身去寻她的唇。

林晚卿再次躲开了："可你给人的感觉不太对劲。"

"是吗？"苏陌忆淡淡地笑了笑，看着她问道，"哪里不对劲？"

"你以前都不会这么温柔的……"林晚卿看着苏陌忆微变的脸色，忽然觉察出不对。

苏陌忆被她这副 样逗笑了，默不作声地看了半晌才问道："不喜欢我这样？"

林晚卿赶紧摇头。

苏陌忆失笑，低头的时候有半亮的光印上他的眉眼，好看得不染凡尘。他笑了一会儿，牵起她的手放在唇上吻着，垂眸道："可能是太喜欢了吧，太喜欢的东西总是会患得患失，怕碎、怕坏。"那是极尽缠绵的语气。气息湿热，带着他惯用的冷香，与低沉的男声交织出无尽的旖旎。林晚卿冷不防地被这么一表白，一时不知如何应对，进而整个人都禁不住地抖了抖。

"冷了？"苏陌忆搂住她，轻声耳语。

林晚卿摇摇头，将自己贴近了他一些。

屋里的烛火已经渐渐暗了，只剩下火盆里烧得旺盛的红萝炭。橙红的光从下面映上来，身下的人只能看出一个剪影。

窗外飒飒响动。什么东西落在茜纱窗上，似乎隐隐积了一层。林晚卿这才反应过来，盛京下起了入冬以来的第一场雪。院子里的一枝红梅不知什么时候开了。影子被炭火映在昏暗的窗棂上，在风雪中略显单薄。她觉得自己好似也化作了那枝红梅，承受着初雪的轻拂敲打。

她仰头看着昏暗的屋顶，只觉周遭一切都在晃荡，微凉的肌肤很快就起了一层薄汗。

"卿卿，"苏陌忆唤她，语气缱绻、悱恻缠绵。可林晚卿记得，苏陌忆是不怎么爱说话的。

可今日，从一开始，他就一直在唤她的名字。

苏陌忆寻到她的手，从手背扣进了她的指缝。

"卿卿，"他贴在耳边唤她，呼出的热气氤氲了薄汗的面颊。屋内的炭火越烧越旺，火色暗光中，她忽然心念一动，唇齿翕合之间，她唤了苏陌忆一声"景澈"。

抱着她的男人愣了一下。

"我心悦你。"他说。突如其来得像是窗外的这场初雪。

脑中空白了一瞬，她不知该如何反应，故而半晌也没声音。

"我心悦你。"苏陌忆重复了一遍，目光关注而怜惜，像春盛之时，绵延十里的桃花艳色。

她看得呆了，张嘴，半晌只吐出一个"我"字。

苏陌忆笑了笑，眼神有些落寞。他抱住她，大掌轻抚她汗湿的背，柔声道："我想要个孩子……"

"什么？"林晚卿诧异。

"孩子。"苏陌忆轻轻扶着她的下颌，垂眸道，"一个有着你的血，也有我的血的孩子。"

“可是……”林晚卿迟疑，却感觉背上的那只手颤抖了一下。

苏陌忆今日真的是太不对劲了。故而她也觉得不好拒绝他，反正宋正行已经跑不了了，或许……可以试试?

昏暗的室内炸出一朵火星，哔剥一动。林晚卿点点头，伸手攀上他的脖子。

那些零零散散的书籍和案卷被扫落，伴随着笔杆敲击竹架的声音，东倒西歪地躺了一地。林晚卿忽然想起她第一次在大理寺见到苏陌忆的时候。那时她动了他一本书，这人是从门外直接冲进来的。那表情，恨不得一口吃了她。

“在想什么？”苏陌忆问。

“我、我在想你……”林晚卿断断续续地道，“你不是讨厌东西乱成一团的吗？”苏陌忆明白她在说什么，却也懒得管这遍地的狼藉。

初雪依然静谧，在大理寺深色的琉璃瓦上铺了薄薄的一层。窗棂上起了霜花，白蒙蒙一片，外面的一切更看不清了。屋内的炭火熄了一盆，苏陌忆走过去重新点燃。

火折子的响动惊醒了榻上睡着的那个人，她翻了个身，鼻息间发出绵软的一声轻哼。

“天亮了？”她问，声音沙哑。

“还没。”苏陌忆将炭火推到她那边，上榻搂住了她。

林晚卿昏昏沉沉地又要睡过去，却觉身体一轻，苏陌忆将她裹在锦被中抱了起来。林晚卿霎时被吓得清醒了几分。

苏陌忆只是低低地笑了一声，将她放到了窗棂下的那张坐榻上，侧身点燃了案几上的油灯。

周围火盆烧得旺，她倒是不冷。苏陌忆给她再披上一床狐裘，钻进她的被子里，伸手推开了窗。夜风夹杂着雪沫，拂在面上，让人觉得清爽。寂静的夜，簌簌的雪。院子里的那株红梅变成淡淡的粉白，暗香阵阵。

明明是寒冷的冬夜，林晚卿忽然觉得心底温暖。

“卿卿知道初雪吗？”身后的人问，下巴蹭过她的发心，有点痒。

“嗯。”林晚卿点头，“互表心意，一生一世。”

“那该卿卿了。”苏陌忆道，没头没尾的。

林晚卿扭头看他，伸手戳了戳他线条精致的下颌，故作惊诧地道：“你说过了吗？什么时候的事？”

苏陌忆严肃地问：“那你呢？”

“我什么？”林晚卿再次失忆。

“……”苏陌忆才知道自己拿她是一点办法都没有。

林晚卿咯咯地笑，她伸手抚开他紧蹙的眉，喃喃地道：“不气不气，因为气也没用。”

“林晚卿！”苏陌忆借势压下去。

“呀！”林晚卿挣扎着尖叫，“我错了，我错了！我也喜欢你！”

打闹之间，她的肩膀蹭到案几上，一支笔骨碌碌地滚了过来，落进苏陌忆的视野。他伸手将笔抓起来，递给林晚卿道：“口说无凭，你写下来。”

“写下来？”林晚卿被苏大人这清奇的脑回路怔住了。这人莫不是大理寺卿当久了，什么事情都要人留下证据才安心？

她皱了皱眉，逗他道：“那还要不要我给你画个押？”

紧接着，林晚卿就后悔了。因为说一不二的苏大人真的将她裹着被子拎到书案前，铺纸研墨。

“写吧。”他搂着她的腰，一手帮她捂好被子。

“……”这还是她长这么大，头一回裹在被子里写字。但迫于苏大人的淫威，林晚卿敢怒不敢言。于是她只能胡诌了些肉麻兮兮的话上去，什么“愿得一人心，恩爱两不疑”，看得她自己都一阵牙酸。

苏陌忆却很高兴，连掐着她腰的手都减了力道，变成轻轻地抚。

“好了。”林晚卿将面前的纸一抽，举到他眼前晃了晃。

苏陌忆亲了亲她嘚瑟的脸，将那张纸置于桌上，转而握起她还拿着笔的手，俯下身道：“卿卿写完，该我了。”

苏陌忆提笔蘸墨，行字间流水浮云。林晚卿没看他写字，却下意识地抬头，瞥见他略带笑意的唇角和潋滟如水的深眸。烛火映上他的眉眼，落了融融一道火色，仿佛一段春阳，无意间潋滟到春色深处。她有点呆住了，暗叹自己确然是贪恋美色之徒。她思忖之间，耳边传来熟悉的男声，如水柔和。

“写好了。”苏陌忆道。

林晚卿这才回过神，借着昏暗的烛光看见那一手苍劲的字迹：“情之所系，唯卿一人；愿现世安稳，岁月静好；一生一世，白首不离。”心跳漏了一拍，脸上也烧得火辣辣一片。这一本正经的苏大人说起肉麻话来，也是怪让人受不住的。

“怎么样？”偏生他还不要脸地贴在耳边问。

林晚卿只得一边敷衍一边转移话题道：“那快画押吧。”说完就掀开一旁的印肉，沾了朱砂，两个交叠的手印便被留在了那张宣纸上。

第三十二章　惊变

随后两人又是几番荒唐。打更的铜锣悠悠漫过风雪，炭火渐熄，待到云雨初歇，已经是五更。

林晚卿早已累得连眼皮都抬不起，恍恍惚惚间似是看见苏陌忆起身穿衣。

一片素白的衣角扫过床榻，被她伸手拽住了。

“你要出去？”

苏陌忆一怔，这才注意到她醒了。他点点头，侧身往榻上坐去，也没将那片衣角拽出来。他轻声道：“宋正行被捕，消息今日就会传遍朝野。各方恐有异动，这个时候我应当在皇上身边。”“嗯。”林晚卿应了一声，放开他的衣角。

苏陌忆起身，帐上玉钩晃了晃，带出一声脆响。忽然之间林晚卿想起什么，追着他起身，略有些忐忑地道：“我……我有件事想与你说。”

“怎么？”苏陌忆转身看着她笑，披衣整理的手却未停，“签字画押后悔了？”

“那、那倒不是……”林晚卿迟疑，一双手将锦被拽得死紧，“我、我是想跟你说……”

“好了。”一枚温柔的吻落在她的眉梢，苏陌忆俯身捧起她的脸，拇指浅浅地摩挲她还残留着红晕的眼尾，笑道，“有什么话等我回来再说。往后几十年，都给你慢慢说。”

山雨欲来风满楼，现在确实不是告诉他自己家事的最佳时刻。林晚卿迟疑了片刻，点了点头。

晨间的阳光一暖，夜里积起来的雪都融了，只留下屋檐上一串串锋利的冰凌，像暗中潜伏的柄柄利芒。

一切果然如苏陌忆所料，宋正行被捕的消息于次日便传遍盛京。据说平日里那些倚老卖老的朝臣们，破天荒地天不亮就在丹凤门前候命，生怕错过热乎的内幕，殃及己身。

苏陌忆在宫里一待就是三日，期间只让人带了封手书出来，叮嘱她好好吃饭，不要惹事，他现在在宫里出不来，可不能再去京兆府监狱捞人。

林晚卿翻了个白眼，脸上不屑，心里却是甜的。外面风云诡谲，大理寺里却还是一派岁月静好的模样。林晚卿每日无所事事，拈花逗狗，不时牵着司狱去自己院子里逛一圈。

这日傍晚，她用过晚膳，便牵着司狱和小白在大理寺遛弯儿。司狱跟着小白走，林晚卿被司狱拖着走，一人两狗不知不觉走到了大理寺关押嫌犯的大牢，正巧碰见一群衙役前前后后地忙碌。

“这是做什么？”林晚卿走过去，逮着个狱卒问道。

那人认识林晚卿，拱手一揖道：“皇上下令将宋中书关在大理寺狱候审，故而得提前做一些准备。”林晚卿心下一凛，赶忙追问道：“什么时候来？”

狱卒想了想道：“明日一早。”说完再拱手一揖，又兀自忙去了。

骤然得了这么个消息，回去的路上，林晚卿只觉飘飘荡荡如坠云端。宋正行若是入了大理寺的监狱，那就意味着，她能够将当年萧家一案探问个究竟。那么等到苏陌忆回来，她就可以放下顾虑，将一切如实相告。思忖之间，她的脚步也轻快起来。

天色已经暗了，下职之后，大理寺空寂不少。小院墙头上那枝红梅如火，斜斜曳于灰墙之上，鲜艳葳蕤，让原本暗寂的院落都明媚几分。

“姑……林录事。”灰墙之下，那抹碧绿色的身影对着林晚卿笑，晃了晃手里的食盒，“我来给林录事送些吃的。”

屋里的油灯被点燃，林晚卿照例寻来两个火盆，放在坐榻两侧，烧得旺旺的。

莱落将食盒里的合欢汤取出，往林晚卿面前递过去。

林晚卿不由得惊诧起来：“这天寒地冻的，你去哪里找的荔枝？”

莱落笑了笑，随意地道：“这不是真的荔枝，是用乌梅、肉桂、生姜和丁香几味药材凑在一起，做出荔枝的味道罢了。”

“还能这样做？”林晚卿好奇，凑过去嗅了嗅，还真有股荔枝味。

莱落从食盒里拿了勺子递给她：“林录事尝尝。”林晚卿接过来，说道：“没人的时候不必叫我林录事。”

说完倒是不客气地嘬了一口。

又想起什么，她便捧着碗问道：“你是如何知道我喜欢吃荔枝的？我似乎……”她想了想，确认似的点点头，“我没有告诉过你呀。”

一抹异色闪过莱落的碧眸，但很快就被她的笑靥掩饰过去。她拨了拨油灯的芯子：“是世子府上的人告诉我的。”

“世子府？”林晚卿问。

莱落应道：“嗯，大约是世子吩咐下去的。”

“哦……”捧着瓷碗的手抖了一下，林晚卿将头埋低了些，好挡住她不自觉烧起来的双颊。

莱落将一切看在眼里，眸色幽暗了一瞬。片刻，她倏地开口道：“有件事，我

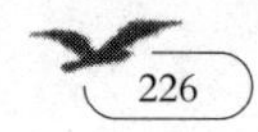

没有向姑娘说明实情。”

“嗯？”林晚卿抬起头，不解地看着她。

“我不是被卖到南地的，我是自己逃过来的。”莱落定定地看着林晚卿，一双碧色眼眸里淌着火光。

“我爹原是守边大将，却因为朝堂阴谋被奸臣陷害。我三岁时家破人亡，为了活命便跟着父亲的故友逃亡。可是路途艰难，父亲的故友于半路病亡，我这才流亡到了南地。”

林晚卿闻言怔忡了一下，半晌才问道：“那你就这么甘愿漂泊异乡，隐姓埋名，没有想过替父母申冤吗？”

莱落轻哂，语气中带着自嘲道：“想过。曾经亦是想到夜不能寐、食不下咽。为此，我才鬼迷心窍，以至于身陷囹圄。若是没有遇到姑娘，兴许我的一生便会就此荒废，永远陷于仇恨而无法自拔。”

林晚卿愣住了，或许是惊讶于两个人的身世相似，一时间也不知如何接话。

莱落看着她淡定地一笑，将那只空碗满上，兀自道：“世上之事皆是如此，上前一步吞刀，退后一步吞谎。我执迷过往十载，岂知冥冥之中，那些早已故去的亲人们兴许并不愿见我这样。”

林晚卿心中猛然一空，只觉方才的羹汤都变成一把把利刃，从喉咙处一路割下去，竟让她胸口翻痛。

“可是……”她缓了缓心绪，喃喃地道，“这也许无关仇恨，更多的只是想讨回公道。”

“公道？”莱落倏地笑起来，“世人皆为利来，为利往，若是真有公道，我爹娘又何至于枉死？”

林晚卿没有作声，沉默半晌后只问了一句：“那你今后准备如何？”

“世道艰险、公道难求，与其飞蛾扑火，不如明哲保身。”莱落说这话的时候神色舒朗了几分，“我想找一处四季如春的地方，一日三顿饭，两件花衣裳，一把零花钱。”

“你要一起去吗？”莱落问。

“啊、啊？”猛然被这么一问，林晚卿一时语塞，怔怔地不知如何作答。想要置身事外不问世事吗？过往的那些年里，她不是没幻想过这样平淡安逸的日子。但人和人总是不一样的吧，她想。公道二字于莱落而言或许是负担，可对她来讲，却是不可舍弃的信条。黑夜寂寂无声，屋内一灯如豆。荧荧火光之中，她淡然一笑，摇了摇头。

是夜，莱落没有回世子府。两个人挤在一张榻上，同盖一条锦被。将近二十年里，除了苏陌忆，这还是林晚卿第一次与人如此亲近。两个人手搁在肚子上，脚叠脚，如同她曾经艳羡的，别人都有的小姐妹一般。

“你女扮男装在书院的时候，难道不和别人一起如厕的吗？”莱落问，好奇之心溢于言表。

“有啊！”林晚卿笑道，“如厕和沐浴都有被撞见过，不过好在我聪明，每次都能化险为夷。”

次日，林晚卿是被高悬的日头惊醒的。她起身揉了揉昏沉沉的脑袋，看见身边的床榻空了。想是莱落先行回了世子府。昨日夜里跟莱落聊得起劲，竟也不知什么时候睡了过去。她一向睡眠轻浅，若不是累极倦极，断不会睡到辰时去。她坐了一会儿，忽地想起宋正行今日一早要被送来大理寺监狱。

林晚卿想赶着衙役上职之前，潜去大牢看一看。于是她快速起身打理好装束，带上录事本和笔，径直往大牢去了。

冬日的早晨，路上都结了一层薄薄的霜。虽然没有下雪，但格外的冷。寒风凛冽，呼呼地直往人的衣服里灌，吹得她拢紧了身上的长袍。

“林录事。”身后传来熟悉的声音。林晚卿回头，看见叶青神色微凛，带着几个身着禁卫服的人走了过来。

她预感不对，迟疑了半晌还是问道：“这是……出了什么事吗？”

“嗯。”叶青道，“不过还好，大人已经命人封锁了消息，于大局无害。”“消息？”林晚卿顿时心底一空，嗫嚅着问道，“什么消息？”

叶青停顿了一下，道：“宋正行死了。”

紫宸殿的灯才歇了不到三个时辰，便又被人点燃了。

苏陌忆已经候在殿外，只等永徽帝召见。富贵出来，将他延请入内。烛光盈盈的大殿内，头一遭没有点皇家专供的龙涎香，而是焚上了提神醒脑的薄荷。

永徽帝倚在龙椅上，满面倦容。他见苏陌忆一脸气定神闲地走进来，心头才略觉松泛，放下了揉着额角的手。

“宋正行死了。”永徽帝道，倒是开门见山。

“嗯。”苏陌忆并不意外，毕竟今日他来面圣，为的就是这桩事。

永徽帝猜不透苏陌忆的想法，颇有些焦虑地道：“依爱卿之见，此事会是梁王做的吗？”

苏陌忆淡淡地一笑，略一抬眼道：“臣不知。”他又补充，“但臣却以为，是不是梁王所为其实并不重要。”

“哦？”永徽帝感到有些意外，“此话怎讲？”

苏陌忆颔首：“因为洪州的事情朝廷已经查明，宋正行就算是死了。朝廷只要将洪州走私的官矿截下一批，梁王势必会认为宋正行已将他的罪行招供。故而，只要宋正行在大牢里待过，他交不交代，又或是交代多少，其实无甚差别。”

被苏陌忆这么一提，永徽帝才发现确实如此，顿时一颗悬着的心落回了肚子里，眉眼也舒展了几分：“那么依爱卿看，接下来梁王会如何动作？”

苏陌忆一字一句从容地道：“罪行暴露，梁王目前有三条路可走。其一，负荆请罪，归降朝廷。”

永徽帝蹙眉，似乎认为这并不可能。

苏陌忆不急不缓地继续道：“其二，反叛朝廷，举兵入京；其三，暗中动作，加害陛下的同时将矛头指向臣，打着清君侧的名义入京。弑君擒臣拥立太子，再凭借自身势力和与皇后娘家的姻亲关系摄政，渐渐取而代之。”

永徽帝点头，沉默不语。当下的时局，其实再清楚不过。梁王若要谋反，正面对抗朝廷还欠缺火候。苏陌忆之所以当机立断拿下宋正行，无疑是故意将其逼得走投无路。如此一来，梁王若是归降，朝廷不动用一兵一卒，永徽帝自然乐见其成。最不济，梁王若是选择铤而走险，朝廷也能获得将其诛杀的正当借口。

永徽帝思忖片刻，道：“太后可有告诉你，梁王安插在宫中的人……”

“是卫姝。”未等永徽帝说完，苏陌忆便接过话头道，“臣与太后对过，当时在洪州被章仁试探，唯一有可能向他透露消息的人便是卫姝。”

“嗯，”永徽帝点头，沉默了片刻又道：“皇后……”

苏陌忆明白他的意思，垂眸道：“按照太后的吩咐，臣派人去皇后娘家，在当年姝公主疗愈的地方打探过，什么都没有找到。”

听苏陌忆这么委婉地一说，永徽帝当即懂了。没有问题，才是最大的问题。因为这说明，有人在刻意帮着卫姝掩饰。就连太后和苏陌忆都能看出的问题，身为生母的皇后不仅毫无察觉，甚至连娘家的一切都打点周到，仿佛早已料到有人会查。

永徽帝当即脸色阴沉下来。毕竟是做了十多年夫妻，虽然说不上恩爱，但好歹是举案齐眉、相敬如宾的。

苏陌忆微微抬眼，又补了一句道：“皇后乃太子生母，臣以为她定然不会置太子前途于不顾，而选择与梁王此类乱臣贼子为伍。”

此话无异于不动声色地提醒了永徽帝，皇后介入此案，背后或许另有被梁王拿捏的把柄。永徽帝的脸色果然更难看了。

苏陌忆见好就收，道：“此次梁王若是意图作乱，大概率会让卫姝下手或是提供消息，皇上只需要顺水推舟、将计就计。”

“嗯。”永徽帝点头，“到时候让太后以避寒为由将皇后带离大明宫，如此一来，只卫姝一人也好控制。”

“是。”苏陌忆应下。

门外忽闻一阵脚步声，紫宸殿的门被打开。一个小太监附耳与富贵说了些什么，然后富贵接过他手里的信函，走过来对着苏陌忆和永徽帝一拜道：“这封信函，是太后要交给世子的。”富贵说完一揖，将那封信双手奉上。

太后在这个时候给苏陌忆递信函，怕是有什么要事。于是他也不耽搁，当即拆开读了起来。然而一息之后，苏陌忆的脸色肉眼可见地变了。原本就无甚血色的脸，现下更是苍白如纸。方才朝堂之上那股运筹帷幄、成竹在胸的气势亦转瞬消弭，剩下的只是惶然与无措。

永徽帝还从未见过苏陌忆这样的表情。

然而问候的话语还未出口，永徽帝便见苏陌忆拱手一拜。

“臣有急事要回一趟大理寺……”声音是颤抖的。

午时，盛京忽然又下起大雪。

林晚卿忘了自己是怎么走回院子的。她只记得地上那一片红梅落英，像宋正行囚衣上喷溅的血渍。思绪乱得像是窗外纷扬的雪——什么都在翻搅，却什么都想不起来。她失魂落魄地抱膝坐在榻上，手脚冻得冰凉。

“姑娘。”有人推门而入，是莱落。

林晚卿看着她，面无表情。

莱落不由得放轻了步子，侧身坐到她身边，小心地唤了句：“姑娘？”

“怎么办……”林晚卿自言自语，声音颤抖得像窗外的乱雪。

莱落略带慌乱的眸中闪过一丝幽暗，她握住林晚卿的手拍了拍：“出什么事了？”

林晚卿并没有回答，只看着院子里簌簌而落的莹白，脸上的表情落寞又惶然。宋正行死了。她该怎么办？一切好像又回到了四岁那年，她眼睁睁地看着萧家族灭，却又无能为力的那一刻。

放弃吗？

若是放弃的话，这十多年的隐忍辛酸又算什么？林晚卿失落地看着这场乱雪，只觉心里的那些情绪，一朝之间纷乱起来，翻搅得永无止境。

眼前不合时宜地浮现出苏陌忆的脸。她想起他唤卿卿的时候，眸子里的那片潋滟水色。她想起初雪暖夜中，他与她的那场缠绵。她想起一汪温池中，他许她的“相信”二字。覆于长衫上的手紧紧握着，指节泛白。屋内长长久久地没了声音，只剩下窗外飞雪的簌簌声。

“你先回去吧，我去找一下叶青。”林晚卿突然开口，语气决绝，像是想通了什么事情。

“姑娘。”莱落不解地跟着她转了个身，“你去找叶侍卫做什么？”“我要见苏陌忆。”她答，脚下步子不停。

莱落眼中闪过一丝诧异，正要扯她袖子，抬头却看到门口站着的一抹紫色身影。是苏陌忆。他还穿着朝服，大雪沾湿了他的发冠和衣袍，深一块浅一块的。一向爱洁净的他此刻满面倦容，就连下颌都隐隐生着青色的胡茬，真是难得一见的狼狈。

两人的拉扯忽地就松了力道。林晚卿一时怔忡，耳膜被自己铺天盖地的心跳声鼓动。

“大人……”想说的话卡在喉咙里，她看见苏陌忆阴郁的表情，下意识地一怔。

苏陌忆只是站着，看着她，身后的风雪将他雕刻出一个浅浅的轮廓，疏离又遥远，淡漠得仿佛置身事外。

莱落似乎也察觉到了两人情绪的不对，手臂一举，挡在了林晚卿前面。

“莱落。”林晚卿唤她，目光却落在门口那抹紫色身影上，“你去外面等我。”

“可是……”莱落不放心，警惕地打量苏陌忆，满眼的戒备。

林晚卿道：“没事的，你去吧。”

莱落这才走出去，关上了门。没有点烛的屋内霎时暗下来，光亮和风雪都被锁在了外面。只剩下他和她了。

“我想跟你说件事……”沉闷的室内响起林晚卿忐忑的声音，在风雪中显得飘摇。

苏陌忆的深眸终于动了动，停在了她的脸上，默不作声。

也许是相爱之人才会有的心有灵犀，林晚卿看着他紧紧拽在手里的那截纸条，一瞬间仿佛明白了什么。于是到了嘴边的话，她又咽了回去。

苏陌忆依旧是没有表情，随即移开眼，兀自笑起来——三分释然，三分了悟，剩下的却是自嘲。

“你有话要对我说？”他问，眸色黯然。

林晚卿被苏陌忆那样的眼神刺了一下，她依旧平静地问道：“我家的事，你都知道了？”“嗯。”他没有否认，声音是一贯的波澜不惊，仿佛早已知晓答案。

林晚卿垂眸，没有再说什么。

“你终于决定告诉我了？”苏陌忆问。

踩着那句质问，苏陌忆走到了林晚卿面前。

林晚卿回看他，并不避开。

“我父亲是被冤枉的。”她的眼睛晶莹透亮，坦荡得没有任何杂质。

苏陌忆却漫不经心地一笑，反问道：“为什么告诉我这些？是因为相信我，还

是因为宋正行一死，你走投无路、别无选择了？”

一扇小窗被冷风吹开，天光雪影豁然入内，阴翳被吹散，亮得让人不知所措。

林晚卿没有退却，只反问道：“那大人打算抓我问罪吗？”

第三十三章　大雪

尽管早已料到，可听林晚卿亲口问出这样的话，苏陌忆还是止不住心头一揪。

苏陌忆抬起头，笑容有些怆然。在她的眼里，他只是那个铁面无私的大理寺卿吗？可是啊，这个大理寺卿看到太后密函的第一个念头，却不是要抓她问罪，而是要护她周全。这些，原是她从未想到，或是从未在意过的。

屋内一阵久久的沉默，屋外冷风呼啸。

苏陌忆看着眼前这个人，忽然觉得自己似乎从来没有看懂过她。心底生出一些涩意，他却仍旧扯着一丝笑：“所以……卿卿可曾全然信过我？”

林晚卿被他问得一怔，毫无波澜的眼底终于出现一丝慌乱。她几番开口，却都是欲言又止。信过吗？信过。两个人同历生死、共赴险境，说不信是假的。可是他要的全然信任，林晚卿自问又做不到。过往十多载，她是生活在无边黑暗里的人。一路的长途跋涉她都是独自面对，未曾结伙没有同伴。她早已习惯于寂静中的踽踽独行，隐瞒是生存手段，是唯一出路。再没有什么比孤独更能护卫她沉重的背负了。

苏陌忆是第一个闯进她的世界，剥开她伪装的人。林晚卿以为这样就够了，因为再进一步，他便会剥开她的心。之后，两个人只会血淋淋地躺在一起。她是死里逃生的人，深知如此毫无意义。故而即便是在最沸腾的情爱里，她也会悄悄地放进去一块冰。可是她从未想过，这块冰会冻伤面前的人；更没有想过，看见他的伤，她也会跟着痛。

大雪纷扬而落，染白了屋外一片萋萋芳草地。好似所有的故事进行到最后，都是空白的沉默。

两个人对望，近在咫尺，却像隔了最长的距离。

“景澈。”她倏地开口，却像被堵住了口鼻，声音酸涩，“何苦呢？”何苦执着于此紧咬不放，何苦步步紧逼举刀自裁。

良久，她听见苏陌忆哂笑地一叹，似乎有万语千言，都随着这一瞬间化作了唇间的白雾。

苏陌忆依旧看着她，眼神温柔。

苏陌忆说：“我可以问你三个问题吗？你如实作答，不要骗我。”

林晚卿咬着唇，点点头。

“雷雨夜那晚，我被人下了药，你救我是否存了利用的私心？”

林晚卿整个人难以抑制地颤抖了一下，唇齿翕合之间，竟没吐出一个字来。

“你答应不会骗我。”苏陌忆看着她，眼神微动。

抓着包袱的手紧了紧，半晌，从林晚卿鼻息间飘出一个音节。她说：“是。”

苏陌忆微微一怔，继续问道：“在洪州那晚你喝下惑心，除了救我，是否还存了为萧家翻案的盘算？”

又一个“是”，这次，她没有迟疑。

苏陌忆的脸色已经很难看，方才深眸里的一点星火，也像是被风雪摧残的柴薪，逐渐冷却，变成皑皑一片。他沉默良久，终于问道：“若是我没有逼你，你是否……从未想过要嫁我？”

“是。”静静的一个字，很轻，像周遭飘落的白雪——没有起伏，却冷彻心扉。

“嗯。”苏陌忆颔首，“我知道了。”声音平静得好似冰冻。

苏陌忆没有再说什么，转身取来油灯，兀自点燃。

“既然如此，我亦不会强人所难。”火光渐亮，在他的指尖跳跃，暖色的光映上他的深眸，却再也照不暖他的眼神。他侧身取来匣子里的那张“婚书”——明明是顶单薄的一张纸，持在手里的时候却似有千斤之重。修长的手指，在明亮的烛火下显得瘦骨嶙峋。他缓缓地抬手，在穿过烛火时停了下来。火光染上逐渐泛黄的纸张，越烧越旺，信上的字迹随着火苗卷曲，化为一缕青烟。

“情之所系，为卿一人。愿现世安稳，岁月静好。一生一世，白首不离。”字迹一个一个被蚕食，林晚卿觉得胸口好似插入了一把钝刀，一片一片，割得她鲜血淋漓。

“卿卿，我心悦你。”

“别怕，有我在。”

“卿卿，信我。”

“睡吧，我会带你回来。”

“卿卿……卿卿……”

“停……停下……苏陌忆，你住手！”她的声音由嗫嚅变为哭喊，像将死之人要抓住唯一一根稻草。“哐啷”一声惊响，油灯被掀翻在地。

林晚卿死命护着手里那张已经被烧得面目全非的“婚书”，眼泪滚滚、泣不成声。手上被灼热的油烧伤了，可是一点也比不上她心里的痛。她记得自己是不爱在人前哭的。

房间里又暗下来，雪依然在下。有风吹起一团雪雾，凄凄惨惨的，像谁的泣诉。

“萧家的案子，我替你查。你离开大理寺，我们……到此为止。”苏陌忆走了。

林晚卿不敢看他。她听到他渐渐远去的脚步声，一点点走出了她的世界。

院子里的小径上留着他的脚印，他离开得没有任何迟疑。这一场落雪好似永无止境，微芒透着凄冷，像四岁那一年。窗外的天空被窗棂和屋檐割成无数碎片，眼睛被雪色天光晃得发胀。昭元十年的盛京，她好像再一次被埋在了十三年前的那场大雪。

“唉……”烧着红罗炭的马车里，太后放下手中的车幔，哀哀地叹了口气。

一旁同车伺候的季嬷嬷见状，将脚下的炭盆向她推近了一些，询问道：“太后可是冷着了？”

太后摇摇头，一脸愁容：“哀家这外孙真是……唉……太苦了。”

身为太后身边的老人，季嬷嬷当然明白她在说什么。可风月之事，向来难断，更何况太后也只是个旁观的局外人，她便更不好说些什么。故而她只能不痛不痒地宽慰道：“也许稍有时日便会放下，太后不必替世子忧心。”

“唉……”太后又是一叹。谁都知道，苏陌忆是她当成眼珠子来疼爱的外孙，自安阳公主死后，她愣是没让他受过一丁点委屈。他一向心高气傲，那些彬彬有礼、稳重谦和大多数时候只是装模作样，实则以他一贯的性子，自是没有将任何人放在眼里的。现在，竟然被一个小丫头伤成这样。

太后气得浑身都痛，兀自抬手扶住了额角。季嬷嬷见她这样，慌忙上前替她摁太阳穴：“太后若是心里生气，就该将那丫头抓了。她是钦犯之女，本就不该活到现在。”

太后冷哼一声，悻悻地道：“钦犯又怎么样？堂堂大理寺卿都不管的钦犯，哀家敢管？”

季嬷嬷自知说错了话，赶紧闭了嘴。

林晚卿的身份，是太后偷偷让人去查的。她就算再宠苏陌忆，也不能不考虑他的安全。其实一开始，太后只是怀疑林晚卿是梁王一党安插在苏陌忆身边的细作。但看她对苏陌忆又像是有几分真心，故而太后也没有使出铁腕的手段。可没承想这一查，竟然查出这么一个天大的秘密。直接抓人吧，以苏陌忆的脾气，恐是会跟她翻脸。可当作全然不知吧，她又实在做不到。所以，她干脆把这件事交给苏陌忆去处理。

于情，他是安阳唯一的儿子；于理，他是朝廷亲命的大理寺卿。于情于理，他出面都比她好，可是……

太后揉了揉闷痛的心口，没想到这些年，自己竟然养出这么一个假公济私、色令智昏的外孙。不过好在那丫头也不是厚颜无耻之人，身份被拆穿之后也没有死缠烂打，太后这才放下了要杀她的心思。

事情已经过去了十多年，就算萧景岩、萧良娣有罪，她一个时年四岁的小姑娘又懂什么？况且她无父无母、无依无靠这么些年，该受的罪、该吃的苦，也都够了。看在她几次三番救了苏陌忆的分上，太后也不想再跟她计较。

“罢了，罢了……”太后挥挥手，示意季嬷嬷停下，“现在前朝事情这么多，哀家也没心思跟一个小姑娘过不去。既然景澈想留她，那就随他吧。只是……”

太后停顿了一下，眼神中浮起一丝厉色，“你派人好好给哀家盯着，她要是再敢接近或者魅惑景澈，哀家可不会好心再留她一命。”

季嬷嬷应下，点了点头。

马车在丹凤门停了下来。按照计划，今日是太后要带着皇后去行宫避寒的日子。因为政事繁忙，苏陌忆代皇上前来送行。盛京近来连日大雪，宫人一早就开始扫雪除冰，尽管如此，官道上还是蒙蒙的一片雾气。

苏陌忆翻身下马，从队伍后面走过来，与太后辞别。也不知是不是错觉，太后总觉得他好似又清瘦了许多。原本就清冷的五官，如今看来更是生出几分疏淡的距离。

“景澈。”太后忍不住唤了他一声，上前将他身上的绒氅拢紧了些，“哀家不在的这段时日，再忙也要顾好自己，知道吗？”

苏陌忆面无表情地点头。

太后见他这副魂不守舍、行尸走肉的样子，心头又是一滞，她向身旁的季嬷嬷递去一个眼色。

季嬷嬷立刻便懂了。她从怀里拿出一沓帖子，双手呈给苏陌忆。

“这是盛京还待字闺中的贵女，你听哀家说完……”

太后见苏陌忆要开口打断，便瞪着他摆了摆手，继续道：“你以前就是太孤僻，与女子接触太少。感情不同于律法，又不是依律断案，非谁不可。你若是想开了，就多一些尝试，不要为难自己。”

苏陌忆无甚表情地站着，半晌没有动作。太后干脆拉起他的手，将季嬷嬷手里的东西一股脑儿地全塞到了他手里。

“去年跟你相看的那个月安县主，对你可是痴心一片。这都多久了，上门求亲的帖子她都一概回绝，所以你要不要……”

“孙儿知道了。”苏陌忆还是冷冷清清的样子，对着太后一揖，像是在催她快些走，“还请皇祖母也照顾好自己，莫要为杂事烦心。”

得，这小混蛋的意思是，我的事情你别管。太后吃了个哑巴亏，无奈只能白他一眼，转身上了马车。

苏陌忆看着那队浩浩荡荡的人马走远，将手里的帖子紧紧握了握。是呀，感情的事情没有道理，又不是非她不可。

“如果痛的话，你就告诉我哦。”油灯下，莱落扶着林晚卿的手腕，小心翼翼地往上面敷药。那日护“婚书”的时候，林晚卿的手被热油和明火溅到。伤口又红又肿，还起了水泡，几乎是烧伤的程度。所幸的是伤口范围不大，只有三指宽的一块。

莱落寻了块纱布，沾上药汁轻轻敷了上去。

“嘶——”林晚卿蹙眉哼了一声，但很快又收住了，苍白的下唇被咬出一个浅浅的血印。

手上的力道再轻了几分，莱落也跟着蹙了蹙眉，心疼道：“姑娘若是觉得痛，就别看了。”

林晚卿笑了笑，自言自语地说：“伤口得看清楚才行呀，看清楚了，才知道该上什么药。”

莱落一时无言。并不宽敞的空间里弥漫着浓郁的药味，熏得人喉咙发苦，眼睛发酸。火光下，两个人影对坐，幢幢地被映到了墙上。

莱落看着那块翻卷的皮肉，气愤地道：“姑娘真傻，为一张破纸伤了自己，不值得。”

林晚卿神色微动，想说什么，但最终还是忍住了。从今往后，她与苏陌忆的联系，大约也只剩这张纸了吧。故而她贪心地想留个念想，毕竟是真心爱过的人。

莱落见她不说话，脸色也不怎么好看，便也收了方才的抱怨，专心上药。

小间的门被推开，梁未平从外面走了进来。他将手里的一碗药递给了林晚卿：“才煎好的，晾一晾再喝。”

“嗯，多谢梁兄。”林晚卿应承着。

莱落将药接了过来。

梁未平看着两个人的眼神有些一言难尽，几番欲言又止之后，他终于问道：“你真的跟苏大人……”

“嗯。”林晚卿点头，平静地道：“梁兄别问了。”

梁未平张了张嘴，见林晚卿一副失魂落魄的样子，到底也不好再追问什么，便叹了口气，起身取来两个火盆放到了她的脚边。

“你们今后打算怎么办？”

林晚卿没有说话，莱落却接过话头道："当然是离开盛京，这里有什么好？夏天热，冬天冷，人还讨厌。"

"唉……"梁未平继续叹气，"还是等手上的伤好了吧，而且好歹等最冷的几个月过去是不是？这天天都是大雪封道的，也不好赶路啊。"

"嗯。"林晚卿点点头，依旧是魂不守舍的样子。

"那我去给姑娘铺床。"莱落说着话，转身往梁未平的寝室走去。

梁未平愣了一下，赶紧挡住莱落："我说要收留她，又没说要收留你！况且……"

他瞟了一眼外间那个硬邦邦的坐榻，一万个不愿意地道："我好心收留，你也不能就……"

"咔嚓！"一声脆响打断了梁未平的质问，不知是不是错觉，他看见莱落徒手捏坏了寝室的门框，碧蓝的眸子里盈满杀气。

"就……拒绝我的好意吧……"话锋一转，梁未平立刻哆哆嗦嗦地改了口。

莱落对着梁未平躬身一笑道："多谢梁大人。"

林晚卿倒是没看到这一幕。她嘬了一口手里的药，从舌根到胸口都是苦的，苦得让人麻木。她忽然想起很久很久以前，苏陌忆为了救她，被凶犯捅伤，她给苏陌忆熬了黑乎乎的药汁，他不肯喝，是她捏着他的鼻子灌下去的。人就是这么奇怪，之前浑然不觉的片段，陷在苦涩里的时候，回忆起来便都是甜的，甜得让人鼻眼发酸。她深深吸了一口气，将手里的药一饮而尽。

里间的莱落不知发现了梁未平的什么东西，嚷嚷着要看。梁未平不让，整个人趴在床榻上死抠着床沿，被莱落一脚踹了下去，躺在地上哀号不止。

"本官的床是给我林贤弟准备的，你只配睡地铺！"

"在枕头下藏避火图这么龌龊的事都能干，我当然要和姑娘一起睡，谁知道你有没有打什么歪心思？"

"我……我、我一个正常男人，不作奸犯科，看两幅避火图有什么错？你还给我！"

"咔嚓！""唔……算了，你留着吧……"

林晚卿端着喝空的碗，静静地坐着。她看见眼前这一幕鸡飞狗跳，不禁笑了起来。窗棂上的那一抹弯月像嵌在上面似的。终于没有下雪了，月色皎皎，映照窗棂，将她独坐的影子拉得老长。

"唉……"林晚卿叹气。

苏陌忆也不知道在做什么。他一向待人疏离，自是没有三五好友可以解他烦忧。可他的事，她再也管不了了。林晚卿神情落寞地拨了拨面前的灯芯。

烛芯呲呲啦啦地响，火光渐盛，映出一只骨节分明的手和一张棱角分明的刀刻俊颜。

苏陌忆放下手中的案卷，闭眼揉了揉眉心。近日来公务繁忙，他已经连续数日只睡两个时辰。

永徽帝谋划除夕夜招宗亲入京，伏击梁王。故而他需要提前清查朝中的梁王党，以确保计划的万无一失。

今日永徽帝准他休沐，他却回了大理寺，将萧家的案子从头到尾理了一遍。

入大理寺这些年，这是他心里的一根刺。这份案卷被束之高阁，他从不碰、不看。若不是林晚卿，他大约永远不会将它翻开，把幼时的恐惧扒开再经历一遍。父亲和阿娘相继离世，都是忽然之间的一场变故，一而再，再而三地让他措手不及。

苏陌忆是一个极没有安全感的人，所以他把自己活成一块冰，躲在严苛的律法里，不接近、不共情、铁面无私、按章办事，不交付自己，便不会被抛弃。他受不了林晚卿的若即若离，更受不了她唯有被逼到绝境，才会对他坦白的态度。在她面前，他好像又变成那个求而不得，牵着阿娘冰冷的手不肯放的孩子。

“噗——”夜风吹开一扇半掩的窗，灭了一盏烛火。室内骤然暗了下来，唯余清冷的月光，静静地泼洒一地。院子里有几棵竹，在冷风中发出“沙沙”的呜咽，搅得人心神不宁。

案子也看不下去了，苏陌忆放下手里的东西，起身去关窗。

院子里，司狱将头卡在一块栏杆的缝隙里，目不转睛地往林晚卿原来住的院子方向看。那道孤独的影子被月光拉成一片暗雾，司狱于寒风中静立，仿佛不会觉得冷。

苏陌忆突然觉得心中酸涩，哑着嗓子唤了它一声。然而司狱只是有气无力地动了动耳朵，连头都不曾回一个。

苏陌忆没有办法，裹了件绒氅，又拿了床厚绒毯，走到了司狱身边。

“不冷？”苏陌忆问，随手将毯子扔到了司狱身上。

司狱扭头翻着眼白看他，嗓子里呜呜两声，又把头卡在了木栏中。

苏陌忆没有办法，他蹲下来替它围好毯子，又看了一眼它丝毫未动的碗，妥协道：“要去散步吗？”

司狱这才有了一点生气，站起来甩了甩尾巴。它还是一如既往地痴迷林晚卿住过的院子，不管不顾地拖着苏陌忆往那儿走。不知不觉之间，一人一狗又再次在那道矮墙外停了下来。院子里的梅花开了一茬又一茬，暗香阵阵，落英铺了一地，倒是看不出一点残败的影子。只是屋里再没有人点灯了，周围暗沉沉的一片，只有风吹过枝丫发出的干涩声响。

司狱嗅了嗅满地的梅屑，在小白的木屋前转了两圈，又开始没完没了地呜呜哭

号起来。

苏陌忆被它哭号得心烦。他解开了司狱的链子，脚下踌躇片刻，还是举步向林晚卿住过的屋子走去。

门扉被推开，伴随着陈年老旧的一点擦响。屋内还是原来的样子，她用过的软垫、被衾，读过的书籍、案卷……他走到书案前，随手拿起上面的一本小册——是林晚卿的笔迹。从年号到州府名，从案件名到经手人，她用编号仔细地记载下来，且无一例外地用朱砂笔进行了批注。

苏陌忆心中一颤，像有人用指尖捻起了他心口的肉。这些都是他从十六岁入大理寺任大理寺正开始办过的案子。胸口忽然感到有些涩，像压了一块巨石。他移开目光，将手上的小册放了回去。书册的旁边是一个空瓷碗，底部残余着一点点汤羹。苏陌忆拿起来看了看，闻出是荔枝膏水的味道。

"呵……"苏陌忆忍不住失笑。这人倒是惬意，他连日在大明宫伴驾，连个饱觉都不曾睡过。她闲下来还能一边喝汤，一边编录评价他办过的案子。看来之前是把她惯得太甚，一个月一贯半的月俸是给多了的。

思绪不觉飘远，苏陌忆在书案前，一站就是小半个时辰，直到身后敲门的声音将他唤回来。

"大人？"叶青有些诧异，摸来一盏油灯点燃，看见苏陌忆一脸憔悴地站着，手里还拿着一个喝空的碗。

"有事？"苏陌忆问。

"没有。"叶青挠挠头，"属下方才去你那边送点东西，没见着人，于是就找过来了。"

"嗯。"苏陌忆应着，放下空碗往回走，"送的可是什么要紧的东西？"

"不是。"叶青道，"是太后让人带来的，说是月安县主第三次递给她，请她帮忙转交的邀帖。她实在不好再推托，所以就……"

"我想喝荔枝膏水。"苏陌忆忽然打断他，没头没脑地道。

"什么？"叶青以为自己听岔了。

"现在什么时辰了？"苏陌忆问，抬头看了看天。

叶青一头雾水，如实回答道："戌时三刻，大人这是要……"苏陌忆拢了拢身上的绒氅，无甚表情地往外走，"备辆马车，陪我去趟东市。"

南朝没有宵禁，故而夜市也是一大奇景。此刻的东市正是夜场开始的时候，小贩们张罗着自家的铺子和摊位，在鳞次栉比的店招牌下招徕着生意。

林晚卿带着莱落和梁未平走在前头，眼睛一路扫着街道两侧的小食店。药太苦了，无论她漱多少次口都不顶用。她只得顶着寒风，不辞辛苦地出来买荔枝膏水。

反正她也睡不着，转转也好。

月儿高悬，街上灯光流转。一片光影中人影憧憧，行人有说有笑，吐出一团团氤氲的白雾，倒是驱散了冬夜里的几分严寒。三人绕过主街，在东市最有名的小食店门口停了下来。

第三十四章　卿卿

“客官里面请！”门口的小厮殷切地引着三人，麻利地寻了一张靠窗的桌子，招待人坐下。

“几位客官吃点什么？”小厮擦着桌子问。

莱落看了看桌上的单子，咕哝着：“这个、这个、这个还有这个、那个……”

梁未平额头上的青筋跳了跳，慌忙摁住她的手：“你晚上没吃饱？”

“啧……”莱落很不耐烦，拿着单子的手甩了甩，把梁未平的爪子抖下去，然后她一脸理直气壮地道：“吃饱了就不能再吃点？”语气和眼神里，都是明晃晃的威胁。

梁未平抽了抽嘴角，默默埋下了头。也不知道为什么，他总觉得这个胡姬哪儿都不对劲。她除了对着林晚卿，看其他人的时候，身上总是透着一股骇人的杀气，能止小儿夜啼的那种。他不由得打了个寒战，将身上的棉袍拢紧了些。

“嗯，再来六碗荔枝膏水吧。”莱落终于点完了，将手里的单子还给小厮。

梁未平心口一跳，慌忙拉住小厮的袖子道：“我只要一碗！”

“哦。”莱落“哼”了一声，对着小厮补充道：“那就来七碗吧。”

梁未平：“……”这个胡姬还是饭桶……他不由得捂紧了腰间的荷包。照这个吃法，这两个人若是在他这里待到开春，那他非得被吃破产不可。

林晚卿看出梁未平的窘迫，摸了自己的钱袋子递给他道：“这顿我请，已经叨扰梁兄的住处，自然不好意思再让梁兄破费了。”

梁未平一时有些为难，伸到半空的手忽然顿住，捏成拳头：“贤弟真是小看兄长我了，贤弟落难，兄长自然应当两肋插刀，区区小钱不算什么。”一番话说得义正词严。

林晚卿愣了一下，见他坚持，只得揣回了自己的钱袋。

“嗯。”莱落这才收回抵着他肋骨的手，赞赏地拍了拍他的大腿，将一锭银子塞到了他的钱袋子里。梁未平怔忡着，不知所措地扭头去看莱落，却见她用食指抵

着薄唇，对他眨眼，比了个噤声的手势。明明是娇俏可人的动作，梁未平愣是看出一身冷汗。

东西很快被端上来，摆了满满一桌。三人边吃边聊天，很快就笑成一片。

“哎！你还记不记得你刚去京兆府的时候，有个证人被凶犯追杀，摔断了腿。大夫那天出诊没能及时赶过来，他躺在京兆府一直叫唤，最后还是……”

“啊！”林晚卿崩溃地大叫，起身去捂梁未平的嘴，“你不许说！”

梁未平被她捂得快要断气，身体后仰，一双手在空中乱舞。

莱落本来是不怎么感兴趣的，见林晚卿这么大反应，她不由得起了一点好奇，赶忙放下手中的碗，凑过去问道：“最后怎么了？”

“唔唔唔唔……”梁未平挣扎，好不容易脱离了林晚卿的控制，将她的双手控制住，他笑得上气不接下气地道：“最后还是林录事说，之前听得一个法子，人在性致上头的时候，会对疼痛感知不明显，所以……”

“梁未平！梁未平！你敢说我就跟你恩断义绝！”

“所以她就给那人讲段子，那人果然就没再喊过痛。”

“哈哈哈……”梁未平和莱落同时大笑出声。

林晚卿一脸生无可恋的表情。

“姑娘讲了个什么段子？”莱落追问，一双碧蓝的大眼睛亮晶晶的。

“她讲了个……哎呀！”梁未平被林晚卿扯住了脸皮，一张嘴皮子不利索，但依旧没减少他八卦的决心，“她讲了一个大理寺卿和三个女囚犯在监狱里以权谋私的故事。”

“三个？”莱落很快抓住了重点。

林晚卿臊得一张脸烧起来，她自暴自弃地道：“笑笑笑！笑死你们！”随即眼不见心不烦，她起身往店外走去，想寻个清静。

夜里起了雾，灯火阑珊的街道上三两路人赶着归家，行色匆匆，像一幅看不清线条的写意画。她方才和梁未平一阵打闹，身上出了一层薄汗，倒是不冷。她便多站了一会儿，随意张望着周围的街景。

街道对面，昏暗的街灯下，一辆深木色马车倏地闯入视线。因为隔得远，周遭又朦胧不清，林晚卿只觉得那辆马车很眼熟，似乎……似乎是大理寺的。正在愣神之间，她看见一片玄色绣金线的绒氅衣角扫过视线，消失在车幔之后。

“这是……”林晚卿的心跳漏了一拍，一个熟悉的答案呼之欲出。像是一种本能，她不由得脚步微动，朝着那辆马车走过去。

“吁——”突然的勒马之声打断了她的步伐，林晚卿侧身躲避不及，眼看就要被马蹄踏到身上。

“姑娘！”

腰上一紧，林晚卿被莱落拖着离开了街道。

“你一个好端端的小娘子，怎么走路都不看道啊？”驾车的人骂骂咧咧的，林晚卿却根本听不进去。

林晚卿起身，连身上的杂尘都顾不得拍去，依旧往对面的街尾走去。像是幻觉一样，方才那辆马车转眼便不见了。空荡荡的街，投下街灯孤零零的影子，在寒风中瑟瑟晃动。她拢了拢身上的衣袍，不禁嘲笑自己方才的失态。就算是他又怎么样呢？不过是一次形同陌路的相遇罢了。

另一边，马车辚辚而动，苏陌忆冷着一张脸，薄唇紧抿。好不容易去了东市，荔枝膏水却不买了。

一旁的叶青不明白自家大人又怎么了，直到他看到小食店里，同梁未平和莱落笑得开怀的林晚卿。

苏陌忆下车后兀自扶着车壁看了很久，脸色越来越沉，仿佛冬夜的凉气都凝结在了他的眉头。之后他便转身上了车，一言不发。车里放着两个炭盆，又铺了厚重的绒布，一点也没有三九天的寒气。

叶青却觉得气氛好似结了冰，冻得他大气也不敢喘一口。

“你说……女子都一样吗？”

“啊……啊？”叶青被苏陌忆这没头没脑的问题问得一愣。

叶青翻着白眼想了想，道：“我觉得我两个姐姐都差不多，有时候一样讨厌，有时候也……一样可爱。”

苏陌忆不再说话。马车晃荡着，两个人就这么一路沉默着回了大理寺。

临下车的时候，苏陌忆焐着手里的暖炉忽然转身，对着叶青道：“月安县主的邀帖……你帮我应了吧，也告诉皇外祖母一声。”

“嗯？”叶青反应了好一会儿，才知道苏陌忆说的是什么事，点头应下了。

月色寥落，地上的影子清清冷冷的，模糊又不真实。或许是太冷了，苏陌忆觉得呼吸的每一口都是痛的，从鼻腔到咽喉，从咽喉到胸口。感情的事有什么道理，既然她已经放下了，他也没有必要执迷不悟，也许真的不是非她不可。

骊山行宫，别院。

大多数宫人已经睡下了，寝宫里烧着地龙，暖意盎然。奶娘侧身灭掉几盏烛火，落下窗上的闩。

皇后坐在铜镜前通发，长发规规整整地贴在身前，她却梳得心不在焉。

奶娘走过来，接过她手里的骨梳，好言劝慰道：“老奴觉得，娘娘不必为宋正

行的事担忧。”

皇后没有说话，眼神虚虚地落在地面，眉头紧蹙。

奶娘继续道：“皇上和苏世子查他，是因为洪州之前的那桩‘假银’案，这件事娘娘可是从头到尾都没有参与过。”

“可是……”皇后依旧忧心忡忡，“宋正行毕竟当年经手过萧良娣的案子……”

“过了这么久，那案子的人证物证早就处理干净了。”奶娘接过话头，“况且萧良娣一直是皇上心头的一块逆鳞，宋正行莫非真的活腻了，要带着举家老小一起死才会主动招供。”

“也是……”皇后点头，眉头舒缓了几分，“可梁王若是被宋正行拉出来，只怕是……”

“多一罪不如少一罪。”奶娘道，“无论是梁王还是宋正行，都不会去主动提及这件事。他们顶多会用此事要挟娘娘相救，到时候娘娘寻得机会，杀人灭口便是。”

皇后没有再说什么，像是默认。

“上次让你查的那个丫头怎么样了？”皇后忽然问，暗色的烛火映上她的眼，带出几分狠戾。

“已经交代下去了，还在查，说是最近就能有结果。”

话音方落，窗棂上响起一阵极轻的拍击声，像鸟类尖尖的喙。屋里的两个人都愣了一下，神色霎时紧张起来。奶娘慌忙放下皇后的长发，转身推开了后窗。窗沿上果然站着一只信鸽，腿上绑着一个传递消息用的小竹筒。

奶娘赶快将信鸽抱进了屋内，取下纸条交给皇后。

橙黄的光晕下，纸卷渐渐展开——“萧氏漏网之鱼”，一行清晰的小字映入眼帘，惊得皇后手脚发软，险些瘫坐在地。

好在奶娘手快，赶紧扶她在圆凳上坐稳，接过那张纸条再看了一遍后，转身烧了它。

皇后已经六神无主，面色苍白。她一双手将睡袍绞得死紧，嗫嚅着道：“怎么办……这下又该怎么办……”

奶娘却镇定得多，蹲下来抓住她的手道：“萧氏的案子涉及安阳公主，若是真的要翻案，太后不会不知道。可奴见太后这几日皆神色无恙，故而我们也许还有机会。”

皇后这才回拢了些心神，将信将疑地看着奶娘道：“那依奶娘的意思……”

“萧氏女不能留。”奶娘的语气决绝。

皇后愣了一下，跟着点头道：“那不如将这件事捅破给太后或皇上……”

“娘娘不可！”奶娘阻止道，“此事按理说应该交给大理寺或刑部处理的，苏世子与萧氏女的关系娘娘难道还看不出来吗？”

“那刑部呢？”皇后问。

奶娘摇头：“刑部也不行，宋正行倒台，他在刑部的根系都被清理了一遍。所以无论萧氏女是去刑部还是大理寺，娘娘要想动手脚，难如登天。”

“那……”陈皇后被惊出一身冷汗，一时也不知该怎么办。

“只能暗中解决了。”奶娘道，“派心腹处理，须一击毙命，无论如何都不能让她落到苏世子的手上。”

“嗯、嗯……”皇后点头道，“让衍儿派人去做，千万干净利落。”

奶娘应下，转身写好一张纸条，塞进了那只信鸽腿上的竹筒里。

寝宫的一线火光被茜纱窗掐断。

清冷的孤月下，信鸽扑棱着翅膀，朝着盛京的方向飞去。

曲江位于盛京城的东南边，向来是皇室宗亲们喜爱设宴游玩的去处。

今日，月安县主的赏雪宴就设在此处。说来这宴会实则是由武安王府举办的。老武安王早年跟随先帝平乱，立下汗马功劳，是先帝唯一亲封的异姓王。而月安县主，就是老武安王的嫡孙女。

苏陌忆公务繁忙，虽然应下了邀约，可也只能等到在紫宸殿议完事之后才能去。故而他到的时候，与宴宾客皆已到齐了。

与宗亲长辈简单问候之后，苏陌忆被侍女引到了曲江池边的一座廊桥处。如今正是隆冬季节，桥下池面虽结了冰，但仍能听到潺潺水声，水流带着碎冰敲击着冰面，如环佩相击。

“世子。”

身后传来一个女子略带腼腆的声音。苏陌忆转身，看见一个梳着飞仙髻，身着白狐裘的女子。她对着苏陌忆盈盈一拜，起身看他的时候美目顾盼，巧笑之间露出两颗娇俏的小虎牙。

“见过县主。”苏陌忆回礼，但语气与举止之间却带着几分与生俱来的疏离。他错身往月安县主身后看了看，见还有人跟着才不觉松了口气。

廊桥上很快就热闹起来。因为晚宴未开，受邀的一些宗室贵女和公子们便结伴游曲江。冬日里天黑得早，众人也走累了，便有人提议在廊桥作画吟诗，休憩赏景。侍从们很快就搬来桌案和纸笔砚台。廊桥上深红色的瓜形灯，也被逐个点燃。

客随主便，苏陌忆虽然对这些风花雪月的事情不感兴趣，但也没有拒绝，只是远远地躲开人群，寻了一处僻静的地方观雪赏灯。

“世子，这个给你。”月安县主不知什么时候跟了过来，将手里的一个暖炉递

给他，面颊绯红地移开了眼。

“多谢县主好意。”苏陌忆没有接，“只是苏某有洁癖，不习惯用别人的东西。”他的语气诚恳、坦然，并没有刻意为难的意思。

月安县主笑了笑，低头道了句：“无妨。”

两个人便在廊桥的栏椅上坐下了。

“多谢世子赏脸光临。”月安县主轻声道，声音里带着女儿家春心萌动的忐忑。

苏陌忆神色如常，客气地道：“县主三次邀约，苏某皆因朝事繁忙推托，照理说这句多谢该是苏某来说。”

月安县主抬头，看着他眨了眨眼睛。水波潋滟的双眸清澈见底，她的眼睛生得好看，配上微微圆润的脸和额上的齐刘海，活泼灵动，像春日冰融之时的一段艳阳。

可是苏陌忆却看得心中一酸，面上依旧挂着礼貌又疏离的笑：“苏某该谢县主不予计较才是。”

月安县主一听便笑开了，只道：“世子操劳国事，月安自然应当多理解一些。”

苏陌忆闻言没有再说什么，只是看着半结冰的湖面，一时有些失神。

不远处作画吟诗的人似乎玩够了，有人提议要看月安县主作画。因为她的丹青师从空寂大师，一向在京中颇负盛名。空寂大师圆寂后，他的画几乎是千金难求，故而月安县主的名声也跟着水涨船高。眼见推托不掉，她只得应了众人的盛情，提笔俯身在纸张间泼墨游走起来。行云流水之间，游龙走凤，笔底春风。只见画上一个美人逐渐清晰起来，她于春花烂漫中回眸，剪水双眸点绛唇，眼中含情带羞，似是正与心爱之人互诉衷肠。

画毕，众人无不惊叹其巧妙灵动。

“光有画，没有诗怎么成呢？”人群中忽有一人提议，众人纷纷附和。

“那让谁来题诗呢？”有人问。

在场的几位宗亲公子倒是勇于自荐，然而都被月安县主笑而不语的态度婉拒了。

“既然如此，那就县主自己来选吧！”众人同意。

月安县主放下手中的画笔，执起一旁的软毫，步履盈盈地朝着苏陌忆走去。

“那就有劳世子了。”她笑道，将笔递到了苏陌忆手中。

苏陌忆这才反应过来，可是笔已在手，也不好当众下了月安县主的面子。他只能应下，提笔行到桌案前站定。灯火摇曳，在画上落下一片柔和的光。画上的美人，叫他看得一怔。

不施粉黛，不染铅华；飘然旋身时那一份洒脱和肆意明艳，他可是太熟了。苏陌忆不是不知道，画上之人并非林晚卿，只不过是心之所系，眼中万物皆是她罢了。

执笔的手未动，苏陌忆却突然笑起来。一向视风月甚轻的他，此刻亦是不得不承认，情爱不仅难以收场，更似不死不休的顽疾，绵延入骨、避无可避。她眉飞色舞的样子、据理力争的样子、胆怯讨好的样子、碎心绝望的样子……无数张脸在眼前重合，渐渐变成同一个样子。

“眼波明，黛眉轻，曲江池畔见卿卿。云鬓轻绾，金簇小蜻蜓。”走墨成文，落笔成诗，赢得一片叫好声。

月安县主看见这一行苍劲的字，亦是悄然红了脸，命人将画收了去，却被苏陌忆拦住了。他伸手一延，两个人借一步，站得离人群远了些。

“苏某有些话想对县主讲，还望县主不要见怪。”苏陌忆走到栏杆处驻足，望着面前灯影斑驳的粼粼水波，端然静立，“此次到访，一来是县主数次邀约，盛情难却。二来……”

苏陌忆停顿了一下，回身对上月安县主的眼睛，郑重地道：“二来，有些话若是不亲口告诉县主，怕县主还会继续在苏某身上蹉跎光阴。”

月安县主闻言变了脸色，晶亮的眸子里满是不知所措。

苏陌忆继续道：“之前听皇外祖母提起过，县主为了苏某屡拒提亲，可有此事？”

“我……”月安一时语塞。

苏陌忆没有等她说下去，兀自道：“无论此事是否真如皇外祖母所言，苏某自觉应当要告诉县主……苏某恐要叫县主失望了。”

“为什么？”月安追问，语气急切，也不知是冻的还是太过于失望，方才红润的小脸一瞬间只剩煞白。

“因为……”苏陌忆的眼神倏地柔下来，像落进了绵软的云层里。他一笑，云天皆动。

“因为苏某已心有所属，此生……大约是非她不可的。”

月安被他那样的笑怔了一瞬，半晌没了反应。她将手里的暖炉抠得死紧。

“我有什么不好吗？”她问，声音颤抖着。

苏陌忆笑笑，她自然是没什么不好，善解人意，知书达理，一手丹青能技惊四座。若真要说什么不好，大约只能因为她不是林晚卿。

苏陌忆摇头，道：“县主不必介怀，感情的事向来只有爱与不爱，没有好与不好。”

人声嘈杂，雪影天光成了两个人的背景。良久，她终于点头释怀道：“那这幅画我便不能留了。”

说完，月安县主取来那幅美人图，双手奉上。

情爱之中，无论男女，皆是心思透亮之人。方才苏陌忆落笔的神态，文中的言意，此番坦诚之后，她不会看不懂。既然如此，倒不如退一步海阔天空。

苏陌忆淡然一笑，双手接过，一拜，道：“还请县主莫要再向皇外祖母递帖了，

也祝县主早日觅得良缘。”

“嗯。”她坦然地应了一句，又问道：“那世子准备什么时候定亲？”

苏陌忆迟疑了一瞬，坦白道：“目前可能还不行，不过……我想再等等看。”

月安点点头，没有再问。

廊桥边曲江残雪，夜风里灯影摇曳。

林晚卿抬头看了看天上的半月，柔光流转，铺洒如纱。

院中的灌木叶尖儿泛着亮，银光流转之间，一棵矮树似乎晃了晃。

“莱落？”林晚卿推开半敞的窗，往外探了探头。

“嗯？”莱落从房里的书架后走了出来，看着她不解地道：“姑娘叫我？”

林晚卿愣了一下，问道：“你什么时候进来的？”

“我……从晚饭过后，一直都在这里呀。姑娘不是交代要整理这些……嗯？姑娘？”莱落不明所以，见林晚卿猛然推门而出，她顾不得放下手上的书，跟着林晚卿追了出去。

院子里一个人也没有，远处一盏破旧的灯笼晃动，投下一个鬼魅般的暗影。

林晚卿环顾四周，半晌，嗫嚅着道：“莫不是我看错了……”

“刷！”话音骤断，林晚卿站在廊下，只见一道异样的银光，朝着自己的心口就是一闪！她来不及反应，眼见光线越拉越近之时，腿下一软，她整个人往后猛然一跌。头上的发髻散了，长发倾泻直下，随着她的翻动，扬起一个惊险的弧度。

“嚓！”又是一阵极快的响动，林晚卿只见一片流转的光晕从身后飞出，只一道就划破了黑影的喉咙。月色下，鲜血喷溅而出，淋淋漓漓地洒了满地。

“姑娘快进屋去！”

相处这些时日以来，林晚卿从不知道莱落竟然武功如此了得。林晚卿被她这撕书杀人，还能一击致命的手法怔住了。然而还未等此事被消化，耳边嗖嗖剑鸣，林晚卿抬头一看，只见数柄利剑正朝她破空而来！

“快走！”莱落一声厉喝，抢先一步捞起她，转身一带，和她一起躲进了屋里。

刚察觉不对的梁未平一脸惊恐，从里屋匆匆跑出来，问道：“这、这是怎么……”

“铿——”一柄利剑擦着他的面门飞过，“咚”的一声钉在了他身侧的墙上。

“锁上门窗，先找地方躲起来！”莱落冷静地指挥，动作迅速地关上了身后的门窗。

林晚卿缓过来，跟着照做，拖过已经吓傻的梁未平，抱着小白找了一个矮柜后面蹲了下来。

莱落给他们比了个噤声的姿势，吹灭了烛火。屋内霎时漆黑一片，月光清冷、诡异，透过窗棂铺了一地。

周围响起窸窸窣窣的脚步声，从四面八方传来，如细流入海。

“咔嚓！”有人跃上了屋顶。

“五、十、十五、二十……”耳边是莱落的喃喃自语，林晚卿的神经随着她口中的数字逐渐绷紧。

“二十。”莱落嗫嚅着，“对方有不下二十个刺客。”

“啊、啊？”梁未平几乎要哭出来，舌头打结道，“那……那你能不能……”

“当然不能！”莱落回答得也不含糊，“都是训练有素的刺客，以一敌十倒是可以。可一对二十，我又不是神仙！”

“啊……完了完了完了……”梁未平慌了神，“我、我们，我们得逃！要逃啊！”说话间他骤然跃起，作势就要往外扑，一边还不忘拉着林晚卿。林晚卿被他拖得一个踉跄。

“啪”的一声惊天巨响。梁未平捂住被莱落扇红的脸，瞬间冷静了许多。

莱落一把拽过梁未平，逼问道：“冷静了吗？”

梁未平点点头，委屈巴巴地蹲回了柜子边。

莱落这才放开了梁未平，转身对着林晚卿说：“我会寻个时机杀出去，将人引开，你赶快从后面逃。出去左转不远，有一口枯井，你暂且往里躲躲。我甩掉大部分人便会来接你！”

林晚卿怔怔地看着莱落，只觉声音都是模糊不清的。

“咔嚓！”屋顶的瓦片响起碎裂的声音，来人已经快要掀开房顶。

隐隐的月光下，莱落看着林晚卿，眼中是从不对别人展现的温柔。莱落笑了笑：“姑娘，我四岁之时便识得你姑姑，她温柔、善良，是这世间最好的女子。她不是谋害皇嗣的毒妇，是污浊的皇家配不上她。可我那时太小，护不住她，欠她的，如今都还给你。”话音一落，莱落点燃手里浸了灯油的衣裳，打开前窗扔了出去，随即便向着凌乱的寒光，纵身跃下。

“大人！”远处传来一阵急促的脚步声，苏陌忆侧身，见叶青面色焦急地奔来。

一旁的月安县主亦被他这模样吓了一跳，怔怔地朝叶青看来。

“大人……”叶青瞟了一眼月安，神色为难。

月安见两个人似有公务相商，躬身拜过便避嫌地走开了。

叶青这才喘着粗气对苏陌忆道：“方才大人安排在林录事身边的探子来报，说是有刺客围了清雅居。”

“刺客？”只是短短的一瞬，苏陌忆的瞳孔震了震。短暂的愣怔后，他什么都

没问，袍裾一撩就朝曲江池外急行而去。

“还愣着做什么？”远处传来苏陌忆的声音，“边走边说！”

第三十五章　圣旨

出了曲江池，苏陌忆接过侍卫手中的缰绳，翻身而上，一骑绝尘。

叶青紧跟在后，远远地道：“大人别急，属下已经派了衙役先去。只是……”

“只是什么？”苏陌忆问，头也没回。

“只是金吾卫右翊中郎将夏桓带人围了清雅居，以捉拿乱贼为名要将林录事带走，我怕他们稳不住局面。”

“什么？”苏陌忆猛地一惊，骤然勒紧缰绳。马蹄扬起，泥雪飞溅。

“可是皇上下令的？”苏陌忆问。

“不是皇上。”叶青道，“若真是皇上下令，他们大可亮出圣旨，我们也万万不敢阻拦。”

“有人擅动禁军？”苏陌忆难以置信。

叶青思忖道：“也不算擅动，金吾卫本身就有京城巡防的职责。要在城内搜捕乱贼，也不是不可。”

苏陌忆闻言冷静下来。对方既然先派刺客，再派金吾卫，显然是下了破釜沉舟的决心。如此，就算是他赶去了，凭借着大理寺的力量，要与负责京城安防的金吾卫对抗，无异于以卵击石。故而为今之计只有……

“叶青！”苏陌忆摘下腰间的鱼符扔给叶青，声音沉冷地道：“你带这个进宫，找皇上求一道圣旨。”

“圣、圣旨？”叶青愣住了，怔怔地看向他。

苏陌忆眸光冷冽地说：“就说现有钦犯一名，涉及当年安阳公主和萧良娣之案，求皇上降旨将此案交与大理寺查办。”

“大、大人！”叶青被苏陌忆的话吓得不轻。如此一来，不就等于公开了林晚卿其罪当诛的身份了吗？

然而苏陌忆却顾不上跟他解释，扬鞭一甩，马腹一夹道：“跟皇上说，我明日一早自会进宫向他禀明情况。”说完绝尘而去。

另一边的盛京城里，幸得大理寺衙役及时赶到，刺客已经逃的逃、死的死，唯有零星几人还在缠斗。

眼看清雅居的局势受到控制，林晚卿抱着小白，跟着梁未平和莱落正打算逃走，却听周遭忽然响起杂乱的脚步声，纷至沓来，由远及近，像一场将要席卷天地的暴雨。她抬头，透过夜里的迷雾望去，只见星星火色，向着他们围来，如一条火龙，在夜色中延展开身体。

一瞬之间，在场之人，包括大理寺衙役已经被团团围住。众人惊愕着，不由得停下脚步。然而赶来的金吾卫却没有要与他们对峙的意思，围上来之后便纷纷抽出佩刀，齐齐朝着刺客和林晚卿三人砍去！

好在莱落反应极快，在两片寒芒接近林晚卿的瞬间，便闪身挡在了她前面。一声刺耳的金属擦剐之后，金吾卫手中的佩刀断成两截，一左一右地插回了两个人胸前。

打斗既已见血，场面即刻混乱起来。眼前掠过刀光剑影，耳边尽是铿锵剑鸣。负责巡防的金吾卫看似要捉拿刺客，然而刀剑争鸣之间，却步步朝着林晚卿逼去。

莱落见事不好，纵身一跃来到林晚卿身前，挡住周遭越来越多的长矛。

“快逃！”莱落回身对着林晚卿大喊，然而尾音方落，便是一声剑锋入肉的闷响。

林晚卿愣住了。她怔忡地抬头，看见莱落被人用长矛贯穿左臂。鲜血喷涌，只一瞬间便湿了她的衣袖。

然而莱落只是短暂地蹙眉，然后举起手中的长剑。手起剑落，长矛被斩断。莱落大喝一声，徒手拔出了手臂上的矛头。

围杀却没有因此而停止。金吾卫看准这个时机，朝着林晚卿纷纷举剑，再次从四面围了上来！

“铿——”冷器相击，擦剐出长长的火星。鼻息间是浓烈的焦灼之味，仿佛空气都被点燃。

事情发生得太快，林晚卿甚至来不及闭上眼睛。冷风刺骨，吹得人衣襟猎猎作响。头顶倏然响起一道骏马嘶鸣，如惊雷乍起！

火色烈烈之中，她抬头，看见一道巨大的黑影。它的两只前蹄高举，与她的头顶相距不到三寸的距离，之后应声而转，“啪嗒”一声落地。

地上的软泥被踏碎，沾上她的脸颊。不待林晚卿反应，她只觉腰上一轻，随即落入一个熟悉的怀抱——松木香夹杂着淡淡的青荇。她已经很久没有闻过他的味道了。

林晚卿愣了一下，抬头，看见一段下颌线。然后苏陌忆缓了缓，也低头朝她看来。两个人的目光于夜色火光之中无声地交汇。他依旧是深眸冷冽，像积了千年的冰。可看向她的时候，眼里到底还是多了几分柔和。

林晚卿鼻头一酸，慌乱地移开了眼神。

苏陌忆什么也没说，有力的手臂紧紧将她圈在怀里，一手持缰，一手持剑，凌厉的目光带着杀气，缓缓地扫过在场众人。所有人似乎都被这突然插进来的“不速之客”惊呆，打斗也停了下来。

片刻之后，另一人骑着高头大马，从火龙之后缓步走来，雾色之中仿若地狱修罗。他静静地看了苏陌忆须臾，挑唇一笑，翻身下马。林晚卿认出来，此人正是负责盛京城防卫巡逻的金吾卫右翊中郎将——夏桓。旁边的侍卫持着火把，引他来到苏陌忆面前站定。

莱落捂着已经鲜血淋漓的左臂，向前一步，还要去护林晚卿。

夏桓被震得往后退了两步。他很快就将目光落到苏陌忆的身上，似笑非笑地对着他一揖，道：“见过苏大人。”

苏陌忆面无表情地俯视着他，无声之中带着骇人的威压。

夏桓兀自起了身，看着苏陌忆问道：“苏大人这是在做什么？”

苏陌忆冷冷地瞥他，反问道：“本官倒要问问夏将军想做什么？”

夏桓冷笑，看向林晚卿的目光阴鸷：“夏某方才接到密报，说已经死了十三年的萧氏遗孤出现在盛京城，现今自然是奉命行事。”

“奉命？”苏陌忆冷声质问，“奉谁的命？”

夏桓倒是不慌不忙的，他冷声道：“维护京城治安本就乃金吾卫职责，如今城中出现逆贼，夏某食君之禄，自然是奉君之命。”苏陌忆将林晚卿搂紧了些，只问：“夏将军可知谋逆大案，向来属于大理寺的职责范围。将军就算抓了人，上报朝廷之后，依旧是大理寺的事。既然如此，此番就不劳将军费心了。”说完他策马扬鞭，作势要走。

然而苏陌忆刚一迈步，去路就被几个手持长矛的金吾卫挡住了。

“可谁不知道这反贼曾是大理寺的录事，夏某只怕苏大人一念之差，却要背上假公济私的恶名。”身后传来夏桓的声音，他冷哼一声，将话挑明。

苏陌忆心中一凛。果然如他所料，对方是做好暗杀不成就明抢的准备。因为只要人到了他们手里，必定是活不过今晚的。之后他们便能以嫌犯拒捕，刀剑无眼为由，将一切搪塞过去。反正萧家一案已结，如今前朝局势正是微妙，皇上根本不会有心思去顾及一个早该死在十三年前的人。故而此刻就算是他搬出大理寺，搬出世子的身份，想来对方也不会轻易放手的。

思及此，苏陌忆眸色一沉，于高头大马之上冷声道：“若本官就是不肯放人呢？”

“那便要问问我金吾卫的刀同不同意了。”气氛再次变得剑拔弩张，冬夜寒风凛冽，像一把把刮过体肤的尖刀，让人心底微颤。

“抱紧我。”一片混乱之中，苏陌忆俯身，在林晚卿耳边低声道。

林晚卿一愣，却也照做。她抱住他腰的同时，将脸贴到他的胸口。

“咚咚、咚咚、咚咚……”耳边是苏陌忆有力的心跳，此刻听来，她却莫名想哭。十七年，这个人披荆斩棘而来，把自己的心跳毫无保留地给她听。

“大理寺——听令！”苏陌忆的声音如寒风猎猎。

夏桓见状亦是咬紧牙关，举手对着身后的金吾卫道：“金吾卫——”

夜静如深潭，空气仿佛凝结成缕缕丝线，风一吹便会断裂。

“圣旨到——”极远的地方传来一阵呼喊，伴随着阵阵马蹄声，像是从梦境里来，朦胧而又不真实。

夏桓眉心一拧，循声朝远处看去。浓重的夜雾之中，叶青手持黄卷，驰马奔来。马蹄重重地踏在地上，仿若一场轻微的地震。

待到走近了，叶青勒马急停，将手中圣旨一举，他对着在场众人道：“皇上有旨——”

所有人都卸下兵器，俯身跪地。

“萧氏遗孤一案涉及皇室宗亲，乃重案要案，故今交与大理寺主理，由刑部协理，其他人等不得干预……”

听着叶青宣读完手中的圣旨，夏桓手中脱力差点拿不住剑。若只是大理寺出面，事情闹得再大，双方也只是职务摩擦，各自有理。他凭借着手中兵力，倒是能与苏陌忆一拼。可如今圣旨已下，他若再与苏陌忆硬拼，那便不只是职务冲突如此简单，而变成了抗旨不遵的大罪。尽管此行前，陈衍一再交代他无论如何都要手刃萧氏女，万不可失败。但如今看来，他怕是心有余而力不足了……

众人接旨谢恩，唯有夏桓久跪不动，依然将手中的剑横在苏陌忆的去路上。

苏陌忆冷眼看他，带着林晚卿翻身上马，将手上的马鞭一扬道：“让开！”

在场金吾卫被慑住，但没有听到夏桓的命令也不敢妄动，他们纷纷看向他。夏桓面色阴沉，良久，长长地叹出一口气，终是将手一抬。原本被刀剑和火光围堵的暗巷亮出了一条阔道。

苏陌忆没有耽搁，简单交代叶青带走现场刺客的尸体之后，便带着林晚卿一行人回了世子府。

林晚卿和莱落都不同程度地受了伤，好在府上早已备好看病的大夫和药材。

苏陌忆将林晚卿抱到寝室里，庭院寂寂，黑夜深深，两个人走得一路无言。他还是憋着一股气，不肯搭理林晚卿，只在确定她的伤无碍之后，眸色幽深地看了她一眼。

林晚卿亦是低着头不看他。

苏陌忆顿时觉得心中十分憋闷。他可是很忙的，刺客和莱落的身份都没有查明，他哪有时间跟一个女人计较谁先跟谁说话这种无聊的事。然而想是这么想，方才面对刀剑都面不改色的苏大人，此刻却黑着一张脸走了。

出了林晚卿的屋子，拐过回廊一角，苏陌忆看见梁未平和叶青朝这边走了过来。

“大人。”叶青对苏陌忆一揖，“刺客的尸首已经悉数清理完毕，身上并未发现什么异样。”

苏陌忆闻言有些失望，回头却见一边的梁未平，他手里端着一碗热气腾腾的药汤。

“你们这是要去？”他明知故问。

“我们去看看林贤弟，顺便询问一些刺客的线索。”梁未平答。

苏陌忆不禁皱了皱眉。虽说梁未平与林晚卿一直以兄弟相称，但听梁未平一口一个“贤弟”，那一晚，在东市小食店外撞见两个人的情景又浮现在他眼前。于是他冷着一张脸，将梁未平手里的那碗药夺过来，交给了叶青。

“询问和送药，一个人去就够了。”说完，苏陌忆负手在身后，走过梁未平身边的时候斜斜地剜了他一眼。

“梁主簿。”苏陌忆的声音冷冷的，能结出冰来。

梁未平打了个寒战。

“跟上来。”苏陌忆道。

“啊、啊？”梁未平还没来得及问清楚，只见苏大人一阵风似的走远了。他只得小跑着跟了上去。

两个人去了莱落的屋子。进去的时候，莱落正好包扎完伤口，惨兮兮地被大夫灌药。见两个人进来，她才勉力舒缓了皱在一起的眉眼，看向苏陌忆的眼神凛冽如剑。

苏陌忆轻笑，倒是不甚在意。梁未平见他要坐，赶紧从一旁抽了张圆凳给他。

“说说你的身份吧？”苏陌忆闲适地理了理袍裾，语气平静地道。

莱落不理苏陌忆，将手里的空碗敲得叮咚作响。

苏陌忆也不生气，端着一贯的清冷做派，看着莱落继续问道：“你到底是什么人？”

叮叮咚咚的敲碗声骤然一停，莱落抬头看向苏陌忆。一双碧蓝的眸子仿若最深的海水，平静却也凶险。半晌，莱落冷笑，语气不善地道：“大人是瞎了吗？莱落还能是什么人？当然是胡人呀。”

“哐啷——”梁未平听到莱落的回答立刻感到腿软，堪堪下坐之时碰到桌案，上面的杯盏响做一片。

然而情绪相当微妙的两个人似乎都没有听到，依旧是针锋相对、剑拔弩张的状态。

苏陌忆也不恼，挑唇一笑，沉声缓慢地道："既然如此，本官换个问法。宋正行和王虎都是你杀的吧？"笃定的语气，将一句疑问变成了陈述。

莱落根本不搭理他，又开始漫不经心地敲碗，叮叮咚咚的声音在寂静的黑夜里显得杂乱又诡异。

苏陌忆停顿了一下，道："宋正行是在牢中被人用细枝贯穿左右耳而死；王虎则是一剑封喉，大半个脖子都被削开。如此狠戾、精准的手法，唯有受过专业训练的刺客才能做到。"

莱落面无表情地继续玩着手里的碗，对苏陌忆的话根本不感兴趣。

苏陌忆觑她一眼，继续道："本官早些年听说过一个女刺客，杀人随心所欲，手法从不重复，手边的一切皆可为她所用，出手即是一条人命。她还有一个非常贴切的称呼——'疯子'。说的就是你，对不对？"

"咔嚓——"手中的白瓷碗被敲出了一个不大不小的口子，幽幽的烛火中，莱落抬头看向苏陌忆。

"对，就是我。"莱落释然地笑了笑，承认得很爽快。

苏陌忆闻言倒是沉下了脸，语气也陡然森冷起来："你是梁王的人？"

莱落一愣，碧蓝的眼眸中闪过一丝茫然："我不是他的人。"

"那你为何替他杀人？"苏陌忆追问。

"我没有替他杀人。"莱落辩解道，"我只是喜欢杀人。我杀人，他给我钱。就像你们遇事去找大师开解、诵经，你能说大师是你的人吗？"

"……"苏陌忆被莱落这一番颠倒黑白的辩解弄得愣了一下，可还是很快就缓过来，继续追问道："那你杀王虎的时候，屠了整个京兆府狱是因为……"

"因为那天我心情不好。"莱落道。

"……"苏陌忆头一次审犯人审到无言以对。

莱落却叹了一口气，不以为意地说："本来他们不让我按自己的想法杀赵姨娘，我就不是很开心。之后，他们又说我做事手脚不干净，让我去京兆府监狱再杀一个人。"

她停顿了一下，一脸诚恳地道："所以我心情不好，那天就顺手多杀了几个。"

"可是你这么做，无异于坏了他们的整盘计划。"

"哦？"莱落皱着眉头想了想，"好像是哦……怪不得那天给钱的人态度那么差。"

"所以你……"苏陌忆试探着说。

"我就杀了他。"莱落抠抠鼻子。

"……"苏陌忆总算是知道她为何得了一个"疯子"的名号了，因为她就是一个不折不扣的疯子。他稳了稳心绪，言归正传："那你接近林晚卿又是为了什么？"

“我要带她走。”

苏陌忆闻言蹙眉，一张脸冷若冰霜：“为什么？”

莱落这时好像才回过神来，又对着苏陌忆摆上一副“拒绝合作”的态度道：“因为你跟你那个混蛋舅舅一样，薄情寡义，护不住她，还要将人留在身边。”

冷不防被扣上“负心汉”帽子的苏大人脸色很不好，一时气得连辩解的话都忘了。不过他倒是把莱落接近林晚卿的整条线都串了起来。

听莱落的口气，她应当是萧良娣的旧人。萧良娣死后，她对永徽帝怀恨在心，机缘巧合下被梁王培养成杀手，加入了他的“谋反”大业。可无奈她是个不受人控制，做事随心所欲的疯子，因为王虎一事与梁王决裂。再加上她应该是在大牢里认出了林晚卿，故而一路跟踪、接近林晚卿，想要带她离开她最不信任的“皇家”。她杀死宋正行也并不是为梁王做的，单纯只是想让林晚卿跟她走罢了。

不过知道莱落对林晚卿并没有恶意，苏陌忆终于舒了口气，问话的态度也缓和了几分。他将身侧的灯拨亮了一些，表情肃然地问道：“那今日之事，你觉得是谁所为？”

“谁？”莱落感到有些惊讶，仿佛听了个笑话，“南衙禁军下面的金吾卫都出动了，除了你那混蛋舅舅还有谁？”

“皇上不知道这件事。”苏陌忆道，“再说夏桓也说是接到了密报，这个密报可以是任何一个人给的。”

莱落撇撇嘴，将信将疑地问：“那刺客的身份总不能抵赖了吧？”

“刺客？”苏陌忆闻言一凛，神色严肃了几分，“你认识里面的人？”

莱落点头：“里面有个人是那晚我在街上遇到姑娘的时候，见过的一个暗卫。”

“你是说……”梁未平结结巴巴地道，“陈二公子的暗卫？”

“嗯。”莱落哼了一声，“当时他蒙着面，我倒是没见过脸，可是他的身形和武功我不会认错。”

屋子里的火光闪了闪，炸出一丝火星。几个人都没有再说话，气氛一时安静下来。陈家……陈衍掌握着南衙禁军，他若是一句命令，让夏桓带着金吾卫抓人，是轻而易举的事情。可是陈家为什么要置林晚卿于死地？若是没有记错的话，他们与十三年前的萧家谋逆案毫无牵连。既然之前都能独善其身，如今他们又为何要来蹚这浑水呢？除非……

“嗡——”一声耳鸣，苏陌忆瞳孔巨震，像是猛然想起了什么。

陈家是皇后的母家，当时萧家落败、萧良娣失宠，陈家可谓是直接获益者之一。陈良娣被晋为太子妃不说，陈衍也接任了萧景岩金吾卫中郎将的职位，陈家风头一时无两，所以……有可能吗？心下一凛，苏陌忆被自己的这个推论惊出一身薄汗。

他随即起身，袍裾一撩就要冲出去，却被莱落唤住了。

莱落碧蓝的眸子透着寒光，语气冰冷：“所以，你相信萧家是无辜的吗？”

苏陌忆一怔，没有说话。

莱落亦没有等他回答，兀自又问：“你能护住姑娘吗？”她不依不饶，手上捏着那块白瓷的碎片，几乎要捏出血来。

莱落撑着自己站起来，走到苏陌忆面前逼视着他道：“你若护不住，今夜所经历的一切，就是姑娘往后的人生。一旦暴露身份，等待她的就是十死无生的境地。如若至此，你便将她交给我，这里容不下她，我陪她去更好的地方。”幽幽的烛火下，那双冰冷的碧蓝眸子里总算是多了几分柔和之色。

苏陌忆怔忡着，因为他都要忘了，林晚卿是背负着“罪臣女”之名，苟活于世的人。过往的十多年里，她涉水过河、如履薄冰，活着对于她来说，已经是咽血吞齿的艰辛。喉咙有苦涩的痛意，他只觉得好似被莱落喂下了一把刀。利刃滑下去，从喉咙到心口沥沥地滴着血。

苏陌忆忽然想起很久以前，林晚卿问他，错杀一个好人和放过一个坏人，哪个是更严重的错误，他说，是错放坏人。他还想起在洪州的时候，因为莱落，他责备她感情用事，不应当对“嫌犯”给予太多的共情。故而一直以来，对于林晚卿来说，他始终先是朝廷亲封的大理寺卿，之后才是那个她可以交付身心，托付终身的人。

云翳游散，露出一个黎明。

苏陌忆看着莱落，笃定地道：“我不仅要护她，我还要给她你给不了的自由。我要她不用再躲躲藏藏、隐姓埋名，我要她兑现承诺，堂堂正正地成为我的世子妃。”

第三十六章　晨曦

月色洒进回廊，冬夜里四下静谧无声。冷风将廊上的灯笼吹得晃动，点点光影投到地上，散漫地变化着角度。

苏陌忆驻足，转身看着一路跟着他的梁未平，眼神冷冽地问：“你跟着本官做什么？”

“我？”梁未平愣愣地道，“卑职没有跟着大人。卑职是要去看林贤弟，恰巧顺路罢了。”

苏陌忆的脸色肉眼可见地沉了几度，却捺着性子提醒道：“这么晚了，梁主簿

不休息吗？”

梁未平无知无觉地摇头：“不打紧，看了林贤弟再休息也不迟。”说完他伸手示意，要苏陌忆走在前面。然而他的手却被苏陌忆抓住了。

素月流辉，洒了满地。面前光风霁月的男子眉宇间染上一股阴翳。苏陌忆几乎是咬着牙对梁未平道：“梁主簿还是现在就回房歇息吧。”

明晃晃的威胁的语气，梁未平哪敢说不，哆哆嗦嗦地拜别苏陌忆，一溜烟儿地跑了。

苏陌忆这才轻手轻脚地往林晚卿的寝室去了。

回廊尽头，茜纱窗内流出明灭的烛光。苏陌忆在门外站了一会儿，先扯松了衣襟。他猛吸几口气后，又把扯松的地方给捋紧了。

“咳咳……”苏陌忆假意清嗓，弄出了一点声响。须臾，面前的门“吱哟”一声开了，苏陌忆猝不及防地后退两步，一张脸霎时红到了脖子根。

“我……”他起了个头，觉得不对，话锋一转，又道：“你……”虽然抬着头，但他的一双眼睛却死死地盯着地面，眼睛一眨不眨的，看起来十分诡异。

“世子？”回答他的却是一个不太熟悉的女声。

苏陌忆抬头，见面前的是府上的老嬷嬷，一瞬间松了一口气，同时也略感失望。他很快板起脸，换回一贯的清冷做派，指了指里面，言简意赅地问：“睡了？”

老嬷嬷点点头。

“嗯。”苏陌忆侧身往里面迈了一步，关上了门。

屋里只点了两盏灯，已经快要烧完了。残光昏暗，朦胧得连个人影都照不出来。

罗帐没有放下来，用玉钩挂在架子床两侧，露出里面那个平躺着的人。看不见脸，只露出一节雪白的脖颈和肩膀。

苏陌忆踟蹰了片刻，终是走过去，俯身想替她掖一掖锦衾。

“嗯……”随着鼻息间的一声轻哼，苏陌忆的手被她握住了。他下意识地想抽回来，无奈她拽得太紧。僵持着的手一时停在了半空，走也不是，留也不是。

“景澈……”极细极细的呼唤，恍惚得如风掠过。

苏陌忆愣了一下，以为自己听错了。直到床上的人蹙着眉，又唤了一声“景澈”。这一次，是略带哽咽的声音。

苏陌忆只觉得心上被揪了一把。他无可奈何地叹口气，侧身坐在了床边。

林晚卿似乎做了一个不怎么好的梦，一直支支吾吾呓语不断。凑近了，苏陌忆才从她含混不清的话里辨认出来，她说的是“景澈，别走”。

苏陌忆一愣，终于没忍住笑出了声。他努力下压着翘起的唇角，抚了抚她微蹙的眉心，语气不善地道：“要走的人从来都不是我，是你。”说完不自觉地将她的手握紧了一些。她好像瘦了一点，原本就只有巴掌大的脸，如今更是没了什么血色，下巴也尖了一些，看着便叫人心疼。

苏陌忆理了理她微微汗湿的鬓边，干脆侧身躺了下来，伸手将人捞进了怀里。

林晚卿终于安分了一点，长长地呼出一口气，往他怀里埋得深了一些。

“睡吧。”苏陌忆侧头，轻轻拍着她的背，在她耳边喃喃着，“我不走。我说过的，以后你睡着了，我都带你回来。”

罗帐灯昏，一夜好眠。

清晨，床头飘落一线天光，轻得像玉钩上的纱帐。耳边有窸窣的呼吸声，很轻很轻，若不是有湿暖的温度擦过头顶，林晚卿几乎要以为这是她的幻觉了。她昏昏沉沉地醒过来，先是被眼前的喉结吓了一跳。她下意识地蹬了蹬腿，踢到那个人，随即看见那个喉结往下滑了滑。

思绪很快回拢，昨夜发生的事情都在她脑子里飞快地闪过，一阵熟悉的男子味道溢满鼻腔，她终于说服自己相信：这个半夜爬上她的床，搂着她睡了一晚的“登徒子”，正是盛京大名鼎鼎，“最超脱风月”的苏大人。心里很快漫过一丝甜意，她鬼使神差地放缓了呼吸。林晚卿往后挪了挪，悄悄抬头，入目的是那张光风霁月的刀刻般的俊颜。

苏陌忆睡得很安稳，深邃的眉眼微动，带起两片浓密的睫毛，像栖息在他脸上的墨色蛱蝶。

林晚卿看得愣住了，忍不住伸手隔了一段距离，去描摹他的五官。

“眉毛……眼睛……鼻子……”纤指滑过他的脸，林晚卿像是着了魔，眼睛一眨不眨地跟着游走的指尖，逡巡在他脸上的每一个部分。

“嘴巴……”手指最后停在了嘴唇处。苏陌忆的嘴唇很薄，摸起来也是凉的。听人说，这样的人最生性凉薄。也不知是不是没睡醒的缘故，林晚卿忽然很怀念他的味道，便鬼使神差地撑起身，朝着那张没有什么血色的唇轻轻印了下去。

苏陌忆睡得很沉。她的唇贴上去的时候，他连呼吸的节奏都没有一丝变化。

林晚卿这才安心地闭上眼，轻轻衔住他的上唇，在他的嘴唇内处舔了一舔。

苏陌忆的身子颤抖了一下。

林晚卿吓了一跳，赶紧乖乖躺了回去，闭眼装睡。然而等了半晌，身边的人在那么一颤之后就没了动作，林晚卿便再次撑起上身，向苏陌忆趴近了两寸。

“景澈？”她唤苏陌忆的名，苏陌忆没有反应。

林晚卿笑笑，又唤了一句：“景澈……”这一次是缱绻的语气，仿佛千言万语，却又不知从何说起。

苏陌忆依旧睡着，像他平时睡觉时那么安静。

林晚卿笑着，忽觉鼻眼有些发酸，于是她无声地将头埋进了他的肩窝。

“大人！”外面响起一阵叫门声，是叶青。

林晚卿一怔，只觉埋在男人肩上的脸霎时烧了起来，便干脆装睡，等苏陌忆先醒过来。

然而一向浅眠的苏大人，这次却任凭外面的叶青叫破了喉咙都无动于衷。

林晚卿终于察觉到了不对劲，再抬头一看，只见“睡得极深”的苏大人，不知什么时候红了脸，两只耳朵也像是被人给煮了一样。

“……”林晚卿无语，暗自懊恼自己方才的孟浪。

苏大人也不知什么时候变成了这样，坑蒙拐骗，无所不用其极。这还是她认识的那个刚正不阿、铁面无私的大理寺卿吗？

“喂！”她坐起来，没好气地拍了拍苏陌忆的肩，又羞又恼，“你再不醒，叶青的嗓子就废了。”

苏大人蹙眉哼唧了两声，一副想醒却又醒不过来的模样。

林晚卿看得心中气郁：“喂！”她又拍了拍苏陌忆，用的力气稍微大了一点，不满地道：“别装了，我知道你没睡。”

“唔、唔……”苏陌忆这才勉强睁开眼睛，一脸茫然地看着林晚卿，做出一副刚悠悠转醒的样子。

林晚卿看得攥紧了拳头。

苏陌忆却面色如常地坐起身，先揉了揉他的额角，再若无其事地下了地。整个过程他都没有给她一个眼神，把高傲冷酷身体力行地诠释到了极致。

“……”被无端羞辱的某卿差点呕出一口血来，“你是故意的对不对？”心里的一团小火苗倏地燃了起来，林晚卿一把拽住那片意欲逃走的衣角。

“什么？”苏陌忆还在演戏，茫然的眼神中夹杂着被人冤枉的恼怒。

林晚卿快给他气笑了，脾气上来，也不管不顾地道：“你就是故意装睡的对不对？”说完指了指他的耳朵尖，质问：“不然你的耳朵红什么？”

苏陌忆闻言，脸上果然出现一瞬的慌乱，可他到底是历经朝堂纷争的人，这种需要睁眼说瞎话、祸水东引、倒打一耙、颠倒黑白的场合，他可是见得太多。

于是苏陌忆慢条斯理地整理了一下腰间的玉带，面不改色地反问道：“你说我耳朵红什么？也不知是谁大清早的‘兽性大发’，在本官脸上舔来舔去，还好意思问。”

“……”被问住的某卿无言以对。

苏陌忆却还是端着一副清清冷冷的姿态，抄起身边架子上的一床绒毯往她的头上一扔，语气淡定地道：“不过，这也是喜欢一个人的自然反应，林录事不必放在心上，毕竟司狱也经常这样对本官。”

“……”好生气哦！好想掐死他怎么办？视线猛然被遮住，林晚卿一时间只顾着去扒绒毯，也忘了要回怼。直到她发髻凌乱地从毯子里钻出来，苏大人只给她留了一个飘逸的背影。

“加床绒毯。”苏陌忆的声音悠悠传来，“免得晚上睡觉总往人怀里钻。”

“……”林晚卿羞愤欲死。

从林晚卿那边出来，苏陌忆简单整理过后就去了紫宸殿面圣。

今日是休沐，本没有朝会，但苏陌忆去的时候，还是无可避免地遇到了几位正要离开的同僚，其中，就有南衙禁军统领陈衍。

看来昨日大理寺与金吾卫正面冲突的事情已经在朝内传开了。那么这同时也意味着，林晚卿“萧家余孽”的身份，也不再是什么秘密。

苏陌忆淡定地一笑，走过去与在场的人一一见礼。陈衍还算客气，只以夏桓立功心切为由，与苏陌忆解释一二，又寒暄两句便走了。他在殿外站了一会儿，富贵出来，召了他进去。

紫宸殿内檀香氤氲，十二连枝青铜灯火光摇曳，映出御案之后那个年轻帝王落寞的样子。见苏陌忆走过来，他也只是略微抬眼，神色疲惫地道了句：“有什么话，说吧。”

“臣有罪，请皇上责罚。”苏陌忆上前两步袍裾一撩，对着永徽帝跪了下去。

永徽帝这才缓缓抬起了头，面无表情地问道：“关于萧氏遗孤的事情，你是什么时候知道的？”

苏陌忆没有迟疑，干脆地道：“一个月前，太后派人向臣递了信。”

“荒唐！”一声叩击响彻大殿，永徽帝闻言大怒，拍案而起。

“你们祖孙俩眼中还有没有朕这个皇帝？此等事情，竟然能瞒朕一个月之久。若是夏桓没有闹出当街抓人这一出，朕是不是会一直被你们联手蒙在鼓里？”

“臣不敢。”苏陌忆声音冷沉，对着永徽帝一拜。

“如今前朝局势微妙，梁王不臣之心昭然若揭。臣斗胆猜测，太后不将此事告知皇上，是不愿分去皇上太多心神……”

“呵……”永徽帝轻哂一声，打断了苏陌忆，“爱卿口口声声朝堂局势，可依朕所知，那萧氏遗孤可是前些时日太后要为爱卿做主，封为世子妃的女子。爱卿所作所为，当真没有夹杂半点私情？”

“有。”苏陌忆直言，“臣与萧氏女早已互生情愫，定下终身，若臣说没有私情，那便是欺君。”

永徽帝一愣，被他这个坦荡的态度弄得措手不及，故而一时不知如何问下去。

苏陌忆却不等他再问，兀自一拜又道：“此事虽起于私情，却并不止于此。臣此番进宫，也不是要皇上赦免萧氏女，而是要替臣的母亲、替皇上身殒的皇长子之母，查明此案真相。”

“真相？”永徽帝怒极反笑，“此案的真相早在十三年前就大白于世，有什么可再查的？”“有。”苏陌忆不卑不亢地辩道，“皇上可知，昨夜金吾卫抓人之前，对方是先派了刺客要杀人灭口的。若此事无可隐瞒，为何对方不告诉皇上，正大光明地要朝廷抓人？”

永徽帝一愣，倒是被问住了。

苏陌忆继续道：“因为他们知道，朝廷若是知晓了，会交由大理寺或刑部审理。他们做贼心虚，害怕萧氏女手上或有关键证据，担心事情败露，所以慌不择路、孤注一掷，先派刺客，再派金吾卫，目的就是要置萧氏女于死地，让她永无开口的可能。”

此言一出，大殿上寂静无声。良久，永徽帝才问了一句：“你口说无凭，可有证据？”

“没有。”苏陌忆如实相告，“但臣或有一个大胆推论，还请皇上恕臣妄言之罪。”

永徽帝哂笑，冷冷地道：“该抢的人你抢了，该瞒的事你也瞒了，现在说什么妄言之罪，莫不是觉得朕真看不出你心里那点小伎俩？”

苏陌忆一笑，倒是坦诚：“皇上英明。”

“说吧！”永徽帝拂了拂滚金边暗纹的广袖，坐回了御案之后。

“谢皇上。”苏陌忆起身道，“昨日臣让叶青将刺客的尸体逐一清理过，在里面发现了一个熟面孔。”

“哦？”永徽帝蹙眉，“你认识？”

苏陌忆摇头：“是萧氏女身边的人认识。她指认其中一名刺客是南衙禁军统领陈衍的人。”

“陈衍？”永徽帝感到诧异，不禁前倾了身体，“他和萧家有什么关系？”

“他如今和萧家是没有关系，可是十三年前，陈家与萧家却有。”

永徽帝愣了一下，忽然明白了什么，整个人猛然一惊，脸色霎时变得难看起来。

“你是说……”他不敢相信，话到了嘴边又被咽了回去。已经说到了这里，精明的帝王哪会不懂苏陌忆所指。

只是事情太突然，他一时觉得脑中混乱，理不出头绪，于是他只能继续道：“且

不说皇后一向纯良恭顺，有容人之量。就说皇后若是真的要为自己、为母家争宠，想除掉萧良娣，她大可在后宫动作，何必要……”

“皇上难道忘了？”苏陌忆沉声提醒，“皇上当时对萧家有多么器重，对萧良娣有多么宠爱。且不说在后宫不一定能动手，就算成功致使萧良娣落胎，以其当时的受宠程度，要再次怀上皇嗣只是早晚。”

“可……”

永徽帝还想反驳，却听苏陌忆又道：“萧良娣去世这么多年，哪怕皇上已经信了她是谋害皇嗣的野心之人，却还是常常睹物思人、难以自制。若当年萧良娣忽然身陨，她只会变成皇上心头一颗更加难以磨灭的朱砂痣，如此一来，萧氏一门或将获得更盛的荣宠。”

“所以……”苏陌忆停顿了一下，“陈氏与梁王联手，一举两得、各取所需，便不难理解了。”

“梁王？”永徽帝大惊，“你是说，萧氏之案与梁王还有关系？”

“正是。”苏陌忆点头，“臣最近仔细翻阅过当年的卷宗，也调查了当年涉案之人的情况，发现萧景岩是在接任了洪州刺史的调令后不久，犯了此案。如果没有此事，萧景岩便会是下一任洪州刺史。”

“洪州……”永徽帝喃喃道，“又是洪州。”

“是。”苏陌忆点头，“这就是此案的可疑之处，一切都太过凑巧。宋正行刚从洪州调到刑部，萧景岩就出了这样的事。之后李及营赴洪州上任，几年之后便出了‘假银’一案。如今我们掌握了证据，知道李及营、宋正行都是梁王的人。那么……”

话已至此，一切已经明了。梁王与陈家，本就有姻亲关系，与陈家联手共谋，各取所需也不算意外。这样一来，便也可以解释为什么皇后会铤而走险，对卫姝假冒一事姑息纵容，甚至暗中帮忙遮掩。

“那皇后对于梁王谋反一事可是知道的？”永徽帝问，声音冷硬如冰。

苏陌忆略一思忖，道：“臣猜测没有。皇后乃太子生母，皇上如今正值壮年，太子年幼。就算是要谋反篡位，也不该是现在。况且皇后知道有梁王这把刀时刻悬于头顶，若是没了皇上的庇护，她和太子也只能如水中浮萍。”

永徽帝深吸一口气，沉默了片刻道：“皇后一事涉及太子，处理不好恐会动摇国本，你的推论可有证据？”

“臣没有。”苏陌忆坦白，“一切仅是臣的推断。况且事情已经过去了十多年，皇后和梁王做事一向谨慎，相关证据和证人怕是已经被处理干净了。”

“那……”永徽帝欲言又止，最后只重重地叹出一口气来。

“不过，目前皇上该忧心的还不是萧家一事。”苏陌忆道，“梁王乃此案根系

所在，擒住梁王，心怀鬼胎之人自然坐不住，到时不怕抓不住马脚。”

“可大理寺与金吾卫的事已经闹得满朝皆知……”

“皇上不必担心。”苏陌忆笑道，“臣昨夜已向皇外祖母去信，要她派人监视皇后，先稳住她。待到梁王的事情处理完，再让她知晓，措手不及之下，必定自乱阵脚。”

空阔的大殿再次沉寂下来，灯芯哔剥微响，有微风浮动。永徽帝不再说话，而像是落入了什么久远的回忆，双眼失神地望向远处，半晌，幽幽叹出一口气来。

“景澈……”永徽帝唤他，语气苍凉，“你今年二十一了吧？”

苏陌忆一怔，点头应是。

永徽帝笑了笑，柔和地道：“朕记得，十三年前，朕与你差不多大的时候，也像这样跪在殿前，求过自己的父皇，想要留下心爱的女子。可是自始至终，朕都没有告诉过她，朕信她无辜。久而久之，也忘了要去计较。”

苏陌忆闻言神色一暗，低头不语。

永徽帝的声音平稳，独属于帝王的威严也掩饰不住其中的苍白与倦意。他停顿了一下，收回目光，淡淡地落在苏陌忆身上，轻笑道：“因为朕是太子，肩负着朝廷和天下。此案涉及前朝，涉及朕的亲姐、母后……朕没有办法为了一个女子，去与天下对抗。所以朕就想，先委屈她一些，待到朕登基为帝，便给她一个新的身份，到时候再加倍补偿……可是……”说到这里，一向喜怒不形于色的帝王脸上，也出现了一丝悲伤的神色，像是自责，像是惋惜，像是追悔莫及。

“罢了……”良久，永徽帝挥挥手，没有再说下去，“梁王那边有动静了吗？”

苏陌忆回答道：“之前章仁带我们去过的那个矿场已经被查封了，而且在私矿快要运出洪州的时候，官府也按照计划截下了一批。臣还派人向梁王递去了消息，让他在皇上查到谋反一事之前赶紧动作。”

“嗯。”永徽帝点头，“那还是依计行事。”

梁王府，内院。

夜深人寂，月色森然，室内因只点着一盏昏黄的灯，有些昏暗。窗外高耸的竹影被投到室内，夜风摇撼，影子像一群小鬼在屋内蹿来蹿去。

一阵急促的脚步声之后，有人叩开了房门。

梁王霍地从书案后抬起了头。

“说吧。”梁王扫了一眼脸色难看的家臣，心中有数。

家臣哆哆嗦嗦地将信上的内容一一禀报。

梁王蹙眉，叩击着桌面，寂暗的屋子里发出笃笃的响声，听起来让人心惊。

“我们手上有多少可用人马？”

“回禀王爷，大约十万。”家臣如实作答。

又是良久的沉默，梁王倾身拨亮了桌上的烛火。火光跳跃下，一双深深凹陷的眼睛，幽幽地吐着暗光。十万人马，与他所计划的还是差了一些。可是宋正行被捕，洪州的私矿已经暴露，朝廷要查到他谋反，也只是早晚的事。

梁王攥着的手紧握成拳，他看向家臣，目光深沉地道：“箭已在弦上，看来是不得不发了。”

家臣一惊：“王爷的意思是……”

梁王点头，沉默了一会儿道：“与其坐以待毙受制于人，不如破釜沉舟，背水一战。”

“可若是正面起事，无论是实力还是民心，我们都……”

梁王挥手打断了他：“兵行险招，将施奇谋，我们不是完全没有机会。”

家臣一愣，怔忡着道：“王爷的意思是……”屋内沉默了片刻。梁王起身走到窗前，抬头，眼里的幽光映着冷冽的月色，被添上了几分寒意。

“传密报给卫姝吧。”

第三十七章　除夕

世子府，窗棂上的一抹纤月，像嵌在上面的一朵窗花。

大约是知道林晚卿怕冷，苏陌忆特地嘱咐过了，今日这房间里的地龙就燃得格外的热。

屋里只有莱落，林晚卿便没有披外氅，随意穿了件齐胸襦裙，套了件大袖衫，衣襟微敞，显得慵懒又妩媚。她侧坐在榻沿，将手里一碗黑乎乎的药汁吹了吹，递到莱落手边道：“够凉了，喝吧。”莱落又皱眉又撇嘴，一副快要哭出来的样子。

林晚卿还生她的气，懒得跟她啰唆，板着脸道：“你不喝我就走了。”

“喝喝喝！”莱落这才接过药碗，捏着鼻子一口给闷了下去。

林晚卿也是早上才听梁未平说了莱落的事情，除了惊讶之外，还有被欺骗的愤怒。不过，到底是救过她命的人，抱着几分该有的感激，她还是来探视了一番。结果一进门就看见一堆人摁着她，像杀猪一样地灌药。

林晚卿接过莱落递回来的空碗，放到一边，不发一言。

“姑娘。”莱落唤她，声音里带着迷惑，“你就那么喜欢苏世子吗？”

手里的碗一滑，落到桌上磕到其他杯盏，发出几声清响。

林晚卿蹙眉，看着莱落生气地道：“这跟喜不喜欢他没有关系，我气的是你！”她叹气，恨铁不成钢地补充，“你知不知道杀人是要偿命的？”

“我知道。”莱落一副无所谓的样子，“可若不是因为萧娘娘，我早在四岁的时候就该死了。反正我也不觉得活着有什么好……”

“你！”林晚卿被气得没辙，眼见来硬的不行，转而又换上一副软和的态度，诓她：“你不如戴罪立功，投奔皇上，等前朝的乱事平定了，我也好替你求求情。”

“不要。”莱落的态度决绝，“我恨不得一剑杀了那狗皇帝，才不要帮他。”

林晚卿吓得赶紧去捂她的嘴，立刻解释：“我下午听梁未平说，皇上已经允许大人替萧家翻案……”

“那萧娘娘能活过来吗？”莱落问。

林晚卿愣了一下，一时语塞。她淡淡地反问道：“那你杀了皇上，我姑姑就能活了吗？”

“我不管。”莱落晃晃脑袋，“至少杀了狗皇帝我开心。”

“……”好吧，跟这人果然没法讲道理。

林晚卿本来还想再劝，却听门外传来一阵脚步声，然后是一直看守在外的叶青的声音。他沉声唤了句：“大人。”

林晚卿一紧张，直接从榻上跳了起来，那双纤手搅着袖口，放开，又搅紧，再放开……林晚卿觉得，似乎雷雨那晚也没这么紧张过。

门扉被推开，一身玄色绒氅的苏陌忆走了进来。他的身上还沾着外面带来的寒意，冷白的皮肤被冻得微红。两个人站着对视片刻，谁也没开口，但都默契地红了脸。

莱落被铁链子锁住了腰，脖子伸得老长地往这边打探。

“咕咕……”还是林晚卿的肚子打破了僵局。她倒是忘了，今日一直规劝莱落，还没来得及用晚膳，这都快过戌时了，确实饿了。屋内的三人同时一愣，原本就寂静的房间里，霎时弥漫起更加尴尬的气氛。

“我……”林晚卿想解释。

“走吧！”倒是苏陌忆先开了口，“用膳。”

从莱落的房间到苏陌忆的院子，两个人走得一路无言。

林晚卿直接从屋里出来，还是方才那一身打扮。苏陌忆眸色幽暗地盯了她片刻，干脆解开自己的绒氅替她披上。

“谢……”

林晚卿接过来，感谢的话还没说出口，便听见苏陌忆凉凉地道：“本官一向不近女色。”

林晚卿一愣，差点被那个说了一半的“谢”字噎死。感情这狗官以为她穿得少，是特地来勾引他的是吗？她简直想脱下身上那件绒氅，直接砸到他的脸上去！

“阿嚏！”可是刚解了一个系带，一个惊天大喷嚏就打飞了林晚卿所有的骨气。她举目望了望四周，寒夜清冷，贸然脱了绒氅可是要冻死人的。算了！小命重要，况且她大人大量，懒得跟这狗官计较。

于是林晚卿也不说谢谢了，气愤地将身上那件绒氅拽得更紧了点，脚步加快，只想快点吃了饭回屋，再也不要跟这人说话。

两个人一前一后地到了膳堂。晚膳已经备好，菜色丰富、荤素搭配，林晚卿一看就燃起了食欲。但她也没忘了礼仪，等苏陌忆坐下了，她才拿起碗筷准备开动。

“吃吧。”苏陌忆面无表情地道，“本官有洁癖，本不喜与人共食，今晚看你等得辛苦，就勉强与你一道用膳吧。”

“……”林晚卿握着筷子的手一僵。好好好，穿得少是要勾引他，不吃饭是为了等他。还好意思说不喜共食是因为洁癖？林晚卿一边觉得憋屈，一边脸红地想着。可是拿人手短、吃人嘴软，特别是还穿着别人的衣裳、住着别人的院子，哦……就连她的朋友和她的狗，都蹭着人家的一切。她只好叹口气，一言不发，埋头扒饭。

一旁的苏陌忆倒是从头到尾都吃得优雅，细嚼慢咽、不言不语。可不知为什么，苏大人今日好像手和嗓子都不是特别好使。夹着菜就容易落，然后还得“咳咳”两声，一张脸也是越吃越黑。

林晚卿简直被他的莫名其妙搞得一头雾水，匆匆扒完一碗饭，她起身就要告辞，却被苏陌忆一把拉住了袖子。

“林录事吃好了？”苏陌忆问，语气里却带着酸溜溜的情绪。

林晚卿正要点头，却见苏大人拽着她袖子的手紧了几分，眼神里也带了几分委屈的意味，好似在说“走了你就别回来”。她忽然想起每次她出门，都要蹲在门口呜咽的小白。心里漫起一丝说不清的情绪，于是，她又坐了回去。

苏陌忆的脸色这才缓和了几分。有侍女从外面进来，端了两碗荔枝膏水。大冬天的没有鲜荔枝，所以苏陌忆让厨房参照民间的配方，做了相似的味道。

林晚卿不习惯他这突然的示好，觉得心虚。所以她接过荔枝膏水的时候，掩饰性地直接低头喝了一大口。

“唔！”这一口，差点烫掉她的舌头。

“烫的！”林晚卿捂着嘴，一双美目浸出了泪花。

苏陌忆一怔，从她手里接过碗，然后略带嫌弃地白了她一眼道：“天寒地冻的，我能让你吃凉的吗？”说完又觉得关切表达得太过直白，随即补上一句，“司狱吃东西也没像你这样，你还是个姑娘家……”

林晚卿捂着嘴只想哭，根本没心情同他计较。

苏陌忆搅弄着手里的汤羹，见她半天没了动静，担心是不是真给烫坏了？他放下碗凑过去道：“我看看。”

林晚卿气呼呼地转身，不给看。

苏陌忆干脆揽了林晚卿的腰，一只手强硬地掰过她的脸，在下颌处一捏，丝毫没有怜香惜玉的觉悟。林晚卿痛得张开了嘴。苏陌忆俯身过去，视线落到她半开的朱唇上。她仰着脸，一动不动，一双明艳的眸子湿漉漉地望着他。小脸微红，柔软莹润的嘴唇开合，发出弱弱的声响。

其实苏陌忆一开始，是真的想替她看伤口的。可瞧着瞧着，他只觉得浑身渐渐燥热起来。屋里的灯火不算昏暗，他能清楚地看见她粉嫩的小舌，因为呼吸和吞咽而上下起伏。津液在灯光下亮晶晶的，将她的呼吸染上潮湿。他忽然想起了什么。

“哐啷——”桌案上碗碟惊响。苏陌忆像中邪了一样，猛地将林晚卿往后一推，霍地起身，险些打翻那些吃食。

林晚卿被推得猝不及防，抬头就见苏大人一张脸，红得像煮透了的虾。他将那碗凉了的合欢汤推到她跟前，脸色尤其难看地道了句：“喝这碗。”是僵硬的、命令的口吻。

林晚卿揉着被他捏麻了的脸，小心翼翼地坐了过去。看来一月不见，苏大人这狗脾气是有增无减啊……她腹诽着，低头端碗的时候，余光瞟到苏陌忆。只见他自然且从容地捧起方才她喝过的那碗，低头就要喝下去。

“大人。”林晚卿善意地提醒，“那碗我喝过了。”

苏陌忆愣了一下，反应过来。他看了看林晚卿，又看了看手里那碗还印着她唇脂的荔枝膏水，片刻后沉着脸，不情不愿地放下了。

“再拿一碗新的吧。”林晚卿吩咐。

这一顿饭，林晚卿吃得胆战心惊、一头雾水，苏陌忆吃得心中郁闷、百转千回。临了各自回房，苏陌忆将她送到所住的房间外。屋内早已有人点灯，连地龙和浴汤都备好了。

林晚卿道过谢，将身上的绒氅解开，递给苏陌忆。他伸手来接的那一瞬，她鬼使神差地没有放开，甚至将它抓得更紧了一些。她忽然想问苏陌忆为什么救她，为什么收留她，是因为查案要留她作证，还是因为像她一样，心里还念着她。可是想到那张被他亲手烧毁的婚书，林晚卿张了张嘴，最终还是松了手上的绒氅。

林晚卿对着苏陌忆福了福身，没注意到他的表情也暗淡了一瞬。一只温暖的大掌探过来，抓住她的手腕。林晚卿看着苏陌忆，眼里燃起一丝期待。

“我现在就得进宫，接下来的一段时间都会很忙。”苏陌忆叮嘱，声音沉稳，“你就在世子府，哪里都不要去。我会留下叶青，同时派人保护你。”

“哦……”林晚卿点头，有些失望。

苏陌忆没有放手，抓着她的手继续道：“前朝不管传出什么消息，你都不要担心。若是局势真的有变，我会让叶青带你到安全的地方。”

“会出什么事？”林晚卿听他这么讲，一颗心不禁悬了起来。

苏陌忆笃定地道：“不会，只要你不给我惹事就好。”“……”明明是煽情的场合，这人为什么总要煞风景？

苏陌忆见她眉眼间没了忧色，才放开手，披上绒氅就要离开。

“大人！”林晚卿追出去几步，看着他半晌，终是挤出一句，“那……那你回来的时候，我能问你几个问题吗？”

“嗯。”苏陌忆点头，披上绒氅，一刻不停地走了。

灯火迷离下，林晚卿怔怔地站着目送他走远，直到那个玄色身影消失在回廊的尽头。

接下来的几日，苏陌忆果然忙起来，再也没有回过世子府。

金吾卫和大理寺之间的冲突，永徽帝各打双方五十大板，先后停了陈衍和苏陌忆的职。

虽然苏陌忆一早就叮嘱过林晚卿，无论朝中传出何种消息，她都不必担心。可这些时日毫无消息，她几乎都要以为苏陌忆被永徽帝秘密关押起来了。

朝廷里的风声不可能走漏到外面，林晚卿也没那个能耐找人打听，故而她只能悬着一颗心，时时留意着身边的动静。

今冬大雪，盛京周围好些道路结了冰，就连河流都被冰封，难以通船，可城里还是一如往常。年关将至，到处都是一派欢天喜地、阖家团圆的景象，不见丝毫异样。

三日前，永徽帝以除夕宫宴为由，招了皇室宗亲入京，今夜要在太液池畔的麟德殿设宴。或许是因为皇家盛宴的缘故，朝廷对于安全格外上心。傍晚时分，宗亲入宫之后，盛京城里就开始了宵禁，连城门也提前上了锁。

好在世子府不愁吃喝，将将入夜，一桌丰盛的除夕宴就准备好了。林晚卿唤了梁未平、莱落和叶青一起。莱落和梁未平跟着林晚卿习惯了，也一直把她当朋友，不觉得一起吃饭是越矩。但叶青跟着苏陌忆久了，又把林晚卿当成了女主人，所以硬是费了她好多口舌，才把人劝得坐了下来。菜都上齐了，院子里暖意融融、欢声笑语。

莱落还是钦犯，按照苏陌忆的吩咐戴着脚镣，可这丝毫没有影响她过年好吃好喝的心情。一壶美酒下肚，她忽然觉得也许可以考虑投奔皇上的事，毕竟跟林晚卿在一起吃香喝辣、有说有笑，好像小日子蛮滋润，她又不怎么想死了。

梁未平贪杯，却不胜酒力。三杯下肚，就已经面带酡色，醉醺醺地开始让林晚卿帮他向苏大人说好话，调他去大理寺。

林晚卿笑着打哈哈，添了一碗翅羹给叶青。叶青闷头吃饭，一副勤勤恳恳的样子。

翻过年，萧家的案子，就过去十三年了。跟那年一样，窗外零星地下着雪，可眼前却是全然不同的光景。林晚卿忽然觉得很满足，她转过头，目光落在茜纱窗儿人摇晃的影子上，只见一抹倩影娇俏。林晚卿想起来，这是她这么多年里第一次在除夕夜穿上了新裙子，像小时候那样。那些年的颠沛流离、张皇失措都远去了，如今她天黑有灯、雨时有伞，还有三五好友、清酒几盏。这些，都是以前她不敢奢望的。眼神匆匆扫过圆桌，落在空着的那个位置上——今夜什么都好，唯独没有他。

“唉……”林晚卿的声音不大不小地叹口气，起身推开了窗。

“嘭！”天空炸开闷响，头顶忽然一阵明亮，燃起火树银花。如夜风吹落的星河之雨，淅淅沥沥地垂下来，一路拖出旖旎的痕迹。

“放烟花了！”莱落兴奋地往窗口靠过来，脚踝上的铁链被拖得哐啷响个不停。

梁未平和叶青也放下碗凑了过来，伸着脑袋往外面张望。

“放烟花了——”不知哪个院子里的小侍女兴奋地叫起来，一时间大家都纷纷走出空地，抬头仰望。

大明宫的方向，天空已经被五颜六色的烟花染得斑斓一片。光影和巨响中，隐隐能听见越来越多的人声附和。一片火色里，浓重的夜色下，几盏深红的天灯，透着橙色的光，在风雪里摇摇晃晃，格外显眼。

“这……天灯？”叶青看了一会儿，似是无意地嗫嚅了一句。

“怎么？”

林晚卿好奇，扭头却见叶青一脸茫然地道：“我记得，盛京城中一向是不许放天灯的。”

“为什么不许？”

“因为天灯都是在夜里做军事传递消息所用，如果百姓们随意放灯，恐会打乱……”

“嘭！”一声巨响，地动山摇。叶青的话被完全地湮没在巨响里，桌案上的碗筷也跟着晃了晃，完全不是烟花的爆炸力度。

他们几个人皆是一愣，抬头看向天空——盛京城里的烟火盛宴还在继续。院子里的嬉笑声越来越大，人声和烟火掩盖了方才的异样，似乎一切只是幻觉。

林晚卿觉得奇怪，转身抄起架子上的绒氅，夺门而出，朝着世子府用于观景的阁楼跑去。盛京城里万家灯火，在黑夜里点点如流萤，大明宫的方向依旧烟火绚烂。林晚卿看了一会儿，没有再发现任何异常。

“难道是方才听错了？”林晚卿自言自语，蹙眉沉思。

叶青在她身后站着，片刻后亦附和道：“应当是听错了，烟火爆炸不会有这么大的动静。”

“嘭！”又是一阵惊天巨响，林晚卿觉得脚下的地板纷纷跳动，发出咯吱咯吱的声音。

莱落这个时候才拖着铁链爬上了阁楼。她一把抓住叶青，神色凝重地道：“把钥匙给我！快！”

叶青怔怔地，看着如此惊慌的莱落竟然一时没了动作。

“叶青！”林晚卿一只手拽住了叶青的袖子，指着盛京城城门方向道，“是炸药，城门好像被炸开了。”

叶青一愣，撑臂往外看去。一片碎雪之中，盛京城门被炸开一个豁口。城内的禁军正从各处集结，向着城门处奔涌而去。马蹄声、风雪声混杂着还在持续燃放的烟花，在暗夜中翻搅出滔天巨浪。

“怎么会……”叶青觉得难以置信，也不管腰间的钥匙已经被莱落夺了去，只絮絮地念道，“这不可能。”

天地间一片嘈杂，林晚卿却难得地稳住了心绪，问道：“盛京城内有多少禁军？”

“三万。”叶青答道。

林晚卿再往上爬了一层楼，探出大半个身子往城门外打望。飞雪之中，她隐约看见城墙外有密布的火光，却并没有全部集结在城门被炸开的那一处。她退开一点，让叶青往前看了清楚，又问道：“你看看叛军数量，目测多少人？”

“大约一万人。”叶青道。

“嗯。”林晚卿点头，“我看也差不多是这个数。”

叶青闻言舒了一口气：“我就说如今正值隆冬，河道冰封。若是叛军起事攻皇城，大规模行军不可能不被朝廷注意。如今他们仅靠一万人马，就算是有炸药，也不过是不自量力罢了。”

然而林晚卿的眉头却蹙得更紧了。皇城禁军三万，叛军不可能不知道。但攻城的却只有一万人马，这摆明了是飞蛾扑火、自投罗网，实在太奇怪了。她看着奔赴城门的禁军发了一会儿愣，只听耳边又是一阵巨响，这一次，是从城门相反的方向传来的。街道上的几队人马匆匆将缰绳一勒，愣怔之后掉转马头，又向着另一方向跑去。接着，是第四声、第五声炸响，每一次都是从与前几次皆不相同的地方传来。

林晚卿瞳孔微震。这是浑水摸鱼！乘其混乱，利其弱而无主。所以叛军根本就不是要攻城，而是要利用这样的乱象拖住皇城内守卫的禁军。那么他们真正的目标，恐怕根本不在这里，而是……

林晚卿呼吸一紧，只觉得背上沥沥地出了一层汗。她下意识地转头，穿过飘摇的风雪，看向视野尽头的大明宫。

太液池旁，麟德殿。偏殿中人影憧憧。左右两排上百盏十二连枝青铜灯，将黑夜照得犹如白昼。身着铠甲的千牛卫手持利刃，立于大殿之上，将位于下首的梁王团团围住。跃动的烛火，将人影拉得老长，密密麻麻的一片，像山雨欲来之时的乌云。

明明是紧张而焦灼的气氛，殿上却安静得落针可闻。寒风呼啦啦地卷过，长长的幔帐纷飞，发出阵阵的响声。

良久，梁王抬起头，目光冷冽地扫过永徽帝身边那个颀长的紫色身影，鼻息间发出一声极轻极轻的冷笑。之前他派人向卫姝传信，让她依计毒杀永徽帝。

皇帝正值壮年，身体康健，如若暴病而亡，朝野内外必有大震动。而皇帝又一向信任苏陌忆，临了之时定会将年幼的太子和江山都托付给苏陌忆。如此，他正好利用这个契机，嫁祸苏陌忆，打着清君侧的旗号，入京平乱。

一切都进行得很顺利。卫姝传来信报，说皇帝中毒，太医院每日都有人前来问诊。且在大朝会上，也有官僚亲眼见到永徽帝面色苍白，咯血晕厥的样子。

只是，朝中一直没有正式消息传出。皇帝好像对外封锁了消息，这些细节都是梁王从卫姝和同党的密函中得知的。这反倒让梁王更加相信了自己的计划已经成功。永徽帝担心藩王借机作乱，才会刻意隐瞒。所以此次进京，皇帝大约也是打着“家宴”的名头，实际上妄图控制皇室宗亲和几个藩王，以实现皇位的平稳更替。但梁王也不是没有想过，这一切或许可能是永徽帝设下的一个局。可生门已被堵死，现今唯一的出路，哪怕只有万分之一的机会，他也不得不孤注一掷。

烟火终于放完了，方才的喧闹戛然而止，耳边只剩下呼呼风鸣。梁王低着头，灼灼火光之下肩背微抖，骤起的笑声在寂静的大殿里回荡，显得寒冷而刺骨。

苏陌忆见状，微微蹙眉。

“梁王。”

梁王垂眸看着下首一身玄色蟒袍的男子。

苏陌忆沉声问道：“你私采官矿、私造兵器、暗养私兵、意图谋反，这桩桩件件的罪状，你可认？”

笑声一歇，梁王抬头看向苏陌忆，片刻后，坦然道：“我认。”

苏陌忆对梁王这样的态度微有诧异，心中隐感不安，广袖之下的手暗握成拳。他语气森冷道：“谋反大逆，其罪当诛，你可伏法？”

梁王一愣，随即大笑：“我认罪，可能不能伏法，倒要看看苏大人还有什么手段了。”

语音方落，一阵巨响撼动大殿。帐幔和火光猛然摇动，殿外隐有瓦片落地的声响。几支蜡烛啪嗒啪嗒滚落在地，倏地灭了。

永徽帝霎时坐直了身子，神色惊讶地看向苏陌忆。

夜风中传来远处依稀的喊杀拼斗声，似乎皇宫内院也藏有叛军。

“皇上。”梁王立于台下，悠悠地转身看向殿外风雪中的太液池。

梁王道：“皇城禁军大约已经被我设计拖住。今日我若是出事，有人即刻便会将麟德殿夷为平地。就看皇上是要放我一条生路，还是亲自给本王陪葬了。”

第三十八章　奇袭

“怎么样？”世子府内，林晚卿已经换上了窄袖劲装，长发高高束起，在头顶扎成一个马尾。

叶青才从外面回来，一身的风雪。他随手拍掉了肩上的雪，回答道：“城墙上已经燃起烽火，城外驻军看到之后会火速驰援。攻城的叛军本就不多，等驻军来了很快就会被歼灭。”

“我担心的不是这个。”林晚卿道，眉间的灼色没有减少半分。

片刻之后，林晚卿又问：“宫里有消息吗？”

叶青摇摇头。从阁楼的窗户往外望去，风雪中的大明宫华灯依旧。黑夜浓厚如墨，沉沉地盖下来，压得人喘不过气。

盛京城外，驻扎着不下五万的精锐人马，两刻钟之内就能赶到。到时候，歼灭这股随着平民混进来的叛军，自然不是问题。可是这一点她能想到，难道梁王想不到吗？他之所以这么做，显然意不在攻城，而是为了拖延时间。两刻钟……所以，他需要这两刻钟来做什么呢？

思绪纷乱，林晚卿毫无头绪。她随手抄起一边的绒氅，转身就冲下了阁楼。也不知是雾还是烟，眼前白茫茫的一片。空气里弥漫着呛人的味道，刺得她口鼻火辣辣的疼。

叶青和莱落在后面一路跟着，直到林晚卿一把推开了世子府的那扇朱漆大门。

“林录事！”叶青吓呆了，赶忙拉住她，“你要去哪里？”

林晚卿不理，甩开叶青的手，一只脚已经跨出了门外。

“林录事！”叶青一个箭步冲上去，双手死死抓住门柱，将她堵了回去，“现在出去太危险了！你放心！反贼攻不破盛京城的，等驻军驰援……”

“可是我怕他等不到驻军了！”林晚卿一声厉喝打断了叶青的话，随后愣了一下，发现脸上已经是冰凉凉的一片。她怎么就没有想到，苏陌忆让她待在世子府不要乱跑，是因为他要去做一件危险的事。他这人一向自视甚高，若不是预见到危险，何必要把叶青留下来护她？可是，明明他才是那个更需要保护的人呀！

一颗心被人紧紧攥住，又疼又揪心，林晚卿兀自站了一会儿，只觉得喘不上气来。莱落什么都听林晚卿的，有莱落阻拦，叶青挡不住林晚卿，三人拉扯之间到了大街上。风雪声夹杂着马蹄声，扑面而来。他们面前偶有禁军匆匆跑过，盛京城里家家户户闭着门，一向繁华的街道显得异常空旷。

林晚卿拭了一把湿漉漉的脸，闷头就向大明宫跑去。

“林录事！”叶青再一次拉住了她，“大明宫早就下了钥，就算没有下钥，你也进不去。况且宫内还有千牛卫，就算有叛军混入，也成不了大事。”

“你放开我！”林晚卿猛然回身，甩开叶青的手，声音里带着哽咽。

叶青一愣，怔怔地放开了她。停顿了一下，他跟着她没头没脑地往大明宫一路狂奔。

宫门果然下了钥，站在下面根本看不清楚情况。待到他们几个人快要跑近的时候，一支火箭擦破黑夜，扎进了几个人跟前的地面。上面有人喊话，让他们不要再靠近。

“林录事，”叶青好言劝道，“他们不会放人进去的，我们不如相信大人一次，回去等消……”

一阵惊天巨响由内宫传来，没有说完的话断在了口中。三人同时一怔，抬头看向巍峨的宫楼。只见内宫一角霎时火光冲天，几乎映亮了大半个宫阙。

林晚卿只觉得耳边嗡的一声便炸开了。她果然没有猜错。叛军和朝廷实力悬殊，硬攻没有胜算。如果是背水一战，应当出其不意，集中所有力量突击一处，不会这样故意拖延时间。如此下去，他们的胜算只会愈发渺茫。所以叛军攻城只是声东击西，目的是为了拖住城内三万禁军，再攻其要害，争取一击毙命。

只有永徽帝死了，这场乱局，梁王才会有赢面，所以……

林晚卿心里忽然空了一下，像下楼梯时猛然踏空了一级。永徽帝会死吗？那苏陌忆呢？寒风呼啸而过，刮在脸上如刀割般生疼，一点点地刺进体肤。指甲深深地嵌进肉里，林晚卿深深吸气，逼迫自己冷静下来。若是苏陌忆和永徽帝真的被困，她现在便是他们唯一的希望了。苏陌忆只有她了。

林晚卿快速抹了一把泪，稳住心神，退到宫墙下略有积雪的一处，随手捡了根断枝开始在上面画起来。叛军人数不多，现在攻城的只有不到一万，能混进宫里的就更少。就算他们有炸药，也是需要有人来放置和点燃的，那么必定要先控制住内宫中的千牛卫才行。可是，他们会怎么做呢？她握着断枝的手在雪地里飞快地画着。

不对！另一只手一抹，又从头开始画。指尖被冻得通红，没了知觉，快要握不住东西。

以当前的情况看，千牛卫应当是和永徽帝与苏陌忆一起，被控制在了某处。他们当中一旦有人离开，梁王便会炸掉那里，跟所有人同归于尽。可是，炸药这么显眼的东西，为什么内宫守卫会没有人注意到？若说城内禁军不知道，宫里除了千牛卫之外还有内侍和宫人，他们之中难道也没有人发现吗？

雪还在下，像簌簌陷落的沙漏。时间一点一点地流逝，林晚卿的心里也越来越不安。沙漏，时间……两刻钟……

“喀！”树枝发出一声脆响，从中间断开，林晚卿的手收了力道，骤然停住。

“叶青！”林晚卿忽然抓住叶青的手，瞳孔震颤，“皇上今夜可是在麟德殿设宴？”

叶青一惊，不解地点点头。

麟德殿、太液池、没有人发现的炸药，和梁王刻意拖延的这两刻钟……宫墙上晃动的瓜形宫灯，在雪地上投下片片光晕，迷离而又不真实。

林晚卿没有十足的把握，可是她抬头看了看身后已经烧起来的夜空。她想起那一夜，也是在这样的一片火光之中，苏陌忆骑马破开刀剑，霍地挡在了她的面前。对面是刀山火海，他只有一人一马。一阵风来，吹酸了鼻子，她忽然懂了苏陌忆想要的那种倾心和交付。那本是一种她看不懂，也竭力让自己避免的蛮横。可直到这一刻她才明白，情爱的可贵便就在于它的蛮横。那种敢与天下千万人对抗的蛮横。

她转头看向莱落和叶青，问道：“你们……相信我吗？”

莱落和叶青同时点头，神色坚定。

林晚卿笑了笑，对着叶青道：“你去大理寺叫人，让他们宫门一开就去太液池等我。”

说完她带着莱落转身就往太液池跑去。

“林录事你要做什么？”身后遥遥地传来叶青的声音，缥缈得几乎要被吹散在这化不开的黑夜里。

林晚卿笑了笑，没有回头。隔着灯影和风雪，她说：“我要去救人！”她要去救人。她要去救她爱的人。

今夜的太液池平静得一如往常，在寒风中泛着粼粼的光。麟德殿位于太液池畔的一处小坡上，景色宜人，可俯瞰池景，故而历来都是皇室宴请之地。

林晚卿带着莱落绕到池边，兀自开始脱衣。

莱落吓得赶紧抱住了她：“大冷的天，你这是要做什么？”

林晚卿挣脱她的束缚，脱下了厚重的外氅，往脚下一扔道：“麟德殿不让进，

我就游过去。”

莱落原本就大的眼睛霎时瞪成了铜铃。游过去？这冰天雪地、风雪交加的，衣服穿少点都会死人，更别说从这漂着薄冰的太液池里游去对岸……莱落吞了吞口水，微不可察地往后退了一步。眼前的林晚卿却利落地除下了自己身上一切厚重的衣料，脱得只剩一件单薄的中衣。她在外面罩了件玄色的短装，头也不回地朝池边走去。

混迹江湖多年，见惯了厮杀和刀光剑影的莱落此刻都忍不住抽了抽嘴角，顿时觉得林晚卿可敬又可畏。敢于对自己下狠手的女人，真是太可怕了。

“你在这里等叶青，跟他们说我先去了麟德殿。”林晚卿吩咐着，说完“扑通”一声，一头扎进了太液池。

隆冬的季节，一下水就感到一阵激凉，冷得像一万把尖刀划过体肤。林晚卿忍不住打了个寒战。为了不让自己被冻僵，她立刻全力舞动手脚，朝着对岸奋力游去。

从太液池去麟德殿，往返是半炷香的工夫。大部分的千牛卫为了擒获梁王和护驾，都会被安排在麟德殿中。这样一来，梁王先用一次爆炸作为威胁。因为皇帝在场，没有人敢轻举妄动。进而他再用少量叛军便可以控制住麟德殿外的千牛卫。而他要抢的这两刻钟，就是叛军控制住千牛卫后，将一切准备就绪的时间。那些炸药，他不可能从皇宫正门堂而皇之地带进去，所以只能用了洪州官矿走私的老方法，将东西用石蜡密封，悄悄藏在了太液池中。这也就是目前为止，没有一个人能发现它的原因。可是走到这一步，也算是他的最后一招，玉石俱焚了。

思忖之间，林晚卿已经游到了岸边。麟德殿里寂静一片，听不见声音，只能远远看见其中投射出来的火光，寂寂地洒了满地。周围没有人，看来叛军还没有完全控制住局势。

寒风掠过，身体已经被冻得没了知觉。林晚卿咬咬牙，再次扎进了水里。太液池这么大，虽然肯定炸药就被藏在这里，但找起来还是颇费一些工夫的。

林晚卿只能埋在水里，一寸一寸地摸过去。从最开始每隔十息换一次气，渐渐变成每隔三息。体力和神志都在随着时间被逐渐冰冻，手和脚也渐渐不听使唤。可是她始终没有停下来。冰冷的太液池，沉寂如一段深渊。她在里面搅弄出的轻微响动，像只自不量力的幼蝶，妄想飞出桎梏，但最终只能被拽着往下，一落再落……耳边响起阵阵嗡鸣，眼前出现了白光。意识消散的最后一刻，她的手摸到一块光滑的物体，触感和方才她摸过的任何一块石头都不一样。原来在这里啊……她迷迷糊糊地想，果然是藏在了太液池。可是她太冷了，冷得再也无法游回岸边，也发不出任何呼救。

“景澈……”随着最后的一句呢喃，铺天盖地的冰水灌入了她的口鼻。

“姑娘！”头顶传来莱落的声音，手臂一紧，林晚卿被整个拉出水面。

莱落在她背上猛拍了一下，她“哇”的一声吐出一口水来。

“在……这里……”林晚卿呢喃，拽着莱落的手不肯走，直到身后传来越来越多的声音。大理寺的人都来了。她简单地说了炸药的位置，之后才跟着莱落上了岸。方才还是一片寂静的太液池畔，现下已经沸腾起来。

禁军在听到内宫的响动之后，当机立断，分出一部分人杀回大明宫护驾。大理寺的人来得及时，破坏了炸药上覆盖的那层石蜡之后，炸药浸水，再也没了用处。如此一来，数量本就稀少的叛军又被废了底牌，在禁军的围攻之下很快便兵败如山倒。局面扭转，麟德殿之围被解。

风雪渐止，残月悄悄地露了个头，将人的影子拉得老长。林晚卿拢着从禁军那里借来的外氅，到底是找回了一点温度。她只休息了片刻，便兀自起了身，要跟着收拾残局的禁军往麟德殿去。莱落只得扶着她。

麟德殿外早已聚满了人，为了确保安全，皇上还在里面，等待确认叛军被全歼。清点尸体的禁卫匆匆跑过，步履间翻起泥土的味道。空气里弥漫着淡淡的血腥气，烧焦的木板味混杂着还未散尽的浓烟，一股一股地往鼻子里钻。

梁王这个疯子，眼见计划失败，困兽犹斗之际竟然踢翻了殿内的青铜灯，蜡油溅到地板和帐幔上很快就烧了起来。不过好在火势很快被扑灭，不知道是否还有人受伤。

林晚卿自始至终都是怔怔地，眼见这一片狼藉，她放开莱落的手，脚步不停地朝着前方一路奔去。一把长剑忽然挡在了她面前。禁军拦住了她的去路，说是奉命护驾，任何人都不得靠近。

林晚卿只得又怔怔地退回来。片刻之后，麟德殿的门开了。永徽帝被千牛卫围着从里面走了出来，呼啦啦地往内宫转移。几乎所有人都跟了上去，眼前人头攒动，脚步声、铠甲声响成一片，杂乱不堪。可是她没有看见苏陌忆。焦虑和惶然袭来，一瞬间要将她吞没。林晚卿呼吸一滞，也顾不得禁军的阻拦，跟着那队离开的千牛卫一路跌跌撞撞地跑。

“景、景澈……”声音卡在喉咙里，极轻极轻，像天上飘落的雪花，还没沾到身上就融化了。

“景澈……景澈……”林晚卿一路跑一路哭，只觉得方才铺天盖地的冰冷都不及此刻的绝望。

苏陌忆不在这里，他没有跟永徽帝一起走出来。可是他若不在这里，还能去哪里？这是不是意味着……

“唔！”

身后突然伸来一只有力的手，捞过林晚卿的腰。

她脚下一个踉跄，后背直直地撞上一个坚硬的胸膛，发出“咚”的一声闷响。她听见他哼了一声。

“不是告诉你待在世子府不要乱跑的吗？”一句诘问，语气里带着隐隐的责备，听起来一点也不好。可这一刻响在耳边，林晚卿却觉得有如天籁。她一笑，转身抱住了他。所有的委屈和焦虑都在这一刻爆发，她将脸埋进他的胸膛，然后旁若无人地号啕大哭起来。方才看不到他的那一刻，她真的吓死了，害怕他又像上次一样，婚书一烧，转身就走。十七年了，只有这一个人能让她如此破防。可她还没有告诉过他，她有多喜欢他，喜欢到自己都觉得匪夷所思，所以他不可以再走了，去哪里都不行。

苏陌忆一愣，被这样的林晚卿吓到了。他下意识地扶住她的肩膀，想把人拉开，好看看她的脸。无奈身上的女人像长了根，一双纤弱的手臂死死地扣住他的腰身，哭得抽抽噎噎，就是不肯松手。看着她在他怀里哭得悲戚，苏陌忆竟然也觉得心头一揪，进而微微红了眼眶，忍不住轻拍着她的背安抚道：“好了好了，别哭，没事了。”可这一拍，他才发现怀里的人浑身上下都凉透了。头发还是湿的，因为寒冷的天气隐隐可见冒出的白气。身上的衣物也甚是单薄，除了那件尚能御风的氅衣，里面几乎只有一件中衣。

“姑娘听见内宫的声响就过来了。”莱落立在一旁，看着劫后余生的两个人腻腻歪歪，忍不住撇了撇嘴。

“过……来？”苏陌忆猛然一怔，好似反应过来什么，也不管林晚卿抱得多紧哭得多伤心，一把扯起她问道：“你……从太液池……游过来的？”

林晚卿不回答，只是哭。苏陌忆只觉得一颗心霎时充满了各种情绪，甜蜜的、担忧的、恼怒的、自责的……她就像是落入湖水的小石，轻而易举便能搅动他的情绪，让他跟着哭，跟着笑。但思绪回笼，甜蜜归甜蜜，会让她丢命的事，苏陌忆绝对不许她再来一次。所以大庭广众之下，当着莱落的面，他觉得，这夫纲还是有必要振一振的。

“胡闹！”苏陌忆板起脸，端着一人之下万人之上的气势，沉下脸要教育这个不把自己的身体当回事的女人。

“唔……”下一刻，苏陌忆的嘴就被她伸手捏住了。是捏，不是捂。林晚卿下手精准，又快又狠，将他微微开合的两片嘴唇一提，再一合。苏大人很快就连唔都唔不出来了。

“……”大庭广众之下，当着莱落的面，林晚卿当真是一点面子都不给他。不让他说话就算了，这么直接上手，真是一点都不雅观。看来他这身朝堂之上能让百官抖三抖的威压，对这个九品的小录事来说，好像一点用都没有。她完全没有把他当朝廷命官看。思及此，苏陌忆的嘴角却泛起一抹难掩的笑意——不当上司最好，不当上司那就只能当夫君了。于是他也不扭捏了，干脆执起那只作乱的玉腕，轻轻落下一吻，一遍又一遍地哄着怀里的泪人儿。

一旁的莱落见状酸得牙疼，默默地转了个身，忽然又想起如今她已经混入了皇宫，那么狗皇帝……思忖之间她转了转眼睛，脚步微动。

“千牛卫。”身后传来苏大人的声音，沉静如水，“把这个人送回大理寺，路上盯紧点。”

莱落：“……”还真是什么都逃不过苏大人的眼。

月上中天，一切归于平静。

苏陌忆带着林晚卿去了长信宫，这里是他十六岁之前住的地方。如今依旧空置，太后偶尔会命人打扫，还算整洁雅致。

林晚卿又冷又累，泡了个热汤之后给自己灌了碗姜汤祛寒，接着就昏睡了过去。这一觉就直接睡到了半夜。寝殿里的地龙很热，林晚卿醒的时候身上出了一层薄汗，倒是把晚间的寒气都排了出去。

留在殿内照顾的侍女们见林晚卿醒了，慌忙伺候她漱口进食。她们说苏世子特地吩咐过了，睡着了不要打扰，若是醒了先让她吃饭。林晚卿也着实饿了，闷头喝下三碗粥之后，她终于想起问一句苏陌忆在哪里。侍女带她去了紧挨着的另一间寝殿。

是苏陌忆自己来开的门。他看样子还没有歇下，一件素色长袍衣襟微敞，露出线条优美的锁骨和小半个精壮的胸膛。

见林晚卿来，苏陌忆有些意外，愣了一下，他发现与她同行的小侍女正脸颊通红地偷瞄自己，便侧身一带，将林晚卿拉进了屋，还随手关上了殿门。

殿里熏着苏陌忆常用的香，味道清新，像雪松。只是这股味道之下，仿佛还藏着什么并不融合的特殊气味。林晚卿皱了皱眉。

“你受伤了？”林晚卿问，目光落在坐榻上那一团杂乱的白纱布上。她走过去，一把扯过来。果然不出所料，上面还沾着零星的血渍。

苏陌忆想去阻拦，结果伸手太快拉扯到伤口，痛得他闷哼出声。

林晚卿这才注意到，长袍之下，他的腰腹之处好似缠了一圈纱布，隐隐透出一些轮廓。

“怎么伤的？”林晚卿伸手就要去掀他的衣服，被苏陌忆抓住了手腕。

“没事。”苏陌忆道，“太医看过了，是皮外伤。”说完顺势就要把人往怀里带。

林晚卿不让，挣脱出来，盯着他又问了一遍。苏陌忆只得老实交代，是救驾的时候被刺的。说完也不给她时间反应，他直接把人扣进了怀里，往腿上一带，抱着她坐到了榻上。林晚卿生怕他把自己的伤口再绷开，也不敢反抗，只能由得他去。

如愿抱得美人，自然要好生欣赏一番。苏陌忆半晌不说话，一双深邃的眸无声流连在她脸上的每一寸肌肤，仿佛要将她看进心里去。林晚卿被他这样的眼神盯得发毛，垂着眼不敢回看，直到听见他似笑非笑地道："你今天抱着我，哭得可伤心了。"

"……"林晚卿脖子一梗，不禁回想了一下自己抱着苏陌忆，哭得直冒鼻涕泡泡的样子，一时间又羞又恼。

而苏陌忆却全不在意，看着她绯红的一张小脸继续道："你睡着的时候还拉着我的手，叫我不要走。为了等你睡踏实，我差点失血身亡。"

"……"对自己的睡品一向有信心的林晚卿，此刻开始怀疑起苏大人的人品。要知道这人为了达成目的，一向无所不用其极。可是苏大人今日却很反常，从头到尾只陈述了一些让她面红耳赤又无地自容的事实，始终不见露出狐狸尾巴。

林晚卿忍无可忍，干脆问道："你什么意思？"

苏陌忆一顿，笑起来。憧憧烛火下，他的眼睛晶晶亮亮，像无意落入的漫天星辰。

"我记得上次见你，你说等我回来有问题要问。"苏陌忆说，语气缱绻，笑意不减，"林姑娘想问什么？"

"景澈……"怀里的女人倏地抱住了他，脸搁在他的颈窝中，呼吸灼热，"我喜欢你。"

苏陌忆一怔。突如其来的表白，让他飘飘荡荡，如坠云端，没有一点真实的感觉。此刻，她正窝在他的怀中，无比的依赖。

"那……有多喜欢？"苏陌忆问，声音有些颤抖。

"特别喜欢，特别特别喜欢。"林晚卿道，带着难得一见的孩子气，"有下半辈子那么长的喜欢。"心跳漏了一拍，苏陌忆忽地觉得喉头发紧。而怀里的人却并不打算就此放过他，牵着他的手继续道："所以你说过的话得做数，'一生一世，白首不离'，你不许……""卿卿。"苏陌忆唤她，声音温柔得能滴出水来，"我一直都在，从没有离开过。若你需要，我亦会一直都在。"

苏陌忆停顿了一下，目光落到林晚卿那张略带委屈的脸上，叹出一口气来："之前我有不对的地方，逼你逼得太急，忘了站在你的角度去考虑，今后我都不会了。"

苏陌忆笑起来，伸手温柔地抚过她耳畔的鬓发，柔声道："我会努力给你更多的安全感，让你安心，在我身边不必害怕，不必顾虑。"

"我先是你的景澈，才是朝廷重臣。"苏陌忆停顿了一下，用力回握了她的手，"所以，你不要躲我。"

第三十九章　和好

林晚卿眼眶一热，又要哭出来，却被苏陌忆抢先捏住了鼻子。

“林录事什么时候变得这么爱哭鼻子的？”苏陌忆笑着问，将人搂得更紧。

林晚卿闻言破涕为笑，扭头打开苏陌忆的手，干脆整个人都扑到了他身上去，把一脸的鼻涕眼泪都往他衣服上蹭。要是换在以前，这人铁定要一掌把她掀下去的，可如今苏大人倒是收敛了他的狗脾气。在短暂的一瞬僵直过后，苏陌忆还是苦着个脸由她去了。

夜深了，宫人们逐渐歇下，寝殿里的烛火也变成小小的一灯如豆。风来，纱帐窸窸窣窣，朦胧的鼾声，将周遭一切拽入梦乡。可还在榻上抱着腻歪的两个人却谁也不困。

林晚卿搂着苏陌忆的脖子动了动，伸手揪起他一缕头发，放在手里把玩。好似生怕这人说她在这里无所事事，要哄她走。苏陌忆被她这副死皮赖脸的样子逗笑了，本也没打算放她走，这下自己送上门来，更没什么好顾虑的。他干脆一个使力，直接将人抱了起来。

林晚卿没想到这人受了伤还敢这么做，吓得想挣扎又不敢，只得憋着一口气，老老实实地挂在他身上。床铺是新换的，上好的云锦，又软又暖和。林晚卿上去之后很自觉地往里面滚了一圈，然后抱膝坐好，乖乖地等苏陌忆放下帐子。

待到两个人都上了床，林晚卿却忽然觉得心里发虚。掐指算算，两个人这次的别扭可是闹了两个多月。根据之前每一次苏大人的孟浪程度，还不知道他要怎么找补回来。于是她摁住了那只准备宽衣解带的手，颇为忐忑地道：“你的伤……真的没问题吗？”

回答她的却是苏大人强势又缱绻的吻。

林晚卿蹙眉往旁边躲了躲，再次确认了一遍：“你真的没问题吗？”

苏陌忆的动作一顿，片刻，像是被扫了兴似的叹出一口气来，转身平躺了下来。

“我痛。”苏陌忆说，语气里竟然带着几分从未见过的娇气。

林晚卿吓了一跳，慌忙爬过去，要查看苏陌忆的伤口，却被他一把摁住脑袋，将她整个人都贴在了自己胸口。

“我刚都没跟你说。”苏陌忆有些委屈，“这个刀伤可痛了，太医开了药都不管用。”

“那你还孟浪！”林晚卿听了险些从床上跳起来，蹦了一半被苏陌忆拉了回去。

“就是因为痛才要你帮我。”

林晚卿一愣，看着某人义正词严的样子，有些怀疑自己的耳朵。

“你不是跟梁未平说，人在兴致上头的时候，对疼痛感知不明显吗？”

“你！你那天……”林晚卿瞪大了一双眼，无言以对。

苏陌忆懒得在不重要的事情上跟她费口舌，他重新把人摁回怀里，继续道：“我现在痛着呢，所以你得管管我。”

林晚卿一时间头皮发麻，只得红着一张脸嗫嚅着道：“那……不如我也给你讲个故事？”

“故事？”苏陌忆不买账，反问她：“是大理寺卿和门下小录事的故事吗？”

林晚卿：“……”

苏陌忆见她小脸通红，一副无地自容的模样，便也收起了逗她的心思，牵起她的手反复摩挲。她的手还是那么软，指尖是凉的，手心却是热的。哪怕只是轻轻地抚弄，都能让他魂不守舍，难以自持。

“好了。”她云淡风轻地拍了拍苏大人道，“我累了。快睡吧。”

苏陌忆霎时瞪大了眼睛，对这个女人的恶劣行径不敢相信。这么逗弄他半天，然后晾着不管，这跟谋杀亲夫有什么区别？他简直欲哭无泪。然而那心狠手辣的女人说到做到，打了个哈欠，随手抄起一旁的棉被就要走。

“林晚卿！”一向喜怒不形于色的苏大人此刻却难掩暴怒，他真恨不得立刻起身把这个女人抓来！早知道刚才就不该那么温柔，还让她有心思玩这些花花肠子。

林晚卿走到一半，听见苏大人的暴喝又转了回去。她站在床边片刻，似是想到了什么。

夜已深，林晚卿也实在是累了。她在一脸愤恨的苏大人脸上落下一吻，替他盖好被子，转身去了外间的坐榻。

一夜好梦。清晨，一缕阳光破窗而来。林晚卿咕哝着转了个身，将脑袋整个埋进了锦被里，继续酣睡。直到外间响起一阵脚步声，林晚卿反应过来，似乎是有人来了。寝殿的门被推开，一缕阳光恍得她眼睛都快瞎了。

然而下一刻，一个熟悉的声音却让她浑身一颤。林晚卿听见一个喜笑颜开的声音，对着里屋笑道：“景澈，小混蛋，你终于知道回长信宫小住，看看你皇……”

“啊！”一声尖叫打破寂静。

林晚卿蒙头装死，忽然有点后悔昨晚的冲动。

日头渐渐升起来，在窗棂上露出一个圆圆的脑袋，像个顽皮偷看的娃娃。案几上的茶凉了，在杯口留下一圈细细的水珠，沿着杯壁咕噜滚落，砸起波漪。

林晚卿老老实实地坐在下首，纤白的手指将肩上的披帛一角扭成了麻花。她不时地抬眼，偷偷觑向上首端坐不动的太后，只觉耳边全是自己的心跳声。

里屋响起窸窸窣窣的声音，又等了半晌，苏陌忆才穿了件月白的长袍走了出来。他先对着太后恭敬一拜，神色自若，随即目光便落到了一边的林晚卿身上。林晚卿看样子是从床上直接爬起来的，慌乱中只顾得加上一件外袍和披帛，里面是素白的齐胸睡裙……

"咳咳……"苏陌忆以拳抵唇，干咳两声，走过去，将手里的一件厚氅披到了她身上。然后端着一副波澜不惊、公事公办的样子，他兀自坐到了林晚卿身侧，举止自然而又得体。林晚卿看着他，也不知道该先求救还是先认怂，一时眼神复杂。

"哼……"在上首看了半天戏的太后终于忍不住冷哼一声，一边抬手让人去换新的茶水来，一边漫不经心地道："这件事，没人要给哀家一个解释吗？"

林晚卿一愣。按照身份，这种没有指名道姓的问题，怎么也轮不到她来回话。况且，太后所谓的"这件事"到底指的是哪件事还有待商榷，林晚卿更不敢贸然开口。可是当她看向一旁的苏陌忆，却发现苏大人正低头品茗，完全没有要说话的意思。气氛一时变得怪异起来。

林晚卿咽了咽口水，正想解释。忽然，有人在身侧拽了一下她的袖子。她怔怔地看过去，却见苏大人一脸肃然地端坐，面无表情。只是方才那只大掌悄悄伸进了她的广袖，寻到她的手，开始一根一根地掰她的手指头。一、二、三、四、五，五根手指头。林晚卿一头雾水。

"水。"苏大人举起手里的茶盏，对着在场的侍女道。

明明那句话不是对林晚卿说的，可是常年待在苏大人身边，该有的觉悟还是有的。这种在"敌人"眼皮子底下传递消息的事，她和苏大人配合过太多次。故而苏陌忆那个"水"字刚出口，林晚卿当即就明白了。苏大人这是在跟她谈条件呢。

林晚卿恨得牙痒痒。于是她试着将自己的拇指和食指曲回去，还了个价。苏大人冷笑，摇摇头要收回手。林晚卿当机立断拽住了他，咬牙伸直了食指。苏陌忆叹气，不满意，将手指伸到她的手心，轻轻挠了挠，把她的大拇指也掰直了。

林晚卿："……"好吧，苏大人还真是会徇私舞弊、坐地起价……没有谈判的筹码在手，林晚卿只得任人宰割。于是她点点头，颇有忍辱负重的意思。

苏陌忆开心了，将手里的茶盏往身侧的矮几上一放，发出"哐啷"一声响。太后果然抬起头来。苏陌忆装模作样地清清嗓子，对着太后避重就轻地道："皇外祖母刚才看到的，其实是……"自信、笃定、不容置疑，像公堂宣判一样。

"……"林晚卿怀疑，这人恐怕并不想帮她。她心中忐忑、背脊生汗，偷偷抬

眼看向太后的时候，却发现她的脸色没有想象中的难看。太后微蹙的眉宇间，并没有被戏弄的恼怒，而是带着一点无可奈何的忧色。

太后随即冷冷地觑了林晚卿一眼，片刻之后便吩咐人将她带下去了。

林晚卿难以置信地看了看苏陌忆，老老实实地跟着一众宫人退下了。其他人都走了，正殿里又安静下来。

苏陌忆坐直了身子，转身对着太后道："皇外祖母想问什么便问吧。"态度倒是坦荡。

只是，太后看着他，只觉得太阳穴跳痛。她随即伸手揉了揉，移开眼，嫌弃地指着苏陌忆的脖子道："给哀家遮好，这般孟浪，成何体统。"

苏陌忆的耳根微不可察地红了，低头快速打理了一番。

苏陌忆笑笑："什么都瞒不过皇外祖母的眼睛。"

太后被他这副无所谓的样子气得嗓子发干。她忽然想起之前向苏陌忆引荐卫姝的时候，这人可是亲口告诉过她"身为行狱之官，错了就是错了，错了的话不能顺着接。"现在倒好，直接睁眼说瞎话。可自己养的好孙子上赶子的要去护人，她又能有什么办法？

于是太后拍拍胸口，给自己顺了顺气，又道："堂堂大理寺卿，你这又算什么？"

"祖母说错了。"苏陌忆依旧是淡然的语气，带着恭敬和笑意，"现在坐在这里跟祖母说话的不是大理寺卿，是景澈，您的外孙……"他一顿，眼神里夹着碎光，向外看的时候语气里又多了几分柔色，"也是她未来的夫君。"

太后一怔，神色严肃下来。

"你想好了？"她问。

"外孙儿本就从来不曾迟疑过。"

这句话引来一阵沉默，片刻后，太后问："关于萧家一案，你来信说……"

"关于我母亲受害一案，早先外孙儿已经去信说过了，萧家或有冤屈，还望皇外祖母许以时日查明。"

太后闻言不再说话，半晌，悠悠地叹出一口气来。她朝着苏陌忆摆摆手道："皇上都同意的事情，哀家敢说不行？只是……"

她抬头，眸色中泛起一点苍茫，像是落入了什么回忆，片刻才道："皇后……倘若真的是她，安阳该有多伤心呐……"

苏陌忆知道太后指的是什么。

陈皇后与他娘亲幼时便相识，更是彼此的闺中密友，两个人年龄相差五岁，安阳公主一直把陈皇后当成妹妹来疼的。故而当时陈皇后说，安阳公主是因为顾念她怀孕辛苦，才要求与她换的车，所有人都信了。也正因为如此，安阳公主出事之后，没有人怀疑到陈皇后身上。或许是没有人想到，人性之恶，恶及至此。

太后沉默不语，一向清明的眼中泛起阴翳，侧身紧紧抓住了手边的茶盏。

另一边，跟太后回到盛京的陈皇后看着一路上的残垣断壁，心中早已漫起阵阵不安。她径直回了承欢殿，支了奶娘去打听消息。屋内燃着地龙，暖意盎然，却止不住背脊泛起的阵阵森凉。屋外传来宫人们除冰、洒扫的声音，窸窸窣窣，像刮在心尖上的细刺。

随着一阵刺骨冷风的灌入，陈皇后转身，见奶娘面色凝重，带着一身的寒意回来了。她冷着脸听完了奶娘的叙述，惊出一身冷汗。

梁王谋逆这么大的事，昨夜过后，朝野人尽皆知，早已不是什么秘密。之前她只知道梁王与宋正行勾结开采私矿，以为他们只是图利，却不承想狼子野心，胆大至此。所以梁王在她身边安插卫姝，也并不只是要假借“嫡公主”的婚事再为自己拉拢朝中势力，而是堂而皇之地在内宫、在她和皇帝身边安插了一个奸细。

“卫姝……”皇后忽然想到了什么，面色惨白地问道，“卫姝……有没有参与这次梁王的计划？”

奶娘迟疑了片刻，如实回道：“有的，梁王指使她给陛下投毒，被当场擒获。”

“什么……”皇后愣了神，嗫嚅着，“可是……可是本宫在行宫，为何一点消息都没有听到？”

奶娘道：“不仅娘娘不知道，朝野上下也没有人知道。陛下甚至装出中毒之后想要封锁消息的样子，连日偷偷宣了太医进宫诊治，为的就是引梁王进京，好瓮中捉鳖。”

“那……”皇后反应过来，抓住奶娘的手指泛起粉白，“衍儿身为南衙禁军统领，没有参与到梁王谋反一事当中吧？”

“这……”奶娘闻言面露难色，支吾着，“公子在梁王进京之前就被停职了。”

“为什么？”皇后接着问道。

“因为……”奶娘咬了咬牙道，“因为萧家女一事，金吾卫与大理寺正面冲突，陛下过后就以此为借口停了公子的职，以示惩戒。”

“萧家……”

皇后怔怔地嗫嚅着，却听奶娘继续说道：“皇上已经将此案交给大理寺和刑部，容许苏世子严查。”

“这就是说……”皇后停顿了一下，还想问，可唇齿翕合之间一个字都没问出来。事已至此，还有什么好问的。

若说梁王谋反与她无干，卫姝参与也可以推脱为受人指使，她从头到尾毫不知情，可陈衍被停职、太后刻意将她带至行宫、名为伴驾实为软禁，再加上突如其来的萧家翻案……桩桩件件，早已说明了永徽帝对她和陈家的不信任。谋逆重罪，一旦沾染，便是株连九族、满门抄斩。如今皇上按兵不动，恐怕只是还没想好怎么同陈家撕破脸。

殿外的洒扫还在继续，窸窸窣窣的，像伏于幽暗处的啮齿，一点点啃噬血肉。剥肉见骨，最终难逃因果。

陈皇后怔然地坐了一会儿，起身推开了承欢殿的门。

冬日的景色，一向萧索。天是青的，路是灰的。那条直通正殿的九十九级台阶沾着昨夜的残雪，一片湿漉漉的斑驳。台阶上残留着奶娘来时的脚印，一路通往她的脚下，止住。

“你信因果吗？”皇后忽然笑起来，笑声里夹杂着苍凉与无奈，还有一种释然的解脱。

这九十九级台阶，她走了这么多年，最终到了这里。可是猛然回头她才发现，抬脚的第一步，她就落错了地方。

第四十章　夫妻

“今日是初一吧？”皇后问。

奶娘愣怔着点头，应了一声。

大殿里再次寂静下去，皇后看着殿前的台阶沉默。半晌，她终于吩咐道：“按照惯例，初一和十五，都是帝后家宴之时。你替本宫传个话给皇上……”“娘娘！”奶娘立即明白了皇后的用意，这一声唤里便带上了浓浓的哽咽。

皇后拍了拍她的手，出乎意料的平静。她打断了奶娘的话，兀自道：“就说本宫在承欢殿等皇上。”殿前的两扇菱花纹木门合上了，皇后遣走了所有伺候的宫人。她漫无目的地扫视着四周，只觉得承欢殿太空了，她迫切地需要什么东西来将它填满，于是她取来火折子。

烛光次第亮起，殿内有如白昼。时光仿佛在这一刻被回溯，她想起自己与永徽帝的初见，就是在某一年的正月十五上元灯节。

记忆中的那天，彩灯斑斓，亮过眼前。可是跌跌撞撞十多载，如今却是再也回不去从前了。柜子里有一件湘妃色襦裙，是她还在做姑娘的时候穿的。那一年，她穿着它去参选太子良娣，他赞了一句好看，这件襦裙就被她悄悄收了起来。这么多年精心打理，却也不曾再穿过。

皇后的华服太重了，上面绑着陈家、绑着前途，还绑着她在情爱之中永远无法企及的奢望。好在今日可以一起卸下了，她宽下华服，换上素衣；取下珠翠，换上素钗。

夜幕低垂，残烛憧憧。直到天边最后一丝光亮消散，承欢殿外终于响起了脚步声，永徽帝是一个人来的。

门被推开，来人一怔，却没有出声。火光璀璨的大殿，出现一段冰冷的空白。半晌，皇后回过头来，对着永徽帝福了福身。

永徽帝蹙着眉，将她看了一遍，兀自走到上首坐下："有什么话，说吧。"冰冷的六个字，仿佛审问一般。

皇后对着他跪了下来，叩首，声音哽咽道："所犯之错，臣妾认罪。"

"认罪？"永徽帝反问，"皇后认的是什么罪？"

皇后一顿，接着道："臣妾于十三年前，串通梁王，谋害安阳公主，嫁祸萧家，毒害皇嗣及其母……这些罪，臣妾都认。"伴随着啜泣，皇后抬头看向永徽帝，"臣妾不求原谅，但求皇上看在你我夫妻十三载的分上，顾念旧情，放过陈家和太子。"

话音方落，陈皇后等来的却是永徽帝的冷笑："好一个旧情，好一个放过。"永徽帝盯着她，龙袍之下大掌紧握，"你在与梁王沆瀣一气的时候，可曾顾念过朕与皇姐的旧情？又可曾放过朕的倾容与皇儿？"

皇后一顿，眼泪止不住地流了出来："都是臣妾的错，是臣妾鬼迷心窍，妄图独占皇上的恩宠，妄图为母家谋得荣誉，才会一朝失足，悔恨莫及。"她伏在地上，将额头磕得嘭嘭作响，声声哀求。

"可是……可是洵儿年幼，对此毫不知情，臣妾母家亦是从未参与过当年萧良娣和安阳公主一事。千错万错，都是臣妾的错……"皇后哭泣不止，额头早已磕得鲜血淋漓。她膝行向前，抓住了永徽帝的衣角，声嘶力竭，"臣妾自当了断以谢罪。"

"呵……"永徽帝依旧端坐，冷冷地斜睨着这个伏在脚边的女人，"你想自我了断？"

皇后闻言一怔，收了哭声。

"朕若是赐死你，那是对你的仁慈。"永徽帝停顿了一下，语气森凉，"萧家曾经历过的一切，朕要你陈家皆经历一遍。倾容曾经受过的那些苦楚，朕亦要你笔笔亲尝。"

永徽帝放缓了语气，俯下身去，单手捏住了皇后的下巴，眼中带着独属于帝王的决绝和狠戾："想死，没那么容易。朕要你成为大南朝唯一一个被三司会审的皇后，你不是想为家族留名吗？朕成全你。"

"来人！"永徽帝厉声大喝，"将皇后收监，此案交给大理寺、刑部和御史台共同审理，不日昭告天下。”

哭声戛然而止，陈皇后面色惨白地瘫软在地。她难以置信地看着面前与她同床共枕了十三载的男人，忽然觉得自己似乎在他的心里，从来没有占据过任何一点位置。

殿门被推开，富贵带着宫人走了进来。

冬夜的风寒凉无比，却怎么也比不上她心中盘根错节的冷意。她一直知道自己是家族的棋子，也知道在眼前这个男人的心中，她永远比不上萧良娣。可十三年的时光，四千多个日日夜夜，还有她冒死为他生下的一儿一女，竟然也不曾为她博得一点点的怜悯。她是他的结发妻呀。什么时候，月老为她拴上的红绳，竟然无知无觉之中，变成了她的镣铐？将她紧缚于上，不得动弹。自己这一生的所求，愈发像个笑话。

空阔的笑声回荡在承欢殿，落寞中带着苍凉。眼泪笑了出来，皇后终于起身，死死地盯住永徽帝，平静地诘问道：“皇上以为害死萧良娣的人是臣妾？可臣妾却认为，害死萧良娣的人，是皇上你呀！”

富贵见势不妙，向周围的人使了个眼色，却被永徽帝广袖一挥制止了。

“让她说下去。”帝王沉声，冷面，无人敢反驳。

陈皇后笑着看向永徽帝，眼泪和着脸上的血渍往下淌，形成道道血泪：“你给了她名不配位的偏爱，给了萧家万人妒羡的荣宠，你没有害死萧良娣……”

她停顿了一下，一双通红的眼直直逼视上首的男人，一字一句地道：“你只是温柔地将她带到万人之上的高位，把她变成众矢之的，然后卸去她的云梯，再冷眼旁观地看着她死罢了。说到底，你与臣妾一样的可恶。”话音散去，空阔的大殿刹那间安静得落针可闻，在场之人无一不屏住了呼吸，空气凝固成冰。

良久，永徽帝才面无表情地叹出一口气来，转而换上一种极其疲惫的声音，对富贵挥了挥手。他背过了身，不再看她。

皇后并没有让宫人近身，承欢殿里最后一眼，她的目光依然灼灼地落在上首那个男子身上。说不清是什么感觉，留恋、不甘、怨恨……可直到她昂首走下那九十九级台阶，再回头看的时候——那个人，那个她一直偷偷奢望着的人，却终究没有再看过她一眼。

洪武七年的正月，梁王谋反，皇后入狱，陈家广受牵连，十三年前被判谋逆的萧家翻案，朝堂局势一夕之间风云巨变。

当所有人都在战战兢兢地揣摩圣意，生怕触了皇家霉头之时，林晚卿却被一道太后懿旨宣入了大明宫。从之前面对太后的经历来看，每一次都不怎么算得上开心。

故而这一次，林晚卿死活拉上了苏陌忆陪同。两个人到的时候，太后正在午睡。季嬷嬷看见跟在林晚卿身边的苏陌忆一怔，随即便听见里屋传来太后慵懒的声音：“你让那个叫景澈的小混蛋找个地方自己凉快去，哀家今日可没有宣他。”

三人顿时尴尬起来。季嬷嬷不好反抗太后的旨意，只得请苏陌忆去偏殿先歇息着。林晚卿吓得小脸煞白，惨兮兮地扯着他的袖子不让走。

而那个没良心的男人却被她这副样子逗笑了，俯身过来摸了摸她的头，跟她咬耳朵道：“放心，皇祖母不会吃了你。她要是真的为难你狠了，你就说你怀孕了，有了我的骨肉。”

林晚卿咬牙切齿，却只能拿眼睛瞪他。

太后才睡醒，屋里燃着安神助眠的安息香，淡淡的味道，让人不自觉地放松下来。

林晚卿跟着季嬷嬷走进去，在外间的屏风前坐了下来。过一会儿，身后响起窸窸窣窣的声音，是衣料摩擦间的响动。太后由季嬷嬷扶着，绕过屏风，在上首的位置上坐下来。

林晚卿低着头不敢看她，要起来行礼，却被太后给免了。

两个人一时都没有再说话，沉默了半晌，才听太后道：“萧家的案子，景澈已经查明白了。”

林晚卿呼吸一滞，轻声地应了句：“嗯。”“他告诉你了？”太后问。

林晚卿摇摇头，道：“这是朝廷的要案，非直接参与之人在最终定案之前都需要保密。大人职责在身，自然不会与我多言，我亦不会多问。”

太后闻言倒是意外，唇角不自觉牵起一丝弧度，又道：“皇上与我说，刑部和御史台主张废后、废太子，陈氏一门灭三族，其余抄家流放，可景澈不同意。”

“嗯。”林晚卿点头应了一声，没有过多的情绪。

太后见她这副公事公办的样子颇觉无趣，只得自说自话地道：“皇上主张废后、废太子，但陈氏一门确实没有参与谋反和萧家一案，故而不应当按谋反罪论。但是他们窝藏假公主，欺君犯上，应判抄家流放。”

说完一顿，太后抬头看向林晚卿，语气淡淡地道：“你怎么看？”

林晚卿思忖片刻，只问：“太后是让民女以什么身份来回答这个问题？”

太后倒是没想到她会这么问，愣了片刻：“此话怎讲？”

林晚卿迎向她，一改方才胆怯的样子，不卑不亢地道：“若是以受害者的身份，民女自然对皇后恨之入骨，恨不得让她尝过民女所尝之苦。但若是以大理寺录事的身份，民女自当秉承刑狱之人的态度，同意苏大人的主张。”

“呵……”太后闻言笑了笑，不是嘲讽的语气，倒带了点惊讶，“那若哀家就让你以你自己的本心来回答呢？你若既不是受害者，也不是大理寺的人，这案子你当如何决断？”

林晚卿思忖片刻，如实道：“民女依然会同意苏大人的主张。”

“哦？”太后意外。

“太后或许会认为民女痴迷刑狱，向往大理寺，只是为了报家仇血恨，将律法当作复仇和惩戒罪恶的手段，可民女从未这样想过，太后信吗？”

太后愣了一下，没有表态。

林晚卿兀自道：“在民女看来，一国之所以需要有法，并不单单是为了‘惩恶’，更重要的是保护善良之人不受恶的伤害。律法于民女而言，公道的意义大过于报复。所以民女认为苏大人的主张很公道，并无不妥。”她言辞铮铮，声音朗朗。

林晚卿说完，太后愣怔了良久，才心有不甘地道：“都说夫妻同心，哀家本想让你去劝劝哀家这个倔脾气的外孙……唉……”太后默默地叹出一口气，补充道：“若是放在一年前，景澈岂止要灭人三族，他一定是跳着脚要灭人九族的那一个。哀家还奇怪，怎么到了该跳脚的时候，他反倒开始跟哀家唱反调了……”说完又心不甘情不愿地睨着林晚卿，轻轻哼了一声。

“罢了……”太后叹气，“哀家老了，也实在没心思去理会这些朝堂纷争，只盼着能早日抱上曾孙，四世同堂、颐养天年……”说着话，太后还不住地去打量林晚卿，但见她神色无异，太后禁不住心中浮起一丝着急。

太后打量了四周片刻，确定没有其他人在场之后，对着林晚卿招了招手，让她靠近一些。

林晚卿愣了一下，一头雾水地靠了过去。

太后一改往日严肃端庄的做派，偷偷地从座位底下摸出了一本小册子，塞到林晚卿手里道：“这个，你拿着，好好学着，将来必于你有益。”

“哦、哦……”林晚卿点头接过来，却见封面上九个大字赫然在目——《春闺绝密一百零八式》。

“……”林晚卿不敢相信自己的眼睛，瞪着太后艰难地咽了咽口水。

太后伸手合上了她大张着的嘴，随即将小册子翻开，叮嘱道：“这本书真的很好用，当年先帝后宫无子，哀家就是用了这上面的法子，让先帝沉迷其中、欲罢不能。你看这个……”

太后指着其中一页道：“哀家就是用这一式怀上了景澈他娘的。”

“……”林晚卿看着书页上那两个倒立重叠的人，一时间情绪复杂。

“拿着吧，”太后将小册子塞到林晚卿手里，嘱咐道，“归你了，别让哀家失望。”

林晚卿：“……”我好像知道洪州的时候，苏大人的那本书是谁给的了。

第四十一章　雨水

盛京的早春多雨，上元节一过，日子就整个湿漉漉地滑入了三月。

朝廷收拾完梁王余党，为了对萧家补偿，永徽帝先后下诏，追封萧良娣为皇贵妃，赐林晚卿乡君封号。但因其女子身份，不宜继续在朝为官，故而朝廷破格任用她为国子监律学直讲，为朝廷培养刑狱人才。

莱落也因为太液池救驾有功，被减免死刑，苏陌忆许她天气回暖之后再被流放。

至于两个人的婚事，因为有太后在一旁盯着，自然进度飞快。短短一个月的时间，六礼已过五礼，只等着三月初九的亲迎。

按照规矩，婚期一旦定下来，他们两个人直到婚礼便都不能再见面了。林晚卿只得搬到永徽帝赐下的一栋宅子里住了下来。好在林伯父和林伯母闻讯，一早便进了京。一年不见，期间又发生诸多事情，三人一见面就有说不完的话，日子倒也不觉寂寞。

终于到了迎亲的那一天。苏世子大婚，永徽帝和太后亲临祝贺，排场自然盛大。

傍晚时分，林府点燃大红色喜字灯笼，红幛高悬、贺联四壁，在火红的灯光中交相呼应。

林晚卿没有姑姨姐妹，太后便将京中那些贵妇贵女安排去了林府，要给她撑排面。梁王倒台，太子被废，朝中众臣正在苦寻机会攀附皇家，陡然来了这么一个大好的时机巴结太后，京中权贵们无一不挤破了头，想将自家女儿送去。如此一来，迎亲的场面自然也热闹非凡。

可林晚卿觉得，苏陌忆似乎并不觉得这是一件好事。因为他方才进门的时候，就被这些太后安排的“姑嫂”好一顿为难，光是这“开门诗”就让他吟了好几首。

林晚卿坐在里屋，倒没听见他说了什么。但从院子里那些贵女们的笑声来看，她们对为难这位平日里不染凡尘、冷人冷面惯了的苏大人倒是颇为投入。林晚卿在屋内揽紧了袖角，生怕这人词穷之后，又把《洗冤录》拿来充数。好在苏大人提前做足了功课，任凭“娘家人”如何为难，却总是能对答如流。

终于等到苏陌忆过五关斩六将，来到自己闺房前的轩窗下开始念催妆诗的时候，月已高升，林晚卿早已坐得腿脚发麻。反正都是要嫁他的，林晚卿也懒得矜持，拿了团扇遮面，被贵女们拥着就走了出去。

素月流辉，竹影满窗。月色华灯之下，苏陌忆一身红衣，明艳张扬的颜色，却

被他穿出了一身霁月清风的味道，好似一株高槐。

微风一过，千叶鸣歌。林晚卿一怔，竟然忘了去接他手里递来的红绸，直到身旁一个模样俏丽的女子捂唇偷笑，轻轻碰了碰她的胳膊肘。她霎时红了脸，对上苏陌忆那双看穿一切后带着笑的眸子，只得垂眸接过红绸，不再看他。

苏陌忆骑马前引，一行人敲锣打鼓，浩浩荡荡地去了世子府。待到一套礼都行完，又是跪拜又是磕头的，林晚卿被扶着回到新房的时候早已经腰背酸软。

两个人往缀满攒金绕绒花球和红穗子的帐子里坐去，喜娘端来了合卺酒。

林晚卿这个时候才终于将举了大半天的团扇放下，甩了甩胳膊。苏陌忆看着她笑起来，情不自禁地要去帮她揉，却被林晚卿移身躲开了。喜娘还在，让人家看见两个人腻腻歪歪的多不好，她以后可是要去国子监律学所当女夫子的……

苏陌忆见她这一本正经的样子，憋着笑收回了手。周围伺候的人在两个人的脚上绑上红绳、梳头合发之后便离开了。

红烛高照，两个人对坐，憧憧人影被投映到贴着红色喜字的茜纱窗上。

林晚卿这时才终于放松下来，先捏了捏酸痛的脖子，再晃了晃插满珠翠的脑袋。苏陌忆见她辛苦，也顾不得礼节，上前替她卸下了头上的珠钗。林晚卿这才长长地叹出一口气来，接着又不知想到了什么，话锋一转，对着苏陌忆道：“早知道成亲这么辛苦，我就不要嫁你了。”苏陌忆却不恼，看着她似笑非笑地道：“卿卿可是贪图为夫美色得紧，不嫁我还能嫁谁？”

林晚卿一愣，想起先前自己在他面前的失态，一时又气又悔。果然是美色误人，还没进门就被苏大人拿捏住了把柄，以后的日子里，这人的狗尾巴还不得翘到天上去。

于是她快快地梗着脖子道：“你也就今日看起来顺眼一点而已，别得意。”

苏陌忆笑起来，烛火映上一对深眸，星光熠熠。他忽然凑近了一些，指尖抚过她的耳鬓，语气柔和地道：“为夫可觉得卿卿甚美……”

这时门外传来侍女的提醒，让苏陌忆快些去招呼客人，别让皇上和太后等久了。

苏陌忆正要走，袖子却被林晚卿拉住了。她一脸认真地站了起来，提醒道：“你酒量不好，若是应酬喝多了表演背诵可就闹笑话了。”

说完她扭头打量了一下四周，问道：“你有让人准备什么醒酒的药或者香囊吗？”

苏陌忆这才想起来，确实是有准备的，她若不提醒，自己怕是还真会忘了。于是他指了指房间一侧，那张黄花梨书案后面的矮柜道：“在那儿。”

林晚卿走过去，翻箱倒柜地开始找。矮柜不大，里面除了一些典籍和杂物，也没放什么东西，找起来也不难。她很快发现一个木质小盒，看起来像是装药用的。

苏陌忆这时也走了过来，见她拿对了，便接过来，取了两颗药丸服下。他正准备走，却听“哗啦”一声响动，矮柜里有什么东西掉了出来。

林晚卿俯身拾起来——是一幅美人图。飞仙髻、白狐裘，水剪双眸，口点绛唇，回眸一笑之时，眉眼含情，媚态横生，栩栩如生。

林晚卿看得愣了一下，直到身旁的男人手忙脚乱地将那幅画抢了过去。她这才问了一句：“这人是谁？”

苏陌忆干咳两声，表情极不自在，踌躇片刻才道：“这……是你呀。”“我？”林晚卿眨眨眼睛，又从他手里将那幅画夺了过去，上下左右地打量起来。

苏陌忆被她看得心虚，慌忙指着一边的题诗道：“眼波明，黛眉轻，曲江池畔见卿卿。除了你，还有谁叫‘卿卿’？”“哦……”林晚卿恍然大悟，总觉得哪里不对劲，可又说不出来。

门外又响起了一阵敲门声，侍女来催促第二次了。

苏陌忆赶紧抢过她手里的画，往矮柜里一锁道：“今日你也累了，快去床上歇息一会儿，等我回来。”

月上中天，宾客渐散。屋内珠帘玉榻，红烛垂泪。

层层红帐之中，人影相叠。苏陌忆轻柔地替林晚卿宽衣，烛火照耀，让他看她的神色无端多了几分暖意。

“卿卿……”苏陌忆的声音中早已带上难以掩饰的喑哑，湿热的气息在耳郭氤氲，酥痒难耐。

可不知为何，她乍一听见这两个字，方才看过的那幅画就浮现眼前。

林晚卿问道：“那幅画是谁画的？”

苏陌忆正在兴头上，猛然被这么一问，也懒得深思，急急地道：“我画的。”

“哦……”林晚卿点头继续问，“可我从未梳过飞仙髻，你怎么画的？”

苏陌忆口齿含糊地道：“想着画的。”

“嗯……”林晚卿沉默了片刻，复又道：“可我从未与你去过曲江，你干吗题诗‘曲江池畔见卿卿’？”

“……”苏陌忆一顿，似乎终于意识到了事态的严重，又心虚又恼怒地道：“洞房的时候可不可以专心一点？”

“哦……”林晚卿果然安分了一些。

林晚卿却忽然浑身一抖。今日婚礼上，那个用手肘碰她，提醒她回神的女子模样立刻浮现眼前。那一对娇俏可爱的小虎牙，简直与画上之人一般无二！曲江池畔见卿卿。卿卿这词可不止她的名字这一个意思，谁知道这狗官所谓的此卿卿，是不是他所写的彼卿卿？

再想起那幅栩栩如生的美人图，林晚卿总算是回过味来。相识这么久，她可从

未听说过苏大人丹青还是一绝。但那幅画旁边的题字又分明是出自他手，看过他手书的那么多公文和卷宗，这人的字迹化成灰她都能认出来，绝不可能出错。那么就只有一种可能了。

一股不知从哪里来的怒火骤然烧了起来。林晚卿抬脚一扬：“画上的人不是我。”

笃定、冷静，还带着隐隐的怒意，白生生的莲足稳稳地踹到苏陌忆起伏的胸膛，险些将他踢下床去。

“所以……那个女人是谁？”

盈盈的烛火下，本应缠绵悱恻的气氛，霎时变得诡异起来。

苏陌忆试图转移她的注意力。可林晚卿根本不吃这一套，双手一推，盯着他表情严肃地道：“不巧得很，这位姑娘我今日才见过，好像是武安王府上的。你不说也罢，明日我自己去问。”说罢和衣要睡。

苏陌忆赶紧搂住了她的腰，一副做了亏心事被揭穿的样子道：“画上女子确不是你……她是武安王的孙女，月安县主。”

林晚卿见他老实交代，心情稍好，扯了一旁的锦被给他盖上，醋意十足地问道：“那你藏着她的画像做什么？还……还题了一首酸死人的词。”

这个问题倒是真的问倒了苏大人。藏着别人的画像，旁边一首出自他手的情诗，任谁看了都会觉得他对画上女子有意。但看着面前这个委屈的美人，他又意识到这个事情若是不说清楚，今日这洞房怕是进行不下去的。

于是，苏陌忆也不急了，抄起落在地上的衣袍往身上一披，坐到林晚卿旁边，侧身将她抱在怀里，耐心地解释道：“这画像虽然画的是别人，但那首诗真的是我写给你的。”

说完停顿了一下，发现林晚卿看他的眼神中带着怀疑，苏大人赶忙竖起三指指天道：“我对《洗冤录》发誓。”

林晚卿看他的表情霎时变得一言难尽。

“所以……”她问，“你在别的女子画像旁边，题了一首写给我的情诗？”

“……”苏大人词穷，抚额，半晌悠悠地点头，“嗯”了一声。

林晚卿还是一副将信将疑的表情。

苏陌忆没有办法，叹气道：“数月前武安王府设宴，我应邀前往。其间月安县主作画，邀我题诗。我当时满心满眼都是你，所以情难自已地写了一首情诗送你。月安县主也看出来了，故而将画赠予了我，就是这样。”他说得理直气壮，神色无异。

林晚卿被这么猛然一表白，也觉得颇为受用，霎时红了脸，揪着他的衣袖问道：“那这幅画放在家里总是怪怪的……你若不想留，为什么不处理掉？”

苏陌忆一听，觉得洞房有望，慌忙解释道：“因为那日我不是要赶去清雅居救你吗？当时随手将画扔给了叶青，这种事我本就没放在心上，过了就忘，哪知道他把画放在了这里。”

“哦……”林晚卿总算满意了，撇了撇嘴不再说话。罗帐昏灯下，女子面如芙蓉，眼波潋滟，皓齿朱唇。

“等等！”林晚卿说，“你是去清雅居救我那日赴的宴？”

苏陌忆不明就里，点了点头，却见林晚卿冷笑一声，表情变得狰狞起来。

“也就是说，你烧了写给我的婚书，转身就去赴了这场心知肚明的‘相看宴’，还给对你有意的姑娘题了一首情意绵绵的诗？”

“……”苏陌忆一怔，浑身僵住了。这缜密严谨的逻辑和无懈可击的敏锐，饶是他为官多年，见惯了无数精彩绝伦的推断，此时都忍不住想要拍手叫好……其实他当初去赴宴并不全是为了相看，更多是因为月安县主三番四次的邀约得不到他的回应。他彼时只觉得与月安县主同病相怜，想要了月安县主一个心愿，也算是对自己的一种安慰。可这话若现在说出来，他自己都不信，更别说是一个情绪正激动的女人。

林晚卿见苏陌忆一副被自己说中心事的模样，更是气不打一处来。千般情绪倏然而起，一向能言善辩的苏大人竟然也一时不知如何安慰，只能认命地拉了她的手，想继续解释。

林晚卿根本不领情，将手一抽，决然道：“你出去。”

“……”未料到事态如此严重的苏大人彻底愣住了。

林晚卿瞪他，语气严肃地道：“你若不走，我明日就与你和离。”

一听“和离”两字，苏陌忆下意识地心头一紧。这女人不听他解释就算了，新婚燕尔的就说和离，多不吉利！像是被踩到了尾巴的狗，苏陌忆的脸色也逐渐沉了下来。他想再劝，而林晚卿却根本不听，背过身去一躺，拿被子蒙住了头，只留给他一个冷漠的后脑勺。

“出去！”被窝里飘出简短的两个字，淡漠决绝。

苏陌忆伸手摸她的头，可是方才触及，林晚卿却霍地转身抓住了他的手，往外一掀。

“咚！”伴随一声闷响，玉树临风的苏大人倒栽下去，险些脸着地。他难以置信地看着林晚卿，只觉气头上的女人真是不可理喻。他也是有脾气、要面子的。从小到大，可是连太后都没有这么粗暴地对待过他！

苏陌忆脸色一黑，起身拢了身上的睡袍，转身抬脚就走。虽然负着气，但他心里还存留着一丝侥幸，每迈一步都在等着身后的女人冲下床来抱住他的腰，哭得梨花带雨的。然而一直等他走至门边，身后都没有任何动静。林晚卿就像是睡着了一

般，完全没有要挽留他的意思。

苏陌忆心口一凉，咬牙将门一踹，真的走了出去。今日大婚，两个人留作新房的寝室外早已清场，现下一个侍从也无。他就这样一路走去了书房。书房没人用，就没有燃地龙。早春晚间偏冷，苏陌忆却只穿着单薄的睡袍。

新婚之夜世子就与世子妃分房睡。他倒是无所谓，可是林晚卿初初嫁来世子府，若是被下人知道了，她今后怕是难以在府上立威。苏陌忆思忖片刻，吸了吸鼻子，认命地点燃烛火，开始在书房里寻找炭盆。他一向睡得晚，有时候地龙熄灭不忍让小厮再烧，他便会自己用炭盆，如今倒是给他解了燃眉之急。

苏陌忆用两个炭盆把自己围起来，又从一边的红木架上取下一件绒氅将自己裹起来，总算是不会被冻死了。等到一切安定下来，夜已深。苏陌忆抱膝坐于榻上，躲在窗后伸长脖子望着外面。可是直到睡意蒙眬，他也没有等到林晚卿来找他。

苏陌忆觉得又气又委屈，辗转反侧，根本无心睡眠。月色之下，与他一样彻夜难眠的大概只有院子里长年犯着相思的司狱了。苏陌忆看着那道孤影，愣了一下，拢着绒氅缓缓下了地。也许是再一次感受到了同是天涯沦落人的悲伤，他健步走到司狱身边，略一思忖，伸手解开了拴着它的绳索。

苏陌忆摸了摸司狱的头道："去吧！去找你的心上狗。"末了，又添上一句，"别让我失望。"

翌日，苏陌忆要携着林晚卿入宫给太后和皇上请安，两个人在马车上一路无言。

到了皇宫，林晚卿顾及颜面，也不好继续冷战，便挽了苏陌忆的手，可言语和眼神之间全无交流，互动也很是生硬。

苏陌忆一夜未眠，眼底乌黑、精神不济，走路脚底虚浮，一副弱不禁风的模样。

等到林晚卿给太后敬完茶，向太后告别之时，太后寻了个由头要苏陌忆跟她说几句体己话。

苏陌忆方才走过去，胳膊就被太后抓住了。

"这个，你拿着。"太后凑到苏陌忆的耳边，从季嬷嬷手里接过一本小册子，递给他，"卿卿那边也有一本，是女用的，你这个是男用的。"

苏陌忆没明白，低头看太后，却见太后神色凝重，一脸洞穿世事真相的表情。

太后看着他痛心疾首地道："也不知你是像了谁，怎么新婚一夜就一副被榨干了的模样？怪不得卿卿不开心，是我，我也要给你甩脸子。"

"……"苏陌忆额上冷汗直冒，想解释，却发现怎么都张不开嘴，故而只得怏怏作罢，将满肚子的话咽了回去。

太后见他这副样子，以为他是默认了，顿感恨铁不成钢。

苏陌忆满头大汗，兀自拉了林晚卿闷头上车，却听太后还在身后不死心地对着季嬷嬷道："去太医院的库房里走一趟，把什么鹿茸啊、海马啊、人参啊、牛虎蛇鹿鞭都捡一份送去世子府。""……"苏陌忆脸色铁青地瞥了身旁的林晚卿一眼。

林晚卿被他这么一看，以为他不喜欢自己的触碰，便自觉地侧身往旁边挪了挪。

苏陌忆脸色一黑，干脆也学着她，将两个人之间空出一个能够横躺竖卧的距离之后，便闭眼假寐。

马车没走多远，就停住了。

苏陌忆直觉不对，睁眼发现林晚卿正提了裙子往外走，也不看他，兀自道："大人先回去，我还有事。"说完就下了车。

苏陌忆撩开车帘，发现叶青将马车停在了京兆府外，不由得好奇地问了一句："你这是要做什么？"

"找梁未平。"林晚卿答，手腕却被他握住了。

苏陌忆看着她，语气泛酸地道："你我成婚才第二日，不在家伺候夫君，找他做什么？"

林晚卿回看他，理直气壮地道："当然是议事，情之一事上，我才没有大人这么拿得起放得下。"

苏陌忆感到手上一滑，那只皓腕在眼前一晃就不见了踪影，再要去抓，人已经走至京兆府门口的石阶了。天上不知何时下起了绵绵细雨，像一方纱帘，将眼前的一切都笼上一层回忆的雾色。他记得，第一次见到林晚卿的时候，就是在京兆府。那天想是她赶来的时候没有打伞，弄得官服湿一块干一块。

苏陌忆一向不爱管闲事，平日里这些小人物他更不关心。可不知怎的，那一日的那一眼，他便于满堂之中看见了她。然后，他蹙了蹙眉，一如他现在看她的表情。满堂兮美人，忽独与余兮目成。

番外一　对公堂

马车里，被堵在车壁一角的林晚卿瞪着眼，只觉得嘴都要被他给啃麻了。

两人一个推，一个追，直到同时响起一声脆响和一阵闷哼。

林晚卿怔了怔，舌尖尝到一股血腥。

眼前的男人捂着嘴，定定地看她，眼神中充斥着愤怒、委屈、惊讶和一点点心酸——

他表情僵硬而森冷，一副气到想杀人，却又舍不得的样子。

“我……”林晚卿心虚，颤颤巍巍地想解释，伸出去的手却被苏陌忆广袖一挥给甩开了。

“叶青，”他冷着脸，从牙缝间挤出几个凉飕飕的字，“停车。”

他说完掀起车幔，头也不回地就走了下去。

外面的叶青一脸无解，看着苏大人怒气正盛，也不敢多问。他转头看向林晚卿，见她一副坐立不安的样子，仿佛又明白了什么。

叶青只得追着闷头疾行的苏大人，弱弱地问了句：“大人去哪儿？”

“去大理寺，”苏陌忆语气森凉，“本官不想见她。”看着说话不太利索的苏大人，叶青好像懂了点什么，一时也有些尴尬，只问道：“那也得让属下送你去啊。”

“你送她。”

苏大人冷冷地抛下三个字，拂袖而去。

车里的林晚卿其实也委屈。这人之前的事情就没说明白，显得还是她不讲理似的。

对于一是一，二是二，向来明事理又公私分明的林晚卿来说，这种坏毛病不能惯。

于是她也懒得挽留，放下帘子后敲了敲车壁，无所谓地道：“送我去京兆府。”

苏陌忆脚下一顿，被擦身而过的马车呛了一鼻子灰。

林晚卿真的头也不回地去了京兆府。

她今日找梁未平，也是因为国子监律学所任教一事，想找他讨些资料。

今时不同往日，当朝最受宠的世子妃突然光临，李京兆听到来报，想起自己之前与她的一些纠葛，险些跪着出来相迎。

他还是那副油腻又谄媚的样子，看得林晚卿一阵反胃。

及至寻来了梁未平，他还杵在一边不肯走，一副乐得给两人端茶倒水的样子。

林晚卿干咳了两声，看着他将脸一沉。

浸淫官场数十载的李京兆当然立即懂了世子妃的意思，恍然大悟对她一拜，倒退着行了出去。

长期被欺压的梁未平，何时被李京兆这样对待过，一时诚惶诚恐，看向林晚卿的眼中便又多了几分崇拜。

“贤弟，哦不！”他唤她，随即又改口道：“世子妃……”

林晚卿却拉下了脸，往他脑门上一拍，道：“你叫我什么？梁兄可是忘了我们之前在关公之前发的誓了？”

梁未平嘿嘿一笑，揉了揉额头，继而又板起脸道：“那你还这样没大没小的？连兄长的头都敢拍。”

林晚卿给他一个白眼，两人相视一笑。

“我今日找你是想借点之前我们办过案子的记录，大约婚嫁过后，我便要去国子监律学所任职了。”

梁未平点头：“到时候我让人抄一份给你就是。”

“不用麻烦别人，”林晚卿推辞，“私事，我每日到京兆府来自己抄就行。”

“啊？”梁未平有点吃惊。

她成亲的时候，作为“娘家人”，他也是旁观了众人为难前来娶亲的苏陌忆的。

那是他第一次知道，原来情爱真的会改变一个人的秉性。

想不到那个脸色一黑，就能让盛京官场抖三抖，一句话不对，就能在朝堂上怼死人的苏大人，居然能为了眼前这个女子，脾气好到那样的程度。

一向不通风月的他，也忍不住开始羡慕了。

梁未平打了个寒战，回过神来：“那苏大人……”

话刚起了个头，就被林晚卿冷着脸打断了。

“关他什么事。”

看出了些端倪的梁未平咽了咽口水，也不敢多问，赶快转移话题道：“其实……我也有个忙想让你帮。”

他顿了顿，似乎有些不好意思，“你知道李捕头吗？”

林晚卿点点头。

“他、他有个妹妹……之前来衙门里找他，见过我一面。之后嗯……”他结结巴巴，有些不好意思，“好像对我有点意思，明日李捕头约了我去曲江，你知道他跟李京兆的关系，我、我有点害怕……他要逼我娶他妹妹。”

“所以，”他试探道，“你能不能与我一道？有你在，他肯定不敢乱来。”

“这……”林晚卿略一思忖，想起苏大人今天那副醋精上身的模样，到底还是为难，“我一个女子多有不便，明日我让几个侍卫暗中盯着吧。”

办完京兆府的事，回到世子府已是晚膳的时辰。

林晚卿换了身衣裳去偏堂用膳，只见一桌饭菜倒是玉盘珍馐，令人食指大动，可空荡荡的屋里却只有随侍的丫鬟婆子。

“世子呢？”她行过去，随口问道。

“回禀世子妃，”一个小丫鬟回话，“世子今日把东西都搬去大理寺了，说是公务在身暂时不在府上住。”

“什么？”林晚卿到底是没忍住，声音里夹了几分隐怒。

因为苏陌忆之前就长年住在大理寺，故而府上的人对他的这项举动也不觉多么反常。小丫鬟更是不懂，也没想过要隐瞒一下。

现下被林晚卿这么一问，小丫鬟倒是有些被吓住了，支支吾吾地要下跪请罪，被林晚卿一把拉住了胳膊。

“你没错，我不生气。”

她收起冷脸，埋头狠狠扒了几口饭，看着身边的空位越想越憋屈。

“咚！”手里的碗筷一搁，她话锋一转道：“你现在去清雅居找京兆府的梁主簿，让他告诉我明日在曲江见面的时辰和具体位置，说我会亲自去。”

言毕，她又补充了一句：“然后，将这件事不经意间透露给叶青。”

翌日，林晚卿特地从柜子里拿出苏陌忆最喜欢的那件萱草色襦裙，配上月白色大袖衫，外面一条石榴色披帛，梳上未出阁女子才梳的飞仙髻，打扮体面地出了门。

春日的曲江正是万花斗艳的时候。

浅草堤上，桃花、山茶、海棠竞相开放，葳蕤一片。澄碧的湖水如镜，上下一映，万花便化作天地间的一方锦绣织毯，实在绝奇。

梁未平早已等在岸边的廊桥中，见着林晚卿今日的打扮，也是愣了一愣。

林晚卿打发了下人，独自走过去。

“人呢？”她问，左右瞧了瞧。

“你……”梁未平有些不自在，“为什么穿成这样？”

林晚卿掀眼瞧他，一脸无所谓道：“今日天气好，我来踏春赏花，打扮漂亮一点不行吗？”

梁未平梗了梗脖子，点头：“行……就是这打扮，好像……”

“好像什么？”

“好像你是来跟谁相看的。”梁未平如实道。

林晚卿有些得意，面上却不显。

两人还要再闲聊些什么，却听远处传来一阵男子急促的脚步声。

是李捕头来了。

李捕头是个暴脾气，又长年在李京兆身边欺压下级，故而老远地看见梁未平和一个身形窈窕的女子在廊桥幽会，便急急地赶了过来。

李捕头那声惊天地泣鬼神的“梁未平”一出口，就吓得他赶紧往林晚卿身后躲。

待到走近了，李捕头认出林晚卿来，第一反应是惊讶，随即便化作了惊喜。

梁未平和林晚卿关系好，以前在京兆府就是人尽皆知的。如今一人得道鸡犬升天，他自然就高看了梁未平几眼。

今日约了他来，实则就是准备软硬兼施，逼梁未平就范。如今有世子妃在场见证，自然更好。

几人短暂的问候之后，李捕头的妹妹李婉便跟在后头来了。

小姑娘生得白白净净也算好看，一双眼睛水汪汪怯生生的，带着几分天然的羞意，倒也是可人。

有外人在场，顾着小姑娘的面子，梁未平到底是不好直接拒绝的。

四人漫无目的地在廊桥上走了一段。

林晚卿见梁未平被兄妹俩逼得越发地蔫，终于忍不住，指着岸边的一片海棠花提议道：“那处的花儿开得好，李捕头陪我去看看吧。”

她说完给了梁未平一个眼神，提着裙子就走。

她腿长，之前又一直是男装，脚力自然是寻常女子比不了的。

不出一盏茶的工夫，李婉就被她远远地甩在了后面。

世子妃发话，李捕头又不敢不从，只得跟着她行远了。

两人在一处花影疏斜的地方停了下来，身后早已看不见梁未平和李婉的影子。

林晚卿舒了口气，寻了块石头坐下来，自顾自地开始哼小曲儿，也不怎么搭理李捕头了。

暖阳清风，花香阵阵，她舒服地眯了眯眼，觉得哪里忽地吹来一股阴风。

接着，背上不知被谁推了一把，她整个人堪堪就要往前扑过去。

“唔……”她眼前一黑，额头撞上了一个半硬的东西，发出“咚”的一声闷响。

上好的锦缎，是三品官的朝服才配用的材质。

这个身材，胸膛的软硬程度，还有这股带着点书墨气息的雪松味道……

林晚卿微不可察地弯了弯唇角。

苏大人果真是沉不住气，这么快就赶来了，临了还要来这一招“英雄救美”的老戏码，真真是越发地能耐了。

然而还没等林晚卿调整好表情抬起头，耳边便传来嗡嗡的声音。

苏大人语带森凉，平缓淡然：“京兆府捕头李力，在职期间擅离职守，将世子妃骗至曲江意图谋害。”

“来人，把他给我押回大理寺。”

林晚卿：“？”

卿卿：这狗官是醋疯了开始放飞自我了吗？

林晚卿万万没想到，苏陌忆已经丧心病狂到了如此地步。

只见他身后的衙役挎着刀围上来，利索地将李捕头铐上，嘴巴一堵拉上就走。

“你这是做什么？”她一把拉住苏陌忆，将那身紫色官服扯得一歪。

苏陌忆缓缓转身，垂眸看她，不带一丝情绪道：“世子妃受惊吓过度，先送回世子府，好生保护。”

他说完扯了扯歪斜的领口，转身就走。

“苏陌忆你给我站住！”林晚卿再次扯住他，怒道，“你敢把我送回去试试。”

阴森森、明晃晃的威胁，让在场之人无不为之一颤。

苏大人死守着最后的骄傲，摆出一副云淡风轻的模样，只是原本坚定的步伐微微顿住，声音僵硬道：“受害者有义务陈述案情帮助官府破案，那世子妃就与我一道去大理寺。”

众目睽睽之下，林晚卿也不想跟他吵，甩开他的袖子，稳稳送去一个白眼。

一行人急匆匆地回了大理寺。

按照惯例，此类案件都是由大理寺丞先审，同时有一录事记录口供。

但由于如今的“受害者”是世子妃，也是大理寺卿的夫人，寺里六个大理寺丞没一个敢接，苏大人只得自己上。

等到正式开问的时候，正堂空空如也，衙役、录事、嫌犯一个都不在。

不是不需要，而是苏大人这几日的脸色着实难看，谁也不敢去掺和他的“家事”，更不想去触他的霉头。

及至要开堂，众人推攘之下，才将一个来大理寺任职没多久的小录事给推了进去。

他战战兢兢地顺着拐，摸到了正堂一侧，在众人期许、鼓励、担忧的眼神中，手里的纸和笔抖得都快要掉下地。

头顶上公正廉明的金字牌匾映上那双冷冽的深眸，显得既威严又肃穆。随着他拉开椅子的一声嚓响，苏大人于堂上缓缓抬头。

门外原本还伸着脖子打望的众人一见，瞬间撒腿跑得没了踪影。

“笃、笃、笃。”节奏优缓的三声响，不快不慢，是苏大人在轻敲桌案。

本就清冷的正堂，气氛立时再度凉了几分。

小录事打了个寒战，不敢抬头。

林晚卿率先打破沉默，冷静问道：“李捕头犯了什么罪你要抓他？”

苏陌忆略一思忖，回：“本官方才都说了，擅离职守，意图谋害世子妃。”

林晚卿都要给他气笑了：“他怎么谋害我了？”

“他推你下水。”苏大人面不改色。

“你哪只眼睛看到了？”

“在场的人都看到了。”苏陌忆理直气壮，“若不是本官在，你就落进水里了。”

林晚卿见他这副睁眼说瞎话的样子，默默握紧了拳头。

方才她背上的那股力道，分明就不是人推的，而是不知谁用内力顶了个泥块撞过来。

苏陌忆这两下子，骗骗什么都不懂的小姑娘还成，妄想骗到她头上去，真是侮辱性极强！

于是她顿了顿，指着一旁那个埋头假装自己很忙的小录事道：“你让他先出去。”

小录事闻言如获大赦，抓起纸笔就要走。

“既然要审案，没有人记录怎么成？”

“……”小录事冷汗涔涔，握着笔，又灰溜溜地坐了回去。

林晚卿咬牙，瞪着他道：“这可是你说的。”

苏陌忆一脸无所谓，冷着脸看她：“是本官说……你、你要做什么！”

他话音未落，只见林晚卿二话不说，开始宽衣。她三两下动作之间已经卸下披帛，接着就要脱外衫。

“林晚卿！”苏陌忆暴怒，难以置信地从座位上站起来，“你疯了不成？！”

林晚卿自顾自地脱衣，根本不理。

苏陌忆被气得不轻，额角青筋暴起。眼看那件月白色大袖衫就要滑落肩头，苏大人对着一旁已然看呆了的小录事怒吼道：“看什么看？！还不快给本官滚出去！”

“……”猛然回神的小录事当即吓得哭了出来，抓起纸笔，连滚带爬地冲出了正堂。

月白长衫落在一双纤白的手中，林晚卿将衣服翻过来，对着苏陌忆抖了抖，问道：“那大人告诉我，衣服上背后的这块泥印是什么？”

她说着还生怕苏陌忆看不清楚，朝他走近了两步道：“从泥块击打和散开的情况看，这分明是有人从背后扔掷的。事发当时李捕头就在我旁边，角度和距离都对不上。况且他若要害我，伸手一推就是，何以要用这样费力的方式？”

一席话问得苏大人无言以对。

良久，他将目光落于脚下，转身撩了撩衣摆，虽理亏却施施然地反问：“本官何时说他就是凶手了？本官从不冤枉好人，况且……目前也只当他是个嫌犯。”

林晚卿这才恍然大悟。

虽说苏大人小肚鸡肠，手段又多，但说到底，他还是保持着一个刑狱之官该有的底线——冤枉好人这件事，他是绝对做不出来的。

但这不代表他不能找个借口，给自己出口气，或者单纯膈应一下林晚卿。

擅离职守这种小罪，坐实了，顶多就是挨几个板子，但谋害世子妃可就不同了。

一般得先行收押，静候审查。至于这案子要查多久，一个月还是一年，全凭苏大人说了算。而在这期间，李捕头都是不能离开大理寺监狱的。

林晚卿无话可说，脸一黑，将那件大袖衫往苏陌忆案上一拍，气冲冲道："那这件衣服就是呈堂证供，大人可得小心收起来。"

言毕她拾起地上的披帛往身上一搭，扭头就要行出去。

苏陌忆被她吓得一个激灵，上前将人牢牢拽住道："你这么出去，我的脸往哪儿放？"

"哦？"林晚卿冷笑，"大人还有脸吗？利用职务之便争风吃醋、徇私舞弊，你可还记得自己背过的《洗冤录》第一句？"

这灵魂一问，终于让盛怒之中的苏大人冷静了下来。

那只拽着林晚卿的手先松了松，将大袖衫往她身上一罩，然后抄起林晚卿手中的披帛将人一捆，直接扛了起来。

趁得她毫无还手之力时，苏大人长腿一迈，踢开正堂的门，大步流星地走了出来。

原本躲在外面树丛中、房柱后、石阶下的众人见状，纷纷作鸟兽散，跑不掉的干脆就地趴下装晕，表示自己什么都没看到。

苏陌忆面色阴郁，扛着一路惨叫的林晚卿，往自己在大理寺中的住所行去。

"唔……"

及至被扔在榻上，林晚卿才堪堪将自己从披帛中挣脱出来。

她揉了揉被抵得发麻的肚子，看着屋里那个焦躁踱步的紫色身影，正欲开口，却听苏大人既委屈又认命地道了一句："我错了。"

干净利落。

"什、什么？"她被这突如其来的变化一惊，舌头有些打结。

苏大人干脆转身看着她，心不甘情不愿地重复："我说，我错了！"

四目相对，空气倏地凝住。

林晚卿半晌才回过神来，一向傲娇不可一世的苏大人，这是在跟她道歉呢。

于是，她也干脆端起该有的架子，仰头盯着他问："那你说说，你哪儿错了？"

苏陌忆气得脸都涨红了，只握紧拳头咬牙道："我、我不该烧了婚书就去赴其他姑娘的相看宴。"

说完还不甘心地嗫嚅：“虽然我真的对她没兴趣，只是去劝她早日放手……”

“嗯，”林晚卿点头，很满意，“还有呢？”

“还有？”苏陌忆像只炸了毛的猫，被林晚卿一瞪，高几度的声音又矮回去几分，继续不情不愿地道：“我、我也不该利用职务之便争风吃醋。”

他顿了顿，小声嘀咕道：“虽然李力本身就欠收拾……”

林晚卿不说话，板起脸看他。

苏陌忆仍远远站着，不敢靠近。

“噗——”

片刻后，林晚卿还是被他这副憋屈的样子给逗笑了。

试问谁能想到，眼睛长在头顶，平日在宫里、官场都能横着走的苏大人，竟然也会有低头认错的一天。

若是他这副样子被太后看了去，估计能笑话他一辈子。

林晚卿这一笑，把苏陌忆激得更恼了。他觉得自己受到了莫大的“羞辱”，咬着牙就要上来抓她。

然而人才行到榻边，腰就被林晚卿搂住了。

苏陌忆一怔，怒气全消。

两人就这么面对面抱着，谁也没再说话。

早春的阳光透过身后的茜纱窗洒进来，落下满室的斑驳。清风吹动院中的琴丝竹，发出沙沙响动，仿若现世安稳、岁月静好。

苏陌忆叹气，知道自己就是这样。再大的火气、再深的委屈，只要林晚卿一个拥抱一句话，就能立马放下，变得毫无脾气。

“别气了。”怀里的女人声音柔软，说话的时候圈紧的双手上下摩挲，脑袋还往他怀里拱了拱。

“咔嚓”一声，那颗坚硬的心，瞬间化作了绕指柔。

林晚卿卖了会儿乖，起身可怜兮兮道：“那日去抢你烧了一半的婚书，我的手腕都被火油给燎伤了。”

言毕，她捞起袖口，将一只皓腕递到了苏陌忆的眼前。

眼前的男人明显一颤，抓着她的指尖发冷，连脸色都白了几分。唇齿翕合，眼中流露出无限的自责和心疼。

半晌，他却是一句话都说不出来。

“所以，你以后要对我好点儿。”她语气认真，“不许乱发脾气。”

“嗯。”苏大人赶紧点头。

“不许小心眼儿。”林晚卿乘胜追击。

“嗯。”

“不许一生气就不理人。”

“嗯。”

“那你把方才的保证都给我写下来。”

“嗯？”苏大人没料到这一招，抬头盯她，只觉这女人还颇得自己的真传。

“不写？”

“写！写！”苏大人此刻自觉有愧，当然是有求必应。说话间他已经走向书案，铺开宣纸，提笔蘸墨。

“咚咚、咚咚、咚咚……”

也不知是他的心跳，还是她的，在满室槐花和春光里格外清晰。

她想起半年前的那个冬夜，他将她护在怀里，她埋头静听他的心跳。

“景澈……”林晚卿忽然酸了眼鼻，双手攀上他的背脊，“我好喜欢你……”

他笑了一声，带着无限的宠溺，一枚轻巧的吻落在她微微汗湿的发鬓。

她听见他说：“我也是。”

意乱情迷，摇晃了一室阳光。

她亦是回抱他，轻轻地拍抚。

室内霎时寂下来，林晚卿抬头，透过他微汗的肩膀看向对面那扇落满阳光的茜纱窗。

她忽然觉得，这世间再是不堪，过往再是艰辛，只要还有他在，那便是天长地久的可靠。

那些少年的清苦、仓皇的岁月，在遇到他的那一刻便一去不返，化作如今的一室春阳。

番外二　百日宴

又是一年的阳春三月，草长莺飞，万物复苏。盛京近郊的山头染雪，山腰的杜鹃等春。

大南的朝堂上，自又是另一番的光景。

太极殿前的百级台阶上，紫绯绿青各色官服的文臣武将三三两两，结伴而行，不时交头接耳地聊一聊近来朝中的八卦。

刑部尚书快步追下阶梯，用手肘捅了捅一旁的御史大夫，小心打听：“听说苏大人家的千金，近日要办百日宴了？是哪一天来着？”

御史大夫掐着手指，仰头思忖片刻道：“算着时间，大约就是这两日了吧。”

另一边，吏部尚书凑了个头过来，笑嘻嘻道：“想不到御史大人平日里高风亮节、不染一物，竟然能将苏大人千金的生日记得如此清楚。”

说完他还啧啧两声，眼中带着几分调笑。

御史大夫听了却不当回事，反唇相讥道：“也不知是谁，前些日子为了讨苏大人欢心，将国子监里的年轻直讲统一换成了四十上下的男子，啧啧……还好意思说我……”

“……”吏部尚书脚步一顿，登时红了脸，怒目圆瞪着要再掐回去，却被凑过来的户部尚书给拖到身后去了。

户部尚书笑着打哈哈：“都是在朝为官，谁不是跟着上面的意思在做人。世子妃才怀上的时候，太后就让皇上吩咐户部，先将百日宴要用的银子都备好了。”

众人一顿，不可置信地看他，暗道苏大人的后台果然硬得出奇。

这也让众人进一步陷入了沉默，纷纷在心中暗自盘算着，要怎么才能把苏大人的大腿抱得更紧一些。

然而，苏陌忆已经泡在大理寺里足足两月有余了。

近日来，大南边境不安，常有细作活动，所以各州官府上报的重大案件便比平常多了三倍有余。

他一向是个凡事亲力亲为，绝不含糊的性子。

故而陪着林晚卿出了月子，苏陌忆便就忙着加班加点。

好在林晚卿如今全副身心都放在了女儿身上，根本没空搭理他，他也就少了几分负罪感。

“大人，”叶青端着一沓案宗走了进来，“这是今日的卷宗。”

苏陌忆抬头看了一眼，又是十多份。

他叹口气，停下手中的笔，往后仰了仰身子，揉着额角，懒洋洋地问：“今日是什么日子了？”

叶青想了一会儿，道：“回大人，若是属下没有记错的话，今日应当是三月十六。”

“三月十六……”苏陌忆重复着，总觉得哪里不对劲。

于是他偏头问叶青：“那……最近是不是有什么特别的日子？”

叶青一脸不解，歪头思忖片刻，而后猛地将手一拍，惊道：“哎呀！你说这么重要的事，属下怎么就给忘了呢？！”

“怎么？”苏陌忆问。

“再过几日，就是三月二十四了啊！”

“……”苏陌忆想了想，“然后呢？”

“然后？”叶青反问，略有些嫌弃道：“三月二十四，就是立夏了啊！”

苏陌忆蹙了蹙眉，觉得不对劲，但又说不出来，只问：“立夏有什么重要的？”

“啧！”叶青一脸高深莫测，凑到苏陌忆耳边道：“立夏之后，南海的第一批荔枝就熟了呀！林录事……哦不！世子妃那么喜欢吃荔枝，再加上她又刚生了大姑娘，大人当然要弄点荔枝让她高兴高兴。”

“哦……”苏陌忆恍然大悟，点头道：“那这件事就交给你去办吧。”

“遵命。”领到任务的叶憨憨跑得疯快，刚跑到门口，又被苏大人给叫住了。

他抿了抿唇，思忖道：“小白快生了，你得空了记得去找个熟练一点的稳婆过来。”

“哦！”叶青应得飞快。

“还有……”苏大人眯起眼，总觉得哪里不对，想了片刻实在是想不起来，只得摆摆手，“算了，就这样吧。”

另一边，世子府。

早被抛之脑后的母女俩，正慵懒惬意地躺在坐榻上。

春日温暖的阳光透过菱花窗照下来，在小团子粉嫩嫩、肉乎乎的小手上留下一个亮色的光斑。

小家伙不明白这是什么，睁着一双乌黑溜圆的眼睛，挥舞着小手要去抓。

可每次都抓得一手空，她却不气馁，咯咯笑得很是开心。

林晚卿撑着头看她，也跟着笑起来。

“我们家七七真爱笑。”小团子的另一边，是同样侧身斜躺着的太后。

她眉眼弯弯，眸光温柔地落在曾外孙女的小脸上，感慨道：“就跟她奶奶小时候一样。”

林晚卿闻言一怔，点点头：“能像景澈的母亲，是七七的福气。”

苏陌忆和林晚卿的第一个孩子，是个女儿。

因为生于十二月初七，取了个乳名叫七七，刚好与安阳公主的小名琦琦一样。

林晚卿知道，苏陌忆这么叫她，也是为了圆太后一个愿望。

要说太后对七七的宠爱，那当真是到了人神共愤的地步。

七七才出生不久，太后就让永徽帝给她赐下了郡主的封号，满月的时候更是险些将国库搬空。

苏大人好说歹说劝不住，最后只得串通御史台上书弹劾了自己好几次，才勉强将大南的国库给稳住了。

谁知太后还是不依不饶，又把自己的私库搬了出来，说要给七七修建府邸。

吓得苏陌忆祭出自己为官数载的清名，一顿好说歹说，才打消了太后欲将他坑成个遗臭万年的贪官污吏的念头。

七七深得太后喜爱，自然是不愁衣食、不缺宠爱。

林晚卿在月子里的时候，太后几乎住在了世子府上。她不仅找来盛京最好的奶娘，还为林晚卿请了最好的产后调理女医，甚至亲自上手照顾母女二人。

可太后到底被人伺候惯了，哪儿会伺候别人。

在几次弄巧成拙，被苏陌忆劝诫一番之后，才怏怏地收了手，答应不再掺和。

然而，这七日后的百日宴，太后说什么都要大肆庆祝一番。

故而她于日前就让人向朝廷众臣和皇室宗亲发去了邀贴，还拿出自己的私房钱，置办了好些物件。

林晚卿本来想劝，但见老人家难得如此开心，无伤大雅的东西，也就由她去了。

“你跟景澈最近怎么样？”太后捏着七七软乎乎的小手，不经意地问了一句。

“嗯？”林晚卿倏地被这么一问，才想起来，自己好像是有些日子没见过苏陌忆了。

也不知道他是长胖了还是长瘦了。

于是她也实话实说道：“他最近好像很忙，经常回来的时候我和七七都歇了，倒是有些日子没见过他了。”

“什么？”太后一听猛地坐了起来，“你出月子都两个多月了，这么久都没见过他？”

林晚卿想了想，点头道：“好像……见过两三次？”

“哎……你！”太后叹气，以恨铁不成钢的语气追问：“怀孕的时候你们就很少同房吧？”

“啊、啊？”林晚卿面上一红，有些不好意思，“是、是呀……他一向谨小慎微，怕伤着孩子，故而也没有……”

“坏了！”太后掰着手指头开始数，“怀胎十月，月子一月，之后的两月，你们都没有同过房？”

林晚卿咬着唇转了转眼珠，僵硬地点点头。

太后看着她一脸忧色，喃喃地道：“你说这小混蛋会不会……在外面有了别人了？”

“哈？”林晚卿倾身过去，不敢相信自己的耳朵。

太后一脸痛心疾首的样子，提醒道：“想当年，哀家怀孕那会儿，先帝后宫接连传出数十道喜讯。这男人，嘴上说得好听，可能不能管住自己，那可就不一定了。”

“数、数十道……”林晚卿抽了抽嘴角，“这也太厉害了吧？所以……先帝是行走的蒲公英吗？”

到处播种。

“所以什么？”太后没听清后一句话，凑近了问。

“没、没什么……”林晚卿笑得很尴尬，低头理了理女儿蹭乱的头发，“可皇上不是挺专情的吗？我记得我姑姑自从进宫以后都是独得圣宠，去世三年之后，皇上的后宫才有了动静。”

“那是因为皇上像哀家。”太后挑着下巴，理直气壮，“可你怎么知道景澈是像他的色胚外公多一些，还是像洁身自好的哀家多一些？”

林晚卿咽了咽口水，到底是不好把话说得太直白。

苏陌忆是什么样的人，太后不清楚，她还能不清楚吗？

想当初她想以色交易，苏大人可是差点憋出了终身残疾都不肯乱来的。

太后看她一脸无所谓的样子，好意提醒道：“哀家是个公正讲道理的人，必不会因为景澈是哀家的亲外孙就偏袒他多一些。你看你出了月子以来，他不怎么关心不说，连七七都不怎么过问。七日后就是七七的百日宴了，他也不声不响的，没个动静。”

林晚卿默不作声地听着，眉宇间到底还是爬上了一丝忧色，觉得心头一空，略微烦躁起来。

太后看在眼里，又补了一句：“不信你今晚问问他，看他还记不记得七七的百日宴。”

林晚卿思忖片刻，终是点了点头。

苏大人：诶？最近是不是有什么事来着？

叶憨憨：有啊！东市的小马家要打折了，西市的小刘家要甩卖。永兴坊的李寡妇要生儿子了，平康坊好像又来了几个新的小倌。哦！还有小白！小白也快生了。

苏大人：哦！原来是这样……

苏陌忆回来的时候，已经是子时，林晚卿早已趴在案上睡熟了。

头顶的烛光被一片阴翳所遮挡，她听见苏陌忆伏在耳畔轻声唤她。

林晚卿撑起身子，揉了揉惺忪的睡眼。

“怎么在这里睡着了？”苏陌忆解下身上的披风搭在她身上，将人打横抱了起来。

“洗过了？”他问，鼻息停留在她带着皂角和兰香的发顶，轻轻嗅了嗅。

“嗯。”林晚卿点头，打了个哈欠，目光幽幽地盯着他，不说话。

“你……”苏陌忆被她看得心里发毛，下意识地在自己脸上摸了一把，“你这么看着我干什么？”

怪吓人的……

“哦？”林晚卿爬上床，往里面滚了一圈，看着苏大人反问：“大人多久没见过我了？”

苏陌忆一怔，从这句普通的询问中听出了一股怨气。

毕竟，林晚卿只有在生他气的时候，才会一口一个大人叫不停。

他霎时觉得有点心虚，在脑中把近来的事情都过了一遍，确定无事之后，才稍微安心道：“近来公务繁忙，对你和七七都多有疏忽。”

他在她唇上印下一吻，哄道：“过些日子就好了，到时候我带你和七七去江南走一圈，好不好？”

“哦。”林晚卿点头，还想再提醒什么。

苏陌忆却揉了揉她的头，温柔劝道：“你快先睡，我去洗一洗就来。”

林晚卿只得先和衣躺下了。

许是怕她等久了，苏大人动作很快，一盏茶的工夫就从净室回来，见林晚卿还没睡下，面上责备心中甜蜜地叹了口气，吹灭了烛灯。

寝屋里暗下来，月光皎洁，落在床前像一层白霜。

林晚卿见他放下床帐，翻身上榻，直到他躺下去以后，她还是保持着抱膝而坐的姿势，不动声色地看他。

“……”一头雾水的苏大人被瞧得背脊生凉。

“咳咳……”他干咳两声，见林晚卿还是一动不动地坐着看他，像一只蹲守猎物的猫儿，不由得心下一紧，干脆也一股脑儿地爬了起来。

“你……咳咳……干什么这样看我？”

这是苏大人第二次问这个问题，语气明显比第一次心虚了许多。

林晚卿心下不悦，将脸凑近了一点，看着他那双深不见底的眸子道：“大人是不是忘了点什么？”

苏陌忆蹙眉思忖，不确定道：“什、什么……”

黑暗之中看不清楚，但苏陌忆明显感觉到她的气场冷了一截，不由得打了个寒战。

林晚卿也算是好脾气的，见苏大人这木脑袋不开窍，再次善意提醒道：“大人还记不记得三月二十四是什么日子？”

苏陌忆一听，总算是松了口气。

他还当是自己犯了什么不可饶恕的大错，原来就是三月二十四的事呀！

于是他高深莫测地笑了笑，将林晚卿揽入怀中，温声哄道：“这个日子我当然

知道，惦记着呢，放心吧。”

林晚卿这才心满意足地任他抱着，沉沉睡了过去。

七日的时间过得很快，转眼就到了百日宴那天。

这七日苏大人还是很忙，每天早出晚归的，林晚卿根本见不到他一面。

太后已经将请帖发了出去，期间也跟林晚卿确认过，苏陌忆是不是还记得百日宴的事情，得到的答复都是——

“他说他当然记着，让我放心呢。”

两人便都没有再多问一句。

直到百日宴当天，文武百官和皇室宗亲的马车都停在了世子府门口。

太后和林晚卿面面相觑，这才想起来，这宴会貌似还少了一个顶重要的人物。

“太后、世子妃，”叶青向她们行了个礼，侧身指着身后一筐一筐的东西，“这是大人让人送来的，嘱咐说一定要送到世子妃手上。”

林晚卿看了看太后，两人都甚是不解的样子，直到叶青命人撬开了竹筐的盖子。

“这是干什么？”林晚卿问。

叶青扶着自己腰间的佩剑，笑得一脸得意：“哦！这是大人专门为世子妃准备的荔枝啊！大人说今日是夏至，南海荔枝熟了，故而命人……”

“等等！”林晚卿挥手叫停了他，问：“他记得今日是夏至？”

叶青不解，点头道：“嗯、嗯，记得呀。”

林晚卿觉得心中一股邪火开始乱窜，但还是控制着自己的情绪，继续问道：“除此之外呢？”

“除此之外？”叶青被问傻了，呆愣愣地看着她眨眼睛，想了半晌才道：“就没了啊！”

林晚卿闭眼深吸了几口气，暗自握紧了拳头：“你家苏大人现在哪儿？”

叶青看了看一旁不言不语的太后，摸着脑壳道：“……大约是在平康坊，大人方才说要去。”

林晚卿震惊，咬牙重复：“平、康、坊……”

“嚓——”

一声嚓响，林晚卿从叶青腰间抽出了那把佩剑，沉着脸吩咐：“备车！去平康坊！”

然后她拎着长剑就冲了出去。

一旁的太后见状吓了一跳，无奈抱着七七行动不便，只得吩咐叶青带人跟上去，不要出了问题才好。

平康坊，南曲。

苏大人其实是过来寻东西的。

前日下职，因为有案子要交刑部，刑部尚书又是个爱玩爱风雅的，几番盛情邀约他前往南曲品茗，他拒绝了数次之后，终于妥协了。

可喝完茶出来，才发现去年生辰，林晚卿送他的那块亲自打磨的玉佩不见了踪影。

苏陌忆怀疑是吃茶的时候将东西落在了南曲。

他一向洁身自好，派人去寻怕太过于声张，惹出什么不必要的流言蜚语，于是决定自己偷偷去一趟找找。

可是他方才迈入大堂，还来不及问小厮问题，大门就被人一脚踹开了。

“卿、卿卿？”苏陌忆一怔，看着一脸怒气的林晚卿，一脸的莫名，“你来这里做什么？”

林晚卿被他这句话给气笑了。

她来这里做什么，你说做什么？于是她既生气又委屈，看着苏陌忆反问：“我怎么来了？自然是来感谢大人千里迢迢送的荔枝呀！”

苏陌忆的眼神落在她持着长剑的手上，终于察觉到了不对劲。

她今日穿了件洒金百鸟朱红吉服，广袖金线绲边，腰际一枚赤金色流苏佩。这原是太后的嫁妆，七七出生的时候，她便赏给了林晚卿。

“……”苏陌忆咽了咽口水，如梦初醒——三月二十四是什么日子，他终于想起来了。

可惜为时已晚。

铁器摩擦着地面，发出刺耳的声音。

林晚卿冷着脸靠近，将长剑在地上拖出长长的拉痕。

“卿卿……”苏大人自知理亏，无话可说地往后退了两步，“你听我说，我可以解释……”

“咔嚓”一声巨响。

苏陌忆只见一道冷光兜头劈下，朝着他的面门直袭而来。他侧身一闪，扶住身旁的一个博古架，后面那张梨花木镂空雕花四件套应声而裂……

苏陌忆瞪大了眼睛，难以置信地看着眼前这个神色平静的女人。

“卿卿你听我说……”

“哐啷”一声。

耳边响起嗖嗖剑鸣，苏陌忆手上一空，方才靠着的那个博古架也碎成了渣渣。

“……”他心下一凛，知道再这么下去，他不是被这女人劈死，就是要赔钱赔死。故而一个箭步上前，趁林晚卿再度挥剑之际抢先从身后抱住了她的腰。

“你放开我！”林晚卿不依，无奈力量和武力过于悬殊，被苏陌忆压制得动弹不得。

“这么久了，我每日连你的面都见不到不说，七七百日宴当日，你竟然敢来这种地方鬼混！要不是亲眼所见，我还真不敢相信，苏陌忆你居然是这种人！你松手！”

见她正在气头上，苏陌忆哪敢松手，只能死死抱住她解释道：“卿卿，你误会了……我今日是来寻东西的，不是你想的那样。”

林晚卿还是很生气，怒道：“那你女儿的百日宴呢？不是给忘了吗？”

苏大人一愣，倒也老实，承认道：“我确实是忘了，是我不对。”

说着他将林晚卿挥舞的手，也圈进了臂弯里。

门外的叶青站了半天，伸着个头看热闹。眼见林晚卿被制服，他才敢摸着进来，去扯她手上的佩剑。

“林录事你听我说……”他嗫嚅着，“大人不是你想的那样，他心细如发，连小白的产期都记得，还让我去请稳婆呢。”

一席话说得林晚卿泪眼婆娑，哽咽道：“苏陌忆！你连小白的产期都记得，为什么不记得我的？”

苏大人：“……”

叶青到底是来帮忙的，还是来落井下石的……

“不不不……林录事，”叶青见林晚卿更生气了，慌忙继续解释，“而且大人今日真不是来这里找花娘的，他上次过来把你送他的礼物落下了，今日是特地来寻的。”

“苏陌忆！”

林晚卿哭得眼泪鼻涕流满脸，用几乎是咆哮的声音道：“我要跟你和离！”

“……”被叶青埋进天坑的苏大人，生平第一次感到了窒息……

“林录事……”叶青还想解释什么，却被苏大人用恳求的语气打断了。

他看着叶青，欲哭无泪道：“我求求你，别解释了……要是真的想帮我，就拿着这把剑出去吧……”

“哦、哦……”叶青点点头，拿着剑，垂头丧气地走了。

临了关上门，为了确保苏陌忆能有机会向林晚卿解释清楚，走的时候，还不忘上了个锁。

屋里果然一顿噼里啪啦，有瓷器碎裂的声音，有桌椅被砸烂的响动，还有苏大人服软解释的话语。

“啊！”随着苏大人一声惊天惨叫，一切终是归于沉寂。

苏陌忆搂着怀里的人，看她一口咬在了自己的手上，“咔嚓”一声，骨头都快断了。

这一招，她是跟司狱学的吗？

可常年浸淫官场，与各类人物周旋的苏大人当然明白，人在气头上的时候，是不会听劝的。这时要做的事不是费力不讨好地解释，而是先设法让对方冷静下来。

于是他干脆也不挣扎了，将手往林晚卿口中一递，用略带颤抖的声音道：“咬吧，只要卿卿能消气，就算咬死我，我亦甘之如饴。”

怀里的人果然怔了怔，下嘴的力道松了一分。

苏陌忆当即虚弱地闷哼一声，蹙着眉闭上眼。

手臂上牙齿的力道再松了一分，林晚卿抬起头，一顿，看着他手上那一排紫红的牙印，“哇”的一声哭了出来，也不知是气急败坏，还是后悔这一口下得着实太狠了些。

苏陌忆倒是不介意。

他知道林晚卿自从怀孕以来，整个人变得比以前感性，比起之前什么事都爱自己憋着，在他面前掉眼泪是常有的事。但他总是乐得哄着她，胡闹也无妨。

两人各自平静下来，苏陌忆就这么抱着她，轻轻拍着她的背。

怀里的人终于平复了心情，仰头睁着一双水亮红肿的眼睛瞧他。

“还生气吗？”苏陌忆问，一边扯过自己的袖子替她擦脸。

林晚卿撇嘴，抽抽噎噎地点头，瞪着他“嗯”了一声。

“那你再咬一口。”他说着话，又把手往她嘴边放。

林晚卿想躲，一扭头，额角抵上两片柔软的嘴唇。

苏陌忆在她发间落下一吻，柔声解释道：“不记得七七的百日宴确实是我不对，今后一定不会了。但我今日来这里也真的不为寻欢，确是上次跟胡尚书议事，将东西落下了。”

好在林晚卿从来都不是不讲道理的人，听他认错服软，心里的委屈倒也去了一半。

苏陌忆看着她，笑得眉眼弯弯，眼中的虔诚和怜惜让林晚卿心中一颤。

“我心悦你。”

她听见他说，低沉得像是呜咽。

林晚卿恍惚了一瞬，时光仿佛在这一刻被回溯，她想起两年那个初雪夜，苏陌忆第一次对她说出这四个字的时候。

那时的她心结未消，不敢正面回应，如今回忆起来，她倒是明白了几分他那日反常的情绪了。

“我也心悦你。”

林晚卿倏尔一笑，抬手圈住了他的脖子。

那一天，两人回到世子府的时候，百日宴已经散了。

番外三　承父业

黄昏，金灿灿的夕阳漫过盛京的街道。

又到了东西两市闭市的时间，小贩们各自收拾着手里来不及卖掉的货品。

一枚青黄的杏儿从摊位上滚落，被途经的一辆马车碾碎，留下一道酸甜的轨迹。马车辘辘向着世子府行去。

微风卷着暖意，拂过府中一角的红墙，掀起下面那个小人儿的一缕碎发。

苏小七晃晃脑袋，伸手拨了拨额前的刘海，目光落到墙头那个身着男装的女子身上。

嗯，骑在上面的那个人，是她娘。

苏小七今年四岁，实在是不明白为何放着好端端的大门不走，她娘非要跟一堵墙过不去。

但出门前，她被她娘以一本神秘的锦囊妙书收买了。

听娘亲说，国子监是一个为朝廷培养人才的地方，之前本是不招收女子的。但在她娘和太后的一再努力之下，今年，国子监首次向大南女子敞开大门，不看出身、不论年岁，只要符合要求，都可入学。

入学考试就在明日，此时，她是来接应，也是来拿她那本锦囊妙书的。

苏小七抬头看，只见娘亲将手里的册子往下一扔，俯身慢慢将两条腿往下挪，直到双臂高举，牢牢攀住墙头，打算纵身一跃。

忽然，院外响起杂乱的脚步，和着一声接一声的唱报。

“世子回府！”

还挂在墙头的人手上松了力道，挣扎两下无果，便扑通一声砸进了墙内的那片绣球花丛，还狼狈地滚出一段距离。

墙下的苏小七听见声响，也吓了一跳。

因为她记得她爹是坚决反对她入国子监律学所的。故而她和娘亲偷拿小册子的事，万万不可以让爹爹知道。

“怎么办……”苏小七看着娘亲还来不及换下的衣裳，小肉手拽紧了方才被林晚卿扔下来的书，问得一脸忐忑。

花丛乱晃了一阵，林晚卿吐掉嘴里的草，从里面伸出个头。

“七七是不是想去国子监？”林晚卿问。

苏小七懵懵懂懂地点头，将手里的书拽紧了点。

林晚卿也跟着点头，一把抽走她手里的小册子，诱哄道：“那你现在就去前院拖住爹爹，越久越好。”

“可是……”苏小七有些为难地抠着她粉嘟嘟的包子脸。

打从她记事起，她娘用来骗她爹的那些个手段，就没有一次成功过。故而她实在不明白为何她娘不能吃一堑长一智，屡战屡败却依旧执迷不悟。

可是话说回来，她不明白的事太多了。比如每次娘亲被爹爹拆穿之后，那个做小伏低、好言哄劝的人却永远都是她爹。

“哎……”苏小七叹气，大人的事她不懂。

但小册子还在娘亲手里，她不去也没办法。总之最后，她娘一定能让她爹毫无底线地一再让步就对了。

“好吧。”苏小七点头，脑壳上垂着的两条流苏坠被晃得簌簌作响。

她提起裙摆，一步一晃地往府院的大门去了。

听说爹爹今日是从皇帝舅公那里回来的。

苏小七跑过去的时候，正见他从马车上下来。夕阳的余晖落在他紫色的朝服上，好看得超出了夫子教给她的所有辞藻的范畴。

于是，她又有点不忍心跟着娘亲一起骗他了。

可是，为了能进那个国子监的地方和其他小朋友一起听“故事”，苏小七还是仅用一息就妥协了。

“爹爹！”

甜甜的声音响起，苏小七张开双臂，径直向苏陌忆扑了过去。

未等她触到衣角，一个温暖的怀抱便将她捞起。苏小七眨眨眼睛，伸手环住了苏陌忆的脖子。

“七七怎得今日亲自来迎接爹爹？”话虽这么说，苏陌忆的声音里却明显带着笑，“不会是又闯了什么祸吧？”

“……”被说中心事的苏小七短腿一蹬，险些踢到她爹的肚子。

“不是的……”苏小七糯糯地开口，扒拉着她爹的头发道，“夫子今日夸过七七了。”

“哦？”苏陌忆意外，“夫子说什么了？”

苏小七抠了抠脸道：“夫子说七七是上天赐给他最好的学生，因为若是能把七七教会了，这世上就没有他教不了的学生了。”

“……”苏陌忆额角跳了跳，“哦……好，挺好的……”

他惨淡一笑，随即转移话题道：“你娘亲在哪里？带爹爹去寻可好？”

说着也不等苏小七回复，兀自抱着她进了府。

苏小七记得娘亲的嘱咐，眼见她爹心急火燎的步伐，便赶忙阻止道：“爹爹要去看七七今日练的字吗？娘亲说写得可好了。”

“嗯，”苏陌忆点头，“待会儿再看，先去看娘亲。”

苏小七心中打鼓，小短腿在苏陌忆怀里扭成了麻花：“可是……娘亲都看了好多年了，晚点再看也没关系。”

苏陌忆笑了笑，随口道：“可爹爹就是看不够呀。”

“可是！”苏小七已经开始扯自己脑壳上的小揪揪，“可是七七也很想让爹爹看字呀！”

“那就让人去书房取过来，待会爹爹和娘亲一起看。”

苏陌忆人高腿长，与她几句话拉扯下来已经停在了卧房之外，眼看就要推门而入。七七心下一凛，想着明日的故事会去不了了，心头一涩，干脆放声大哭起来。

“爹爹是不是不喜欢七七？”小朋友哭得撕心裂肺，抱着苏陌忆的脖子吹鼻涕泡泡。

“爹爹为什么……每、每次回府都先看娘亲？”苏小七继续呜呜咽咽，声泪俱下地控诉，“所以……爹爹是不是不喜欢七七……”

推门的动作被突如其来的哭号声打断，苏陌忆一诧，步下顿了顿。

苏小七眼见这招有效，哭得更大声，搂着苏陌忆期期艾艾地不松手。

就这么过了片刻，直到觉得她爹周身的气场变了。一只温热的大掌抚过她的背，在上面轻轻拍了拍，温柔中透着一股凛冽。

她的小胖手不可抑制地抖了抖。要糟……

“说吧，”耳边传来她爹循循善诱的声音，“你娘亲又闹什么幺蛾子了？”

“……”哭声戛然而止。

好吧，在她这个审惯了犯人、见惯了各种手段的爹爹面前，她和她娘到底为了什么要一次次地反复作死。

“娘亲在里面对不对？”苏陌忆问，眼神中带着看透一切的了然。

苏小七放弃挣扎，撇嘴，点点头，揪着苏陌忆的朝服自己滑了下来，找个墙角站好，耷拉个脑袋不说话。

苏陌忆叹口气，转身推开了卧房的门。

干净典雅的室内，灯火未燃，看似一切如常。

而苏陌忆却微蹙了眉，绕过里间的一面蜀绣屏风，便看见床榻上正闭目睡着的那个人。她双目虽闭，眉心微蹙，额间细汗点点，隐隐带着一股难忍之意。

是呀，七月的天，正是流火的时候。

这么严丝合缝地盖着被子，手脚皆不外露，那是要热成什么样子。

苏陌忆唇角不自觉牵起一抹笑，心里倒也不恼，反而生出几分柔意，默不作声地看着这个总爱上房揭瓦、惹是生非的“林录事”。

之前自己乱来就算了，现在竟然连女儿都往贼船上带，这么当娘的，全盛京想必只此一个了。

可苏大人看破不说破，兀自撩了衣袍，侧身坐到她的床沿。

许是下沉的床榻惊动了她，林晚卿慢慢睁开眼，惺忪地看着苏陌忆，一副适才转醒的样子。

“唔……夫君？”

表情是惊讶和茫然没错，但这清亮的声音，却一点也不像刚醒来。

苏陌忆笑了笑：“这么热的天，卿卿怎会还盖着如此厚的锦被？”

他说完伸手要去扯林晚卿的被子，吓得她一个激灵。

“夫君！”林晚卿慌忙拉住身上的锦被，将头往里埋了埋，“我今日也不知是怎么了，有些体寒，故而才盖严了被子的。”

“哦？”苏陌忆挑眉，状似惊讶，俯身以手背触了触她的额头，淡然道：“嗯，是有些凉，莫不是病了？要不要找太医来看看？”

“不！”林晚卿一激动，从被子里探出头来，梗着那截白皙的脖子道：“小事，若是请了太医让太后知道，她老人家会担心的，还是……不要了吧……”

“嗯，”苏陌忆点头，“还是卿卿想得周到。可既然卿卿还觉得冷，是不是再加上一床棉被会比较好？”

林晚卿被他这个问题问得一怔。

可还未等她回答，苏陌忆便兀自起身，从柜里寻来一床厚厚的绒毯，利落地给林晚卿盖上了。

林晚卿不好说什么，笑着致了谢。眼见苏陌忆在她床沿边又坐了回去，一双墨瞳盯着她打量，她不禁心中忐忑，勉强开口道：“夫君这身朝服厚重，不如让人先伺候夫君换下吧。”

两人说着话的时候，苏小七耷拉个脑袋从门角溜了进来，顺着墙边挪到那扇屏风一侧，使劲给林晚卿飞着眼色。

见到苏小七，林晚卿仿佛见到救星，立马对她挤眉弄眼，暗示她赶快想法子把苏陌忆弄走。

然而视线却被一片紫色挡住了。

苏陌忆端视着她，面带关切道："怎么出了这么多汗？卿卿应该会口渴吧？"

言毕起身就要给林晚卿斟茶。

"夫君！"林晚卿忽然大叫，从被子里探出一只手，死死拽住苏陌忆的衣角，眼光却落到茶案下隐隐露出的一片锦衣之上。

"夫君公事辛苦，怎可再劳累夫君照顾，夫君还是快些去换便服吧。"

苏陌忆微扬唇角，听她一口一个"夫君"，越说越心虚的样子，只将她手里拽得死紧的衣角抽回，道了句"无碍"，便要向茶案行去。

"夫君！"

身后传来一声急切中略带娇媚的声音，伴着锦被落地的闷响，苏陌忆住了脚步。

床榻上，林晚卿侧卧，双颊酡红。她那双明眸此刻正泛着秋水，波光粼粼地看向自己。

苏陌忆心下一乱，双脚就像在地上长了根，半晌说不出一句话。

林晚卿笑容娇俏，柔荑抚过汗津津的脖颈，令人浮想联翩。

"本是想给夫君一个惊喜，奈何夫君如此不解风情。"

说完对着苏陌忆身后的苏小七狂使眼色。

看着她爹一副受宠若惊的背影，苏小七叹气。明察秋毫、断案如神又怎样？就像太后常说的那样，什么乡什么冢来着？

苏小七抠着脑壳想了想，反正大意就是——她娘是她爹的坟墓。

嗯，说得一点儿都没错。

思忖之间，她将汗湿的手心在襦裙上随意抹了抹，转身爬到茶案下，取走了她娘牺牲色相才换来的小册子。

翌日，便是国子监的入学考试，苏小七起了个大早。

本以为娘亲会跟她一样激动早起，趁着爹爹走后能给她简单讲一讲这本重要的小册子，结果等到天光大亮，也不见她娘起身。

她问了娘亲身边伺候的嬷嬷，嬷嬷却是一副欲言又止、羞涩遮掩的模样，什么都没告诉她。

哎……算了，看样子就知道娘亲定是又被爹爹偷偷罚了。她已经为自己牺牲了这么多，况且苏小七也觉得自己是个大孩子了，理应体谅父母的难处。

于是，她整了整手里的笔袋，吩咐人驾车送她去国子监。

马车辘辘行过街道，停在了一座朱红广漆大门之外。

虽说辰时刚过，这里早已是比肩继踵、人头攒动。学子们有的由家人护送，有的独自前来，等待入场的队伍从大门前，一路排到了街道尽头。

苏小七看傻了眼，小肉手颤巍巍地摸了摸胸前的名牌，乖乖排到队伍后面去了。

另一边的世子府，林晚卿睡到日上三竿才悠悠转醒。

寂寂的屋内，只有沙漏簌簌陷落的声音，静得有些反常。阳光从茜纱窗外洒进来，在床前那面蜀绣屏风上铺了淡淡一层金色。

苏陌忆如往常一样，天不亮就去了大明宫外等候早朝，此刻自然是不在的。

林晚卿一边穿衣，一边思索着这怪异的宁静。

忽然，目光落到身侧的沙漏上，不禁心头一跳——巳时三刻！

七七！国子监！

今天，是七七要考国子监的日子。

她思及此，一阵懊恼不禁涌上心头。

昨日千辛万苦才偷来了今日的笔试题卷，本想趁着晚上带七七做一遍，可惜半路上杀出苏陌忆这个瘟神。

之前太后说服皇上开放太学，不拘一格招纳人才的时候，林晚卿就跟苏陌忆提过七七的刑狱天赋，希望他这个身为大理寺卿的爹能好生教养，将来让七七好入国子监律学所学习。

可谁承想，苏陌忆当即不答应，说从事刑狱太危险，每天不是跟衙门的粗人打交道，就是跟尸体罪犯打交道，怎么也不肯让七七去。甚至连她平日里会讲给七七听的断案集也悄悄收了起来，下定决心要断了林晚卿的念想。

可林晚卿哪是个甘于服输的女人。

与其跟他费口舌，不如来一招先斩后奏。

只要七七过了第一轮的笔试，往后的武试、殿试，自有太后的人接应安排。一旦考上，那就是皇榜提名。

苏陌忆能压得住她，还能压得住皇命不成？

林晚卿咬牙，快速梳洗打理，坐车朝着国子监奔去。

国子监太学所。

考生们分成三十人的小组，依次被领入笔试的房间，按位号一一落座。

距离考试开场还有一刻钟的时间，考生被允许在考场最前的一方桌案边用些茶点，交谈两句。

苏小七放下笔袋，走过去，拿起桌上的一个奶酥糕满怀心事地吃起来。

“韦世子。”

耳边响起男子的一声轻唤，苏小七转头，看见一个十七八岁的男子向她这边靠来。

苏小七只有四岁，是所有考生当中年岁最小的，如今站直了也才比面前的食案高出一个头，故而在这里她完全成了两人的背景。

那个被称作韦世子的人见男子行来，面上焦急的神色微散，掀眼偷偷环顾四周，从广袖中伸出四根手指，微微勾了勾。

一枚耳珰大小的圆球被交到了他手上。

“确认安全？”韦世子问，神色微凝。

“自然安全，”男子肯定，“闹出人命的事小的可不敢做。”

韦世子点点头，将东西塞到腰间的锦带里后问：“具体怎么用？”

男子凑近了一些，低声道：“等到时机便将东西碾碎，不出半盏茶的工夫，闻到的人会短暂失忆。”

韦世子面露难色，问：“监考不会忘吗？”

男子闻言暗笑，眼风往提供给考生的那些茶点瞟了瞟。

“这！”韦世子懊恼，“我方才也用了一点茶水，这要怎么办才好？”

“无碍，”男子安抚道，“世子只需快些答完，交卷离场就好。”

韦世子一怔，两人相视一笑。

一边的苏小七却是听得一头雾水。她蹙着眉，往自己嘴里塞着奶酥糕，一边吧唧，一边盯着韦世子腰间的锦带。

忽的一阵磬响，笔试开始。

考生们纷纷放下手中的茶点，走回座位，撩袍端坐。

苏小七有样学样，将手里的奶酥全都塞进了口中，不忘舔舔手指，鼓着腮帮子往自己的座位走。

眼前是韦世子那条喜鹊暗纹的锦带，金线细绣，栩栩如生。

苏小七觉得好看，便多看了两眼，直到从里面滚出一个圆溜溜的东西。

这不是刚才被他收进去的那颗药丸吗？

她一怔，俯身去拾，药丸却脱了手，一路往考室门口滚去。苏小七弯腰跟上，眼见快要拾起，只听“咔嚓”一响。

眼前出现一只男人的云靴，而那枚药丸已经在他脚下变得粉碎。

苏小七的手一时顿在那里，愣了愣。

“七七？”

耳边响起熟悉的声音。苏小七抬头，却见梁未平抱着一沓试卷，立身于前，正一脸诧异地看她。

“你也来考试？”他问，有些难以置信。

“嗯、嗯……”苏小七点头，想起方才听到的什么药丸碎了大家就会失忆的事，一时间乱了心神，也不知该不该告诉梁舅舅。

梁未平见她一脸无措，猛然反应过来，苏小七一定是背着苏陌忆偷偷来考试的。

自从他入了大理寺，常年在苏陌忆手下做事，怎会不知他对于苏小七的疼爱程度。但凡是心疼女儿的父亲，大约都是不愿意女儿涉及刑律的。

于是他心下一凛，也顾不得要监考，一把将苏小七抱起，径直出了考室，还顺手带上了门。

“你是偷偷跑来的吗？”梁未平蹲下来，目光齐平，蹙眉紧盯着苏小七。

“不、不是的……”苏小七如实回答，“是我娘让我来的。”

说完将她娘亲手写的名牌递到了梁未平手上。

梁未平怎么会不认识林晚卿的字，低头打量了一番手中的名牌，一瞬间倒是释然不少。

既然林晚卿准了苏小七来，那苏大人准不准，好像也就不那么有所谓了。

“哦，”他随意应了一声，直起身，“那没事了，去考试吧。”

转身便推开了门。

门里的那群考生，你看我，我看你，一脸的不知所措。

“今日……我是到这里来做什么了？”

“不知……”

“这……可能是品茶吧？”

“对，茶品完了，就走吧。”

“好。”

屋里的二十几个人，放下喝空的茶盏，陆续离开了房间。

“诶？考试，你们都不考试了吗？”梁未平纳闷。

“考试？什么考试？”众人疑惑，摇着头离开了考场。

梁未平看看众人远去的身影，再看看走空的房间，最后回头看了看站在身边的苏小七，缓缓道：“那这一组，只能是你晋级了。”

待林晚卿匆匆赶到，苏小七的初试已经这样迅雷不及掩耳地结束了。

她看着太学门口张贴出来的复试名单，错愕得下巴都快掉了下来。

苏小七晋级不仅用时最短，名次还是小组第一。

林晚卿难以置信地眨了眨眼睛，将那张榜单又从头到尾看了一遍，不禁喜忧参半。

昨日突发意外，她没来得及跟苏小七交代复试中太后与她约定的暗号。本想着趁笔试结束之后见上一面，顺便叮嘱一句的。可是苏小七过早完成初试，现在应该已经进了复试会场，等候开始。

要知道这复试，可是武试。

比试当中，需要复试者随意挑选太学学子对战，人数从一到十不等。人数越多，排名越靠前。

一般情况下，复试者会一个一个慢慢挑战上去，累计人数直到叫停比赛为止。

厉害一点的复试者，会直接从两个人、三个人开始挑战，如此一来往后所战胜的每一个人便会按照相应的初次人数翻倍计算。

所以太后与林晚卿说好了，若是七七进了复试，让她直接从四人开始。对战的人都是太后事先安排好的，自然会不着痕迹地手下留情。

可是现在，要怎么才能让苏小七知道呢？

“林……世子妃。”

耳边响起熟悉的声音，林晚卿怔忡，转身却见梁未平向她行来，还笑得花枝乱颤。

“你也来了！”梁未平舒出一口气，如释重负道，“我方才在初试见到小七，以为她是背着你们偷偷跑来的，还犹豫要不要派人知会你们一声。”

“哦，”林晚卿勉强笑了笑，慌忙问道：“那七七现在人在哪里呢？”

梁未平一脸自豪：“进了复试了。”

“我知道进了复试了，梁兄能否带我去见她一面？”林晚卿问得颇为关切，“我还有些话要交代她。”

“这……”迟疑之间，两人忽觉一阵阴影拢了上来，不禁默契抬头，却见一身紫色朝服的苏大人正立于两人跟前，脸色沉得能滴出水来。

“你说谁进了复试了？”他负手而立，侧身看向梁未平，语气里带着浓浓的戾气。

“……”梁未平噤声，不敢说话。

苏陌忆咬了咬后槽牙，凤眸微眯，再看向林晚卿，一字一句道：“还有，世子妃这又是要去见谁？”

苏陌忆真的觉得，自己要被这不着调的母女俩气到心梗了。

当他听到苏小七以初试小组第一的成绩进入了复试的时候，脚步虚晃，险些就地晕倒。

这武试可不是开玩笑的。

虽说比试只是切磋，点到即止，但拳脚无眼，之前国子监考试的时候，也不是没有考生在武试之中负伤的情况。

况且七七还只是个路都走不太稳的小娃娃，别说武斗，她就连刀剑都没有见过。

思及此，苏陌忆根本顾不得与林晚卿计较，兀自撩了袍角，也顾不得为官威仪，一路朝着复试会场小跑而去。

而会场之上，进入复试的考生已经排列整齐，准备上场。

苏小七本就没有见过这样的阵仗，正充满好奇地四处张望，却听周围的考生之中似乎起了一阵喧哗。

考生们不知看到了什么，霎时群情激昂，甚至彼此簇拥着，往看台方向挤了挤。

苏小七随着众人的目光看去。

树影斑驳的看台上，行来一众人影，为首的那个身着紫色官袍，脊背挺拔，颇有威仪。那一众人走过来的时候，台上监考无一不起身向其见礼，可见他身份的尊贵。

“那不是名满盛京的大理寺卿苏大人吗？”不知是谁突然吼了一句。

“是呀，是呀！”众人纷纷附和，“可不是苏大人吗？之前的‘假银案’和‘梁王谋反案’皆是由他所破。我进这国子监，就是想去律学所，将来能在他麾下谋事，建功立业。”

“我也是！我也是！”

在一群激动的考生中，大约最无法激动的人，就是此时此刻的苏小七了。

她下意识地以手捂脸，担心暴露，这反而让她在人群中显得更加突兀，明察秋毫的苏大人当即就看见了。

许是做贼心虚，苏小七偏生还侥幸地将手指张开一缝，黑圆的眼睛骨碌碌转了两圈，正好对上他爹那张黑如锅底的脸。

“……”怎么她娘和梁舅舅也来了？

来就来吧，为什么梁舅舅还一脸“你个熊孩子你完了今天回去你爹一定会关你五十年禁闭你娘也救不了你”的表情。

“第一组考生！”

监考已经开始唱名，想退出也来不及了。

“陈景、黄立、杨温、李绍琴、苏小七！”监考一顿，随后又问道：“请问各位要挑战几人？”

苏小七觉得，她爹的脸此刻已经可以滴出墨来了。

心中思绪万千，苏小七的目光幽幽落到看台上她娘的身上，根本没有听见监考的问话。

她娘也不知道是怎么了，一直对着她挥手，却只竖着四根手指。

“这位苏小七姑娘，请问你要挑战几个人？”监考还在一边问话。

苏小七看着她娘越挥越夸张的手，举起右手张开五指对着她摆了摆。

林晚卿白了脸。

苏小七一惊，以为她娘是因为自己的回应不够热烈而伤了心，于是干脆举起另一只左手，张开五指，一左一右地对着看台挥舞了起来。

“什么！”众人惊讶，全场哗然。

“什么！”苏陌忆一个踉跄，差点从看台上滚下去。

“什么！”梁未平赶快从场边的大夫手里抢过一个药箱做好准备。

“什么！”林晚卿看着苏小七挥舞的十根手指，欲哭无泪。

“十个！”监考官惊呼，“这位姑娘要同时挑战十个高手！”

场上的目光霎时全都投向还在对着看台挥舞双手的苏小七身上。

“什么……”苏小七见大家的表情不对劲，低头看了看自己的手，反应过来的时候已经太晚了。国子监十位高手，已经站上擂台，对着她礼貌一拜。

“请多指教！”十个浑厚的声音在耳边同时响起，震彻云霄。

“……”苏小七无语。

爹……娘……我还可以抢救一下吗？

寒风凄凄，乌云蔽日。

招考规定武试停止只有两种情况：其一，挑战者被打下擂台，不能再进行比赛。其二，一炷香之后，挑战者可以投降叫停比赛。

只是，对于一脸莫名的苏小七来说，这两个规定其实都等于：把你打趴下，你才可以走。

武试开始之前选手可以选择一个武器。

苏小七被带到台下放置武器的长桌前，晃悠了半天，颇为惆怅。

剑，不会用啊；弓，拉不开啊；斧，拎不起啊……

她从长桌左侧挪到了右侧，发现放武器的桌子由一般的柳木桌，变成了高出一截的檀木桌。桌上有一个小口袋，胀鼓鼓的不知道是什么东西。

苏小七拿起来端详了一阵，台下再次哗然。

无论是观众还是考生，无一不瞠目结舌，怔忡不已。

苏小七收回目光，掂了掂手里的袋子，不重，像是什么一粒粒的小东西。她抬头看了一眼她娘，林晚卿瞪大了眼睛，如遭雷击……

嗯？！

难道，这袋子里装的是暗器？

那感情好，必须好好把握。

“就要这个做武器吧！”苏小七拿着那个小包，小短腿奋力蹬跳，上了擂台。

监考不敢相信，本来要伸手阻止，却见她已经在擂台中央站定，十位高手将她团团围住。

自古英雄出少年，也许这位一次敢挑战十位高手的小姑娘，就是如此的与众不同呢。

“锵”的一声清响，比试开始。

十位高手各自拿着武器，围着苏小七试探性地左右走动，谁也不敢轻举妄动。

苏小七本来很是惊慌，但是自从选中了这个让全场再次沸腾的暗器之后，她心里就不那么怕了。

这样一来，倒显出了一股超然脱俗的稳劲儿。

几人周旋了一阵，两名高手看准时机，同时出击，一人使出长棍，一人使出短剑，朝苏小七发起攻击。

她正想打开袋子查看里面的暗器究竟是什么，却发现上面被打了死结。

此时，场上同时两声大喝，长棍高手率先出击。

“哦！”终于发现窍门的苏小七霍地低头，专心地解袋子上的死结。

“啪”的一声。

一记闷棍打在了短剑高手的胸前，他猛地吐出一口血来，瞬间倒地不起……

另一高手瞧准时间，徒手想将苏小七困住。方才失利的长棍高手再次拎起武器，对准她，一棍劈下……

苏小七扯袋子的时候手上一滑，锦袋骨碌碌滚了出去。她赶紧俯身跟随，从那人的腿下绕到了他的身后。

“啪”的一声，欲困住苏小七的人被她带着转了个身，背上挨了重重一棍。

第三个高手手持一条又长又粗的铁链，向着苏小七猛然一跃，想用铁链将她捆住。

跟着锦袋追出几步的苏小七猛然一个前扑俯卧，伸手将暗器袋摁在了手下。

“啪！”背后那个持着铁链的高手，被长棍敲中了头，缓缓倒了下去……

苏小七坐在地上舒了口气，终于有机会将小包打开，好好看看自己选了个什么厉害的暗器。

瓜、瓜子？她懵逼地再往台下看了一眼……

苍天啊！选武器的桌子怎么能和放茶水点心的桌子挨得那么近呢？苏小七懵懵懂懂，抬头看了她爹一眼。

一项遇事镇定的苏大人，此刻只能由她娘和梁舅舅搀扶着，才勉强能站住。

知道自己选错了东西，苏小七生气地看了监考一眼，将手上的瓜子一摔，转身就要去找监考说理。

身后的长棍高手伺机而动，举起长棍对着苏小七的背。

“滋溜”一声，那高手踩中一颗饱满的瓜子，在擂台上一滑，手上的长棍再一次敲在了自己队友头上……

气氛瞬间诡异到无以名状……

方才被打的几人愤愤不平地站起来，纷纷绕过苏小七，朝着那个长棍高手攻去。

“诶！听我解释！我不是故意的……”

四人步步紧逼，逼得他节节后退。

“刀剑无眼啊……手误！真的……啊！”

一人已经率先发难，长棍高手只好奋起反击。

另外五人有加入阵营战斗的，有拉架的，有拉架被误伤的……

一时间十位高手自己在台上打得不可开交，一旁的苏小七反应过来，只剩一脸的莫名其妙。

诶？我的瓜子呢？

此时她真觉得，自己方才那个武器，好像并没有选错……

国子监太学的大殿上，气氛诡异。

主宾席上的四位主考，无一例外地将目光投到殿内那个四岁女娃身上，眼神中尽是难以置信。

嘉宾席中的各位陪考，在发现了四位主考视线焦点之后，也齐刷刷地将眼神放在了殿内那个四岁女娃的身上，充满好奇。

殿内剩下的所有考生，亦在默默关注着这个大南开国以来首屈一指的奇才，钦佩而又艳羡。

而处于众人目光焦点的苏小七，却只是淡定地环顾左右，然后，给了她爹一个微笑。

“咳咳……”主考清了清嗓，起身向青筋暴起的苏大人投去一个“注意为官威仪”的眼神。

终于来到了招考最后一项，殿试。

此项测试只考查学生的文辞能力，故而采用文试对战的方式进行。

主考们会挨个给考生出题，考生需要在三步之内接出下一句，由陪考判断考生接出句子的好坏，并且评分。最后取分数最高的前十名，录入国子监。

苏小七默默搓着手，暗自庆幸，自己虽然学啥啥不行，但是文学方面好歹还是继承了一些她曾外祖母的天赋。

唔……比如，她曾外祖母给她讲过的那些故事，她可是一字不落地都记住了。

“大家听题吧。”

监考一声嘱咐，考生们三三两两行到前台，排成一字站开。

苏小七安静地站着，耐心等待，却见苏陌忆忽然站了起来。

“书院今日招生，迎来万年不遇之奇才。”他顿了顿，缓慢转身看着苏小七，努力压抑着一张黑脸。

苏小七看见她爹的眼神，忽然觉得背心有点凉，不禁哆嗦了一下。

“笔试和武试比拼皆以最短时间晋级，实属难得，那文试……”苏陌忆忽然嘴角一挑，弯出了一个准备坑死苏小七的弧度，“不如就让本官亲自来出题吧。”

此言一出，全场爆发出热烈的掌声，就连与她一起参考的考生都瞬间双眼放光，抬头仰视着那位只是耳闻、从未目睹过其风采的男子。

没想到这次殿试居然能跟他直接对话，考生之中几个才过十五的小姑娘，已经眼泛桃花。

一片群情激昂之中，只有苏小七看着苏陌忆，心中惴惴。

她知道她爹一定是想到了什么阴损的招，要亲自阻止她通过最后的殿试。

苏陌忆颇为满意自己临了给母女俩摆的这一道，徐徐起身，向着台下缓步行去。

直至行到苏小七面前，他才赫然住脚，父女俩于无声之中对望。

半晌，苏陌忆移开眼，面无表情道：“那就开始吧。”

苏小七吞了吞口水，可怜巴巴地伸手拉他袖子。

然而铁面无私的苏大人却将手抽了回去，面无表情地念出了第一句诗。

“盛年不重来，一日难再晨。”

“……”没抓到她爹的袖子，苏小七的小肉手在空中颤了颤。

这是什么东西呀？

好像听过，又好像没听过……

她怯怯抬眼，入目的却是她爹那张名动盛京的美颜。

那些原本还有些模糊印象的诗句，全都变成了——她爹……

算了，自己编一个吧……

苏小七眨了眨眼，支吾着：“眼前千帆过，渡我父亲魂。”

“……”原本还一脸严肃的老父亲苏陌忆，霎时伸手抚上了太阳穴。

但到底是见过官场风浪，他很快调整情绪，吸了口气又道：“绿珠垂泪滴罗巾……”

苏小七：“涕泪沾襟忆父亲。”

苏陌忆无语，这小兔崽子摆着一脸无辜的样子，但句句诗却仿佛都在诅咒他早日入土为安……

“这位考生……”他再次调整好情绪开了口，“可不可以，先放过你爹？”

“哦……我、我有点儿紧张……”苏小七拽紧了袖子，看着苏陌忆勉强挤出一个微笑。

看着她那张人畜无害的笑脸，苏陌忆到底是稳住了。

再怎么说都是亲生的，虽然心里一万个不愿意她进国子监律学所，但这该有的风度还是得保持着。

思及此，苏陌忆又再度缓缓开口道：“已惯天涯莫浪愁……”

苏小七：“子女亲朋涕泪流。”

“……”苏陌忆欲哭无泪，“你……你爹到底怎么了？”

苏小七紧张，半晌没有回答。

那双继承了他的眼眸，如墨玉般光泽，忽闪忽闪，映着殿内的光，看起来似乎有些秋水迷蒙，似乎有些盈盈泛泪。

“她爹应该是死了吧。”

旁边一个考生见她一双眼，仿佛下一刻就要涕泪横流的样子，情不自禁插了一句。

“这位考生抢答犯规，除去考试资格。”

苏陌忆转身对着方才接话的考生冷言，“来人，带下去。”

那日的招考，是大南开国建立以来，头一次有考生以三试第一的身份入学的。

南朝遵孔孟之道，以孝治国。

故而殿试之上，苏小七因着少年丧父，秉承遗志，继而奋发图强的精神感染了在场所有陪考。他们纷纷给出有史以来的最高分，只为助其完成生父遗愿。

而她那位被莫名去世的亲爹苏大人，此刻却独自坐于书案前，手握卷册，愁眉不展。

“你在担心七七吗？”

林晚卿侧身拿过苏陌忆手里的书，顺带将他桌上的笔墨纸砚都一一收好。

“嗯……”苏陌忆依然看着桌面出神，烛火映照下的眸光里，有些说不清的忧虑。

“她从出生到现在，从未有一刻真正离开过我的视线。我总觉得身为一个父亲，平日公务繁忙，不能常伴身侧亏欠她太多。我总想，用自己的一切去护着她，可是……”

“可是孩子长大了，”林晚卿扶住苏陌忆的肩，微微笑道，“七七不再是那个任由你每日都抱在胸前，背在身后的小姑娘了。她虽懵懂，却明白自己所求……”

苏陌忆浅浅一笑，将自己的手搭上林晚卿的，“她这一点可真是像极了你。脾气也像，个性也像。我是想放手，让她自由成长，可，又总是舍不得。”

“你是舍不得她，还是舍不得成天当她奶爸的你自己呀？”林晚卿将手环上苏陌忆的脖子，伏在他耳边低低地说，“你总是这么个脾气，保护欲太强，需要和不需要你护的，统统都往自己身后拉。之前对我也这样，可我觉得这不见得就好。父母总是要看孩子远离的，他们有自己的未来，要有立足于世的能力。”

“嗯……”苏陌忆叹气，沉默了片刻，继而将视线落于林晚卿脸上，看着她久久不动。

“怎么了？”林晚卿被他看得心底忐忑，无措地摸了把自己的脸。

苏陌忆见她不经意间流露出的一副懵懂模样，只觉无论过了多久，她在自己眼里，依旧是那个看似胡来，却心中清明的“小录事”。

林晚卿看着他的眼，只觉无论过了多少个春秋，眼前这个男人的眼睛里，似乎永远都为她藏着一道清浅银河，灿烂无边。

“我确实挺怀念那个时候的。”苏陌忆道，指腹轻轻摩挲她的腰，带起沙沙微响，“不如……我们再生一个吧？”

远处回廊上，立着一高一矮的两人影，廊壁上灯笼投下的光晕在两人脚下晃荡。

苏小七扒了扒贴在脸上的碎发，问道：“还要多久七七才能有小弟弟小妹妹？”

太后牵着她，笑得一脸得意：“快了，快了。”

真·幕后·大佬·太后外婆：把大的弄去上学，你们才有机会造小的。